그리스인 조르바

zorba the greek

그리스인 조르바

알렉시스 조르바의 삶과 모험

니코스 카잔차키스 지음 | 엄인정 옮김

Βίος και Πολιτεία του Αλέξη Ζορμπά

매월당
MAEWOLDANG

Contents

01

피레에프스라는 항구 도시에서 조르바를 처음 만났다. 동이 틀 무렵, 밖에는 비가 내렸고 나는 항구에서 크레타 섬으로 가는 배를 기다리고 있었다. 유리문을 닫았는데도 북아프리카에서 불어오는 시로코 바람이 파도의 하얀 포말을 카페 안으로 날려 보냈다. 카페 안은 발효시킨 샐비어 술과 사람 냄새로 가득했다. 추운 날씨 때문에 유리창에는 사람들이 뿜어내는 숨결로 뽀얀 김이 서려 있었다. 그곳에서 밤을 지새운 대여섯 명의 뱃사람들은 갈색 양가죽 지퍼 재킷 차림으로 앉아 커피나 샐비어 술을 마시며 희뿌연 창 너머의 바다를 바라보고 있었다. 사나운 물결에 놀란 물고기들이 아예 바다 깊숙이 몸을 숨기고 수면이 잔잔해지기를 기다릴 즈음이었다. 카페에서 북적거리던 어부들은 폭풍이 잠잠해져 물고기들이 미끼를 좇아 수면으로 올라오기를 기다리고 있었다. 서대, 놀래기, 홍어가 밤의 여행을 마치고 돌아올 때를 기다리는 것이었다. 날이 점점 밝아오고 있었다.

옷 여기저기에 진흙이 묻은, 건장한 체격의 한 늙수그레한 부두 노동자가 모자도 쓰지 않고 맨발인 채 유리문을 밀며 들어섰다.

"이봐, 코스탄디! 요즘 재미가 어떤가?"

하늘색 외투를 입은 늙은 뱃사람이 외쳤다.

"그래, 어떨 것 같나? 아침 인사는 술집에서, 저녁 인사는 하숙집에서 하지! 사는 게 이 모양이야. 일거리가 있어야지."

코스탄디라고 불린 남자가 침을 뱉으며 말을 받았다. 몇몇은 웃었고 몇 사람은 고개를 가로저으며 불경한 얘기를 꺼냈다.

"산다는 건 감옥살이야."

카라괴즈('검은 눈'이라는 뜻으로 아라비아, 터키, 시리아, 북아프리카 카페에서 노는 인형 그림자극) 극장에서 개똥철학 따위를 주워들은 듯한 텁석부리가 말했다.

"그렇고말고, 그것도 종신형이지. 젠장."

창백하게 푸른 한 줄기 빛이 카페의 더러운 창문으로 들어와 손과 콧잔등, 이마를 비추고는 카운터 위로 올라와 술병을 휘감았다. 빛이 들어오자, 밤새 술을 파느라 잠을 설친 주인이 손을 뻗어 스위치를 꺼버렸다.

가게는 잠시 고요해졌다. 사람들은 모두 날이 밝아오는 희끄무레한 창밖 하늘을 바라보았다. 카페 안으로 파도 소리가 들어와 물파이프 빠는 소리와 함께 어우러졌다.

늙은 뱃사람이 한숨을 쉬었다.

"레모니 선장 잘못된 거 아닌가? 아이고, 하느님, 그 사람을 보살펴주십시오."

그는 이렇게 말한 뒤 바다를 바라보며 호통을 쳤다.

"남의 집안까지 망치는 너, 바다에 하늘의 저주가 내릴 것이다!"

말을 마친 그는 자신의 잿빛 수염을 깨물었다.

나는 구석 자리에 앉아 있었다. 한기가 느껴져 샐비어 술을 두 번째 시켰다. 졸음과 이른 새벽의 피곤함과 적막감을 견뎌내야 했던 나는 희뿌연 창문 너머로 뱃고동과 짐수레꾼, 뱃사람들의 고함소리로 깨어나는 항구를 바라보았다. 그러는 동안 바다와 대기, 그리고 내 여행 계획으로 짜인 보이지 않는 그물에 내 가슴이 죄이는 것 같았다.

나는 큰 배의 검은 뱃머리를 하염없이 바라보았다. 선체는 여전히 어둠에 잠겨 있었고 비는 금세 멎을 것 같지 않았다. 하늘에서 진창 위로 떨어지는 빗줄기가 보였다.

나는 검은 배와 그림자, 비와 더불어 내 슬픔의 실체를 보았다. 비와 우울증이 습한 대기 위에서 사랑하는 친구의 모습으로 변했다. 작년이었나? 전생이었나? 어제 일이었나? 바로 이 항구에서 그에게 작별 인사를 한 게 말이다. 나는 그날 아침의 빗줄기와 한기, 그리고 새벽의 희미한 빛을 떠올렸다. 내 마음은 그때도 역시 무거웠다.

사랑하는 친구와 점점 멀어진다는 것은 얼마나 가슴 아픈 일인가! 깨끗이 헤어진 뒤 아픈 가슴을 달래는 것이 훨씬 나았을 텐데…… 인간은 본래 고독한 존재니까. 그러나 나는 비가 내리던 그 새벽에 친구를 떠날 수 없었다. 훗날 그 이유를 알게 되었지만 이미 때는 늦어버렸던 것이다. 나는 친구와 함께 배에 올라 선실에 있는 그의 흐트러진 옷 가방 사이에 앉았다. 나는 그가 다른 일에 몰두하는 모습을 한참 동안 바라보고 있었다. 마치 그의 푸르스름한 맑은 눈빛, 둥글고 앳된 얼굴, 이지적이면서 오만한 표정,

그리고 무엇보다도 가늘고 긴 손가락을 가진 귀족적인 그의 손 하나하나를 전부 다 기억해 두려는 사람처럼.

친구는 자신을 바라보는 내 시선을 느꼈다. 자신의 감정을 숨기려 할 때마다 항상 그랬듯이 그는 나를 조롱하려 했다. 그는 이별의 슬픔을 감추기 위해 차갑게 웃으면서 내게 물었다.

"얼마나……."

"무슨 뜻이야, 얼마나라니?"

"머리에 잉크를 뒤집어쓴 채 종이를 씹으면서 얼마나 더 있겠다는 건가? 왜 나와 함께 가지 않는 거야? 저 멀리 카프카스에 위험에 처한 수천만 동포가 있는데? 같이 가서 구해 주자고……."

그러다 그는 자신의 계획이 한심하게 느껴진 듯 웃으면서 덧붙였다.

"어쩌면 구해 주지 말아야 할지도 모르지. 하지만 자네는 이렇게 말하곤 했지. '자신을 구하는 유일한 길은 남을 구하려고 애쓰는 것이다.' 라고 말이야. 그럼 구해야지. 자네는 설교만 늘어놓을 참인가? 왜 나와 함께 가지 않는 건가?"

나는 대답하지 않았다. 저 동방의 신성한 땅, 신들의 아버지 프로메테우스가 바위 감옥에 갇혀 울부짖던 땅을 생각했다. 우리 그리스 동포들이 바로 그 바위 감옥에 갇혀 울부짖고 있었다. 그리스인들은 또 한 번 재난을 맞은 것이고, 동포들은 하늘에 도움을 청하고 있는 셈이었다. 그리고 나는 가만히 듣고만 있었다. 고통은 꿈이고, 인생은 재미있는 연극과 같아서 촌놈이나 바보들만 무대로 뛰어올라 함께 연기하고 있다는 듯이…….

친구는 대답을 기다리다 말고 일어섰다. 배가 세 번째 고동을 울렸다. 그가 내게 손을 내밀며 제 감정을 숨기려 장난을 쳤다.

"오르브아(Au revoir, 안녕), 책벌레야!"

그의 목소리는 떨렸다. 그는 자기감정을 다스리지 못하는 것을 창피하다고 생각했다. 그는 눈물, 말, 무례한 몸짓, 흔한 우정의 표현은 남자가 할 짓이 아니라고 생각했다. 우리는 서로를 좋아했지만 다정한 말 한 마디 나눈 적이 없었다. 짐승처럼 서로를 할퀴었다. 친구는 이지적이고 냉소적인 문명인이었고 나는 야만인이었다. 그는 자신의 감정을 억제하며 미소를 보냈다. 나는 어울리지 않는 수다를 떨며 야만인의 웃음을 보였다.

나도 거친 말로 내 감정을 감추려 했지만 창피했다. 아니, 정확하게 말하면 내 감정을 산뜻하게 숨기지 못했던 것이다. 나는 그의 손을 잡고 놓아주지 않으려 했다. 뜻밖에도 그는 놀란 얼굴로 나를 바라보았다.

"섭섭한가?"

그가 웃으려고 애쓰며 물었다.

"그래."

나는 조용히 대답했다.

"왜? 조금 전에 우리가 무슨 얘기를 했더라? 우리는 몇 년 전에 이 문제에 대해 결론짓지 않았던가? 자네가 좋아하는 그 일본 놈들이 뭐라고 했지? 후도신(不動心), 아타락시아(냉정), 위엄 있는 평정, 얼굴은 웃고 있지만 움직이지 않는 가면, 가면 뒤의 실체……. 그런 게 우리의 관심이었지."

"그래."

나는 길게 말하며 나 자신과 타협하려 하지는 않았다. 나는 내 목소리를 조절할 자신이 없었다.

종이 울렸고 그 소리는 선실의 방문객들을 몰아냈다. 조용히 비가 내리고 있었다. 슬픈 이별의 인사, 약속, 긴 입맞춤 그리고 다급한 당부의 말들이 여기저기서 들려왔다. 어머니는 자식에게, 아내는 남편에게, 친구는 친구에게 달려갔다. 영원히 떠나는 것 같았다. 그 작은 이별이 다른 이별, 영원한 이별을 떠올리게 하는 것 같았다. 그때 종소리가 젖은 대기 사이로 마치 조종弔鐘처럼 이물(배의 앞부분_옮긴이)에서 고물(배의 뒷부분_옮긴이)로 울려 퍼졌다. 나는 몸서리쳤다.

"무슨 불길한 예감이라도 들었나?"

친구가 허리를 굽히며 나지막하게 물었다.

"그래."

"자네 그런 터무니없는 걸 믿는 거야?"

"아니."

나는 분명하게 대답했다.

"그런데 왜 그래?"

'그런데' 같은 건 없었다. 나는 그런 걸 믿지 않았다. 그럼에도 불구하고 나는 두려웠다.

친구는 왼손으로 내 무릎을 살짝 쳤다. 무언가를 단념할 때마다 나오는 버릇이었다. 내가 결정을 독촉할 때 그는 내 독촉이 마음에 들지 않으면 귀를 막고 거절했다. 그러다 결국 내 독촉을 수락할 때는 '좋아, 자네가 하라는 대로 하지. 우정을 위해.' 라고 말하는 듯이 내 무릎을 살짝 쳤다.

그는 두세 번 눈을 깜빡거리다 다시 나를 빤히 쳐다보았다. 마치 불안한 내 마음을 이해하는 것처럼. 우리가 흔히 쓰던 무기—폭소와 미소, 혹은 농담—의 사용을 망설이고 있는 나를 이해하듯이 말이다.

"좋아, 손 좀 줘봐. 우리 둘 중의 하나가 죽을 고비를 겪게 된다면……."

친구는 창피한 듯이 말을 멈추었다. 그토록 오랜 시간 동안 형이상학적 '비약'을 농담처럼 하고 채식주의자, 심령주의자, 접신론자, 심령체를 하나로 묶어 도매금으로 넘기던 우리였는데…….

"좋다니?"

나는 그의 말꼬리를 붙들었다.

"심각하게 생각할 필요는 없고…… 그냥 장난 같은 거야…… 자네나 내가 죽음의 위기를 맞게 될 때 상대에게 생각을 집중시키는 거지. 그렇게 하면 어디에 있든지 서로에게 그 위험을 알리자는 뭐, 그런 거야. 좋겠지?"

그는 웃으려 했지만 얼어붙은 듯 입술이 움직이지 않았다.

"좋아."

내가 대답했다.

"너무 걱정하지 말게. 텔레파시 같은 건 털끝만큼도 믿어본 적이 없으니까."

친구는 자신의 감정을 너무 드러냈다고 생각했는지 서둘러 덧붙였다.

"그래, 걱정하지 않을게. 그런 게 있으면 있는 거고, 없으면 없는 거니까."

나는 얼버무렸다.

"좋아. 있으면 있는 거고 없으면 없는 거지 뭐. 이제 됐지?"

"됐어."

내가 대답했다. 이것이 우리의 마지막 대화였다. 우리는 아무 말 없이 서로의 손을 잡았다. 그러고는 손가락이 뜨겁게 만나자마자 서로 손을 풀었다. 나는 뒤도 돌아보지 않고 쫓기듯 빨리 걸어갔다. 마지막으로 한 번만 더 그를 돌아보고 싶었지만 꾹 참았다. '뒤돌아보지 마. 앞으로만 가는 거다.' 이렇게 나 자신을 타일렀다.

인간의 영혼은 육체라는 진흙 속에 갇혀 있기 때문에 무디고 둔하다. 영혼의 지각 능력은 조잡하고 불확실하기에 아무것도 분명하고 확실하게 알 수 없는 것이다. 미래를 알 수 있다면 우리의 이별은 얼마나 다를 수 있었을까.

주위가 점점 밝아졌다. 두 아침이 한데 뒤섞여 사랑하는 친구의 모습이 훨씬 더 선명하게 떠올랐다. 하지만 항구에 내리는 비와 축축한 대기 속에서의 친구 얼굴은 전보다 더 쓸쓸하게 굳어 있었다. 카페의 문이 열리며 파도 소리가 들려왔다. 수염을 늘어뜨리고 다리를 떡 벌리고 선 건장한 뱃사람이 나타났다. 여기저기서 반기는 소리가 들려왔다.

"어서 오십시오. 레모니 선장님!"

나는 구석 자리로 돌아가 다시 생각을 집중시키려 했으나 내 친구의 얼굴은 이미 빗속으로 사라져버린 후였다.

밖은 점점 더 환해졌다. 무뚝뚝하고 근엄한 표정의 레모니 선장은 호박 묵주를 꺼내 알을 세면서 기도를 드렸다. 나는 그쪽을 쳐다보지도, 듣지도 않으려 애쓰며 점점 사라져 가는 친구의 모습을 조금이라도 떠올리려고 했다. 그 친구가 나를 책벌레라고 불렀을 때 치솟던 그 분노의 순간으로 돌아갈 수만 있다면! 나는 그 순간 내 인생이 그 한 마디로 집약되어버린 것에 대해 몹시 화를 내지 않았던가? 인생을 그토록 사랑하던 내가 어쩌자고 책 나부랭이와 잉크로 더럽혀진 종이에 그토록 오랫동안 처박혀 있었단 말인가!

이별을 하던 그날에 내 친구는 나 자신을 들여다보게 해준 것이 었다. 속이 후련했다. 병명을 알았으니 이제는 정복할 수 있게 되었다. 모호한 것도, 비물질적인 것도 아니며, 이름과 형태를 알게 되었으니 훨씬 더 쉬운 싸움이 된 것이다. 그의 표정이 내 안에 조용한 혁명을 일으킨 것이다. 나는 내 원고 나부랭이를 내던져버리고 행동하는 인생 속으로 뛰어들 이유를 찾았던 것이다. 내 새로운 인생에 책 부스러기 따위와 함께하고 싶지 않았다. 한 달 전쯤 원하던 기회가 찾아왔다. 내게는 리비아에 면한 크레타 해안에 폐광이 된 갈탄 광산 하나를 빌려 둔 게 있었다. 나는 책벌레들과는 거리가 먼 노동자나 농부 같은 단순한 사람들과 새로운 생활을 해보기로 마음먹었다.

나는 그 여행에 신비로운 의미라도 깃든 것처럼 들뜬 마음으로 떠날 준비를 했다. 내 삶의 방식을 바꾸려고 결심하고 나 스스로 이렇게 다짐했다. '지금껏 넌 그림자만으로도 만족했었지? 자, 이제는 본질 앞으로 가보자.'

드디어 나는 준비를 마쳤다. 떠나기 전날까지도 원고 나부랭이를 뒤적거리던 나는 미완성 원고를 발견했다. 나는 그 원고를 읽으면서 망설였다. 이 년간 내 안의 깊은 곳에서는 하나의 욕망, 한 알의 씨앗이 꿈틀대고 있었다. 나는 내 안에서 나를 파먹으며 익어가고 있는 그 씨앗을 내 장기라고 생각했다. 씨앗은 자라면서 움직였고, 이윽고 밖으로 나오기 위해 발길질을 하기 시작했다. 내게는 그것을 파괴할 용기가 없었다. 정신적인 낙태는 이미 시기를 놓친 것이었다.

나는 원고 뭉치를 들고 망설이다가 문득 허공에서 웃고 있는 내 친구의 모습을 떠올렸다. 냉소와 사랑이 함께 느껴지는 웃음. 가져가겠다. 가져가고말고. 그러니 웃을 필요는 없어! 나는 급소를 맞은 듯 깜짝 놀라며 아기를 감싸듯 조심스럽게 원고를 포장해 다른 짐 속에 넣었다.

레모니 선장의 그윽하면서도 무뚝뚝한 목소리가 들려왔다. 나는 귀를 기울였다. 그는 폭풍이 몰아칠 때 카이크 선의 마스트로 기어 올라가 돛을 핥았다는 바다 요정에 관해 이야기하던 중이었다. 내용은 이러했다.

"부드러우면서도 찰거머리 같지. 바다의 요정 말이오. 수가 많으면 두 손에 불이 붙은 것처럼 얼얼해지지. 어둠 속에서 수염을 쓰다듬었는데 마치 악마의 수염이라도 된 듯 내 수염이 번쩍거리더군. 바닷물이 내 카이크 선을 덮치고 석탄을 죄다 적셔 놓았지. 화물은 침수되고 카이크 선은 기울어지기 시작했지. 그런데 그 순간 하느님이 벼락을 보내주셨소. 해치가 부서지면서 바닷물이 석탄을 죄다 휩쓸어버렸지. 그러자 카이크 선이 가벼워지면서 균형을 잡았고 우리는 살 수 있게 되었소. 이런 일은 다시는 없어야지!"

나는 주머니에서 내 여행의 동반자인 단테 문고판을 꺼냈다. 파이프에 불을 붙인 후 벽에 기대어 편하게 앉았다. 순간 나는 어느 부분을 읽어야 할지 망설였다. '지옥편'의 불타오르는 암흑을?

'연옥편'의 정화하는 불길을? 아니면 인간의 희망이 최고의 감정 기준이 되는 대목을 읽을까? 나는 마지막을 선택했다. 아침 일찍 고르는 단테의 시행詩行이 하루 종일 그 운율을 전해 줄 거라고 생각하며 문고판 단테를 손에 들고 자유를 만끽했다.

나는 강렬한 시편으로 고개를 숙여 시행을 고르려다 문득 누군가가 방해하는 듯한 느낌에 고개를 들었다. 두 개의 눈동자가 내 정수리를 뚫고 들어오는 것 같았다. 나는 서둘러 유리문 쪽을 돌아보았다. 내 머릿속에서는 '내 친구를 다시 만나게 된다.'는 허황된 희망의 불길이 치솟고 있었다. 나는 기적을 받아들일 준비가 되어 있었지만 기적은 결코 일어나지 않았다. 키가 크고 몸이 날렵한 60대 노인이 유리창에 코를 대고 나를 뚫어져라 쳐다보고 있었다. 그는 납작한 보따리 하나를 겨드랑이에 끼고 있었다. 내게 강렬한 인상을 준 것은 냉소적이면서도 불길처럼 섬뜩한 그의 시선이었다. 어쨌거나 내게는 그렇게 보였다.

그는 내가 자신이 찾고 있던 사람인지 가늠해 보는 것 같았다. 서로의 시선이 마주치자 그 낯선 남자는 힘차게 문을 열고는 아주 빠른 걸음으로 탁자 사이를 지나 내 앞에 섰다.

"여행 중이시오?"

그가 물었다. 나는 고개를 끄덕였다.

"어디로요? 하느님의 섭리만 믿고 가는 거요?"

"크레타로 가고 있습니다. 왜 묻는 겁니까?"

"날 데려가시겠소?"

나는 그를 찬찬히 살폈다. 움푹 들어간 뺨, 튼튼한 턱, 튀어나온 광대뼈, 회색 곱슬머리에 밝고 예리한 눈동자를 지니고 있었다.

"왜요? 같이 무슨 일을 할 수 있을까요?"

"왜요! 왜요!"

그는 어깨를 으쓱해 보이며 못마땅하다는 듯이 소리치며 덧붙였다.

"'왜요.' 가 없으면 아무 짓도 못 합니까? 그저 하고 싶어서 하면 안 됩니까? 자, 날 데려가시오. 요리사라고나 할까요. 나는 당신이 들어보지도, 생각지도 못한 수프를 만들 수 있소."

나는 웃음을 터뜨렸다. 마치 협박이라도 하는 듯한 태도와 강한 말투가 마음에 들었다. 수프 이야기도 마음에 들었다. 멀고 쓸쓸한 해안을 헌털뱅이 같은 친구와 함께 가는 것도 나쁘진 않을 것 같았다. 수프를 얻어먹고 이야기만 들어도…… 그는 이곳저곳을 많이 돌아다닌 뱃사람, 신드바드와 비슷한 사람 같았다. 나는 그가 마음에 들었다.

"무슨 생각하시오?"

그가 큰 머리를 내저으며 다정하게 물었다.

"당신도 저울을 가지고 다니는 것이오? 매사를 정밀하게 달아보는 버릇이 있느냐 말이오. 자, 젊은이, 결정하시오. 눈 한 번 질끈 감고 해버리는 거요."

키 큰 노인이 앞에 버티고 서 있어서 말을 할 때마다 올려다보는 게 귀찮았다. 나는 단테를 덮었다.

"앉으세요. 샐비어 술 한 잔 하시겠어요?"

"샐비어?"

그는 가소롭다는 듯이 콧방귀를 뀌고는 소리쳤다.

"이봐! 웨이터, 여기 럼주 한 잔!"

그는 럼주를 조금씩 홀짝거렸다. 입안에서 굴리며 음미하다 천천히 삼켜 속을 따뜻하게 만들려는 것이었다. '육감주의자군. 감식가 같아.' 나는 이런 생각이 들었다.

"무슨 일을 하십니까?"

내가 물었다.

"되는 대로 합니다. 발로도, 손으로도, 머리로도……. 하지만 해본 일만 하면 어디 성이 차겠소."

"마지막으로 하신 일은 뭐죠?"

"광산에서 일했소. 이래봬도 괜찮은 광부였소. 금속도 좀 알지요. 광맥을 찾고 갱도 짜는 것도 좀 압니다. 갱 속으로 내려가도 겁먹질 않지요. 일도 꽤 잘했지요. 전에는 노무감독을 했었는데 사람들 불만이라곤 하나도 없었소. 그런데 악마가 끼어들었소. 지난 토요일 밤에 괜스레 그러고 싶어서 시찰 나온 우두머리를 두들겨 팼다오."

"무슨 이유가 있었겠지요? 그 사람이 영감님한테 무슨 잘못을 저질렀다든가."

"나한테 말이오? 전혀……. 좀 전에 말했듯이 전혀 없었지요. 그날 처음 만났다오. 그 가엾은 친구는 내게 담배까지 권했다오."

"그래서요?"

"그러고 보니 당신은 거기 앉아서 질문만 하는구먼. 그저 지랄병이 도진 것뿐이라오. 젊은이, 물레방앗간 집 마누라 이야기는 알고 있지요? 물레방앗간 집 마누라 궁둥이를 보며 철자법을 배워야겠다는 생각은 안 들잖소? 물레방앗간 집 마누라의 궁둥이, 인간의 이성이란 게 다 그런 거지요 뭐."

인간의 이성에 관한 정의에 대해서는 나도 꽤 읽은 편이었지만 그 헌털뱅이 영감의 정의 같은 것은 들어본 적이 없었다. 놀라웠다. 나는 그 정의가 마음에 들었다. 흥미가 생긴 나는 새로 사귄 길동무를 바라보았다. 주름투성이인 그의 얼굴은 마치 벌레 먹은 나무처럼 세상 풍파에 찌들어 있었다. 나는 몇 년 뒤 파나이트 이스트라티(결핵을 앓던 루마니아의 작가로 글은 프랑스어로 썼다. 출세작은 《뛰링거 가》(1933)의 〈뉘우칠 줄 모르는 사나이 아드리안 조그라피의 생애〉 제1편임)의 얼굴에서도 그의 얼굴과 똑같은, 닳고 찌든 나무의 인상을 받았다.

"그 보따리 속엔 뭐가 들어 있습니까? 먹을 건가요? 옷? 아니면 연장?"

길동무는 어깨를 으쓱거리며 웃음을 터뜨렸다.

"당신 참 눈치가 빠르구먼, 미안하지만……"

그가 대답했다. 그는 길고 굳은살이 박인 손가락으로 보따리를 찌르며 덧붙였다.

"아니요. 이건 산투르(현악기로, 작은 망치나 채를 이용해서 연주하는 침발롬이나 딜시머의 일종)요."

"산투르? 산투르를 연주합니까?"

"먹고살기 힘들 때는 산투르를 연주하며 여인숙을 전전하지요. 마케도니아에서 전해지는 클레프트 산적의 옛날 노래도 부르고요. 그러고 나서 모자를 벗어 들고…… 이 베레모 말이오, 한 바퀴 돌면 돈이 가득 채워진다오."

"이름을 여쭤봐도 될까요?"

"알렉시스 조르바. 내가 키가 크고 마른 데다가 머리통이 납작한 케이크처럼 생겨서 '빵집 샵'이라고 부르는 친구도 있다오. 예전에 볶은 호박씨를 팔고 다녔을 때는 '파사 템포(소금과 함께 볶은 호박씨)'라고도 불렀소. 또 '흰곰팡이'라는 별명도 있는데 이렇게 부르는 놈들이 말하길, 가는 곳마다 내가 사기를 치기 때문이라는 거요. 개나 물어가라지. 이것들 말고도 별명이 많지만 그건 다음에 얘기하지요."

"어떻게 해서 산투르를 배우게 되었습니까?"

"스무 살 때였소. 나는 올림포스 산기슭에 있는 우리 마을에서 처음 산투르 소리를 들었다오. 넋을 잃고 들었지. 사흘 동안 밥도 못 먹을 정도였으니. 아버지는 내게 '어디가 아프냐?'고 물었소. 아버지 영혼이 평온하시기를…… '산투르를 배우고 싶습니다.' '창피하지도 않으냐? 네가 집시냐? 딴따라가 되겠다는 것이냐?' '저는 산투르를 배우고 싶습니다.' 내겐 결혼하려고 모아둔 돈이 조금 있었지요. 어리석은 생각이었지만 그때만 해도 아직 어리고 혈기만 왕성했소. 머저리같이 결혼 같은 걸 하고 싶어 했다니! 전 재산을 털고 얼마를 더 보태서 산투르를 하나 샀지요. 지금 당신이 보고 있는 이게 바로 그겁니다. 나는 산투르를 들고 살로니카로 도망가 터키인 레트셉 에펜디를 찾아갔지요. 그는 누구에게나 산투르를 가르쳐주었어요. 나는 일단 그의 발밑에 엎드렸다오. '꼬마 이교도야, 왜 그러느냐?' '산투르를 배우고 싶습니다.' '그래, 그런데 왜 내 발밑에 엎드린 것이냐?' '수업료를 낼 돈이 없습니다.' '산투르에 미친 것이구나.' '네.' '그럼 여기 있어라. 수업료는 받지 않을 테니.' 나는 그곳에서 일 년 동안 머물며 배웠지요. 그 영감의 무덤에 신의 축복이 있기를…… 아마 지금쯤은 죽었을 겁니다. 하느님이 개한테도 천당을 허락하신다면 레트셉 에펜디에게도 천당 문을 활짝 열어주실 겁니다. 산투르를 배우게 되면서부터 나는 전혀 다른 사람이 되었지요. 기분이 안 좋거나 가진 게하나도 없을 때면 산투르를 켜지요. 그러면 힘이 생깁니다. 내가산투르를 켤 때 당신이 말을 거는 건 괜찮지만 난 들리지 않아요. 들린다고 해도 대답은 못 해요. 하려고 해도 할 수가 없으니까."

"왜 그러는 겁니까?"

"그걸 모르는 거요? 바로 그게 정열이라는 것이오."

문이 열렸다. 바다 소리가 다시 카페로 밀려들어왔다. 손발이얼고 있었다. 나는 외투를 입고 구석 깊이 들어가 웅크리고 있었다. 나는 그 순간의 행복을 음미했다.

'어디로 가야 하지? 여기는 꽤 좋지만. 이 행복이 오래 지속되었으면…….'

이런 생각을 하며 나는 앞에 선 사나이를 자세히 살펴보았다. 그의 작고 둥근 까만 눈동자에는 핏발이 서 있었으며 그 눈은 나를 뚫어지게 쳐다보고 있었다. 마치 내 모든 걸 꿰뚫어보고 있는것 같았다.

"그래서요? 계속해 보세요."

내가 말했다.

"그만합시다. 담배나 한 대 주시겠소?"

조르바는 앙상한 어깨를 으쓱하며 말했다. 나는 그에게 담배 한개비를 건네주었다. 그러자 그는 주머니에서 부싯돌을 꺼내 불을붙였다. 그러고는 만족스러운 얼굴로 눈을 감았다.

"결혼은 했습니까?"

"나는 남자도 아니오?"

그가 화를 냈다.

"내가 남자로도 안 보이오? 눈이 멀었지. 나보다 먼저 살았던 사람들처럼 나도 시궁창에 대가리를 처박았던 겁니다. 결혼했었다는 얘기라오. 그러고 나서 쭉 내리막길을 걸었소. 가장이 되고 집을 짓고 자식새끼들을 낳고…… 하지만 산투르 덕분에……."

"산투르로 근심 걱정을 달랬던 것이군요?"

"이것 보쇼. 당신은 악기 하나 다루지 못하는 것 같은데 대체 무슨 소리를 하는 거요? 집구석에 들어가면 그저 있는 것이라곤 근심 걱정뿐이었소. 마누라고 자식들이고. 뭘 먹어야 되나, 뭘 입어야 할까, 앞으로 무엇이 될까? 젠장. 그래선 안 되는 것이오. 산투르를 켜려면 환경이 좋아야 한단 말이오. 마음이 깨끗해야 하는 거지. 한 마디면 될 것을 마누라는 열 마디 잔소리를 늘어놓는데 어떻게 산투르를 켜겠소? 자식들은 배고프다고 빽빽거리는데 어떻게 산투르를 켜겠소? 산투르를 켜려면 모든 정성을 오로지 산투르에만 쏟아야 하는 것이오. 알겠소?"

나는 이제야 알게 되었다. 조르바는 내가 그토록 오랜 시간을 찾아 헤맸으나 만나지 못했던 바로 그 사람이었다. 그는 살아 숨 쉬는 심장과 풍부한 말들을 쏟아내는 커다란 입과 위대하고도 야성적인 영혼을 지닌, 모태의 대지에서 아직 탯줄이 떨어지지 않은 사나이였다.

언어, 예술, 사랑, 순수함, 정열의 의미는 노동자가 내뱉은 지극히 단순한 말로 내게 전해졌다. 나는 그의 손을 쳐다보았다. 곡괭이와 산투르를 다룰 수 있는 그의 두 손은 굳은살이 박여 터지고 뭉그러졌으며 힘줄이 불끈 솟아 있었다. 그는 여자의 옷이라도 벗기듯 섬세하고도 조심스럽게 보따리를 풀어 세월의 흔적이 녹아 있는 산투르를 꺼냈다. 산투르에는 여러 개의 줄이 있었는데, 그 줄 끝에는 놋쇠와 상아, 그리고 붉은 비단으로 만든 술 장식이 달려 있었다. 그는 마치 여자를 애무하듯 커다란 손으로 조심스럽고도 정열적으로 줄을 골랐다. 그러고 나서 사랑하는 여자가 감기에 걸릴까 봐 옷을 입히듯 산투르를 다시 보자기로 싸기 시작했다.

"이게 내 산투르요."

그가 의자에 조심스럽게 보따리를 내려놓으며 말했다.

뱃사람들은 술잔을 부딪치며 웃고 떠들었다. 그러다 늙은 뱃사람 하나가 레모니 선장의 등을 다정하게 두드렸다.

"선장, 고생 좀 했겠군. 그래서 성 니콜라우스 성전에 촛불깨나 켜겠다고 약속했겠지. 몇 개인지는 모르겠지만……."

선장은 짙은 눈썹을 일그러뜨렸다.

"천만에, 맹세컨대 죽음의 천사장이 나타났을 때도 성모 마리아 님이나 성 니콜라우스를 생각지 못했네. 그저 사라미스 쪽을 바라보며 내 마누라를 생각하며 이렇게 외쳤지. '아이고, 카테리나! 이 순간 당신과 함께 침대에 있다면 얼마나 좋을까!'"

뱃사람들이 웃음을 터뜨리자 레모니 선장도 따라 웃었다.

"사내란 어쩔 수 없는 동물이야."

그가 키득거렸다.

"천사장이 머리 위에서 칼을 들고 서 있는데 고작 떠오른 생각이 그거라니까. 다른 것도 아니고 바로 거기! 늙은 색골은 악마나 물어가라지!"

그가 손뼉을 쳤다.

"한 잔씩 쭉 돌려!"

조르바는 그 큰 귀를 세우고 이야기를 듣다가 뱃사람들을 한 번 둘러보고는 나에게 물었다.

"'거기'라니 그게 어디요? 저 친구들 지금 무슨 말을 하고 있는 거요?"

그러다 갑자기 알아챘는지 그는 술잔을 쳐들고 외쳤다.

"그럼 그렇지. 브라보! 젊은 친구! 저 뱃놈들 뭘 좀 안다니까. 밤낮으로 죽을 고비를 넘겨서 그런지."

그는 큰 주먹을 공중에 휘두르며 계속 말했다.

"하지만 마누라 '거기'야 뱃놈들 사정이고, 우리는 우리 일에 대해 의논해 봅시다. 여기 있어야 되는 거요, 같이 가는 거요? 어서 결정을 내리시오."

그때 나는 조르바의 품 안으로 뛰어들고 싶은 충동을 겨우 참아냈다.

"조르바, 이야기는 끝났어요. 함께 갑시다. 크레타 섬에 갈탄 광산이 하나 있어요. 당신이 인부들을 감독해 주세요. 날이 저물면 모래 위에 다리를 뻗고 앉아 먹고 마십시다. 내겐 아내도 자식도 강아지도 없어요. 그러니 당신은 산투르를 켜도 돼요."

"기분이 내킨다면야! 내 말 알아듣겠소? 마음이 내키면 말이오. 당신이 바라는 대로 일하겠소. 거기 가면 나는 당신 사람이니까. 하지만 산투르는 좀 다르다오. 산투르는 짐승이오. 짐승에겐 자유가 필요하지. 제임베키코(소아시아 해안 지방에 있는 제임벡족의 춤), 하사피코(백정들의 춤), 펜토잘리(크레타 전사의 춤)도 출 수 있소.

하지만 처음부터 분명히 말해 두겠소. 마음이 내켜야 한다는 것이오. 이건 분명히 해둡시다. 나한테 강요라도 한다면 그땐 정말 끝이오. 결국 당신은 내가 인간이라는 걸 인정해야 한다는 겁니다."

"인간이라니, 그게 무슨 뜻입니까?"

"자유라는 것이오."

나는 럼주 한 잔을 더 주문했다.

"두 잔 가져와!"

조르바가 외치며 덧붙였다.

"당신 것도 한 잔 있어야 같이 마실 수 있지 않겠소. 샐비어 술과 럼주는 어울리지 않으니. 당신도 럼주를 마셔야 우리 계약이 효력이 생기는 것이오."

우리는 잔을 부딪쳤다. 아침이 밝았다. 뱃고동 소리가 울리며 내 짐을 실은 거룻배 사공이 내게 손짓했다.

"신의 가호가 함께하시기를. 자, 갑시다."

내가 일어서며 외쳤다.

"신과 더불어 악마도 함께!"

조르바가 슬며시 덧붙였다. 그는 머리를 숙이고 산투르를 옆구리에 끼고는 문을 열고 먼저 나갔다.

02

바 다, 따사로운 가을빛, 빛에 씻긴 섬, 영원한 나신裸身 그리스 위에 투명한 베일처럼 부드럽게 내리는 비. 생전에 에게 해를 여행할 행운을 누리는 사람은 얼마나 많은 복이 있는 것일까.

여자, 과일, 이상……. 이 세상에는 온갖 기쁨이 있다. 그러나 따사로운 가을날, 주변 섬들의 이름을 되뇌며 바다를 헤쳐 나가는 것은 인간의 마음을 천국으로 이끄는 가장 쉬운 방법이기에 나는 그것을 좋아할 수밖에 없다. 그곳만큼 쉽게 사람의 마음을 현실에서 꿈으로 옮길 수 있는 곳은 없을 테니까. 꿈과 현실의 경계는 희미해지고, 낡은 배의 돛대에서도 가지가 자라나고 열매가 익는다. 그리스에서는 필요가 기적을 낳는 것이다.

정오가 되면서 비가 그쳤다. 구름 사이로 내비친 태양은 따사로운 빛으로 사랑하는 바다와 대지를 씻어주고 어루만져주었다. 나는 뱃머리에 서서 내 눈앞에 펼쳐진 기적에 심취했다.

배 위에는 탐욕스럽고 교활한 악마의 눈을 가진 이들과 거리에서 파는 싸구려 물건 같은 머리를 달고 있는 그리스인들이 가득했다. 그들은 마치 조율이 안 된 피아노처럼, 정직하지만 독하게 잔소리를 해대는 여자처럼 싸웠다. 마음 같아선 배를 들어 바닷물에 푹 담가 흔들어 인간, 쥐, 벌레 같은 살아 있는 더러운 것들을 죄다 씻어버린 뒤 깨끗한 배를 다시 물 위에 띄워 놓고 싶었다.

그러나 때때로 나는 그들에게 연민을 느꼈다. 그것은 형이상학적인 삼단논법의 결론만큼이나 냉정한 부처의 연민 같은 것이었다. 인간만을 위한 것이 아닌, 싸우고 울고 소리치며 무언가를 바라면서도 인생의 무상함을 깨닫지 못하는, 살아 있는 모든 것들에 대한 연민이었다. 그리스인에 대한 연민이고, 갈탄 광산에 대한 연민이며, 부처에 대한 나의 미완성 원고와 더불어 어느 순간 깨끗한 공기를 더럽힐 빛과 허무한 그림자에 대한 연민이었다.

나는 찌들고 주름진 조르바의 얼굴을 보았다. 그는 뱃머리에 감긴 밧줄 위에 앉아서 레몬 향기를 맡으며 그 큰 귀로 왕과 크레타 출신의 정치가 베니젤로스를 두고 사람들이 싸우는 소리를 듣고 있었다. 그는 고개를 저으며 침을 뱉고는 빈정거리며 말했다.

"말 같지도 않은 소리. 저놈들은 창피한 줄도 모르나."

"말 같지도 않다니 조르바, 그게 무슨 뜻입니까?"

"무슨 뜻이긴. 임금이니, 민주주의니, 국민 투표니, 국회의원이 어쩌고 해봤자 다 그게 그거라는 소리요!"

세상과 거리를 두고 있는 조르바에게는 눈앞에서 일어난 사건들마저도 시대에 뒤떨어진 허무맹랑한 수작으로만 보였던 모양이다. 그는 전신 기술, 증기선, 엔진, 도덕이나 종교 같은 것도 녹슨 고물 총과 마찬가지라고 생각했다. 그의 정신은 세상을 훨씬 앞서 나가고 있었던 것이다.

해안선이 들쑥날쑥하고 돛대 위의 밧줄이 삐걱대기 시작하자 배 안에 있던 여자들의 얼굴은 레몬보다 더 노랗게 질려버렸다. 그들은 이미 오래전에 화장, 보디스(코르셋 위에 입는 여성 의복_옮긴이), 머리핀, 빗 같은 무기를 버렸다. 입술은 새파랗고 손톱은 퍼렇게 멍들었다. 늙은 수다쟁이들이 빌려서 치장한 리본, 가짜 눈썹, 얼굴에 붙인 점, 브래지어 따위의 장신구들은 이미 포기해 버렸다. 구토를 하는 그들의 모습에서 역겨움과 측은함을 동시에 느꼈다.

조르바의 얼굴도 노래졌다. 빛나던 눈빛도 흐리멍덩해졌다. 그의 눈빛은 저녁이 되어서야 다시 돌아왔다. 그는 배를 따라오며 물 위로 떠오른 돌고래 두 마리를 가리켰다.

"돌고래요!"

그가 기쁜 듯 외쳤다. 나는 그제야 그의 왼손 집게손가락이 절반쯤이나 잘려 나간 걸 알게 되었다. 묘한 기분이 들었다.

"손가락은 어떻게 된 겁니까, 조르바."

"별 일 아니오."

그는 돌고래를 보고도 별다른 감흥이 없는 나를 못마땅하게 여기는 듯했다.

"기계를 다루다 잘린 건가요?"

"뭘 안다고 기계 어쩌고 하는 것이오? 내가 직접 자른 거요."

"당신 손으로요, 왜요?"

"당신은 이해하지 못할 거요, 보스."

그가 어깨를 으쓱하며 말했다.

"안 해본 일이 없다고 했지요? 한때는 도자기를 만들었지요. 거기에 미쳤었지. 흙덩이로 원하는 모든 걸 다 만들 수 있다는 게 어떤 건지 아시오? 프르르! 물레를 돌리면 진흙덩이가 동그랗게 되는데, 꼭 당신의 말을 알아듣는 것 같지요. '항아리를 만들어야지, 접시를 만들어야. 아니 램프를 만들까, 아무도 모르는 걸 만들어야지.' 사람이라는 건 바로 이런 게 아니겠소? 자유 말이오."

그는 어느새 바다를 잊고 있었다. 그리고 더 이상 레몬을 씹지도 않았다. 그의 눈이 다시 빛나기 시작했다.

"그래서요? 손가락은 어떻게 된 겁니까?"

"참, 그게 물레를 돌리는데 자꾸 거치적거리더군요. 이게 끼어들어 내가 만들려던 것을 방해하는 게 아니겠소. 그래서 어느 날 손도끼를 들고……."

"아프지 않았나요?"

"무슨 소리요? 나는 나무토막이 아니오. 나도 사람이오. 물론 아팠지만 이게 자꾸 거치적거려 신경이 쓰이니 잘라야만 했소."

해가 지면서 바다는 잠잠해졌다. 구름도 사라지고 하나둘씩 별이 빛나기 시작했다. 나는 바다를 바라보고 또 하늘을 바라보며 내가 한 질문을 후회했다. 얼마나 사랑했기에 도끼를 들어 손가락을 자르는 고통을 참아냈던 것일까……. 그러나 나는 내 감정을 드러내지 않았다.

"그건 좀 심하군요, 조르바."

내가 웃으며 말했다.

"그 얘기를 들으니 책에서 읽었던 어느 금욕주의자 이야기가 떠오르네요. 여자를 보고 욕정의 갈등을 견디기 어렵자 그자는 도끼를 들어……."

"머저리 같으니라고."

조르바는 내가 할 말을 짐작했는지 소리를 지르며 말했다.

"그걸 왜! 그렇게 어리석은 인간은 지옥에 떨어져야지. 참으로 순진하고 답답한 친구로군. 그건 장애물이 아니오!"

"하지만 아주 큰 장애물이 될 수도 있지요."

내가 큰소리쳤다.

"뭘 하는 데 말이오?"

"하늘나라로 들어가는 데."

조르바는 한심하다는 눈으로 나를 바라보며 말했다.

"답답한 사람 같으니. 그건 바로 천국으로 들어가는 열쇠란 말이오."

그는 고개를 들어 내세의 삶과 천국, 여자, 성직자 따위의 생각이 복잡하게 오가는 내 마음속을 들여다보려는 듯이 나를 빤히 쳐다보았다. 그러나 그는 내 생각을 별로 읽어내지는 못한 듯했다. 그는 커다란 잿빛 머리를 절레절레 흔들었다.

"병신은 천국에 못 들어간다오."

그는 이렇게 말하고는 입을 다물었다.

나는 내 자리로 돌아가 책을 펼쳤다. 붓다 생각이 여전히 머릿속에 남아 있었다. 나는 몇 년 동안 내 마음에 평화와 안식을 가져다주던 《붓다와 목자의 대화》를 읽었다.

목자 내 식사는 준비되었고 암양의 젖도 짜 두었습니다. 내 집 대문은 잠겨 있고 불은 타고 있습니다. 그러니 하늘이여, 마음대로 비를 내려도 좋습니다.

붓다 내게는 더 이상 음식이나 젖이 필요하지 않습니다. 바람이 내 처소이며 불 또한 꺼졌습니다. 그러니 하늘이여, 마음대로 비를 내려도 좋습니다.

목자 내게는 황소와 암소가 있습니다. 내 아버지에게서 물려받은 목장도 있으며, 내 암소를 모두 거느릴 씨받이 소도 있습니다. 그러니 하늘이여, 마음대로 비를 내려도 좋습니다.

붓다 내게는 황소도 암소도 목장도 없습니다. 나는 아무것도 가진 게 없으며 어떤 것도 두렵지 않습니다. 그러니 하늘이여, 마음대로 비를 내려도 좋습니다.

목자 내게는 순종적이고 부지런한 양치기 여자가 있습니다. 그녀는 오래전에 내 아내가 되었습니다. 그녀와 함께 보내는 밤이 나는 행복합니다. 그러니 하늘이여, 마음대로 비를 내려도 좋습니다.

붓다 내게는 자유롭고 착한 영혼이 있습니다. 나는 오래전부터 내 영혼을 길들여 왔고, 나와 함께 놀도록 가르쳤습니다. 그러니 하늘이여, 마음대로 비를 내려도 좋습니다.

두 목소리는 잠이 들 때까지 내 귓가에 맴돌았다. 바람이 다시 불었고 파도는 선체에 부딪치며 부서졌다. 나는 비몽사몽의 상태로 연기처럼 떠 있었다. 폭풍이 일면서 목장과 암소, 수소와 황소 모두 물속으로 사라져버렸다. 바람이 지붕을 날려 불을 꺼뜨리고, 여자는 울부짖다 진흙탕에 쓰러졌으며 목자는 통곡했다. 내겐 그의 소리가 들리지 않았지만 나는 바다 깊숙이 침잠하는 물고기처럼 점점 더 깊은 잠 속으로 빠져들었다.

아침이 되어 눈을 떴을 때, 배 오른편에 위풍당당한 섬이 우뚝

서 있었다. 엷은 분홍빛 산들은 가을 햇빛 아래 옅은 안개 속에서 미소 짓고 있었다. 배 주변을 둘러싼 짙푸른 바다는 여전히 거칠게 호흡하고 있었다.

조르바는 갈색 담요를 뒤집어쓴 채 크레타 섬을 바라보는데 열중하고 있었다. 그는 산에서 평야로, 그리고 해안으로 빠르게 시선을 옮기며 마치 오래전부터 잘 알고 있던 해안을 다시 마주할 수 있어서 기쁘다는 듯 샅샅이 훑어보았다.

나는 그의 곁에 다가가 어깨를 툭 치며 말했다.

"조르바, 크레타에 처음 온 게 아닌 것 같군요. 오랜 친구 보듯 바라보고 있으니."

조르바는 귀찮은 듯 하품을 했다. 내 생각에 조르바는 별로 이야기를 나누고 싶지 않은 것 같았다. 나는 웃었다.

"별로 이야기하고 싶지 않은가 봐요."

"꼭 그런 것만은 아니고, 젊은 보스. 힘이 들어서 그렇다오."

"힘이 들다니요?"

그는 대답은 하지 않고 다시 해변을 바라보았다. 갑판 위에서 잤기 때문에 그의 잿빛 곱슬머리는 이슬로 반짝였다. 해가 떠오르며 그의 볼과 턱, 그리고 목에 팬 깊은 주름을 비추었다.

마침내 그는 입술을 뗐다. 그의 입술은 염소 입처럼 두껍고 살짝 처져 있었다.

"난 아침에 입을 여는 게 힘들어요. 정말 힘들어요. 미안합니다, 젊은 보스."

그는 다시 입을 다물었다. 그의 둥글고 작은 눈은 크레타 섬을 향해 있었다.

아침 식사 시간이 되자 종이 울렸다. 퍼렇고 누렇게 뜬 얼굴들이 선실에서 몰려나왔다. 말았던 머리를 지저분하게 늘어뜨린 여자들이 휘청거리며 식탁 사이를 지나갔다. 몸에선 게워 낸 오물과 향수 냄새가 풍겼고, 겁먹은 눈은 흐릿하고 멍청해 보였다.

내 앞에 앉은 조르바는 마치 동양인 미식가 같은 얼굴로 정성스럽게 커피 향을 맡고 있었다. 그는 빵에 버터와 꿀을 발라 먹었다. 그의 얼굴은 점점 생기가 돌며 안정을 찾았고, 시간이 지나면서 입술 선도 부드러워졌다. 나는 천천히 잠을 털어내고 새롭게 깨어나는 그를 몰래 지켜보았다. 시간이 지나면서 그의 눈빛은 점점 더 빛났다.

그는 담배에 불을 붙이며 맛있게 한 모금 빨고는 코털이 가득 찬 콧구멍으로 파란 연기를 내뿜었다. 그는 여느 동양인들처럼, 오른쪽 다리로 엉덩이를 받치고 편하게 앉아 있었다. 이제야 무언가 말할 수 있게 된 것 같았다.

"크레타가 처음이냐고 물었지요?"

그가 입을 열기 시작했다. 그는 눈을 반쯤 감고 선창을 통해 우리들 뒤로 사라져 가는 이다 산을 바라보았다.

"아닙니다. 처음이 아니라오. 1896년에 나는 벌써 훌쩍 다 컸지요. 수염과 머리털은 이미 까마귀처럼 새까맣게 나 있었고요. 이빨도 서른두 개 모두 다 있었고, 술에 취하면 오르되브르부터 접시까지 몽땅 먹어 치웠지요. 그래요, 나는 즐길 만큼 즐겼어요. 그런데 악마가 훼방을 놓기 시작했습니다. 크레타에 혁명이 일어났단 말입니다. 그 당시 나는 행상을 하고 있었지요. 마케도니아의 이 마을 저 마을을 떠돌며 잡화를 팔고 돈 대신 치즈, 양모, 토끼,

옥수수 같은 걸 받았지요. 다 팔고 나면 두 배는 남는 장사였어요. 항상 날이 저문 뒤에야 마을로 들어갔지요. 내가 자야 될 곳이 어딘지는 물론 잘 알고 있었어요. 어떤 마을을 가도 마음씨 착한 과부는 늘 있었으니까. 하느님 과부를 축복해 주시길! 나는 과부에게 실 한 뭉치, 혹은 빗이나 스카프 한 장을 줍니다. 물론 과부니까 검은색을 주었지요. 그 다음은 같이 자는 겁니다. 그러니 돈이 들 리가 없지요.

보스, 정말 얼마 안 들었어요. 덤으로 재미까지 보는데 말이지요. 하지만 좀 전에 말했다시피 악마가 난장판을 만들어버렸지요. 크레타는 전쟁터가 되었답니다. 나는 이렇게 외치고 싶었어요. '크레타의 운명 같은 건 쥐나 물어가라지. 젠장, 크레타는 왜 우릴 평화롭게 내버려두지 않는 거야' 나는 팔던 물건들을 내던지고 총을 들고 크레타 독립군이 되었지요."

조르바는 다시 입을 다물었다. 우리 배는 모래사장이 있는 고요한 만을 끼고 돌았다. 파도가 부드럽게 밀려가 해변에 가느다란 선을 남겼다. 구름이 사라진 뒤 햇빛이 비쳐 크레타 섬의 거친 윤곽이 뚜렷이 드러났다.

조르바가 고개를 돌려 어이없는 표정으로 나를 바라보았다.

"보스, 내가 무슨 이야기를 하려는지 아시오? 터키 놈들의 목을 얼마나 자르고, 그놈들의 귀를 얼마나 술에 절였는지—이건 크레타의 풍습이긴 하지만—그런 얘기라 생각하지요? 천만에, 그런 이야기는 하고 싶지 않소. 수치스러우니까. 얼마나 미친 짓을 한 건지. 오늘처럼 약간 정신을 차린 날, 나 자신에게 물어봤어요. 도대체 무슨 병이 도져 우리에게 해를 끼치지도 않은 놈들을 덮치고 물어뜯고 코를 베고 귀를 자르며 창자를 후벼낸 것인지! 전능하신 하느님께 도와 달라고 외치면서까지 말이오. 하느님이 그들의 귀와 코를 도려내 작살내 주기를 바란 것일까요?

하지만 당신도 알다시피 그때의 나는 피가 끓는 청춘이었어요. '왜'라는 이유 따위를 생각할 여유가 없었으니까. 사물을 똑바로 보고 판단하려면 나이가 좀 들어야 해요. 이빨도 좀 빠져야 되고. 이빨 하나 없는 늙은이라면 '얘들아, 물면 안 돼. 그럼 못 써.' 하고 소리나 칠 수 있지요. 그러나 이빨 서른두 개가 멀쩡할 때는……. 사람이 젊었을 때는 사람이라고 할 수 없어요. 사람을 잡아먹는 야수나 마찬가지라고요."

그는 고개를 저었다.

"젊은 것들은 양도 처먹고 닭도 처먹고 돼지도 처먹습니다. 하지만 꼭 사람을 처먹어야 배가 차나 봅니다."

그는 커피 접시에 담배를 비벼 끄며 계속 말했다.

"배가 안 찬다니까요. 안 차고말고. 헌데 현자賢者라는 늙은 올빼미들은 대체 뭐라고들 합니까?"

그는 대답도 기다리지 않고 말을 이었다.

"뭐라고 하겠어요? 가만 보니 보스는 배를 곯아본 적도, 누굴 죽여 본 적도, 도둑질을 해보거나 간음한 적도 없는 것 같군요. 그래서야 어떻게 세상의 이치를 알겠소? 당신 머리는 순진하고 살갗은 햇볕에 타본 적도 없어요."

그는 그렇게 나를 무시하고 있었다. 나는 내 섬세한 손과 창백한 얼굴, 진창 속에서 피투성이가 되어 보지 못한 내 인생이 부끄러워졌다.

"좋아요."

조르바는 스펀지로 닦아내듯 식탁 위를 그 큰 손으로 닦았다.

"좋다고요! 헌데, 궁금한 게 하나 있소. 당신은 수백 권의 책을 읽었을 테니까 아마 해답을 알고 있겠지요."

"말해 봐요, 조르바. 뭐가 궁금한가요?"

"보스, 거기에서 기적 같은 게 일어나고 있었습니다. 정말 웃기는 기적이었지요. 우리는 독립군이 되어 사기 치고, 훔치고, 죽이는 짓거리들을 했는데, 그것 때문에 게오르기오스 왕자가 크레타로 왔던 겁니다. 그러고 나서 자유를 찾았지요!"

그는 놀라서 휘둥그레진 눈으로 나를 바라보았다.

"정말이지 신기한 일입니다. 보통 신기한 일이 아니지요. 그러니까 결론은, 이 세상에서 자유를 얻으려면 살인을 하고 사기를 쳐야 된다는 얘기 아니겠습니까? 내가 사람을 죽이고 사기를 친 이야기를 다 한다면 머리털이 곤두설 겁니다. 그런 짓을 했는데도 자유라니! 하느님이 우리한테 벼락을 안 내리고 자유를 주시다니! 나는 도무지 이해가 안 된다니까요."

그는 도움을 청하듯 나를 바라보았다. 오랫동안 그 문제로 고민해 왔지만 의미를 깨닫지 못해 괴로워하는 모습이 보였다.

"보스는 이해할 수 있어요?"

그는 괴로운 듯이 물었다. 무엇을 이해한다는 말인가? 내가 무슨 말을 할 수 있단 말인가. 우리가 하느님이라고 부르는 것은 존재하지 않으며, 우리가 살인자라고 부르는 것이나 나쁜 짓이라고 부르는 것도 전부 세계의 자유를 위한 투쟁에는 필요한 거라고 해야 하는 것인가? 나는 조르바를 위해 단순하게 설명하려고 애썼다.

"식물이 어떻게 자라고 똥과 진흙 속에서 어떻게 꽃으로 피어나지요? 조르바, 자신한테 똥과 흙은 사람이고 꽃은 자유라고 말해 보는 건 어때요?"

조르바는 주먹으로 식탁을 치며 소리쳤다.

"그러면 씨앗은? 싹이 트려면 씨앗이 있어야 되지 않소? 누가 우리 내부에 그런 씨앗을 집어넣은 것이오? 이 씨앗은 왜 친절하고 정직한 곳에서는 꽃을 피우지 못한답니까? 왜 피와 더러운 거름이 필요하냔 말입니다."

나는 고개를 저었다.

"모르겠어요."

"누가 알까요?"

"없을걸요."

"그럼, 그렇다면, 당신은 당신의 그 배와 기계와 넥타이로 날더러 뭘 어떻게 하라는 말이오?"

조르바는 거친 눈빛으로 주변을 쳐다보며 절망적인 목소리로 부르짖었다.

멀미로 괴로워하던 승객 두어 명이 커피를 마시며 기운을 차리고 있었다. 그러다 그들은 싸움이 벌어진 줄 알고 귀를 기울였다. 그 행동이 거슬렸는지 조르바는 목소리를 낮추었다.

"화제를 바꿔봅시다. 그 생각만 하면 의자고 램프고 내 머리통이고 죄다 벽에다 던져 박살내버리고 싶으니까. 하지만 그래 봤자 무슨 소용이 있을까요. 물건값이나 물어주고 의사한테 가서 머리에 붕대만 감아야 될 뿐이지. 하느님이 살아 있다면 더 가혹한 일이에요. 우리가 그렇게 피를 흘린다면 말이지요. 그분은 분명 하늘 위에서 날 내려다보며 배를 잡고 웃고 있을 겁니다."

그는 귀찮은 파리를 쫓듯이 손을 내저었다.

"그렇다고 너무 걱정은 마시고, 어쨌든 내가 하고픈 말은 이거요. 왕의 군함이 깃발을 달고 들어와 한참 포격을 한 뒤에 게오르기오스 왕자가 크레타의 땅을 밟았다는 얘깁니다. 자유를 찾은 사람들이 미쳐서 난리를 치는 걸 본 적 있어요? 없어요? 보스, 그럼 당신은 눈뜬장님으로 살다 갈 팔자로군요. 내가 천 년을 살아도, 내 몸뚱이가 썩어 한 줌 재로 남을 때까지 난 그날의 모습을 절대 잊을 수 없을 거요. 우리 마음대로 하늘나라 낙원을 선택할 수 있다면―낙원이라면 응당 그래야 하겠지만―하느님께 말할 겁니다. '오! 하느님, 내 낙원은 아프로디테의 신목神木(도금양)과 깃발이 나부끼는 크레타 섬으로 정해 주시고, 게오르기오스 왕자가 크레타의 땅을 밟던 그 순간이 영원하게 해주소서.' 그게 전부입니다."

조르바는 다시 침묵했다. 그는 수염을 걷고 찬물을 벌컥벌컥 들이켰다.

"조르바, 대체 크레타에서 무슨 일이 있었던 겁니까? 이야기 좀 해보세요."

"그 긴 이야기를 꼭 해야 하오?"

조르바가 퉁명스럽게 말했다.

"보세요, 솔직히 말하면 이 세상은 수수께끼고 인간은 야만스러운 짐승이나 마찬가지라는 겁니다. 야수이면서 신이기도 하지요. 마케도니아에서 나와 함께 온 놈 중에 요르가라는 불한당 같은 반역자가 있었지요. 극형에 처해야 마땅한 진짜 악랄한 놈이었는데, 글쎄 그놈까지 울더군요. '왜 우는 것이냐 요르가, 이 개자식아.

돼지 새끼 같은 놈이 왜 울어?' 그렇게 물으며 나도 눈물을 흘리고 있었지요. 그랬더니 그 녀석이 내 목을 끌어안고 어린애처럼 꺽꺽 울지 않겠어요? 그러고 나서 그 몹쓸 놈이 지갑을 꺼내 터키 놈들한테서 뺏은 금화를 죄다 쏟아내 한 줌씩 공중에 뿌리더군요. 보스, 자유라는 게 뭔지 이제 아시겠어요?"

나는 맑은 바닷바람을 쐬고 싶어서 갑판으로 올라갔다. 나는 생각해 보았다. '자유라는 게 뭔지 이제 아시겠어요?' 금화를 빼앗느라 혈안이 되었다가 갑자기 그 정열을 버리고 애써 모은 금화를 공중에 던지다니…….

좀 더 고상한 정열에 사로잡혀 기존의 정열을 버리는 것. 그것 역시 노예근성이 아닐까? 이상이나 민족, 혹은 하느님을 위해 자신을 희생하는 것은? 우리가 고상한 것을 따를수록 노예 사슬은 길어지는 것이 아닐까? 그리고 우리는 좀 더 넓은 경기장에서 놀다가 그 사슬을 벗어나지 못한 채 죽게 되는 건 아닐까? 그럼 우리가 말하는 자유는 무엇인가?

늦은 오후, 우리는 해안의 모래사장에 내려 깨끗이 씻긴 하얀 모래와 아직 꽃이 피어 있는 협죽도와 더불어 무화과와 캐럽나무를 보았다. 오른편에는 마치 휴식을 취하는 여인의 모습과도 같은, 나무 한 그루 없는 잿빛 언덕이 보였다. 여인의 턱 아래쪽으로 목을 따라 갈탄 광산의 광맥이 뻗어 있었다.

가을바람이 불었다. 찢어진 구름이 느리게 흘러가며 대지 위에 부드러운 그림자를 비추었다. 하늘 저편에서는 또 다른 구름 떼가 피어올랐다. 구름 뒤로 태양이 몸을 숨기고 드러냄에 따라 대지의 얼굴은 산 사람의 얼굴처럼 밝아지기도, 어두워지기도 했다.

나는 모래 위에 한참을 서 있었다. 사막처럼 매혹적이면서도 죽음처럼 신성한 고요함이 눈앞에 펼쳐졌다. 내가 서 있는 대지에서 붓다의 노래가 솟아나 내 안의 깊은 곳에 파고들었다. '언제쯤이면 나 혼자서, 친구도 기쁨도 슬픔도 없이, 모든 것이 꿈이라는 성스러운 확신을 하며 그 안에서 고독해질 수 있을까? 언제쯤이면 욕망을 벗어던지고 산속에 묻힐 수 있을까? 언제쯤 내 육체는 병과 죄악, 늙음과 죽음에 대한 확신으로 두려움 없이 숲 속에서 쉴 수 있을까? 언제쯤이면, 아아 언제쯤이면?'

조르바가 겨드랑이에 산투르를 끼고 불안한 걸음걸이로 내게 다가왔다.

"저기 갈탄 광산이 있어요."

나는 속마음을 감추려고 여인의 얼굴 같은 언덕을 가리키며 말했다. 조르바는 내가 가리키는 곳을 쳐다보지도 않고 얼굴을 찌푸렸다.

"나중에 봅시다, 보스. 지금은 그걸 보고 있을 때가 아니에요. 땅덩이가 멈추기를 기다립시다. 악마가 뒤흔들기라도 하듯 땅덩이가 아직도 흔들리고 있으니 말이오. 아직도 갑판에 서 있는 것 같소. 마을로 들어가 봅시다."

말을 끝내고 그는 중심을 잡기 위해 긴 다리로 성큼성큼 걷기 시작했다. 아랍인처럼 까무잡잡한 얼굴의 꼬마 둘이 달려와 보따리를 받았다. 체구가 건장한 세관원은 관사에서 물파이프를 빨고 있었다. 그는 파란 눈으로 우리 쪽을 흘끗 쳐다보고는 의자를 삐걱대며 일어나려 했지만 그에게는 일어나는 것조차 힘들어 보였다.

"잘 오셨소."

그는 천천히 물파이프통을 집으며 졸음에 겨운 목소리로 말했다.

꼬마 중 한 명이 다가왔다. 꼬마는 올리브처럼 까만 눈으로 윙크하며 말을 걸었다.

"저 사람은 크레타 사람이 아니에요. 너무 게으르거든요."

"크레타 사람은 게으르지 않니?"

"그렇긴 해요. 네, 크레타 사람도 게을러요."

꼬마 크레타인이 대답하고는 덧붙였다.

"하지만 방식이 달라요."

"마을은 여기서 머니?"

"총 쏘면 맞을 거리예요. 보세요, 저 골짜기에 있는 밭 너머에 있어요. 좋은 마을이죠. 없는 게 없는 곳이에요. 캐럽나무, 콩밭, 곡식, 기름, 포도주, 그리고 저기 모래밭에서는 크레타 섬에서 가장 먼저 따는 오이, 토마토, 가지, 수박이 자라요. 아프리카에서 불어오는 바람 때문에 빨리 자라는 거예요. 밤에 과수원에 앉아 있으면 열매가 자라는 소리가 들려요."

조르바는 앞장서서 걸어가고 있었다. 그는 여전히 머리를 가누는 게 힘겨워 보였다. 그가 침을 탁 뱉었다.

"기운 내요, 조르바! 다 왔으니까. 이젠 겁낼 게 없다니까요."

우리는 걸음을 재촉했다. 흙길에는 모래와 조개껍데기가 섞여 있었고, 위성류, 야생 무화과, 갈대 뿌리, 현삼이 길바닥으로 뻗어 있었다. 무더운 날씨 탓에 구름은 아래로 늘어져 있었고 바람은 잦아들었다.

우리는 오래되어 속이 텅 비고 뒤틀린 커다란 무화과나무 옆을 지나갔다. 그때 꼬마 중 하나가 걸음을 멈추고 턱 끝으로 그 나무를 가리키며 말했다.

"'우리 젊은 아가씨의 무화과나무'예요."

나는 크레타 땅의 돌멩이 하나, 나무 한 그루에도 비극의 역사를 지니고 있는 것 같아서 놀랐다.

"'우리 젊은 아가씨'라고? 왜 그런 이름이 붙었니?"

"우리 할머니 때 이야기래요. 어떤 지주의 딸이 목동을 사랑했대요. 하지만 아가씨의 아버지가 목동을 허락해 주겠어요? 젊은 아가씨는 울며불며 사정했지만 아버지는 들어주지 않았죠. 그러던 어느 날 밤, 두 사람이 사라졌대요. 영감님만 빼고 마을 사람들 전체가 나서서 찾아다녔지만 하루, 이틀, 사흘, 일주일이 지나도 찾지 못했죠. 그런데 언젠가부터 이상한 냄새가 나기 시작해서 사람들이 그 냄새를 따라가 봤더니, 두 사람이 꼭 부둥켜안고 이 나무 아래에서 썩어 가고 있었대요. 냄새로 찾아낸 거예요."

꼬마는 마을 전체에 다 들릴 만큼 크게 웃었다. 그러자 개가 짖기 시작했고 여자들의 말소리와 닭 우는 소리가 들려왔다. 라키술(터키 지방의 발효 술_옮긴이)을 달일 때 풍기는 포도 향기도 바람을 타고 날아왔다.

"이제 다 왔어요."

꼬마들이 소리를 지르며 달려갔다.

모래 언덕을 돌자 마을이 보였다. 마을은 마치 계곡을 기어오르고 있는 듯한 모습이었다. 마을의 열린 창은 검은 헝겊 같았고 집들은 바위틈에서 뒹구는 하얀 해골처럼 보였다. 나는 조르바에게 다가가 당부했다.

"조르바, 마을에 들어섰으니 이제 조심스럽게 행동합시다. 마을 사람들이 우릴 무시하지 못하도록 말이에요. 대단한 사업가처럼 보이자는 겁니다. 나는 관리인이고 당신은 감독관이에요. 크레타 사람들 만만치 않아요. 보는 순간 이상한 점을 발견하면 단번에 별명을 붙이지요. 한 번 붙은 별명은 뗄 수도 없어요. 꼬리에 냄비가 묶여 있는 강아지처럼 말이죠."

조르바는 수염을 한 줌 움켜쥐고는 생각에 잠겨 있다가 말했다.

"이보시오, 보스. 과부만 있다면 걱정할 필요 없어요. 만약 없으면……."

마을로 들어서려는 순간, 누더기를 걸친 거지 여자가 다가와 손을 내밀었다. 얼굴은 시꺼멓고 더러웠으며 수염까지 거뭇거뭇한 여인이었다. 여자는 조르바를 다정하게 불렀다.

"이봐요, 형제, 당신은 영혼이 있소?"

조르바가 걸음을 멈추었다.

"있지."

그가 엄숙하게 대답했다.

"그럼 5드라크마만 줘요!"

조르바는 주머니에서 낡은 가죽 지갑을 꺼냈다.

"여기 5드라크마요."

그때까지 시무룩하던 그의 입가에 웃음이 번졌다. 그는 뒤를 돌아보며 한 마디 덧붙였다.

"보스, 이 동네는 물건값이 싼가 봐요. 영혼값이 겨우 5드라크마라니!"

마을의 개들이 달려왔고 여자들은 테라스에 기대어 우리를 쳐다보고 있었다. 아이들은 소리를 지르며 우리를 따랐다. 아이들은 강아지 소리를 내기도 하고 자동차 경적 소리를 내기도 했다. 우리 앞으로 달려오던 녀석들은 눈을 크게 뜨고 놀라기도 했다.

우리는 마을 광장에 도착했다. 커다랗고 하얀 포플러나무 두 그루 주변에 의자라고 조잡하게 만든 나무 그루터기가 보였다. 건너편에는 카페가 있었는데, 아주 큰 간판에 낡은 글씨로 '카페 겸 정육점, 실비집'이라고 쓰여 있었다.

"왜 웃어요?"

조르바가 물었다. 그러나 대답할 새가 없었다. 카페 겸 정육점 문이 열리면서 진한 청색 바지에 빨간 허리띠 차림을 한 거구 대여섯 명이 뛰어나오며 소리쳤다.

"잘 오셨소, 친구들. 들어와서 라키 술이나 한 잔 드시지요. 방금 따른 거라 아직 따뜻하다오."

조르바가 혀를 찼다.

"어떻게 할까요, 보스? 한 잔 할까요?"

그는 돌아보며 내게 윙크했다. 우리는 라키 술을 한 잔씩 하며 따뜻하게 속을 데웠다. 카페 겸 정육점 주인은 건장하고도 활달했으며 곱게 나이를 먹은 영감이었다. 그는 우리에게 의자를 가져다주었다. 나는 그에게 묵을 만한 데가 있는지 물었다.

"오르탕스 부인에게 가보시오!"

누군가가 소리쳤다.

"여기 프랑스 여자가 있습니까?"

나는 놀라서 물었다.

"어디서 왔는지 누가 알겠소. 안 돌아다닌 데가 없을 텐데. 돌고 돌아 이젠 여기서 여인숙을 하고 있지요."

"사탕도 팔아요!"

아이 하나가 소리쳤다.

"그 여자는 여기저기 칠하면서 요란하게 화장을 해요."

또 다른 아이가 말했다.

"목에 리본을 두르고…… 앵무새도 길러요."

"과부? 그 여자 과부요?"

조르바가 물었다. 그러자 카페 주인은 자신의 잿빛 수염을 비틀며 말했다.

"이봐요, 이 수염이 몇 갠지 셀 수 있소? 몇 개인 것 같소? 그 여자가 얼마나 많은 놈들의 과부인지 낸들 알겠소. 무슨 뜻인지 알겠소?"

"알고말고. 당신도 그 여자 때문에 홀아비가 된 거 아니오?"

조르바는 입술을 핥으며 물었다.

"예끼, 당신이나 조심하쇼!"

노인이 소리치자 다들 웃음을 터뜨렸다.

우리는 한 잔씩 더 마셨다. 카페 주인이 보리빵, 염소젖으로 만든 치즈, 배를 담은 쟁반을 가져왔다.

"이 사람들 자꾸 들쑤시지 마쇼. 여인숙에 갈 생각은 아예 하지도 못하게 만들어야 돼. 오늘 밤은 여기서 묵어야 될 거요!"

"콘도마놀리오! 내가 이분들을 모시겠소. 우리 집은 애들도 없고, 집이 커서 방도 많아."

노인이 말했다.

"미안하지만, 아나그노스티 아저씨. 내가 먼저 말했어요."

카페 주인이 노인의 귀에다 대고 소리쳤다. 그러자 아나그노스티 영감이 말했다.

"자네는 한 분만 받게나. 나머지 한 분은 내가 모실 테니. 늙은 친구를……."

"누가 늙었단 거요?"

조르바가 발끈하며 말했다.

"우린 같이 있을 겁니다."

나는 이렇게 말하며 조르바에게 신호를 보냈다.

"우리는 같이 있어야 되니 오르탕스 부인의 여인숙으로 가겠습니다."

"반갑습니다. 어서 오세요."

황갈색 빛바랜 머리카락에 키가 작고 살집이 있는 여자가 안짱다리 걸음으로 포플러나무 밑에서 나왔다. 턱에는 털이 난 점이 있었고, 목에는 짙은 붉은색 벨벳 리본을 감고 있었으며 쪼글쪼글한 뺨에는 자줏빛 분 자국이 있었다. 이마에는 머리카락 한 줌이 찰랑거렸는데, 마치 〈레글롱〉에 출연했던 중년의 연극배우 사라 베른하르트 같았다.

"만나 뵙게 되어 반갑습니다, 오르탕스 부인."

나는 갑자기 기분이 들떠 여자의 손에 키스까지 해버렸다.

인생이 갑자기 동화, 혹은 셰익스피어 연극 〈템페스트〉의 도입부가 된 것 같았다. 우리는 마치 조난을 당해 흠뻑 젖은 꼴로 이제 막 육지에 도착한 것 같았다. 해안 탐사를 마치고 이곳 지역 주민들과 인사를 나누며 이 섬의 여왕 오르탕스 부인을 만난 것이다.

오르탕스 부인은, 반짝이는 금발의 해마가 바닷물에 밀려와 반쯤 썩은 모습으로 해변 모래톱에 걸린 모습이었지만 내게는 이 섬의 여왕처럼 보였다. 여인의 뒤에는 반인반수 캘리밴처럼 익살스러운 얼굴들이 여왕에게 자랑과 경멸의 눈빛을 보내며 우리를 살피고 있었다.

변장을 한 왕자 조르바는 마치 옛 전우라도 되듯 여자를 바라보고 있었다. 먼 바다로 나가 온갖 풍파를 겪은 프리깃함艦은 해치가 부서지고 마스트는 부러지며 돛은 찢어진 채—깊게 패인 주름으로 인해 갈라진 틈새를 분과 크림으로 메우고—이 해변에 모습을 감추고 기다리는 형국이었다. 여자는 분명 만신창이가 된 옛 선장 조르바를 기다리고 있었다. 나는 이 두 배우가 매우 소박하게 꾸며진, 붓으로 대충 칠한 듯한 이 크레타라는 무대에서 마침내 만나게 된 것을 기뻐했다.

"침대 두 개를 주십시오, 오르탕스 부인. 빈대는 사양합니다."

나는 러브신 연기에 능한 늙은 전문가에게 몸을 굽히며 말했다.

"빈대는 없어요. 없을 거예요!"

오르탕스 부인이 도발적인 시선을 던지며 소리쳤다.

"맙소사, '없을 거예요.' 라니."

캘리밴이 익살을 떨며 말했다.

"없어요. 없다니까요!"

오르탕스 부인이 통통한 발을 구르며 대답했다. 여자는 짙은 하늘색 스타킹에 실크 리본을 단 궁전 구두를 신고 있었다.

"이 집은 안 되겠구먼, 프리마 돈나! 악마가 당신을 물어가겠는데!"

캘리밴이 다시 한 번 소리쳤다. 그러나 오르탕스 부인은 이미 앞서 걸으며 우리에게 길을 내주었다. 분과 싸구려 비누 냄새가 풍겼다.

조르바는 뒤따르며 탐욕스러운 눈빛으로 뒷모습을 감상하고 있었다. 그가 조용히 말했다.

"보스, 저것 좀 봐요. 저 잡것이 궁둥이 흔드는 모습을. 삐뚤빼 뚤! 꼬랑지에 기름이 잔뜩 오른 암양 같구먼!"

굵은 빗방울이 두세 방울 떨어졌다. 하늘은 구름으로 뒤덮여 있었다. 산 뒤로 푸르스름한 번개가 내리쳤다. 하얀 양가죽 케이프를 둘러쓴 아가씨들이 목장에서 양과 염소를 몰며 서둘러 집으로 돌아가고 있었다. 여자들은 부엌 앞에 쪼그리고 앉아 저녁밥을 지을 불씨를 살피고 있었다.

조르바는 실룩거리는 오르탕스 부인의 엉덩이에서 눈을 떼지 못하고 애꿎은 수염만 쥐어뜯으며 한숨지었다.

"그것 참, 사는 게 뭔지! 저 화냥년이 끝내 사람을 넘어가게 하는구먼요!"

03

오르탕스 부인네 여인숙은 붙어 있는 몇 채의 목욕탕을 개조해서 지은 것이었다. 첫 번째 건물은 사탕, 담배, 땅콩, 램프, 심지, 잡화, 양초, 안식향 등을 살 수 있는 가게였다. 그 옆에 붙어 있는 네 채의 건물은 마치 합숙소 같았다. 마당 뒤로 부엌, 세탁장, 닭장, 토끼장이 있었고, 주변에 깔끔하게 정리된 모래밭에는 대나무와 배나무가 자라고 있었다. 어느 곳에 가도 바다와 똥오줌 냄새가 풍겼다. 그러나 오르탕스 부인이 나타날 때면 누군가가 미장원 쓰레기통을 비운 것처럼 냄새가 달라지곤 했다.

침대가 준비되자마자 우리는 거기로 올라가 아침까지 한 번도 깨지 않고 잤다. 무슨 꿈을 꾸었는지는 모르겠지만 나는 바다로 뛰어들어 온몸을 씻은 것처럼 상쾌한 기분으로 일어날 수 있었다.

일요일이었다. 이웃 마을에서 온 인부들은 월요일부터 일을 시작하기로 되어 있어서 나는 운명이 데려다 놓은 해변을 한 바퀴 돌아보기로 했다. 나는 날이 채 밝기도 전에 밖으로 나왔다. 정원을 지나 바닷가를 따라 물과 대지, 그리고 공기를 만나며 야생 식물을 만지다 보니 손에서 소금 냄새와 샐비어, 박하 향기가 났다.

언덕 위로 올라 주위를 내려다보니 화강암과 석회암이 보였다. 짙은 캐럽나무, 올리브나무, 무화과와 포도 넝쿨도 눈에 띄었다. 어두운 계곡 안에는 오렌지나무숲과 레몬나무, 모과나무가 있었고, 바닷가 근처에는 채소밭이 있었다. 바다가 펼쳐지는 남쪽으로는 아프리카에서 달려온 듯한 파도가 크레타 섬을 물어뜯으려 하고 있었다. 근처의 모래섬들은 아침 햇살 덕분에 장밋빛으로 빛나고 있었다.

나는 크레타의 시골 풍경이 단정한 어순, 절도 있는 표현, 군더더기 없이 강력하면서도 절제된 산문 같다는 생각이 들었다. 이러한 산문은 가장 절제된 표현으로 필요한 모든 것들을 표현한다. 경박한 곳도, 인위적인 부분도 없다. 표현해야 할 것은 위엄 있게 표현하지만 그 행간에서는 뜻밖의 감성과 애정이 느껴진다. 레몬나무와 오렌지나무가 공기를 향기로 가득 채웠고 넓은 바다에서는 무한한 시구가 흘러나왔다.

"크레타……."

나는 나지막하게 읊조렸다.

"크레타……."

내 가슴이 두근거리기 시작했다.

언덕을 내려와 물가로 갔다. 눈처럼 하얀 숄을 두르고 노란 장화를 신고 치마를 걷어 올린 처녀들이 다가왔다. 그녀들은 푸른 바다에 대비되는, 하얗게 반짝이는 수녀원으로 미사를 드리러 가는 길이었다.

나는 걸음을 멈추었다. 그러자 그녀들은 웃음을 멈추었고, 낯선 남자를 경계하는 듯한 불신으로 표정이 굳어졌다. 그녀들은 머리부터 발끝까지 방어를 하며 단단히 단추가 채워진 블라우스를 신경질적으로 꽉 부여잡았다. 그녀들의 피 속에는 공포가 흐르고 있는 것 같았다. 수세기 동안 해적들은 아프리카와 마주하고 있는 크레타 해안에 침입하여 암양을 약탈하고 부녀자들, 아이들을 모조리 붙잡아가곤 했다. 해적들은 붉은 띠로 전리품을 묶어 배의 밑바닥에 싣고 알제리, 알렉산드리아, 베이루트 등으로 팔아넘기곤 했다. 수세기 동안 해변의 물이 빠진 적이 없었으니 크레타 여인들의 곡소리 또한 끊일 날이 없었을 것이다. 나는 그녀들이 밀집 대형의 방어막을 치며 내게 다가오고 있는 것을 보았다. 옛날에는 어쩔 수 없었지만 지금은 필요하지 않음에도 불구하고 되풀이되고 있는 반사적인 본능이었다. 과거의 필요가 아직도 여전히 그녀들의 행동을 지배하고 있었던 것이다.

그녀들이 내 앞을 지나려고 할 때 나는 길을 비켜서며 웃어주었다. 그러자 그녀들은 자신들이 가진 공포는 수백 년 전의 일이며 이제는 시대가 달라졌다는 것을 깨닫기라도 한 듯 밀집 대형을 풀며 다정하게 인사를 건네며 지나갔다. 그때 수녀원의 종소리가 들렸고 주위는 온통 즐거움이 넘쳤다.

해가 솟아오른 하늘은 맑았다. 나는 암초 사이에 앉은 갈매기처럼 바위틈에 앉아 한동안 바다를 바라보았다. 힘이 넘치는 내 육체는 내 마음대로 잘 따라주었다. 파도를 바라보던 내 마음도 한 줄기 파도가 되어 바다의 움직임을 따라 잠잠해졌다.

내 마음은 점점 부풀어 오르고 있었다. 가녀리게 호소하는 목소리가 내 안으로부터 들려왔다. 나는 그게 누구인지 알 것 같았다.

그것은 두려운 생각과 공포를 떨치지 못하고 홀로 있을 때면 내 안에서 외치던 소리였다. 나는 무서운 그 소리를 듣지 않으려고 서둘러 내 길동무인 단테를 펼쳤다. 책장을 여기저기 들춰보며 한 행씩 골라 읽다가 3행 연구(聯句)를 읽기도 했으며, 한 연을 다 외우려고도 했다. 저주받은 자들이 타오르는 시구에서 절규했고, 영혼들은 암벽을 타고 온 힘을 다해 험한 벼랑을 오르고 있었다. 갈 길이 먼 축복받은 영혼은 반딧불(반딧불이의 꽁무니에서 나오는 빛_옮긴이)처럼 반짝거리며 에메랄드빛 벌판에서 움직였다. 나는 이 무서운 운명의 집을 가장 높은 곳에서부터 가장 낮은 곳까지 방황하며, 천당과 지옥을 내 집처럼 드나들었다. 나는 시를 읽으면서 괴로웠고, 행복을 기다리면서 그것을 맛보았다. 그러다 황홀감에 휩싸이기도 했다.

나는 단테를 덮고 바다를 바라보았다. 갈매기 한 마리가 넘실대는 파도에 온몸을 맡기며 즐거워하고 있었다. 햇볕에 그을린 맨발의 젊은이가 물가로 나와서 사랑의 노래를 불렀다. 수평아리처럼 쉰 목소리로 노래를 부르는 걸로 보아 젊은이는 자신이 부르는 노래의 아픔을 알고 있는 모양이었다.

단테의 시들은 수백 년 동안 그의 조국에서 애송되었다. 사랑의 노래가 청춘 남녀에게 사랑을 준비하게 만드는 것처럼, 이 열정적인 피렌체 사람인 단테의 시들도 이탈리아의 젊은이들에게 자유를 꿈꾸게 해주었다. 사람들은 대를 이어 시인의 영혼과 대화를 했고 마침내 노예 상태를 자유로 바꾸게 된 것이다.

뒤에서 웃음소리가 들려 나는 단테에 대한 생각을 멈추었다. 뒤를 돌아보니 조르바가 서 있었다. 그의 얼굴은 웃음으로 일그러져 있었다.

"보스, 참 잘하는 짓입니다그려. 몇 시간이나 찾아다녔다고요. 이런 데 계실 줄이야."

내가 아무 말도 하지 않자 그가 말을 이었다.

"벌써 정오가 지났어요. 닭요리를 하는 중인데 이러다 아주 다 뭉그러지겠어요. 아시겠어요?"

"알아요. 하지만 난 별로 배가 고프지 않네요."

조르바는 자신의 허벅지를 탁 내리치며 말했다.

"배가 고프지 않으시다……. 하지만 아침부터 아무것도 안 먹었 잖아요. 육체에도 영혼이 있습니다. 그러니 가엾게 여겨야 해요. 육체에 무얼 좀 먹입시다. 육체는 짐을 지고 있는 짐승이나 마찬 가지예요. 육체를 먹이지 않으면 언젠가는 길바닥에 영혼을 내던 지고 말 겁니다."

그 당시 나는 육체의 쾌락을 경멸하고 있었다. 마치 부끄러운 짓이라도 저지르는 것처럼, 먹을 때도 될 수 있는 한 몰래 먹곤 했 던 것이다. 그러나 조르바가 매달리는 걸 더 이상 원치 않았기에 이렇게 말했다.

"좋아요, 가요."

우리는 마을을 향해 걸었다. 바위 사이에서 보낸 시간은 연인과 함께한 시간처럼 눈 깜짝 할 새에 지나가버렸다.

"갈탄 생각을 하셨습니까?"

조르바가 머뭇거리며 물었다.

"그 생각 말고는 뭘 할 게 있겠어요?"

내가 웃으며 말했다.

"내일 일이 시작되니 계산을 좀 해두어야 할 것 같아서요."

"그래, 계산해 보니 어떻습니까?"

걱정스러운 얼굴로 그가 물었다.

"석 달 후부터는 하루에 십 톤은 캐야 비용을 메울 수 있을 것 같아요."

조르바가 걱정스러운 얼굴로 나를 바라보았다. 그러다 잠시 후에 그가 입을 열었다.

"젠장, 계산하는데 왜 바닷가까지 내려와요? 보스, 이런 식으로 물어서 미안합니다만 나는 이해가 되질 않아요. 나는 계산 같은 걸 해야 할 때면 땅속 구멍에라도 기어 들어가고 싶거든요. 바다를 보게 되거나 나무를 보거나 혹은 여자를—늙은 여자라도 말입니다.—보게 되었을 때, 그때까지 하던 계산이나 숫자가 죄다 날아가지 않는다면 그게 우스운 일이죠. 날개 돋친 듯 날아가 버리면 나는 또 그걸 쫓아가야 하지요."

"하지만 그건 당신이 잘못한 거예요, 조르바. 정신을 집중하지 않으니까 매사가 그렇게 되는 거지요."

나는 그를 놀렸다.

"보스 말씀이 옳을 수도 있겠지요. 모든 건 생각하기 나름이니까요. 하지만 지혜로운 솔로몬 왕도 어쩌지 못한 경우가 있었지요. 자, 봅시다. 어느 날 나는 작은 마을로 갔습니다. 거기에 가니 아흔이 넘은 듯한 할아버지 한 분이 바쁘게 아몬드나무를 심고 있더군요. 그래서 나는 '할아버지, 아몬드나무를 심고 계시네요?' 라고 물었습니다. 그러자 허리가 굽은 이 할아버지는 '오냐, 나는 죽지 않을 것 같은 기분이 든다.' 라고 말씀하셨지요. 나는 대답했지요. '저는 제가 언제라도 죽을 것처럼 살고 있어요.' 자, 누구의 말이 옳습니까, 보스?"

그는 의기양양한 표정으로 나를 바라보며 말했다.

"어때요, 꼼짝 못 하시겠지요?"

나는 아무 대답도 하지 않았다. 똑같이 험하고 가파른 두 개의 갈림길이 같은 봉우리에 이를 수도 있다. 나는 죽음이 존재하지 않는 것처럼 사는 거나, 언제라도 죽을 것처럼 사는 건 어쩌면 같은 일일 거라고 생각해 왔다. 그러나 조르바가 물었을 때 나는 아무 대답도 하지 못했다. 이번에는 조르바가 나를 놀렸다.

"자, 내 말에 반박하지 못했다고 해서 너무 언짢게 생각하진 마세요. 이제 다른 이야기로 넘어갑시다. 나는 지금 닭고기와 계피를 뿌린 필래프(쌀에 고기, 새우 따위를 넣고 버터로 볶은 밥 _옮긴이)를 생각하고 있어요. 방금 만든 필래프처럼 머릿속에서 김이 무럭무럭 솟아나고 있다고요. 우선 배를 채운 다음에 생각해 봅시다. 무엇이든 다 때가 있는 법이지요. 지금 우리 앞에는 필래프가 있어요. 그러니 필래프만 생각하자고요. 내일이 되면 갈탄 광산이 우리 앞에 있을 테니 그땐 갈탄 광산만 생각하고요. 우물쭈물하다가는 아무것도 못 하게 돼요."

우리는 마을로 들어섰다. 부인네들은 문 앞에 앉아 이런저런 수다를 떨고 있었고, 노인들은 아무 말 없이 지팡이에 기대 서 있었다. 석류가 주렁주렁 열린 석류나무 아래에는 체구가 작고 주름이 많은 노파가 손자의 이를 잡고 있었다.

카페 앞에는 근엄한 표정을 한 매부리코 영감이 서 있었는데 풍채에는 위엄이 있었다. 그는 우리에게 갈탄 광산을 전세 내준 마을의 장로 마브란도니였다. 그는 전날 밤 우리를 데리러 오르탕스 부인의 여인숙으로 왔었다.

"이 마을에 사람이 없는 것도 아닌데 오르탕스 부인의 여인숙에 묵으시다니, 부끄럽습니다."

그는 위엄 있는 마을의 지도자다운 태도로 조심스럽게 말했다. 그러나 우리는 그의 제안을 거절했다. 그는 좀 언짢은 듯했으나 강요하지는 않았다.

"나도 할 만큼 했으니 두 분이 알아서 하시죠."

그는 이렇게 말하며 떠났다.

잠시 후, 그는 사람을 시켜 우리에게 치즈 두 덩어리, 석류 한 바구니, 건포도와 무화과 한 항아리, 라키 술 한 병을 보내주었다. 하인이 나귀에서 짐을 내리며 말했다.

"마브란도니 어르신께서 보내셨습니다. 별 것 아니지만 정성이라 생각하고 받아주셨으면 한다고 말씀하셨습니다."

우리는 다시 그를 만나 진심어린 감사 인사를 건넸다.

"즐거운 시간 보내십시오."

그는 이렇게 말하며 가슴에 손을 얹었다. 그러고는 입을 다물어버렸다.

"말수가 적구먼. 숫기가 없는 건가?"

조르바가 중얼거렸다.

"자존심이 강한 사람 같아요. 마음에 드는군요."

내가 대답했다.

우리는 여인숙에 도착했다. 그러자 조르바는 신이 나는 듯 코를 벌름거렸다. 우리를 보자 문간에 서 있던 오르탕스 부인은 뭐라고 외친 뒤 부엌으로 뛰어 들어갔다.

조르바는 식탁을 들고 뜰로 나와 잎이 다 떨어진 포도나무 아래에 놓았다. 그리고 나서 두껍게 썬 빵과 포도주를 가져다 상을 차렸다. 그러다 그는 장난스러운 표정으로 나를 바라보며 식탁을 가리켰다. 3인분의 음식을 차렸던 것이다. 그가 속삭이며 말했다.

"무슨 뜻인지 아시겠어요, 보스?"

"알다마다요, 주책바가지 노인네 같으니."

내가 대답했다.

"스튜는 늙은 닭으로 끓이는 게 가장 맛있지요."

그는 입술을 핥으며 입맛을 다셨다. 그러고는 계속 말을 이었다.

"보스도 한 수 배우시지요."

그는 손가락에 불이라도 붙은 것처럼 재빠르게 움직였다. 그러면서 옛 사랑의 노래를 흥얼거렸다.

"보스, 산다는 건 이런 게 아니겠습니까? 맛있게 먹다 보면 늙은 암탉이 다가오겠지요. 보시다시피, 나는 금방이라도 죽을 사람처럼 이런 짓을 하고 있습니다. 그래야 기운이 나거든요. 나는 늙은 암탉을 먹기 전까진 절대 죽지 않을 겁니다."

"식탁이나 차려요!"

오르탕스 부인이 명령했다.

부인은 우리 앞에 냄비를 가져다 놓았다. 그러다 부인은 입을 다물지 못했다. 접시가 세 개라는 걸 알아차린 것이었다. 부인은 몹시 기뻐 얼굴이 빨개졌고 조르바를 향해 작은 눈을 재빠르게 깜박거렸다.

"눈치 챈 것 같군요."

조르바가 속삭였다. 그러고 나서는 최대한 정중하게 부인을 돌아보며 말했다.

"아름다운 바다의 요정이시여, 바다는 조난당한 우리를 당신의 땅으로 데려왔습니다. 세이렌이여, 함께 식사를 할 수 있는 영광을 주소서!"

늙은 카바레 가수는 한껏 팔을 벌렸다. 마치 우리를 한꺼번에 안아버릴 것처럼 벌렸다가 다시 오므렸다. 그녀는 우아한 몸짓을 보여주며 조르바를 건드리고 나를 스친 다음 자기 방으로 달려갔다. 잠시 후, 부인은 가장 멋진 옷을 입고 나타났다. 다 해진 노란 수술이 달린 벨벳 드레스는 낡았지만 여전히 빛나고 있었다. 벌어진 보디스(코르셋 위에 입는 여성 옷의 하나로 가슴과 허리둘레가 꼭 맞게 되어 있음_옮긴이)는 그대로 두고 거기에다 활짝 핀 장미 조화 한 송이를 꽂고 있었다. 들고 나온 앵무새 새장은 포도 넝쿨에 걸어두었다.

그녀는 우리 둘 사이에 앉았다. 세 사람 모두 몹시 기쁜 나머지 한동안 아무 말이 없었다. 우리는 영혼을 싣고 다니는 육체라는 짐승을 배불리 먹이고 포도주로 목을 축여주었다. 음식은 곧 피가 되었고 세상은 더 아름다워졌다. 우리 옆에 앉은 여인은 점점 젊어지며 얼굴의 주름살도 사라지기 시작했다. 매달려 있는 새장 속에 있던 초록 재킷과 노란 조끼를 입은 앵무새는 고개를 숙이고 우리를 내려다보았다. 앵무새는 마법에 걸린 가엾은 사내, 혹은 초록색과 노란 드레스를 입은 늙은 카바레 가수의 영혼처럼 느껴졌다. 우리 머리 위에는 까만 포도송이가 주렁주렁 매달려 있었다.

조르바는 계속 눈을 굴렸고, 이 세상을 다 끌어안고 싶은 듯 팔을 벌렸다. 그러다 놀란 듯이 소리쳤다.

"보스, 대체 어떻게 된 겁니까? 기껏해야 눈깔만 한 잔으로 포도주를 마셨는데 세상이 돌아버리다니. 보스, 인생이란 건 참 이상한 거군요. 우리 머리 위에 있는 게 포도입니까, 천사입니까? 나는 모르겠어요. 아니면, 아무것도 아닌 건가요? 세상에 없는 것, 닭도 아닌, 세이렌도 아닌 크레타도 아닌 겁니까? 말해 봐요, 보스, 말해 보라고요, 지금 난 돌아버릴 것 같으니!"

조르바는 살아나기 시작했다. 그는 닭을 다 먹어치우고서는 오르탕스 부인을 탐욕스러운 시선으로 바라보았다. 그는 오르탕스 부인을 훑어보기 시작했다. 더듬이가 달린 듯한 눈은 위에서 아래로 내려오며 부인의 불룩한 젖가슴으로 미끄러지듯 들어갔다. 그러자 우리 귀부인의 작은 눈도 반짝거리기 시작했다. 그녀도 포도주를 좋아하는지 이미 여러 잔을 비웠다. 술이라는 짓궂은 마귀는 그녀를 행복했던 옛날로 되돌려 놓았다. 예전처럼 상냥하고 쾌활하며 자존심이 센 여자가 되었다. 부인은 일어나서 문을 잠갔다. 혹시라도 그녀가 '야만인'이라 부르는 마을 사람들의 눈에 띌까 봐 그랬던 것이다. 그녀는 담배에 불을 붙여 피우기 시작했고, 프랑스인의 작은 들창코에서는 연기가 뿜어져 나왔다. 이럴 때 여자의 문은 활짝 열리는 법이다. 경계는 풀어지고 친절한 말 한 마디는 황금 혹은 사랑만큼이나 강력해진다. 나는 파이프에 불을 붙여 물고는 다정한 말을 건넸다.

"오르탕스 부인, 부인을 뵈니 사라 베른하르트가 떠오르는군요. 한창이었던 시절의 베른하르트 말입니다. 이렇게 황량한 곳에서 이처럼 우아하고 고상하고 다정하며 아름다운 분을 만나다니! 어떤 셰익스피어가 이런 야만인 소굴로 부인을 보낸 겁니까?"

"셰익스피어? 어떤 셰익스피어냐고요?"

그녀는 작은 눈을 크게 뜨며 물었다. 그녀의 생각은 어느덧 자신이 거쳐 온 극장에 가 있었다. 찰나의 순간에 그녀는 벌써 파리에서 베이루트, 아나톨리아의 해안을 떠올리며 카페 콩세르, 카바레, 술집을 차례로 떠올려보았다. 그러다 문득 생각이 난 듯했다. 화려한 샹들리에, 플러시(벨벳과 비슷하나 길고 보드라운 보풀이 있는 비단 또는 무명 옷감_옮긴이) 천 의자에 앉아 있는 사람들, 신사들, 등이 파인 야회복 차림의 귀부인들과 향기가 진동하는 꽃다발로 가득 찬 알렉산드리아의 대형 극장. 막이 오르며 인상이 험한 흑인이 등장하는데⋯⋯.

"어떤 셰익스피어가 그랬느냐고 물었죠?"

그녀는 기억을 더듬으며 물었다.

"셰익스피어를 '오셀로'라고도 하나요?"

"마찬가지예요. 백합 같은 부인이여, 어떤 셰익스피어가 당신을 이 돌 틈에 버리고 갔나요?"

그녀는 주위를 둘러보았다. 문은 닫혀 있고 앵무새는 자고 있었으며 토끼는 교미하고 있어서 뜰에는 우리밖에 없었다. 그녀는 감동한 나머지 다시 한 번 우리에게 가슴을 열었다. 마치 향수 냄새와 빛바랜 연애편지와 낡은 옷이 가득 찬 옷장의 문을 열듯이.

그녀는 단어가 끊기고 음절이 뒤섞여버린 그리스어를 쓰고 있었다. 그러나 우리는 그녀의 말을 온전히 다 이해할 수 있었다. 때때로 우리는 웃음을 참느라 힘이 들었고, 그러다 술 기운이 오르면 실컷 웃다가 눈물을 찔끔거리기도 했다.

"말씀드리겠지만……."

늙은 세이렌이 정원에서 진한 향수 냄새를 풍기며 이렇게 말했다.

"지금 두 분 앞에 앉아 있는 사람은 절대 술집에서 노래하던 가수가 아니에요. 그럼요, 정말 아니에요. 나는 꽤 유명한 예술가였어요. 레이스로 장식된 실크 속옷도 입어봤다고요. 그런데 사랑 때문에 그만……."

한숨을 깊게 쉬던 그녀는 조르바가 붙여주는 담배를 물고는 계속 말했다.

"나는 제독을 사랑했어요. 크레타에 다시 혁명이 일어났고 열강의 함대가 수다 항에 정박하고 있었지요. 며칠 뒤 나도 거기에 닻을 내렸어요. 참으로 장관이었지요! 두 분이 네 나라의 제독을 봤어야 하는데……. 영국, 프랑스, 이탈리아, 러시아 제독들을……. 다들 금술로 장식한 에나멜 구두를 신고 깃털이 달린 모자를 쓰고 있었지요. 마치 수탉 같았어요. 75킬로그램에서 90킬로그램은 돼 보이는 수탉이었던 거죠. 그 수염이란! 곱슬곱슬하고, 매끄럽고, 까맣고, 아름다운, 잿빛 수염, 빨간 수염, 냄새는 또 얼마나 좋았는지! 각자 쓰는 향수가 달라서 나는 어둠 속에서도 누구인지 알아맞힐 수 있었어요. 영국 제독은 오드콜로뉴, 프랑스 제독은 바이올렛, 러시아 제독은 사향, 이탈리아 제독은 파촐리(인도 식물로 만든 향료_옮긴이) 냄새가 났어요. 그렇게 멋진 수염이 세상에 또 있을까? 참으로 멋있었지요.

우리는 몇 번 기함에 모여 혁명에 대한 이야기를 나눴지요. 제독들의 제복은 풀어헤쳐져 있었고, 내 실크 슈미즈는 몸에 착 달라붙어 있었어요. 제독이 거기에다 샴페인을 쏟아부었기 때문이었죠. 여름이었어요. 우리는 혁명 이야기를 하며 아주 진지하게 토론을 했어요. 나는 제독들의 수염에 매달려 가엾은 크레타인들을 폭격하지 말아 달라고 졸랐지요. 우리는 망원경으로 카네아 근처 바위틈에서 움직이고 있는 크레타 사람들을 봤어요. 파란 바지에 노란 구두를 신은 개미처럼 정말 작게 보였어요. 그들은 큰 소리로 외치고 있었어요. 깃발도 있었고요.”

뜰을 둘러싸고 있는 대나무 숲에서 인기척이 느껴졌다. 늙은 여장부는 깜짝 놀라 하던 얘기를 멈추었다. 대나무 잎 사이로 장난꾸러기들의 조그만 눈동자가 반짝이고 있었다. 우리가 잔치를 벌이는 것을 알고는 마을의 꼬마들이 숨어서 엿보고 있었던 것이다.

카바레 가수는 일어서려고 했지만 너무 많이 먹고 마셨기 때문인지 일어나는 것조차 힘겨워했다. 그녀는 땀을 흘리며 자리에 주저앉았다. 조르바는 돌멩이를 집어 들었다. 그러자 아이들은 소리를 지르며 달아났다.

“계속해요, 아름다운 아가씨, 계속해 봐요, 우리의 보물이여!”

조르바가 떠들며 그녀 가까이에 의자를 붙였다.

“그래서 나는 이탈리아 제독에게 말했어요.—그는 나와는 특별히 친했지요.—수염을 잡고 말이에요. ‘오, 나의 카나바로—이름이 카나바로였어요.—제발, 카나바로, 쾅쾅은 안 돼요. 쾅쾅은 이제 그만.’

지금 자리에 있는 이 사람이 크레타를 몇 번이나 구한 줄 모를 거예요. 장전이 된 대포를 볼 때면 몇 번이고 제독의 수염에 매달

려 쾅쾅을 못 하게 했는지 말이에요. 그런데 그런 내가 그 대가로
뭘 받았나요! 내가 받은 게 뭔지 보라고요!"

오르탕스 부인은 고마워할 줄 모르는 사람들을 향해 분노하고
있었다. 그녀는 주름진 부드러운 주먹으로 식탁을 내리쳤다. 조르
바가 능숙한 솜씨로 그녀의 벌린 다리를 움켜잡고는 감격한 듯 외
쳤다.

"오, 나의 부불리나!(그리스 독립 전쟁의 여걸로 카나리아, 미아올리
스 등지의 바다에서 용감하게 싸웠음) 제발 쾅쾅은 그만해요."

우리의 귀부인이 웃음을 터뜨리며 조르바에게 음탕한 눈길을
보냈다.

"손 치워요! 내가 누군지 알기나 해요?"

그러자 늙은 호색가가 말했다.

"하늘에는 하느님이 계시지요. 나의 부불리나, 그렇게 의기소침
하지 말아요. 우리가 여기 있으니 말이오. 겁낼 필요 없어요."

그러자 늙은 세이렌은 하늘을 올려다보았다. 그녀는 새장에서
잠든 초록색 앵무새를 보고 있었다.

"오, 우리 카나바로, 귀여운 카나바로!"

그녀는 애정 어린 목소리로 새를 불렀다. 주인의 목소리를 알아
들은 앵무새는 눈을 번쩍 뜨고 횃대로 올라가더니 물에 빠졌다.
그리고 나서 금방이라도 숨이 넘어갈 듯한 소리로 '카나바로, 카
나바로!' 하고 울어댔다.

"현재가 중요한 것이지요!"

조르바는 이렇게 외치며 다시 한 번 그녀의 무릎을 더듬었다.
수많은 남자들이 거쳐 갔지만 이번엔 자기 차례라는 듯이. 늙은

카바레 가수는 앉은 채로 몸을 비틀며 말했다.

"나도 용감하게 싸웠어요. 가슴과 가슴을 맞대고……. 그런데 불행이 닥쳐왔죠. 크레타가 자유를 찾자 함대에 떠나라는 명령이 내려왔어요. '나는 어떻게 해야 돼요?' 나는 네 제독의 수염에 매달려 물었어요. '나를 어디에다 두고 떠날 거예요? 나는 이미 귀부인 생활과 샴페인, 로스트 치킨에 익숙해 있었어요. 졸병들의 경례를 받는 것도요. 그런데 한 번에 네 명의 서방을 잃고 과부가 되다니! 각하, 그리고 제독님들, 나는 어떻게 되는 거죠?'

그들은 그저 웃기만 하더군요. 사내들이 뭐 다 그렇지. 그 사람들이 영국과 이탈리아 파운드, 프랑스 나폴레옹 화폐, 러시아 루블을 잔뜩 줬어요. 나는 그 돈을 내 스타킹, 브래지어, 그리고 구두에 잔뜩 넣었어요. 이별하기 전날 밤, 내가 얼마나 울었던지 제독들도 나를 가엾게 여겼어요. 욕조에 샴페인을 가득 채우고 나를 거기에 밀어 넣었어요. 처음 하는 짓은 아니었어요. 그러고 나서 나를 위로하려는 듯 그 샴페인을 퍼 마셨지요. 술기운이 오르자 제독들은 불을 껐어요.

아침에 일어나니 내 몸에서 네 가지 향수—바이올렛, 오드콜로뉴, 사향, 파촐리—냄새가 골고루 풍기더군요. 영국, 프랑스, 러시아, 이탈리아라는 네 강대국을 바로 내가 이 무릎 위에다 올려놓고 이렇게 이렇게 데리고 논 거라고요……."

오르탕스 부인은 통통한 팔을 뻗어 어린아이를 달래듯 무릎을 아래위로 흔들었다.

"여기에서, 이렇게 했단 말이에요. 날이 밝자 그들은 함포를 쏘았어요. 맹세컨대, 그들은 내게 경의를 표하려는 의미에서 함포를 쏘았던 거예요. 그러고 나서 마침내 열두 명의 선원들이 나를 흰 보트에다 태우고는 해변에 내려주었지요."

그녀는 작은 손수건을 꺼내 하염없이 눈물을 흘렸다. 조르바는 몹시 기뻐하며 소리쳤다.

"오, 부불리나, 어서 눈을 감아요, 내 보물. 눈을 감아요, 내가 바로 카나바로요!"

"손 치워요."

우리의 귀부인은 넋이 나간 듯 울다가 웃었다.

"당신 모습을 좀 봐요! 황금빛 견장과 삼각모, 향수 뿌린 수염은 어디에 있는 건가요? 그래요, 그건 과거의 일이지요."

조르바의 손을 꼭 쥔 오르탕스 부인은 다시 울음을 터뜨렸다.

어느새 주위가 선선해졌다. 우리는 한참을 아무 말 없이 앉아 있었다. 대나무 숲 뒤편의 바다가 한숨을 쉬었다. 마침내 바다는 평화를 되찾은 것이다. 까마귀 두 마리가 우리 머리 위로 날아갔다. 날갯짓 소리는 마치 여가수의 비단 슈미즈를 찢는 소리처럼 들렸다.

마당에 황금 먼지를 뿌린 듯 저녁노을이 지고 있었다. 오르탕스 부인의 예쁜 입술에도 불이 붙어 바람에 가볍게 떨리고 있었다. 부인은 그 불길에 날개를 달고 옆에 앉은 사람의 가슴에 불을 붙이려는 듯했다. 황금빛 노을은 반쯤 드러낸 젖가슴과 나이가 들어 살이 오른 벌어진 무릎과 주름진 목, 낡은 궁전 구두를 물들였다.

우리의 늙은 세이렌은 몸을 떨었다. 술과 눈물로 붉어진 눈을 반쯤 감은 채 처음엔 나를 보다가, 젖가슴에 넋이 나가 입을 다물지 못하고 있는 조르바를 바라보았다. 우리 둘 중에 누가 카나바로인지 알아내려는 듯했다.

"오, 부불리나!"

조르바는 무릎으로 오르탕스 부인의 무릎을 누르며 정열적으로 외쳤다.

"걱정 말아요. 하느님도 없고 악마도 없으니. 당신의 조그만 머리를 들고 두 손으로는 턱을 괴고 우리에게 노래 한 곡 불러줘요. 죽음 따위는 개한테 던져주고!"

조르바는 몸이 달아올랐다. 왼손으로는 수염을 꼬고 오른손으로는 술과 추억에 취한 여가수를 더듬었다. 말은 더듬었고 눈은 게슴츠레 풀려 있었다. 그의 앞에는 쪼글쪼글하고 화장이 천박한 늙은 여자가 아닌, 그가 늘 입버릇처럼 말하던 '암컷'이 있었다. 한 인격체로서의 여자는 사라지고 젊든 늙든, 아름답든 추하든— 이런 것들은 별로 중요하지 않았다.—그의 눈에는 이미 용모는 보이지 않았다. 모든 여자의 뒤에는 위엄 있고 신성하며 신비로운 아프로디테의 얼굴이 나타났다.

조르바가 바라보고, 말하고, 원하는 것은 바로 그 얼굴이었다. 오르탕스 부인은 덧없는 찰나의 투명한 가면이었으며, 조르바는 그 가면을 찢고 영원한 입술에 키스하는 것이었다.

"나의 보물이여! 눈처럼 새하얀 목을 들어요."

그가 숨을 헐떡이며 애원했다.

"새하얀 목을 들고 노래 한 곡 불러줘요."

늙은 여가수는 빨래를 하느라 튼 손으로 턱을 괴었다. 그녀의 눈은 반쯤 풀려 있었다. 몇 마디를 크게 불러보더니 이윽고 그녀가 애창하던 노래를 불렀다. 그녀는 몇 번이고 반복해서 노래를

부르며, 반쯤 감긴 눈으로 음탕하게 조르바를 바라보았다. 조르바
는 이미 카나바로로 선택된 것이다.

　흐르는 세월 속에서
　그대를 만나서…….

　갑자기 조르바가 벌떡 일어나더니 산투르를 가져왔다. 그러더
니 그는 터키인처럼 앉아 악기를 풀어 무릎 위에 놓고는 큰 손으
로 산투르를 켜기 시작했다.
　"아아, 부불리나, 칼로 내 목을 끊어주오!"
　그가 부르짖었다. 날은 어두워지고 하늘에는 별이 떴다. 감미로
운 산투르 소리가 높아지며 조르바의 욕망에 불을 지폈고, 닭고기
와 밥, 아몬드와 포도주를 잔뜩 먹고 마신 오르탕스 부인은 자신
의 무거운 몸을 조르바의 어깨에 기댔다. 여자는 조르바의 깡마른
옆구리에 자기 몸을 부드럽게 비비며 하품을 하고는 한숨을 내쉬
었다. 그러자 조르바는 내게 목소리를 낮추며 신호를 보냈다.
　"보스, 이 여자도 마음이 있나 봐요. 그러니 제발 우리 둘만 있
게 해줘요."

04

새 벽에 잠에서 깼다. 맞은편 침대에는 조르바가 앉아 있었다. 그는 담배를 피우며 생각에 잠겨 있었다. 그의 작고 둥근 눈은, 이제 날이 밝아오기 시작하는 희뿌연 부채꼴 모양의 창을 주시하고 있었다. 그의 눈은 퀭해 있었고 유난히 길고 까칠한 목은 먹이를 노리는 새의 목처럼 길게 빠져나와 있었다.

전날 밤 나는 그와 늙은 세이렌을 두고 먼저 자리를 떴다.

"난 가요. 마음껏 즐겨요, 조르바, 행운을 빕니다."

"안녕히 주무세요, 보스. 우린 아직 할 일이 좀 있으니. 보스, 푹 주무십시오."

조르바가 대답했다.

조르바와 세이렌은 그 일을 한 게 분명했다. 나는 잠결에 소곤대는 콧소리와 옆방이 요동치는 소리를 들은 것 같았다. 그러나 나는 바로 깊이 잠들어버렸다. 조르바는 자정이 넘어서 맨발로 들어와 나를 깨우지 않으려고 슬그머니 침대 위에 누운 듯했다.

그는 분명 잠이 덜 깨어 있었다. 흐리멍덩한 눈으로 먼 곳을 응시하며 조용히, 애무하듯이 꿀처럼 짙고 느린 흐름에 몸을 맡기고 생각에 잠겨 있었다. 대지, 물, 생각 그리고 모든 인간들이 먼 바다로 흘러가고 있었다. 조르바 역시 저항도, 질문도 하지 않고 함께 흘러가고 있었다.

마을이 깨어나기 시작했다. 닭과 대지, 나귀의 울음소리, 사람들의 말소리가 뒤섞여 들려왔다. 나는 침대에서 벌떡 일어나 '조르바, 오늘은 할 일이 있잖아요!' 이렇게 소리치고 싶었다. 그러나 나 역시 장밋빛 햇살이 비추는 아침이 주는 행복감에 저항하기 힘들었다. 그런 기적 같은 순간에는 모든 것이 아침처럼 산뜻해 보이는 법이다. 대지는 부드럽고 구름은 바람에 계속 모습을 바꾸었다.

나 역시 담배를 피우고 싶어 팔을 뻗어 파이프를 꺼냈다. 나는 감정에 휩싸여 그것을 바라보았다. '메이드 인 잉글랜드.' 크고 꽤 비싼 파이프였다. 내 친구, 눈빛이 푸르고 손가락이 가늘었던 그가 선물해 준 것이었다. 몇 년 전 해외에 있을 때였다. 졸업하고 그리스로 떠나기 전날 밤, 그가 말했다.

"담배를 끊게. 불을 붙여 반쯤 피우고 나머지를 버리다니……. 담배에 대한 자네의 사랑은 일 분밖에 안 되는 거야. 창피한 일이지. 파이프로 피우는 게 좋아. 충실한 마누라 같으니까. 집에 가면, 거기서 자네를 조용히 기다리고 있을 거야. 불을 붙이고 타오르는 연기를 바라보면 내 생각이 날 걸세."

한낮이었다. 우리는 베를린 박물관에서 내 친구가 가장 좋아하던 그림, 렘브란트의 〈전사〉를 보고 나오는 길이었다. 청동 투구 차림에 움푹 팬 뺨, 슬프면서도 강한 의지를 나타내고 있는 그림을 마지막으로 함께 보았다.

"내가 만약 내 인생에서 사내다운 행동을 하게 된다면 그건 다 저 그림 덕분일 거야."

그는 무자비하면서도 절망적인 듯한 전사를 바라보며 중얼거렸다.

우리는 박물관 뜰에 있는 기둥에 기대어 섰다. 우리 앞에는 당당하게 야생말을 타고 있는 아마존(그리스 전설의 여장부_옮긴이)의 청동 나신상이 있었다. 회색 할미새 한 마리가 아마존의 머리에 앉았다. 그러다 우리를 향해 꼬리를 치며 놀란 듯이 지저귀다가 날아가 버렸다.

나는 몸을 떨며 말했다.

"새 울음소리 들었나? 꼭 우리에게 뭐라고 말하는 것 같아."

친구는 웃었다.

"새니까 노래하게 놔둬. 새니까 뭐라고 하게 그냥 둬."

그는 유명한 노래 한 구절을 인용했다.

동이 터오는 이 새벽에, 이 크레타 해안에서 노랫말과 함께 그 추억이 떠올라 마음이 아파왔다. 나는 천천히 파이프에 담배를 넣고 불을 붙였다. 세상 모든 일에는 숨은 뜻이 있는 것 같았다. 사람, 동물, 나무, 별은 모두 상형문자이며 그 상형문자를 해독하고 그 의미를 생각해 보려는 사람은 고독한 존재이다. 보이는 것만으로는 그 의미를 알 수 없다. 그저 사람이며 동물, 나무며 별이라고 생각할 뿐이다. 후에 그것을 이해하는 순간이 오면 때는 이미 늦은 법……

청동 투구를 쓴 전사, 기둥에 기대선 내 친구, 할미새와 그 새가 들려준 노래, 우울한 노랫말……. 나는 그 모든 것에 숨겨진 의미가 있을 거라 생각한다. 그런데 그 의미는 대체 무엇일까.

내 시선은 희미한 햇살 속에서 말렸다가 풀리는 담배 연기를 따라갔다. 어느새 내 마음도 연기와 함께 감겼다가 푸른 꽃다발 속으로 서서히 사라져버렸다. 꽤 오랜 시간 이곳에 머물던 나는 논리에 기대지 않고도 세계의 기원과 생성, 사멸에 대해 분명히 설명할 수 있을 것 같았다. 나는 다시 한 번 붓다의 세계에 빠져든 것 같았다. 그러나 이번에는 어리석은 말도, 오만한 광대의 속임수도 끼어들지 않았다. 연기는 붓다의 진정한 가르침, 사라지는 연기의 모습은 푸른 열반의 정토를 찾아가는 생명이리라…….

나는 가볍게 한숨을 내쉬었다. 그 한숨은 나를 현실로 데려다 놓은 듯했다. 주위를 둘러보니 초라한 오두막과 아침햇살을 반사시키는 작은 거울이 보였다. 맞은편에는 조르바가 나를 등지고 매트리스 위에 앉아 담배를 피우고 있었다.

전날 있었던 오르탕스 부인의 희비극이 떠올랐다. 케케묵은 바이올렛 향기—바이올렛, 오드콜로뉴, 사향, 파촐리—인간이 환생한 앵무새. 앵무새는 새장의 횃대에서 날개를 퍼덕이며 옛 애인의 이름을 불렀다. 그리고 함대에서 유일하게 살아남아 옛날의 해전 이야기를 들려주는 낡은 마호네선(여기서는 돛이 달린 연안 항해선을 이르며, 아랍어 'Ma' on'에서 나온 말로 이 이름은 짐배에도 사용되고 한때는 노예선에도 사용됨)…….

조르바는 내 한숨 소리를 듣고는 고개를 갸웃거리며 나를 돌아보았다. 그가 중얼거렸다.

"보스, 우리는 그러지 말았어야 했어요. 우리가 너무 지나쳤어요. 당신과 나는 웃었어요. 그러자 그 여자가 우릴 보았어요. 당신이 방을 나간 것만 해도 그렇지요. 그 여자가 백 살쯤 먹은 매춘부였나요? 다정한 말 한 마디 없이 나가버리시다니. 부끄러운 줄 아세요, 보스. 그건 예의가 아닙니다. 이런 말씀 드려서 미안하지만 그건 남자가 할 짓이 아니에요. 어쨌든 여자잖아요. 연약하고 잘 삐치는 물건이라고요. 내가 남아서 위로했기에 망정이지."

"무슨 뜻이에요, 조르바? 여자는 그걸 빼면 마음속에 아무것도 없다고 하고 싶은 건가요?"

"맞아요, 보스, 다른 건 아무것도 없어요. 내 얘길 좀 들어봐요……. 나는 산전수전 다 겪은 사람이에요. 안 해본 게 없단 말입니다. 내 경험상 여자는 그거 말고는 안 보인다는 거예요. 말씀드렸다시피 여자란 건강에 해롭고 잘 토라지는 동물입니다. 누가 만일 사랑한다, 갖고 싶다고 말한다면 여자는 울음을 터뜨릴 겁니다. 그 여자는 전혀 당신을 좋아하지 않을지도 모르고, 역겨워할 수도 있고, 싫어할지도 모를 일이죠. 그러나 문제는 그게 아닙니다. 여자를 보는 남자라면 모두 다 여자를 갖고 싶다고 해야 합니다. 여자는 그걸 바라니까요. 그러니까 남자라면 여자에게 그렇게 말해서 여자를 기쁘게 해줘야 하는 겁니다.

내게 할머니 한 분이 계셨지요. 그때 아마 여든 살이 넘으셨을 겁니다. 할머니 인생도 이야기를 시작하면 끝이 없겠지요. 걱정 마세요, 그렇다고 그 얘기를 하자는 건 아니니까. 할머니 연세가 그때 여든 살쯤 됐었고, 우리 집 맞은편에는 꽃처럼 싱싱한 계집애가 하나 살았지요. 이름이…… 맞아, 크리스탈로였지요. 토요일 저녁마다 마을 젊은이들이 모여 술을 마시곤 했는데 그때마다 괜히들 날뛰고들 했지요. 우리는 모두 귀 뒤에다 향기로운 바질을 꽂

앉고, 사촌 하나가 기타를 치면 우리는 세레나데를 부르곤 했지요. 그 대단한 사랑! 그 엄청난 정열! 우리는 황소처럼 울부짖었어요. 우리는 모두 크리스탈로에게 미쳐 있었기 때문에 토요일 저녁이 되면 그녀에게 몰려가 우리 중 한 명을 고르라 했지요.

보스, 믿을 수 있겠어요? 여자들에겐 낫지 않는 상처가 하나 있다는 거 말이에요. 다른 상처들은 다 나아도 그것만은—책에서 읽어본 적 없어요?—절대 안 낫지요. 여자가 여든 살이 돼도 그 상처는 벌어져 있어요.

그래서 이 할머니는 토요일마다 침대를 창가에다 붙이고는 조그만 거울을 꺼내 얼마 남지 않은 머리를 빗고 가르마까지 타는 거지요. 그러고 나서 혹시라도 누가 볼까 봐 주변을 살피곤 하지요. 누군가 다가오기라도 하면 할머니는 침대에 누워 버터를 입에 넣고 녹이는 듯한 표정으로 자는 척했지요. 헌데 잠이 오겠어요? 할머니는 세레나데를 기다리고 있는 겁니다. 여든 살에 말이죠! 보스, 이제 아시겠지요? 여자는 알다가도 모를 동물이라는 것을! 쳇, 갑자기 울고 싶어지네요. 하지만 그때는 천지를 분간 못 하고 놀기만 하던 때라 이해를 못 하고 그저 웃기만 했지요. 그러던 어느 날, 할머니한테 혼이 났어요. 할머니는 나에게 계집애 뒤꽁무니만 쫓아다닌다고 야단을 치셨지요. 나는 그 잔소리가 너무 지겨워서 솔직히 말했죠. '할머니는 왜 토요일이 되면 호두나무 잎사귀를 입술에 칠해? 왜 가르마를 타? 우리가 할머니한테 세레나데를 불러줬으면 좋겠지? 우리가 쫓아다니는 건 크리스탈로라고요. 할머니는 냄새나는 송장이나 마찬가지라고!'

보스, 믿지 못할 겁니다. 그날 나는 처음으로 여자라는 게 어떤 건지 똑똑히 깨달았어요. 할머니 눈에선 눈물이 뚝뚝 떨어졌어요. 강아지처럼 잔뜩 웅크리고는 턱을 덜덜 떨더군요. '그래요, 우리가 따라다니는 건 크리스탈로라고요! 크리스탈로!' 나는 할머니가 똑똑히 들을 수 있게 귀에다 대고 소리쳤어요. 젊은것들은 정말 잔인한 동물이지요. 사람도 아니에요. 아무것도 몰라요. 할머니는 깡마른 팔을 들어 하늘을 가리키며 뭐라고 했는지 아세요? '내 심장 밑바닥에서부터 너를 저주한다!' 이렇게 울부짖었어요. 그리고 다음 날부터 할머니는 쇠약해져갔어요. 두 달이 지나자 더 이상은 가망이 없어보였어요. 할머니는 숨이 넘어갈 무렵 나를 보며 자라처럼 식식거렸어요. 그러더니 그 앙상한 손으로 나를 붙잡으려다가 '날 죽인 건 바로 너다. 알렉시스! 저주를 받아라. 내가 받은 고통을 다 네게 돌려주마!' 라고 말했지요."

조르바는 웃으며 계속 말했다.

"할머니의 저주가 들어맞고 있는 거예요."

그는 수염을 털며 하던 이야기를 계속했다.

"내 나이 예순다섯이에요. 허나 백 살을 살아도 그 저주에서 못 벗어날 거예요. 백 살이 돼도 뒷주머니에는 거울을 챙기고 암컷의 뒤꽁무니를 쫓아다니겠지요."

그는 또 웃으며 담배꽁초를 부채꼴 창밖으로 던지고는 팔을 쭉 뻗으며 말했다.

"내겐 결점이 많지만, 이 버릇 때문에 죽게 될 겁니다."

그리고 나서 그는 침대에서 뛰어 일어났다.

"자, 여기까지만 합시다. 오늘부터 일을 시작해야 되니까."

그는 순식간에 옷을 챙겨 입고는 구두를 신고 밖으로 나갔다.

고개를 숙이고 조르바가 했던 말을 되뇌고 있을 때 문득 눈에 갇힌 머나먼 도시가 떠올랐다. 그때 나는 그곳에서 로댕의 작품 전시회를 보다가 커다란 청동의 손 앞에서 멈칫했다. 그것은 '하느님의 손'이라는 작품이었다. 반쯤 벌린 손바닥 안에는 서로 부둥켜안고 몸부림치는 남녀가 있었다.

그때 한 여자가 내 옆으로 다가왔다. 그녀도 마음을 움직이는 이 작품에 감동한 듯했다. 날씬하고 단정한 차림에 머리숱이 많았고 턱은 견고했으며 입술은 가냘팠다. 성격은 단호하면서도 정열적일 듯했다. 나는 원래 여자에게 먼저 말을 거는 성격이 아니었지만 왠지 모르게 그날은 내가 먼저 물었다.

"무슨 생각을 하십니까?"

"나가고 싶네요."

여자가 언짢은 듯이 중얼거렸다.

"나가봤자 어디로 가겠습니까. 어딜 가도 하느님의 손바닥 안인데……. 어디에서도 구원받을 수 없을 겁니다. 불쾌하십니까?"

"아니에요. 이 세상에서 사랑이라는 게 가장 큰 기쁨일지도 모르죠. 하지만 저 작품을 보고 있으니 달아나버리고 싶네요."

"자유를 택하겠다는 거군요."

"맞아요."

"하지만 우리가 저 청동 손 안에 갇혀 있을 때만 자유로워질 수 있다고 생각해 보세요. '하느님'이란 단어 속에는 사람들이 생각하는 것과 똑같은 자유가 없을까요?"

여자는 불안한 눈빛으로 나를 보았다. 그녀의 눈은 잿빛으로 빛났고 입술은 말라 있었다.

"잘 모르겠네요."

여자는 그렇게 말하며 지나갔고 사라져버렸다. 그 후로 그녀를 다시 생각해 본 적은 없지만, 내 마음 깊은 곳에서 살고 있었나 보다. 황량한 해변에서 그녀는 내 안의 깊은 곳에서부터 다시 살아나 모습을 드러냈던 것이다. 창백하고 신비한 모습으로!

그렇다. 나는 내 자신이 부끄러웠다. 조르바의 말이 옳았다. 청동 손은 멋진 구실이 되었다. 우리는 만나는데 성공했고 다정한 말을 주고받았다. 우리는 하느님의 손 안에서 누구의 방해도 받지 않고 포옹할 수 있었을 것이다. 그러나 나는 갑자기 이야기를 비약시켰고 그녀는 놀라 달아났던 것이다.

늙은 수탉이 오르탕스 부인의 여인숙 마당에서 울었다. 조그만 창으로 햇살이 비쳤다. 나는 침대에서 뛰어내렸다.

일꾼들은 곡괭이, 지레, 괭이를 들고 모여들었다. 조르바가 그들에게 작업을 지시하는 소리가 들렸다. 그는 어느새 일터로 뛰어든 것이다. 사람을 부릴 줄 아는 사람은 책임감도 있다는 생각이 들었다.

나는 부채꼴 창으로 머리를 내밀어 비쩍 마르고 어깨가 좁은, 풍파에 찌든 서른 명 가량의 일꾼들 틈에서 광대처럼 서 있는 조르바를 보았다. 그는 위엄 있게 손을 휘두르며 간단명료하게 말했다. 그러다가 그는 툴툴거리던 한 젊은 친구의 뒷덜미를 잡았다.

"할 말 있어?"

조르바가 버럭 소리를 질렀다.

"그럼 크게 말해 봐! 입에서 웅얼거리는 건 싫어하는 성미라서. 일을 하려면 일할 기분이 들어야 돼. 안 그러면 술집으로 돌아가!"

그때 오르탕스 부인이 나타났다. 머리는 부스스하고 얼굴은 잔뜩 부어 있었다. 화장도 하지 않았고 지저분한 가운에 굽이 낮은 슬리퍼를 신고 나왔다. 부인은 당나귀 울음소리 같은, 늙은 가수들이나 할 법한 기침을 했다. 그러다 기침을 멈춘 부인은 조르바를 자랑스럽게 바라보았다. 눈이 게슴츠레해지며 그녀는 조르바의 시선을 끌기 위해 다시 기침을 했지만 그는 돌아보지 않았다. 그러자 그녀는 엉덩이를 실룩거리며 그의 곁을 지나갔다. 넓은 소매가 조르바를 스칠 듯했다. 그래도 조르바는 돌아보지 않았다. 그는 인부에게서 보리빵 한 덩이와 올리브 한 줌을 받고는 외쳤다.

"자, 하느님의 이름으로 성호를 긋자!"

그러고는 인부들을 데리고 산 쪽으로 향했다.

탄광 이야기는 하지 않겠다. 그 얘기를 하려면 인내심이 필요한데 내게는 그런 인내가 없다. 우리는 바닷가에 대나무와 고리버들, 드럼통으로 오두막 한 채를 지었다. 조르바는 새벽에 일어나 인부들보다 먼저 탄광으로 올라가 갱도를 팠다. 그러다 파던 갱도를 포기하고 다른 데서 갈탄 광맥을 발견하기라도 하면 신이 나서 춤을 추었다. 그러나 며칠이 지나 광맥을 놓치게 되는 날엔 갱도 바닥에 누워 하늘을 향해 엿을 먹이는 것이었다.

그는 일에 열중했다. 더 이상 나와 상의도 하지 않았다. 첫날 모든 결정과 책임은 그의 손으로 넘어간 것이다. 그는 결정을 내리고 집행을 했고, 나는 인부들에게 임금만 지불하면 되는 것이었다. 나에겐 정말 다행스러운 일이었다. 나는 그와 보내게 될 시간들이 내 생애 가장 행복한 시간이 될 거라는 예감이 들었다. 이것저것 따져 봐도 나는 헐값으로 행복을 산 기분이었다.

크레타 섬의 꽤 큰 마을에 사셨던 내 외조부에겐 버릇이 하나 있었다. 매일 저녁 등불을 들고 다니면서 혹시라도 방금 도착한 나그네가 있는지 찾아보는 것이었다. 그런 사람이 있으면 집으로 데려와 맛있는 음식과 술을 대접한 뒤 안락의자에 앉아 길쭉한 터키식 파이프에 불을 붙이고는 그 나그네에게—이제 음식값을 치를 때가 된—명령을 내리는 것이었다.

"말해 보시오!"

"무엇을 말입니까, 무스토요르기 영감님?"

"자네는 무엇을 하는 사람이고 이름은 무엇이며 어디에서 왔는지, 그리고 자네가 본 도시와 마을이 어떤 건지 모조리. 그래, 아주 깡그리, 깡그리 말해 보게나. 자, 어서 말해 보시오."

그렇게 나그네는 있는 말 없는 말을 늘어놓았고, 우리 외조부는 안락의자에 편히 앉아 파이프를 문 채 귀를 기울이며 그 나그네의 말에 따라 여행을 나섰던 것이다. 그러다 나그네가 마음에 들기라도 하면 이렇게 말씀하시곤 했다.

"자네, 내일도 우리 집에서 묵게나. 가면 안 돼. 자네에겐 아직할 이야기가 더 남아 있으니까."

할아버지는 마을을 떠나신 적이 없었고, 칸디아나 카네아에 가보신 적도 없었다. 할아버지는 항상 이렇게 말씀하셨다.

"왜 내가 그 먼 곳까지 가나? 칸디아나 카네아 사람들이 여기를 지나가면 나한테 오는 셈인데, 뭣 하러 거기까지 가?"

나는 크레타 해안에서 할아버지의 습관을 그대로 답습하고 있는 셈이었다. 나도 등불을 들고 나가 나그네 하나를 찾았다. 나 역시 그를 떠나지 못하게 할 생각이다. 저녁 식사를 대접하는 것보다 훨씬 더 돈이 들긴 하지만 그럴 만한 가치가 있는 사람이다. 나는 밤마다 그가 일을 마치고 돌아오기를 기다리며, 그와 함께 저녁 식사를 한다. 저녁을 다 먹고 그가 밥값을 치러야 할 때쯤 나는 그에게 '어서 말해 보세요.' 라고 외친다.

나는 파이프 담배를 피우며 그의 이야기에 귀 기울인다. 내 나그네는 안 가본 곳이 없으므로 모르는 게 없는 사람이다. 그래서 나는 그의 이야기에 싫증을 느낄 수가 없다.

"어서 말해 보세요, 조르바. 말해 주세요."

그가 이야기를 시작하면 마케도니아 전체가, 산과 숲이, 냇물이, 코미타지 게릴라가, 부지런한 아낙네들과 건장한 사내들이 그와 나 사이의 좁은 공간을 가득 채워준다. 그리고 스물한 개의 수도원과 아토스 산, 무기 창고가 등장하고 엉덩이가 펑퍼짐한 게으름뱅이도 등장한다. 조르바는 수도사 이야기를 끝내면서 머리를 흔들며 웃곤 했다.

"하느님이 보스를 노새 뒷발과 수도사의 물건으로부터 보살펴 주시기를!"

밤마다 조르바는 나를 그리스, 불가리아, 콘스탄티노플 곳곳으로 안내해 준다. 나는 눈을 감고 바라본다. 조르바는 항상 놀라움에 가득 찬, 반짝이는 작은 눈으로 엉망이 된 발칸반도의 구석구석을 살피고 온 사람이었다. 우리에겐 아무렇지도 않은 일들조차도 조르바에게는 무시무시한 수수께끼가 된다. 그는 지나가는 여자를 보고도 말을 멈추고 무슨 일이라도 벌어진 듯 이야기한다.

"저 신비함은 무엇일까요? 여자란 과연 무엇일까요? 왜 날 이렇게 궁금하게 만드는 거지요? 말해 봐요, 난 여자의 정체에 대해 묻고 있어요."

그는 계속 물었다.

그는 남자나 꽃이 핀 나무, 물 한 잔을 보면서도 같은 반응을 보이며 물었다. 그는 늘 만물을 처음 보듯 대하고 있었다.

전날, 우리는 오두막 앞에 앉아 포도주를 마셨다. 취기가 오르자 그는 놀라며 나를 바라보았다.

"보스, 이 빨간 물의 정체는 뭡니까? 말해 봐요. 늙은 가지에서 새싹이 돋으면 처음엔 아무것도 없어요. 그러다 열매가 달려도 처음엔 씁쓸한 맛이 나죠. 그런데 시간이 흘러 햇볕에 열매가 익으면 이렇게 꿀맛 나는 달콤한 게 만들어져요. 이게 바로 포도라는 겁니다. 이 포도를 으깨서 술꾼 성 요한의 날(8월 15일에 열리는 클리도나스 축제, 핼러윈에 비견되는 축제임)에 열어보면, 그게 포도주가 되어 있답니다. 이건 기적이라고요! 이 빨간 물을 마시면 몸을 이길 수 없을 만큼 간덩이가 커지고 하느님께 시비를 걸게 되지요. 보스, 말해 봐요. 왜 이런 일이 생기는 겁니까?"

나는 아무 대답도 하지 않았다. 그의 말을 듣고 있으면 세상은 태초의 활기를 되찾은 것 같았다. 물, 여자, 별, 빵이 신비로운 본래의 모습을 되찾고 태초의 회오리바람이 불어오는 것이었다.

그래서 나는 밤마다 자갈밭에 누워 조르바가 오기만을 기다렸다. 나는 대지의 내부에서 불쑥 튀어나와 나른한 몸으로 걸어오는 그를 발견하곤 했다. 나는 그가 고개를 들거나 떨어뜨리는 모습, 팔을 흔드는 모습을 통해 하루의 성과를 알아낼 수 있었다.

처음에 나는 그와 함께 가서 인부들을 감독했다. 나는 다른 방식의 삶을 살아보고 싶었다. 내 일과 내가 감독하는 사람들을 사랑하며 이해하려고 애썼다. 또한 글이 아닌, 살아 있는 인간들에게서 기쁨을 얻고 싶었다. 나는 로맨틱한 계획을 꿈꾸고 있었다. 갈탄 광산 작업을 성공리에 마치면 모든 것을 함께 나누고, 형제처럼 같은 옷을 입으며, 같은 음식을 먹는 공동체 사회를 만드는 것이다. 나는 마음속으로 새로운 종교 단체, 새로운 생활을 갈망하고 있었다.

그러나 나는 그 이야기를 조르바에게 해야 할지 말아야 할지 망설였다. 그는 내가 인부들을 찾아가 이것저것 묻고 그들의 편에 서는 것에 짜증을 냈다. 그는 입술을 삐죽거리며 말했다.

"보스, 밖에 나가서 산책이나 합시다. 태양, 바다, 아시겠어요?"

처음에 난 그 자리를 떠나려 하지 않았다. 인부들과 얘기를 나누며 그들이 누구인지, 식구가 몇인지, 시집보내야 할 누이나 돌봐야 할 친척이 있는지, 몸은 건강한지, 걱정거리가 무엇인지 등에 관해 캐물었다. 그럴 때마다 조르바는 화를 냈다.

"보스, 인부들한테 자꾸 이것저것 묻지 마세요. 잘해 주면 오히려 얕잡아보니까. 보스가 그런 식으로 친절을 베풀면 인부들한테도, 우리 작업에도 차질이 생겨요. 그들에게 핑계를 만들어주는 거라고요. 그러면 젠장, 그들은 제멋대로 일을 하게 될 테고 작업은 엉망진창이 될 겁니다. 하느님은 인부들도 보살피고 계세요. 보스가 강하게 나오면 그들은 보스를 존경하면서 일도 성실하게 하게 돼요. 하지만 보스가 나긋나긋하게 굴면 그들은 모든 일을 보스한테 떠맡기고 될 대로 되라는 식으로 나올 거란 말입니다. 아시겠어요?"

어느 날, 일을 마치고 돌아온 조르바는 오두막에 곡괭이를 내던지며 몹시 화를 냈다.

"보세요, 보스. 제발 간섭하지 말아줘요. 내가 공들여 놓은 걸 보스가 다 무너뜨리고 있다고요. 인부들한테 오늘 한 얘기는 뭡니까, 사회주의? 어림없는 소리! 당신이 신부님이요, 자본주요? 결정을 내려요!"

그러나 어떤 결정을 내려야 하는 것인가? 나는 이 두 가지를 결합하겠다는 희망을 갖고 화합할 수 있는 방법을 찾고 싶었다. 그래서 지상의 생활과 천상의 왕국을 한꺼번에 얻고 싶었다. 이 생각은 오래전, 소년 시절부터 꿈꾸어 오던 것이다. 학창 시절 나는 친한 친구들과 함께 공제조합이라는 비밀 단체를 만들었다. 내 방에 모여 문을 잠그고, 우리는 목숨을 바쳐 불의와 맞서겠다고 맹세했다. 가슴에 손을 얹고 선서를 하며 눈물까지 흘렸다.

유치한 이상이어라! 그러나 그것을 비웃는 자에게 불행이 있으리! 공제조합의 회원들은 훗날 돌팔이 의사, 삼류 변호사, 저질 식품업자, 표리부동한 정치가, 표절하는 언론인이 되었다. 나는 가슴이 미어질 듯 아팠다. 마치 소중한 씨앗이 싹도 틔우지 못하거나 제대로 자라지 못하고 쐐기풀 때문에 힘조차 쓸 수 없는 것 같았다. 나는 어떤가? 나는 아직 논리에 휩쓸리지 않았다. 하느님을 찬양할 뿐! 나는 돈키호테가 될 준비가 되어 있다.

일요일이 되었다. 우리는 결혼 적령기가 된 청년들처럼 신경 써서 몸단장을 했다. 면도를 하고 깨끗한 셔츠로 갈아입고는 저녁 늦게 오르탕스 부인을 만나러 갔다. 부인은 우리를 위해 일요일마다 닭을 잡았다. 우리들은 함께 모여 먹고 마셨다. 조르바는 긴 팔로 다정한 부인의 가슴을 제 것처럼 더듬었다. 밤이 되자 우리는 해변의 오두막으로 돌아왔다. 인생이란 오르탕스 부인처럼 단순하고, 살아볼 만했으며, 지루하지만 느긋하고 관대한 것이었다.

실컷 먹고 마신 후 돌아오던 일요일에 나는 조르바에게 내 계획을 털어놓기로 결심했다. 조르바는 놀라는 듯했지만 끝까지 내 말에 귀 기울여주었다. 그러다가도 때때로 화를 내며 고개를 내저었다. 그는 술이 확 깬 것 같았다. 내가 이야기를 끝내자 그는 수염 두세 가닥을 신경질적으로 뽑았다.

"보스, 내 말을 너무 섭섭하게 듣진 마시오. 아무리 봐도 보스는 아직 머리가 덜 여문 것 같으니. 올해 몇이나 됐소?"

"서른다섯입니다."

"앞으로도 여물긴 글렀구먼."

그리고 나서 조르바는 웃었다. 나는 한 방 얻어맞은 듯 얼떨떨했다.

"조르바, 사람을 너무 불신하는 거 아닙니까?"

내가 반격했다.

"보스, 화내지 마요. 나는 아무것도 믿지 않으니까. 내가 사람을 믿으면 하느님도, 악마도 믿겠지요. 어차피 다 비슷비슷한 거니까. 보스, 만일 그렇게 된다면 모든 게 엉망이 되고 나는 너무 혼란스러울 거요."

그는 말하는 도중에 베레모를 벗고 머리를 긁었다. 그러다 수염을 몽땅 뽑아내기라도 할 듯 잡아당겼다. 하고 싶은 말을 참고 있는 것 같았다. 그는 곁눈질로 나를 노려보았다. 한참을 그렇게 보다가 조르바는 무언가 결심한 듯 한 마디 툭 던졌다.

"보스, 인간은 짐승이에요."

그가 지팡이로 자갈을 내리치며 말했다.

"짐승 중에서도 아주 엄청난 짐승이지요. 하지만 보스는 모르고 있어요. 당신에겐 인간이라는 것과 세상살이가 너무 어려운 것 같은데…… 나한테 물어봐요. 내가 짐승이라고 말해 줄 테니. 짐승에게 거칠게 대하면 그 짐승은 당신을 존경하면서도 두려워하게 될 겁니다. 하지만 친절하게 대한다면 그 짐승은 눈알도 뽑아갈 거요. 그러니 보스, 거리를 둬요. 그들에게 배짱을 심어주진 마요. 우리 모두는 평등하고 똑같은 권리가 있다는 소리도 집어치우고요. 그러면 그들은 당신에게 달려들어 당신의 권리와 빵마저 훔쳐갈 것이고, 결국 당신을 굶어죽게 만들 거예요. 보스, 모든 걸 다걸고 하는 충고니 제발 거리를 둬요."

"하지만 조르바, 아무것도 믿지 않는다면서요?"

내가 반격했다.

"믿지 않지요. 어떤 것도. 몇 번이나 말해야겠어요? 나는 누구도, 그 어떤 것도 안 믿어요. 오직 나, 조르바만 믿을 뿐. 내가 다른 것들보다 나은 게 있어서가 아니에요. 털끝만큼도 나을 게 없지. 다른 놈들과 마찬가지로 나 역시 짐승이니까. 하지만 내가 조르바를 믿는 건 그래도 아직까지 내 마음대로 움직일 수 있는 건 조르바뿐이기 때문이지요. 다른 것들은 다 허깨비일 뿐이에요. 나는 오로지 이 눈으로만 보고, 이 귀로만 듣고, 이 내장으로 삭이는 것만 믿어요. 내가 죽으면 모든 게 사라지는 거고 조르바가 죽으면 세상은 무너지게 되는 것이지요."

"너무 이기적이군요."

내가 빈정거리듯 말했다.

"그래도 어쩔 수 없어요, 보스. 그게 사실이니까. 나는 콩을 먹으면 콩에 대해 말해요. 내가 조르바니까 조르바처럼 이야기하는 거예요."

나는 아무 말도 하지 않았다. 조르바의 말은 내게 채찍이 되어 돌아왔다. 너무도 강인했기에 인간을 경멸하면서도 그들과 함께 어우러져 일하며 살아가는 그가 존경스러웠다. 만일 내가 그런 사람들과 살아가야 한다면 금욕주의자가 되거나 혹은 그들을 가짜 깃털로 만들어놓아야 할 것이다.

조르바가 나를 돌아보았다. 별빛을 통해 그가 함박웃음을 짓고 있음을 알 수 있었다.

"내가 너무 심했나요, 보스?"

오두막에 도착한 그가 걸음을 멈추고 물었다. 조르바는 부드러우면서도 껄끄러운 눈빛으로 나를 보았다.

나는 아무 말도 하지 않았다. 마음은 조르바의 말에 동의하면서도 가슴으로는 거부하고 있었다. 나는 짐승의 무리에서 벗어나 제 갈 길로 가고 싶었다.

"오늘은 아무래도 잠이 오지 않을 것 같네요, 조르바. 혼자 주무셔야겠어요."

별은 빛나고 바다는 한숨을 쉬며 조개를 핥고 있었고 반딧불이는 아랫배에 작은 등불을 밝히고 있었다. 그리고 머리카락은 밤이슬로 젖어 있었다. 나는 아무 생각 없이 얼굴을 묻고 침묵에 잠겼다. 나는 곧 밤과 바다와 하나가 되었다. 내 마음은 습하고 어두운 대지에 숨어 작은 등불을 밝히는 반딧불이 같았다.

별은 하늘에 원을 그렸고 시간은 흐르고 있었다. 나는 자리에서 일어났다. 어찌된 영문인지 모르겠으나 내 마음속에 이 해변에서 해야 할 두 가지 과제가 생겨났다.

붓다에서 벗어나고 모든 형이상학적 근심인 언어에서 나 자신을 끌어내고 헛된 고민으로부터 마음을 자유롭게 만들 것. 지금 이 순간부터 사람들과 직접적으로 부딪쳐 확실한 교류를 할 것.

"너무 늦은 건 아닐 거야."

나는 스스로에게 다짐했다.

05

"저희 숙부님이신 아나그노스티 영감님께서 선생님께 안부를 여쭈라 하셨습니다. 그리고 혹시 시간이 나시면 집으로 오셔서 함께 식사를 하자는 말씀도 전하셨습니다. 마침 돼지 불알을 까는 사람이 오늘 마을로 들어오거든요. 그 부분은 맛이 희한하답니다. 키리아 마룰리아 할머니께서 그 부분을 모아서 선생님을 위해 특별 요리를 만드신답니다. 그리고 오늘이 두 분의 손자인 미나의 생일이니 아이한테 좋은 말씀을 들려주셨으면 하신답니다."

크레타 농가를 방문하는 건 정말 즐거운 일이다. 보이는 모든 것들이 신기할 따름이다. 벽난로, 등잔, 벽에 걸린 오지항아리, 의자 몇 개, 식탁, 벽에 구멍을 뚫어 걸어 놓은 냉수 주전자 등이 보였다. 대들보에는 모과, 석류, 샐비어, 박하, 고추, 로즈마리, 그리고 세이보리 열매의 묶음이 걸려 있었다.

방 한쪽 끄트머리에는 조금 높은 단으로 오르는 사다리나 나무 계단이 놓여 있고, 그 위에는 선반 침대가 있으며, 또 그 위에는 등과 성상聖像이 놓여 있었다. 얼핏 보면 텅 비어 있는 듯한 집이지만 필요한 살림살이는 다 있었다. 그러고 보면 사람이 살아가는 데 있어 그리 많은 게 필요한 건 아닌 듯싶다.

가을볕이 따스한 아주 좋은 날씨였다. 우리는 집 앞 작은 뜰에 앉았다. 머리 위에는 열매가 주렁주렁 달린 올리브나무가 있었고, 은빛 잎사귀 사이로 저 멀리 평온한 바다가 보였다. 하얀 구름은 쉬지 않고 태양을 스쳐갔고, 그럴 때마다 대지는 숨 쉬고 있는 듯 슬퍼보였다가 기뻐보였다가 했다.

불알이 거세된 돼지가 귀가 먹먹하도록 고통스럽게 외치는 소리가 좁은 뜰 한구석에서 들려왔다. 키리아 마룰리아 할머니는 벽난로 앞에서 요리를 하고 있었다. 그 냄새는 우리 코를 자극했다.

우리 대화의 주제는 늘 같았다. 옥수수, 포도 농사 그리고 비에 대한 내용이었다. 아나그노스티 영감은 귀가 잘 안 들렸기에 우리는 큰 소리로 말해야만 했다. 그는 자칭 '자존심이 강한 귀'를 지니고 있었다. 늙은 크레타인의 인생은 안전한 계곡에서 자란 나무처럼 곧고 평온했다. 그는 이곳에서 태어나고 성장했으며 결혼을 했고 아들이 있었다. 오래 살았기에 손자도 보았는데 그중 몇몇은 죽고 나머지는 살아 있다. 그래서 대가 끊길 걱정은 하지 않아도 되었다.

크레타 노인은 터키가 지배하던 옛날 일을 돌이켜보며, 자신의 아버지한테서 들은 이야기를 해주었다. 여자가 하늘을 두려워하고 믿음이 강했던 시절이었기 때문에 생겨난 기적 같은 이야기였다.

"자, 여기를 보시오. 지금 말하고 있는 이 늙은 아나그노스티를 봐요! 내가 태어난 것은 기적 같은 일이었소. 그렇고말고, 내 영혼에 맹세코 기적이었지…… 무슨 일이 있었는지 들으면 아마 너무 놀라서 이 모든 게 하느님의 자비로움 덕분이라 말하며 성모 마리아 수도원으로 달려가 초를 밝히게 될 거요."

그는 성호를 그은 뒤 부드러우면서도 잔잔한 목소리로 이야기를 시작했다.

"그 당시 우리 마을에 터키 여자가 하나 살았는데 돈이 많은 여자였지요. 그 여자에게 저주가 내리길! 그러던 어느 날, 그 몹쓸 게 애를 뱄다지 뭐요. 산달이 다 된 어느 맑은 날이었지요. 사람들은 그 여자를 선반 침대에 눕혔고, 그 몹쓸 것은 사흘 밤낮을 암소처럼 소리를 질렀다오. 그래도 애는 나오지 않았다더군. 그래서 그 몹쓸 것의 친구—그 여자에게도 저주가 내리길!—가 조언을 해 줬다지. '차퍼 하눔, 어머니 마리아한테 부탁해야겠어!' 라고 말이오. 터키 족속들은 성모 마리아님을 '어머니 마리아' 라고 부른다더군요. 전지전능하신 성모 마리아님을 말이야. 그러자 차퍼라는 계집이 소리쳤지요. '뭣하러? 왜 그 여자를 불러? 차라리 죽는 게 낫지!' 진통은 점점 더 심해졌지……. 그렇게 하루가 또 지나고 밤이 지났어요. 차퍼는 죽을힘을 다해 소리 질렀지만 애는 나오지 않았다오. 그래서 그 몹쓸 게 더 이상 참지 못하고 어쩔 수 없이 외쳤지요. '어머니 마리아! 어머니 마리아!' 라고 말이에요. 그래도 소용이 없었지. 산통은 점점 더 심해졌지만 아이는 나올 기미가 보이지 않았어. 그러자 친구가 '그 여자는 터키 말을 모르는 모양이군.' 하고 말했지요. 그래서 그 몹쓸 게 이렇게 외쳤다더군요. '루미스의 처녀여!(이슬람교 용어로 그리스도인, 혹은 이교도라는 의미), 루미스의 처녀여.' 몹쓸 년! 루미스라니! 고통은 점점 더 심해졌지요. 그러자 친구는 '제대로 불러야 돼. 제대로 안 하니 안 오는 거야.' 라고 외쳤지요. 그러자 그 몹쓸 계집은 큰일 났다 싶어 있는 힘을 다해 '성모님!' 이라고 소리를 질렀지요. 그랬더니 그 말이 끝나자마자 애가 쑥 나왔다는 거예요. 뱀장어가 진흙 속에서 미끄러져 나오듯이 말이지요.

　이게 주일에 있었던 일인데, 그 다음 주일에 우리 어머니의 진통이 시작됐답니다. 우리 어머니도 참 많이 고생하셨지요. 고통이 점점 심해지자 가엾은 우리 어머니는 '성모님! 성모님!' 하고 외치셨대요. 그래도 애는 나오질 않았다더군요. 마당 한복판에 털썩 앉아 계셨던 아버지는 어머니의 고통을 보면서 물 한 모금 못 드셨다더군요. 아버지는 성모님을 그리 탐탁지 않게 여기셨대요. 차퍼라는 계집이 부를 땐 목이 부러져라 달려와 애를 쑥 낳게 해주더니, 그리스도인이 이렇게 고통스러운데 오지 않으니⋯⋯. 그렇게 나흘이 되자 참다못한 아버지는 쇠스랑을 가지고 '순교한 동정녀' 수도원으로 달려가셨대요. 성모님, 저희를 구원해 주소서. 거기 도착한 아버지는 화를 억누르지 못해 성호도 긋지 않고 들어가 문을 닫은 뒤 성상 앞으로 달려가 버럭 소리를 질렀답니다. '이봐요, 성모님. 내 아내 크리니오 알고 있죠? 모를 리가 없겠지요. 주일마다 당신 등잔에 불을 밝히는데 모를 리가 있겠어. 내 아내가 사흘 밤낮을 애타게 당신만 찾았는데 안 들려요? 당신 귀머거리요? 내 아내가 터키 계집, 차퍼 같은 몹쓸 년이었다면 목이 부러져라 달려왔겠죠? 하지만 크리니오는 그리스도인이오. 당신이 귀머거리라 못 듣는 거요! 잘 들으시오. 당신이 성모님만 아니었어도 이 쇠스랑으로 호되게 버릇을 고쳐났을 거요!'

　그러고 나서 아버지는 성상에 절도 올리지 않고 나오려고 했는데, 그때 갑자기 성상에서 굉음이 들리기 시작했대요.—오, 하느님! 모르신다면 알려드리지요. 그런 소리는 기적이 일어날 때만 들리는 거랍니다.—그때 아버지는 아차, 실수를 했다 싶어서 재빨리 돌아서서 무릎을 꿇고 성호를 그으며 외쳤답니다. '아이고, 성모님! 제가 죽을죄를 지었습니다. 해서는 안 될 몹쓸 얘기를 했으니 부디 못 들은 척 해주십시오!'

그렇게 아버지는 마을로 돌아왔는데, 오자마자 기쁜 소식을 들었답니다. '코스탄디, 아이가 오래오래 건강하기를 바라네. 자네 부인이 드디어 아들을 낳았어!' 그 아이가 바로 나, 아나그노스티라오. 하지만 나는 날 때부터 귀가 잘 안 들렸어요. 아버지가 성모님한테 귀머거리라고 외치며 신성모독죄를 범했기 때문이라오.

아마도 성모님은 '좋아, 어디 두고 보자. 네 자식을 귀머거리로 만들어 신성을 모독한 죗값을 단단히 치르게 할 것이다!' 라고 생각하셨겠지요."

아나그노스티 영감은 다시 한 번 성호를 그으며 말했다.

"하지만 그건 별거 아니야. 오, 하느님을 찬양합니다! 성모님은 날 장님이나 바보, 꼽추, 그것도 아니면—오, 전지전능하신 하느님이시여, 저희를 보살펴주소서!—여자로 태어나게 할 수도 있으셨겠지. 그거에 비하면 이건 별일 아닌 게지. 신성하신 우리의 성모님이시여. 저희를 오래오래 보살펴주시옵소서!"

그는 잔에 술을 가득 채우고는 그 잔을 들었다.

"아나그노스티 영감님의 건강을 위하여! 만수무강하셔서 증손자도 보시기를 바랍니다!"

영감은 포도주 한 잔을 단숨에 비우고는 턱수염을 닦으며 말했다.

"아니오, 그건 욕심이지. 난 이미 손자를 보았으니 그걸로 됐어. 더 이상 욕심 부리면 안 돼. 나도 이제 갈 때가 되었지. 늙고 허리도 텅 비었으니……. 아무리 그러고 싶어도 말이야……. 이젠 씨를 뿌려 자손을 볼 수는 없지. 이제 더 살아서 무엇해?"

그는 잔을 다시 채운 뒤 월계수 잎에 싼 호두와 말린 무화과를 허리춤에서 꺼내 우리에게 주었다. 그러고는 혼잣말을 하듯이 중얼거렸다.

"나는 모든 걸 애들에게 나누어주었다오. 우리는 가난뱅이가 된 거지. 그렇지만 불평은 안 한다오. 필요한 건 하느님이 다 가지고 계시니까!"

"그럼요, 필요한 건 하느님이 다 가지고 계시겠지요. 하지만 우린 아무것도 없지요. 그 지독한 늙은이가 우리에겐 아무것도 주지 않았다고요!"

조르바가 영감의 귀에다 대고 소리쳤다. 그러자 촌 영감이 눈살을 찌푸리며 조르바를 크게 나무랐다.

"이 사람아! 하느님을 탓하지 마시게! 그 가엾은 늙은이가 우리만 믿고 있지 않은가!"

그때 아나그노스티 할머니가 소문난 진미 요리와 포도주를 가득 채운 커다란 술병을 들고 조용히 들어왔다. 할머니는 그것들을 식탁 위에 올려놓고는 손을 모으고 눈을 내리깔았다.

나는 그런 오르되브르를 먹어야 한다는 생각에 속이 메스꺼웠으나 거절할 용기도 없었다. 조르바는 나를 흘끗 쳐다보며 그런 내 모습을 즐기고 있었다. 그러다 나를 흘겨보며 못이라도 박는 듯 단호하게 속삭였다.

"보스, 이건 평생에 한 번 먹어볼까 말까 한 최고급 요리예요. 그러니 구역질 날 것 같다는 얼굴은 그만해요."

그러자 아나그노스티 영감이 피식 웃으며 말했다.

"그럼, 최상의 요리지. 일단 잡숴보면 아실 거요. 입안에서 사르르 녹는다니까. 게오르기오스 왕자께서 저 산 위에 있는 수도원을 찾으셨을 때 수도사들이 수라상을 차렸지요. 그들은 다른 사람에겐 고기를 대접하고, 왕자님께는 수프 한 접시를 올렸다더군요. 왕자는 숟가락으로 휘휘 저으며 물었지요. '이게 뭔가요? 콩 수프입니까? 흰 강낭콩 수프?' 그러자 늙은 수도원장은 '어서 드십시오, 왕자님. 다 드신 다음에 말씀드리겠습니다.' 왕자는 한 술을 뜨더니 두 술, 세 술, 그렇게 깨끗이 그릇을 비우고는 입술을 핥았답니다. 왕자가 말했지요. '이 맛있는 요리는 대체 무엇인가요? 기가 막힌 콩 수프로군요. 꼭 뇌로 만든 요리 같아요.' 그러자 수도원장이 웃으며 '콩 수프가 아닙니다, 왕자님. 콩이 아니라 마을의 수탉을 모조리 거세한 겁니다.'라고 대답했다지요. 그러니 이건 왕자의 음식이다 이 말이오."

그는 한 차례 웃고는 포크로 음식을 찍어 내게 명령했다.

"자, 입을 벌려요."

내가 입을 벌리자 그가 내 입에 고기를 밀어 넣었다.

그는 다시 잔을 채웠다. 우리는 영감 손자의 건강을 빌며 마셨다. 아나그노스티 영감의 눈이 빛나고 있었다.

"아나그노스티 영감님, 훗날 손자가 무엇이 되기를 바라십니까? 말씀해 보세요. 우리가 빌어드리겠습니다."

내가 물었다.

"글쎄, 뭐가 되면 좋을까. 그렇지, 올바른 길을 가고 훌륭한 사람으로 자라서 가장이 되고, 그리고 결혼해서 아들과 손자를 보는 거지요. 그 애 아들이 나를 닮아서 내 나이쯤 되었을 때 마을 사람들이 '꼭 아나그노스티 영감을 보는 것 같군. 하느님께서 영감의 영혼을 축복하시기를! 정말 좋은 영감이었어!' 라고 말했으면 좋겠군요. 그런데 마룰리아! 마룰리아, 포도주 좀 더 갖다 줘!"

그는 아내 쪽은 쳐다보지도 않고 소리를 질렀다. 바로 그때, 돼지가 머리로 문을 받아버리는 바람에 마당으로 난 문이 열렸다. 돼지는 꽥꽥 소리치며 뜰로 뛰어나왔다.

"얼마나 아플까, 가여운 것."

조르바가 가엾다는 듯이 중얼거렸다.

"당연히 아프겠지. 당신 그걸 깠다고 생각해 보시오. 얼마나 아프겠소?"

영감이 그 말을 어떻게 알아들었는지 조르바에게 웃으며 말했다. 그러자 조르바는 질색을 하며 소리쳤다.

"빌어먹을 귀머거리 영감탱이, 혀나 확 뽑혔으면 좋겠구먼!"

돼지가 우리 앞까지 뛰어나와 잔뜩 화가 난 표정으로 우리를 노려보았다.

"저것이 우리가 그걸 먹은 걸 아는 모양이야."

포도주를 마시고 취기가 올라 기분이 좋아 보이는 아나그노스티 영감이 말했다. 우리는 식인종처럼 조용히 그리고 만족스럽게 먹으며, 석양에 분홍빛으로 물든 바다를 은빛 올리브 가지 사이로 바라보았다.

날이 어둑어둑해질 무렵 우리는 노인의 집에서 나왔다. 술기운이 오르자 조르바도 무언가 얘기를 꺼내고 싶은 듯했다.

"보스, 그저께 우리가 무슨 이야기를 했지요? 당신은 사람들 눈을 뜨게 해주고 싶다 했지요? 맞아요, 그 얘기를 했었지요. 그럼 아나그노스티 영감의 눈이나 뜨게 하는 건 어때요? 그 영감의 마누라가 영감 앞에서 어떻게 하고 있는지 봤지요? 먹을 걸 구걸하는 개처럼 얌전하게 명령을 기다리고 있는 꼴이라니! 좀 가르쳐주지 그래요? 여자와 남자는 평등하다, 불알 까인 돼지가 소리치며 날뛰고 있는데 그 앞에서 그걸 안주 삼아 먹고 있는 건 잔인한 짓이다, 하느님은 모든 것을 다 가졌는데 굶어 죽어가면서도 하느님께 감사하는 건 미친 짓이다, 이렇게 말이오. 과연 저 가엾은 악마 아나그노스티가 당신의 어설픈 설교를 들으면 변하게 될까요? 그저 성가실 뿐이에요. 아나그노스티 할멈은 또 어떻고요? 불에다 기름을 들이붓는 꼴이 되는 겁니다. 부부 싸움이 벌어질 테고, 암탉은 수탉 노릇을 하려 할 테고, 대판 싸움이 벌어질 테니 털 좀 날리겠군요! 그러니 보스, 사람들을 그냥 좀 내버려둬요. 사람들 눈뜨게 하려고 애쓰지 말라고요. 좋아요, 눈뜨게 해줬다고 칩시다. 그 다음엔 뭐가 보이겠어요? 비참한 일이에요. 보스, 눈감은 놈은 감은 대로 내버려둬요. 그냥 꿈꾸게 내버려두잔 말입니다."

그는 생각이 잘 안 풀리는지 말하다 말고 머리를 긁적거렸다.

"만약에…… 만약에 말입니다……."

"만약이라니요? 들어나 봅시다."

"만약 그 사람들이 눈을 떴을 때, 보스는 사람들에게 현재의 어두운 세상보다 더 나은 세상을 보여줘야 한다면⋯⋯. 그럴 수 있겠어요?"

나는 알지 못했다. 무엇을 없애야 하는지는 잘 알고 있었다. 그러나 그곳에 무엇을 세워야 하는지는 알지 못했다. 그것을 확실히 아는 사람은 없을 것이다. 우리가 사는 이 낡은 세상은 확실하고 구체적이다. 우리는 그 세상 속에 살며 매 순간 그 세계와 맞닥뜨린다. 미래의 세계는 아직 오지 않았다. 환상적인 그 세상은 언제든 변할 수 있다. 사랑, 증오, 상상력, 행운, 하느님 같은 보랏빛 바람에 둘러싸인 구름 같은 세상. 대지가 아무리 훌륭한 선지자라해도 암호 외에는 확실한 예언은 할 수 없다. 난해한 암호일수록 선지자는 더 위대해지는 법이다.

조르바가 비웃는 듯한 얼굴로 나를 바라보았다. 나는 화가 났다.

"난 그들에게 더 나은 세계를 보여줄 수 있어요!"

내가 말했다.

"그럴 수 있어요? 어디 그럼 얘기나 들어봅시다!"

"설명할 수 없어요. 설명을 한다 해도 당신은 이해하지 못할 겁니다."

"보여줄 수 없으니 그러는 거요! 이봐요, 젊은 보스, 나를 멍청이로 보진 마시오. 누군가가 당신에게 나를 멍청한 놈이라고 했다면 분명 잘못된 겁니다. 내가 아나그노스티 영감보다 더 배운 건아니지만 그 영감처럼 멍청하진 않아요. 내가 이해하지 못한다면, 그 멍청이와 바보 같은 마누라한테서 뭘 기대하겠다는 겁니까? 이세상에 있는 수많은 아나그노스티 영감 같은 사람들은 또 어떻게할 거요? 그들한테 보여줄 수 있는 게 고작 그거란 말입니까? 지금껏 잘 살아온 사람들이에요. 자식도 낳고 손자도 보면서 말이에요. 더구나 하느님이 그들을 귀머거리나 장님으로 만들어도 '하느님을 찬양합니다.' 라고 외치는 사람들이란 말입니다. 그들은 지금 그대로가 편한 거예요. 그러니 아무 말 말고 그들을 그냥 좀 내버려둬요."

나는 아무 말도 하지 않았다. 우리는 과부네 뜰 앞을 지나고 있었다. 조르바는 가던 길을 멈추고는 말없이 한숨을 내쉬었다. 공기에서 신선한 흙냄새가 나는 걸 보니 소나기가 내린 것 같았다. 별이 모습을 드러내고 초승달이 빛나고 있었다. 달은 초록빛이 도는 노란색의 부드러운 차양처럼 보였다. 따스함이 온 하늘에 가득했다.

나는 이런 생각을 했다. 조르바는 학교 문턱에도 가보지 못했으니 지식이란 걸 갖고 있지 않을 것이다. 그러나 그는 세상 풍파를 몸소 겪은 사람이기에 마음이 열려 있고 대담했다. 우리에게는 복잡하고 어려운 문제도 조르바는 칼로 자르듯, 알렉산드로스 대왕이 고르디아스의 매듭을 끊듯이 단번에 풀어낸다. 체중을 실어 대지 위를 두 발로 우뚝 서 있는 이 조르바의 겨냥은 빗나갈 리가 없는 것이다. 아프리카인들이 뱀을 섬기는 이유도 마찬가지이다. 뱀들이 온몸을 땅에 붙이고 살기 때문에 대지의 비밀을 잘 알고 있다고 생각하기 때문이다. 뱀은 배와 꼬리, 그리고 머리로 대지의 비밀을 알아낸다. 그렇게 뱀은 항상 어머니 대지와 접촉하며 살아가는 것이다. 조르바도 마찬가지였다. 교육을 받았다는 우리들이 오히려 허공을 나는 새들처럼 머리가 텅텅 비어 있는 것이다.

하늘에 별이 점점 늘어갔다. 별은 냉정하고 잔인하면서도 무자비하게 빛나고 있었다. 우리는 서로 아무 말도 하지 않았다. 겁에 질린 우리는 그저 하늘만 쳐다보았다. 시간이 흐르면서 동쪽 하늘에는 새 별이 나타났고 하늘에 빛을 퍼뜨렸다.

마침내 우리는 오두막에 도착했다. 나는 더 이상 저녁 먹을 생각이 없었기에 해변의 바위 위에 걸터앉았다. 조르바는 오두막에 불을 밝히고 혼자 저녁을 먹었다. 그러고 나서 밖으로 나와 내 옆에 앉으려다가 다시 들어가 곯아떨어졌다.

바다는 몹시 고요했다. 유성이 떨어졌지만 대지는 조금도 흔들리지 않았다. 개 짖는 소리도, 밤새의 소리도 들리지 않았다. 슬며시 깔리는 완전하면서도 위험한 침묵은, 우리 귀에는 들리지 않는 수천 개의 목소리로 이루어진 것이었다. 관자놀이와 내 목을 따라 흐르는 피의 소리만 들릴 뿐이었다.

호랑이의 노래! 이것을 떠올리자 몸이 떨렸다. 인도에서는 밤이 되면 저 먼 곳으로부터 나지막한 소리가 들려온다. 마치 육식동물이 하품을 하듯 느리면서도 야성적인 노랫소리인데, 이것이 바로 호랑이의 노래다. 이 노래를 들은 사람들은 다음에 무슨 일이 일어날지 두려워 가슴을 졸인다고 한다.

그 무서운 노래를 떠올리자 텅 빈 내 가슴이 점점 부풀어 오르는 듯했다. 내 귀는 다시 살아나 침묵은 고함이 되었다. 내 영혼이 그 노래가 되어 있는 듯했고, 그 소리를 듣기 위해 몸에서 빠져나가는 것 같았다.

나는 몸을 굽혀 바닷물을 한 움큼 떠서 미간과 이마를 적셨다. 기분이 한결 나아졌다. 내 안의 깊은 곳에서 어떤 위험을 감지라도 한 듯 수많은 외침이 들려왔다. 내 안에 있는 호랑이가 포효하는 것이었다. 나는 그 순간, 붓다의 목소리를 분명히 들었다. 나는 도망치듯 빠른 걸음으로 해변을 달렸다. 적막한 밤에 홀로 있을 때면 그 소리가 들리곤 했다. 처음엔 장송곡처럼 우울하고 슬프다가 점점 화를 내며 호통을 치는 소리, 난해한 소리로 변했다. 그 소리는 자궁을 떠날 때가 된 아이가 발길질을 하듯 내 가슴을 걷어차곤 했다.

한밤중이 된 것 같았다. 하늘엔 먹구름이 몰려왔고, 굵은 빗방울이 손 위로 떨어졌다. 그러나 나는 신경 쓰지 않았다. 나는 다시 한 번 불붙은 생각 속으로 뛰어들었고, 불길은 내 양쪽 관자놀이를 태웠다. 나는 그 생각을 하며 몸을 떨었다. 붓다의 윤회 바퀴가 나를 싣고 떠난다. 드디어 때가 온 것이다. 이제 모든 짐에서 나 자신을 해방시킬 때가 온 것이다. 나는 서둘러 오두막으로 돌아가 등불을 켰다. 불빛이 보이자 조르바가 눈을 뜨고는, 종이 위에 몸을 굽혀 글을 쓰는 나를 보았다. 그는 뭐라고 몇 마디를 지껄이고는 벽을 등진 채 다시 잠이 들었다.

나는 황급히 글을 썼다. 바빴다. 붓다는 나와 떠날 준비가 되어 있었다. 나는 내 뇌 속에서 상징으로 가득 찬 푸른 리본이 나오는 것으로 알 수 있었다. 리본은 매우 빠른 속도로 풀려나왔고 나는 그것을 따라잡으려 온 힘을 다했다. 그리고 쓰기 시작했다. 모든 것은 간단했다. 나는 쓰는 게 아니라 받아 적고 있었다. 연민과 거부, 대기로 이루어진 전 세계가 내 눈앞에 펼쳐졌다. 붓다의 집, 후궁의 여인들, 황금 마차, 늙은 자와 병든 자, 죽은 자와의 세 번의 숙명적인 만남, 출가, 금욕적인 생활, 포교, 해탈, 대지는 노란 꽃으로 가득했고, 왕자들과 거지들은 예복을 입었으며 나무와 육체는 가벼워졌다. 영혼은 바람이 되고 바람은 정신이 되었으며 정신은 다시 무無로 돌아간다……. 손가락이 아파 왔지만 나는 멈출 수 없었고 멈추고 싶지도 않았다. 환상은 빠르게 지나가며 사라졌다. 나는 그 환상을 따라잡아야만 했다.

아침에 조르바는 원고에다 머리를 박고 잠든 나를 보았다.

06

일어났을 때는 이미 한낮이었
다. 펜을 오래 잡고 있었기 때
문에 오른손 마디가 뻣뻣해져서 손가락을 오므릴 수도 없었다. 붓
다의 폭풍이 나를 덮쳐 내 몸을 지치게 만들고 텅 비게 만들고는
떠난 것이다.

나는 허리를 굽혀 바닥에 흐트러진 원고를 주웠다. 하지만 나는
원고를 읽을 힘도 없었고, 읽고 싶은 생각도 들지 않았다. 갑자기
찾아온 생각은 한낱 꿈처럼 느껴졌다. 나는 언어에 붙들려 타락된
내 모습을 더 이상 보고 싶지 않았다.

비는 조용히, 부드럽게 내리고 있었다. 나는, 집을 나가기 전에
조르바가 화덕에 피운 불 앞에 앉아 오전 내내 그 위에 손을 올려
놓고는 부드럽게 내리는 빗소리를 들으며 아무것도 먹지 않고 가
만히 앉아 있었다.

나는 아무 생각도 하지 않았다. 습하고 어두운 땅속의 두더지처
럼, 둥그런 머릿속에 갇혀 있는 뇌는 쉬고 있었다. 나는 대지의 속
삭임과 미세한 움직임까지 들을 수 있었고, 비에 젖어 씨앗이 부

풀어 터지는 소리도 들을 수 있었다. 그리고 남자와 여자처럼 서로 붙어 아이를 낳던 시절의 하늘과 대지도 느낄 수 있었으며, 야수처럼 으르렁대며 해안을 핥는 바닷소리도 들을 수 있었다.

나는 행복했고 행복하단 사실을 알고 있었다. 행복을 몸소 체험하면서 그것을 의식하는 것은 쉽지 않은 일이다. 행복한 순간이 지나고 나서야 우리는 그 순간을 돌이켜보며 그때가 얼마나 행복했었는지를 깨닫는 것이다. 그러나 나는 크레타 해안에서 행복을 느꼈고 그 행복을 실감할 수 있었다.

엄청난 갈증으로 으르렁거리는 검푸른 바다는 아프리카 해안까지 이어져 있었다. 가끔씩 저 멀리서 불어오는 남풍 리바스가 사막을 뜨겁게 달구었다. 아침의 바다에선 수박 냄새가 났다. 정오의 바다는 안개에 덮여 고요했고, 잔잔하게 일렁이는 파도는 덜 익은 젖가슴처럼 느껴졌다. 저녁의 바다는 한숨을 내쉬며 장밋빛에서 자줏빛, 포도주 빛깔로 변했다가 짙푸른 빛으로 변하곤 했다.

오후가 되면 나는 고운 모래를 한 줌 쥐어, 손가락 사이로 빠져나가는 따뜻하고도 보드라운 느낌을 즐겼다. 손은, 우리 인생이 새어나가다가 마침내 사라져버리는 모래시계 같았다. 그러다 손 자체도 사라져 갔다. 나는 바다를 바라보며 조르바의 목소리를 들었다. 그 순간은 관자놀이가 뻐근할 만큼 행복했다.

문득 네 살 먹은 조카 알카와 장난감 가게를 구경하던 순간이 떠올랐다. 섣달 그믐날이었다. 조카는 나를 보며 이렇게 말했다.

"오그레 삼촌, 나는 쑥쑥 자라나는 뽈이에요. 그래서 정말로 기뻐요."

나는 놀랐다. 인생은 얼마나 경이로운 기적인가! 뿌리를 깊이 내리다 보면 서로 만나 하나가 되는 사람들의 영혼이란! 그 순간 나는 먼 도시의 박물관에서 보았던 흑단으로 조각된 붓다를 떠올렸다. 7년의 고행 끝에 해탈한 붓다의 기쁨을 새긴 조각상이었다. 이마의 양쪽은 핏줄이 부풀어 올라 피부를 뚫고 나왔고 강철 스프링 같은 두 개의 나선형 뿔로 묘사되어 있었다.

　늦은 오후가 되어서야 비가 그치고 하늘이 맑아졌다. 나는 배가 고팠고 배가 고프다는 사실이 기뻤다. 곧 있으면 조르바가 돌아와 불을 피우고 매일의 의식인 요리를 할 시간이 다가온다.

　"죽기 전까지 해야 할 한 가지 노릇이 바로 이겁니다."

　조르바는 불 위에 냄비를 얹으며 이렇게 말하곤 했다.

　"끝나지 않을 전쟁 같은 건 염병할 여자뿐만이 아닙니다. 먹는 짓도 끝없는 전쟁이지요."

　나는 크레타 해안에서 처음으로 먹는 것의 즐거움을 깨달았다. 조르바는 두 개의 바위 사이에 불을 피우고는 음식을 했다. 먹고 마시는 사이에 대화는 생기를 더해갔다. 마침내 나는 먹는다는 것은 숭고한 의식이며 고기, 빵, 포도주는 정신을 만드는 자양분이라는 것을 깨달았다.

　하루 일을 마치고 돌아온 조르바도 무언가를 먹기 전에는 움직임이 둔하고 말을 할 때도 힘이 없었다. 그럴 때면 나는 그에게 말을 걸어야만 했다. 그의 동작은 느리고 불편해 보였다. 그러나 그의 말대로 엔진에 연료를 채우고 나면 몸이라는 기계는 활기를 되찾고 속력을 내며 다시 일을 시작했다. 눈에는 불이 켜지고 기억도 되살아났으며 발은 날개가 달린 듯 춤을 추었다.

"먹은 음식으로 뭘 하는지 알려주면 나는 당신이 어떤 사람인지 말해 줄 수 있어요. 누군가는 먹은 음식으로 비계와 똥을 만들고, 누군가는 일과 좋은 유머에 쓰기도 하지요. 또 누군가는 하느님께 돌린다고 하더군요. 그러니 인간은 세 부류가 있는 거예요. 보스, 나는 최악도 최선의 인간도 아니에요. 아마 그 중간쯤 되겠지요. 나는 내가 먹은 것을 일과 좋은 유머에 쓰거든요. 딱히 나쁜 건 아니지요!"

그는 장난기 어린 얼굴로 나를 보며 웃음을 터뜨렸다.

"보스, 당신은 말이에요. 먹은 걸 하느님께 돌리려고 애를 쓰는 것 같은데 그게 마음먹은 대로 잘 되지 않으니 괴로운 거예요. 까마귀에게 일어났던 일이 당신에게도 일어나고 있는 거예요."

"까마귀에게 일어난 일이라니 그게 뭡니까?"

"들어보세요. 원래 까마귀는 까마귀답게 점잖고 당당하게 걸어 다녔어요. 그러던 어느 날, 이 까마귀가 비둘기처럼 거들먹거려야겠다는 생각을 하게 된 거지요. 그날 이후로 가엾은 까마귀는 제 걸음걸이를 죄다 까먹어버렸어요. 뒤죽박죽이 되었으니 겨우 어기적거리며 걸을 수밖에 없었지요."

나는 갱도를 나오는 조르바의 발소리가 들려 고개를 들었다. 이윽고 나를 향해 다가오는 그의 긴 얼굴이 보였는데 두 팔은 옆구리에 그냥 매달려 있는 듯 덜렁거렸다.

"별일 없었지요, 보스?"

그가 힘없는 목소리로 말했다.

"수고했어요, 조르바. 오늘은 어땠습니까?"

그는 아무 말도 하지 않았다.

"불을 피우고 식사 준비할게요."

그는 구석에서 땔나무를 한 아름 들고 나가 두 개의 바위 사이에 나무를 쌓고는 불을 피웠다. 그 위에 오지그릇을 올려놓고 물을 부은 다음 양파, 토마토, 쌀을 넣어 끓였다. 그러는 동안 나는 식탁보를 깔고 보리빵을 큼직하게 썰어 놓은 다음, 우리가 도착한 날 아나그노스티 영감이 보내준 무늬 있는 잔에 포도주를 가득 따라 놓았다.

조르바는 냄비 앞에 쪼그리고 앉아 아무 말 없이 불길만 들여다보고 있었다.

"아이들이 있었어요?"

내가 갑작스럽게 이런 질문을 하자 조르바가 나를 돌아보았다.

"갑자기 그건 왜 묻습니까, 딸 하나가 있지요."

"결혼은 했나요?"

조르바가 웃음을 터뜨렸다.

"왜 웃어요?"

"말 같지가 않아서요. 아, 물론 그 애도 결혼했지요. 멍청이가 아니니까. 칼키디체 지방 프라비슈타 부근의 동광에서 일하고 있을 때였어요. 어느 날 아우 얀니한테서 편지 한 통이 왔어요. 참, 내게 아우가 있습니다. 약삭빠른 토박이 고리대금업자에다 위선적인 예수쟁이지요. 사회의 기둥 같은 사람이라고나 할까. 지금은 살로니카에서 식품점을 하고 있어요. 편지엔 이렇게 적혀 있었어요. '알렉시스 형님, 형님 딸 프로소가 잘못된 길로 들어서서 우리 가문의 명예를 더럽히고 있습니다. 애인이 있는데 그놈의 아이까지 가졌다는군요. 우리 가문은 이제 끝난 겁니다. 나는 마을로 쳐들어가 그 애의 숨통을 끊을 참입니다.'"

"그래서 어떻게 했나요?"

조르바는 어깨를 들썩이며 말했다.

"계집들이란 건 어쩔 수 없다 생각하고는 편지를 찢었지요."

그는 쌀을 한 차례 휘젓고는 소금을 넣으며 싱긋 웃었다.

"하지만 재미있는 얘기가 하나 더 있어요. 두세 달쯤 지나자 멍청한 아우한테서 편지 한 통이 더 왔지요. 이 멍청이가 말하길, '형님께 건강과 행복이 함께하시기를 바랍니다. 우리 가문의 명예는 안전하니 형님도 이제 당당히 고개를 들고 다니셔도 되겠습니다. 그 녀석이 프로소와 결혼했답니다.'"

조르바가 담배를 물고는 나를 돌아보았다. 그러자 담배 불빛을 통해 반짝이는 두 눈이 보였다. 그는 다시 한 번 어깨를 으쓱했다.

"사내놈들이란!"

그는 경멸이 가득 담긴 목소리로 중얼거렸다.

"여자에게 뭘 기대하겠어요? 고작 한다는 짓이, 처음 만난 사내놈과 애를 낳는 것뿐이니. 사내한테는 또 뭘 기대하겠어요? 사내들은 그 덫에 걸리고 마는 거지요. 내 말 명심해요. 보스!"

그가 불 위에 올려두었던 냄비를 내렸다. 우리는 저녁을 먹기 시작했다. 조르바는 다시 깊은 생각에 잠긴 듯했다. 무엇인가가 그를 불쾌하게 만들고 있었다. 그는 나를 바라보며 입을 열었다가 다시 닫았다. 등잔 불빛으로 그의 근심과 걱정 어린 눈빛이 보였다. 나는 그런 그의 모습을 견딜 수가 없었다.

"조르바, 내게 뭔가 할 말이 있지요? 어서 말해 봐요. 다 털어놓으면 마음이 한결 가벼워질 거예요."

그러나 조르바는 아무 말도 하지 않았다. 그는 조약돌 하나를 주워 있는 힘껏 창밖으로 던졌다.

"돌 가지고 그러지 말고 어서 말을 해봐요."

조르바는 주름투성이 목을 쑥 내밀었다.

"보스, 나를 믿습니까?"

그가 진심 어린 눈으로 나를 바라보며 말했다.

"물론이지요, 조르바. 당신은 무슨 짓을 해도 잘못할 리가 없어요. 당신은 사자나 이리 같아요. 그런 맹수들은 양이나 나귀처럼 행동할 수 없어요. 천성은 버릴 수 없는 거니까. 당신도 마찬가지예요. 당신은 머리끝에서 발끝까지 조르바예요."

조르바가 고개를 끄덕였다.

"하지만 우리가 어디로 가고 있는지 당최 알 수가 없어요."

"내가 아니까 당신은 그런 걱정하지 마세요. 그저 해 나가면 되는 거예요."

"보스, 다시 한 번 얘기해 줘요. 나한테 용기를 좀 주시오."

"그저 해 나가기만 하면 돼요."

그러자 조르바의 눈이 빛나기 시작했다.

"이제 말씀드릴 수가 있겠군요."

그가 이야기를 시작했다.

"며칠 동안 계획을 하나 짜고 있었지요. 미친놈 같은 생각인데 한 번 해볼까요?"

"그런 걸 꼭 물어봐야 되나요? 우리가 왜 여기에 왔는데요. 생각을 실천하러 왔잖아요."

조르바는 황새처럼 목을 길게 늘이며 기쁨과 두려움이 섞인 눈빛으로 나를 보았다.

"솔직히 말해 줘요, 보스. 우리는 갈탄을 캐러 여기 온 거지요?"

"갈탄은 핑계지요. 남의 일 꼬치꼬치 캐묻기 좋아하는 촌놈들에게 들려줄 핑계요. 그런 핑곗거리라도 있어야 그들이 우리를 근사한 청부업자 정도로 보고 토마토를 던지며 환영인사를 하는 짓 따위는 하지 않을 거 아니겠어요. 무슨 말인지 알겠지요, 조르바?"

조르바는 넋이 나간 듯했다. 그는 이해하려고 애썼지만 그런 엄청난 행복을 믿을 수 없는 것 같았다. 하지만 그는 곧 내 말을 이해하고는 달려와 내 어깨를 붙잡았다.

"춤추시겠소? 춤추자고요."

그가 졸랐다.

"싫습니다."

"싫다고요?"

그는 어리둥절한 표정으로 두 팔을 양 옆으로 떨어뜨리고는 대롱거리게 만들었다.

"좋아요."

잠시 후에 그가 말했다.

"그럼 나 혼자 출 테니 보스는 저 멀리 떨어져 앉아요. 내가 받아버리지 않게 말이오."

그는 펄쩍 뛰어 오두막을 뛰쳐나가 신발과 코트, 조끼를 벗더니 바지를 무릎까지 걷어 올리고 춤을 추기 시작했다. 얼굴엔 시커먼 갈탄이 묻어 있었고, 눈은 번쩍거렸다.

춤에 심취한 그는 손뼉을 치기도 하고 공중으로 뛰어오르기도 했으며 발끝으로 돌면서 무릎을 꿇었다가 다시 다리를 구부려 공중으로 뛰어오르기도 했다. 마치 고무로 만든 사람처럼 느껴졌다. 그는 갑자기 자연의 법칙을 거스르며 날아가려는 듯 공중으로 뛰어올랐다. 그를 보고 있으면, 늙은 육체 속에 그 몸을 들어서 어둠 속에 유성처럼 던지고 싶어 몸부림치는 영혼이 하나 있는 것 같았다. 공중에 오래 머물 수 없었기에 땅에 떨어질 때마다 그의 몸은 몹시 흔들렸지만, 흔들리면서도 다시 더 높이 뛰어올랐고 그러다 또 쉴 새 없이 떨어졌다.

조르바는 얼굴을 찌푸렸다. 놀라우리만큼 비장했고, 더 이상 소리도 지르지 않았다. 그는 이를 악물고는 불가능을 실현하기 위해 몹시 애쓰고 있었다.

"조르바! 조르바! 그만해요. 이제 됐어요."

내가 소리를 질렀다. 나는 그의 늙은 육체가 가혹함을 참지 못하고 끝내 공중에서 수천 조각으로 찢어져 사방으로 흩어질까 두려웠던 것이다. 하지만 내 고함 소리가 무슨 소용이 있단 말인가! 지상에서 외치는 소리가 조르바에게 어떻게 들리겠는가! 그의 오장 육부는 새가 되어 가고 있었다.

나는 불안한 눈빛으로 거칠고 결사적인 그의 춤을 바라보았다. 어렸을 때 나는 내 마음대로 상상을 비약하고, 그 거짓말을 친구들에게 들려주며 나 스스로도 믿곤 했었다.

"너희 할아버지는 어떻게 돌아가셨어?"

어느 날 학교에서 친구가 이렇게 물었다. 그래서 나는 그 자리에서 바로 신화를 만들어냈다. 그리고 신화를 만들 때마다 나 스스로도 믿어버렸다.

"우리 할아버지는 흰 수염이 휘날리던 분이셨고 고무신을 신고 다니셨어. 어느 날 할아버지가 우리 집 지붕에서 펄쩍 뛰어오르셨다가 땅에 떨어지셨는데, 떨어지자마자 다시 공처럼 튀었지. 할아버지는 점점 더 높게 튀어 올라 우리 집보다 더 높게 튀시더니, 마침내는 구름 속으로 사라지셨어. 우리 할아버지는 그렇게 돌아가셨어."

이 신화를 만들어낸 뒤, 나는 조그만 성 메나스 교회에 갈 때마다 바닥에 그려진 예수의 승천 그림을 보며 친구들에게 이렇게 말하곤 했다.

"이것 봐, 저기 고무신을 신은 우리 할아버지가 계시잖아!"

오랜 시간이 흐른 지금, 나는 공중으로 뛰어오르는 조르바를 보며 내가 만든 유치한 이야기에 몸서리치며 조르바가 구름 속으로 사라져버리지는 않을까 하며 마음을 졸이고 있었던 것이다.

"조르바! 조르바! 이제 그만해요!"

내가 다시 소리쳤다.

그러자 조르바는 숨을 헐떡이며 바닥에 주저앉았다. 그의 얼굴은 행복으로 가득 차 빛나고 있었다. 잿빛 머리카락은 이마에 들러붙고 갈탄 가루와 땀방울이 뒤섞여 뺨과 턱으로 흘러내렸다. 나는 걱정스러운 눈빛으로 그를 바라보았다. 잠시 후 그가 중얼거렸다.

"이제 좀 살 것 같아요. 피를 뽑아낸 기분이에요. 이제는 말할 수 있겠어요."

그는 오두막으로 돌아와 화덕 앞에 앉아 개운한 얼굴로 나를 바라보았다.

"무슨 신명이 나서 그렇게 춤을 췄어요?"

"보스, 어쩔 수 없었어요. 너무 기뻐서 목이 졸리는 것 같았으니까. 숨통을 좀 트이게 해줘야지요. 말로 되겠어요? 흥, 웃기는 소리지요."

"뭐가 그렇게 기뻤어요?"

"뭐가 기뻤냐고요? 보스, 좀 전에 당신이 말한 얘기는…… 그냥 하는 말이었어요? 당신은 우리가 여기에 갈탄을 캐기 위해서 온 게 아니라고 했어요. 그렇게 말했지요? 우리는 짬을 내서 놀러온 것이고, 핑계를 만들어 마을 사람들이 미친놈들이라고 토마토 따위를 던지지 못하게 하자고 했잖아요? 우리 둘만 있을 땐 웃고 즐기자는 뜻 아닙니까? 내 말이 틀렸소? 맹세컨대, 내가 바라는 것도 그겁니다. 그런데 나는 보스의 마음을 몰랐지요. 나도 가끔씩은 갈탄 생각도 했습니다만, 늙은 부블리나에 당신 생각까지 하다 보니 혼란스럽더군요. 갱도를 팔 때는 '그래, 내가 바라는 건 갈탄이다.' 라고 스스로 다짐했지요. 그러다 일이 끝나고 저 늙은 것과— 늙은 것에 행운이 있기를—노닥거릴 땐 '에라 모르겠다, 갈탄 자루나 보스 같은 건 늙은 것의 목에 두른 리본으로 묶어버리고, 조르바도 목이나 매라.' 이러고 있는 겁니다. 그러다 혼자 남아 아무 할 일도 없을 때면 보스, 당신 생각에 가슴 한구석이 저려옵니다. '조르바, 네 이놈, 부끄러운 줄 알아라. 저렇게 착한 사람을 속이고 돈을 우려먹다니! 네 이놈, 조르바, 그따위 짓은 언제까지 할 셈이냐? 이제 네게 넌더리가 난다!'

보스, 이제야 드리는 말씀입니다만 나는 원래 중심을 잘 못 잡습니다. 악마는 이쪽에서, 하느님은 저쪽에서 잡아당기면 그 한가운데서 나는 두 동강이 나고 말지요. 고맙게도 보스께서 위대한 말씀을 해주었고, 이제 나는 눈을 뜨게 됐습니다. 우리는 배가 맞았어요! 자, 건배하자고요! 돈은 얼마나 남았어요? 넘겨줘요. 먹어 치웁시다!"

조르바는 이마를 비비며 주위를 둘러보았다. 우리가 남긴 저녁은 작은 식탁 위에 그대로 있었고 그는 긴 팔로 음식을 그러잡았다.

"보스, 먹어도 되지요? 나는 또 배가 고프거든요."

그는 빵 한 조각과 양파, 올리브 한 줌을 쥐고 거침없이 웃으며 포도주를 마셨다. 포도주는 그의 입술을 거치지도 않고 바로 목구멍으로 들어갔다. 조르바는 이제야 배가 찼는지 입맛을 다셨다.

"좀 낫군요."

그가 중얼거렸다. 그러고 나서 내게 윙크를 하며 물었다.

"왜 안 웃어요? 왜 그렇게 보고 계시오? 나라는 놈이 원래 이래요. 내 속에는 고함을 치는 악마가 하나 있어서 나는 그놈이 시키는 대로 하거든요. 감정이 목구멍까지 차오르면 이놈이 이렇게 외치지요. '춤춰!' 그러면 나는 춤을 추고, 그러고 나면 숨통이 트여요. 칼키디체에서 우리 꼬마 디미트라키가 죽었을 때도 나는 조금 전처럼 춤을 추었지요. 친척과 친구들은 시체 앞에서 춤을 추는 나를 말리더군요. '조르바가 미쳤다. 조르바가 미쳐버렸어.' 사람들이 웅성거렸지요. 하지만 춤을 추지 않았다면 난 정말 미쳐버렸을 거예요. 너무 슬펐지요. 내 첫 아들인데 세 살 때 죽었으니. 보스, 이제 내 말 이해할 수 있겠어요? 젠장, 내가 혼잣말을 하고 있는 건가?"

"알아요, 조르바, 이해하고말고요. 당신은 혼잣말을 하고 있는 게 아니에요."

"또 한 번은…… 내가 러시아에 있을 때였어요. 그래요, 광산, 노보로시스크에서 동광 일을 하러 러시아에 갔었지요. 러시아 말은 일할 때 필요한 몇 마디밖에 몰랐어요. 예, 아니요, 빵, 물, 사랑한다, 와라, 얼마요? ……이런 정도였지요. 그러다가 나는 러시아 친구를 사귀었어요. 철저한 볼셰비키였답니다. 우리는 밤마다 항구의 술집으로 가서 보드카 몇 병을 해치웠지요. 그러고 나면 세상이 돈짝만 하게 보입디다. 한 번은 배가 맞아 이야기를 좀 나누려고 했어요. 그 녀석은 러시아 혁명 때의 일을 이야기하고 싶어 했어요. 나도 그때까지 있었던 일을 그 친구에게 말하려 했고요. 우리는 진탕 마시고는 형제처럼 친해졌지요.

우리는 손짓 발짓으로 대화를 나눈 끝에 이 친구가 먼저 얘기하기로 결정했습니다. 헌데 당최 알아들을 수가 있어야지요. 내가 못 알아들어 소리를 치면 이 친구가 벌떡 일어나 춤을 추기로 했어요. 보스, 무슨 말인지 알겠지요? 그 친구는 나한테 하고 싶은 말을 춤으로 보여주는 거지요. 나도 똑같이 했어요. 우리는 입으로는 표현할 수 없는 것을 발로, 손으로, 배로, 하이, 하이, 호플라, 호 하이 따위의 장단에 맞춰 표현했던 거지요.

러시아 친구 차례가 되었어요. 왜 총을 들게 되었고 전쟁은 어떻게 터졌는지, 어쩌다 노보로시스크까지 오게 된 건지 이야기하는 거였지요. 하지만 알아들을 수가 없었지요. 내가 '그만!'이라고 소리를 질렀어요. 그러자 러시아 친구가 펄쩍 뛰어올라 춤을 추더군요. 꼭 미친놈처럼 말이죠. 그 손과 발, 가슴과 눈을 보고 있노라니 전부 이해할 수 있었지요. 노보로시스크까지 오게 된 이유, 상점을 털었던 일, 남의 집에 들어가 계집질을 한 일 등을 몽땅 이야기하더군요. 처음엔 계집이 소리를 지르고 손톱으로 할퀴며 난리를 피웠지만 분위기가 무르익으니 눈을 감고 콧노래를 불렀다더군요. 여자는 별 수 없나 봐요.

러시아 친구 이야기가 끝나자 내 차례가 되었지요. 나는 서너 마디밖에 할 수 없었는데 이 말조차도 그 친구는 알아들을 수 없었는지 그만두라고 소리를 치더군요. 그래서 나는 벌떡 일어나 의자와 식탁을 한쪽으로 치워놓고 춤을 추었지요. 오, 불쌍한 친구, 인간은 너무 타락해서 악마의 밥이 되고 말았지요. 그래서 몸은 벙어리가 되고 입만 나불거리게 되었지만 주둥이가 무슨 말을 할 수 있겠어요? 무슨 이야기를 할 수 있겠냐 말입니다. 당신이 그 러시아 친구를 보았더라면 내 말을 얼마나 잘 이해하는지 알 수 있었을 텐데! 나는 내 불행을 춤으로 보여줬어요. 내가 몇 번 결혼했는지, 내가 한 짓들—돌장이, 광부, 행상, 옹기장이, 비정규 전투요원, 산투르 연주가, 볶은 호박씨 장수, 대장장이, 밀수꾼—감옥에 들어간 일, 탈출했던 이야기, 러시아까지 오게 된 일 등등…….

좀 둔해 보이는 친구였지만 내가 표현한 건 모두 알아들었지요. 내 발과 내 손, 내 머리카락과 내 옷도 말을 했지요. 허리에 차고 있던 칼까지도 말을 했어요. 우리는 또 한 번 보드카를 잔에 가득 따랐고 서로 부둥켜안고 울었어요. 날이 밝을 무렵에야 우리는 비틀거리며 잠자리에 들었어요. 그러고는 밤에 또 만났지요.

웃는 거예요? 내 말이 안 믿겨요? 당신은 속으로 이럴지도 모르겠어요. '이 신드바드 같은 녀석이 무슨 잠꼬대 같은 소릴 하는 거야. 춤으로 이야기를 하다니 그게 말이 돼?' 맹세컨대 분명 신과 악마는 이런 식으로 이야기했을 거예요. 보스, 졸린 모양이군요.

너무 나약해요. 왜 이렇게 에너지가 없어요. 그럼 내일 다시 얘기하고 일단 가서 잡시다. 나한테 계획이 하나 있어요. 놀라운 계획인데 내일 이야기하지요. 나는 담배나 한 대 더 피워야겠어요. 바다에라도 뛰어들어야 될까 봐요. 불이 붙은 것처럼 후끈거려 꺼야겠어요. 그럼 안녕히 주무시길."

나는 오랫동안 잠을 청하려 애쓰며 생각했다. 내 인생은 낭비였구나. 내가 배운 것, 내가 보고 들은 것을 걸레로 몽땅 지우고 조르바라는 학교에 들어가 저 위대한 진짜 알파벳을 배울 수 있다면, 내 인생은 지금과 얼마나 달라질 것인가! 내 감각과 육체를 제대로 훈련시켜 인생을 즐기고 이해할 수 있다면! 그러기 위해선 뛰는 법을 배우고, 씨름, 수영, 승마, 노를 젓는 것, 차를 운전하는 것, 사격을 배워야 한다. 내 정신을 육체로 채우고, 육체는 정신으로 채워야 한다. 그러자면 내 안에 숨어 있는 두 개의 영원한 적을 화해시켜야 한다.

침대 위에 우두커니 앉아 인생을 모조리 낭비한 내 자신을 생각했다. 열린 문 사이로 별빛에 비치는 조르바의 모습이 보였다. 그는 밤새처럼 바위 위에 쪼그리고 앉아 있었다. 나는 그가 부러웠다. 조르바는 진리를 발견하고 제대로 살고 있는 사람 같았다.

지금이 아닌 좀 더 옛날, 창조적인 시대였다면 조르바는 종족의 추장 자리 하나는 너끈히 차지했을 것이다. 그는 앞장서서 도끼를 들고 새 길을 열었을 것이다. 혹은 유명한 성을 찾아다니는 음유 시인이 되어—성주, 귀부인, 하인에 상관없이—자기 시를 노래했을 것이다. 그러나 조르바는 이 불행한 시대 속에서 굶주린 이리처럼 울타리 안을 배회하거나 글쟁이의 광대로 살아가고 있다.

조르바는 벌떡 일어나 옷을 벗어 자갈밭에 던지고는 바다로 뛰어들었다. 그의 커다란 머리는 한동안 희미한 달빛 아래에서 나타났다 사라지곤 했다. 그는 이따금 소리를 지르다 개처럼 짖기도 했고, 말처럼 힝힝거리다 수탉처럼 꺼이꺼이 울기도 했다. 이 텅 빈 밤, 그의 영혼은 동물과 교감을 한 것이었다.

나도 모르는 사이에 잠이 들었다. 다음 날 새벽, 조르바는 한결 밝아진 얼굴로 웃으며 다가와 내 발을 잡아당겼다.

"보스, 일어나요. 내 계획 좀 들어볼래요? 듣고 있어요?"

"듣고 있어요."

그는 터키인처럼 바닥에 털썩 주저앉아 설명하기 시작했다. 산 꼭대기에서 해안까지 케이블을 설치하면 그것으로 갱도를 버틸 목재를 운반하고 남는 것은 건축용 목재로 팔 수 있다는 얘기였다. 우리는 원래 수도원에 딸린 소나무 숲을 빌리기로 했었다. 그러나 운반하는 비용이 많이 들고 노새도 여유 있게 구할 수 없었기에 조르바는 케이블과 탑, 도르래를 이용해 운반할 생각을 한 것이었다. 설명을 다 한 뒤 그가 물었다.

"좋아요? 찬성하시겠소?"

"네, 조르바, 좋아요."

그는 화덕에 불을 붙이고 주전자를 올려 커피를 끓이며 내가 감기라도 걸릴까 봐 담요를 끌어다 발을 덮어주고는 만족스러운 표정으로 나갔다.

"오늘 새 갱도를 엽니다. 아주 근사한 광맥을 잡았거든요. 진짜 검은 다이아몬드예요."

그가 나가면서 말했다.

조르바가 갱도를 파고 들어가듯, 나도 붓다에 대한 원고를 열고 하루 종일 썼다. 쓰면 쓸수록 마음이 편해졌지만 안도와 긍지, 혐오가 뒤섞인 기분이었다. 그러나 나는 원고를 끝내면 봉인해 버리고 해방된다는 생각에 일에 몰두했다.

배가 고파 건포도와 아몬드, 빵 한 조각을 먹으며 조르바를 기다렸다. 마음을 즐겁게 해주는 그의 거침없는 웃음, 다정한 말, 맛있는 음식을 기다렸다.

그는 저녁에 돌아와 식사 준비를 했다. 함께 먹고 있었지만 그의 마음은 다른 곳에 가 있었다. 그는 무릎을 꿇고 앉아 조그만 나무 몇 개를 바닥에 놓고 그 위에 끈을 걸었다. 그리고 이 도구가 망가지지 않을 적당한 경사를 만들기 위해 도르래에다 성냥개비를 매달고는 설명했다.

"경사가 너무 급하면 우리는 끝나는 겁니다. 그래서 정확한 경사도를 구하는 게 중요해요. 보스, 그러기 위해선 머리와 포도주가 필요해요."

"포도주야 얼마든지 있지만 글쎄, 머리는……."

내가 웃으며 농담을 하자 조르바도 웃음을 터뜨렸다.

"보스도 제법인데요?"

그는 다정한 눈길을 보내며 담배에 불을 붙였다. 조르바는 기분이 좋아졌는지 갑자기 말이 많아졌다.

"이 고가 케이블이 제대로 만들어지면 숲을 모조리 베어버릴 수 있어요. 목재소를 하나 차린 다음 판자, 기둥, 비계를 만들 수 있다고요. 그렇게 되면 우리는 돈방석에 앉는 겁니다. 돛 세 개가 달린 배를 사서 짐을 싼 뒤, 뒤도 안 돌아보고 세계 일주를 떠나는 거지요."

먼 이국땅의 여자, 거리, 불빛, 거대한 빌딩, 공장, 배가 조르바의 눈앞을 스쳐가고 있었다.

"보스, 나는 벌써 머리 꼭대기도 하얗고 이빨도 흔들거려요. 그러니 꾸물거릴 시간이 없단 말입니다. 당신은 젊으니 기다릴 수 있겠지만요. 하지만 단언컨대 나는 나이를 먹을수록 더 거칠어질 겁니다. 누구도 나이를 먹으면 침착해진다는 소리는 못 나오게 만들 거라고요. 죽음이 찾아올 때 '제발 나를 천당으로 데려가요.' 라는 소리는 나오지 못하게 할 거라는 겁니다. 오래 살수록 나는 반항하게 될 겁니다. 나는 절대로 포기하지 않아요. 세계를 정복해야 하니까."

그는 일어나서 산투르를 벗겨 들고는 중얼거렸다.

"이리 와라. 이 도깨비 같은 녀석아. 아무 말도 없이 벽에 걸려 뭣하고 있느냐? 네 노래 좀 들어보자."

조르바가 산투르를 감싸고 있는 천을 벗길 때 그의 손길은 어찌나 부드럽고 조심스러운지, 자줏빛 무화과 껍질이나 여자의 옷을 벗기듯 다정해서 아무리 봐도 싫증이 나지 않았다.

그는 산투르를 무릎 위에 올려놓고는 현을 어루만졌다. 마치 불러야 할 노래에 대해 의논이라도 하는 듯, 눈을 뜨라고 달래는 듯 말이다. 또한 고독에 지쳐 방황하는 영혼의 친구가 되어 달라고 애원하는 것처럼 보이기도 했다. 그가 노래를 부르기 시작했다. 하지만 어찌 된 영문인지 노래가 제대로 나오지 않는 것이었다.

그는 부르던 곡을 포기하고 새로운 곡을 골랐다. 산투르는 노래할 생각이 없는지, 아니면 고통스러웠는지 제대로 소리를 내지 못했다. 조르바는 벽에 기대어 앉아 이마에 흐르는 땀을 닦았다. 그는 겁먹은 얼굴로 산투르를 내려다보며 중얼거렸다.

"하고 싶지 않나 봐요. 하고 싶지 않대요!"

조르바는 산투르가 마치 야수라도 되는 듯 혹시라도 물릴까 조심스럽게 다시 쌌다. 그러고 나서 천천히 일어나 벽에 걸고는 다시 중얼거렸다.

"하고 싶지 않대요. 그러니 억지로 시키긴 말아야겠지요."

우리는 다시 바닥에 주저앉아 불 속을 뒤적이며 밤을 꺼냈고 포도주를 따랐다. 그는 밤 껍질을 까서 내게 주며 계속 마셨다.

"이해가 돼요, 보스? 나는 당최 모르겠어요. 만물에 영혼이 있다니요. 나무며 돌, 우리가 마시는 포도주, 밟고 서 있는 이 대지, 보스, 모든 것, 말 그대로 만물에 영혼이 있다는 게 말입니다."

그가 잔을 들었다.

"보스의 건강을 위해!"

잔을 비우고는 또 채웠다.

"인생이란 참 화냥년 같다니까!"

그가 중얼거렸다.

"화냥년! 저 늙은 부불리나, 화냥년 같다니까!"

나는 참지 못하고 그만 웃음을 터뜨렸다.

"보스, 내 얘기 좀 들어봐요. 웃을 일이 아니에요. 인생이란 건 늙은 부불리나와 아주 똑같다니까요. 늙었지요? 맞아요. 하지만 양념 맛은 거기에 있거든요. 저 늙은것은 사람을 미치게 하는 방법을 알고 있다고요. 눈을 감으면 스무 살짜리 계집을 안고 있는 듯한 착각이 들어요. 맹세컨대 불 끄고 그 짓을 할 때 저 늙은것은 스무 살짜리랑 똑같아요.

너무 많이 익었다고 해도 소용없어요. 사는 게 좀 화려하다 보니 그렇게 된 거지요. 제독, 선원, 군인, 농부, 유랑극단 단원, 목사, 신부, 경찰, 교장 선생, 치안 판사들과 놀아나다 보니 그렇게 된 거지요. 그래서 어떻다는 겁니까? 뭐가 남았다는 거예요? 저 늙은것은 잘 잊어버린답니다. 늙은 화냥년이 뭐 다 그렇지요. 옛날 애인은 하나도 기억 못 한답니다. 그 짓을 할 때마다—농담이 아닙니다.—저것은 작고 귀여운 비둘기, 순수한 백조, 새끼 비둘기가 돼서 얼굴을 붉힌답니다. 마치 처음 하는 짓인 양 얼굴을 붉히고 심지어 파르르 떨기까지 한다니까요! 보스, 여자란 참 알 수 없는 동물이에요. 그 짓을 수백 번 해도 다시 처녀가 되려 하니까요. 기억을 못 한다니 어쩌겠어요."

"하지만 조르바, 앵무새는 기억을 하잖아요? 이놈은 당신 이름이 아닌 다른 사람의 이름을 재잘거리고 있잖아요? 당신이 하늘 위로 솟구칠 때도 '카나바로! 카나바로!' 하고 외치던데 화도 안 나요? 목을 비틀어버리고 싶지 않아요? 교육 좀 시켜서 '조르바! 조르바!' 하고 외치게 하면 더 좋지 않겠어요?"

나는 그를 놀려대며 말했다.

"저런 허무맹랑한 소릴 하다니!"

조르바는 큰 손으로 자기 귀를 막으며 외쳤다.

"목을 비틀라고요? 하지만 나는 앵무새가 카나바로라고 부르는 게 좋아요. 밤마다 저 늙은 죄인은 침대 머리맡에 앵무새 새장을 걸어두지요. 이 작은 악마 녀석에겐 어둠을 꿰뚫는 능력이 있어서 둘이서 기분을 내자마자 '카나바로! 카나바로!' 하고 소리를 칩니다. 맹세컨대, 보스! 거지 같은 책 속에만 빠져 사는 당신 머리로는 이해할 수 없겠지만요. 맹세코 말하지만 그 소리를 듣는 순간 내가 검은 가죽 장화를 신고, 머리에는 깃털 모자를 쓴데다가, 보드라운 수염에서는 파촐리 향내가 나는 것 같았다고요. '부온 조르노! 보나세라! 마카로니!(안녕하시오! 안녕하시오! 식사는 하셨소!)' 나는 진짜 카나바로가 되는 거지요. 나는 수천 발의 총알을 맞은 기함에 올라 떠나가는 겁니다. 보일러에 불을 지펴! 포격하라!"

조르바는 크게 웃음을 터뜨렸다. 그는 왼쪽 눈을 감고 오른쪽 눈으로만 나를 보고 있었다.

"보스, 나를 용서해 주시오. 아무래도 난 우리 알렉시스 할아버지를 닮은 것 같소.―하느님, 그를 보살펴주소서!―할아버지는 백 살이 되던 해에도 우물에 물 길러 가는 처녀에게 추파를 던졌지요. 시력이 좋지 않았기에 처녀들에게 가까이 오라면서 말이에요. '어디 보자, 네가 누구더라?' '마스트란도니의 딸 크제니오예요.' '이리 가까이 와라. 어디 좀 만져보자. 어서 오라니까, 겁낼 것 없다.' 그 처녀는 엄숙한 얼굴로 다가갔고, 그러면 우리 할아버지는 손을 들어 천천히, 육감적으로 얼굴을 쓰다듬었지요. 그럴 때마다 할아버지는 눈물을 주르르 흘리셨어요. 그래서 나는 할아버지께 여쭤보았지요. '할아버지, 왜 우세요?' '내가 저렇게 많은 계집아이들을 두고 죽게 생겼는데 울지 않을 수 있겠느냐?'"

조르바는 한숨을 내쉬며 말했다.

"불쌍한 할아버지! 나는 할아버지 말씀에 공감합니다. 나도 가끔씩 이렇게 중얼거리곤 하지요. '젠장, 저렇게 참한 계집들이 나 죽을 때 따라 죽어주면 얼마나 좋을까!' 나는 죽어가고 있는데도 화냥년들은 계속 살아갑니다. 그것들은 뜨거운 재미를 보고, 사내들은 그것들을 끼고 주물럭거리는데 나는 그것들이 밟고 다니는 흙이 되고 있으니 참으로 통탄할 일 아니겠습니까"

그는 다시 불 속에서 밤을 꺼내어 껍질을 깠고 우리는 잔을 부딪쳤다. 우리는 꽤 오랫동안 먹고 마시면서 커다란 두 마리 토끼처럼 오독오독 밤을 씹어 먹었다. 바다가 포효하는 소리가 들려왔다.

07

우 리는 늦은 밤까지 화롯가에
앉아 있었다. 행복이라는 건
포도주 한 잔, 밤 한 알, 허름한 화덕과 바다 소리처럼 단순하고
소박한 것이 아닐까 하는 생각이 들었다. 다른 무엇도 필요치 않
았다. 지금 이 순간이 행복하다고 느끼는데 필요한 것은 오로지
단순하고 소박한 마음뿐이었다.

"결혼은 몇 번이나 했습니까, 조르바?"

내가 물었다. 우리는 둘 다 기분이 좋은 상태였다. 믿어지지 않
는 이 행복이 술 때문만은 아니었다. 우리는 대나무와 판자, 드럼
통 더미 너머에 있는 바닷가 오막살이에 들러붙은 두 마리 하루살
이나 다름없다고 생각했다. 하지만 우리는 서로를 의지하는 하루
살이였다. 우리 앞엔 즐거운 일과 음식이 있었고 마음엔 평온과
애정, 평화가 있었다.

조르바는 내 질문을 못 들은 듯했다. 그의 마음이 내 목소리가
들리지 않는 저 먼 바다를 배회하고 있는지도 모른다. 나는 손가
락 끝으로 그를 살짝 건드렸다.

"결혼은 몇 번이나 했습니까, 조르바?"

이번엔 내 목소리를 들었는지 그가 돌아보았다. 그는 갈고리 같은 손을 내저으며 대답했다.

"이번엔 또 뭘 캐내려는 겁니까! 나는 사람도 아닌 줄 아시오? 다른 사람들처럼 나도 엄청난 실수를 저질렀지요. 나는 결혼을 그렇게 생각하고 있어요.—결혼한 자들이여, 나를 용서하기를!—그래요, 나도 대단한 실수를 저질렀어요. 결혼을 했었단 말입니다."

"그러니까 몇 번 했냐고요?"

그러자 조르바가 미친 듯이 머리를 긁어대며 말했다.

"몇 번이나 했냐고요? 솔직히 말하면 한 번…… 한 번이면 되는 거 아닙니까? 절반만 솔직하게 말하면 두 번…… 비양심적으로 말하자면 천 번, 이천 번, 아니 삼천 번쯤 될 겁니다. 몇 번 했는지 그걸 다 어떻게 셀 수 있겠어요?"

"결혼 얘기 좀 들려주세요, 조르바. 내일은 주일이에요. 면도도 하고 제일 좋은 옷으로 갈아입고 부불리나 집으로 달려가 재미도 보고, 질 나쁜 여자들도 좀 만나봅시다. 자 말해 보세요."

"무슨 얘길 하라는 거요? 보스, 진심으로 하는 말입니까? 정직한 결혼 얘기 같은 건 재미가 없지요. 후춧가루 안 친 음식 같으니까. 그럼 무슨 얘길 할까요? 성자가 성상에서 당신한테 윙크를 보내며 축복하는데 그걸 키스라고 부를 수 있습니까? 우리 마을에서는 '훔친 고기가 맛있다.'라는 속담이 있지요. 마누라는 훔친 고기가 아니에요. 그러니 훔쳐 먹은 고기를 무슨 수로 다 기억해 낸단 말이오? 수탉이 장부에 기록이라도 한답니까? 내기합시다. 그럴 필요가 있겠어요? 한때 가위를 들고 다녔던 적이 있었지요. 교회 갈 때도 가위를 갖고 다녔어요. 우리는 인간이잖아요. 언제 무슨 일이 벌어질지 모르는 법이니까.

어쨌든 나는 그런 식으로 거기 털을 수집했지요. 검은색, 금색, 붉은색, 심지어는 흰색 털도 가끔 있었지요. 그걸 꽤 많이 모아 베갯속을 채우고 그걸 베고 잤지요. 겨울에만요. 여름엔 너무 더우니까. 그런데 좀 지나고 보니 그 짓도 시들해지더군요. 아시다시피 냄새도 어지간히 나서 태워버렸지요."

조르바가 낄낄거리며 웃어댔다.

"그게 내 장부였던 거지요. 그런데 그 짓이 시들해져서 태워버린 겁니다. 털이 그렇게 많을 줄 누가 알았겠어요? 아무리 모아도 끝이 없었지요. 그래서 가위도 버렸어요."

"반쯤 솔직한 결혼 얘기도 좀 해줘요, 조르바!"

"그건 좀 매력이 있지요. 휴, 한숨이 나오는구먼. 기막힌 슬라브 계집들이여, 천수를 누리길! 얼마나 자유로웠는지! '어디 갔었어요?' '왜 이렇게 늦었어요?' '어디서 잤어요?' 이런 건 묻지 않았지요. 여자는 아무것도 묻지 않고 나도 아무것도 묻지 않는 것! 그게 바로 자유라는 겁니다!"

그는 잔을 비우고는 밤을 깠다. 그는 말하면서도 오도독 씹어 먹었다.

"한 명은 소핑카, 또 한 명은 누사였는데, 소핑카는 노보로시스크 부근의 작은 마을에서 만났어요. 눈 내리던 겨울이었는데, 광산으로 일거리를 찾아가던 길에 그 마을을 지나게 된 거지요. 마침 장날이어서 이웃 마을 사람들까지 다 몰려와 사고파느라 정신이 없었지요. 그 해는 흉년이었고 겨울 날씨가 너무 추웠어요. 빵을 사려면 있는 것 없는 것 다 팔고 하물며 성상까지 팔아야 했으니까요.

나는 장터를 돌아다니다가 달구지에서 뛰어내리는 농사꾼 여자를 보았지요. 6척이나 되는 큰 키에 눈은 바다처럼 푸르고, 허벅지와 엉덩이는 완전 씨받이 암말 같았다니까요! 나는 그 자리에서 걸음을 멈추고 한숨을 내쉬며 '우리 불쌍한 조르바, 불쌍한 조르바!' 하고 중얼거렸어요.

눈을 뗄 수가 없던 나는 그녀를 따라갔지요. 부활절에 흔들리는 교회의 종 같은 그 엉덩이란! 나는 내 자신을 꾸짖었어요. '이 등신아, 광산엔 왜 가. 왜 바람개비처럼 빙빙 돌면서 귀한 시간을 낭비하고 있어? 여기 광산이 있는데. 어서 뛰어들어 갱도를 열란 말이다!' 여자는 흥정을 하더니 땔나무 한 다발을 사서 번쩍 들고는—아아, 그 팔이란!—달구지에 실었지요. 그러고 나서 빵과 훈제 물고기를 대여섯 마리 집고는 이렇게 묻더군요. '얼마예요? 비싸네요.' 그러더니 돈이 없었는지 금귀고리를 풀려고 하더군요. 심장이 입 밖으로 튀어나올 것 같았어요. 여자한테 귀고리, 장신구, 향 좋은 비누, 작은 라벤더 향수를 포기하게 해서는 안 되는 겁니다! 여자가 그런 걸 포기하면 세상은 끝나는 거예요! 공작새의 깃털을 몽땅 뽑는 거나 마찬가진 거죠. 안 돼요. 절대로 안 됩니다. 나는 생각했지요. '이 조르바가 살아 있는 한 그런 불행한 일이 생겨서는 안 된다.' 라고 말이에요. 나는 지갑을 꺼내 값을 치렀습니다. 루블화가 종이 쪼가리 같던 시절이었지요. 드라크마라면 1백 드라크마로 나귀 한 마리를, 10드라크마면 계집 하나를 살 수 있었지요.

어쨌든 조르바가 계산을 했습니다. 계집이 고개를 돌려 나를 보더니 내 손을 잡아 키스를 하려고 하더군요. 나는 손을 뿌리쳤습니다. '스파시바, 스파시바!' 여자가 소리쳤지요. '감사합니다, 감사합니다.' 라는 뜻이에요. 그러고 나서 여자는 달구지로 훌쩍 뛰어올라 고삐를 잡고는 엉덩이를 치켜들더군요. 나는 스스로 다짐했어요. '이봐, 조르바! 계집이 손가락 사이로 빠져나가고 있어!' 그래서 나는 달구지 위로 펄쩍 뛰어올라 여자 옆자리에 탔지요. 여자는 아무 말도 없었고 돌아보지도 않았지요. 채찍 소리를 들으며 우리는 거길 떠났어요.

가는 도중에 여자는 내가 자기를 원한다는 걸 알았어요. 러시아 말은 딱 세 마디밖에 몰랐지만 그럴 땐 그 말도 필요 없지요. 우리는 눈과 손과 무릎으로 말했으니까요. 덤불만 두드린다고 토끼가 잡히는 건 아니에요. 우린 마을에 도착해서 여자의 이스바(통나무 집) 앞에 멈췄고, 여자가 문을 열어줘서 들어갔어요. 마당에 땔나무를 내려놓고 물고기와 빵은 안으로 가져갔어요. 비어 있는 벽난로 앞엔 작고 늙은 여자가 앉아 있더군요. 누더기와 양가죽으로 휘감고 있었는데도 덜덜 떨고 있었지요. 웬만큼 추워야지. 손톱이 다 뽑혀나갈 것 같았다니까요. 나는 나무를 한 아름 가져다가 벽난로에 불을 지폈지요. 여자가 뭐라고 전했는지 작고 늙은 여자는 나를 보며 웃더군요. 할멈은 불을 쬐더니 좀 생기가 돌더군요.

그러는 동안 여자는 상을 차리고 있었지요. 보드카도 내왔어요. 함께 마셨고 사모바르에 차도 끓였어요. 할멈에게도 몫을 나눠주었지요. 여자는 깨끗한 시트를 준비해 잠자리를 마련했고 성모님의 성상 앞에 등불을 켜고는 성호를 세 번 긋더군요. 그러더니 내게 신호를 보냈지요. 우리는 할멈 앞에 무릎을 꿇고 손에 키스했지요. 할멈은 앙상한 손을 우리 머리 위에 올려놓고는 중얼거리더군요. 우리를 축복해 주는 것 같아서 나는 '스파시바! 스파시바!' 하고 외쳤지요. 그리고 나서 침대로 뛰어올라 여자와 잠을 잤지요."

조르바는 하던 얘기를 멈추고 고개를 들어 먼 바다를 보았다.

"그 여자 이름이 소핑카였어요."

그는 한참 후에 이렇게 말하고는 다시 침묵했다.

"그래서요?"

침묵을 참지 못한 내가 재촉했다.

"그래서가 어디 있어요? 보스도 참 어지간하시네. 걸핏하면 '그 래서' 아니면 '왜' 라고 하니 말입니다. 그 다음 이야기는 안 하는 겁니다. 여자는 맑은 샘물과 같아요. 거기를 들여다보면 모습이 비치지요. 그걸 마시는 겁니다. 뼈마디가 노곤해질 때까지 마시면 되는 거예요. 그러다 목마른 다음 사람이 오면, 그 사람도 자기 모습을 들여다보고 마시면 됩니다. 그러면 그 다음 사람이 또 오겠지요. 소핑카도 맑은 샘물이었지요. 소핑카도 여자니까요."

"그런 다음엔 버렸겠군요?"

"그럼 어떡해야 합니까? 말했잖아요. 여자는 샘물이고 나는 그냥 지나가는 나그네라고. 여자와 석 달을 살다가 나는 다시 나그네가 되었지요. 하느님이 그 여자를 보호하실 거예요. 그 여자가 나쁜 건 아니었어요. 그러나 석 달이 지나고 나서야 나는 광산을 찾아가던 중이라는 걸 깨달았어요. 그래서 어느 날 아침에 모든 걸 말했어요. '소핑카, 할 일이 있어서 가봐야겠어.' 그러자 소핑카는 '좋아요, 가세요. 한 달을 기다릴게요. 한 달이 지나도 오지 않으면 나는 자유예요. 당신도 자유고요. 하느님의 축복이 있기를!' 하고 대답했지요. 그리고 나는 떠났어요."

"한 달 뒤에 돌아갔어요?"

"보스, 이렇게 말해서 좀 그렇지만 당신도 어지간히 머리가 나쁘군요. 돌아가다니요? 다른 화냥년들이 그냥 놔뒀겠어요? 열흘 뒤 쿠반에서 누사를 만났는데 어떻게 돌아갑니까?"

"그 이야기도 해줘요, 들려주세요!"

"나중에 해요, 보스. 그 불쌍한 것들을 뒤섞으면 안 되니까. 소핑카의 건강을 위하여!"

그는 포도주를 목구멍에 털어 넣고는 벽에 기대며 말했다.

"에잇, 인심 썼다! 누사 얘기도 들려주지요. 오늘 밤은 완전 러시아 판이군. 까짓것, 기왕 시작한 김에 끝장을 봅시다!"

그는 수염을 문질러 닦은 다음 불씨를 뒤적거렸다.

"좀 전에 말했다시피 쿠반에서 만났지요. 여름이었어요. 산에는 참외와 수박이 널려 있었지요. 몰래 따먹어도 뭐라 할 사람도 없었어요. 나는 그걸 두 쪽으로 갈라서 코를 박고 먹었답니다. 보스, 러시아는 모든 게 푸짐하게 널려 있어요. 그저 고르기만 하면 된다니까요. 참외랑 수박뿐만 아니라 고기랑 버터, 여자도 천지였어요. 지나가다 수박밭을 보면 하나 따먹으면 돼요. 그리스와는 완전히 다르지요. 여기선 수박 껍질을 핥기도 전에 법정으로 끌려가고, 여자 몸에 손도 대기 전에 오빠라는 인간이 달려 나와 칼을 휘두르지 않는 게 이상할 정도니까요. 어휴, 지겨워! 이 거지 같은 것들은 몽땅 지옥에 처박고 싶구먼. 귀족처럼 사는 게 어떤 건지 궁금하면 러시아로 가면 됩니다.

여하튼, 나는 쿠반을 지나다가 뜰 앞에 있는 밭에서 일하는 여자를 보았지요. 슬라브 여자는, 한 번에 한 방울씩 사랑을 팔고는 그 값에도 못 미치는 걸 주면서 심지어 저울 눈금까지 속이려 하는 욕심쟁이에 말라깽이인 그리스 여자들과는 차원이 달라요. 보스, 슬라브 여자들은 뭐든지 듬뿍 줍니다. 잘 때도, 사랑할 때도, 먹을 때도 말이지요. 슬라브 여자들은 야수 같기도 하고 대지 같기도 하지요. 줄 때는 기분 좋게 주거든요. 따지는 걸 좋아하는 그리스 여자들처럼 깐족거리질 않아요. 내가 물었지요. '이름이 뭐예요?' 러시아 여자들한테 몇 마디 배웠지요. '누사예요, 당신은요?' '알렉시스요. 누사, 난 당신이 마음에 들어요.' 말을 사기 전에 천천히 뜯어보는 눈빛 알지요? 여자는 그런 눈빛으로 나를 뜯어보았지요. 그러더니 '말라깽이는 아니군요. 이도 튼튼하고 수염도 짙고 등짝도 넓으니 힘 좀 쓰겠어요. 나도 당신이 마음에 들어요.' 라고 하더군요. 우린 더 이상 말이 필요 없었지요. 우리 둘은 서로가 어떤 합의점에 도달했던 거예요. 그날 밤, 나는 내가 즐겨 입는 옷으로 차려입고 그 집을 찾아가기로 했습니다. 누사가 물었지요. '털 달린 외투 있어요?' '있소. 헌데 이 더위에 그걸?' '걱정말고 입고 와요. 멋져 보일 테니까.'

그날 밤 나는 신랑처럼 꾸몄어요. 외투를 팔에다 걸고 은으로 장식한 지팡이까지 쥐고 갔으니까요. 바깥채가 딸려 있는 제법 큰 시골집이었어요. 들어가 보니 암소가 있고 압착기도 있고, 마당엔 불도 피웠는데 그 위에 솥이 걸려 있었지요. '뭘 끓이고 있는 거지?' 내가 물으니, '수박일 거예요.' '그럼 여기는?' '참외겠죠.' 라고 하더군요. 그래서 나는 생각했지요. '조르바, 넌 정말 대단한 나라로 왔구나. 들었지? 수박이랑 참외라니. 여기야말로 약속의 땅이 아니겠는가. 가난이여, 잘 가시게. 조르바, 여기가 네 뿌리를 내릴 땅이로다. 생쥐가 치즈 창고에 들어간 셈이지.'

나는 계단을 올라갔지요. 계단 수가 많았고 삐걱거렸어요. 올라가 보니 누사의 부모가 있었는데, 초록색 바지에 술 장식이 잔뜩 달린 빨간 벨트를 차고 있었지요. 잘사는 것 같아 보였지요. 인사를 할 때, 원숭이 같은 러시아인들은 키스와 포옹을 한답니다. 순식간에 침 범벅이 되었지요. 누사의 부모가 엄청 빠른 말로 뭐라고 했는데 도무지 알아들을 수가 없었습니다. 하지만 뭔 상관이 있겠어요? 얼굴을 보니 내게 호감을 갖고 있는 것 같은데 그거면 된 거지요. 방으로 들어가니 뭐가 있었는지 알아요? 상다리가 부러질 만큼 술과 음식을 가득 차린 범선 같은 식탁이 있었어요. 다들 서 있더군요. 친척들, 여자들, 사내들, 그리고 야회복을 입은 누사가 서 있었는데, 젖가슴이 뱃머리에 있는 조각 같았어요. 젊고 아름다웠죠. 머리에는 빨간 머릿수건을 쓰고, 가슴엔 망치와 낫이 수놓인 옷을 입고 있었지요. 나는 속으로 이렇게 말했어요. '조르바, 두 번 죽어도 시원찮을 인간아! 이게 네가 받을 밥상이냐? 이게 네가 오늘 밤에 안을 살덩어리냐! 하느님, 나를 낳아준 내 부모를 용서해 주십시오!'

우리는 모두 달려들어 음식을 먹었어요. 돼지처럼 먹고 물고기처럼 마셨지요. '신부님은 어디 계신가요? 축복해 주셔야지요.' 옆에 앉은 누사 아버지께 물었어요. 너무 많이 먹어 몸에 김이 무럭무럭 나던 그는 '신부는 없소. 종교는 대중의 아편이오.' 라고 하더군요.

말을 마친 그는 가슴을 쑥 내밀며 일어서더니 허리띠를 좀 느슨

하게 풀더군요. 그러고 나서 손을 들어 조용히 하라는 신호를 보내며 술이 가득 담긴 잔을 들고 나를 똑바로 바라보았지요. 무슨 이야기를 했는데 나도 그게 연설이라는 건 알고 있었어요. 뭐라고 했는지는 하느님만이 아실 테지요. 서 있는 게 지겨워서 슬슬 짜증이 나기 시작한 나는 앉아서 무릎으로 내 오른편에 앉아 있던 누사의 무릎을 슬며시 눌렀어요.

땀이 비 오듯 쏟아지는데도 늙은이의 연설은 끝나지 않더군요. 사람들이 와서 거기까지만 하라고 말리는 바람에 겨우 끝이 났답니다. 누사가 내게 '당신도 한 마디 하세요.'라는 신호를 보냈어요. 나는 일어나서 연설을 시작했어요. 반은 러시아어, 반은 그리스어로 말이에요. 어떻게 했느냐고요? 알 게 뭐요. 그저 기억나는 건 마지막에 '클레프트 산적의 노래'를 했다는 것뿐이에요. 리듬이고 뭣이고 상관없이 무작정 소리만 질렀어요.

산에서 클레프트가 내려왔는데
모두가 도둑이라네!
말은 못 찾았지만
누사는 찾아냈다네!

보스, 아시겠어요? 가사를 슬쩍 바꿨던 거예요.

달아난다, 달아난다
(엄마, 놈들이 달아나요!)
오, 우리 누사!

오, 우리 누사!

안녕!

'안녕!' 하고 소리치며 나는 누사에게 키스했지요. 그들이 바라던 건 바로 이거였어요. 내가 그들이 그렇게 고대하던 신호라도 한 듯이—아니, 정말로 내 신호를 기다렸던 거예요.—수염이 빨간 덩치 큰 몇 녀석이 다가와 불을 꺼버렸지요. 숙녀건 밝히는 계집들이건 다들 큰일이라도 난 것처럼 비명을 지르더군요. 동시에 어둠 속에서 키득거리는 소리도 들렸지요. 히히히! 간지럼을 태우고 웃고 난리법석이었어요.

그 다음에 어떻게 되었는지는 하느님만이 아실 겁니다. 아니, 하느님도 몰랐을 거예요. 알았다면 벼락을 내려 죄다 태워버렸겠지요. 남자, 여자, 누구라 할 것 없이 바닥을 뒹굴었지요. 나는 누사를 찾았지만 어디서 찾겠어요. 그냥 아무나 잡아서 급한 일부터 치렀지요.

새벽에 일어나 그 여자를 버리고 누사를 찾아보았지요. 어두워서 잘 보이지 않더군요. 발이 보여서 잡아당겼는데 아니었고, 또 한 번 당겼는데도 역시 아니었어요. 세 번째도 아니고 네 번째도, 다섯 번째도 아니었지요. 그러다 마침내 누사의 발을 찾았지요. 그래서 그 위에 올라탄 악마 같은 놈들을 떼어내고 가엾은 신부를 일으켜 세웠어요. '가자, 누사!' 내가 소리치자 누사는 '당신 털외투 잊지 마세요.' 라고 하더군요. 그렇게 우리는 그 자리를 떠났습니다."

"그래서요?"

조르바가 다시 침묵하자 내가 물었다.

"또 그래서군요?"

조르바가 짜증을 내며 툴툴대더니 이내 한숨을 쉬었다.

"6개월을 같이 살았지요. 하느님은 아시겠지만 나는 그때부터 겁날 게 없었어요. 없었고말고. 딱 한 가지만 빼면 말이오. 악마인지 하느님인지, 내 기억 속에서 그 6개월의 시간을 빼앗아가는 것 말입니다. 무슨 뜻인지 아시겠어요? '알겠다.' 고 대답하세요."

조르바는 감정이 격해졌는지 눈을 감았다. 옛 추억에 잠겨 그렇게 격한 감정을 보인 것은 처음이었다.

"누사를 많이 사랑했군요, 그런데?"

잠시 후에 내가 물었다. 그러자 조르바가 눈을 뜨며 말했다.

"보스, 당신은 젊어요. 젊어서 잘 몰라요. 나처럼 머리 꼭대기가 허옇게 되면 그때 가서 다시 얘기해요. 이 영원한 사업 문제를요."

"무엇이 영원한 사업입니까?"

"그야 물론 여자지요! 여자가 영원한 사업이란 걸 몇 번이나 말해야 합니까? 지금 당신은 양 꼬리가 두 번 까딱거릴 시간에 암탉을 찍어 누르고는 자랑스럽게 가슴을 쫙 펴고 한바탕 우는 수탉이나 마찬가지라고요. 암탉은 보지 않고 볏만 보는 겁니다. 그러니 사랑이라는 걸 알 리가 없지요. 악마나 물어갈 일이라고요!"

그는 불쾌한 듯 바닥에 침을 뱉고는 고개를 돌렸다. 내가 보고 싶지 않다는 뜻 같았다.

"그래서요, 조르바. 누사는 어떻게 됐나요?"

조르바는 먼 바다를 바라보며 대답했다.

"어느 날 저녁에 집에 돌아와 보니 없어졌어요. 가버린 거지요.

마을에 잘생긴 군인 녀석이 하나 들어왔다가 데려간 거예요. 이제 끝난 겁니다. 가슴이 찢어질 것 같았어요. 헌데 그놈의 상처는 참 잘도 아물더군요. 빨강, 노랑, 검정 천 조각을 굵은 실로 여기저기 꿰맨 돛을 보셨을 테지요. 아무리 거센 폭풍우가 몰아쳐도 찢어지지 않아요. 내 가슴도 마찬가집니다. 구멍이 숭숭 뚫려 있어 여기저기 다 기웠지요. 그러니 아무것도 두려울 게 없지요!"

"조르바! 그럼 이제 누사한테 감정이 없다는 건가요?"

"물론이죠. 보스, 당신은 여자를 특별하다고 여기는 것 같은데…… 하긴, 좀 특별하긴 하지. 여자는 인간이 아닙니다! 그런데 왜 감정을 품겠어요? 여자는 참으로 알 수 없는 존재지요. 법률이나 종교를 가지고 설명하려 해도 여자는 알 수가 없어요. 여자한텐 그런 걸 쓰면 안 되지요. 보스, 그건 너무 가혹한 짓이에요. 공정하지 못한 일이죠. 만일 내가 법을 만든다면 남자와 여자에게 같은 법을 적용하진 않을 거예요. 남자에겐 십계명, 백계명, 천계명이 필요합니다. 사내는 사내니까. 아무리 많아도 지킬 힘이 있어요. 하지만 여자한테 필요한 법은 없어요. 왜냐하면, 헌데 보스, 대체 몇 번을 말해야 하는 겁니까. 여자는 힘이 없는 피조물이니까요. 보스, 누사를 위해 마십시다. 그리고 여자를 위해서. 또한 하느님께서 우리 남자들에게 좀 더 분별력을 주시도록!"

그는 팔을 들어 술을 마시고는 도끼질을 하듯 손을 내렸다.

"하느님이 우리 남자들에게 분별력을 더 주시든지 아니면 불알을 까버리든지 해야 할 겁니다. 안 그러면 우리 남자들은 끝나버리고 말 테니까."

08

이 튼날 다시 비가 내렸다. 하늘과 대지는 부드럽게 어울렸다. 나는 짙은 회색 돌에 새긴 힌두의 조각상이 생각났다. 여자를 감싸 안고 있는 남자는 한없이 부드러우면서도 체념한 듯 포옹하고 있었다. 마치 갑작스럽게 내린 비에 날개가 젖은 두 마리의 곤충이 교미하고 있는 듯한 모습을 한 조각상이었다.—자연의 풍화작용으로 두 육체를 거의 갉아버린 듯한—두 육체는 그렇게 얽혀 탐욕스러운 대지 속으로 서서히 빨려 들어가고 있었다.

나는 오두막 앞에 앉아 어두워진 대지와 초록색으로 빛나는 바다를 바라보았다. 해변에는 사람 하나, 배 한 척, 새 한 마리조차 보이지 않았고, 오직 대지의 냄새만이 창을 넘어 들어오고 있었다.

나는 일어서서 거지가 구걸하듯 손을 내밀며 빗방울을 받았다. 나는 갑자기 울고 싶어졌다. 내 것이 아닌, 보다 더 깊고 막연한 슬픔이 축축한 대지 속에서 올라왔다. 한가로이 풀을 뜯던 짐승들이 덫에 걸려 달아날 수 없다는 위험을, 보이지 않는 공기 속에서 감지한 듯 혼란스러운 상태였다. 소리라도 지르면 후련해질 것도 같았지만 그러기엔 창피했다.

구름이 점점 낮아지고 있었다. 나는 창밖을 내다보았다. 심장은 조용히 뛰고 있었다. 비가 부드럽게 내릴 때 그 비가 내 안의 슬픔을 건드린다는 건 얼마나 관능적이고 즐거운 일인가! 그럴 때면 잠 재되어 있던 쓰라린 추억, 친구와의 이별, 사라진 여인의 미소, 날 개를 잃고 다시 애벌레가 되어버린 나방—애벌레는 기어오르며 내 심장을 갉아먹고 있었다.—헛된 희망 같은 추억이 떠오르곤 했다.

카프카스로 떠난 친구의 모습이 비와 젖은 흙 속에서 서서히 나타났다. 나는 펜을 잡고 종이 위에 엎드려 빗줄기가 만들어낸 그물을 찢고는 숨을 쉴 수 있도록 그 친구에게 말을 걸었다.

사랑하는 친구에게

나는 지금 몇 달을 머물며 한 가지 노름—자본가가 되는 노름이라네.—을 하기로 한 크레타의 쓸쓸한 해변에서 이 편지를 쓰고 있다네. 노름에서 이긴다면 나는 노름이 아니었다고 할 생각이야. 나는 결단을 내렸다네. 생활 방식도 바꾸고 말이야.

자네가 떠나면서 나한테 책벌레라고 했던 말 기억하는가? 그 말이 마음에 걸려서 나는 한동안은—아니, 영원히 그럴 수도—종이에 끼적거리는 버릇을 없애고 행동하는 삶 속에 나 자신을 던져놓기로 마음먹었다네. 그래서 갈탄이 매장된 산 하나를 빌렸지. 나는 여기서 인부를 고용하고 직접 곡괭이, 삽, 아세틸렌 램프, 소쿠리, 손수레를 쓰고 다룬다네. 내가 직접 갱도를 열고 들어가기도 하고 말이야. 자네 말이 틀렸다는 걸 말해 주고 싶어서 이러는 것일세. 갱도를 따라 땅속에 길을 만들고 있으니 책벌레는 이제 두

더지가 된 것이지. 이런 변화를 자네가 칭찬해 줬으면 싶네.

　이곳은 정말 즐거운 곳이야. 맑은 공기와 태양, 바다, 그리고 밀로 만든 빵처럼 단순하면서도 영원한 것들 덕분이지. 밤마다 기막힌 뱃사람 신드바드가 내 앞에 터키 사람처럼 주저앉아서 이야기를 들려준다네. 그가 이야기를 시작하면 세상이 점점 커지는 기분이 들곤 하지. 말로 표현하지 못할 것이 있을 때 그 사람은 펄쩍 뛰어오르며 춤을 춘다네. 그러다 춤으로도 안 되면 무릎 위에 산투르를 올려놓고 켠다네.

　가끔씩 그는 야만스러운 노래도 부른다네. 그 노랠 듣고 있으면 우리 인생이 아무 색도 없고, 비참하면서도 무의미하게 느껴져 숨이 턱 막힌다네. 그러다 그가 슬픈 노래를 부르면 인생은 손가락 사이를 빠져나가는 모래처럼 구원할 수 없을 것 같다는 생각이 들곤 하지.

　내 심장은 베를 짜는 사람의 북처럼 가슴속에서 오르락내리락하고 있다네. 이 북은 내가 크레타에서 보낸 몇 달 동안을 천으로 짜고 있는데 나는—하느님이 보우하사—행복하다네.

　공자가 말씀하시기를 '많은 사람들은 자기보다 높은 곳에서, 혹은 낮은 곳에서 복을 구한다. 그러나 복은 사람과 같은 높이에 있다.'라고 했던가. 옳은 말씀이지. 모든 사람들에겐 각자 자신의 키에 맞는 행복이 있다는 뜻이겠지. 내 사랑하는 제자여, 스승이여. 요즘의 내 행복도 그러하다네. 나는 내 키 높이를 열심히 재고 있지. 알다시피 사람의 키 높이가 항상 같진 않으니 말이야.

　인간의 영혼은 날씨, 침묵, 고독, 누구와 함께 있느냐에 따라 대단한 차이를 보인다네! 나처럼 고독한 상태라면 사람이 개미처럼 보이는 게 아니라 반대로 엄청난 괴물로—생명을 만드는, 탄산가스와 썩어가는 식물로 가득 찬 대기를 호흡하던 공룡이나 익룡 같은—보이는 법이지. 도무지 이해할 수 없는 부조리한 자들의 합숙소라네. 자네가 입버릇처럼 말하던 '국가'와 '인간' 같은 개념, 그리고 나를 매혹시키던 '초국가'와 '인간성' 같은 개념은 파괴적인 입김을 뿜어대는 이곳에서도 같은 가치를 지닌다네. 우리는 의식의 표면으로 떠오른 것 같아 가끔 몇 마디 소리를 지르기도 하지만, 때로는 음절이 되지 못하거나 '아!' 혹은 '그래!'와 같은 불확실한 소리로 끝나버리기 일쑤라네. 그런 식으로 그들의 입김에 부서져버리는 것일세. 아무리 고귀한 개념이라도 그렇게 해체되고 나면 겨를 가득 채운 꼭두각시 인형이나 마찬가지라서 그 속에 들어 있던 강철 용수철이 튀어나오곤 하지.

자네는 나를 잘 아니까 이해할 거라 믿지만 이런 잔인한 생각들이 나를 도망치게 만들진 않는다네. 오히려 내 안의 불을 계속 지피는 땔감이 되고 있어. 내 스승이신 붓다께서 '나는 깨달았다.'라고 하셨기 때문이지. 나도 깨달았다네. 이제 나는 눈 깜짝할 새에 사라지는 유쾌하고도 변덕스러운 조물주와 친해졌으니 이 세상이 끝날 때까지 내 역할을 충실히 해야 될 것 같네. 다시 말하면, 용기를 잃지 않고 반드시 해내겠다는 말일세. 깨달음을 얻은 나는 무대 위에서 신을 연기하는 연기자가 된 셈이지.

우주의 무대를 내려다보면, 저 카프카스라는 전설의 요새에서 자네가 자네의 배역을 연기하는 것이 보인다네. 위기에 처한 수천의 민족을 구하기 위해 고군분투하는 자네가 말이야. 굶주림과 추위, 질병과 죽음이라는 암흑과 싸우는 가짜 프로메테우스라면 고통은 피할 수 없지. 그러나 자네는 자랑스럽게도, 파괴적이고 거대한 암흑의 세력이 보이지 않는다는 사실에 기뻐할 것이네. 그래야 희망을 포기한 자네의 인생이 더 영웅적으로 될 테고, 자네의 영혼은 더 비극적인 위대함을 얻을 테니까.

자네는 자네가 목표하는 삶이 행복하다고 느끼고 있겠지. 그렇게 생각하기에 행복한 것일 테지. 자네는 자네의 키에 맞는 행복을 선택했고, 자네는 지금 내 키보다 훨씬 크지. 위대한 스승이라면 자신보다 더 뛰어난 제자를 만드는 것보다 더 큰 즐거움은 없는 법이야.

나는 내 자신이 가끔 길을 잃어버리고, 또 잊어버렸다는 느낌이 든다네. 그래서 내 신념은 불신의 모자이크 같다는 생각에 괴로워하고 있어. 가끔씩은 흥정이라도 해야 할 기분이라네. 한순간을 사람답게 살기 위해 나머지 인생을 버리자는 말일세. 하지만 자네는 키를 단단히 잡고 있지. 어떤 황홀한 순간에도 자네는 목표를 잊지 않을 거라 믿고 있네.

그리스로 돌아오는 길에 우리 둘이서 이탈리아를 지나던 때를 기억하는가? 당시 꽤 위험했던 폰토스를 지나가기로 했었지. 우린 기차를 타고 가다가 작은 마을에서 내렸고, 다른 기차로 갈아타기까지 한 시간 정도 시간이 남았었지. 우리는 역 근처에 있는 숲으로 갔지. 활엽수와 바나나, 짙은 금속 색깔의 대나무가 자라고 만개한 꽃밭에는 벌들이 날아다녔지. 벌을 보며 가지들은 떨고 있었지.

우리는 꿈길을 걷듯 그곳을 거닐었어. 그러다 꽃길 모퉁이에서 책을 읽던 처녀들과 마주쳤지. 예뻤는지 아닌지는 기억나지 않지만, 하나는 금발 다른 하나는 흑발이었고 둘 다 봄 블라우스를 입고 있었다는 건 기억이 나는군.

우리는 꿈속에서처럼 대담하게 처녀들에게 다가갔지. 무슨 책을 읽고 있는지는 모르겠지만 책에 관해서라면 할 얘기가 있을 거라고 말했어. 그것은 고리키의 책이었지. 시간이 없었던 우리는 인생과 가난, 정신적 혁명, 사랑 등에 관해 이야기를 했지.

그때 내가 느꼈던 기쁨과 슬픔은 잊히질 않는다네. 그때 우리와 그녀들은 다정한 친구이면서도 연인이 되었던 것이지. 우린 그들의 영혼과 육체에 책임을 져야 했지만 곧 이별해야 했기에 몹시 서둘지 않았던가. 그때 우린 인생의 기쁨과 죽음의 냄새를 동시에 느낄 수 있었지.

기차가 도착해서 기적이 울렸고 우리는 꿈에서 깬 듯 떠나야 했어. 우린 서로 악수를 했지. 손가락들은 서로 떨어지고 싶지 않아서 필사적으로 힘을 주었어. 처녀 한 명이 얼굴이 하얘졌고 다른 한 명은 웃으면서 몸을 떨고 있었어. 그때 나는 자네에게 이런 말을 했던 것 같은데. '그리스, 우리의 조국, 의무 따위가 다 무슨 소용인가. 진실이 여기 있는데!' 그러자 자네는 이렇게 말했지. '그리스, 우리 조국, 의무는 아무것도 아니라네. 하지만 우리는 아무것도 아닌 것을 위해 기꺼이 파멸을 받아들여야만 하네."

내가 왜 이걸 쓰고 있는지 알겠는가? 우리가 함께 보냈던 시절을 기억하고 있다는 걸 보여주고 싶어서라네. 그리고 좋은 건지 나쁜 건지는 모르겠지만, 우리는 서로 감정을 숨기는 버릇이 있어서 그때 말하지 못한 생각을 이제라도 말하려는 것이네.

이제 자네는 내 앞에 없으니 내 얼굴을 볼 수 없겠지. 내가 어떤 말을 해도 이젠 자네가 나를 물렁하고 우스운 사람으로 보지 않을 테니 감히 이렇게 말할 수 있겠네. 나는 자네를 깊이 사랑한다고 말이야.

나는 편지를 마무리했다. 친구와 이야기를 나누니 가슴이 후련했다. 나는 조르바를 불렀다. 그는 비를 피해 바위 밑에 쭈그리고 앉아 모형 케이블 선을 만드는 중이었다.

"같이 가요, 조르바. 일어나서 마을로 산책이나 갑시다."

"기분이 좋으신가보군요, 보스. 그런데 비가 오잖아요. 혼자 가면 안 되겠소?"

"이 좋은 기분을 망치고 싶지 않아요. 같이 가면 망칠 염려가 없으니까요. 자, 갑시다."

그가 웃었다.

"나 같은 게 필요할 때가 다 있다니 고마운 일이군요. 그럼 가봅시다."

그는 내가 준 뾰족 모자가 달린 크레타식 양털 코트를 입었다. 우리는 진창을 걸어서 마을로 갔다.

산봉우리가 비에 가려 보이지 않을 정도로 비는 계속 내렸으나 바람은 불지 않는 날씨였다. 자갈길이 반짝거렸다. 안개에 둘러싸인 갈탄 광산은 슬픔에 젖은 여자의 얼굴 같았다. 슬픔을 참지 못해 실신한 채로 비를 맞는 여자의 모습이었다.

조르바가 중얼거렸다.

"보스, 비가 오는 날은 마음이 안 좋아요. 하지만 비를 원망해선 안 돼요. 이 가엾은 녀석도 영혼이란 게 있으니까요."

그는 울타리 곁에서 갓 핀 수선화 한 송이를 꺾고는 한참을 바라보았다. 아무리 봐도 모자라다는 듯이, 마치 수선화를 처음 보는 사람처럼 들여다보았다. 그는 눈을 감고 냄새를 맡더니 한숨을 쉬었다. 그리고 나서 그 꽃을 내게 건네주었다.

"보스, 돌과 비, 꽃이 하는 말을 들을 수 있다면 얼마나 좋을까요? 우리를 부르고 있는데 우리가 못 듣고 있는 걸지도 몰라요. 보스, 언제쯤 우리 귀가 트일까요? 언제쯤이면 우리가 팔을 벌려 돌이나 비, 꽃, 그리고 사람들 같은 만물을 안을 수 있을까요? 보스, 어떻게 생각해요? 당신이 읽은 책에서는 뭐라고 합디까?"

나는 조르바가 자주 쓰는 말로 대답했다.

"악마나 물어가라고 하더군요. 맞아요, 악마나 물어가라고 합디다. 당신 말대로 다른 건 없어요."

그러자 조르바가 내 팔을 잡았다.

"보스, 화내지 말고 들어요. 당신 책을 한 더미 쌓아 놓고 불을 질러버려요. 그러고 나면 혹시 모르죠. 당신이 바보를 면하게 될지. 당신은 꽤 괜찮은 사람이니까…… 우리가 당신을 제대로 된 사람으로 만들 수 있을지도 모르겠군요."

나는 마음속으로 내 자신에게 외쳤다.

'조르바 말이 맞아. 그렇고말고. 하지만 난 그럴 수 없어.'

조르바가 잠시 망설이다가 물었다.

"궁금한 게 하나 있어요."

"뭔데요? 어서 말해 봐요."

"잘은 모르겠지만 이런 게 아닐까 하고 생각해 보면 알 것 같기도 해요. 헌데 보스에게 말하려 하면 모든 게 엉망진창이 되고 말지요. 기분이 내키면 나중에 춤으로 보여드릴게요."

비는 더욱 세차게 내리기 시작했다. 우리가 마을로 들어섰을 때 조그만 양치기 처녀들이 풀을 뜯던 양을 몰고 오고 있었다. 밭을 갈던 농부들은 반 정도 남은 일을 포기하고 소의 멍에를 풀어주었다. 아낙네들은 아이들을 찾으러 좁은 길목을 돌아다녔다. 소나기가 마을에 유쾌한 소동을 일으킨 것이다. 여자들은 소리를 질렀지만 눈으로는 웃고 있었다. 남자들의 뻣뻣한 콧수염과 곱슬거리는 턱수염에는 빗방울이 맺혀 있었다. 땅과 돌, 풀에서 싸한 냄새가 풍겼다.

물에 빠진 생쥐 꼴이 된 우리는 카페 겸 정육점인 '모데스티'로 뛰어 들어갔다. 가게 안은 카드로 블롯 놀이를 하는 사내들과 산 이쪽에서 저쪽으로 고함을 치듯 목청을 높여 싸우는 사내들로 시끌벅적했다. 마을의 노인들은 가장자리에 있는 원탁에 앉아 그들 특유의 흑백논리를 내세우고 있었다. 소매통이 넓은 셔츠를 입은 아나그노스티 영감과 물파이프를 피우며 바닥만 내려다보고 있는 위엄 있고 조용한 마브란도니의 모습도 보였다. 키가 크고 몸매가 날렵한 교장 선생은 굵은 지팡이에 몸을 의지한 채, 이제 막 칸디아에서 돌아온 덩치 좋은 털보의 이야기를 대견하다는 듯이 경청하고 있었다. 건장한 털보는 대도시에 대해서 열심히 설명하고 있었다. 카페 주인은 카운터 뒤에 선 채 한쪽 눈으로는 난로 위의 커피포트를 살피면서도 이야기를 들으며 웃고 있었다.

우리를 본 아나그노스티 영감이 일어서서 외쳤다.

"어서 들어와요, 같이 어울립시다, 친구들. 스파키아노니콜리가 칸디아에서 겪은 얘길 하고 있던 중이었는데 아주 재미있답니다.

어서 와요!"

그러고 나서 카페 주인에게 소리쳤다.

"마놀라키! 여기 라키 술 두 잔 더 주게!"

우리는 자리에 앉았다. 낯선 사람을 본 양치기는 하던 말을 멈추고 입을 다물었다. 그러자 교장 선생은 그에게 계속 말을 시켰다.

"이보게, 니콜리 추장. 자네 극장 구경 해봤나? 어떤가?"

스파키아노니콜리는 큰 손으로 술잔을 잡고 단숨에 술을 털어넣으며 외쳤다.

"극장에는 가봤냐고요? 물론 가봤지요. 어디를 가도 코토풀리(그리스의 유명 여배우, '풀리' 는 병아리라는 의미)에 대해 이러쿵저러쿵 말이 많죠. 그래서 어느 날 밤에 나는 성호를 긋고 다짐했어요. '좋아, 나라고 못 가라는 법 있나. 어떻게 생긴 년인데 이렇게 말이 많은지 한 번 보고 오자.' 라고 말이죠."

"젊은이, 구경해 보니 어떻던가? 어땠느냐고? 빨리 좀 말해 봐. 궁금하구먼."

아나그노스티 영감이 물었다.

"말씀드리죠. 제 영혼을 걸고 맹세컨대 별거 아니더군요. 사람들의 말만 듣고 오늘 대단한 걸 구경하겠구나 싶었는데 돈만 버리고 왔어요. 극장은 커다란 술집처럼 생겼는데 바닥은 타작마당처럼 둥글더군요. 의자가 아주 많고 불빛이 번쩍이는데다 사람들이 넘쳐났죠. 제가 어디 있는지도 모르겠고, 불빛 때문에 눈이 부셔서 앞이 안 보였어요. 그래서 속으로 생각했죠. '악마들이야. 조금 있으면 내게 마법을 걸지도 몰라. 어서 나가야겠다.' 그런데 그때 할미새처럼 까불거리는 계집애 하나가 다가와 제 손을 잡아끌었어요. 그래서 나는 '이봐, 어디로 데려가는 거야?' 라고 소리쳤고 계집애는 말없이 계속 끌고 가더니 저보고 앉으라고 하더군요. 그래서 앉았어요. 생각해 보세요. 앞이든 옆이든 사람들로 천장까지 꽉 찬 광경을 말이에요. 저는 속으로 이런 생각을 했죠. '숨 막혀, 이러다 쓰러질 것 같아. 공기가 하나도 없어.' 그래서 저는 옆에 있던 사람에게 물었어요. '저기, 페르마 돈나(프리마 돈나를 잘못 발음한 것)는 어디로 나오나요?' 그러자 그 사람은 커튼을 가리키며 '저기서 나오지.' 라고 대답했죠. 그 말이 맞았어요. 종이 울리고 커튼이 열리자 코토폴리가 무대로 나왔어요. 사람들이 코토폴리를 왜 병아리라 부르는지는 묻지 마세요. 있을 건 다 있고 생길 건 다 생긴 여자였으니까요. 코토폴리는 한 바퀴 돌고는 꽁지를 아래위로 흔들더군요. 한 거라곤 고작 그거뿐이었는데 사람들은 박수를 쳤고, 그 여자는 쏙 들어가 버리더라고요."

그러자 마을 사람들은 모두 웃음을 터뜨렸다. 스파키아노니콜리는 자신이 놀림이라도 당했다고 생각했는지 문 쪽으로 돌아앉았다.

"아휴, 저 빗줄기 좀 보세요!"

그가 화제를 바꾸려는 듯 소리쳤다. 사람들의 시선은 모두 밖을 향했다. 바로 그때 숱이 풍성한 머리카락을 어깨까지 늘어뜨리고 검은 치마를 무릎까지 걷어 올린 여자가 빗속으로 달려가는 모습이 보였다. 비에 젖은 옷 위로 탄탄하고 둥글둥글한 몸매가 드러났다.

나는 놀랐다. '저건 육식동물이 아닌가!' 나는 여자가 남자를 잡아먹는 나긋나긋하면서도 위험한 동물이라는 생각이 들었다. 여자는 잠시 고개를 돌려 놀란 듯한 표정으로 카페 안을 슬쩍 들여 다보았다.

"아이고 성모님."

창문가에 앉아 있던 솜털이 보송보송한 젊은이가 중얼거렸다.

"저 요부 같은 년에게 저주가 내리길!"

마을의 임시 순경인 마놀라카스가 별안간 소리를 질렀다.

"그럼, 저주가 내려야지. 그렇고말고. 사내 가슴에 불을 질러 타 죽게 만들었으니."

창문가에 앉은 젊은이가 콧노래를 불렀다. 처음엔 망설이며 조 용히 부르다가 점점 소리가 커지기 시작했다.

……과부 베개에서는 모과 냄새가 난대요!
그 냄새를 맡고 난 후로 나는 잠 못 이뤄요!

"닥쳐!"

마브란도니가 물담뱃대를 휘두르며 소리쳤다. 그러자 젊은이는 멋쩍은 듯 입을 다물었다. 노인 하나가 임시 순경 마놀라카스를 향해 허리를 굽히며 속삭였다.

"자네 아저씨가 속에서 불이 나고 있구먼. 저 손에 걸리면 갈가 리 찢기게 될 거야. 오, 하느님, 저 가엾은 년에게 자비를 베풀어 주소서!"

"이봐요, 안드룰리오. 당신도 저 과부 꽁무니를 따라다니지 않 았소? 그런데 창피하지도 않소?"

마놀라카스가 반박했다.

"내 말 좀 들어봐요. 하느님, 그녀에게 자비를 베푸소서! 자넨 요새 마을에서 태어나는 애들이 어떤 애들인지 알기나 하는가? 과부에게 복을 내리소서! 저 여자는 마을 전체의 정부情婦라고 할 수 있지. 어찌하겠나, 불을 끄고 마누라를 품고 있어도 자꾸 저 여자 생각이 나는 것을. 잘 듣게. 저 여자 덕분에 요새 우리 마을에서도 꽤 괜찮은 애들이 태어나고 있는 것이지."

한동안 잠자코 있던 안드룰리오 영감이 다시 중얼거렸다.

"저 계집을 감싸는 허벅지에 복이 있으리! 내가 마브란도니 영감의 아들 파블리처럼 스무 살이면 얼마나 좋을까!"

"꽁지가 빠지게 도망가는 저 여자 꼴 좀 보시게."

누군가가 이렇게 말하며 웃었다. 그러자 모두가 문 쪽을 향해 돌아앉았다. 비는 억수같이 퍼붓고 있었다. 빗물은 돌의 높이를 넘어서고 있었다. 이따금 번개가 내리치곤 했다. 조르바는 지나간 과부를 본 후부터 제대로 숨을 쉬지 못했다. 앉아 있을 수도 없는 듯했다. 그가 내게 눈짓을 보내며 말했다.

"보스, 비가 그치고 있네요. 그만 나갑시다."

산발을 한 소년 하나가 눈을 이리저리 굴리며 맨발로 문 앞에 나타났다. 마치 성화가聖畵家가 단식과 기도 때문에 눈만 커다래진 세례 요한의 모습을 그린 것 같았다.

"어서 와라, 미미코!"

몇몇 사람이 그를 부르며 웃었다. 어느 시골이라도 바보는 하나씩 있기 마련이다. 없으면 심심풀이로 하나씩 만들기도 한다. 미미코는 마을의 바보였다. 미미코가 계집애 같은 목소리로 외쳤다.

"여러분, 과부댁 소멜리나가 암양을 잃어버렸대요. 찾아주는 사람한테 포도주 두 되를 상으로 주겠대요!"

"나가! 꺼져버려!"

마브란도니 영감이 소리치자 겁에 질린 미미코는 문가에 쪼그리고 앉았다.

"앉아라, 미미코! 앉아서 라키 술 한 잔 하자꾸나. 그래야 감기에 안 걸려."

미미코가 안돼 보였는지 아나그노스티 영감이 이렇게 말했다.

"바보가 없다면 우리 마을은 어떻게 될까."

그때 푸른 눈이 촉촉하게 젖은 건달 같은 젊은이가 문 앞에 나타났다. 그는 숨을 헐떡거렸고 이마에는 머리카락이 찰싹 달라붙어 물방울이 뚝뚝 떨어지고 있었다. 마놀라카스가 그를 불렀다.

"파블리냐? 이리 와서 앉아라!"

마브란도니 영감은 아들을 보며 인상을 찌푸렸다. 그러고는 속으로 '아이고, 골칫덩어리 같으니. 저런 게 내 새끼라니! 지지리도 못났구먼. 대체 누굴 닮아 저런 게 나온 거야? 목덜미를 잡아 낙지 새끼처럼 바닥에 내던지면 좋겠구먼.' 하고 생각했다.

조르바는 달궈진 벽돌에 올라앉은 고양이 같았다. 과부가 그에게 불을 질러 그의 모든 감각이 되살아나 더 이상은 벽 안에 갇혀 있을 수 없는 듯했다. 조르바가 또 한 번 속삭였다.

"보스, 나갑시다, 나가자고요. 여기 더 있다가는 터져버릴 것 같아요."

그의 눈엔 구름이 걷히고 해가 보이는 듯했다. 조르바가 카페 주인을 돌아보고는 관심 없는 척하며 물었다.

"저 과부는 누구요?"

"씨받이 암말이오."

콘도마놀리오가 대답했다. 그러고 나서 콘도마놀리오는 손가락을 입에 대며 조용히 하라는 신호를 보내며 마브란도니 영감 쪽을 슬쩍 바라보았다. 마브란도니는 다시 바닥을 주시하고 있었다.

"그럼, 씨받이 암말이지. 하지만 벼락 맞아 죽고 싶지 않거들랑 저 여자 얘기는 그만합시다."

콘도마놀리오가 중얼거렸다.

"이만 실례하오. 집에 가봐야겠소. 파블리, 따라오너라."

마브란도니 영감이 일어서서 물담배통을 잠그며 말했다.

그는 아들을 데리고 자리를 떴다. 두 사람은 우리 앞을 지나 빗속으로 나갔다. 뒤이어 마놀라카스가 일어서서 나갔다. 그러자 콘도마놀리오가 마브란도니가 앉았던 의자에 앉아서 속삭였다. 소리가 너무 작아 옆 테이블에 있는 사람에게도 들리지 않을 정도였다.

"불쌍한 영감 같으니……. 저 영감은 아마 화병으로 죽을 거예요. 집안에 큰일이 생겼으니까. 어제 내 귀로 직접 들었어요. 파블리가 제 아버지한테 '저 여자가 내 아내가 못 된다면 난 콱 죽어버릴 거예요!' 이러더라고요. 저 화냥년은 파블리를 거들떠보지도 않는데 말이에요. 그 계집은 파블리한테 집에 가서 코나 닦으라고 했대요."

"갑시다."

조르바가 또 보챘다. 과부에 대한 얘기가 나올 때마다 그는 몸이 달아오르는 듯했다. 닭이 울기 시작했고 빗줄기는 좀 약해진 듯했다.

"그래요, 갑시다."

내가 일어섰다. 그러자 구석에 있던 미미코가 우리를 따라나섰다. 자갈길은 반짝거렸고 문은 비에 젖어 검게 변했다. 체구가 작은 노파들은 달팽이를 주우려 바구니를 들고 나왔다.

미미코가 다가와 내 팔을 잡았다.

"담배 한 대만 줘요, 선생님. 선생님께 행운이 찾아올 겁니다."

나는 담배를 주었다. 그랬더니 미미코는 햇볕에 그을린 앙상한 손을 다시 내밀었다.

"불도 주셔야죠."

나는 불도 주었다. 미미코는 연기를 깊게 들이마신 후 눈을 감고는 콧구멍 가득 연기를 뿜었다.

"터키 임금이 따로 없구나."

미미코가 중얼거렸다.

"어디로 가는 거냐?"

내가 물었다.

"과부댁 정원으로요. 암양 찾는 사람한테 포도주를 주겠다는 소문을 퍼뜨리면 나한테 음식을 주겠다고 했거든요."

우리는 빠르게 걸었다. 구름이 갈라졌다. 마을 전체가 깨끗하게 씻겨 웃고 있는 것 같았다.

"미미코, 혹시 그 과부 좋아하니?"

조르바가 한숨을 쉬며 물었다. 그러자 미미코가 키득거리며 말했다.

"이것 보세요. 내가 좋아하면 안 될 이유라도 있나요? 나는 뭐 시궁창에서 안 나왔나요?"

"시궁창이라니? 미미코, 무슨 뜻으로 한 말이야?"

내가 놀라서 물었다.

"그건 어머니 뱃속에서 나왔단 뜻이죠."

나는 놀라고 말았다. 셰익스피어쯤은 돼야 그렇게 어둡고 역겨운 창조적 순간의 신비로움을 사실적으로 묘사했을 거라 생각했기 때문이다. 나는 미미코를 바라보았다. 그의 큰 눈은 무아지경의 상태였는데 자세히 보니 약간 사팔뜨기였다.

"미미코, 넌 어떻게 지내니?"

"어때 보여요? 나는 귀족처럼 살고 있어요. 아침에 일어나면 빵 부스러기를 먹고, 그 다음엔 남의 일을 해주고 있죠. 어디에서든 무슨 일이든 다 해요. 심부름도 하고, 거름도 나르고, 말똥도 줍지요. 그리고 난 낚싯대도 갖고 있어요. 난 숙모 레니오 할멈이랑 같이 사는데 할멈은 곡하는 일을 해요. 선생님도 알게 될 거예요. 모르는 사람이 없으니. 저요? 사진 찍힌 적도 있어요. 저녁이 되면 집에 돌아가 수프 한 사발 마시고, 포도주가 있으면 그것도 한 방울 마셔요. 포도주가 없을 땐 배가 불룩해질 만큼 하느님의 물을 마셔요. 그러고 나서 푹 자는 거죠."

"결혼은 안 할 거니?"

"결혼이요? 내가요? 미쳤어요? 날더러 사서 고생을 하란 얘긴가요? 여자한텐 신발이 있어야 해요. 헌데 그걸 어디서 구해요? 보세요, 나도 맨발이잖아요."

"신발이 없니?"

"날 뭘로 보는 거예요? 나도 신발 있어요. 작년에 어떤 남자가 죽었는데 레니오 숙모가 곡하러 갔다가 벗겨 가지고 왔어요. 나는 이 신발을 부활절에만 신어요. 교회에 가서 신부님을 뵐 때만 신는다고요. 나올 땐 목에 걸고 집으로 돌아오죠."

"제일 좋아하는 게 뭐니, 미미코?"

"빵이 최고죠. 내가 빵을 얼마나 좋아하는데요! 말랑말랑하면서도 따끈따끈한 밀가루 빵을 제일 좋아해요. 그 다음엔 포도주, 그 다음엔 잠이죠."

"여자는?"

"쳇! 먹고 마시고 자면 됐지. 다른 건 골치 아파요."

"과부는?"

"무슨 소릴 듣고 싶은 건진 모르겠지만, 과부는 악마나 물어가라고 해요! 사탄아, 물러가라!"

미미코는 침을 세 번 뱉고는 성호를 그었다.

"글은 읽을 줄 아니?"

"이보세요, 나는 그런 바보가 아니에요! 어릴 때 학교에 끌려갔어요. 하지만 다행히도 티푸스에 걸려 바보가 됐지요. 그래서 운 좋게 학교에 안 다닐 수 있었죠."

조르바는 내가 미미코한테 이것저것 캐묻는 걸 더 이상 참지 못했다. 그의 머릿속은 과부 생각으로 가득했던 것이다.

"보스……."

그가 내 팔을 잡더니 미미코를 돌아보았다.

"먼저 가거라. 우린 할 얘기가 있으니. 보스, 무슨 얘기냐 하면은……."

미미코가 뒤로 처졌다.

"지금 얘기하지요, 보스. 수컷을 불명예스럽게 만들지 말아요! 신과 악마가 이 어마어마한 음식을 당신한테 내린 거예요. 당신은

이가 있지요? 그럼 이를 박아 넣어요. 손을 내밀어 저 과일을 따먹으란 말입니다! 조물주가 손을 왜 달아났겠어요? 손을 내밀어 따라고 달아 놓은 거라고요! 그러니 잡아요! 내 평생 별의별 계집들을 다 보아왔지만, 저 망할 과부는 교회 뾰족탑도 흔들어 놓을 것 같다고요!"

"말썽이 생기는 건 질색이에요!"

나는 짜증 섞인 반응을 보였다. 실은 나 역시 암내를 풍기며 지나간 그 탄탄한 몸을 갈망하고 있었기 때문이었다.

"말썽이 질색이라!"

조르바가 어이없다는 듯 외쳤다.

"그럼 어디 말 좀 해보시오. 보스가 원하는 건 대체 뭔지 말이오."

나는 대답하지 않았다.

"산다는 건 다 말썽이에요."

내가 대답하지 않자 조르바는 계속 말을 이었다.

"죽어야 말썽이 없는 거지요. 산다는 건 말이에요, 보스, 사는 게 어떤 걸 의미하는지 아시오? 허리띠를 풀고 말썽거리를 만드는 게 바로 사는 거예요!"

그래도 나는 대답하지 않았다. 조르바의 말이 옳다는 건 알고 있었지만 나는 그럴 용기가 없었다. 아무래도 나는 인생을 잘못 살고 있는 것 같았다. 타인과의 교류는 어느새 나만의 헛된 독백이 되어버렸다. 나는 타락했다. 여자와의 사랑과 책에 대한 사랑, 둘 중에 하나를 고르라면 책을 선택할 정도로 타락했다.

조르바가 혼자 중얼거렸다.

"보스, 이제 계산 같은 건 그만해요. 숫자 놀이는 집어치우고, 저울은 부숴버리고, 구멍가게는 문을 닫으라고요. 당신의 영혼은 구제와 파멸의 갈림길에 서 있으니 말이오. 보스, 내 말 들어요. 손수건을 꺼내 거기에 2~3파운드 정도를 싸요. 될 수 있으면 금화로 말이에요. 지폐는 반짝이지 않으니까. 그 다음엔 그걸 미미코 편에 과부한테 보내요. 그리고 과부한테 '선생님께서 안부를 물으시면서 이 손수건을 보내셨습니다. 보잘것없는 것이지만 사랑은 크다고 하셨습니다. 선생님께서 덧붙이시길, 암양 걱정은 이제 그만하라고 하셨어요. 잃어버리더라도 선생님이 계시니 겁내지 말라고요. 부인이 카페 앞을 지나가는 걸 보신 선생님께선 그만 상사병에 걸리셨습니다. 오직 부인만이 그 병을 치료해 줄 수 있다고 하셨습니다.' 이렇게 전하라고 이르세요.

이게 바로 기회라는 겁니다. 쇠뿔도 단김에 빼라는 말처럼 같은 날 밤에 보스가 문을 두드려야 해요. 가서 과부한테 길을 잃었다고 하세요. 어두워서 그러니 등을 좀 빌려 달라고요. 아니면 갑자기 어지러워서 그러니 물을 좀 달라고 해도 좋고요. 제일 좋은 방법은 암양 한 마리를 사서 갖다 주는 거고요. 그리고 나서 이렇게 말하세요. '부인, 여기 부인께서 잃어버린 암양이 있습니다. 제가 암양을 찾았습니다.' 그러면 과부는…… 잘 들어요, 보스……. 과부는 상을 주려고 할 거예요. 그럼 들어가면 돼요. 보스, 내가 당신 뒤에만 타고 있다면 당신은 말을 탄 채 천국으로 들어갈 수 있을 텐데……. 보스는 다른 천국을 찾고 있나 본데, 그런 건 없다고요! 신부 말은 믿지 말아요. 그런 건 없으니!"

어느새 과부네 정원에 다다른 듯했다. 미미코는 한숨을 내쉬며 더듬거리는 목소리로 슬프게 노래를 불렀다.

술안주는 밤이 제일, 호두에는 꿀이지!
계집은 사내에게, 사내는 계집에게!

조르바는 앞으로 나서며 콧구멍을 벌름거렸다. 그는 갑자기 걸음을 멈추더니 숨을 깊이 들이마셨다. 그러고는 내 눈을 빤히 들여다보며 물었다.

"어때요?"

"그만해요."

조르바는 초조해하며 내 대답을 기다렸지만 나는 냉정하게 대답했다. 조르바는 고개를 가로저으며 내가 알아듣지 못할 말을 중얼거렸다.

오두막으로 돌아온 조르바는 다리를 꼬고 앉아 산투르를 무릎 위에 올려놓고는 고개를 숙인 채 깊은 생각에 잠겼다. 가슴에서 들리는 수많은 노래 중에서 가장 아름답고도 애절한 노래를 고르기라도 하듯 말이다. 마침내 그는 노래를 골랐는지 가슴이 미어질 듯 처절한 노래를 부르기 시작했다. 그리고 이따금 나를 흘끗 쳐다보곤 했다. 조르바는 차마 말로 하지 못하는 것들을, 말하고 싶어도 표현할 수 없는 자신의 마음을 노래로 표현하고 있다는 생각이 들었다. 과부와 나는 순간을 태양 아래서 살다가 영원히 사라져버릴 벌레라고, 딱 그것이라고 노래하는 것만 같았다.

조르바가 갑자기 일어났다. 자신이 헛수고를 하고 있다는 생각이 들었던 모양이었다. 그는 벽에 기대 앉아 담배에 불을 붙여 물었다. 잠시 후 그가 입을 열었다.

"보스, 보스에게 호자(터키 성인聖人을 일컫는 말)가 살로니카에서 내게 말해 준 비밀을 하나 알려드리지요. 말해도 소용없을지 모르겠지만 그래도 들려줘야겠어요.

내가 마케도니아에서 행상을 할 때의 일이었어요. 나는 실타래, 바늘, 성인전聖人傳, 안식향, 고추 따위를 팔러 마을을 돌아다녔지요. 자랑 같아서 좀 그렇지만 목소리 하나는 끝내줬어요. 여자로 치면 꾀꼬리 같은 목소리였으니. 여자들은 목소리에 사족을 못 쓰지요. 하긴 여자가 사족을 못 쓰는 게 어디 이것뿐이겠어요. 화냥년들 같으니. 여자들 속은 하느님만이 알 거예요. 아무리 못생기고 절름발이에 곱사등이라도 목소리 하나만 괜찮다면 여자를 홀릴 수 있다니까요.

나는 살로니카에서 행상을 다니면서 터키인들이 사는 지역으로 들어갔어요. 헌데 내 목소리에 돈 많고 매력적인 회교도 여자가 홀렸나 봐요. 파샤(터키의 고관)의 딸인데 내 목소리에 잠을 이루지 못했다나 어쨌다나. 이 여자는 늙은 호자를 불러 금화를 넉넉히 쥐어주며 '아휴, 못 참겠어요. 행상하는 저 이교도를 좀 불러주세요. 그 사람을 만나야 해요. 더 이상 못 참겠어요.' 라고 했다지요.

그래서 호자가 나를 찾아왔어요. 그러더니 이렇게 말했어요. '이보게, 이교도 젊은이, 같이 가세.' '가다니 어디로 가자는 겁니까?' 내가 물었지요. '파샤의 딸이 샘물이 필요하다네. 자기 방에서 자네를 기다리고 있네. 그러니 어서 가세, 이교도 젊은이!' 하지만 나는 그때 밤이면 터키 지역에서 그리스도인들이 종종 살해된다는 얘길 들었어요. '싫어요, 안 갈래요.' 내가 대답했지요. 그랬더니 호자가 말하길 '하느님이 두렵지도 않느냐, 이교도 풋내기 녀석아!' '내가 왜 두려워해야 합니까?' '이봐, 여자가 원하는데 사내가 자주지 않으면 큰 죄를 짓는 거야. 여자가 잠자리를 같이 하자고 부르는데 안 가면 자네 영혼은 파멸하고 말 거야. 여자는 하느님 앞에서 심판을 받을 때 한숨을 쉴 테고, 자네가 아무리 좋은 일을 많이 했다고 해도 그 한숨 하나면 자네는 지옥행인 거라고!'"

조르바는 한숨을 내쉬며 말을 이었다.

"지옥이 있다면 나는 지옥행일 겁니다. 이유는 그것 때문이지요. 도둑질을 했다거나 사람을 죽였거나 간통을 해서가 아니에요. 그런 건 별것 아니지요. 어느 날 살로니카에서 여자가 나랑 같이 자겠다고 기다렸는데 가지 않았으니, 그 죄로 나는 지옥에 떨어질 겁니다."

그는 일어나서 화덕에 불을 피우고는 음식을 준비했다. 이따금 나를 흘끗 바라보며 별 웃기는 놈 다 보겠다는 듯 웃으며 중얼거렸다.

"당신은 영원히 귀머거리 대문만 두드릴 거요!"

그러고는 허리를 굽히고 화를 내며 젖은 나무에 부채질을 했다.

09

해 가 점점 짧아지면서 햇살도 점차 빨리 사라졌다. 그래서 오후가 저물어 갈 때쯤이면 마음이 무거워지곤 했다. 그것은 원시적인 공포 때문이었다. 겨울이 되면 날마다 짧아지는 해를 보며 우리 조상들이 느꼈을 그런 공포였던 것이다. '이렇게 해가 짧아지다간 내일은 아예 없어질지도 모르겠군.' 그들은 절망에 빠져 그날 밤을 두려움에 떨며 지새웠을지도 모른다.

조르바는 이런 공포를 나보다 더 깊이, 원시적으로 느꼈다. 그는 이 공포에서 벗어나기 위해 밤이 되어 별이 빛나기 전까지는 탄광의 갱도에서 나오지 않았다.

조르바는 꽤 좋은 탄층을 발견했다. 탄가루가 많지 않고 색도 짙었으며 열량도 아주 많았다. 그는 몹시 기뻐했다. 우리가 돈을 번다는 사실은 그의 마음속에서 어느새 여행이 되고, 여자가 되고, 새로운 모험으로 바뀌어 있는 듯했다. 돈을 날개라 불렀던 그는 한몫 두둑하게 챙겨 날개가 충분히 커져서 날아갈 날을 기다리고 있었다.

그는 아무것도 하지 않고 매일 모형 고가 케이블 실험에만 몰두했다. 그는 매일 목재의 하강 속도를 늦춰줄 경사면을 찾느라 애썼는데, 그럴 때 이따금 천사가 들어 내리듯이 사뿐히 내리기를 기도하곤 했다.

어느 날, 그는 넓은 종이와 색연필 몇 자루로 산과 숲, 고가 케이블, 그리고 케이블에 매달려 내려오는 통나무를 그렸다. 통나무마다 파란 날개를 두 개씩 그렸다. 작고 둥그스름한 항구에는 검은 배, 작은 앵무새 같은 초록 제복을 입은 선원들, 그리고 노란 통나무를 가득 실은 마호네 선도 그렸다. 네 귀퉁이에는 수도승을 하나씩 그렸는데 그들의 입에서 '크고 놀라우신 하느님의 기적이여!'라고 대문자로 쓰인 분홍 리본이 나오도록 했다.

며칠간 조르바는 화덕에 불을 지펴 저녁 식사를 서둘러 준비했고, 식사가 끝나면 재빨리 마을로 갔다가 얼마 후에는 안 좋은 얼굴로 돌아오곤 했다.

"또 어딜 다녀왔어요, 조르바?"

내가 물었다.

"너무 걱정 마세요, 보스."

그는 이렇게 말하며 화제를 돌리곤 했다.

그러던 어느 날, 그가 마을에서 돌아오더니 정색을 하고 물었다.

"하느님은 있습니까? 있어요, 없어요? 보스, 어떻게 생각해요? 없는 걸 그렇게 떠들어대진 않겠지만, 있다면 도대체 어떤 모습일 것 같아요?"

나는 어깨를 으쓱했다.

"보스, 농담으로 하는 말이 아니에요. 난 하느님이 나랑 비슷할 거라 생각해요. 나보다 좀 더 크고, 힘도 더 세고, 좀 더 돌았을 거라고. 덤으로 주는 건 사양하겠지요. 부드러운 양가죽 더미 위에 앉아 하늘을 집으로 삼고는 오른손엔 칼이나 저울 같은 거 말고—이런 도구는 백정이나 식료품 가게 주인이 들고 다니겠지요.—구름처럼 생긴 스펀지 한 덩어리를 들고 있겠지요. 오른쪽은 천당, 왼쪽은 지옥이지요. 그러다 혼령이 하나 들어오는데, 불쌍한 그것은 옷을—바로 육체 말입니다.—잃어버리고 덜덜 떨고 있습니다. 그걸 보신 하느님은 소매로 웃음을 가리고 요괴 역할을 하시며 이렇게 외치시는 거지요. '이리 와라, 이 가엾은 녀석아!'

그러고는 하느님의 심문이 시작되지요. 벌거벗은 혼령은 하느님 발밑에 엎드려 빕니다. '자비를 베풀어주소서, 저는 죄를 지었습니다.' 혼령은 자기 죄를 줄줄 읊어댑니다. 하느님은 이건 너무 심하다고 생각하시며 하품을 하십니다. 그러고 나서 '제발 그만둬! 그런 소리는 넌더리가 나게 들었다.' 라고 꾸짖으시며 물 묻은 스펀지로 죄를 몽땅 지우시고는 혼령에게 이렇게 말씀하십니다. '가라, 천당으로 썩 꺼져버려. 여봐라, 베드로, 이 녀석도 넣어줘라.'

아시다시피 하느님은 굉장한 임금이시지요. 굉장한 임금이 뭐냐 하면 말입니다, 용서해 버리는 거지요!"

조르바가 실없는 농담을 해대던 그날 저녁, 나는 웃었던 걸로 기억한다. 그러나 하느님을 굉장한 임금이라고 했던 말은 내 안에서 모습을 갖추고 자비롭고 관대하며 전능하신 분으로 거듭나게 되었다.

비가 내리던 어느 날 저녁, 우리는 화덕 옆에 쪼그리고 앉아 밤을 구웠다. 그러다 조르바는 고개를 돌리고는 나를 한참 동안 바라보았다. 대단한 수수께끼라도 푸는 듯한 표정이었다. 참다못한 조르바가 불쑥 물었다.

"보스, 당신은 나한테서 뭘 찾을 수 있는지 궁금해요. 왜 나를 바깥으로 끌어내지 않는 거요? 사람들이 나를 곰팡이라고 부른다는 얘긴 했었지요? 어딜 가도 매사 일을 벌이는 성격이라 그럴 겁니다. 당신 사업도 망쳐버리고 말 거예요. 그러니 어서 나를 내쫓아버려요!"

"조르바, 나는 당신이 마음에 들어요. 그거면 된 거잖아요."

"하지만 보스, 당신은 내 머리 무게가 정상이 아니라는 걸 모르고 있어요. 좀 더 많이 나갈 수도, 혹은 좀 모자랄 수도 있겠지만 어쨌든 정상이 아니란 건 확실해요. 당신도 알 만한 얘기를 하나 해드리지요. 나는 그 과부 때문에 몇 날 며칠을 안절부절못했어요. 아니에요, 나 때문에 그런 게 아닙니다. 절대 아니에요. 악마나 물어가라고 했었잖아요. 나는 정말 그 과부 털끝 하나 건드리지 않았어요. 난 그 여자 몫이 아니니까요. 하지만 모든 사람들이 그 여자를 모른 척하는 건 참을 수가 없어요. 그 여자가 혼자 잔다는 걸 견딜 수가 없다고요. 보스, 그러면 안 되는 겁니다. 그런 생각들 때문에 난 견딜 수가 없었어요. 그래서 매일 밤 그 집 뜰을 서성거렸지요. 내가 슬며시 사라졌다 나타나곤 했던 적이 있지요? 보스는 나더러 어딜 다녀왔느냐고 물었고요. 거길 다녀온 겁니다. 이제 이유를 아시겠지요? 누가 그 여자와 잤는지 확인해 보려고 갔던 거예요. 누구라도 과부와 같이 자줘야 내 마음이 편할 테니까요."

나는 웃음을 터뜨렸다.

"웃지 마요, 보스. 여자를 혼자 자게 하는 건 우리 남자들의 잘못이에요. 우리는 최후의 심판 날에 우리가 한 짓을 설명해야 합니다. 얼마 전에 얘기했던 것처럼 하느님은 모든 죄를 용서해 주시지요. 하느님은 이미 우리들 몫의 스펀지를 갖고 계십니다. 하지만 그 죄만큼은 결코 용서치 않으실 겁니다. 여자와 잘 수 있는데도 자지 않는 사내에게 벌을 내려주소서! 남자와 잘 수 있는데도 자지 않는 여자에게도 벌을 내리시길! 호자가 한 얘기를 잘 생각해 보세요."

그는 잠시 말을 멈추었다.

"사람이 죽으면 다시 생명을 얻을 수 있을까요?"

조르바가 뜬금없이 물었다.

"글쎄요, 그럴 순 없을 것 같은데요."

"나도 그렇게 생각해요. 하지만 그게 가능하다면 내가 말했던 사람들, 그러니까 여자한테 봉사하는 걸 거절하고 도망간 놈들은 이 땅에 뭘로 태어날 것 같아요? 노새, 바로 노새가 되는 겁니다."

그는 다시 침묵하며 생각에 잠겼다. 그러다 그의 눈이 반짝이기 시작했다. 그는 스스로 감격했는지 소리를 질렀다.

"누가 알겠어요? 지금 우리 눈에 보이는 노새들은 죄다 전생에 봉사의 의무를 다하지 못하고 도망친 남자와 여자들, 남자이면서 남자 노릇을 못 하고 여자이면서 여자 노릇을 못 한 것들인지요. 이것들이 뒷발길질하는 게 그래서인지도 몰라요. 보스는 뭐 할 얘기 없어요?"

"조르바, 그게 바로 당신 머리 무게가 모자라다는 증거예요. 산투르나 한 곡 켜시지요!"

나는 웃으며 말했다.

"엉뚱한 얘기 하지 말아요, 보스. 오늘 밤에 산투르는 못 켜겠어요. 나는 말을 좀 해야겠어요. 엉뚱한 얘기를 말이에요. 내 마음에 근심이 가득하거든요. 새 갱도—악마나 물어가라지!—가 말썽입니다. 그런데 산투르라니요!"

조르바는 화덕의 재를 뒤적여 밤을 꺼내 내게 건네며 술잔에 라키 술을 따랐다.

"하느님이 우리의 오른쪽 선행에 축복을 내려주시길!"

술잔을 부딪치며 내가 말했다.

"왼쪽이에요, 왼쪽이어야 해요. 오른쪽에는 쓸 만한 게 별로 없었어요."

조르바가 내 말을 고쳐주었다. 그러고 나서 단숨에 술을 마시고 침대에 벌렁 누웠다.

"내일은 젖 먹던 힘까지 써야 됩니다. 천 마리의 악마와 싸워야 하니까요. 안녕히 주무시오!"

다음 날 새벽, 조르바는 탄광으로 떠났다. 인부들은 탄맥이 좋은 지층을 깎아 내는데 꽤 진전을 보이고 있었으나 천장에서 물이 새는 바람에 시커먼 진창을 철벅거려야만 했다.

이틀 전, 조르바는 갱도를 보강할 통나무가 있어야 한다고 주장했다. 받침대 나무로는 하중을 견디기 힘들었던 것이다. 조르바는 받침대가 삐걱대는 소리 같은, 남들에게는 들리지 않는 소리를 들을 수 있는 묘한 직감을 갖고 있었기에 받침대가 부실하다는 것을 이미 알고 있었다.

그날 또 다른 일 하나가 조르바의 마음을 무겁게 했다. 그가 새로 뚫은 갱도로 내려가려는데 마을의 사제인 스테파노스 신부가 노새를 타고, 죽어가는 수녀의 종부성사를 드리러 이웃 수녀원으로 가고 있었던 것이다. 다행히도 조르바에겐 신부가 말을 걸기 전에 바닥에 침을 세 번 뱉고 자신을 꼬집을 시간이 있었다.

 "안녕하십니까, 신부님!"

 조르바는 신부의 아침 인사를 무심하게 받았다. 그러고는 아주 작은 소리로 덧붙였다.

 "당신의 저주가 내게 내리기를!"

 하지만 조르바는 그러고도 액땜이 부족하다고 생각하며 짜증스러운 마음으로 갱도를 따라 내려갔다. 안에서는 갈탄과 아세틸렌 냄새가 진동했다. 인부들이 천장을 떠받치는 받침대를 보강한 뒤였다. 조르바는 인부들에게 건성으로 인사를 건네고는 소매를 걷어붙이고 일을 시작했다.

 열 명 남짓한 인부들이 곡괭이로 탄맥을 찍어 떨어뜨려 모으면 몇 명은 그걸 삽으로 퍼서 작은 수레에 담아 실어 나르고 있었다. 그런데 갑자기 조르바가 하던 일을 멈추더니 인부들에게도 멈추라고 손짓하며 귀를 세웠다. 기수가 말과 한 몸이 되고 선장이 배와 마음을 맞추듯이 조르바는 탄광과 한 몸이 되어 있었다. 조르바는 사방으로 뻗친 갱도를 자신의 혈관처럼 느낄 수 있었고 검은 석탄 덩어리들도 감지하지 못한 것을 투명한 의식으로 느낄 수 있었다.

 조르바는 큼직한 털투성이 귀를 세워 열심히 소리를 듣고는 갱도를 노려보았다. 내가 탄광에 도착한 것은 바로 그때였다. 나는 보이지 않는 손이 흔들어 깨운 것처럼 엉뚱한 시각에 눈이 떠졌다. 나는 내가 왜 이리 허둥대는지, 어디로 가야 되는지 생각해 보지도 않고 급히 옷을 챙겨 입고 광산으로 향했다. 나는 조르바가 귀를 세우고 눈에 불을 켜며 갱도를 노려보고 있던 바로 그 시각에 탄광에 도착한 것이었다.

"아무것도 아니야. 잠깐 이상하다고 생각했는데 걱정 말고 일들 해. 괜찮으니까!"

조르바는 인부들에게 이렇게 말하고는 돌아서다가 나를 보고 입을 삐죽거렸다.

"보스가 이 새벽에 여긴 웬일이에요?"

그가 내게 다가왔다.

"올라가서 신선한 공기나 마시지요, 보스. 다음에 와서 둘러보시고요."

"무슨 일 있어요?"

"아무것도 아니에요…… 쓸데없는 상상일 거예요. 오늘 아침에 신부가 지나가서…… 어쨌든 올라가요."

"위험하다고 자리를 뜬다면 창피한 거잖아요?"

"그렇지요."

"조르바, 당신도 올라갈 거예요?"

"아뇨."

"그럼 나도 안 가요."

"조르바가 해야 할 일이 있고 다른 사람이 할 일이 있는 거지요. 여길 나가는 게 창피하거든 그냥 있어요. 보스 제삿날이 될 테니……"

조르바가 짜증스럽게 말했다. 그는 무거운 망치를 들고 발꿈치를 든 채 천장 버팀대에 못을 박았다. 나는 기둥에 있는 아세틸렌 등을 뽑아 들고 진창을 오르내리며 어둠 속에서 빛나고 있는 탄맥을 보았다. 수백만 년 전에는 거대한 숲을 삼키고, 대지는 그 숲을 소화시켜 자식을 만든 것이다. 나무는 갈탄으로, 갈탄은 석탄이 되고, 조르바가 오고…….

나는 기둥의 못에다 다시 등을 걸고 조르바가 일하는 모습을 지켜보았다. 그는 일에 완전히 몰두해 있었다. 그의 머릿속엔 오로지 일 생각뿐이었다. 그는 대지와 곡괭이, 갈탄과 한 몸이 되어 있었다. 망치와 못은 단합하여 나무와 싸웠고, 갱도의 벌어진 천장은 조르바를 괴롭히고 있었다. 조르바는 머리를 굴려 산과 싸우며 갈탄을 파고 있었다. 그는 본능적으로 물질을 파악해 가장 약하고 치명적인 곳을 주먹으로 가격했다. 갈탄 가루를 뒤집어쓴 채 진창에 빠진 그의 모습은 적진에 침투하기 위해 탄가루로 위장하려다 마침내 탄이 되어버린 사람처럼 느껴졌다.

"브라보, 조르바! 보기 좋은데요!"

나는 그를 보며 격려의 말을 보냈다.

그러나 조르바는 돌아보지 않았다. 하긴 그런 순간에 곡괭이를 휘두르다 말고 곡괭이 대신에 연필을 쥐고 있는 책벌레에게 무슨 할 말이 있겠는가. 그는 바쁠 땐 아무 말도 하지 않았다. 어느 날 저녁, 우린 이런 얘기를 나누었다.

"일할 때 말 걸지 마요. 툭 부러질 것 같으니."

"부러지다니, 그게 무슨 말이에요?"

"또 '무슨 말이냐, 왜 그러느냐'라고 하는구먼. 애들처럼. 내가 어떻게 그걸 설명합니까? 나는 일에 정신이 팔리면 머리부터 발끝까지 잔뜩 긴장해서 이게 돌이 되고 석탄이 되고 산투르가 된다 이 말입니다. 보스가 갑자기 나를 건드리거나 말을 시키면 돌아봐야 되지요? 그렇게 되면 툭 부러질 것만 같단 얘깁니다. 아시겠습니까?"

시계를 보니 열 시쯤 되어 있었다.

"점심 먹을 시간이에요, 여러분! 점심시간이 지났어요."

내가 이렇게 외치자마자 인부들은 연장을 구석에 집어던지고 땀을 닦으며 갱도를 나갈 준비를 하느라 분주해졌다. 일에 열중하고 있는 조르바는 내 말이 들리지 않는 듯했다. 혹 들렸다 해도 그는 갱도를 떠나려 하지 않았을 것이다. 그는 다시 한 번 귀를 세우고 갱도의 소리를 듣고 있었다.

"기다리면서 담배나 한 대 피웁시다."

내가 인부들에게 소리치자 인부들이 나를 삥 둘러쌌다. 그때 조르바가 고개를 들고 갱도가 벌어진 곳에 귀를 갖다 대었다. 아세틸렌 불빛에 그의 벌어진 입이 보였다.

"왜 그래요, 조르바?"

내가 소리쳤다.

"나가요! 빨리 나가!"

조르바가 쉰 목소리로 외쳤다. 우리는 출구를 향해 달렸다. 그러나 첫 번째 버팀목을 채 지나기도 전에 두 번째 버팀목이 있는 천장이 무너져 내리는 듯한 소리를 들었다. 그동안 조르바는 갱도 사이에 커다란 통나무를 쐐기로 박아 밀려 나오는 받침대를 고정하려고 했다. 잘만 되면 우리가 탈출할 시간을 몇 초 더 벌 수 있는 셈이었다.

"나가!"

조르바가 다시 소리쳤지만 그 소리는 땅 속에서 들려오는 것처럼 잘 들리지 않았다. 절체절명의 위기 앞에서 사람은 자신도 모르게 겁쟁이가 된다. 우리는 조르바 생각은 하지도 못한 채 뛰쳐나왔다. 나는 몇 초 뒤에야 그 사실을 깨닫고 다시 갱도로 되돌아갔다.

"조르바! 조르바!"

나는 소리를 질렀다. 아니 소리를 질렀다고 생각했다. 나중에 알게 된 사실이지만 소리는 목구멍 밖으로 나오지도 못했다. 공포가 내 목을 죄었던 것이다. 부끄러웠다. 나는 팔을 벌리고 조르바를 향해 뛰어갔다. 그도 받침대를 박아 넣고 진창 사이를 달려오고 있었다. 어둠 속에서 나를 보지 못한 그는 내게 부딪쳤고 우리는 그렇게 서로의 품속으로 뛰어든 셈이 되었다.

"어서 나가요, 빨리요!"

그가 외쳤다. 우리는 달렸다. 인부들은 하얗게 질려 갱도 입구에서 안을 들여다보고 있었다.

우리는 강풍에 나무가 쓰러지며 내는 듯한 세 번째 굉음을 들었다. 그러더니 벼락 치는 듯한 소리가 한 번 더 들려왔고 그 소리에 산이 흔들리며 갱도가 폭삭 무너져 내렸다.

"오, 신이시여!"

인부들은 성호를 그으며 중얼거렸다.

"자네들 곡괭이를 두고 나왔지?"

조르바가 화를 내며 소리치자 인부들은 아무 말도 하지 못했다.

"왜 안 가지고 나온 거야? 팬티에 오줌이나 지렸겠지! 연장이 불쌍하지도 않아?"

조르바가 몹시 화를 내며 그들을 나무랐다.

"조르바! 이 상황에 곡괭이 걱정이에요?"

내가 조르바와 인부들 사이에 끼어들어 말렸다.

"다들 무사한 것만으로도 정말 다행입니다. 고마워요, 조르바, 당신 덕분에 우리가 살았어요."

"아유, 배고파, 한바탕 난리를 쳤더니 속이 텅 비었어."

조르바가 딴소리를 하며 밖에 두었던 도시락을 열고 빵, 올리브, 양파, 삶은 감자와 포도주가 든 작은 병을 꺼냈다.

"자, 먹자고."

조르바는 음식을 먹으며 말했다. 그는 순식간에 음식을 모두 먹어치웠다. 방금 전의 일로 기운이 다 빠져 얼른 다시 기운을 차리고 싶은 듯했다.

그는 아무 말 없이 그저 먹기만 했다. 호리병을 들어 목구멍에 포도주를 들이부었다. 인부들도 도시락을 꺼내 조르바를 에워싸고 앉아 먹기 시작했다. 마음 같아서는 조르바 앞에 무릎 꿇고 손에 입이라도 맞추고 싶었지만 조르바의 괴팍한 성격을 알기에 차마 그러지 못했던 것이다. 이윽고 덩치가 크고 수염이 짙은, 가장 나이 많은 인부인 미헬리스 영감이 큰 결심을 하고는 입을 열었다.

"알렉시스 나리께서 거기 계시지 않았다면 우리 애들은 지금쯤 고아가 됐을 겁니다."

"그만하시오!"

조르바가 음식을 입에 문 채 우물거리며 소리쳤다. 그래서 다른 사람들은 아무 말도 하지 못했다.

10

'그러면 누가 이 망설임의 미로를, 이 외람된 절[寺]을, 죄악의 주머니를, 천 가지 거짓을 뿌린 이 밭을, 지옥으로 가는 문을, 잔꾀로 넘쳐나는 이 바구니를, 꿀 같은 독을, 필멸必滅의 생명을 묶는 이 사슬을 만들었습니까, 여자입니까?'

나는 화덕 앞 바닥에 앉아 붓다의 노래를 천천히, 그리고 묵묵히 베끼고 있었다. 나는 주문을 되뇌며 내 마음에 자리 잡은 비에 젖은 여인의 모습을 몰아내려고 했다. 여인은 매일 밤 엉덩이를 실룩거리며 내 눈앞을 지나갔다. 내가 죽을 뻔했던 저 갱도 사건 이후로 과부는 내 속으로 들어와 피가 되어 흐르는 것 같았다. 과부는 야수처럼 나를 부르며 책망하는 것 같았다.

과부는 이렇게 소리치고 있었다.

"와요, 어서 와요, 인생은 쏜살처럼 지나가요. 그러니 어서 와요, 이리로 와요. 너무 늦기 전에!"

나는 과부가 탄탄한 허벅지와 엉덩이를 한 여자 형상의 악마라는 것을 잘 알고 있었다. 나는 그 악마와 싸웠다. 나는 원시인들이 동굴에다 뾰족한 돌과 붉은색, 흰색의 염료로 주변을 배회하는 맹수를 그리는 마음으로 불경을 베꼈다. 원시인들은 이러한 맹수를 새기는 것으로써 그들을 바위에 묶어버린다고 생각하지 않았던가. 그렇지 않았더라면 맹수는 그들을 덮쳤을 것이다.

죽음을 겨우 면했던 그날부터 과부는 고독한 내 앞을 지나가며 끊임없이 손짓하고 엉덩이를 흔들어댔다. 낮 동안 내 마음은 경계심을 잃지 않고 여자의 환상을 밖으로 내몰 수 있었다. 나는 그 악마가 붓다 앞에 어떤 모습으로 나타났는지 그 상황을 베껴 썼다. 악마는 어떻게 여자 형상을 갖추었는지, 통통한 젖가슴으로 금욕자의 무릎을 누른 일, 위험을 감지한 붓다가 전력을 다해 악마를 물리친 일들을 말이다.

문장 하나하나마다 위안이 되어 나는 힘을 얻었다. 글이라는 강력한 주문에 악마가 물러나는 것 같았다. 낮 동안은 이렇게 온 힘을 다해 싸웠지만 밤이 되면 내 마음은 무장해제가 되었다. 문이 열리며 과부가 들어왔던 것이다.

아침이 되면 나는 지친 패배자의 모습이 되어 있었고 다시 싸움이 시작되었다. 그리고 종이에서 머리를 떼었을 때는 어느덧 저녁이 되어 있었다. 빛은 사라지고 어둠이 머리 위로 쏟아져 내렸다. 해가 점점 짧아지면서 크리스마스가 다가오고 있었다. '나는 외롭지 않다. 한낮의 태양이 강한 힘으로 나와 함께 싸우고 있으니. 햇빛도 때로는 승리하고 때로는 패배하지. 햇빛은 절망하지 않는다. 나는 싸우고 햇빛과 함께할 것이다.' 이런 생각을 하니 용기가 생겼다. 과부와 싸우면서도 나는 우주의 흐름을 따르고 있는 것만 같았다. 나는 사악한 물질이 내 몸을 선택해 내 안에 있는 불길을 천천히 끄고 있다고 생각했다. 나는 나 자신에게 말했다. 물질을 정신으로 바꾸는 것은 신의 영역이라고, 모든 인간의 내부엔 신성한 회오리바람이 있어서 빵과 물과 고기를 사상이나 행동으로 바꿔 놓을 수 있는 거라고 말이다. '먹은 음식으로 뭘 하는지 알려주면 나는 당신이 어떤 사람인지 말해 줄 수 있어요.' 이렇게 말했던 조르바가 옳았다. 나는 내 육신을 붓다로 만들기 위해 피나는 노력을 하고 있었다.

"무슨 생각해요, 보스? 요즘 안색이 안 좋아 보이네요."

크리스마스 전날 조르바가 내게 말했다.

내가 어떤 악마와 싸우고 있는지 조르바가 모를 리 없었다. 나는 못 들은 척했지만 조르바는 쉽게 물러서지 않았다.

"보스, 당신은 젊어요."

그러더니 갑자기 어조를 바꾸며 소리쳤다.

"젊고 힘이 있어요. 또 잘 먹고, 잘 마시고, 신선한 바닷바람을 마시며 온몸에 정력을 모으고 있어요. 대체 그 정력으로 뭘 할 거예요? 혼자 자지요? 그건 정력에도 안 좋아요. 그러니 오늘 밤 당장 그 집에 가요. 시간 낭비 하지 말고……. 보스, 세상일은 간단한 거예요. 몇 번이나 얘기해야 돼요? 간단한 걸 자꾸 복잡하게 만들지 말라고요!"

나는 조르바의 얘길 들으며 내 앞에 있는 불경 원고를 넘기다가 불경 말씀이 내게 확실한 인간의 길을 제시하고 있음을 알게 되었다. 내게 손짓하는 것은 교활한 뚜쟁이, 악마인 것이었다. 나는 묵묵히 그의 말을 듣기만 했다. 그러고는 원고를 천천히 넘기면서 내 감정을 숨기기 위해 휘파람을 불었다. 내가 아무 대답이 없자 조르바는 버럭 소리를 질렀다.

"이것 봐요, 크리스마스이브라고요. 그 여자가 교회로 가기 전에 어서 가서 만나요. 보스, 예수가 오늘 밤에 태어났잖아요. 그러니 당신도 가서 당신 기적을 만들어요!"

나는 짜증을 내며 일어섰다.

"그만해요, 조르바. 사람은 제멋에 사는 겁니다. 사람은 나무와 같은 거예요. 당신도 버찌가 안 열린다고 무화과나무와 싸우진 않잖아요? 그것 봐요. 자정이 다 되었군요. 교회에 가서 그리스도의 탄생이나 봅시다."

조르바가 몹시 화가 난 얼굴로 두꺼운 겨울 모자를 눌러썼다.

"좋아요, 갑시다. 하지만 보스, 이거 하난 알아두세요. 하느님은 당신이 천사장 가브리엘처럼 과부 집에 가는 걸 더 좋아하실 거예요. 잘 들어봐요, 하느님이 당신 같았다면 마리아를 찾아가지도 않았을 거고 그랬다면 예수도 태어나지 못했겠지요. 그럼 하느님이 어떻게 하신 거냐고 물으면 나는 이렇게 대답할 겁니다. 하느님은 마리아에게 가셨다, 마리아는 과부다, 이렇게 말입니다."

그는 내 대답을 기다렸지만 나는 할 말이 없었다. 그는 문을 박차고 나가서는 지팡이 끝으로 짜증스럽게 자갈을 두드렸다.

"그렇고말고. 마리아는 과부라니까."

"자, 갑시다. 소리는 지르지 말고."

우리는 어두운 겨울 밤길을 꽤 빠른 속도로 걸었다. 맑은 하늘에 큼직한 별들이 불덩이처럼 걸려 있었다. 해변을 따라 걷고 있노라니 밤은 물가에 누운 거대한 검은 짐승 같았다. 나는 속으로 말했다. '겨울에 패한 빛이 승리를 위해 오늘부터 반격을 시작한

다. 이 빛도 오늘 밤에 태어난 아기 신처럼.'

따뜻하고 향기 가득한 교회로 마을 사람들이 몰려들었다. 남자들은 앞줄에, 여자들은 두 손을 모은 채 뒷줄에 서 있었다. 키가 큰 스테파노스 신부는 44일간 금식을 해서인지 지쳐 보였다. 무거워 보이는 황금색 미사복을 걸친 신부는 향로를 들고 여기저기 돌아다니며 힘차게 노래를 불렀는데, 예수의 탄생을 빨리 보고 나서 집으로 돌아가 진한 수프와 소시지 훈제 고기를 먹고 싶은 사람처럼 몹시 분주하게 움직이고 있었다.

성서에 '오늘 빛이 났도다.' 라고 했다면 사람들의 가슴이 그렇게 뛰진 않았을 것이다. 만일 그랬다면 그리스도교 사상은 성스럽지도 않았을 것이고 세계를 정복할 수도 없었을 것이다. 또한 그리스도교 사상은 물리적 현상의 하나일 뿐이라고 기술되었을 것이고, 우리 영혼에 불을 붙이는 일도 없었을 것이다. 그러나 겨울의 한가운데서 태어난 이 빛은 아기가 되었고, 아기는 하느님이 되어 20세기 동안 우리의 영혼은 그 젖줄을 빨고 있는 셈이었다.

신비로운 의식은 자정이 넘어서야 끝이 났다. 드디어 그리스도가 태어난 것이다. 배는 고팠지만 기쁨에 가득 찬 사람들은 잔치를 벌이고 음식들이 가슴 깊은 곳에서 육체가 되어가는 신비로움을 느끼기 위해 집으로 돌아갔다. 배는 튼튼한 그릇이고 빵과 포도주와 고기는 그 재료가 되며 빵과 포도주와 고기 없이는 하느님도 창조할 수 없었을 것이다.

교회의 하얀 지붕 위에 떠 있던 별은 천사처럼 환하게 빛났다. 은하수는 천국의 이쪽과 저쪽을 잇는 강물처럼 흐르고, 우리 머리 위에는 초록색 별 하나가 에메랄드처럼 빛나고 있었다. 나는 내 감정에 휘둘려 한숨이 나왔다. 그러자 조르바가 나를 돌아보았다.

"보스, 당신은 믿어요? 하느님이 사람이 되어 마구간에서 태어났단 얘기를요. 믿어서 믿는 거요, 아니면 괜히 그러는 거요?"

"조르바, 그건 어려운 문제예요. 믿는다고도, 또 안 믿는다고도 할 수 없는 얘기죠. 당신은 어떤데요?"

"나도 마찬가지예요. 죽을 때까지 그럴 거예요. 어릴 때 할머니는 온갖 얘기를 들려줬지만 난 하나도 믿지 않았어요. 그런데도 감동한 것처럼 몸을 떨거나 웃으면서 그 얘기를 믿는 척했어요. 나이를 먹고 턱수염이 나고부터는 그런 얘기들을 무시하며 비웃었지요. 헌데 지금, 이렇게 나이를 먹고 보니…… 나이를 먹으면 감성적으로 변하는 건지, 보스, 나는 이제 그런 얘기를 믿기 시작했어요. 사람이란 건 참으로 요상하지요."

오르탕스 부인의 집으로 가는 길로 들어서자 우리는 먹이 냄새를 맡은 굶주린 두 마리의 말처럼 달리기 시작했다.

"아세요, 보스? 신부들은 꽤 약은 사람들이에요. 음식부터 금지시키니 우리가 당해 낼 수 있겠어요. 40일이나 고기도 먹지 말고 포도주도 마시지 말고 금식을 하라니 말입니다. 왜 그러는지 아세요? 그래야 그게 먹고 싶어서 죽을 지경이 되니까요. 돼지 같은 놈들……. 온갖 속임수를 다 써가며 노름을 하고 있는 겁니다."

그의 걸음이 빨라졌다.

"보스, 빨리 갑시다. 칠면조가 적당히 잘 익었을 거예요."

유혹의 침대가 널찍하게 놓인 착한 부인의 방에 들어서자 하얀 식탁보를 씌운 식탁과 그 위에 가랑이를 쩍 벌리고 누운 칠면조에서 김이 모락모락 나는 것이 보였다. 화덕에선 따뜻한 열기가 느껴졌다.

오르탕스 부인은 머리를 말고 소매가 엄청나게 넓고 레이스의 가장자리가 닳아버린 빛바랜 분홍빛 가운을 입고 있었다. 주름진 목에는 손가락 두 개 정도 너비의 노란 리본을 맸고, 오렌지꽃 향수 냄새가 진하게 풍겼다.

이 땅의 만물은 어쩌면 이렇게 조화로운 것일까. 대지는 인간의 심장과 어쩌면 이렇게 잘 어울릴까. 인생을 모조리 소비하고 이 외로운 해안으로 유배된 늙은 카바레 가수는 이제 이 초라한 방을 신성한 욕망과 따스한 기운으로 채워 놓지 않았는가. 푸짐하게 정성껏 차린 상, 따뜻한 난로, 화장과 오렌지꽃 향수로 치장을 하고……. 이렇게 사소한 육체의 즐거움이 어쩌면 이렇게 빠르고 간단하게 정신적 즐거움으로 변하게 되는 것일까. 나는 이런 복잡한 생각들로 머리가 혼란스러웠다.

갑자기 심장이 두근거리기 시작했다. 그 엄숙한 밤이 되어서야 비로소 나는 홀로 해변에 남겨진 게 아니라는 사실을 깨달았다. 여성적인 헌신과 끈기를 지닌 여자가 내게 오고 있었던 것이다. 오르탕스 부인은 내 어머니였고 누이였으며 아내였다. 나는 그 어떤 것도 필요치 않다고 생각했는데 갑자기 모든 것이 필요하다고 느껴졌다. 조르바도 마찬가지였으리라. 그는 방에 들어서자마자 한껏 차려입은 늙은 카바레 가수를 덥석 끌어안으며 축복의 인사를 건넸다.

"예수가 나셨도다! 여자들이여, 축복을 받으소서!"

그는 나를 보며 웃었다.

"보스, 보세요, 여자가 얼마나 대단한 존재인지! 손가락 하나로도 하느님을 움직일 수 있을 겁니다."

우리는 식탁에 둘러앉아 음식을 먹고 포도주를 마셨다. 육체가 만족하자 영혼도 기쁨으로 가득 찼다. 조르바는 생기를 되찾았다.

"먹고 마시자고요. 보스, 힘내요! 노래를 불러 봐요, 노래를 불러요, 젊은 친구, 신부처럼 노래를 불러 보라고요. '하늘에 영광을, 땅에도 영광을…….' 예수 그리스도가 나셨어요. 이게 얼마나 기막힌 일인지 아시오? 소리 높여 노래 불러요. 하느님이 듣고 기뻐하시게!"

그는 몹시 신이 나 있어서 아무도 말릴 수 없을 것 같았다.

"예수가 나셨네. 우리의 현명한 솔로몬, 죄 많은 책벌레! 세상 모든 일을 굳이 따지려 하지 맙시다! 예수님이 나셨어요, 안 나셨어요? 물론 나셨지요. 그런데 왜 그렇게 멍청하게 앉아 있는 겁니까? 언젠가 기술자가 내게 알려줬어요. 확대경으로 음료수를 들여다보면 그 안에는 눈에 보이지 않는 벌레들이 우글거린다고 말이에요. 그걸 보고는 못 마시지…… 안 마시면 목이 마르지……. 보스, 확대경을 부숴버려요. 그럼 벌레도 사라지고 물도 마실 수 있어요. 정신도 번쩍 들 테고."

그는 술잔을 높이 들고 한껏 치장한 우리의 친구 쪽으로 돌아앉았다.

"오, 사랑스러운 부불리나! 내 전우여! 그대의 건강을 위해 마십시다! 그간 수많은 뱃머리 장식을 보았었지. 두 손으로 젖가슴을 움켜쥔, 뺨이 붉고 입술이 빨간 뱃머리 장식도 보았지. 오대양 육대주를 누비며 모든 항구를 드나들던 배가 파선되어 해안으로 표

류하면, 그 장식은 부서질 때까지 선장들 술 마시러 들어가는 어부의 술집에 걸리지. 나의 부불리나! 내 배가 부르고 눈이 이렇게 밝아져서 그런지 오늘 밤 이 해변에서 그대를 보고 있으니 꼭 큰 배의 뱃머리 장식처럼 보이는구먼. 나는 마지막 항구라오. 선장들이 술 마시러 들르는 해변의 술집이지. 그러니 이리 와서 내 벽에 턱 걸리시오! 돛을 내리시오. 내 그대의 건강을 빌며 크레타 포도주 한 잔을 마시리. 나의 세이렌이여!"

오르탕스 부인은 감격한 나머지 울음을 터뜨리며 조르바의 어깨에 기댔다. 그러자 조르바가 내게 속삭였다.

"보스, 아시겠소? 내 멋진 연설이 이제는 슬슬 말썽을 부릴 겁니다. 이 화냥년이 오늘 밤엔 나를 그냥 보내지 않을 테니 말이오. 그런데 당신은 빈손이니. 정말 가여워 죽겠구먼. 불쌍해 죽겠어요. 자, 예수가 나셨어요! 자, 우리의 건강을 위하여!"

그가 다시 세이렌을 돌아보며 부인의 겨드랑이에 손을 넣은 채 부인과 술잔을 부딪쳤다. 두 사람은 하나가 되어 술을 마시며 그윽한 눈빛으로 서로를 바라보았다.

큰 침대가 들어서 있는 작은 방에 두 사람을 밀어 넣고 집으로 돌아오니 날이 밝아오기 시작했다. 겨울 하늘의 별 아래에 있는 마을 사람들은 실컷 먹고 마신 뒤에 문을 걸어 잠그고 잠들어 있었다.

밖은 추웠고 바다에서는 파도 소리가 들렸으며 동쪽 하늘에는 금성이 반짝거렸다. 나는 해변을 거닐며 파도와 장난을 쳤다. 파도가 나를 적시러 몰려올 때마다 도망을 쳤다. 문득 행복하다는 생각이 들어 혼잣말을 했다.

'이런 게 진정한 행복일까. 야망이 없으면서도 세상의 온갖 야망을 다 품은 듯 뼈가 휘어지게 일하는 것, 사람들에게서 멀리 떨어져 사람이 필요치 않으면서도 사람을 사랑하며 사는 것, 크리스마스에 잔뜩 먹고 마시고 나서 잠이 든 사람들에게서 홀로 떨어져 별을 머리에 이고 바다를 낀 채 해변을 거니는 것. 그러다 문득 이 모든 게 결국은 하나라는 걸 기적처럼 깨닫는 것.'

나는 며칠 동안 바보처럼 흥얼거리며 시간을 보냈다. 하지만 가슴 깊은 곳에서 밀려오는 슬픔은 어쩔 수 없었다. 일주일간의 축제 동안 내 가슴에 추억이 밀려와 잊었던 노래와 지나간 옛사랑의 추억이 가득 찼다. '인간의 가슴은 피로 가득 찬 도랑'이라는 옛말이 틀리지 않은 듯싶었다. 나는 세상을 떠난, 내가 사랑했던 사람들이 그 도랑에 있는 피를 마시고 소생하지 않을까 생각했다. 깊이 사랑했던 사람일수록 더 많은 피를 마시는 게 아닐까.

섣달그믐이 되었다. 마을 아이들이 커다란 종이배를 들고 오두막으로 와서 가늘게 떨리는 목소리로 유쾌하게 칼란다(새해의 노래)를 불렀다.

성 바실리우스 주교님이 고향 카에사리아에서 오셨네.

바실리우스 대주교는 그 남빛 바닷가, 크레타 해안에 우뚝 서 있었다. 그가 지팡이에 몸을 기대자 지팡이에서는 잎이 돋아나고 꽃이 피었다. 새해의 노래는 계속되었다.

새해 복 많이 받으세요, 그리스도인들이여!

주인은 곡식과 올리브기름, 포도주로 집 안을 가득 채우시고
안주인은 지붕을 떠받치는 대리석 기둥이 되시고,
따님은 시집 잘 가서 아들 아홉과 딸 하나를 두시고
아드님은 우리 왕들의 도시 콘스탄티노플을 해방시켜주소서!

노래에 흠뻑 빠져 있던 조르바는 어느새 아이들의 탬버린을 빼앗아 미친 듯이 두들기고 있었다. 나는 그저 묵묵히 듣고만 있었다. 한 해가 지나가니 내 심장에서 잎사귀 하나가 떨어져 나가는 기분이었다. 마치 암흑 같은 지옥으로 한 발 더 다가간 듯했다.

"보스, 무슨 생각하고 있어요?"

탬버린을 두들기며 애들과 힘차게 노래를 부르던 조르바가 내게 물었다.

"무슨 생각하시냐고요! 한꺼번에 몇 살은 더 먹은 것처럼 얼굴이 똥색이 됐어요. 오늘 같은 날은 난 꼬마로 돌아갈 거예요. 나도 예수처럼 다시 태어나는 거지요. 예수님은 해마다 다시 태어나잖소? 나도 그래요!"

나는 침대에 엎드려 눈을 감았다. 마음이 심란해서 아무 말도 하고 싶지 않았다. 잠을 통 이룰 수가 없었다. 그동안 내 행동들에 대해 변명이라도 해야 될 것만 같았다. 내 인생을 돌아보니 미적지근하고 모순된, 망설임으로 뒤섞인 몽롱한 반생이었다. 허망했다. 내 인생은 바람을 맞은 한 조각 구름처럼 끊임없이 모습을 바꾸고 있었다. 흩어졌다 모이고, 모였다가 다시 또 모습을 바꾸어 백조가 되고, 개가 되고 악마가 되었으며 전갈이 되었다가 원숭이가 되었다. 구름은 영원히 흩날리며 찢기는 존재, 바람과 무지개

에 쫓기는 존재인 것이다.

날이 밝았지만 눈은 뜨지 않았다. 나는 인간 하나하나가 한 방울의 물이 되어 큰 바다와 만나고, 어둡고 위험한 해협을 뚫고 가는 하나의 열망에 정신을 집중시켰다. 나는 장막을 찢고 새해가 가져올 미래를 보고 싶었다.

"안녕하시오, 보스, 새해 복 많이 받으시오!"

조르바의 목소리가 나를 끌어내렸다. 내가 눈을 떴을 때 조르바는 오두막 문으로 커다란 석류 하나를 던지고 있었다. 루비 같은 석류 알맹이가 내 침대로 날아와 몇 알을 주워 먹었다. 목구멍이 상쾌해졌다.

"새해에는 돈을 잔뜩 벌어 계집들과 실컷 놀았으면 좋겠어요."

조르바의 기분이 좋아보였다. 그는 세수를 하고 면도를 한 뒤그가 가진 제일 좋은 옷인 초록색 바지와 손으로 짠 겉옷을 입고는 그 위에 양가죽을 댄 웃옷을 입었다. 그런 다음 러시아식 아스트라한 모자를 쓰고 수염을 꼬았다.

"보스, 오늘은 회사 대표로 교회에 가 볼까 해요. 놈들이 우리를 떠돌이 프리메이슨으로 알면 탄광에도 좋을 게 없으니까요. 돈도 안 들고 시간 때우기에 좋은 일이지요."

조르바는 윙크를 한 뒤 허리를 구부리며 속삭였다.

"거기 가면 아마 과부도 만나게 될 거예요."

조르바의 머릿속에선 하느님과 회사의 이익, 과부가 자연스럽게 조화를 이루었다. 나는 오두막을 나서는 그의 가벼운 발소리를 듣고 일어섰다. 나를 묶고 있던 마법의 사슬이 끊어지고 나는 새로운 감옥에 갇혔다.

나는 옷을 챙겨 입고 바닷가로 나갔다. 빠르게 걸으니 위험이나 죄악에서 멀어진 듯 마음이 한결 가벼워졌다. 오지도 않은 미래를 보려 했던 아침의 내 헛된 짓이 신에 대한 모독인 것처럼 느껴졌다.

　문득 어느 날 아침에 본, 나뭇가지에 붙어 있던 나비의 번데기가 떠올랐다. 나비는 번데기에 구멍을 뚫고 나올 준비를 하고 있었다. 나는 잠시 기다리다가 너무 늦어지는 것 같아서 허리를 굽히고 입김으로 열심히 데워주었다. 그래서였는지 내 눈앞에 빠른 속도로 기적이 일어나기 시작했다. 집이 열리며 나비가 천천히 기어 나왔다. 날개가 뒤로 접히며 구겨지는 나비를 본 그때의 공포를 나는 영원히 잊을 수 없을 것이다. 가엾은 나비는 날개를 펴기 위해 애썼고, 나는 입김을 불며 나비를 도우려 했지만 소용없는 짓이었다. 번데기에서 나비가 되기 위해 날개를 펴는 일은 태양 아래서 서서히 진행되어야 하는 것이었다. 하지만 이미 때는 늦었다. 내 입김이 때가 되지도 않은 나비를 집에서 나오게 한 것이었다. 나비는 몸을 떨며 몇 초 뒤에 내 손바닥 위에서 죽었다.

　가녀린 나비의 시체만큼 내 양심에 무거운 가책을 주는 건 없었다. 오늘에야 비로소 나는 자연의 섭리를 거스르는 일이 얼마나 큰 죄인가를 깨달았다. 서두르지 말고, 안달하지도 말고, 자연의 리듬에 따라야 한다는 것을 알게 되었다. 나는 바위 위에 걸터앉아 새해의 아침을 생각했다. 그 가엾은 나비가 내 앞에 나타나 날개를 파닥이며 내가 가야 할 길을 알려주면 얼마나 좋을까.

11

나는 새해 선물이라도 받은 듯 기쁜 마음으로 일어섰다. 바람은 차가웠다. 하늘은 맑았고 바다는 빛났다.

마을길로 들어섰다. 미사가 끝났을 시각이었다. 나는 누구와 처음 만나게 될지, 재수가 있을지 없을지 궁금해졌다. 새해 선물을 가득 안고 있는 아이일까? 소매에 수놓은 셔츠를 입은, 자신의 소임을 다한 것에 만족하며 당당하게 살아가는 활달한 노인일까? 마을에 가까이 다가갈수록 궁금증은 더해 갔다.

그러다 갑자기 무릎에 힘이 빠졌다. 가벼운 발걸음으로 마을로 들어서는데 올리브나무 아래에, 검은 머릿수건을 쓰고 붉은 옷을 입은 날씬한 과부의 모습이 보였기 때문이었다.

그녀의 탄력 있는 걸음걸이는 마치 흑표범 같았다. 사향 냄새가 진동했다. '도망가야겠다.' 나는 그 짐승이 화를 내며 나에게 돌진한다면 달아날 수밖에 없을 거라 생각했다. '하지만 어떻게 도망간단 말인가?' 과부는 서서히 내게 다가오고 있었다. 군대가 행군하듯 자갈이 달그락 소리를 냈다. 여자는 나를 보고 고개를 까딱했다. 그 순간 머릿수건이 미끄러지면서 까만 머리카락이 반짝거렸다. 나른한 얼굴로 나를 보며 웃는 여자의 눈에서 야성의 감미로움이 느껴졌다. 여자는 서둘러 머릿수건을 썼다. 자신의 가장 은밀한 부분을 보이게 된 것 같아 몹시 부끄러운 듯했다.

나는 여자에게 새해 인사를 전하고 싶었지만 갱도에서 간신히 목숨을 건졌던 날처럼 말문이 막혔다. 여자의 집 정원을 에워싸고 있는 갈대가 바람에 흔들렸다. 겨울의 태양은 검은 잎들 사이로 황금빛 레몬과 오렌지를 비추고 있었다. 여자의 정원은 낙원처럼 풍성해 보였다.

과부는 걸음을 멈추고 팔을 뻗어 문을 밀었다. 그때 나는 여자의 옆을 지나가고 있었다. 과부는 고개를 돌려 눈썹을 치켜뜨며 나를 보았다. 그리고 들어가서는 문을 닫지 않았다. 나는 엉덩이를 흔들며 오렌지나무 뒤로 사라지는 여자를 보았다. 여자를 따라 들어가 문을 잠그고 그녀의 허리를 감싸며 침대로 가야 한다. 남자라면 마땅히 그래야 할 것이다. 우리 할아버지도 그랬을 것이고 내 손자가 생겨도 그러길 바랄 것이다. 그러나 나는 거기에 기둥처럼 우뚝 서서 이것저것 재며 망설이고 있었다.

"다음 생에는 이보다 낫게 처신하겠지."

나는 씁쓸하게 웃으며 중얼거렸다. 좁은 길로 나서면서 나는 죽을죄라도 지은 사람처럼 마음이 불편했다. 길을 이리저리 왔다 갔다 하며 방황했다. 추워서 몸이 떨렸다. 실룩거리는 여자의 엉덩이와 웃음, 눈과 가슴을 머릿속에서 떨쳐내려 했지만 소용없었다. 그럴수록 더욱 생각이 나 숨이 막혀왔다.

나무에는 아직 잎이 나지도 않았는데 꽃망울은 부풀고 있었다.

꽃망울마다 잎과 꽃, 열매가 되려는 의지가 느껴졌다. 봄은 겨우내 마른 나무 안에서 밤낮으로 조용히 싹을 틔우며 기적을 일으키고 있었던 것이다.

문득 나는 기뻐서 환호성을 질렀다. 내 앞의 움푹 파인 곳에 서 있는 아몬드나무가 한겨울에 꽃을 피우며 다른 나무보다 먼저 봄소식을 전하고 있었다. 나는 우울한 기분에서 벗어나 후추 냄새가 풍기는 공기를 한껏 들이마셨다. 그러고는 길에서 벗어나 꽃이 핀 나뭇가지 아래에 주저앉았다. 그곳에 오랫동안 앉아 있었다. 마음이 해방된 것 같아 즐거웠다. 영원과도 같은 시간에 낙원의 나무 아래 앉아 있었던 것이다.

그때 갑자기 들려오는 거친 목소리가 나를 낙원 밖으로 끌어냈다.

"거기 쭈그리고 앉아서 뭘 하고 있어요, 보스? 오르락내리락 하면서 얼마나 찾았는지. 열두 시가 다 됐어요. 빨리 갑시다!"

"어디를요?

"어디긴, 어디겠어요? 할멈 집에 애저구이 먹으러 가자는 거지요. 배 안 고파요? 애저가 화덕에서 나왔어요. 냄새가 아주 기가 막혀요. 침이 잔뜩 고일 겁니다. 그러니 얼른 갑시다!"

나는 일어나 신비로운 기적으로 꽃을 피운 아몬드나무의 단단한 껍질을 만져보았다. 조르바는 애저구이 생각에 경쾌하게 걸으며 앞서 나갔다. 인간의 기본 욕구인 음식과 술, 여자와 춤은 그의 건강하고 활달한 몸에서 사라지거나 무뎌지는 법이 없었다.

그는 분홍빛 종이로 포장하고 금빛 끈을 묶은 꾸러미 하나를 들고 있었다.

"새해 선물이에요?"

내가 웃으며 물었다. 그러자 조르바는 감정을 숨기려고 웃으며 말했다.

"맞아요. 그래야 그 가엾은 여자가 툴툴대지 않을 거 아닙니까!"

그가 돌아보지도 않으며 말했다.

"이걸 보면 좋았던 시절을 떠올리게 될 겁니다. 여자니까요. 지겹게 했던 얘기 아닙니까? 여자는 늘 자기 운명을 슬퍼하는 동물이지요."

"사진이에요?"

"곧 알게 될 거예요. 그러니 서두르지 말아요. 내가 만든 거예요. 빨리 걸어가야겠구먼."

정오의 햇빛이 뼛속까지 스며들어 기분을 좋게 만들었다. 바다도 태양 아래서 여유롭게 몸을 덥히고 있었다. 무인도는 옅은 안개에 둘러싸인 채 바다 위로 솟아올라 물에 둥둥 떠다니는 것처럼 보였다. 마을 가까이에 들어서자 조르바가 목소리를 낮추며 말했다.

"보스, 그 여자가 교회에 왔었어요. 성가대 앞에 서 있었는데 성상이 다 환해지더군요. 예수님, 성모님, 열두 사도님 앞에 맹세합니다. 그래서 성호를 긋고는 '이게 무슨 일이지? 햇빛 때문인가?'라고 생각했는데 둘러보니 글쎄, 그 과부 때문에 그렇게 된 거더라고요."

"알았으니 조르바, 그만해요."

나는 서둘러 걸었지만 조르바는 금방 내 뒤를 쫓아왔다.

"보스, 저기 말이지요. 여자를 가까이서 봤는데 글쎄, 뺨에 점이 있지 뭡니까. 그것만 봐도 미쳐버릴 거예요. 여자 뺨 위의 점은 또 하나의 신비니까요!"

조르바는 놀라는 척하며 두 눈을 크게 떴다.

"봤어요? 부드럽고 깨끗한 피부에 점이라니! 그거면 된 거예요. 그것만 봐도 보스는 미쳐버릴걸요. 무슨 말인지 알겠어요? 보스 책에는 뭐라고 쓰여 있던가요?"

"악마나 물어가라고 쓰여 있더군요."

조르바는 몹시 흥분해서 손뼉을 쳤다.

"바로 그거예요! 그거라니까요! 보스 머리도 이제 돌아가기 시작했군요!"

우리는 카페를 그냥 지나쳐 갔다. 착한 오르탕스 부인은 애저를 구워 놓고 문 앞에 마중 나와 있었다.

그녀는 여전히 노란 리본을 목에 두르고는 잔뜩 분칠을 했다. 입술에는 진홍색 연지를 발랐는데 그 모습은 보는 사람의 기를 죽일 정도였다. 모르는 사람이 봤으면 아마 진짜 뱃머리 장식으로 착각할 정도였으니까. 우리를 본 순간 부인은 기쁨을 주체하지 못해 몸 전체가 흔들리는 것 같았다. 그 조그만 눈은 얼굴을 바라보는가 싶더니 조르바의 수염에 머물렀다.

바깥문이 닫히자마자 조르바는 부인을 끌어안았다.

"새해 복 많이 받으시오, 우리 부불리나! 자, 여기 선물이오!"

조르바는 늘어지고 잔뜩 주름진 여자의 목에 키스를 퍼부었다. 늙은 세이렌은 몸을 비틀며 웃었지만 시선은 선물에 꽂혀 있었다. 선물을 받은 여자는 황금빛 끈을 풀고 안을 들여다보더니 탄성을 질렀다.

나도 다가가 안을 들여다보았다. 망나니 조르바가 두꺼운 판지 위에 빨간색, 금색, 진회색, 검은색으로 깃발을 올리고 푸른 바다를 항해하는 네 척의 전함을 그려 놓았던 것이다. 전함 앞에는 세이렌이 알몸과 하얀 젖가슴, 치렁치렁한 머리카락과 나선형 꼬리를 파도 위에 드러내고 있었다. 목에 감은 노란 리본으로 보아 분명 오르탕스 부인이었다. 오르탕스 부인은 네 개의 줄로 영국, 러시아, 프랑스, 이탈리아 국기를 단 네 척의 전함을 끌고 있었다. 그림의 귀퉁이에는 각각 수염이 그려져 있었는데 빨간색, 금색, 진회색, 검은색 수염이었다.

늙은 가수는 금세 이해했다.

"이건 나군요."

오르탕스 부인은 세이렌을 손가락으로 가리키며 외쳤다. 그러고는 한숨을 쉬었다.

"아, 나도 한때는 대단했지!"

오르탕스 부인은 침대 머리맡에 있는 둥근 거울을 떼고 앵무새 새장 옆에 조르바의 그림을 걸었다. 그 순간, 짙은 화장으로 치장한 그녀의 진짜 얼굴은 매우 창백했으리라.

조르바는 이미 부엌에 가 있었다. 배가 몹시 고팠는지 그는 애저구이 접시와 포도주 한 병을 식탁에 차린 뒤 석 잔 가득 술을 따랐다. 그러고 나서 손뼉을 쳤다.

"어서 와요, 와서 먹읍시다! 우선 기초 공사, 배부터 채우자고요. 그러고 나서 부블리나, 배꼽 밑에 뭐가 있는지 알아봅시다."

그러나 늙은 세이렌의 한숨 탓에 분위기는 침울해졌다. 해마다 새해 첫날 아침이 되면 부인 역시 스스로를 심판하며 과거를 되돌아보고는 허무해지는 듯했다. 점점 빠져가는 머리카락, 대도시, 남자들, 실크 드레스, 샴페인 병, 향기 나는 수염…… 그 모든 것이 새해 첫날이 되면 다시 기억의 무덤에서 되살아나는 듯했다.

"생각 없어요. 먹고 싶지 않아요⋯⋯. 정말."

부인이 수줍은 듯 중얼거렸다. 부인은 화덕 앞에 앉아 석탄을 뒤적였다. 불빛이 그녀의 늘어진 볼에 반사되었다. 이마로 흘러내린 머리카락이 불에 닿으며 지글거렸다. 그러자 머리카락이 타는 역한 냄새가 방 안에 진동했다.

"먹기 싫어요⋯⋯. 안 먹을래요."

우리가 별 관심을 보이지 않자 늙은 세이렌은 다시 한 번 중얼거렸다. 조바심이 난 조르바는 주먹을 꽉 쥐었다. 하지만 어떻게 해야 할지 몰라 그는 한참을 생각하고 있었다. 부인을 혼자 중얼거리게 내버려두고 애저구이를 먹을까 아니면 부인 앞에 무릎을 꿇고 팔짱을 끼며 달콤한 말로 달래줄까. 햇볕에 그을린 조르바의 얼굴 위로 두 개의 상반된 충동이 스쳐 지나가는 듯했다.

마침내 결정을 내렸는지 조르바의 표정이 변했다. 그는 세이렌 옆에 무릎을 꿇고 그녀의 무릎을 감싸 안으며 다정하게 속삭였다.

"오, 우리의 예쁜 마술사, 안 먹으면 큰일 나요. 자, 꼬마 돼지를 가엾게 여겨 이 귀여운 다리를 뜯어줘요!"

그는 버터를 발라 구운 돼지의 다리를 부인 입에 넣어주었다. 그러고 나서 두 팔로 부인을 안아 일으켜 세우고는 우리 둘 사이에 있는 의자에 앉히며 달랬다.

"먹어요, 자, 어서요, 내 보물이여! 그래야 성자 바실리우스가 우리 마을로 오지 않겠소. 안 먹으면 오지 않으실 거야. 우리 마을은 들르지 않고 곧장 고향 카에사리아로 가버리실 거라고. 그냥 가시겠어? 뿔로 만든 잉크병이랑 종이, 12일절 과자, 새해 선물,

애들 장난감, 그리고 이 귀여운 애저구이도 가져가실걸. 그러니자, 어서 입을 벌려요, 우리 부불리나! 어서 먹어봐요!"

그는 손가락을 부인의 겨드랑에 넣고는 간지럼을 태웠다. 늙은 세이렌은 까르르 웃다가 빨갛게 충혈된 눈을 치켜뜨고 애저 다리를 뜯기 시작했다.

바로 그때 발정 난 고양이 두 마리가 머리 위의 지붕에서 울기 시작했다. 그 소리는 뭐라 표현할 수 없는 증오에 가득 찬 소리였다. 높아졌다가 낮아지면서 갑자기 위협하는 듯한 소리가 되었다. 서로를 찢어 놓기라도 할 듯 요란하게 지붕을 할퀴는 소리도 들렸다.

"야옹…… 야옹……."

조르바가 늙은 세이렌에게 윙크하며 고양이 우는 소리를 냈다.

부인은 웃으며 식탁 밑으로 손을 넣어 조르바의 손을 잡았다. 부인은 이제야 목구멍의 긴장이 풀렸는지 입맛을 다시며 먹기 시작했다.

태양이 이동하면서 작은 창문으로 빛을 보내어 이 착한 부인의 발을 비추었다. 술병이 비었다. 조르바는 들고양이처럼 수염을 비틀고 있다가 그가 '암컷'이라고 부르는 오르탕스 부인 옆으로 바싹 다가앉았다. 부인은 조르바의 어깨 위에 머리를 기댔다. 부인은 조르바의 취기를 느꼈는지 가볍게 몸을 떨었다. 조르바가 나를 곁눈질로 바라보며 물었다.

"보스, 이건 또 무슨 일입니까? 나한텐 매사가 거꾸로 먹히고 있다고요. 어릴 때 나는 꼭 애늙은이 같았대요. 좀 둔한데다 말수가 적었는데, 목소리는 어른이었대요. 그래서 사람들이 날 우리 할아버지 같다고 그랬대요. 그러다 나이를 먹고 몸집이 커지고 나서는 앞뒤 안 가리고 날뛰게 되었지요. 스무 살 때부터 짓궂었어요. 뭐, 대단한 건 아니에요. 그 나이 또래의 젊은이들이 많이 하는 짓이 었지요. 마흔이 되자 진짜 혈기가 왕성해져 미친 짓을 했죠. 난 지 금 예순—올해 예순다섯이지만 우리만 압시다.—그래 예순을 넘 겼지만, 이걸 뭐라 설명해야 하나? 솔직히 말씀드리면 나한테 이 세상은 너무 좁다 이 말입니다."

그는 우리끼리만 얘기한 게 미안했는지 술잔을 들고 부인 쪽으 로 돌아앉았다. 그는 엄숙한 어조로 부인을 축복했다.

"당신의 건강을 위하여, 부불리나! 하느님의 보살핌으로 올해는 당신의 이와 눈썹이 돋아나고 살결엔 복숭아 향기가 나기를. 그래 서 이 요상한 리본으로 목을 조르지 않아도 되기를. 그리고 크레 타에 또 한 번 혁명이 일어나 네 강대국의 함대가 다시 돌아오기 를. 부불리나, 내 사랑! 함대가 돌아오면 제독들도 따라올 테지. 그 제독들의 수염 또한 예전처럼 곱슬거리고 향기가 나기를. 그리 고 나의 세이렌이여! 당신이 다시 한 번 파도 속에서 떠올라 사랑 의 노래를 부르기를. 함대는 사람 죽이는 그 둥근 바위에 부딪혀 산산조각 나기를."

조르바는 큼직한 손을 축 늘어진 부인의 젖가슴 위에 올려놓았 다. 그는 다시 생기를 찾았고 목소리에는 욕망이 가득 차 있었다. 나는 터키의 파샤 생각이 나서 웃음을 터뜨렸다. 파리의 카바레에 서 터키의 고관이 노닥거리는 영화의 한 장면이 떠올랐던 것이다. 파샤는 금발의 젊은 파리 여점원을 무릎에 올려놓고 희롱하고 있 었다. 파샤가 흥분하자 모자에 달린 장식 술이 뻣뻣해지면서 수평 이 되어 잠시 멈춰 있다가 갑자기 수직으로 솟아올랐던 것이다.

"뭐가 그렇게 우스워요?"

내가 웃자 조르바가 물었다. 그러나 착한 부인은 방금 전 조르바가 했던 말을 계속 생각하고 있었다.

"오, 조르바! 정말 그렇게 될 수 있을까요? 한 번 가면 다시 돌아오지 않는 게 청춘인데……."

조르바가 더 가까이 다가앉자 의자가 서로 부딪쳤다. 조르바는 부인이 입은 보디스의 세 번째 단추, 그 결정적인 단추를 풀려고 애쓰며 말했다.

"내 말 좀 들어봐요, 내 사랑. 잘 들어봐요. 조만간 내가 당신한테 줄 선물 얘기니까. 회춘의 도사로 소문난 보로노프라는 러시아 의사가 있는데, 이 양반이 아주 용하대요. 그자가 당신한테 물약이나 가루약을 지어줄 거야. 그걸 먹으면 순식간에 스무 살로 회춘한다는구먼. 재수가 없어도 스물다섯은 보장한다니 울지 말아요. 당신, 내가 당신을 위해 유럽에서 좀 보내라고 해볼 테니까."

늙은 세이렌은 깜짝 놀라 듬성듬성한 머리카락 사이로 보이는 머리 가죽마저 빨갛게 상기되었다. 부인은 통통한 팔로 조르바의 목을 끌어안고는 고양이처럼 조르바에게 뺨을 비비며 중얼거렸다.

"영감, 그게 만약 물약이면…… 두 말 들이 한 항아리 주문해 줘요. 만일 가루약이면……."

"한 자루 주문하지!"

조르바가 세 번째 단추를 풀며 대답했다.

한동안 잠잠하던 고양이들이 다시 울어댔다. 한 마리는 애원하며 호소하는 듯했고 다른 한 마리는 화가 잔뜩 난 듯 위협하는 소리를 냈다. 우리의 착한 부인은 하품을 하고는 게슴츠레한 눈을 치켜떴다.

"저 고양이 울음소리 들려요? 저것들은 정말 창피한 줄도 모른다니까!"

부인은 조르바의 무릎 위에 앉아 그의 목에 머리를 기댄 채 땅이 꺼져라 하품을 했다. 과음을 했는지 눈이 풀리고 있었다.

"우리 부불리나, 무슨 생각하오?"

조르바가 부인의 젖가슴을 움켜쥐며 물었다.

"알렉산드리아……."

온 세상을 구석구석 다녀본 늙은 세이렌이 중얼거렸다.

"알렉산드리아…… 베이루트…… 콘스탄티노플…… 터키인, 아랍인…… 아이스크림, 황금빛 샌들…… 빨간 페스모……."

부인은 또 한 번 한숨을 내쉬며 말했다.

"알리베이가 나랑 자던 날 밤이었어요. 아, 그 수염, 그 눈썹, 그 우람한 가슴이란! 그는 탬버린과 플루트 연주자들을 불러다 놓고 창밖으로 돈을 던졌지요. 우리 집 마당에서 새벽까지 연주하라고 그랬던 거죠. 그러자 이웃 사람들이 샘을 냈어요. 그래서 그들은 화를 내며 '알리베이가 또 저년과 어울렸군.' 이러더군요.

콘스탄티노플에선 또 이런 일이 있었어요. 금요일만 되면 술레이만 파샤는 나를 밖으로 내보내지 않았어요. 왜 그랬을까요? 술탄이 모스크로 가는 길에 나를 보면 반해서 납치할까 봐 그랬던 거예요. 아침에 집을 나설 때면 흑인 장정 세 명을 문 앞에 배치해 놓고 남자들의 접근을 막았었지요. 오, 나의 술레이만!"

늙은 세이렌은 식식거리며 보디스에서 넓은 체크무늬 손수건을 꺼내 눈물을 훔쳤다. 조르바는 화가 났는지 부인을 옆의 의자에 내려놓고는 일어섰다. 그는 방 안을 왔다 갔다 하면서 늙은 세이렌처럼 흥분을 감추지 못했다. 갑자기 방이 갑갑하게 느껴진 것이었다. 그러다 지팡이를 집어 들고 밖으로 나갔다. 나는 사다리를 벽에다 걸쳐놓고 잔뜩 화가 나서 한 번에 두 칸씩 올라가는 그를 바라보았다.

"조르바, 누굴 혼내려고 그래요, 술레이만 파샤를 잡으려고요?"

내가 소리쳤다. 그도 소리치며 지붕으로 껑충 뛰어올랐다.

"저 망할 놈의 고양이들을 혼내주려고 그래요. 잠시도 가만있질 않는구면."

취한 오르탕스 부인은 머리를 풀어헤쳐 산발한 채 흐릿한 눈을 감았다. 이가 빠져버린 입에서 그르렁거리는 소리가 들렸다. 잠은 부인을 번쩍 들어 동방의 큰 도시, 인적이 없는 정원과 사랑을 아는 파샤의 하렘으로 데려다 놓았다. 부인은 낚싯줄 네 개로 전함 네 척을 낚는 자신의 모습을 내려다보는 꿈을 꾸는 듯했다.

코를 골며 숨을 몰아쉬면서도 늙은 세이렌은 웃고 있었다. 바다에 들어갔다 나온 뒤라 기분이 좋아보였다. 조르바는 지팡이를 휘두르며 방으로 돌아왔다.

"잠들었어요?"

조르바가 오르탕스 부인을 내려다보며 투덜거렸다.

"요 잡것이 잠든 거군요?"

"그래요. 조르바 파샤. 노인을 회춘시키는 보로노프 박사가 꿈나라로 데려갔어요. 아마 지금쯤 스무 살이 되어 알렉산드리아와 베이루트를 돌아다니고 있을 겁니다."

"악마나 물어가라지, 늙은 암캐 같으니."

조르바가 투덜대며 바닥에 침을 뱉었다.

"저 히죽거리는 것 좀 봐요. 누굴 보고 저리 웃지? 보나마나 낯짝 두꺼운 수놈일 테지. 보스, 갑시다!"

그는 모자를 눌러쓰고 문을 열면서 오르탕스 부인을 향해 다시 한 번 소리쳤다.

"저게 지금 제정신이 아니군. 지금 술레이만 파샤와 같이 있다고요. 보면 몰라요? 천국으로 간 거예요. 더러운 암캐 같으니……. 보스, 갑시다!"

바깥은 추웠다. 달은 조용한 하늘에 떠 있었다. 조르바가 역겨운 듯이 소리쳤다.

"계집들이란! 하긴 계집들 잘못만은 아니지. 술레이만이나 조르바 같은 놈들 탓이지."

그러고는 잠시 침묵했다가 말을 이었다. 그는 거칠게 말했다.

"아니, 따져보면 우리 잘못만도 아니지. 이걸 책임질 양반이 딱하나 있지. 골빈 건달들의 보스, 술레이만 파샤의 할아범. 누군지 알겠어요?"

"글쎄, 그걸 어찌 알겠어요?"

"하늘에 계시는 전능하신 하느님, 당신이 책임 못 지신다면 술레이만과 조르바는 끝장나는 겁니다."

한동안 우리는 말없이 걷기만 했다. 조르바는 혼자 엉뚱한 생각에 빠져 있는지 가끔씩 지팡이로 자갈을 내리치거나 바닥에 침을 뱉었다. 그러다 갑자기 나를 돌아보았다.

"하느님, 우리 할아버지의 뼈를 신성하게 여겨주소서! 우리 할아버지는 여자에 대해 뭘 좀 아시는 분이었지요. 할아버진 여자를 꽤 밝히셨으니. 그러니 불쌍하시지요. 여자들이 한평생 할아버지를 괴롭혔으니까. 할아버진 내게 이렇게 말씀하셨지요. '알렉시스, 너한테 해줄 얘기가 많지만 가장 중요한 건 여자를 조심하라는 것이다. 하느님이 아담의 갈비뼈를 뽑아 여자를 만드시려는 그 순간—그 순간에 저주가 있기를!—악마가 뱀으로 둔갑해서 갈비뼈를 훔쳐 달아나지 않았느냐? 하느님이 쫓아가 뱀을 붙잡았지만 이 악마 녀석은 하느님 손가락 사이로 쏙 빠져나갔지. 결국 남은 건 악마의 뿔뿐이었단다. 하느님이 말씀하시기를, 살림 잘하는 여자는 도구를 가리지 않는 법이니 내 악마의 뿔로 여자를 만들어보겠노라 하시고는 만드셨지. 얘, 알렉시스, 그래서 여자들이 우리를 괴롭히는 거다. 여자의 어디를 만지든 그건 악마의 뿔을 만지는 거야. 그러니 여자를 조심해라. 여자는 에덴동산에서 사과를 훔쳐서 보디스에 넣고 다녔지. 여자 가슴이 불룩한 건 다 그래서란다. 그런데 요즘은 그 염병할 것들이 보란 듯이 흔들고 다니더구나. 사과를 먹으면 끝장나는 것이다. 그러니 먹지 마라. 그래야 제대로 살 수 있는 거야. 내가 해줄 말은 이것뿐이란다. 나머지는 네가 알아서 해라.' 이게 우리 할아버지가 나한테 알려준 교훈이지요. 그러니 내가 얌전히 자랄 수 있었겠습니까. 나는 할아버지를 따라 했어요. 악마한테 곧장 달려간 거지요."

우리는 서둘러 마을을 지나갔다. 달빛에 마음이 심란해졌다. 술을 마시고 밖으로 나와 보니 갑자기 세상이 달라졌다고 상상해 보라! 길은 우유의 강으로 변하고, 길에 파인 구멍과 바큇자국에는 분필 가루가 그득하고, 눈으로 뒤덮인 산, 손과 얼굴과 목은 개똥

벌레처럼 하얗게 빛나며, 달이 이국적인 훈장처럼 가슴에 달려 있는 모습을 말이다.

우리는 말없이 빠르게 걸어갔다. 술기운과 달빛 때문에 땅 위에 떠서 가는 기분이었다. 우리 뒤에 있는 잠든 마을에서는 개들이 지붕 위로 올라가 달을 보며 짖고 있었다. 우리도 아무 이유 없이 목청을 높여 달을 보며 짖고 싶은 기분이었다. 과부의 뜰 앞에 이르자 조르바가 걸음을 멈추었다. 술과 맛있는 음식, 달이 그를 미치게 한 것이다. 그는 잔뜩 흥분해서 목청을 높이고 당나귀 울음소리 같은 우렁찬 목소리로 즉흥적으로 지은 시를 읊었다.

"저 계집도 악마의 뿔이니. 보스, 갑시다!"

우리는 날이 밝을 무렵에 오두막에 도착했다. 나는 옷을 벗고 침대 위로 몸을 던졌다. 조르바는 세수를 하고 화덕에 불을 지펴 커피를 끓였다. 그러고는 문가 바닥에 쪼그리고 앉아 담배에 불을 붙이고는 천천히 빨았다. 몸을 꼿꼿하게 세워 바다를 바라보던 그는 꼼짝도 하지 않고 엄숙한 표정으로 생각에 잠겼다. 그 얼굴은 내가 좋아하던 일본 그림, 오렌지색 긴 법의를 걸치고 다리를 꼬고 앉은 승려 그림을 연상케 했다. 승려의 얼굴은 비에 젖어 검어진 단단한 나무로 깎은 듯 반짝거렸고, 어두운 밤을 두려움 없이 바라보며 목을 꼿꼿하게 세운 채 웃고 있었다.

나는 달빛에 비치는 조르바를 바라보며 주변 세계와 동화된 소박하고 단순한 모습에 감탄했다. 여자, 빵, 물, 고기, 잠과 같은 모든 것이 유쾌하게 스며들어 조르바가 된 것이 놀라웠다. 나는 우주와 인간이 이토록 다정하게 조화를 이룬 것을 본 적이 없었다.

달은 금세 질 것 같았다. 둥근 달은 옅은 초록색이었다. 말로 표현할 수 없는 고요함이 바다 위에 펼쳐져 있었다. 조르바는 담배 꽁초를 집어던지고는 바구니를 끌어내 그 속에서 끈과 도르래, 작은 나무토막을 꺼냈다. 그는 등잔에 불을 켜고 다시 한 번 고가 케이블을 실험했다. 조잡한 장난감 모형을 들여다보며 복잡하고 까다로운 계산을 시작했는데 잘 안 풀리는지 가끔씩 고개를 저으며 욕을 해댔다. 그러다 갑자기 그만 됐다는 생각이 들었는지 고가 케이블 모형을 발로 차 부숴버렸다.

12

깜박 잠이 들었다가 깨어 보니 조르바는 보이지 않았다. 추워서 일어나고 싶지 않았다. 머리 위로 손을 뻗쳐 평소 좋아하던 책을 한 권 집어 들었다. 말라르메의 시집이었다. 천천히 마음 내키는 곳부터 읽기 시작했다. 읽다가 다시 덮고, 또다시 읽다가 결국엔 읽기를 그만두었다. 나는 그의 시가 감정이 메말라버려 인간미라곤 찾아볼 수 없다는 것을 처음으로 느꼈다. 그의 시는 그저 공허한 울림 같았다. 박테리아 한 마리도 없는 깨끗한 물이지만 영양분 역시 하나 없는 물처럼 생명이 없는 것 같았다.

창조의 빛을 잃은 종교의 모든 신들은 결국 인간의 고독을 노래하는 시의 모티프가 되거나 벽면을 장식하는 예배용품이 되었다. 말라르메의 시도 마찬가지였다. 가슴에서 솟아오르는 열정의 씨앗이 대지와 만나 완벽한 호흡을 이룬 것 같지만 완벽한 지적놀음, 교묘하면서도 텅 빈 구조물이 되어버린 것이었다.

나는 다시 시집을 들춰보았다. 이런 시들이 그토록 오랫동안 나를 사로잡았다니! 순수시가 아니었던가! 인생은 단 한 방울의 피도 간섭할 수 없는 밝고 투명한 놀음이 되어 있었다. 인간의 본질은 야만스럽고 거칠며 순수하지 못한 것이다. 사랑과 육체와 불만의 호소로 이루어진 것이다. 이것을 추상적으로 승화시키고 정신의 도가니 속에서 연금술로 순화시키고 증발시켜 보라.

예전에는 그토록 나를 사로잡던 시들이 그날 아침에는 그저 지적인 광대놀음, 세련된 사기극처럼 보이는 게 아닌가! 문명은 그런 것이다. 인간의 고뇌는 정교한 속임수—순수시, 순수 음악, 순수 사고—속에서 그렇게 끝나는 것이다. 모든 믿음과 환상에서 벗어난 최후의 인간, 기대할 것도 두려워할 것도 없는 자들은 자신의 정신을 만들어낸 진흙과 그 정신이 뿌리내리고 수액을 빨아올릴 토양도 없다는 것을 깨달은 인간이다. 최후의 인간은 자신을 비워낸 인간이다. 그의 몸에는 씨앗도 똥도 피도 없다. 모든 게 언어가 되고 언어가 모여 음악이 되어도 최후의 인간은 거기서 멈추지 않는다. 그는 절대 고독 속에서 음악을 침묵으로, 방정식으로 환원시킨다.

나는 몹시 놀랐다. '붓다가 그 최후의 인간이로나!' 하고 소리쳤다. 이것은 그의 비밀이며 엄청난 의미를 갖고 있는 것이다. 붓다에겐 스스로를 비운 '순수한' 영혼이 있다. 붓다의 내부는 비어 있으며 그 자신이 바로 공空인 것이다.

'네 육체를 비워라, 네 정신을 비워라. 네 가슴을 비워라!'

나는 이렇게 외친다. 그의 발길이 닿은 곳은 물이 흐르지 않고 풀은 자라지 않으며 아기도 태어나지 않는다.

나는 반드시 언어를 이용하고, 언어의 주술적인 힘을 빌려 그 마술적인 흐름에 의지해 그를 포위하고 공격하여 내 오장 육부에서 내쫓고 말 거라고 생각했다.

불경을 베껴 쓰는 것은 더 이상 문학을 위한 공부가 될 수 없었다. 그것은 내 안에 숨어 있는 무서운 파괴력과 생사를 건 싸움이자 내 가슴을 말리는 위대한 부정과의 싸움이었다. 이 싸움의 결과에 내 영혼의 구원이 달려 있는 것이다.

나는 단호하게 원고를 움켜쥐었다. 나는 목표를 정했고 찔러야 할 곳을 알게 된 것이다. 붓다는 최후의 인간이었다. 우리는 단지 시작의 단계일 뿐 충분히 먹지도, 마시지도, 사랑하지도, 또 충분히 살아보지도 못한 상태였다. 이 숨 가쁜 자는 너무 빨리 우리를 찾아온 것이다. 우리는 되도록 빨리 그를 내쫓아야 했다.

나는 나 자신에게 말하면서 쓰기 시작했다. 아니, 쓰는 게 아니라 전쟁이었다. 무자비한 추격, 포위와 공격, 숨어 있는 괴물을 불러내기 위한 주문이었다. 예술이란 사실은 마법의 주문인 것이다. 예술은 우리 안에 도사리고 있는 어둠의 살인적인 힘을 자극한다. 살인과 파괴, 증오와 타락을 부추기는 것이다. 그러고는 달콤한 노래로 다시 나타나 우리를 구원하는 것이 바로 예술인 것이다.

나는 하루 종일 쓰고 쫓고 싸웠다. 그래서 저녁이 되면 녹초가 되었지만 진전이 있었다. 적진에 한 발짝 더 가까워진 기분이었다. 그래서 나는 조르바를 기다렸다. 다시 먹고 잠을 자야 새벽에 다시 싸울 힘이 생기기 때문이었다.

조르바는 어두워진 뒤에야 돌아왔다. 표정이 밝은 걸로 보아 조르바 역시 자기 문제에 답을 찾은 것 같았다. 그래서 나는 그가 말을 꺼내길 기다렸다.

며칠 전 나는 조바심이 나서 그에게 싫은 소리를 몇 마디 했다.

"조르바, 우리 자금이 바닥이 났어요. 해야 할 일이 있으면 서둘러요. 이 고가선부터 놓자고요. 석탄으로 안 되겠으면 나무를 베어 봅시다."

그때 조르바가 머리를 긁적였다.

"자금이 떨어져 간다고요? 그것 참 안됐네."

"조르바, 떨어져 가는 게 아니라 떨어졌어요. 우리가 너무 먹어 댔어요. 그러니 뭐라도 합시다. 실험은 어떻게 돼 가고 있어요? 아직 진전이 없어요?"

조르바는 고개를 떨어뜨리고는 아무 대답도 하지 못했다. 그날 밤 자존심이 꽤 상한 듯했다.

"젠장, 이놈의 경사 같으니! 적당한 곳은 어디 있는 거야!"

이렇게 화를 냈던 조르바가 드디어 답을 찾아냈는지 환한 얼굴로 들어왔던 것이다.

"보스! 찾았어요! 각도를 정확히 잡았다고요! 근데 이게 자꾸 손가락 사이로 빠져나가서 꼭 붙잡고 못을 박아버렸어요."

"그럼 서두릅시다. 자, 빨리 시작하자고요, 조르바. 더 필요한 게 뭡니까?"

"내일 아침 일찍 시내에 가서 장비를 구해야겠어요. 굵은 케이블이랑 도르래, 베어링, 못, 고리 같은……. 걱정 마세요. 갔는지도 모르게 금세 다녀올 테니까!"

그리고 나서 그는 불을 지펴 음식을 마련했다. 우리는 실컷 먹고 마셨다. 그날만은 둘 다 제대로 밥값을 한 것이다.

다음 날 아침, 나는 마을까지 조르바를 배웅했다. 우리는 갈탄 광산에 대해 아주 진지하고 실제적인 대화를 나누었다. 경사면을 내려가며 조르바가 돌멩이를 걷어차자 돌멩이는 아래로 굴러 떨어졌다. 그러자 조르바는 그걸 처음 보는 사람처럼 걸음을 멈추었다. 그러다 나를 돌아보았다. 그는 조금 놀란 표정이었다.

"보스, 봤어요?"

"……."

"경사면에서 돌멩이가 다시 생명을 얻었어요."

나는 아무 말도 하지 않았다. 하지만 놀랍고 기뻤다. 위대한 사상가와 위대한 시인은 사물을 이런 시각으로 보지 않았던가. 모든 일을 처음 대하는 것처럼 말이다. 그들은 매일 아침 눈앞에 펼쳐지는 세계를 새로운 눈으로 본다. 아니, 창조하는 것이다.

태초에 이 땅에 태어난 사람들처럼 조르바에게 우주는 놀랍고 강력한 환상이었다. 별은 그의 머리 위를 미끄러지고 바다는 그의 이마에서 부서졌다. 그는 이성의 방해를 받지 않고 흙과 물과 동물, 하느님과 더불어 살아가고 있는 것이다.

오르탕스 부인도 이 소식을 듣고서 문간에서 우릴 기다리고 있었다. 두껍고 요란한 화장을 한 부인은 마치 토요일 밤에 놀러 나온 여자 같아 안쓰러웠다. 조르바는 문 밖에 서 있던 노새 등에 올라타 고삐를 쥐었다.

늙은 세이렌은 떠나는 애인을 붙잡으려는 듯 달려와 조그만 손으로 하릴없이 노새의 가슴을 어루만졌다.

"조르바…… 조르바……."

여자는 발꿈치를 들고 콧소리를 내며 조르바를 불렀다. 그러나 길에서 이러는 애인이 못마땅했는지 조르바는 고개를 돌려버렸다. 가엾은 세이렌은 그의 표정을 보고 겁먹은 얼굴이 되었다. 그러나 애원하는 듯한 손은 계속 노새의 가슴을 부드럽게 쓰다듬고 있었다.

"어쩌라는 거야?"

조르바가 화를 냈다.

"조르바, 몸조심해요. 조르바, 나를 잊지 말아요……."

여자가 애원했지만 조르바는 아무 말 없이 고삐를 흔들었다. 노새가 걷기 시작했다.

"행운을 빌어요, 조르바! 사흘이에요. 내 말 들었지요? 늦으면 안 돼요."

내가 소리쳤다. 그러자 조르바는 돌아서며 그 큰 손을 흔들었다. 늙은 세이렌의 눈물은 화장한 얼굴에 골을 만들었다.

"보스, 걱정 말아요. 곧 다녀오겠습니다!"

조르바가 외쳤다.

그는 올리브나무 아래로 사라졌다. 오르탕스 부인은 계속 울면서 애인이 편히 앉아 가도록 손수 만들어준 빨간 안장을 주시하고 있었나. 안장은 은빛 나뭇잎 사이로 사라져버렸다. 그때서야 오르탕스 부인은 주위를 둘러보았다. 세상이 텅 비어 보였을 것이다.

기분이 울적해진 나는 해변으로 가지 않고 산을 향해 걸었다. 산기슭에 이르자 마을 우편배달부의 도착을 알리는 나팔 소리가 들려왔다.

"선생님!"

우편배달부가 손을 흔들며 나를 불렀다. 그는 달려와 내게 신문 꾸러미와 문학잡지, 편지 두 통을 전해 주었다. 한 장은 정신이 맑은 밤에 읽기 위해 받는 즉시 뒷주머니에 넣었다. 누가 보냈는지 알기에, 그 즐거움을 좀 더 누리기 위해 미룬 것이었다.

다른 한 통도 날카롭고 힘 있는 필체와 이국의 우표로 미루어보아 누가 보냈는지 쉽게 짐작이 되었다. 아프리카 탕카니카 근처의 산간벽지에 있는 다정한 옛 친구 카라얀니스에게서 온 것이었다.

그는 기벽이 심하고 충동적이었다. 이가 유난히 하얗고 피부는 가무잡잡했는데 송곳니 하나가 멧돼지 이빨처럼 솟아 있었다. 그는 말하지 않고 소리를 질렀으며 토론 대신 싸움을 했다. 친구는 젊은 신학 교사 겸 신부로 있다가 고향 크레타를 떠났다. 그는 제자와 사귀고 있었는데, 어느 날 운동장에서 제자와 키스를 하는 바람에 사람들을 깜짝 놀라게 만든 적이 있었다. 학생들은 야유를 보냈고 그날 젊은 교사는 신부 옷을 벗고 배를 탔다. 그는 아프리카에 있는 삼촌을 찾아가 독하게 일했다. 밧줄 공장을 차려 꽤 많은 돈을 벌었는데, 이따금 내게 편지를 보내며 그곳에서 6개월만 함께 지내자고 하곤 했다. 그는 항상 편지지 몇 장을 실로 꿰매어 보냈는데, 그의 편지를 펼칠 때마다 나는 그 빼곡히 적힌 글을 보며 머리끝이 곤두설 만큼의 강렬한 기운을 느꼈다. 그래서 나는 몇 번이고 아프리카로 가봐야겠다고 결심했지만 한 번도 가지 못했다. 나는 바위 위에 걸터앉아 편지를 읽기 시작했다.

언제든 마음이 내키면 날 찾아오게. 그리스의 바위에 달라붙은 삿갓조개, 조직에서 제 지위를 빼앗길까 노심초사하는 관료 같은 자여. 자네도 이제 술집이나 기웃거리고 카페 놀음에 빠져 밤을 지새우는 그리스 놈이 다 된 것인가? 하긴 자네에겐 책도, 습관도 그 잘난 이데올로기 같은 모든 것이 다 카페겠지.

오늘은 일요일이라 할 일이 없네. 이 땅 위에서 자네 생각을 하는 게 내 할 일의 전부지. 태양은 용광로처럼 달아오르고, 요 며칠 비 한 방울 오지 않고 있네. 여기는 4, 5, 6월에 비가 내리는데 한 번 내리면 억수같이 쏟아지곤 하지.

나는 외롭지만 외로움을 즐기고 있다네. 여기에도 꼴 보기 싫은 그리스인들이 있긴 하지만 어울리고 싶지 않아. 하긴 그놈들이 안 가는 곳이 어디 있겠는가. 구역질이 난다네. 여기에도 빌어먹을 술집 건달들이 있지. 악마나 물어가라지! 그놈들이 퍼뜨린 중상모략과 고약한 험담이 널려 있다네. 그리스를 망치고 있는 게 바로 이것, 정치라네. 아, 물론 노름이나 무지, 육욕의 죄들도 마찬가지지만 말이야.

나는 유럽인이 싫다네. 내가 우슘바라 산맥에서 방황하는 이유도 다 그 때문이지. 유럽인 중에서도 더러운 그리스인, 그리스가 갖고 있는 모든 게 다 싫다네. 다시는 그리스에 가지 않을 생각이야. 내가 죽을 곳은 이 땅 바로 여기라네. 나는 이미 여기 험한 산중 오두막 앞에 내 무덤을 만들어놓았지. 비석을 세우고 큰 글씨로 비문도 새겨 놓았다네.

그리스인을 증오하는 그리스인 여기 잠들다.

그리스가 생각날 때마다 나는 웃다가 침을 뱉기도 하고, 맹세하고 나서 운다네. 다시는 그리스인을 보지 않기 위해, 그리스 것은 그 어떤 것도 보지 않으려고 나는 그곳을 영원히 떠나왔네. 이곳으로 오면서 나는 내 운명도 함께 데려왔네. 운명이 나를 데려온 게 아니네. 인간은 자기가 선택한 대로만 행동하니까. 나는 이곳에 내 운명을 데려와 열심히 일해 왔고 지금도 그렇게 일하고 있다네. 나는 땀을 많이 흘렸고 앞으로도 한 양동이씩 더 흘리게 되겠지. 나는 땅과 바람, 비와 인부들, 붉고 검은 노예와 싸우고 있다네.

재미는 없다네. 그렇지, 한 가지가 있지. 노동, 정신적 노동과 육체적 노동 중에 나는 육체노동 쪽이네. 나는 나를 혹사시키며 땀을 쏟고, 내 뼈가 으스러지는 소리를 즐겨 듣지. 번 돈의 반쯤은 아무렇게나 써버린다네. 내가 돈의 노예가 아니라 돈이 내 노예인 것이지. 나는 일의 노예이고, 내가 처한 노예 상태가 자랑스럽다네. 나는 영국인과 계약하고 벌목하고, 밧줄을 만들고, 목화까지 재배하고 있다네. 어젯밤엔 이곳에 사는 두 흑인 부족—와기아오족과 왕고니족—이 갈보 여자 때문에 싸움이 붙었지. 자네도 알겠지만 체면이 깎일 만한 일이지. 그리스 놈들이나 마찬가지인 놈들…… 욕설과 주먹이 오가더니 마침내 몽둥이로 서로의 머리를 부쉈지. 한밤중에 여자가 나를 부르러 왔더군. 가서 말려달라고 말이야. 난 화가 나서 악마가 물어가든 영국인 경찰한테 가든 알아서 하라고 했지. 그래도 밤새 내 집 앞에서 소리를 질러대기에 결국 새벽에 가서 싸움을 말렸네.

내일 아침 일찍 울창하고 맑은 물이 흐르는 우숨바라 숲으로 관측을 나갈 생각이네. 그래, 거지같은 바빌로니아의 그리스인, 언제 유럽의 젖줄에서 떨어져 나올까? '지상의 제왕에게 몸을 팔고, 수많은 물줄기에 발을 담근 갈보'한테서 언제쯤 떨어져 나올까?

언제쯤이 될까? 언제쯤 이리 와서 함께 이 순수한 야생의 산을 오를 것인가?

흑인 여자와 아이를 하나 낳았는데 딸이라네. 어미는 내쫓아버렸네. 그 계집이 마을의 상록수 그늘마다 다 돌아다니며 벌건 대낮에 서방질을 해대니 내 체면이 말이 아니었네. 그래서 참다못해 쫓아냈지. 그러나 아이는 내가 기른다네. 이제 두 살인데 걸음마를 떼었고 말도 시작했지. 나는 이 아이에게 그리스 말을 가르친다네. 제일 먼저 가르친 말은 이것이지. '더러운 그리스인들이여, 그 얼굴에 침을 뱉는다. 더러운 그리스인이여, 그 얼굴에 침을 뱉는다.'

날 닮아 장난꾸러기라네. 펑퍼짐한 코는 제 어미를 닮았고. 그 애를 예뻐하지만 개나 고양이를 예뻐하는 것과 별반 다르지 않네. 자네도 이리 와서 우숨바라 여자한테서 아들이라도 하나 얻었으면 하네. 나중에 두 아이들을 결혼시켜 우리도 즐기고 애들도 즐기게 하는 게 어떻겠는가.

잘 있게. 사랑하는 친구. 악마가 자네와 함께하기를, 그리고 내게도.

사악한 신의 노예 카라얀니스

나는 무릎에 편지를 펼쳐 놓은 채 한참을 그대로 있었다. 가고 싶다는 욕망이 다시 한 번 솟아올랐다. 크레타를 떠나고 싶어서가 아니었다. 나는 크레타 해변이 마음에 들었다. 행복하고 자유로우며 그 이상 바랄 것은 없다. 하지만 가고 싶었다. 죽기 전에 가능한 한 많은 땅과 바다를 보고 느끼고 싶었다.

나는 산을 오르려던 생각을 바꾸고 서둘러 바닷가로 내려갔다.

뒷주머니에 넣은 또 다른 편지 한 통이 느껴져 더 이상 기다릴 수가 없었다. 달콤한 기다림은 그것으로 족했다. 오두막에 도착해 불을 피우고 차를 끓인 후 꿀 바른 빵과 오렌지를 함께 먹었다. 나는 옷을 벗고 침대 위에서 다리를 뻗고 나서야 편지를 뜯었다.

내 스승이여, 제자여, 잘 지냈는가?
나는 이곳에서 '하느님'의 보살핌 덕분에 어렵고도 무시무시한 일을 해내고 있다네. 이 편지를 보자마자 자네가 흥분하면 안 되니 이 위험한 단어는 부호 안에 가두어놓겠네. 맹수를 쇠창살 안에 가두는 것처럼 말이야. 어려운 일이고말고. 다 '하느님' 덕분이네. 50만 그리스인들이 남부 러시아와 카프카스에서 위기를 겪고 있어. 대다수가 터키어나 러시아어를 쓰고 있지만 가슴은 그리스어로 뛰고 있으니 우리 동포라네. 눈을 깜빡거리고, 게걸스럽게 먹고, 약삭빠르고 교활하게 구는 것만 봐도 알 수 있지. 또 웃을 때 입맛을 다시는 걸 봐도, 이 거대한 러시아 땅에서 감독이 되어 자국인을 부리는 걸 봐도 위대한 오디세우스의 후예라는 걸 단번에 알 수 있다네. 한 번 마음에 들면 잘못 되는 꼴은 못 보게 되지.
헌데 이들이 지금 파멸할 위기에 처해 있다네. 가진 걸 몽땅 잃고 헐벗고 굶주리고 있어. 한쪽에서는 볼셰비키한테, 다른 한쪽에서는 쿠르드한테 당하고 있네. 이곳저곳에서 피난민들이 그루지야와 아르메니아 지방으로 몰려오고 있다네. 먹을 것도, 입을 것도, 의약품도 없어. 그들은 항구에 모여 자신들을 모국, 그리스로 데려다줄 배를 목이 빠지게 기다리며 하염없이 지평선만 바라보고 있다네. 우리 영혼의 일부인 동포들이 이렇게 고통을 당하고 있어.

그들을 그대로 내버려두면 다 파멸하고 말 것이네. 마케도니아의 변방이나 멀리 떨어진 트라케 변방 같은, 그들이 원하는 땅에 데려다주기 위해서는 사랑과 이해, 열의와 현실감이 필요하다네. 그것만이 이 수십만 그리스인을 구하고 우리들 자신을 구하는 길이네. 나는 여기 도착하자마자 원을 하나 그리고 자네가 가르쳐준 대로 그 원을 내 '의무'라 불렀네. 그러고 나서 다짐했지. '이 원 안에 있는 그리스인들을 구할 수 있다면 나는 구원을 받으리라. 허나 그러지 못한다면 나는 파멸하게 될 것이다.' 그렇다네. 이 원 안에 50만 그리스인이 있는 것이네.

나는 마을 곳곳을 다니며 그리스인들을 모으고, 보고서를 작성하고, 아테네에 있는 우리 관리들에게 전보를 쳤다네. 배와 식량, 의복과 의약품, 그리고 가엾은 우리 그리스인들을 고국으로 수송할 수단을 요청했네. 열정과 광기를 가지고 싸우는 자가 행복한 자라면 나는 행복한 사람이야. 자네 말처럼 나는 행복을 내 키에 어떻게 맞춰야 할지 모르겠네. 그러니 그냥 내버려두게. 그러면 위대한 사람이 될 테니. 나는 내 행복에 맞춰 키를 늘일 것이네. 그리스에서 가장 먼 변방의 개척자가 되는 거야. 물론 말은 쉽지. 자네는 크레타 해안에 누워 파도 소리와 산투르 소리를 듣고 있겠지. 자네한테 있는 시간이 내게는 없네. 행동하는 것에 빠져 있지만 이 상태가 싫진 않네. 친구여, 행동하기 싫어하는 내 스승. 행동, 행동하는 것만이 구원의 길이라네.

그래서 내 명상의 주제는 아주 간단하고 단편적이지. 폰토스와 카프카스의 주민들, 카르스의 농부들, 트빌리시, 바툼, 노보로시스크, 로스토프, 오데사와 크리미아 반도의 중소상인들 모두 우리 동포라네. 그들과 우리에게 그리스의 수도는 오직 콘스탄티노플이지. 우리는 모두 같은 보스를 모시고 있는 셈이야. 자네는 오디세우스라 하고 다른 이들은 콘스탄티누스 팔라이올로구스(동로마 제국의 마지막 황제)라고 하지. 비잔티움의 벽 밑에서 죽임을 당한 게 아니라 대리석으로 변해 자유의 천사를 기다리고 있는 저 전설적인 그분 말이네. 나는 우리 동포의 우두머리를 아크리타스라고 부르고 싶은데 자네 생각은 어떤가? 나는 이 이름이 마음에 든다네. 위엄이 있으면서 전투적이니까. 이 이름만 들어도 완전무장을 한 채 국경과 변방에서 열심히 싸우는 헬레네의 모습이 떠오르지 않나? 국가적으로나 지적으로, 또 정신적인 변방에서 말이야. 여기다 디게네스(바실리우스 디게네스 아크리타스, 10세기 비잔틴의 영웅으로, '디게네스'는 혼혈, 아크리타스는 국경 수비자라는 의미)까지 합치면 동양과 서양의 혼혈인 우리 동포를 훨씬 완벽하게 설명할 수 있겠지?

나는 지금 카르스에 있네. 주변의 그리스인들을 모으러 왔지. 내가 도착하던 날, 쿠르드가 마을의 그리스인 신부와 선생을 잡아서 발에다가 말의 편자를 박았다네. 겁에 질린 마을 유지들은 내가 묵고 있는 집으로 도망쳐 왔지. 다가오는 쿠르드의 총소리가 들리는군. 이 그리스인들은 내가 그들을 구원해 줄 유일한 사람이라고 생각하는 듯 내 눈치만 보고 있어.

내일은 트빌리시로 떠날 계획이었는데 이런 상황에서 떠나는 건 창피한 일이라 그러지 않기로 했네. 겁나지 않는다고 말하진 않겠네. 나는 겁이 나네. 그래서 한편으론 부끄럽기도 하지. 렘브란트의 〈전사〉, 나의 '전사'도 나 같은 경험을 하지 않았을까? 그라면 머물렀을 테지. 그래서 나도 머무는 것이네. 쿠르드가 마을에 들어온다면 아마 내 발에 제일 먼저 편자가 박힐 테지. 스승이여, 제자가 이렇게 끝날 줄은 몰랐겠지.

그리스 사람들이 모이면 보통 그러하듯 우리는 회의를 거듭했다네. 그래서 오늘 밤에 노새, 소, 말, 아녀자를 한데 모아 날이 밝는 대로 북쪽으로 떠나기로 했다네. 나는 한 마리 양이 되어 앞장서서 무리를 이끌 것이네.

이 엄숙한 이민은 전설적으로 불리는 산과 평원을 넘을 것이네. 나는 모세가 되어—가짜 모세지만—선택받은 사람이 되어, 약속의 땅으로 그들을 인도할 것이네. 순진하게도 지금 이들은 그리스를 '약속의 땅'이라 부른다네. 모세처럼 해내려면 자네가 놀리던 각반은 풀어버리고 대신 다리에 양피를 묶어야겠지. 게다가 길고 때가 낀 수염을 휘날리며 무엇보다 뿔 한 쌍을 차야 하겠지. 하지만 미안하네. 자네한테 그런 기쁨을 줄 수 없어서. 내 옷을 바꾸느니 차라리 영혼을 바꾸고 말지. 나는 각반을 하고, 결혼하지 않았으니 수염은 양배추 밑동처럼 짧게 자를 것이네.

스승이여, 부디 이 편지를 꼭 받았으면 하네. 아무래도 마지막 편지가 될 것 같으니 말이야. 하긴 누가 알겠나. 악한 마음도 목적도 없이 부추김을 당해 거치적거리는 사람들을 마구 죽일 자신은 없네. 내가 이 땅을 떠나고—나는 '떠난다.'고 하고 싶네. 다른 말로 자네나 나를 겁주긴 싫으니까—자네만 이 땅에 남더라도 스승이여, 부디 행복하시게나. 말하려니 쑥스럽지만 그래도 해야겠네. 이렇게 말하는 나를 용서하게. 나 역시 자네를 몹시 사랑한다네.

그리고 그 아래 연필로 급하게 휘갈겨 쓴 추신이 있었다.

추신 떠나던 날 배에서 했던 약속은 잊지 않았네. 미리 알려두지만, 내가 이 땅을 '떠나' 더라도 자네는 어디에 있든 두려워하지 말게나.

13

사흘, 나흘, 닷새가 지나도 조르바는 돌아오지 않았다. 그러다 엿새째 되던 날, 칸디아에서 조르바가 보낸 주저리주저리 장광설을 여러 장에 걸쳐 늘어놓은 편지 한 통을 받았다. 향수를 뿌린 분홍빛 편지지였는데 거기엔 화살에 꿰뚫린 심장이 그려져 있었다.

나는 그 편지를 아직도 갖고 있는데 편지 곳곳에 보이는 어려운 표현까지 여기 그대로 옮긴다. 그러나 조르바 특유의 애교 섞인 철자법은 조금 수정했다. 조르바는 펜을 곡괭이처럼 쥐고 종이 위를 거세게 공격하는 버릇이 있었는데, 종이에 구멍이 뻥뻥 뚫리고 잉크가 번진 것은 그 때문이었다.

보스! 자본가 양반!

건강이 그냥저냥 괜찮은지 여쭈려고 펜을 들었습니다. 나도 잘 있습니다. 모두 하느님 덕분이지요.

나는 때때로 말이나 소가 되려고 태어난 건 아니라는 생각을 합니다. 먹기 위해서 사는 건 짐승들뿐이지요. 나는 그런 비난을 피하기 위해 밤낮 일거리를 만들어냅니다. 갑자기 무슨 생각이 하나 떠오르면 끼니를 거르기도 하지요. 속담을 빌려 이렇게 써먹기도 하고요. '연못가의 비쩍 마른 뇌조보다는 새장의 살진 참새가 낫다.'

많은 사람들은 아무것도 하지 않고 애국자 노릇을 하더군요. 나는 애국자가 아닙니다. 어떤 게 애국자 노릇인지는 모르지만 앞으로도 애국자가 될 생각은 없어요. 많은 사람들이 천당을 믿고 거기에 나귀 한 마리씩 붙들어 매고 살지요. 내겐 나귀도 없으니 자유롭답니다. 나귀가 거꾸러져 죽을 지옥도 두렵지 않아요. 천당 또한 바라지 않습니다. 기껏해야 클로버나 잔뜩 뜯어 먹을 수 있겠지요. 나는 무식한 돌대가리예요. 그래서 뭘 어떻게 해야 좋을지 모르겠어요. 그러나 보스는 날 이해해 주시겠지요.

많은 사람들이 허무를 두려워합니다만 나는 그걸 극복했습니다. 다른 사람들은 다 어렵게 생각했지만 나는 그러지 않았어요. 나는 좋다고 기뻐하지도, 안 돼서 실망하지도 않아요. 그리스가 콘스탄티노플을 점령했다는 소리는 터키가 아테네를 점령했다는 소리나 마찬가지죠.

이런 얘기를 늘어놓는다고 해서 혹시 내가 미친 게 아닐까라는 생각이 드시거든 소식 전해 주세요. 나는 이곳 칸디아의 상점을 돌아다니며 케이블을 사려다가 웃어버렸습니다.

"이봐요, 뭣 때문에 웃어요?"

사람들이 이렇게 묻더군요. 하지만 그걸 어떻게 설명하겠어요? 나는 그 강철 케이블이 쓸 만한 건지 아닌지 살펴보려고 손을 내밀 때마다 인간이란 도대체 무엇인가, 왜 이 세상에 태어났고, 인간이란 얼마나 좋은 것인가 따위의 말들이 떠오르기 때문이지요. 혹시 저에게 물으신다면 말씀드립니다만, 좋긴 개코가 좋아요? 내게 여자가 있건 없건, 정직하건 그러지 못하건, 파샤건 거리의 짐꾼이건 나한텐 다 마찬가지예요. 중요한 건 내가 살아 있느냐 아니냐는 것이죠. 악마나 하느님이 부르면—나한텐 악마나 하느님이나 마찬가집니다.—죽어서 구린내 나는 송장이 될 테고, 그 냄새로 살아 있는 사람을 저 멀리 쫓아낼 수 있겠지요. 사람들은 나를 넉 자 땅 밑에 처넣어야 코를 쥐지 않게 될 테고요.

그런데 아주 겁이 나는 문제가 하나 있어서 보스한테 물어봐야겠습니다. 그게 무엇이냐 하면 마음에서 비롯된 겁니다. 이것 때문에 밤이나 낮이나 마음이 편치 못하답니다. 보스, 내가 겁을 내는 게 무엇이냐면 바로 나이를 먹는 겁니다. 하늘이시여, 우리를 보살펴주소서! 죽는 건 아무것도 아닙니다. 꽥 하고 죽고 촛불이 꺼지고 뭐 그런 거니까요. 하지만 늙는 건 창피한 겁니다.

나이를 먹어간다는 걸 인정하는 것은 보통 창피한 노릇이 아니랍니다. 그래서 사람들이 눈치 채지 못하게 별짓을 다하는 거예요. 뛰고 춤출 때 등이 아프더라도 아무렇지 않은 듯 뛰면서 춤을 추지요. 술에 취하면 세상이 핑핑 돌지만 주저앉지 않아요. 땀이 나서 바다에 뛰어든 다음에 감기에 걸려 기침이 콜록콜록 나와도 나는 창피해서 기침을 꾹 삼킨답니다. 내가 기침하는 거 본 적 있습니까? 없을 거예요. 보스는 내가 다른 사람들 앞에서만 그러는 줄 아실 테지만 나는 혼자 있을 때도 그럽니다. 나는 조르바 앞에서도 창피하니까요. 어떻게 생각해요? 나는 조르바 앞에서도 창피하다는 겁니다.

언젠가 아토스 산에서 수도승 라브렌티오 신부를 만난 적이 있지요. 그는 키오스 사람이었는데 이 한심한 친구가 자기 안에 악마가 한 마리 있다면서 이름까지 지어놨더군요. 악마 이름이 터키의 호자랍니다. '호자는 성금요일에 고기가 먹고 싶단다!' 그는 이렇게 외치며 교회 벽에 머리를 찧었지요. '호자가 여자랑 자고 싶단다. 호자가 수도원장을 죽이고 싶단다. 그래, 이게 다 호자가 하는 짓이야. 내가 하는 짓이 아니라니까!' 그러고는 또 머리를 돌에다 찧었지요.

보스, 내 안에도 악마가 있어요. 나는 그 악마를 조르바라고 부르지요. 내 안에 있는 조르바는 나이 먹는 걸 싫어해요. 나이를 먹지도 않고, 먹어 본 적도 없고, 앞으로도 안 먹을 거예요. 내 안에 있는 조르바는 사람을 잡아먹는 도깨비예요. 머리털은 칠흑 같고 이빨은 서른두 개, 귀 뒤에다 빨간 카네이션을 꽂고 다니지요. 밖에 있는 조르바는 가엾게도 배불뚝이에다 흰 머리카락도 좀 있어요. 늙어 주름살이 있고 이도 빠지고 커다란 귀에는 흰 털까지 있으니 영락없는 당나귀지요.

보스, 이런 내가 뭘 할 수 있겠어요? 언제까지 이 두 조르바가 뒤엉켜 싸워야 될까요? 어느 쪽이 이길까요? 곧 죽는다면, 죽어도 상관없지만 더 좋은 일이지요. 하지만 앞으로 더 살아야 한다면 망한 거예요. 창피해서 죽을 것 같은 날이 올 거라고요. 나는 자유를 잃게 될 것이고 며느리나 딸아이는 자기 아이들, 보기만 해도 끔찍한 그 꼬마 괴물을 보라고 명령할 거예요. 혹시 아이가 불에 데지 않았는지, 떨어지진 않았는지, 흙이 묻진 않았는지 하고 말이에요. 흙이라도 묻었으면 나한테 씻기라고 하겠지요.

보스, 당신은 젊지만 같은 일을 겪게 될 거예요. 조심해요. 내 말 잘 듣고 따라 하세요. 구원받을 길은 그것뿐이니까. 산으로 기어 들어가 석탄이든 구리든, 철이든 아연이든 캐서 돈을 좀 벌어요. 그래서 친척들이 우리를 존경하게 만들고 친구들이 우리한테 굽 실거리게 만드는 겁니다. 보스, 성공하지 못하면 짐 싸들고 산으로 가 이리든 곰이든 만나서 잡아먹히는 게 나을 겁니다. 그러면 짐승들에게 좋은 일을 하는 셈이니까요. 하느님이 그런 짐승들을 이 땅으로 보낸 건 우리 같은 놈들을 잡아먹어 타락하지 못하게 하기 위해서라고요.

여기에 조르바는 색연필로 초록빛 나무 아래서 새빨간 이리 일곱 마리에게 쫓겨 도망치는 키가 크고 비쩍 마른 남자를 그려 놓았다. 그림 위에는 큼직한 글씨로 '조르바와 지옥에 갈 만한 일곱 가지 큰 죄'라고 쓰여 있었다.
편지는 계속된다.

이 편지를 읽으면 내가 얼마나 불행한 사람인지 알게 될 겁니다. 마음이 복잡할 때 그나마 위안이 되는 건 당신과 함께 걸으며 이야기를 나눌 때뿐이에요. 당신은 나와 비슷하기 때문이지요. 당신은 모르겠지만 당신 안에도 악마가 한 마리 있어요. 이름은 아직 모르지만요. 당신은 그걸 모르니 숨을 쉴 수 있는 겁니다. 보스, 그놈에게 세례를 내려주고 이름을 지어줘요. 그럼 좀 나아질 겁니다.
나는 나 자신이 불행한 사람이라고 했지요. 내 머릿속에는 쓰레기밖에 든 게 없지만 아직 시간이 있으니 때때로 근사한 생각이 떠오르겠지요. 내 안에 있는 조르바가 시키는 대로만 한다면 세상이 깜짝 놀랄 일을 할 수도 있을 겁니다.

내가 인생과 맺은 계약에 기한이 없다는 걸 확인하기 위해 가장 위험한 경사 길에서 브레이크를 풀어보곤 하지요. 인생이란 가파른 경사도 있고 내리막길도 있으니까요. 대다수가 브레이크를 쓰지요. 하지만 보스, 이건 내가 어떤 인간인가를 여실히 드러내는 부분입니다만, 나는 브레이크를 벌써 오래전에 버렸어요. 나는 콰당탕 부딪치는 게 두렵지 않으니까요. 기계가 선로를 이탈하는 걸 우리 같은 기술자들은 콰당탕이라고 합니다. 내가 콰당탕하는 걸 두려워한다면 오산이에요. 나는 항상 전속력으로 질주하면서 마음 가는 대로 사니까요. 부딪쳐 박살이 나면 좀 어때요. 그래봤자 무슨 손해날 게 있겠어요. 없어요. 천천히 가면 거기 안 가겠어요? 물론 갑니다. 하지만 이왕 갈 거면 신 나게 가자는 얘깁니다.

보스, 지금 내가 당신을 웃기고 있다는 거 압니다. 나는 되는 대로 얘기하고 있는 중이에요. 당신이 내 생각이나 약점, 내 헛소리를 실컷 비웃어도 좋아요. 그런데, 난 잘 모르겠는데 이 세 가지가 대체 어떻게 다른 겁니까? 웃는다고 생각하니 우습네요. 세상엔 웃음이 참 흔하지요. 사람에겐 바보 같은 구석이 있기 마련이지만 그중 제일 바보는 그런 바보 같은 구석이 없는 사람일 겁니다.

이제 당신은 내가 칸디아에서 얼마나 바보같이 생활하고 있는지 아셨을 테지요. 보스, 이제 그 얘기를 천천히 해드리지요. 당신의 조언이 필요하니까요. 당신은 아직 젊지만 지혜로운 책을 많이 읽어서 이런 얘길 해도 될지 모르겠지만 약간은 구식이에요. 그래서 나는 당신의 조언이 필요합니다.

보세요, 나는 사람에게 각자 고유의 냄새가 있다고 생각해요. 이 냄새는 아주 복잡하게 섞여서 의식하지 못한 채 살고 있고, 이게 누구 냄새인지 또 저건 누구 냄새인지 구별하기도 어려워요. 우리가 알 수 있는 건 '인간성'이라 불리는 고약한 냄새뿐이지요. 혹자는 이 냄새를 맡을 때 라벤더 향기를 맡듯 코를 킁킁거리기도 하지요. 생각만 해도 역겹군요. 이야기가 또 샛길로 빠졌네요. 다시 시작해 봅시다.

실은—나는 브레이크를 다시 풀 생각입니다.—암캐처럼 촉촉이 젖은 코로 저희를 좋아하는 사람과 싫어하는 사람을 구분할 줄 아는 계집들, 그러니까 화냥년들 얘기를 하려고 합니다. 이것들이 냄새를 그렇게 잘 맡으니 나처럼 제대로 된 옷 한 벌 없는 비루한 늙은 원숭이한테도 계집 한둘이 따르는 겁니다. 이것들이 내 냄새를 맡은 거지요. 어휴, 이 화냥년들! 하느님이 축복해 주시길.

어쨌든 내가 칸디아에 도착한 첫날 저녁 무렵이었어요. 곧바로 상점으로 달려갔는데 문이 닫혀 있더군요. 그래서 여관을 잡고 노새에게 먹이를 좀 주고 나서 목욕을 했지요. 그러고 나서 담배 한 대 물고 산책을 하러 나갔어요. 시내를 나가도 나를 아는 놈도 없고 내가 아는 놈도 없으니 완벽하게 자유로웠지요. 시내를 거닐며 혼자 웃고 중얼거리며 가지고 나온 볶은 호박씨를 우물우물 씹으며 마음껏 돌아다녔습니다. 가로등에 불이 켜지고 사내들은 아페리티프를 한 잔씩 하고 여자들은 집으로 돌아가고 있었어요. 공기 속에는 분과 화장비누, 아니스 술, 수블라키(꼬치에 꿰어 구운 고기) 냄새가 섞여 진동을 했지요. 그래서 속으로 중얼거렸어요. '이봐, 조르바. 코를 벌름거리며 살아봤자 얼마나 살겠어? 이런 공기를

마실 날도 얼마 남지 않았으니 실컷 마시라고!'

보스도 이 광장을 아실 겁니다. 그곳을 오르내리며 혼자 중얼거리고 있었던 거지요. 그런데—고마우신 하느님이여!—갑자기 사람들이 떠들며 춤을 추었고 탬버린 소리와 동양풍의 노랫소리가 들려왔습니다. 그래서 노랫소리가 들리는 곳으로 갔는데 거긴 카바레가 붙은 카페였어요. 마침 출출하던 참이라 들어가서 프런트 근처에 있는 작은 테이블 앞에 앉았지요. 들어가지 못할 이유는 없지 않습니까? 앞서 말했다시피 아는 사람 하나 없었기에 자유로웠으니까요.

못난이 계집 하나가 무대 위에서 치마를 들어 올리며 춤을 추더군요. 헌데 뭐 볼 건 없었어요. 맥주 한 병을 시켰지요. 그랬더니 피부가 가무잡잡하고 쪼끄마한 계집이 하나 다가와 내 테이블에 앉더군요. 화장을 잔뜩 처바른 게 말이지요.

"앉아도 돼요, 할아버지?"

이게 웃으면서 말하는데 피가 솟구치더라고요. 확 모가지를 비틀어버리려다 꾹 참으며 이 계집애 기를 좀 죽이려고 급사를 불렀지요.

"여기 샴페인 두 병!"

용서하세요, 보스. 당신 돈을 좀 썼습니다. 하지만 그런 수모를 겪었으니 우리 명예—내 명예뿐만 아니라 당신 명예도—를 지켜야 되지 않겠습니까. 이럴 땐 당신도 날 방치해 두진 않을 테니까요. 그래서 샴페인을 주문한 겁니다. 샴페인이 오자 나는 과자도 시켰지요. 그러고 나서 샴페인을 더 시켰고 마침 재스민 장수가 왔기에 한 바구니 사서 나에게 모욕을 줬던 이 어린 계집에게 안겨주었지요.

마시고 또 마셨습니다. 하지만 보스, 맹세컨대 어린 계집의 엉덩이 한 번 만져보지 않았어요. 나한테 어울리는 계집이 누군지는 누구보다 잘 알고 있으니까요. 옛날에는 우선 찔러보고 그 다음에 데리고 놀았지요. 그런데 이제 나이를 먹었으니 돈을 쓰면서 그걸로 기를 죽여야 되는 겁니다. 여자들은 그런 대접을 좋아하니까요. 계집들이 아주 미치지요. 꼽추든 늙은이든 어떻게 생겼든 상관없이 돈 꺼내는 손만 보면 밑 빠진 독에서 돈이 새어 나가는 걸 거들기까지 한다니까요. 그래서 돈을 좀 썼다는 얘깁니다. 보스, 하느님이 당신을 도와서 천 배 만 배로 되돌아오기를! 그랬더니 그 계집이 슬슬 다가오면서 제 무릎으로 내 무릎을 건드리더군요. 나는 속에서 불길이 치솟았지만 빙산처럼 의연한 척했지요. 만약 당신한테도 이런 일이 생길지 몰라 알려드리지만 속에서 천불이 나도 손끝 하나 건드려서는 안 됩니다.

계집은 자정이 되자 가버리더군요. 불이 꺼지고 카페 문이 닫혔지요. 나는 천 드라크마짜리 지폐를 꺼내 계산을 하고 급사에게 팁도 넉넉히 줬지요. 그러자 계집이 매달리더군요.

"이름이 뭐예요?"

"할아버지."

나는 잔뜩 부은 채 대답했지요. 그랬더니 이 쪼끄만 게 아프게 꼬집으며 속삭였어요.

"나랑 가요……. 나랑 같이 가요."

나는 그 조그만 손을 꼭 잡으며 그러겠다는 듯 대답했지요.

"오냐, 가마. 이 쪼끄만 것아."

내 목소리는 갈라졌지요. 보스, 그 다음은 말 안 해도 아실 거예요. 일을 치르고 잠이 들었어요. 깨어났을 땐 정오가 다 되었던 것 같아요. 주위를 둘러봤는데 뭐가 있었는지 아세요? 깔끔하게 꾸민 작은 방, 안락의자와 세면대, 비누, 향수병, 거울, 산뜻한 옷이 잔뜩 걸려 있는 벽, 뱃사람과 관리, 선장, 경찰관, 무희, 그리고 아무것도 안 입고 샌들만 신은 여자 사진들이 벽에 붙어 있었어요. 내 옆에는 따뜻하고 말랑말랑한 암컷이 머리카락이 흐트러진 채 누워 있었고요. 나는 눈을 감고 중얼거렸어요. '오, 조르바, 자네는 살아서 천당에 왔구먼. 이 좋은 곳을 떠나지 말게!'

보스, 전에 내가 사람에겐 각자 자기만의 천당이 있다고 말한 적 있지요? 당신의 천당은 책이 가득 쌓이고 큰 잉크병이 놓인 방일 수도 있겠지요. 그리고 포도주, 럼, 브랜디 병이 가득한 방, 돈이 잔뜩 쌓여 있는 방을 천당으로 아는 놈들도 있을 테고요. 내 천당은 바로 여깁니다. 벽에는 예쁜 옷이 걸려 있고, 비누 향내가 나고 푹신푹신한 침대 위에는 암컷이 누워 있는 이곳 말입니다.

잘못은 고백하는 것만으로도 반은 용서될 수 있다고 하더군요. 그날 나는 밖에 나가지 않았어요. 어디 갈 데가 있어야지요. 할 일도 없고 두려울 것도 없었으니까요. 나는 그곳이 마음에 쏙 들었어요. 그래서 최고급 여관에다 식사를 주문했지요. 뭐 대단한 건 아니지만 영양이 많고 기운이 좀 나게 하는 음식이었어요. 철갑상어알젓, 고기, 생선, 레몬주스, 카다이프(호두를 넣은 달콤한 터키 과자)를 주문했던 거지요. 우리는 또 잠깐 일을 치르고 낮잠을 잤어요. 그리고 나서 밤에 일어나 손을 잡고 다시 그 카페로 갔지요.

길게 말하지 않겠습니다. 계획은 착착 진행되고 있으니 너무 걱정 마세요, 보스. 당신 일도 아주 잘 처리하고 있으니까요. 가끔씩 상점을 찾아 돌아다니고 있어요. 케이블과 필요한 것들을 구입할 테니 걱정 마시고요. 하루가 늦든 일주일이 늦든 한 달이 늦든 그게 무슨 상관이겠어요. 옛말에 지나치게 방정한 고양이는 요상한 새끼를 낳는다고 하잖아요. 당신의 이익을 위해서 나는 귀를 씻고 마음이 깨끗해지기를 기다리고 있는 겁니다. 그래야 사기당하지 않을 테니까요. 케이블은 최고급이어야 해요. 그래야 망하지 않으니까. 그러니 보스, 나를 믿고 좀 기다려줘요.

또 무엇보다 내 건강은 염려하지 마세요. 모험은 건강에 좋으니까요. 며칠 새 나는 20대가 된 기분이에요. 기운이 넘치거든요. 이도 다시 날 거예요. 도착했을 땐 등이 좀 아팠는데 지금은 아주 튼튼해요. 아침마다 거울을 보는데 머리카락이 까맣게 변하지 않은 게 그저 놀라울 따름입니다.

당신은 내가 왜 이런 얘길 쓰고 있는지 궁금하실 겁니다. 글쎄요. 아마 당신이 내 고해성사를 들어주는 신부 같아서 그럴 겁니다. 당신한테는 내 죄를 털어놓아도 부끄럽지 않거든요. 왜 그런지 아십니까? 내가 아는 당신은 설사 내가 잘못을 저질렀다 해도 크게 신경 쓰지 않을 테니까요. 당신에게는 하느님 같은 물 묻은 스펀지가 있어요. 쓱쓱 닦아버리면 내 죄도 닦이는 것이지요. 그래서 당신에게 이런 고백을 하는 겁니다. 그러니 들어봐요.

지금 나는 완전히 취했어요. 머리가 핑핑 돌고 있답니다. 보스, 어서 펜을 들어 이 편지를 받는 즉시 답장을 해주세요. 답장이 올 때까진 마음이 편치 않을 것 같습니다. 앞으로 몇 년 동안 하느님과 악마의 장부에는 내 이름이 없을 겁니다. 내 이름이 든 장부는 오직 당신 것뿐이에요. 그래서 내가 의논할 상대도 당신뿐이에요. 그러니 내 얘길 잘 들어보세요.

어제 칸디아 근처의 마을에서 성명축일聖名祝日(자신의 이름과 같은 성자의 축제일_옮긴이)이 있었어요. 롤라가 어떤 성자의 이름과 같은지는 모르겠지만, 참 그 계집 이름이 롤라라는 얘길 안 했군요. 그 애 이름이 롤라예요. 그 애가 이렇게 말하더군요.

"할아버지!"

그 애는 계속 날 이렇게 부른답니다. 내 별명이 되었지요.

"할아버지, 나 성명축일제에 가고 싶어요."

"그럼 다녀와, 할멈."

내가 이렇게 대답했지요.

"할아버지랑 같이 가고 싶어."

"난 성자를 좋아하지 않아. 그러니 혼자 가!"

"그래요? 그럼 나도 안 갈래요."

내가 노려보았지요.

"안 가? 왜? 가고 싶지 않다는 거야?"

"같이 가면 가고, 아니면 나도 안 갈래요."

"왜 안 가? 넌 자유인이잖아. 아니야?"

"아니에요."

"넌 자유가 싫으니?"

"싫어요."

나는 믿을 수가 없었지만 사실이었지요.

"아니, 너는 자유를 원치 않는다는 거냐?"

"네. 싫어요, 싫어, 자유가 싫다고요!"

보스, 나는 롤라의 방에서 그 애의 편지지에다 이 글을 쓰고 있습니다. 제발 내 말 잘 들어줘요. 나는 자유를 원하는 자만이 인간이라고 생각해요. 그런데 여자는 자유를 원치 않아요. 그런데도 인간일까요?

제발 빨리 대답 좀 해줘요. 보스에게 행운이 있기를 바라며.

나, 알렉시스 조르바

조르바의 편지를 다 읽고 난 후 나는 한동안 두 가지, 아니 세 가지 이유 때문에 망설였다. 화를 내야 될지 웃어야 될지, 아니면 논리와 도덕과 정직이라는 껍질을 깨고 밖으로 나오려는 이 원시적 인간에게 감탄을 해야 할지 갈등이 되었던 것이다. 그에겐, 우리에게 일상적이고 편리한 도덕성이란 게 없었다. 그에게는 그를 끝없는 지옥으로 이끄는 불쾌함과 위험만이 있을 뿐이었다.

글을 쓸 때마다 이 무식한 일꾼은 펜을 무지막지하게 부러뜨린다. 원숭이의 껍질을 처음 벗어던진 원시인처럼, 위대한 철학자처럼, 그는 원초적 인간의 문제에 직면한다. 조르바는 이런 문제들이 가장 시급하다고 생각하는 것이다. 그는 어린아이처럼 늘 만물과 새롭게 만난다. 계속 놀라며 항상 '왜, 어째서'라고 묻는다. 매사가 그에게는 기적이며 아침마다 눈을 뜨면 나무와 바다, 돌과 새를 보고도 놀라서 소리친다.

"이 기적은 대체 뭔가요? 이 신비는 뭐란 말입니까? 나무와 바다, 돌과 새의 신비는 뭐지요?"

마을로 들어서면서 우리는 노새를 끌고 가는 작은 노인을 만난 적이 있었다. 그때 노새를 바라보던 조르바의 눈이 커졌다. 눈빛이 어찌나 강렬하던지 노인이 겁을 먹고 소리쳤다.

"이봐요, 형씨! 제발 악마 같은 눈길은 보내지 마요!"

노인이 성호를 그으며 말했다.

"내가 뭘 어쨌기에 노인이 저러는 겁니까?"

나는 조르바를 바라보았다.

"내가요? 내가 뭘 어쨌다고? 난 그저 노새를 본 것뿐인데. 헌데 놀랍지 않아요, 보스?"

"뭐가요?"

"글쎄……. 이 세상에 노새 같은 게 산다는 거 말이에요."

또 어떤 날은 내가 바닷가에서 다리를 뻗고 책을 읽는데 조르바가 내 맞은편에 앉아 산투르를 무릎에 올려놓고 켜기 시작했다. 나는 눈을 들어 그를 바라보았다. 차츰 표정이 변하더니 야성의 환희에 휩싸인 듯했다. 그는 목을 길게 뽑으며 노래를 불렀다. 마케도니아의 노래, 산적 클레프트의 노래를 부르며 악을 쓰기 시작했다. 원시시대의 야성을 되찾은 듯 우리가 시, 음악, 사상이라고 명명한 것들이 그에겐 '아크! 아크!' 같은 절규가 되었던 것이다. 그 소리는 조르바 내면의 깊은 곳에서 우러나오는 것이었으며, 우리가 문명이라 부르는 별것 아닌 껍질이 깨지면서 불멸의 야수, 털북숭이 신, 무서운 고릴라가 되어 터져 나온 것이었다.

갈탄, 이익과 손해, 오르탕스 부인, 미래에 대한 구상은 한순간에 사라져버렸다. 그 절규가 모든 것을 앗아간 것이다. 우리에게 필요한 건 아무것도 없었다. 그 고독한 크레타 해안에 갇힌 우리는 인생의 슬픔과 행복을 온전히 느껴보았고 그것들은 더 이상 존재하지 않게 되었다. 해가 지고 밤이 되면서 큰곰자리는 움직이지 않는 하늘 위를 돌며 춤을 추었고, 달이 떠올라 모래 위에서 노래를 불러대는 두 마리의 야수를 측은하게 내려다보았다.

흥분한 조르바가 갑자기 소리쳤다.

"오, 인간은 짐승이로다. 이봐요, 보스. 책은 그냥 놔둬요. 창피하지 않아요? 인간은 짐승이에요. 짐승은 책을 읽지 않아요."

한동안 잠자코 있던 그가 웃음을 터뜨렸다.

"하느님이 남자를 어떻게 만들었는지 아세요? 이 짐승, 남자를요. 맨 처음 이 짐승이 하느님께 뭐라 했는지 아세요?"

"몰라요. 거기 있지도 않았는데 내가 어떻게 압니까?"

"난 거기 있었어요."

조르바가 소리쳤다. 그의 눈이 번쩍였다.

"그럼 뭐라고 했는지 말해 봐요."

그는 반쯤은 취하고 반쯤은 장난기 섞인 말투로 인간의 창조에 대한 이야기를 풀어나갔다.

"자, 잘 들어봐요, 보스. 어느 날 아침, 잠에서 깬 하느님은 기분이 울적했어요. 그러더니 '나도 참 한심한 신이로다! 향불 하나 피워줄 놈도 없고, 심심풀이로 내 이름을 불러줄 놈도 하나 없으니! 늙은 부엉이처럼 혼자 사는 것도 아주 지긋지긋해, 퉤!' 라고 중얼거렸지요. 그래서 그는 손바닥에 침을 탁 뱉고 소매를 걷어 올렸어요. 안경까지 쓰고는 흙덩이 하나를 집어 들고 침을 뱉어 갠 다음 사내 하나를 만들어 벽에다 걸어놓고 말렸어요. 일주일이 지나자 잘 말라 있더군요. 그걸 들여다보던 하느님이 갑자기 배를 잡고 웃었어요. 그러면서 '솜씨하고는. 꼭 뒷다리로 서 있는 돼지 같잖아! 내가 만들려던 건 이런 게 아닌데 말이야. 다른 걸 만들 땐 이런 실수하지 않았는데!' 라고 말했지요. 그러더니 하느님은 그것의 목덜미를 잡아들더니 엉덩이를 걷어차며 말했어요. '꺼져, 썩 꺼지라고! 지금부터 네가 할 일은 새끼 돼지를 잔뜩 낳는 것이다. 이 땅은 네 것이다. 뛰어가라! 왼발, 오른발, 왼발, 오른발, 발맞추어 가!'

허나 보스도 알다시피 그건 돼지가 아니었어요. 펠트 모자를 쓰고 겉옷을 대충 걸치고는 줄을 빳빳하게 세운 바지를 입고 빨간 술이 달린 터키 슬리퍼를 신고 있었어요. 허리띠에는 '내 너를 잡을 것이다.' 라는 글씨가 새겨진 뾰족한 단검을 차고요. 이건 분명 악마가 줬을 거예요. 그게 바로 사내였어요. 하느님이 사내에게 키스하라고 손을 내밀자 그는 수염을 배배 꼬면서 말했어요. '이봐, 영감. 비켜줘야 가든 말든 하지!'"

내가 웃자 조르바는 말을 멈추며 인상을 찌푸렸다.

"웃지 마요. 딱 이랬다니까요!"

"당신이 어떻게 압니까?"

"그랬을 것 같단 말이지요. 내가 아담이었어도 그랬을 거예요. 그게 아니라면 내 손에 장을 지지겠소. 당신도 책만 믿지 말고 나를 믿으라고요!"

그는 내 대답도 듣지 않고 다시 산투르를 연주하기 시작했다.

나는 한동안 심장을 관통한 화살이 그려진 향기 나는 편지를 들고서 조르바와 함께하며 그의 존재감으로 가득 찼던 날들을 떠올렸다. 시간이 지날수록 그와의 만남은 더욱 깊어져 갔다. 그와의 만남은 줄줄이 엮인 사건들의 연속도, 해결 불가능한 철학적인 문

제도 아니었다. 부드럽고 따뜻한 모래 같은 것이었다. 나는 모래
가 내 손가락 사이로 부드럽게 빠져나가는 걸 느낄 수 있었다. 나
는 중얼거렸다.

"조르바에게 복이 있기를! 조르바는 내 안에서 웅크리고 있는
추상적인 관념에 따뜻하고 사랑스러운 살아 있는 육체를 주었지.
조르바가 없으면 나는 다시 떨게 될 거야."

나는 종이 한 장을 꺼낸 후 일꾼 하나를 불러 조르바에게 지급
전보를 치게 했다.

'즉시 돌아오시오.'

14

3월의 첫날, 토요일 오후. 나는 바닷가 바위에 기대어 글을 쓰고 있었다. 그날 처음으로 제비를 본 나는 행복했고, 붓다의 주문을 종이 위에 거침없이 써 내려가고 있었다. 그때는 붓다와의 싸움이 잦아들 무렵이었다. 이제 더 이상은 예전처럼 서두르지 않았다. 앞길이 보였기 때문이었다.

그때 자갈을 밟는 소리가 들렸다. 나는 해변을 구르듯 달려와 기함처럼 닻을 내리는 늙은 세이렌을 보았다. 얼굴은 빨갛게 달아올랐고 숨을 헐떡이고 있었다. 무슨 걱정이라도 있는 것 같은 얼굴이었다.

"편지가 왔다고요?"

마음이 급해진 오르탕스 부인이 내게 물었다.

"네, 왔어요! 부인에게 꼭 안부를 전해 달라고 하더군요. 밤낮 부인 생각만 한다며, 먹지도 마시지도 못한다더군요. 떨어져서는 견딜 수 없다고요."

나는 웃으면서 부인의 말에 맞장구를 쳤다.

"그것뿐이에요?"

가엾은 여인은 숨을 고르면서 물었다. 나는 이 여자가 불쌍했다. 그래서 주머니에서 조르바의 편지를 꺼내 읽는 척했다. 늙은 세이 렌은 이 빠진 입을 벌린 채 눈을 끄게 뜨고는 귀를 기울였다. 나는 읽는 척했지만 둘러대는 게 쉽지 않아서 글씨를 잘 알아보기 힘든 듯 연기를 했다.

"보스, 어제는 뭘 좀 먹으려고 싸구려 식당에 갔어요. 배가 고팠 으니까요. 그런데 대단한 미인이 들어오지 않겠어요. 여신과도 비 교할 수 없을 만큼 아름다웠지요. 세상에! 그 여자는 꼭 우리 부불 리나 같았어요. 그 순간 눈물이 분수처럼 흘러내리더군요. 목이 메어서 삼킬 수가 없었어요. 나는 일어서서 돈을 내고 나왔답니 다. 오랫동안 성자를 찾지 않았는데 마음이 너무 아파서 성 메나 스 성당으로 달려가 초 하나를 켜고 기도를 드렸어요. '성 메나스 여! 바라건대 사랑하는 나의 천사의 좋은 소식을 듣게 해주소서. 우리의 날개가 하루빨리 다시 붙기를.' 이렇게 말이지요……."

"하하하!"

오르탕스 부인은 웃었고, 그녀의 얼굴엔 기쁨이 넘쳤다.

"왜 그렇게 웃으십니까, 부인?"

나는 숨을 돌리고 거짓말을 생각해 낼 시간을 벌기 위해 물었다.

"왜 그렇게 웃는 거예요? 울어야 될 마당에."

"몰라서 그래요. 몰라서……."

부인은 키득거리다가 크게 웃음을 터뜨렸다.

"뭘 모른단 말입니까?"

"날개 말인데요. 그 엉큼한 양반은 다리를 날개라고 불러요. 우리끼리만 있을 때는요. 우리 날개를 하루빨리 다시 붙게 해달라니……. 하하하!"

"그다음 말을 들으셔야죠. 깜짝 놀라실 겁니다."

나는 편지를 넘기며 다시 읽는 척했다.

"오늘 이발소 앞을 지나는데 이발사 녀석 하나가 비눗물이 가득한 양동이를 길가에 쏟았어요. 그래서 거리엔 비눗물 냄새로 진동했지요. 나는 또 부불리나 생각이 나서 눈물이 났어요. 보스, 나는 더 이상 부불리나와 떨어져서는 못살 것 같아요. 정말 미쳐버릴 것 같아요. 보세요, 시까지 썼어요. 이틀 전에는 도저히 잠을 이룰 수 없어서 부불리나를 위해 시를 썼답니다. 부디 우리 부불리나에게 읽어주시고 내 괴로움을 나누어주시길.

오! 어느 오솔길이라도 좋으니 그대와 만날 수 있다면,
좁디좁은 오솔길이라도 우리 사랑을 감싸 안으리.
내가 빵 부스러기나 고깃점이 되어도
내 부서진 뼈에는 힘이 있으니 그대에게 달려가리."

오르탕스 부인은 게슴츠레한 눈을 반쯤 감은 채 온통 집중하여 행복한 표정으로 듣고 있었다. 목을 죄는 듯한 리본도 그날은 보이지 않았고, 짧은 순간이나마 주름살도 보이지 않았다. 부인은 미소 짓고 있었다. 부인의 마음은 행복과 만족으로 가득 차 먼 여행을 떠나는 듯했다.

3월, 푸른 풀, 붉고 노란 자줏빛의 예쁜 꽃들, 흰 고니와 검은 고니 떼가 노래를 부르며 사랑을 나누고 있는 투명한 수면…… 암

컷은 흰색, 수컷은 검은색, 반쯤 벌린 두 부리는 진한 분홍색이었다. 커다랗고 푸른 곰치는 물 위로 솟구쳐 몸을 배배 꼬면서 굵고 노란 뱀 옆을 휘돌았다. 다시 열네 살 소녀가 된 오르탕스 부인은 알렉산드리아, 베이루트, 스미르나, 콘스탄티노플의 동양풍 양탄자 위에서 춤을 추다가 윤이 나는 갑판이 있는 배를 타고 크레타로 왔다……. 이제 부인은 옛일을 고스란히 기억해 낼 수 없었다. 추억들이 한데 엉켜 어지럽게 돌아가고 부인의 가슴은 부풀어 올랐으며 해안은 부서졌다. 부인이 춤을 추고 있을 때, 갑자기 바다는 뱃머리가 황금으로 장식된 배들로 뒤덮였다. 갑판은 형형색색의 천막과 비단 깃발이 뒤섞여 있었다. 페스모에 황금빛 술을 빳빳하게 세운 파샤의 행렬이 천막에서 나왔다. 그리고 돈 많고 늙은 지방 유지들이 값비싼 제물을 들고 수염도 나지 않은, 기가 죽은 아들들을 데리고 순례의 길에 올랐다. 반짝이는 삼각모를 쓴 제독들도 나왔다. 하얀 칼라와 펄럭거리는 통바지를 입은 수병들과 푸른 바지에 노란 장화, 검은 머릿수건을 두른 젊은 크레타인도 뒤를 따랐다. 마지막으로 키는 크지만 사랑의 열병을 앓아 비쩍 마른 조르바가 손가락에 큼직한 약혼반지를 끼고 반백 머리에 오렌지 화관을 쓰고 등장했다.

배에서는 부인이 화려했던 시절에 만난 사람은 하나도 빠짐없이, 심지어는 어느 날 밤 콘스탄티노플에서 물에 빠진 부인을 건져주었던 뻐드렁니 곱사등이 사공까지 나왔다. 밤이 깊었기에 아무도 그들을 볼 수 없었는데, 그들이 모두 내리고 나니 뒤에서는 곰치와 뱀, 고니가 교미를 하고 있었다.

사내들이 다가와 부인과 어울렸다. 그들은 한꺼번에 고개를 들고 쉭쉭거리는 우물 속의 색정적인 뱀들처럼 한 무리가 되어 어우러졌다. 그 한가운데에는 벌거벗은 몸이 온통 땀으로 번들거리고 입술을 벌려 뾰족한 이를 드러낸 열네 살, 스무 살, 서른 살, 마흔 살, 예순 살의 몸이 달아오른 오르탕스 부인이 불만족스러운 듯 가슴을 내밀며 식식거리고 있었다.

사라진 것도, 죽어버린 애인도 없었다. 부인의 늙은 젖가슴에서 그들은 되살아났다. 오르탕스 부인은 쌍돛대를 단 고귀한 쾌속 전함이었고, 부인의 애인들은 거기에 탑승한 승무원들이었다. 부인은 장장 사십오 년을 현역 생활을 했으니 얼마나 많겠는가! 쾌속 전함이 찢어진 돛을 달고 그토록 바라던 결혼이라는 마지막 항구를 항해하는 동안 그들은 계속해서 배로 기어오르는 듯했다.

조르바는 천의 얼굴이었다. 터키인이고 유럽인이었으며 아르메니아인이면서 아랍인이고 그리스인이었다. 조르바를 안음으로써 오르탕스 부인은 수많은 애인들을 안는 것과 마찬가지였다.

늙은 세이렌은 그제야 내가 편지 읽기를 멈춘 사실을 깨달은 모양이었다. 그 순간 환상은 사라져버린 것이다. 부인은 무거운 눈꺼풀을 들어 올렸다.

"그게 다예요?"

여자는 탐욕스럽게 입술을 핥으며 다그치는 듯한 말투로 물었다.

"오르탕스 부인, 더 이상 무엇이 필요합니까? 모르시겠어요? 편지엔 온통 부인 이야기뿐입니다. 보세요, 넉 장이나 되지 않습니까. 여기엔 심장도 그려져 있어요. 조르바가 직접 그렸다더군요. 사랑이 심장을 꿰뚫었다고요. 그리고 이 아래에는 비둘기 한 쌍이 서로 끌어안고 있고 날개에는 빨간 잉크로 '오르탕스와 조르바'

라고 조그맣게 쓰여 있어요."

비둘기도, 이름도 없었지만 눈물 어린 늙은 세이렌의 작은 눈에는 자신이 바라는 대로 보이는 법이었다.

"그게 전부예요? 더 없어요?"

부인은 아직도 부족한지 다그치며 물었다. 날개, 이발사의 비눗물, 비둘기…… 이것만으로도 달콤하겠지만 부인은 손에 잡히는 구체적인 것을 원했다. 그녀는 평생 이런 헛소리는 신물 나게 들어왔을 것이다. 이런 말 따위가 무슨 소용이 있겠는가. 한평생 힘들게 살아온 그녀에게 남은 건 고독과 늙은 몸뚱이뿐이었다.

"더 없어요? 더 없어요?"

부인이 다그치듯 다시 중얼거렸다. 쫓기는 사슴처럼 나를 보는 부인이 측은하게 느껴졌다.

"왜 없겠어요, 오르탕스 부인. 편지 마지막에 조르바가 아주 중요한 얘기를 했어요. 너무 중요해서 마지막으로 미뤄둔 겁니다."

"그게 뭔가요?"

부인이 한숨을 쉬며 말했다.

"무슨 얘기냐 하면, 돌아오는 대로 부인 앞에 무릎을 꿇고 눈물을 흘리며 청혼하겠답니다. 더 이상은 기다릴 수 없다고요. 조르바는, 부인을 자신의 부인, 즉 오르탕스 조르바 부인으로 만들고 다신 헤어지지 않겠다고 합니다."

그녀의 눈에서 눈물이 주르륵 흘러내렸다. 이것이야말로 최상의 기쁨이었고 그녀가 평생을 갖지 못해 속을 태우던 것이었다. 평화로운 생활을 누리며 안락한 침대에 눕는 것, 이것이 바로 그녀가 가장 원하던 것이었다. 여자는 두 손으로 눈을 가렸다.

"좋아요."

부인이 마치 선심이라도 쓰듯 말했다.

"받아주겠어요. 하지만 이렇게 전해 줘요. 이 마을엔 오렌지 화환이 없으니 칸디아에서 가져와야 한다고요. 하얀 초 두 개와 분홍 리본, 달콤한 아몬드도 사 오라고 일러주세요. 웨딩드레스도 하얀 색으로 사와야 되고……. 비단 양말과 공단 실내화도 한 켤레 필요하고……. 시트는 있으니 됐고 침대도 있고……."

그녀는 이미 남편을 심부름꾼으로 부리는 아내가 되어 주문을 하고 있었다. 부인이 갑자기 벌떡 일어섰다. 그리고 당당하게 결혼한 유부녀처럼 굴었다.

"부탁할 게 있어요. 아주 중요한 거예요."

오르탕스 부인은 이렇게 물으며 옷매무새를 가다듬고 내 대답을 기다렸다.

"말씀하세요. 오르탕스 부인, 대령하고 있으니까요."

"조르바와 난 사장님을 좋아해요. 사장님은 아주 친절하시니 우릴 실망시키지 않으실 거라 믿어요. 그러니 우리 결혼의 증인이 되어주세요."

순간 나는 오싹했다. 옛날 우리 집에 디아만둘라라는 늙은 하녀가 있었다. 예순이 넘어 코밑에 수염이 거뭇거뭇한, 시집을 못 갈까 봐 반쯤 정신이 나간 가슴이 말라빠진 노파였다. 그녀는 마을 식료품 가게 배달꾼인 미트소를 사랑했는데, 그는 지저분하고 살이 잔뜩 찐 수염 하나 나지 않은 젊은 농부였다.

"나랑 언제 결혼할 거야? 지금 해줘. 언제까지 기다려야 해? 도저히 못 참겠어."

노파는 일요일마다 이렇게 그를 다그쳤다.

"나도 참기 힘들어요. 더 이상은 못 기다리겠어요, 디아만둘라. 하지만 늘 얘기했듯이 나도 할머니처럼 수염이 좀 나야 결혼할 수 있을 거 아니에요?"

옷을 입으면 드럼통이 되던 교활한 식료품 가게 배달꾼은 이렇게 대답하곤 했다.

시간은 그렇게 흘러갔지만 디아만둘라는 계속 기다렸다. 짜증과 두통은 점점 줄어들었다. 키스 한 번 해보지 못하고 비틀린 입술은 미소를 띠었다. 옷도 전보다 더 깨끗이 빨아 입고 접시도 덜 깼으며 음식을 태우지도 않았다.

"도련님, 우리 결혼에 증인이 되어주시겠어요?"

어느 날 밤, 디아만둘라가 내게 와 수줍게 물었다.

"그럼요. 해야죠, 디아만둘라."

나는 그녀가 너무 가엾어서 그렇게 대답하긴 했지만 숨이 막히는 것 같았다.

그때 그 말을 들었을 때도 가슴이 미어지는 것 같았는데, 오르탕스 부인한테도 같은 제안을 받으니 오싹할 수밖에.

"물론이죠. 그렇게 하고말고요. 영광입니다, 오르탕스 부인."

오르탕스 부인은 만족스러운 듯 모자 밑에 달린 작은 방울을 쓰다듬고는 입술을 핥으며 일어섰다.

"안녕히 주무세요, 안녕히. 그이가 빨리 돌아오면 좋겠어요."

나는 소녀라도 된 것처럼 늙은 몸을 흔들며 사라지는 부인을 바라보았다. 기쁨이 부인에게 날개가 되었고, 낡은 궁정화는 모래 위에 깊은 자국을 남겼다.

부인이 굽은 길을 막 돌아섰을 때 날카로운 비명과 고함소리가 들려왔다. 나는 벌떡 일어나 소리가 들리는 곳을 향해 달려갔다. 맞은편에서 초상이라도 난 듯 여자들이 곡하는 소리가 들려왔다. 바위 위로 올라가 내려다보니 마을에서 남자와 여자들이 달려오고 있었고 개들이 뒤따르며 짖고 있었다. 두세 명은 말을 타고 달려왔다. 자욱한 먼지가 일었다.

　'사고가 났나보군.' 나는 이렇게 생각하며 달려갔다. 시끌벅적한 소리가 점점 커져갔다. 노을빛에 물든 두세 덩어리의 구름이 떠 있었다. '우리 젊은 아가씨의 무화과나무'에는 새로운 잎이 푸르게 돋아나 있었다.

　갑자기 오르탕스 부인이 내게 달려왔다. 머리를 풀어헤치고 숨이 턱 끝까지 차올라 가던 길을 되돌아온 것이다. 신발 한 짝은 벗겨져 있었는데, 그녀는 벗겨진 신발을 들고 울면서 달려왔다.

　"하느님 맙소사……. 아이고, 하느님……."

　그녀는 나를 보자 흐느꼈다. 비틀거리며 금방이라도 쓰러질 듯해서 나는 그녀를 붙잡았다.

　"왜 그러는 거예요? 무슨 일 있습니까?"

　나는 부인이 신발 신는 것을 도와주었다.

　"무서워요…… 무서워요……."

　"뭐가 무서워요?"

　"시체가……."

　부인은 공기 중에 떠도는 죽음의 냄새를 맡고는 두려움에 떨고 있었던 것이다.

　나는 부인을 떼어 어디라도 좀 앉히려 했지만 그녀는 늙은 몸을 떨며 거부했다.

"싫어요. 가기 싫어요."

부인이 소리쳤다.

부인은 시체가 있던 곳에 가길 꺼려했다. 저승 앞을 흐르는 강의 뱃사공 카론의 눈에 띄어서 좋을 건 없었다. 늙은 사람들이 그러하듯 가엾은 세이렌도 카론이 흙이나 풀 속에서 자신을 찾지 못하도록 풀빛과 흙빛으로 변해서 자신을 숨기려고 했다. 부인은 살진 어깨 속에 머리를 파묻고 몸을 떨었다. 그러다 올리브나무 가지 쪽으로 다가가 웃옷을 벗고는 무너져 내리듯 바닥에 털썩 주저앉았다.

"이걸 내 몸에다 덮어주세요. 이걸 덮어주고 한 번 가보세요."

"추워요?"

"추워요, 덮어줘요."

나는 카론의 눈에 띄지 않도록 부인을 덮어주고는 가보았다. 곡소리가 선명하게 들려왔다. 미미코가 내 앞으로 달려가고 있었다.

"미미코, 무슨 일 있는 거야?"

"물에 빠져 죽었어요. 자살한 거라고요."

미미코는 계속 달리며 대답했다.

"누가?"

"파블리요. 마브란도니 영감의 아들."

"왜?"

"과부……."

그 한 마디가 공기 중에 퍼지며 여자의 위험하지만 풍만한 몸이 눈앞에 떠올랐다.

나는 바위 뒤로 돌아갔다. 마을 사람들 대부분이 그곳에 있었다. 남자들은 모자를 벗고 묵묵히 서 있었고 여자들은 머릿수건을 벗은 채 머리카락을 쥐어뜯으며 울부짖고 있었다. 바닷가 자갈밭에는 부풀어 오른 시체가 있었다. 마브란도니 영감은 꼿꼿하게 선 채 그 시체를 내려다보았다. 그는 오른손에 쥔 지팡이에 기대어 서 있었고, 왼손으로는 곱슬곱슬한 반백의 수염을 만지고 있었다.

"과부 년! 저주를 받아라!"

사람들 사이에서 날카로운 소리가 튀어나왔다.

"하느님이 네년에게 죗값을 치르게 하실 거다!"

여자 하나가 일어서서 남자들을 향해 삿대질을 했다.

"아니, 이 마을에는 그년을 이 사람 무릎에다 엎어 놓고 양처럼 목을 따버릴 사내 하나 없는 거예요? 흥, 겁쟁이들 같으니."

그러고 나서 그녀는 아무 말 없이 서 있는 남자들에게 침을 뱉었다. 그러자 카페 주인 콘도마놀리오가 대답했다.

"카테리나, 돌았어? 왜 우리를 모욕해? 우리를 모욕하지 마! 우리 마을에도 아직은 팔리카레(독립군) 같은 사람이 있으니까. 곧 알게 될 거야."

더 이상은 참을 수가 없던 내가 소리쳤다.

"다들 부끄럽지도 않습니까? 왜 이게 그 여자 잘못이라는 겁니까? 다 자기 운명이지. 하느님이 두렵지도 않아요?"

아무도 대답하지 않았다. 물에 빠져 죽은 파블리의 사촌 마놀라카스가 큰 몸을 숙여 시체를 안고 제일 먼저 마을을 향해 걸어갔다.

여자들은 소리를 지르며 자신의 얼굴을 할퀴었고 머리카락을 쥐어뜯었다. 그들은 시체가 안겨 가는 걸 보자 시체를 만지려고 그쪽으로 달려갔다. 그러자 마브란도니 영감이 지팡이를 휘두르며 그들을 쫓아버리고는 앞장서서 걸었다. 여자들은 곡을 하며 뒤를 따랐다. 남자들도 조용히 그 뒤를 따랐다.

모두 저녁노을 속으로 사라졌다. 평화로운 바다의 숨결이 들려왔다. 주위를 둘러보니 나 혼자였다. '나도 집으로 돌아갈 겁니다. 오, 하느님, 이렇게 하루가 또 지나갑니다. 슬픔으로 가득했던 하루가!'

나는 생각에 잠긴 채 길을 따라 걸었다. 나는 인간의 고통을 따뜻하고 가깝게 끌어안는 이곳 사람들을 존경했다. 오르탕스 부인도, 과부도, 슬픔을 잊으려 바다에 몸을 던진 창백한 파블리도, 양의 목을 따듯 과부의 목을 그으라 했던 카테리나도, 사람들 앞에서 울지도 않고 말도 하지 않았던 마브란도니를 말이다. 나 혼자만 이성적으로 사는 인간이었다. 내 피는 끓어오르지도, 열정적으로 사랑하지도, 누군가를 미워하지도 못했다. 모든 걸 운명이라고 주장하면서 비겁하게 사태를 해결하려고 했던 것이다.

나는 흐릿한 어둠 속 바위 위에 서 있는 아나그노스티 영감을 보았다. 그는 긴 지팡이로 턱을 괴고는 바다를 내려다보고 있었다. 나는 그를 불렀지만 그는 듣지 못했다. 그래서 그에게 다가가니, 나를 본 그가 고개를 저으며 중얼거렸다.

"불쌍한 인생이지. 청춘을 그렇게 낭비하고 말다니. 가엾은 것. 슬픔을 참지 못하고 스스로 빠져 죽다니. 이제는 구원을 받겠군."

"구원을 받다니요?"

"받았지, 받았고말고. 살아봐야 뭐 하겠소? 과부와 결혼해 봤자 좀 살다가 싸움질이나 해서 체면이나 깎일 테지. 그 계집은 암말이나 마찬가지라 부끄러움을 몰라. 사내만 보면 발정이 난다니까. 그래도 과부하고 결혼을 못 하면 평생 불행할 테지. 결혼해야겠다는 생각만 머릿속에 꽉 차 있으니 제 팔자 스스로 망친 거야. 죽자니 젊음이 아깝고, 살자니 고생이니!"

"그렇게 말씀하지 마세요, 아나그노스티 영감님. 그런 말을 들으면 누구라도 살고 싶은 마음이 싹 가시겠어요."

"이봐요, 그렇게 정색할 일이 아니오. 당신 말고는 내 말에 신경 쓰는 사람은 없으니까. 들어봤자 내 말을 믿겠소? 날 봐요. 나만큼 복 많은 사람이 또 있겠소? 밭도 있고, 포도밭, 올리브 과수원에 이층집도 있고 돈도 있고 마을 장로에다 착하고 정숙한 여자와 결혼해 자식들 낳고 살고 있으니 말이오. 나는 이 여자가 나한테 눈 크게 뜨고 대드는 걸 본 적이 없소. 게다가 내 아들들도 모두 아비가 되었으니 난 아무 불만이 없소. 뿌리를 깊이 내렸으니까. 하지만 인생을 다시 한 번 살아야 한다면 파블리처럼 목에 돌을 매달고 물에 빠져 죽는 게 낫겠소. 사는 건 힘든 거요. 암, 그렇고말고……. 아무리 팔자가 좋아도 별수 없다니까. 사는 건 저주받은 거니까."

"하지만 아나그노스티 영감님, 영감님은 부족한 게 없으시잖아요. 그런데 무엇 때문에 불평을 하시는 겁니까?"

"부족한 게 없다고 했잖소! 가서 마을 사람들한테 물어보시오!"

그는 말을 멈추고 다시 어두운 바다를 바라보다가 지팡이를 휘둘렀다.

"오냐, 파블리. 잘했다. 계집들이야 울든 말든 상관하지 마라. 워낙 골이 빈 것들이니까. 파블리, 너는 이제 구원을 받은 것이다.

네 아버지도 그걸 알기에 한 마디도 하지 않은 거다."

그는 이미 희미해져 잘 구분되지 않는 하늘과 산을 둘러보며 중얼거렸다.

"밤이 되었군. 이제 그만 돌아가야지."

그러다 그는 자신이 내뱉은 말이 후회가 되는지 갑자기 걸음을 멈추었다. 그러고는 대단한 비밀을 폭로한 뒷수습을 하려는 것처럼 마른 손을 내 어깨에 얹고는 웃으며 말했다.

"당신은 젊소. 그러니 늙은이 말은 그냥 흘려들으시오. 노인의 말을 다 믿는다면 무덤으로 갈 수밖에 없지 않겠소? 과부가 당신 앞을 지나가거든 잽싸게 붙드시오. 결혼하고 애를 낳으라는 거요. 망설이지 마시오. 젊은이들이야 그까짓 말썽 따윈 겁낼 필요도 없으니."

나는 해변 오두막으로 돌아가 불을 피워 차를 끓였다. 지치고 배가 고팠다. 나는 동물처럼 게걸스럽게 먹었다. 그때 미미코가 창문으로 납작한 머리를 들이밀고 나를 보았다. 그는 교활하게 웃고 있었다.

"미미코, 무슨 일로 왔니?"

"사장님, 뭘 좀 가져왔는데요……. 과부댁이…… 오렌지 한 바구니를……. 과부댁이 그러는데 뜰에서 처음으로 수확한 거래요……."

"과부댁? 왜 나한테 그런 걸 보냈는데?"

"오늘 오후에 편을 들어줘서 고맙다고요."

"편을 들다니?"

"난 몰라요. 그냥 시키는 대로 전하는 거예요."

미미코는 오렌지를 침대 위에 쏟았다. 오두막은 오렌지 향으로 가득했다.

"가서 전해라. 내가 아주 고맙게 생각한다고. 그리고 조심하라고. 한동안은 마을에 나타나지 말라고 전해라. 알겠니? 잠잠해질 때까진 집에 있으라고 말이야. 미미코, 알겠어?"

"그게 전부예요?"

"그게 다야. 그러니 이제 가봐."

미미코가 내게 윙크를 했다.

"그게 다예요?"

"가라니까!"

그가 가고 난 뒤 나는 오렌지 하나를 까서 먹었다. 꿀맛이었다. 나는 그대로 쓰러져 잠이 들었는데 밤새 오렌지 과수원을 헤매는 꿈을 꾸었다. 따뜻한 바람이 불어왔다. 나는 귀에다 향긋한 바질 가지를 꽂고 바람에 가슴을 씻어냈다. 20대 젊은 농부가 된 나는 휘파람을 불며 오렌지 숲을 거닐었다. 누구를 기다렸던 거지? 모르겠다. 하지만 내 마음은 기쁨으로 가득 차 있었다. 나는 수염을 쓰다듬으며 오렌지나무 뒤의 여자처럼 한숨을 쉬는 바닷소리에 귀를 기울였다.

15

그 날은 남풍이 몹시 불었다. 불
타는 아프리카 사막에서 지중
해로 불어오는 바람이었다. 고운 모래 먼지가 휘돌며 하늘로 올라
갔다가 다시 목구멍으로 들어와 숨이 턱 막혔다. 이 사이에 들어간
모래가 서걱거리고 눈이 아파왔다. 모래가 잔뜩 든 빵을 먹지 않으
려면 문과 창문을 걸어 잠가야 했다.

그런 계절이 오고 있었다. 나무에 물이 오를 즈음, 숨 막히는 나
날 속에서 나는 봄의 불안에 갇혀 지내야 했다. 나른함과 긴장감,
내 몸 구석구석이 근질거리는 듯한 가려움, 크고 단순한 행복, 추
억의 욕망이 나를 붙들었다.

나는 산으로 오르는 자갈길을 선택했다. 삼사천 년이 지난 뒤에
야 땅으로 솟아올라 사랑스러운 크레타의 태양 아래서 또다시 몸
을 덥히고 있는 조그만 미노아 문명의 옛 도시를 둘러보고 싶었기
때문이다. 나는 서너 시간 정도 걸으면 그 피로가 봄이 불러온 불
안감을 진정시킬 수 있을 거라 생각했다.

내가 사랑하는 잿빛 바위, 그 지적인 무방비 상태, 험준하고 황

량한 산, 돌 위에 앉아 있는, 밝은 빛에 멀어버린 둥글고 노란 눈의 부엉이. 모두 엄숙하면서 아름답고 신비로웠다. 나는 가볍게 걸었지만 부엉이의 청각은 예민했다. 부엉이는 날아올라 바위 사이를 날다가 사라져버렸다. 공기에서는 백리향 냄새가 났다. 가시 사이로 노랗게 핀 가시금작화가 보였다.

폐허가 된 작은 도시를 보았을 때 나는 마치 주문에 걸린 듯 그 자리에 멈춰 서버렸다. 정오쯤이었을 것이다. 쏟아지는 햇빛이 바위를 씻어 내고 있었다. 폐허가 된 도시에서 정오는 위험한 시각이다. 정오의 공기는 망자들의 함성과 소란으로 가득했기 때문이다. 나뭇가지가 부러지고, 도마뱀이 달려가고, 지나는 길 위에 구름이 그림자를 만들기만 해도 나는 깜짝 놀랐다. 밟는 땅은 모두 무덤이었고, 들리는 소리는 모두 죽은 자의 비명이었다.

눈은 점점 밝은 빛에 적응이 되었다. 나는 폐허 속에서 인간의 손길이 닿은 흔적을 찾아냈다. 널찍한 두 갈래의 길에 반짝이는 돌이 깔려 있었다. 그 가운데에는 광장이나 집회소 같은 곳이 있었고, 그 옆에는 왕과 신하의 민주적인 관계가 엿보이는 왕궁이 두 줄의 기둥과 거대한 석조 계단과 수많은 부속 건물과 더불어 서 있었다.

그곳 한복판에 있는 돌은 사람들의 발길로 심하게 닳아 있었다. 아마도 내부 신전이 있었던 곳인 듯했다. 매우 큰 젖가슴을 지닌 여신상이 두 팔에 뱀을 감은 채 다리를 올리고 서 있었다. 조그만 가게와 기름틀, 대장간, 목공소, 도자기 만드는 곳이 곳곳에 보였다. 교묘하게 쌓은 개미탑 속의 개미들은 이미 수천 년 전에 사라져버렸다. 한 구석에는 장인이 무늬가 있는 돌로 쪼았으나 시간이 부족했는지 완성하지 못한 항아리가 있었다. 그리고 그 옆에는 장인이 쓰던, 수천 년이 지나고 나서야 발견된 정이 있었다.

왜, 무엇 때문일까라는 영원하면서도 부질없는 질문이 가슴 한 구석에서 솟아올랐다. 나는 장인의 영감이 사라진 곳에서 완성되지 못한 항아리를 보니 슬퍼졌다. 바로 그때, 햇볕에 잔뜩 그을리고 가장자리가 닳아빠진 머릿수건을 곱슬머리에 쓴 조그만 양치기 하나가 폐허가 된 왕궁 옆 바위에서 일어나 까만 무릎을 드러내며 외쳤다.

"형씨, 안녕하시오?"

나는 혼자 있고 싶었기에 못 들은 척했다. 그러자 작은 양치기는 웃으며 나를 놀려 댔다.

"저런, 귀머거리인 척하시는 거요? 담배 있으면 하나만 줘요. 이런 텅 빈 구덩이 속에 있으니 인생이 지긋지긋하군요."

그는 마지막 말을 입 속에서 억지로 끌어내는 듯했다. 나는 그 말투가 너무 비참하게 들려 갑자기 양치기가 측은하다는 생각이 들었다. 나는 담배가 없었기에 대신 돈을 주겠다고 했다. 그러자 양치기는 버럭 화를 냈다.

"돈 같은 건 악마나 물어가라고 해요! 그걸로 뭘 한답니까? 내 인생살이가 지긋지긋하다니까요! 나는 담배를 피우고 싶다고요."

"담배가 없어. 한 개비도 없어."

나는 변명하듯 말했다.

"없다고요? 담배가 없어요? 그럼 주머니에 든 건 뭐예요? 불룩하게 잔뜩 들어 있는데."

"책, 손수건, 종이, 연필, 주머니칼……. 이 주머니칼을 줄까?"

나는 그것들을 하나씩 꺼내며 물었다.

"그런 건 나도 있어요. 필요한 건 다 있으니까요. 빵, 치즈, 올리브, 나이프, 장화 만들 가죽과 송곳, 그리고 물이 든 병도 있고. 다 있어요. 담배만 빼고……. 하지만 담배가 없으면 아무것도 없는 거나 마찬가지예요. 그런데 뭣 하러 이런 폐허를 뒤지고 있어요?"

"골동품 연구를 위해서지."

"그걸 해서 뭐하려고요?"

"아무것도."

"아무것도 안 한다고요? 나도 그래요. 이건 모두 죽은 거예요. 우리는 살아 있고……. 얼른 가보세요. 행운이 있기를!"

"그렇지 않아도 가고 있네."

나는 고분고분 대답했다. 나는 마음속 불안을 다 떨쳐내지 못한 채 오던 길을 따라 걸었다. 그러면서 한동안 뒤를 돌아보았다. 고독에 지친 양치기는 여전히 바위 위에 앉아 있었다. 머릿수건에서 빠져나온 검은 곱슬머리가 바람에 휘날리고 있었다. 그의 머리끝부터 발끝까지 햇빛이 비춰 마치 젊은 청동상을 보고 있는 듯한 기분이 들었다. 그는 지팡이를 어깨에 비스듬히 메고 휘파람을 불었다.

나는 다른 길로 접어들어 해안으로 내려갔다. 이따금 가까운 들에서 향기로운 바람이 불어왔다. 땅은 냄새로 가득했고 바다는 깔깔대며 웃고 있었으며 푸른빛을 띤 하늘은 쇠붙이처럼 반짝였다.

겨울은 사람의 몸과 마음을 움츠리게 하지만 간간이 불어오는 따뜻한 겨울바람은 가슴을 부풀게 한다. 걸으면서 나는 공기 속에서 들려오는 우렁찬 피리 소리를 들었다. 나는 고개를 들고 소년 시절부터 나를 매료시킨 광경을 보았다. 따뜻한 곳에서 겨울을 나고 돌아온 해오라기 떼들이 무리를 지어 날고 있었다. 해오라기들은 앙상한 가슴과 날개에 제비를 감춰 온다고 한다.

어김없이 반복되는 계절의 리듬, 무상한 생명의 윤회, 태양 아래 차례로 나타나는 지구의 네 가지 얼굴, 살아 있는 것은 반드시 죽게 마련이라는 생자필멸生者必滅의 진리, 이 모든 것들이 다시 한 번 내 가슴을 자극했다. 해오라기 울음소리와 더불어 내 안에서 경고가 들려왔다. 생명은 모든 사람에게 오직 단 한 번뿐이라는 것, 이 세상에 있을 때 즐겨야 한다는 것이었다.

누구든 이토록 끔찍하면서도 동정적인 경고를 듣게 되면 약점이나 천박함, 나태와 헛된 희망 등을 극복하고 온 힘을 다해 흘러가는 시간에 매달리게 된다. 그러고는 먼저 살다 간 사람들의 시간을 떠올리며 자신은 길 잃은 영혼이며, 자신의 인생은 별것 아닌 쾌락과 고통, 헛소리로 낭비되고 있다는 깨달음을 얻게 된다. 그러고 나면 수치심으로 가득 차버리는 것이다.

해오라기 떼는 하늘 저편의 북쪽으로 사라졌지만 내 머릿속에서는 여전히 끼끼 소리를 내며 이쪽에서 저쪽으로 끊임없이 날아다녔다.

바다에 이르자 나는 빠른 걸음으로 물가를 걸었다. 홀로 물가를 거닐고 있으면 마음이 혼란스러워진다. 파도가 치고 새가 울 때마다 그들은 우리를 부르며 우리가 해야 할 일들을 떠올리게 만든다. 하지만 누군가와 함께 있을 땐 파도와 새의 소리는 들리지 않는다. 아니, 어쩌면 새와 파도가 말을 걸지 않는 건지도 모른다. 수다의 구름 속을 거니는 우리를 보고는 말을 멈춘 건지도 모른다.

나는 자갈 위에 드러누워 눈을 감았다. '영혼이란 건 무엇일까? 영혼, 바다, 구름, 그리고 향기 사이엔 무슨 관계가 있는 것일까? 영혼이 바다고 구름이고 향기 같은데……' 나는 알 수가 없었다.

나는 무언가 결심이라도 한 듯 다시 일어나 걷기 시작했다. 무슨 결심인지는 모르겠다. 그때 문득 뒤에서 말소리가 들렸다.

"선생님, 어디로 가십니까? 수녀원에 가십니까?"

뒤를 돌아보니 백발에 머릿수건을 쓴, 작고 혈색이 좋은 노인이 손을 흔들며 웃고 있었다. 그 뒤에는 늙은 여자가 있었고 또 그 뒤에는 피부가 가무잡잡하고 눈빛이 반짝거리는 처녀가 머리에 하얀 스카프를 두른 채 따라오고 있었다.

"수녀원에 가십니까?"

노인이 다시 물었다. 그때서야 나는 수녀원에 가기로 마음먹고 있었다는 것을 깨달았다. 지난 몇 달 동안 나는 수녀들을 위해 바다 근처에 지은 수녀원에 가고 싶었다. 하지만 마음을 정하지 못하다가 그날 오후에 작정하고 나선 것이었다.

"맞습니다. 성모님께 드리는 찬송을 들으러 수녀원으로 가는 길입니다."

"당신에게 성모님의 축복이 함께하시길."

그는 빠르게 걸으며 내 옆에 나란히 섰다.

"석탄 회사 하시는 분이신가요?"

"그렇습니다."

"그렇군요. 성모님이 선생님께 수익을 내려주시길 바랍니다. 마을을 위해 좋은 일을 하고 계신 겁니다. 가난한 가장들에게 생활비를 대주고 있으니까요. 축복받으시길."

우리 탄광이 그다지 수익을 내지 못하고 있다는 걸 아는 이 교활한 영감은 나를 위로하려는 듯 몇 마디 덧붙였다.

"수익을 내지 못하더라도 너무 걱정 마십시오. 선생님은 패배자가 아닙니다. 선생님의 영혼은 곧바로 천당으로 갈 테니까요."

"저도 그러길 바랍니다. 영감님."

"나는 배운 게 별로 없는 사람이에요. 하지만 어느 날 교회에서 예수님의 말씀을 들었지요. 이 말씀에 얼마나 충격을 받았는지 아직도 잊지 않아요. 그 말씀인즉 '값진 보배를 얻으려면 가진 것을 모두 팔라.'고 하셨지요. 값진 보배는 무엇일까요? 영혼을 구원하는 거지요. 선생님, 당신은 지금 이 보배를 얻는 중입니다."

값진 보배! 내 마음속에는 얼마나 큰 보배가 반짝이고 있는 것인가!

우리는 걷기 시작했다. 남자들이 앞서 걸었고 여자 둘이 뒤에서 손을 잡고 따라왔다. 이따금 우리는 대화를 했다. 올리브 꽃이 벌써 피었나요? 비가 와서 보리 싹이 틀까요? 우린 배가 몹시 고팠기에 먹는 이야기를 자꾸 꺼냈다.

"무슨 음식을 좋아하십니까, 영감님?"

"다 잘 먹습니다. 이건 좋고, 저건 나쁘다고 하는 건 죄를 짓는 일이지요."

"왜 그런 겁니까? 골라서 먹으면 안 된단 얘긴가요?"

"안 됩니다. 그러면 안 돼요."

"왜 안 됩니까?"

"굶주리는 사람이 있으니까요."

나는 부끄러워 아무 말도 하지 못했다. 내 마음은 그런 품위와 연민을 지녀본 적이 없었기 때문이다. 수녀원의 종소리가 여자 옷

음소리처럼 유쾌하면서 장난스럽게 들려왔다. 노인은 성호를 그었다

"순교하신 성처녀여, 우리를 도와주소서. 목에 칼을 맞았던 그분은 피를 흘리고 계십니다. 해적이 습격해 왔을 때……."

노인은 눈물을 흘리며 먼 동방에서 박해를 피해 온 젊은 순교자가 이교도의 칼에 찔려 죽은 이야기를 했다. 그는 마치 살아 있는 여자 이야기를 하듯 성처녀의 얘기에 살을 덧붙였다.

"일 년에 한 번씩 이 상처에서 진짜 뜨끈한 피가 흐른답니다. 다 옛날이야기지만, 아마 성처녀의 제삿날이었을 겁니다. 내 코밑에 수염도 나기 전의 일이었지요. 시골 마을 사람들도 모두 내려와 성처녀에게 예배를 드렸어요. 그날이 8월 15일이었지요. 남자들은 마당에서 잤고 여자들은 안에서 자는데 잠결에 나는 성처녀의 비명을 들었지요. 그래서 벌떡 일어나 성처녀의 목을 만져보았더니, 뭐가 있었는지 아십니까? 글쎄, 내 손에 피가 묻어 있지 않겠습니까!"

노인은 성호를 긋고 난 뒤 아내와 딸을 돌아보았다.

"어서 와! 거의 다 왔어."

노인은 그들에게 소리를 지르고 나서 목소리를 낮췄다.

"결혼하기 전에 나는 거룩한 성녀 앞에서 무릎을 꿇으며 이 거짓투성이인 세상을 떠나 수도승이 되기로 맹세했습니다."

이렇게 말하며 그는 웃었다.

"왜 웃으십니까?"

"우습지 않습니까? 그해의 축제 기간, 그것도 바로 그날, 악마가 변장을 하고 내게 왔으니까요. 그게 바로 저 여자예요!"

그는 돌아보지도 않고 우리 뒤를 따라오는 여자를 엄지손가락으로 가리켰다.

"지금은 만진다는 생각만 해도 넌더리가 나지만 그땐 보통이 아니었어요. 물고기처럼 포동포동했으니까. 다들 '속눈썹이 긴 미인'이라고 불렀어요. 그런 소릴 들을 만큼 예뻤지요. 하지만 지금은, 하느님 저를 보살펴주소서! 그 예쁜 눈썹이 다 어디 갔는지. 불에 타버렸는지 한 올도 없다니까요."

그때 우리 뒤를 따르던 여자가 사슬에 묶인 사나운 개처럼 으르렁거렸다. 하지만 그녀는 한 마디도 하지 않았다.

"다 왔어요, 저기가 수녀원입니다."

노인이 말했다.

바닷가, 두 개의 큰 바위 사이에 하얗게 빛나고 있는 건물이 바로 수녀원이었다. 예배당 한가운데에는 돔이 있었는데 하얗게 회칠을 한 모습이 마치 여인의 젖무덤처럼 작고 둥글었다. 예배당 둘레에는 파란 창이 달린 대여섯 채의 수도원 독방이 있었다. 마당에는 커다란 삼나무가 세 그루 있었고, 벽을 따라 서 있는 가시배나무에는 꽃이 피어 있었다.

우리는 빠르게 걸었다. 지성소至聖所의 열린 창으로 찬송가가 조용히 흘러나왔고, 짭짤한 공기 속에서는 안식향 냄새가 났다. 아치 한가운데의 대문은 활짝 열려 있었는데, 검은 자갈과 흰 자갈을 깐 깨끗한 마당으로 연결되었다. 벽면 오른쪽에서 왼쪽으로 로즈메리, 박하꽃, 바질 화분이 나란히 놓여 있었다. 그 단아함과 풍경의 신선함이란! 해질녘이 되자 회칠한 벽은 분홍빛으로 물들고 있었다.

조금 어두워 보이는 예배당은 훈훈했다. 예배당에서는 초. 냄새가 풍겼고, 남자와 여자들은 향이 타며 나는 연기 속을 서성거렸다. 검은색 긴 수녀복을 몸에 딱 맞게 입은 네댓 명 가량의 수녀들은 맑은 고음으로 '오, 전능하신 하느님'이란 노래를 부르고 있었다. 그들은 노래하면서도 끊임없이 무릎을 꿇었다 일어서다를 반복했는데 옷 구겨지는 소리가 새의 날갯짓 소리처럼 들렸다.

성모 마리아에게 바치는 찬송도 꽤 오랜만에 듣는 것이었다. 반항기가 있던 어린 시절에는 교회를 지날 때마다 분노와 경멸을 느꼈다. 하지만 나이를 먹으면서 반항기도 사그라졌다. 그러면서 나는 이따금 크리스마스나 축일 전야 예배, 부활제 같은 종교적 모임에도 나가곤 했다. 그럴 때마다 내 안의 동심이 되살아나는 듯해서 즐거웠다. 어린 시절의 신비스러운 정열이 아름다움을 즐길 줄 아는 마음으로 변화된 것이다. 야만인들은 종교적 의례에 악기가 사용되지 않을 때 그 신성한 힘을 잃고 화음이 만들어진다고 믿는다. 종교도 마찬가지인 것이다. 종교는 내 안에서 예술로 승화된 것이었다.

나는 신자들의 손길에 윤이 나게 잘 닦여 반짝거리는 성가대 의자에 기대어 아주 먼 과거에서 들려오는 듯한 비잔티움 찬송가를 감상했다.

'찬송하세, 인간의 마음이 닿지 못할 저 높은 곳이여. 찬송하세, 천사의 눈도 꿰뚫지 못하는 깊은 곳이여. 찬송하세, 순결한 신부, 오, 시들지 않는 장미여!'

수녀들이 다시 한 번 고개를 숙이며 무릎을 꿇자 수녀복에서 날갯짓 소리가 들렸다.

시간이 흘렀다. 안식향 향기가 나는 날개를 단 천사들이 아직 활짝 피지 않은 백합을 손에 들고 마리아의 아름다움을 찬송했다. 해가 지면서 우리는 푸르스름한 석양 속에 남았다. 마당으로 어떻게 나왔는지 모르겠지만 나는 수녀원장과 두 어린 수녀와 함께 키가 큰 삼나무 아래에 서 있었다. 젊은 견습 수녀가 내게 잼과 물, 커피를 권했고 평화로운 대화가 시작됐다. 우리는 성모 마리아가 이룬 기적과 갈탄 이야기, 암탉이 알을 품으니 봄이 왔다는 증거라는 이야기를 나누었다. 그리고 간질병이 있는 탓에 수시로 예배당 바닥에 쓰러져 물고기처럼 파닥거리며 입에 거품을 물고 옷을 찢는 에우독시아 수녀에 관한 이야기도 나누었다. 수녀원장은 한숨을 쉬며 말했다.

"서른다섯 살이에요. 불행한 나이지요. 힘들어요⋯⋯. 순교하신 성처녀께서 찾아오셔서 에우독시아의 병을 고쳐주시기를. 십 년 혹은 십오 년쯤 있으면 낫겠지요."

"십 년이나 십오 년이요?"

나는 놀라서 중얼거렸다.

"영원을 생각해 보세요. 십 년, 십오 년은 아무것도 아닙니다."

수녀원장이 근엄한 목소리로 말했다.

나는 아무 대답도 하지 않았다. 나는 매 순간이 영원이라는 것을 알고 있었다. 나는 향긋하고 희고 통통한 수녀원장의 손에 입을 맞추고는 수녀원을 나왔다.

밤이 되었다. 까마귀 두어 마리가 서둘러 둥지로 돌아가고 있었다. 올빼미는 숲 속에서 나와 사냥을 했다. 땅속에 있던 달팽이, 애벌레, 들쥐들이 기어 나와 올빼미의 먹잇감이 되었다. 제 꼬리를 잘라 먹는 신비로운 뱀이 똬리를 틀고 그 속에 나를 가두었다. 대지는 새끼를 낳아 잡아먹고는 더 많이 낳아 하나씩 잡아먹었다.

주위는 캄캄했다. 마을 사람들은 모두 떠났고 나를 볼 수 있는 사람은 아무도 없었기에 말 그대로 나는 혼자였다. 나는 구두를 벗고 바닷물에 발을 담갔다. 그러다 나는 모래 위에 드러누워 온몸으로 돌과 물 그리고 대지를 느끼고 싶었다. 수녀원장이 했던 '영원'이란 말은 야생마를 잡는 올가미처럼 내 목을 조여 왔다. 나는 맨몸으로 땅과 바다를 느끼며 이 사랑스럽고 덧없는 존재들을 확인하고 싶었다.

내 안의 깊은 곳에서 나는 소리쳤다. '유아독존! 오, 대지여! 나는 그대의 막내, 그대 젖을 빠는 나는 그대를 놓치지 않으리. 그대는 다만 한순간의 삶을 내게 주겠지만 그 한순간이 젖이 되고 나는 그 젖을 빨겠노라.'

나는 몸을 떨었다. '영원'이라는, 신과 인간이 교감하는 이 단어가 나를 집어삼킬 것 같았다. 언제였던가! 불과 일 년 전에 눈을 감고 팔을 벌린 채 '영원' 속으로 나 자신을 던지고 싶었던 때가 있었다.

초등학교 일 학년 때 알파벳 책에서 읽은 얘기였다. 아이 하나가 우물에 빠졌는데 우물 속에서 화려한 도시, 화단, 꿀로 된 호수, 떡과 형형색색의 장난감으로 된 산을 보았다는 이야기였다. 그 글을 읽었을 때 나는 글자 하나하나가 나를 그 신비한 도시로 데려가는 것 같았다. 어느 날 정오쯤이었다. 나는 학교에서 돌아와 포도나무 넝쿨 아래에 있는 우물가로 달려가 넋을 잃은 채 검고 부드러운 수면을 내려다보았다. 그러자 내 눈에도 저 환상의 도시,

집들, 거리, 아이들, 포도가 주렁주렁 열린 포도나무 넝쿨들이 보이는 것이었다. 더 이상 참을 수 없던 나는 우물 속으로 머리를 들이밀고는 팔을 뻗으며 땅을 박차고 우물가를 넘으려 했다. 그 순간, 나를 발견하신 어머니가 소리를 지르며 달려와 내 허리춤을 붙잡지 않으셨다면…….

어린 시절의 나는 우물 속으로 뛰어들 뻔했던 것이다. 점점 자라면서 나는 '영원'이라는 말과 '사랑' '희망' '국가' '하느님' 같은 말들에 관심을 갖게 되었다. 단어 하나하나를 모두 알아가면서 나는 위험에서 벗어나 무럭무럭 잘 성장하고 있다는 생각이 들었다. 하지만 그게 아니었다. 나는 겨우 말을 바꾸어 놓고는 그것을 구원받은 것이라 여기고 있던 것이다. 그런 내가 이 년 전부터 '붓다'라는 말에 관심을 갖기 시작했다.

하지만 나는 확신한다. 붓다는 최후의 우물, 마지막 심연의 단어이며 영원한 구원이 될 것이라고. 조르바에게 영광이 있기를! 영원이라, 확신이 생길 때마다 내가 쓰던 말이 아니던가.

나는 벌떡 일어났다. 머리끝부터 발끝까지 행복했다. 나는 옷을 벗고 바다로 뛰어들었다. 신이 난 파도는 저희들끼리 즐기고 있었고, 나도 함께 어울렸다. 물속에서 지친 나는 밖으로 나와 바람에 몸을 말렸다. 그러고는 큰 위험에서 탈출했다는 즐거움과 더불어 나는 아직도 어머니인 대지의 품에 안겨 있다는 생각에 성큼성큼 그곳을 떠났다.

16

갈탄 광산이 있는 해변에 도착하자 나는 걸음을 멈추었다. 오두막에서 불빛이 새어 나오고 있었다. '조르바가 돌아왔구나!' 이 생각을 하니 가슴이 뛰었다.

나는 달려가고 싶었지만 간신히 참았다. 반가워하지 말아야지. 화를 내며 단단히 따져야지. 급한 볼일로 보냈는데 돈만 잔뜩 써 버리고 계집이랑 어울리다가 12일이나 늦게 돌아오다니! 화가 잔뜩 난 척해야지……. 그럼, 그래야지!

나는 화를 낼 준비를 하기 위해 천천히 걸었다. 화를 내려고 얼굴을 잔뜩 찌푸리고 주먹도 쥐어보면서 화가 난 사람들이 하는 짓은 다 시도해 봤지만 잘 되지 않았다. 화가 나기는커녕 오두막이 가까워질수록 가슴이 뛰었다.

오두막 쪽으로 올라가 불빛이 보이는 창을 들여다보았다. 조르바는 무릎을 꿇고 화덕 앞에 쪼그리고 앉아 커피를 끓이고 있었다. 나는 가슴이 뭉클해졌지만 오히려 소리를 질렀다.

"조르바!"

그 순간 문이 열리며 조르바가 맨발로 뛰어나왔다. 그는 목을 쑥 빼고 어둠 속을 이리저리 살펴보다가 나를 발견하고는 안으려고 했다. 하지만 멋쩍었는지 이내 팔을 떨어뜨렸다.

"보스, 다시 뵙게 되어 반갑습니다."

그는 멋쩍은 표정으로 내 앞에 꼼짝도 않고 서서 머뭇거리며 말했다. 나는 화가 난 사람처럼 큰 소리로 말하려 했지만 뜻대로 되지 않았기에 빈정거렸다.

"돌아오려고 애써줘서 고맙군요……. 화장비누 냄새가 나니 가까이 오진 말아요."

"에이, 보스, 내가 얼마나 박박 문질러 씻었는데요. 보스를 만나기 전에 한 시간이나 돌덩이로 박박 문질러 씻었다고요. 그런데도 이놈의 냄새가……. 하지만 어쩌겠습니까? 곧 없어지겠지요. 나도 이 짓이 처음이 아니니까요. 없어질 겁니다."

"들어갑시다."

나는 터져 나오는 웃음을 겨우 참아냈다.

안으로 들어가자 오두막 안에서도 향수, 분, 비누와 여자 냄새가 났다.

"도대체 이게 어떻게 된 겁니까?"

나는 핸드백, 두루마리 화장지, 스타킹, 빨간 양산, 향수 두 병이 든 상자를 가리키며 말했다.

"선물입니다……."

조르바가 목을 쑥 빼고 중얼거렸다.

"선물이라고요? 선물이라니!"

나는 여전히 화가 난 척하면서 말했다.

“선물이에요, 보스. 우리 부불리나를 위한 선물……. 화내지 마세요, 보스. 내일모레가 부활절이에요. 아시겠지만 고것도 인간이란 말입니다.”

나는 다시 한 번 웃음이 터져 나오려는 걸 간신히 참았다.

“그 여자한테 제일 필요한 선물은 안 가져오셨군요.”

내가 빈정거렸다.

“그게 뭔데요?”

“그야 물론 결혼 화환이지.”

“뭐요? 그게 무슨 말입니까? 무슨 말인지 통 모르겠군요.”

그때서야 나는 상사병에 걸린 세이렌을 놀린 이야기를 해주었다. 조르바는 머리를 한참 벅벅 긁더니 한동안 생각에 잠겨 있다가 말을 꺼냈다.

“이렇게 말하긴 좀 그렇지만 보스, 괜한 짓을 하셨어요. 무슨 뜻이냐 하면, 농담이 지나쳤다는 말이에요. 여자는 약한 동물이에요. 도대체 몇 번이나 이 얘기를 해야 알아듣겠어요? 여자는 꽃병 같은 거예요. 아주 조심스럽게 만지지 않으면 깨져버린다고요.”

나는 창피했다. 조르바가 오기 전에도 후회했지만 이미 엎질러진 물이었다. 나는 화제를 바꾸었다.

“케이블과 연장은요?”

내가 다그치며 물었다.

“흥분하지 마세요. 전부 다 사 왔어요. 꿩 먹고 알 먹는 거죠. 케이블, 선로, 롤라, 부불리나……. 몽땅 다 손에 넣었지요.”

그는 화덕 위에 있는 브리키(커피 끓이는 피라미드형 주전자)를 내려 내 컵에 따르고는 칸디아에서 사온 줌발스(과일을 갈아 만든 과자)와 내가 가장 좋아하는 꿀 바른 할바(참기름과 설탕으로 속을 채운 과자)를 내밀었다.

"보스 선물로 할바를 한 상자나 사 왔어요. 내 말이 맞죠? 안 잊고 있었어요."

조르바가 으쓱거리며 말했다.

"이것 보세요. 앵무새 몫으로 땅콩도 한 주머니 샀어요. 하나도 안 빠뜨렸다고요. 내 머리 무게도 이젠 제대로 나간다니까요."

조르바는 커피를 마시고 담배를 피우면서 나를 바라보았다. 그의 눈은 뱀눈처럼 나를 꼭 붙들었다.

"그래, 궁금해서 죽겠다던 문제는 풀었어요? 이 주책바가지 같으니."

"무슨 얘깁니까, 보스?"

"여자가 사람인지 아닌지 궁금하다면서요?"

"아, 그거요! 풀었지요."

조르바는 손을 내저으며 대답했다.

"여자도 우리 같은 사람이에요. 질은 좀 떨어지지만. 여자는 지갑을 보면 확 돌아버리지요. 착 달라붙어서, 자유도 싫고 다 싫으니 남자한테 다 줘버리는 거지요. 왜냐하면 마음 한구석에서 반짝거리는 지갑이 자꾸 생각나니까요. 그러다가 정신이 돌아오면…… 에잇, 이런 얘기는 관둡시다."

그는 일어서서 담배를 창밖으로 던져버리고는 계속 이야기했다.

"남자들만의 이야기를 합시다. 곧 성주간聖週間이에요. 이제 케이블도 구했으니 어서 수도원에 가서 돼지 새끼들에게 땅문서에 서명하게 해야지요. 우리 계획을 눈치 채고 딴마음 먹기 전에……."

무슨 말인지 아시겠지요? 보스, 시간이 없어요. 잘했느니, 못 했느니를 따지고 있다가는 이도저도 안 됩니다. 그러니 얼른 착수해서 돈을 긁어 들여야 해요. 써버린 만큼 배에다 잔뜩 실어야 한다는 겁니다. 칸디아 여행 때문에 돈을 잔뜩 쓰게 됐어요. 그 몹쓸 년이⋯⋯.”

그는 말을 끊었다. 나쁜 짓을 하고 나서 수습할 방법을 몰라 떨고 있는 어린애 같은 그의 모습을 보니 조금 미안한 생각이 들었다. 나는 내 자신을 꾸짖었다. ‘부끄러운 줄 알아. 이런 사람을 두려움에 떨게 하다니. 조르바 같은 사람을 어디서 찾을 수 있겠어. 자, 스펀지로 쓱쓱 문질러 죄를 지워버려!’

나는 소리쳤다.

“조르바! 빌어먹을 일 같은 건 제쳐버립시다. 우리하고는 상관없으니까요. 이미 엎질러진 물이에요. 잊어버려요. 산투르나 내리세요!”

조르바는 나를 안고 싶은 듯이 또 한 번 팔을 벌렸다가 염치를 아는지 천천히 팔을 내렸다.

그러고는 벽 쪽으로 펄쩍 뛰어 뒤꿈치를 들고 산투르를 내렸다. 등잔 밑으로 가는 그를 보고 나서야 나는 그의 머리카락이 새까매진 걸 알았다.

“저런 주책바가지! 도대체 머리는 왜 그렇게 했어요? 어디서 했어요?”

조르바가 웃음을 터뜨렸다.

“염색했지요. 화내지 마요⋯⋯. 홧김에 염색해 버렸어요.”

“어째서요?”

"허영 때문이지요. 젠장, 어느 날 롤라와 팔짱을 끼고 산책을 나갔어요. 팔짱이라기보다는 손깍지였지요. 그런데 쪼그만 녀석들이 우리 뒤에서 소리를 지르더라고요. 그것들이 글쎄, '이봐, 할배. 거기 가는 할배. 여자를 데리고 어디로 가는 거지? 저 할배 유괴범 아냐?' 롤라가 얼마나 창피했을지 상상이 되지요? 나도 창피했어요. 그래서 바로 그날 밤에 이발소로 달려가 머리털을 까맣게 물들였지요."

나는 웃었다. 그러자 조르바가 정색을 하며 나를 보았다.

"이게 우스워요? 좋아요. 사내라는 게 얼마나 웃기는 동물인지 들어보세요. 물을 들인 날부터 나는 전혀 다른 사람이 되어버렸어요. 당신도 내 머리가 완전히 검어졌다고 생각하시지요? 나도 그렇게 믿었어요. 아시겠어요? 사내는 자기에게 잘 맞지 않는 건 금방 잊어버려요. 그렇게 생각하고 나니 힘이 솟더라고요. 롤라도 그걸 눈치 챈 듯했어요. 가끔 내가 여기 등이 쑤신다고 했던 거 기억나시죠? 지금은 말끔히 나았어요. 그날부터는 전혀 아프지 않더라고요. 물론 당신은 못 믿으시겠지만. 당신 책에 그런 건 안 쓰여 있을 테니."

그는 나를 한참이나 비웃더니 좀 미안했던 모양이었다.

"보스, 실은 내 평생에 딱 한 권 책을 읽었는데 그게 바로 《뱃사람 신드바드》예요. 그걸 읽고 얻은 게 무엇이냐 하면……."

그는 다정하면서도 천천히 산투르를 싼 보자기를 풀었다.

"밖으로 나갑시다. 산투르는 벽으로 갇힌 방을 싫어해요. 이놈은 거칠어요. 그러니 넓은 곳으로 가야 돼요."

우리는 밖으로 나갔다. 별이 반짝거렸고 은하수가 하늘을 가로 지르며 흐르고 있었다. 자갈밭 위에 앉자 파도가 우리 발을 간질였다.

"돈이 없을수록 신 나게 놀기라도 해야지요. 산투르, 뭐? 놀고 싶지 않아? 자, 이리 오렴, 우리 산투르!"

"조르바, 당신 고향 마케도니아 노래를 불러줘요."

"그러지요. 보스는 보스의 고향 크레타 노래를 부르시든지. 나는 칸디아에서 배운 걸 노래로 불러볼게요. 이놈의 칸디아가 내 팔자를 바꿨다니까."

그는 한동안 생각에 잠겨 있다가 입을 열었다.

"아니, 완전히 다 바뀐 건 아니에요. 이제야 알았어요. 그게 잘 한 짓이었다는 걸."

그는 굵은 손가락을 산투르 위에 올려놓고 연주하면서 거칠고 쉰 목소리로 노래를 불렀다.

한 번 마음먹었으면 밀고 나가라, 후회도 주저도 말고.
고삐는 젊음에게 쥐어주어라, 다시 오지 않을 젊음을 위해.
네가 너를 잃지 않는 순간은 네가 이기는 순간.

우리의 근심과 걱정은 어느덧 사라져버리고 우리의 기분은 최고조에 달했다. 롤라, 갈탄, 선로, 영원, 그 외에 크고 작은 근심들 모두가 푸른 연기가 되어 하늘로 사라졌다. 남은 건 강철로 된 새, 노래하는 영혼뿐이었다. 노래가 끝나자 나는 소리를 질렀다.

"조르바! 전부 다 당신에게 줄게요. 당신이 한 짓…… 여자를 데리고 다니고, 머리를 물들이고, 돈을 써버린 거 전부 다 당신이 가져요. 노래나 부릅시다!"

그는 다시 한 번 목에 핏대를 세우며 노래를 불렀다.

용기! 빌어먹을! 모험! 올 테면 와보라지!
죽기 아니면 까무러치기일 테지!

광산 근처에서 자던 일꾼들이 노래를 듣고 일어나 함께 어울렸다. 자기들이 즐겨 부르던 노래를 듣고 있자니 몸이 근질거렸던 모양이었다. 그들은 반라에 머리를 풀어헤치고는 어둠 속에서 나타나서 흥에 겨워 조르바와 산투르를 둘러싸고 자갈을 밟으며 춤을 추었다. 나는 조용히 그들을 바라보다가 깨달았다. 내가 찾던 광맥이 바로 이것인데 더 이상 무엇이 필요하겠는가.

다음 날, 동이 트기 전부터 광산의 갱도에서 조르바의 고함과 곡괭이 소리가 들려왔다. 인부들은 쉼 없이 일했고, 그들을 지휘할 수 있는 사람은 조르바뿐이었다. 그와 함께 있으면 일은 포도주가 되었다가 여자가 되고, 또 노래가 되어 인부들을 취하게 만들었다. 그의 손에서 대지는 기운을 얻었고 돌과 석탄, 나무와 인부들은 그의 리듬에 맞춰 움직였다. 하얀 아세틸렌 등불의 빛을 받으며 갱도에서는 선전포고가 시작되었고, 조르바는 선두에서 맨손으로 고군분투했다. 그는 갱도와 광맥에 각각 이름을 붙이고는 보이지 않는 힘에다 표정까지 선사했다. 그에게 걸리면 갱도나 광맥도 옴짝달싹하지 못했다.

그는 처음으로 이름을 붙였던 갱도에 대해 이렇게 말하곤 했다.

"그 녀석이 '카나바로 갱도'라는 걸 내가 알고 있는데 가긴 어딜 가겠어요? 기껏해야 내게 더러운 뺨이나 비벼댈 뿐이지요. '수녀원장 갱도'나 '안짱다리 갱도' '오줌싸개 갱도'도 마찬가지예요. 나는 이것들 이름을 달달 외고 있으니까요."

어느 날 나는 조르바 몰래 갱도에 들어갔다. 그는 기분이 좋을 때면 늘 그러하듯 인부들에게 소리를 지르고 있었다.

"이봐! 힘 좀 내! 자, 어서 해보자고! 이놈의 산을 몽땅 파먹어버려야지. 그래도 사내 아닌가! 사내를 얕보면 안 되지. 하느님도 우리를 보시면 아마 떠실 거야. 크레타 사람인 자네들과 마케도니아 사람인 내가 이 산을 먹어치우자고. 산 하나로는 성에 차지 않을 테니 터키까지 해치우는 게 어때? 그러려면 이까짓 쪼끄만 산 하나에 붙들려 있으면 안 되지. 자, 그러면 다들 이리로 와!"

그때 갑자기 누군가가 조르바에게 달려갔다. 아세틸렌 불빛에 비친 미미코의 얼굴이 보였다.

"저기, 조르바 씨…… 조르바 씨……."

미미코가 쭈뼛거리며 그를 불렀다. 조르바는 고개를 돌려 미미코를 보고서는 무슨 용건인지 알아차린 듯 그 큰 손을 들었다.

"꺼져! 썩 꺼져버려!"

그가 버럭 소리를 질렀다.

"아주머니 심부름인데요……."

미미코는 더듬거리며 말했다.

"꺼지라니까! 우린 할 일이 많아!"

미미코는 부리나케 달아났다. 화가 난 조르바는 침을 뱉었다.

"낮에는 일을 해야 되는 거야. 낮은 사내들 시간이니까. 밤에는 즐기고. 그러니 계집들하고는 밤에 즐겨야지. 이걸 혼동하면 큰일 나는 거라고!"

바로 그때 내가 조르바에게 다가갔다.

"벌써 열두 시인데 점심 먹어야지요."

내가 소리치자 조르바가 고개를 돌려 나를 보며 한심하다는 표정을 지었다.

"보스, 우리 기다리지 말고 먼저 드세요. 가서 점심 잡수세요. 생각해 보세요, 우리는 12일이나 놀았으니 서둘러야 돼요. 그러니 혼자 맛있게 드세요."

나는 갱도에서 나와 바다 쪽으로 내려갔다. 배가 고픈 것도 잊어버리고 책을 펼쳤다. '명상도 일종의 광산 아니겠는가. 그럼 나도 그걸 파야지.' 이런 생각이 들었다. 그래서 나도 정신의 거대한 갱도 속으로 들어갔다.

눈이 번쩍 뜨이게 만드는 책이었다. 티베트의 눈 덮인 산, 신비스러운 수도원에서 황갈색 가사를 입고 묵상하는 수도사들의 이야기였다. 그들은 정신을 집중하며 하늘의 충만한 정기를 원하는 형상으로 바꿀 수 있었다.

이곳 높은 산꼭대기의 공기는 정기로 가득했다. 인간 세상의 덧없는 소음이 이곳까지 닿을 리는 없었다. 위대한 금욕주의자는 한밤중에 열여섯에서 열여덟 살까지의 제자들을 이끌고 산속의 얼어붙은 호수로 간다. 그들은 옷을 벗고 얼음을 깬 뒤에 그 속에 옷을 넣어 얼리고 그걸 다시 입은 뒤 체온으로 말린다. 그러고 나서 다시 적시고 체온으로 말리는데, 그런 식으로 일곱 번을 반복하는 것이다. 그다음에는 아침 예불을 하러 수도원으로 돌아온다. 그들은 사천오백 내지 오천사백 미터 가량의 산꼭대기를 오르는 것이다. 그리고 거기에 앉아서 깊고 규칙적인 호흡을 한다. 윗옷을 벗고 있지만 추위를 느끼지 못한다. 찬물을 담은 바리때를 들고 그안을 바라보며, 거기에 모든 정신을 집중시키면 물이 끓는데 그물로 차를 준비하는 것이다.

위대한 금욕주의자들은 제자들을 이렇게 가르친다.

"자기 자신 안에서 행복을 찾지 못하는 자에게 화가 있으리라!"

"남을 즐겁게 하려는 자에게 화가 있으리라!"

"현생과 내생이 하나임을 깨닫지 못하는 자에게 화가 있으리라!"

어두워져 책을 읽을 수 없었다. 나는 붓다, 하느님, 조국, 이상, 이 모든 허상에서 벗어나야겠다고 생각했다. 붓다, 하느님, 조국, 이상으로부터 벗어나지 못하는 자에게 화가 있으리라.

어느새 바다는 검게 변하고 어린 달은 빠른 속도로 떨어지고 있었다. 멀리서 개들이 슬프게 짖으니 계곡 전체가 그 소리에 메아리로 화답했다.

조르바가 진흙을 잔뜩 뒤집어쓰고는 갈가리 찢긴 셔츠를 어깨에 두르고 나타났다. 그는 내 옆에 쭈그리고 앉았다.

"오늘은 일이 일사천리로 꽤 많이 진행됐어요."

그는 기분이 좋은 듯했다. 내 마음은 저 먼 곳에 가 있었기에 나는 건성으로 그의 말을 들었다.

"무슨 생각을 그렇게 하시오, 보스? 마음이 바다에 가 있소?"

나는 정신을 차리고 그를 바라보며 고개를 저었다.

"조르바, 당신은 자신을 아주 대단한 뱃사람 신드바드라고 생각하고 세상을 좀 살아봤다고 아는 척하는데, 그래봤자 당신이 본 건 보잘것없는 것들뿐이에요. 아무것도 아니라는 말입니다. 아무것도 아닌 엉터리라고요! 나도 마찬가지지만. 세상은 우리가 생각하는 것보다 훨씬 더 넓어요. 다른 나라를 가보고 바다를 넘어가봤자 아직 우리 집 문턱에서 코빼기도 안 나간 거란 얘깁니다."

조르바는 입술을 비죽이 내밀었지만 아무 말도 하지 않았다. 그저 얻어맞은 개처럼 끙끙거릴 뿐이었다. 내가 말했다.

"이 세상에는 산이 있어요. 아주 크고 높아서 굽이마다 수도원이 들어앉아 있지요. 이 수도원에는 황갈색 가사를 입은 수도승들이 살고 있어요. 그들은 한 번 앉으면 한 달이고 두 달이고 여섯 달이고 계속 다리를 꼬고 앉아서는 오직 하나만 생각한답니다. 알아듣겠어요? 오직 한 가지만요. 두 가지가 아니라 한 가지라고요! 그 사람들은 우리처럼 여자와 갈탄, 책과 갈탄 같은 걸 생각하지 않아요. 오로지 한 가지에 정신을 집중해서 기적을 일으키죠. 조르바, 돋보기로 태양열을 한 곳에 모으면 어떻게 되는지 알고 있죠? 거기에 불이 붙잖아요. 왜 그럴까요? 태양열이 흩어지지 않고 오로지 거기로만 모이니까요. 우리 정신도 마찬가지예요. 정신을 한 곳, 오로지 한 곳에만 집중시킬 수 있다면 당신도 그와 같은 기적을 일으킬 수 있어요. 알겠죠, 조르바?"

조르바의 숨결이 거칠어지고 있었다. 도망치고 싶은 듯 한참을 그렇게 고개를 젓던 그는 잘 버텨내다가 이윽고 갈라진 목소리로 말했다.

"계속해 봐요."

그러더니 그는 갑자기 펄쩍 뛰며 일어나 외쳤다.

"닥쳐요, 닥쳐! 보스, 이런 이야길 왜 나한테 하는 겁니까? 왜 내 마음에다 독을 푸는 거냐고요! 나는 이대로가 좋은데 왜 사람 기를 죽이려는 겁니까? 배고픈 나에게 하느님과 악마가―이 둘이 다르다면 벼락을 맞겠소.―뼈다귀를 던져주었기에 나는 '고맙습니다, 감사합니다.' 하면서 그걸 핥고 있었어요. 그런데 이제 와서……."

그는 발을 쾅 구르고 나서 오두막으로 돌아갈 것처럼 홱 돌아섰다. 하지만 그는 끓는 속을 참아내느라 꼼짝도 하지 않았다.

"퉤! 어느 놈이 던져줬는지 뼈다귀 한 번 맛있군요. 더러운 카바레 화냥년 같으니! 바다에도 못 타고 나갈 요강 단지 같은 년!"

그는 자갈을 한 줌 쥐고는 바다로 던졌다.

"그래, 그러니까 그게 누굽니까? 누가 나한테 뼈다귀를 던진 겁니까?"

그는 기다렸다. 하지만 아무 대답이 없자 버럭 화를 냈다.

"보스, 아무 말이라도 해봐요. 알면 좀 가르쳐 달란 말입니다. 이름이라도 압시다. 그렇게 되면 당신은 걱정할 거 없어요. 내가 손 좀 보아줄 테니까요. 하지만 알 길이 없다면 어떻게 해야 합니까? 이거 아주 죽겠구먼."

"배고파요. 가서 저녁이나 합시다. 우선 먹고 봅시다."

"거참, 보스는 한 끼라도 안 먹으면 못 살아요? 우리 아저씨 한 분은 수도승이었는데 일주일 내내 물이랑 소금만 먹었어요. 주일이나 축일 때는 밀기울을 좀 먹고. 그래도 그 양반은 백 살을 넘기고 스무 해를 더 살았지요."

"조르바, 그분은 신념이 있었기에 백스무 살을 살 수 있었던 거예요. 하느님을 찾았으니 걱정할 게 없었던 거지요. 하지만 조르바,

우리에겐 배를 채워줄 하느님이 없어요. 그러니 불을 피우고……
불 피우기 싫어요? 도미를 요리해 먹읍시다. 양파랑 고추를 듬뿍
넣어 우리가 좋아하는 걸쭉한 수프를 끓이고 나서 봅시다."

"보긴 뭘 봅니까? 배가 차면 다 잊어버릴 텐데."

"잘 알고 있군요, 조르바! 그래서 음식이 필요한 거예요. 자, 어
서 가서 맛있는 수프나 끓입시다. 우리 머리가 터지지 않게!"

그러나 조르바는 꿈쩍도 하지 않고 앉아서 나를 바라보았다.

"이봐요, 보스. 난 당신 꿍꿍이를 다 알고 있어요. 당신이 얘기
할 때마다 내 머리가 반짝하거든요. 그 빛 속에서 난 당신 꿍꿍이
를 읽었지요."

"내게 무슨 꿍꿍이가 있다고 그러세요?"

"보스, 당신은 수도원을 세우고 싶은 거예요. 그걸 세워 수도승
대신 당신하고 비슷한 펜대 굴리는 몇 명을 데려다 놓고 밤낮으로
끼적대며 세월을 보내고 싶은 거예요. 그러면 옛날 그림에 나오는
성자들처럼 당신 입에서는 글씨가 잔뜩 쓰인 리본이 줄줄 나오는
거지요. 내 말이 맞지요? 안 그래요?"

나는 우울해져 무릎 사이에 머리를 파묻었다. 커다란 날개가 달
려 있던 내 젊은 날의 꿈은 이제 깃털이 뽑혀버렸고, 순진하고 고
상하며 고결했던 충동은 이미 오래전에 사라져버렸다. 지적 공동
사회를 만들어 음악가, 시인, 화가 같은 몇몇 친구들을 모아 그 무
리 속에서 함께하고자 했던 계획, 낮에는 일하고 밤에는 서로 만
나 먹고 마시며 책을 읽고, 인간의 주요 관심사를 토론하면서 새
로운 답을 찾으려 했던 것이다. 나는 이미 그 공동사회의 규칙까
지 정해 놓았고 게다가 사냥꾼 성 요한이 은거하던 이메토스 산길

옆에다 괜찮은 건물까지 찾아놓았던 것이다.

"정곡을 찔렀지요?"

내가 아무 말도 하지 않자 신이 난 조르바가 떠들어댔다.

"거룩하신 원장님, 한 가지 청을 드려도 될까요? 날 수도원 문지기로 써줘요. 밀수도 좀 하고 그 성스러운 수도원에 이따금씩 괴상한 물건도 좀 들여놓을 수 있게 말이오. 여자, 만돌린, 라키 술, 애저구이 같은 걸 말이오. 그래야 당신들이 허튼수작을 부리며 인생을 우습게 살지 못하게 할 거 아닙니까?"

그는 웃으며 오두막으로 걸어갔다. 나도 그를 따라갔다. 그는 입을 꾹 다문 채 생선을 씻었고 나는 땔나무를 가져다 불을 피웠다. 수프가 완성되자 우리는 숟가락을 꺼내 냄비 째로 퍼먹었다.

하루 종일 굶었기에 우린 아무 말도 하지 않고 그저 먹기만 했다. 포도주까지 마시고 나니 생기가 돌았다. 조르바가 입을 열었다.

"보스, 부불리나가 지금쯤 나타나면 아주 재밌겠어요. 우리한텐 별로겠지만 그 여자한텐 좋겠지요. 오, 하느님, 저희를 보살펴주소서! 이 여자는 마지막 지푸라기 같은 거예요. 보스도 아시겠지만, 실은 그 여자가 좀 보고 싶었어요. 젠장!"

"그 뼈다귀를 던져준 게 누군지 이젠 안 물어요?"

"무슨 상관이겠어요. 지푸라기에서 벼룩 잡는 거지……. 뼈다귀를 굽는 겁니다. 누가 던져줬든 무슨 상관이겠어요? 맛이 있느냐, 살점이 붙어 있느냐, 그게 중요한 거지요. 나머지는……."

나는 그의 등을 철썩 한 대 쳤다.

"드디어 음식이 기적을 일으켰어요! 굶주렸던 육신도 조용해지고 질문을 퍼붓던 영혼도 잠잠해졌으니 말이에요. 자, 산투르나 내

립시다!"

　조르바가 일어서려던 순간, 자갈 밟는 소리가 들려왔다. 조르바는 코털이 무성한 코를 벌름거렸다.

　"호랑이도 제 말 하면 온다더니."

　조르바가 자기 허벅지를 때리며 목소리를 낮추었다.

　"저것이 바람결에 조르바 냄새를 맡았나보군요."

　"나는 이만 물러나지요. 이 일에는 끼어들고 싶지 않으니. 좀 나갔다 올게요. 여긴 당신한테 맡길게요."

　"보스, 즐거운 산책이 되시길!"

　"조르바, 이건 잊지 말아요. 당신은 오르탕스 부인과 결혼하기로 약속한 거예요. 그러니까 날 거짓말쟁이로 만들지 말아요."

　조르바는 한숨을 쉬었다.

　"보스, 날더러 또 결혼하라는 거예요? 실컷 먹어 이렇게 배가 부른데!"

　화장비누 냄새가 풍겨오기 시작했다.

　"잘해 봐요, 조르바!"

　나는 서둘러 오두막을 빠져나왔다. 밖으로 나오자 늙은 세이렌의 헐떡이는 숨소리가 들려왔다.

17

이튿날 아침, 조르바의 목소리
가 나를 깨웠다.

"아침부터 무슨 일이에요? 이건 또 무슨 소리예요?"

내가 물었다. 그러자 그는 배낭에 음식을 꾸리면서 말했다.

"보스, 얼른 정신 차리고 일을 처리해야 해요. 벌써 노새도 두 마리나 몰아다 놨어요. 어서 일어나요. 수도원에 가서 케이블 고가 선로 계약서에 서명을 받아야 해요. 사자도 겁내는 게 하나 있는데 바로 '이'라는 놈이지요. 보스, '이'란 놈이 우리를 몽땅 빨아먹고 말겠어요."

"왜 불쌍한 부불리나를 '이'라고 불러요?"

내가 웃으며 물었지만 조르바는 못 들은 척 딴소리를 했다.

"자, 갑시다, 해가 중천에 뜨기 전에."

산에 들어가 소나무 냄새를 맡는다는 생각만으로도 기분이 좋았다. 우리는 노새를 타고 오르다 광산에서 잠깐 쉬었고, 그동안 조르바는 인부들에게 할 일을 지시했다. 그는 인부들에게 '수녀원장 갱도'에서 일하고, '오줌싸개 갱도'에서 배수로를 파고, '카나바로 갱도'는 깨끗이 치우라고 일렀다.

물속에 잠긴 다이아몬드처럼 투명한 날씨였다. 산으로 올라갈수록 정신이 맑아지고 고상해지는 기분이 들었다. 나는 다시 한 번 맑은 공기와 부드러운 호흡, 광활한 지평선이 영혼에 미치는 영향을 생각했다. 동물과 마찬가지로 영혼 또한 허파와 콧구멍이 있어서 산소가 필요하기에, 먼지나 안개 속에서는 호흡하기가 힘들 것 같다는 생각이 들었다.

소나무 숲으로 들어갔을 때 해는 이미 중천에 떠 있었다. 공기에서 꿀 냄새가 났고 머리 위를 스치는 바람은 바다처럼 한숨을 쉬었다.

길을 가면서도 조르바는 산의 경사면을 조사했다. 그는 상상 속에서 이미 몇 미터마다 기둥을 세웠고, 햇빛을 반사하며 해변까지 이어지는 케이블을 보았던 것이다. 게다가 시위를 떠난 화살처럼 나무들은 획획 소리를 내며 케이블에 매달려 내려가고 있었다. 조르바가 손을 비비며 소리쳤다.

"끝내주는구먼! 이거야말로 노다지 아니겠습니까! 머지않아 돈방석에 앉을 겁니다. 하고 싶은 것도 다 해볼 수 있을 테고요."

나는 놀라서 그를 바라보았다.

"벌써 잊어버리신 건 아니지요? 수도원을 지으려면 큰 산에 올라가야 한다고 하셨잖아요. 거기가 어디였더라."

"티베트예요, 티베트, 조르바. 하지만 우리 둘이서만 가야 해요. 여자는 안 돼요."

"누가 여자를 데려간대요? 하지만 이 가엾은 것은 여기저기 쓸데가 많으니 헐뜯진 마세요. 쓸 데가 있고말고……. 남자가 탄을 캐고, 도시를 공격하고, 하느님과 이야기를 하는 등 남자만의 일을 하지 않을 때는 아주 쓸모가 있지요. 일이 끝나면 뭐할 게 있어요? 술 마시고, 노름하고, 계집이나 끌어안는 거지. 그러면서 기다리는 거지요. 때가 될 때까지……. 암, 그러면 때가 오겠지요."

그는 한동안 아무 말도 하지 않았다.

"오면 좋을 텐데……. 오면 좋은데……."

그는 짜증스럽게 되풀이했다.

"그게 영영 안 올 수도 있다는 거지요."

한참을 침묵하던 그가 덧붙였다.

"보스, 이래서는 안 되겠어요. 이놈의 세상이 작아지든지 내가 커지든지 해야지. 둘 다 안 되면 큰일 난다니까요."

소나무 사이에서 수도승 하나가 나타났다. 붉은 머리카락에 노란 살결을 지닌 그는 소매를 걷어붙이고 홈스펀 모자를 쓰고 있었다. 그는 걸을 때마다 쇠지팡이로 땅바닥을 똑똑 두드렸는데 우릴 보자 걸음을 멈추고는 쇠지팡이를 번쩍 쳐들었다.

"어디로 가는 길입니까?"

그가 물었다.

"수도원으로 기도드리러 갑니다."

조르바가 대답했다.

"돌아가라, 이 예수쟁이들아!"

수도승이 소리를 질렀다. 말을 할 때마다 그의 파란 눈이 번쩍 거렸다.

"돌아가시오, 내 말을 들으시오! 수도원에 있는 건 성모의 과수원이 아니라 마귀의 정원이오. 가난, 겸손, 정절. 이것들을 수도승의 관冠이라고 하지요. 글쎄…… 돌아가시오! 돈, 자존심, 젊은 사내아이! 이게 수도승들의 삼위일체올시다!"

"이 친구, 웃기는데."

조르바는 그가 마음에 드는지 속삭였다.

"형제, 이름이 뭐요? 어디서 오시는 길이오?"

그는 수도승에게 다가가 물었다.

"내 이름은 자하리아라고 하지요. 짐을 싸서 나오는 길이오. 아주 꺼지는 것이지요. 더 이상은 참을 수가 없었어요. 이름을 가르쳐주시겠소, 형제들?"

"카나바로."

"카나바로 형제. 나는 더 이상 참을 수가 없었어요. 그리스도가 밤새 끙끙거리는데 잠을 잘 수가 있어야지. 나도 같이 끙끙거렸지요. 그랬더니 수도원장이—지옥불에 떨어지길—꼭두새벽부터 사람을 시켜 나를 부르더군요. 불러서 하는 말이 '자하리아, 그대가 동료 수도승들을 못 자게 한다지. 내 너를 내쫓아야겠구나.' 이러더군요! '제가 잠을 못 자게 하다니요? 제가 그런 게 아니라 그리스도가 그러신 겁니다. 그리스도가 끙끙거리신 겁니다.' 그랬더니 그 몹쓸 놈이 십자가를 번쩍 들어…… 여길 좀 보시오!"

그는 모자를 벗고 피가 엉긴 머리를 보여주었다.

"그래서 신발 속 먼지까지 몽땅 털어내고 떠나는 길이지요."

조르바가 그를 꾀었다.

"그럼 우리랑 같이 갑시다. 가서 수도원장 손 좀 봐줄 테니 말이오. 갑시다. 우리랑 가면서 길이나 안내해 주시오. 아무래도 당신은 하늘이 보낸 사람 같으니."

수도승은 한참을 생각하더니 두 눈을 번쩍거렸다.

"뭘 주시겠소?"

그가 물었다.

"뭘 원하시오?"

"절인 대구 일 킬로그램하고 브랜디 한 병."

그러자 조르바가 허리를 구부리고 그의 얼굴을 들여다보았다.

"자네 안에 악마가 들어 있구먼, 자하리아?"

"어떻게 알았소?"

그는 움찔하며 물었다.

"나도 아토스 산에서 왔소. 거기에 대해선 좀 알고 있지."

조르바가 대답했다.

수도승은 머리를 떨구었다.

"그래요, 내 속엔 악마 하나가 살아요."

"그래서 그 악마가 절인 대구랑 브랜디가 먹고 싶다는 거지. 안 그래요?"

"맞아요, 이 못된 놈이 그럽디다."

"알았소. 그놈이 담배도 피우고 싶다지?"

조르바가 담배를 던져주자 수도승은 땅에 떨어질까 봐 얼른 받았다.

"맞아요, 이놈은 담배도 피워요. 이 망할 놈!"

수도승은 주머니에서 부싯돌을 꺼내 불을 붙이고는 연기를 깊이 빨아들였다.

"맛 좋구먼!"

수도승이 중얼거리며 쇠지팡이를 들고 걷기 시작했다.

"그 악마의 이름이 뭐요?"

조르바가 내게 한 쪽 눈을 찡긋거리더니 수도승에게 물었다.

"요셉이요."

자하리아는 고개도 돌리지 않고 대답했다. 정신이 좀 나간 수도 승과 동행한다는 게 마음에 들지 않았다. 병든 몸과 마음은 동정 과 동시에 역겨움을 불러일으켰다. 그러나 나는 아무 말도 하지 않고 조르바가 마음대로 하도록 내버려두었다.

맑은 공기 속에 있어서 그런지 금세 배가 고파졌다. 우리는 거 대한 소나무 밑에 앉아 배낭을 열었다. 수도승은 허리를 굽혀 배 낭 속을 들여다보며 입맛을 다셨다.

"뭐 그리 서두르시오, 자하리아! 급히 먹는 밥이 체하는 법이오. 오늘은 성월요일이지만 우린 떠돌이 일꾼들이라 고기와 닭을 좀 먹어야겠소. 하느님도 용서해 주실 테지. 하지만 당신한텐 할바와 올리브를 주겠소. 당신 뱃속은 신성하니까."

조르바가 그를 구슬렸다.

수도승은 양심의 가책을 느끼는 척하면서 지저분한 수염을 쓰 다듬으며 말했다.

"나는 올리브와 빵, 그리고 물만 먹겠소. 하지만 요셉은 악마이 기에 당신들처럼 고기를 먹지요. 닭고기도 좋아하고—오, 이놈의 악마—요셉은 당신들 술통에 있는 포도주도 좀 마실 거요."

그는 성호를 긋더니 빵과 올리브와 할바를 순식간에 먹어치우 고는 손등으로 입을 닦고 물을 마셨다. 그리고 나서 식사를 마쳤 다는 뜻으로 다시 한 번 성호를 그었다.

"자, 이제 요셉, 저주받은 악마의 차례요!"

그러고는 닭고기를 집어 들었다.

"처먹어라, 이 망령아!"

수도승은 닭고기를 한 입 크게 물어뜯으며 중얼거렸다.

"근사해, 아주 멋진 수도승이구먼."

수도승이 마음에 쏙 든 조르바가 그를 지지했다.

"당신 활에는 시위가 두 개나 있군."

조르바는 나를 돌아보았다.

"보스, 이 친구 어떻게 생각해요?"

"당신하고 비슷한데요."

내가 웃으며 대답했다. 조르바는 술통을 수도승에게 넘겨주었다.

"요셉, 한 모금 마시게!"

"마셔라! 이 망령아!"

수도승은 술통을 받아 입에 들이부었다.

햇볕이 따가웠기에 우리는 그늘진 곳으로 자리를 옮겼다. 수도승에게서 땀내와 향내가 동시에 풍겼다. 그가 햇볕 아래서 냄새를 풍기는 게 싫었기에 조르바는 그를 그늘진 곳으로 끌어들인 것이었다.

"어쩌다 수도승이 되셨소?"

배가 불러 이제 농담이 하고 싶어진 조르바가 물었다.

수도승은 빙그레 웃었다.

"내 마음에 원래 거룩한 구석이 있어서 수도승이 된 거냐는 말이오? 무리도 아니지. 형제여, 하지만 아니라오. 나는 가난, 그 징글징글한 가난 때문에 수도승이 되었지요. 먹을 게 없었으니까 수도원에 가면 굶어 죽진 않겠지 하고 생각했던 거지."

"그래 이제 배가 좀 찼소?"

"하느님을 찬양하오! 나는 이따금 한숨을 쉬지만 별일 아니니 못 본 척하시오. 속세의 일로 한숨을 쉬는 게 아니니까. 그런 건 개나 물어가라지. 있어도 없어도 마찬가지인 것을. 하지만 나는 천국에 가고 싶소. 그래서 농지거리나 미친 짓을 자주 해서 도반들을 웃기는 거요. 그런데 그것들은 다들 나한테 악마가 들렸다며 욕을 해대지. 그럴 때마다 나는 속으로 이렇게 말한다오. '하느님도 장난치고 웃는 걸 좋아하실 거야. 그러니 언젠가는 나한테 이리 들어와라, 이 광대야, 이리 와서 날 좀 웃겨다오. 이렇게 말씀하실 거야.' 그러니까 나는 광대가 돼서 천국에 가려는 것이오."

"이봐, 자네 정말 대단하구먼. 자, 그럼 갑시다. 어두워지기 전에 도착해야 하니까."

조르바가 일어서면서 말했다.

수도승이 앞장섰다. 산을 오르다 보니 자질구레한 속세의 걱정거리는 사라지고 더욱 고상한 곳으로, 일상의 유쾌함에서 관념의 험한 세계로 들어가고 있는 기분이 들었다. 그때 갑자기 수도승이 걸음을 멈추었다.

"우리 복수의 여신이오!"

자하리아는 돔이 아름다운 작은 예배당을 가리키며 외쳤다. 그는 무릎을 꿇고 성호를 그었다. 나는 노새에서 내려 기도원으로 들어갔다. 그 안은 시원했고, 구석에는 연기에 그을린 새까만 성상이 예물에 파묻혀 있었다. 성상이라고는 했지만 다리, 손, 눈, 가슴 모두 은반 위에 엉성하게 새긴 것이었다. 성상 앞에는 은촛대 하나가 영원히 타오를 촛불을 밝히고 있었다.

나는 사납고 호전적인 성상 앞에 조용히 다가갔다. 목이 굵고 뻣뻣해서 처녀라고 하기에 민망한 성모상은 아기 예수 대신 긴 창을 들고 있었다.

수도승이 한 차례 몸을 떨며 소리쳤다.

"수도원을 공격하는 자에게 화가 미치리라! 성모께서는 침략자에게 달려들어 창으로 찌르셨소. 옛날 알제리 사람들이 여기에 와서 수도원을 불태운 적이 있었지요. 하지만 그 이교도들이 죗값을 어떻게 치렀는지 아시오? 이 예배당을 지날 때 성모께서 성상에서 뛰어내리셔서 창으로 찔렀소. 무작위로 하나도 남김없이 다 찔러 죽였소. 우리 할아버지가 숲 속을 뒹구는 이교도들의 뼈를 보았다고 했소. 그때부터 우리는 이 성상을 '복수의 여신'이라고 불렀소. 그전에는 '자비의 여신'이었지만."

"자하리아 신부, 성모께서 기적을 보이실 거였으면 놈들이 수도원을 불태우기 전에 하셨어야지, 왜 그러지 못하셨을까요?"

조르바가 물었다.

"전능하신 하느님의 뜻이지요."

수도승이 성호를 세 번 그으며 대답했다.

"전능하신 하느님 좋아하시네. 어서 갑시다."

조르바가 중얼거리며 다시 노새 등에 뛰어올랐다.

얼마 못 가 고원이 나타났고 바위와 소나무에 둘러싸인 성모의 수도원이 보였다. 속세와는 담을 쌓고 이 푸른 고원에서 정상의 고상함과 평야의 부드러움을 간직하며 미소 짓고 있는 이 수도원이 내 눈에는 인간의 명상을 위한 더없이 훌륭한 장소 같았다.

나는 생각했다. '여기라면 맑은 정신을 인간에게 걸맞은 종교적

희열로 바꿔갈 수 있겠다. 험준한 초인간적인 정상도 아니고 게으르고 풍성한 평야도 아니다. 인간미가 있으면서도 영혼을 수양하기 위해서는 더할 나위 없는 훌륭한 장소다. 이런 곳은 영웅이나 돼지에게는 어울리지 않는다. 오직 인간에게만 어울릴 뿐이다.'

이런 곳이었기에 고대 그리스 신전이나 최고의 사원이 생긴 것이다. 하느님은 인간의 모습으로 이곳에 오셔서 맨발로 봄풀 위를 거니시다 사람들과 조용히 이야기를 나누었을 것이다.

"아, 이 얼마나 멋진 곳인가! 이 고독, 이 행복!"

나는 조용한 목소리로 중얼거렸다.

우리는 말에서 내려 대문을 지나 응접실로 올라갔다. 거기에서 라키, 잼, 커피 같은 전통적인 음식을 대접받았다. 안내인인지 접대인인지 모를 수도승 하나가 우리를 마중 나왔다. 그러다 우리는 순식간에 뭐라고 지껄이는 수도승들에게 둘러싸였다. 교활한 눈, 탐욕스러운 입술, 콧수염, 턱수염, 숫염소 냄새에 둘러싸이게 된 것이다.

"신문 안 가져오셨소?"

수도승 하나가 짜증스럽게 물었다.

"신문이라뇨? 여기서 신문은 어디에 쓰시게요?"

내가 놀라서 물었다.

"답답한 형제구면. 신문이 있어야 저 아래 세상일을 알 수 있을 거 아닙니까?"

두세 사람이 화가 난 듯 말했다. 그들은 발코니 난간에 기대어 영국과 러시아 이야기, 베니젤로스 수상과 왕에 대한 이야기를 하며 떠들어댔다. 세상은 그들을 버렸지만 그들은 세상을 버리지 않앗던 것이다. 그들의 눈엔 대도시와 상점, 여자들과 신문이 어른 거렸다.

키가 크고 뚱뚱한 털보 수도승이 벌떡 일어나 코를 훌쩍거리며 말했다.

"보여드릴 게 있소. 가져올 테니 소감을 좀 말해 주시오."

그는 털투성이의 짧은 팔을 배 위에 포개고 걸었다. 베로 만든 슬리퍼를 끌며 그는 곧 문밖으로 사라졌다. 수도승들이 모두 음흉하게 웃었다.

"데메트리오스 신부가 또 점토 수녀를 데려올 모양이군."

안내하는 수도승이 말했다.

"악마가 특별히 데메트리오스를 위해 그 수녀상을 땅에 묻었는데, 어느 날 데메트리오스가 밭에서 그걸 캐낸 거예요. 데메트리오스는 그걸 자기 방으로 가져갔는데 그날부터 잠을 못 이룬대요. 정신도 반쯤 나가버렸어요."

조르바가 숨이 막혔던지 일어섰다.

"우리는 서명 받을 서류가 있어서 수도원장을 뵈러 온 것이오."

그가 말했다.

"수도원장님은 여기 안 계십니다. 오늘 아침 마을로 가셨으니 기다리시지요."

안내하는 수도승이 대답했다. 잠시 후 데메트리오스 신부가 다시 나타났다. 그는 성배라도 든 것처럼 조심스럽게 두 손을 모은 채 다가왔다.

"보십시오!"

그가 천천히 손을 벌리면서 말했다. 나는 신부 가까이 다가갔다.

조그만 적갈색의 타나그라 점토 인형이었다. 반라의 인형은 하나 남은 손을 머리에 얹고 수도승의 손 안에서 나를 보며 웃고 있었다. 데메트리오스가 설명했다.

"왜 머리에 손을 얹고 있느냐 하면 이 머릿속에 귀한 보석, 즉 다이아몬드나 진주 같은 게 들어 있기 때문이겠지요. 어떻게 생각하십니까?"

"골치가 아파서 그런 게 아닐까?"

수도승 하나가 툭 내뱉듯 말했다. 염소처럼 입술이 축 처지고 체격이 큰 데메트리오스는 나를 보며 내 대답을 기다렸다. 그러다 말을 꺼냈다.

"깨고 속을 좀 봐야 되겠어요. 이것 때문에 잠을 이룰 수가 없어요. 속에 다이아몬드라도 들어 있다면……."

나는 우아한 얼굴과 작고 탄탄한 가슴을 지닌 그 젊은 처녀를 바라보았다. 육체와 웃음, 그리고 키스에 저주를 내린, 십자가에 못 박힌 모든 신들의 이웃으로 향내 가득한 이곳에 유배당한 여인이었다.

"내 손으로 이 여인을 해방시킬 수 있다면!"

조르바는 점토 인형을 받고는 떨리는 손으로 가녀린 몸을 어루만지며 뾰족하고 단단한 젖가슴에 손을 얹었다.

"이보시오, 신부님. 이게 악마라는 걸 모르시겠소? 틀림없는 악마란 말이오. 하지만 걱정 마시오. 저주받은 악마에 대해선 잘 알고 있으니. 데메트리오스 신부, 여기 좀 봐요. 탄력 있고 몽글몽글하고 단단한 이 젖가슴을. 바로 악마의 젖가슴이 이런 것이오. 숱하게 겪어봐서 잘 알지요."

그때 젊은 수도승이 문 앞에 나타났다. 햇빛에 금발과 솜털이 보송보송한 둥근 얼굴이 드러났다. 그러자 조금 전에 거칠게 말했던 수도승이 안내하는 수도승에게 한쪽 눈을 찡긋거렸고 둘은 교활하게 웃었다.

"데메트리오스 신부, 여기 당신 수련사 가브릴리가 왔소."

두 신부가 동시에 말했다. 데메트리오스 신부는 작은 점토 인형을 손에 꼭 쥐고는 문가로 굴러가듯 걸어갔다. 잘생긴 수련사가 조용히 앞장을 섰고 두 사람은 복도 쪽으로 사라졌다.

나는 조르바에게 신호를 보냈고 우리는 마당으로 나왔다. 밖은 더웠지만 견딜 만했다. 마당 한가운데에 있는 오렌지 꽃에서 향긋한 냄새가 났다. 근처에 있는 대리석으로 만든 양머리 분수에서는 물이 졸졸 흘러나왔다. 나는 그 아래에 머리를 집어넣었다. 시원했다.

"도대체 이것들은 다 뭐요?"

조르바가 역겹다는 얼굴로 물었다.

"사내도, 계집도 아니니 노새 아니겠소, 퉤퉤! 목이나 매고 뒈져야지!"

조르바도 나처럼 양머리 분수 밑에 머리를 넣으며 웃음을 터뜨렸다.

"제길, 목이나 매고 뒈지는 게 낫지. 마귀 한 마리씩 품고 있으니 제대로 된 놈이 하나도 없어. 여자에게 침 흘리는 놈, 절인 대구에 미친 놈, 돈에 환장한 놈, 신문 보고 싶은 놈이라니. 퉁퉁 불어터진 국숫발 같은 놈들! 도대체 뭐가 겁나서 속세로 못 기어 내려가고 원하는 걸 못 하는 게야?"

그는 담배를 피워 물고 활짝 핀 오렌지나무 아래 의자에 앉아 계속 말했다.

"내가 뭘 먹고 싶거나 갖고 싶으면 어떻게 하는 줄 아세요? 목구멍이 미어터지게 처넣고 다시는 그 생각이 안 나게 만듭니다. 그렇게 하고 나면 이제 말만 들어도 구역질이 나거든요. 이렇게 설명하면 이해될 겁니다. 어릴 때 나는 버찌에 미쳐 있었어요. 그런데 돈이 없었으니 한꺼번에 많이 살 수도 없고 조금 사 먹으면 더 먹고 싶고, 밤낮 버찌 생각만 했었지요. 그 생각만 하면 아주 미칠 것 같더군요. 그러던 어느 날, 갑자기 화가 나더군요. 창피해서 그런 걸지도 모르고요. 어쨌든 버찌가 날 데리고 논다는 생각에 속이 상했어요. 그래서 어떻게 했는지 아세요? 한밤중에 일어나 아버지 주머니에서 은화 한 닢을 훔쳤어요. 그리고 다음 날 아침, 나는 일찍 시장으로 달려가 버찌 한 소쿠리를 사서 도랑에 숨어서 먹었지요. 속에서 올라올 때까지 처먹어대니 배가 아프고 구역질이 납디다. 그래요, 보스. 몽땅 토했어요. 그날 이후로 나는 버찌를 먹고 싶다는 생각을 한 적이 없어요. 보기만 해도 싫더군요. 그렇게 나는 구원을 받은 거지요. 언제 어디서 버찌를 봐도 이젠 나하고 상관없다고 말합니다. 그 후 담배랑 술을 놓고도 똑같은 짓을 했지요. 지금도 마시고 피우긴 하지만 끊고 싶으면 언제든 그럴 수 있어요. 나는 정열의 지배 따윈 받지 않아요. 고향도 마찬가지예요. 한땐 너무 그리웠지만 그것도 목구멍까지 처넣고 토해 버렸지요. 그때부터 고향 생각 때문에 괴롭진 않더군요."

"여자는 어때요?"

"여자 차례도 오겠지요. 에이, 망할 년들, 올 겁니다, 내 나이 일흔이 되면 올 겁니다!"

일흔은 너무 빠르다고 생각했는지 조르바는 재빨리 말을 바꾸었다.

"여든으로 합시다. 보스, 우습겠지만 웃지 마요. 이게 사람이 자유를 얻는 도리라는 겁니다. 내 말 잘 들어요. 토할 만큼 처넣는 게 가장 좋은 방법이에요. 금욕주의 같은 걸로는 어림도 없어요. 생각해 봐요, 보스. 반쯤 악마가 되지 않고서 어떻게 악마를 다루겠어요?"

그때 데메트리오스가 헐떡거리며 마당으로 나왔다. 그 뒤를 수련사가 따라왔다.

"누가 봐도 천사로 보게 생겼군."

조르바는 수련사의 수줍어하는 태도와 우아한 모습을 보며 중얼거렸다. 두 사람은 위층 방으로 통하는 계단 쪽으로 올라갔다. 데메트리오스가 수련사에게 뭐라고 하자 수련사는 싫다는 듯 고개를 가로저었다. 그러다 곧 다시 고개를 끄덕이고는 데메트리오스와 팔짱을 끼고 계단을 올라갔다.

"보스, 봤어요? 무슨 뜻인지 알겠어요? 소돔과 고모라가 따로 없다니깐!"

두 수도승이 밖을 내다보며 서로 윙크를 하고 웃기 시작했다.

"한심한 것들. 늑대도 저희들끼리는 찢어발기지 않는데 저것들 꼴 좀 보세요! 보스, 계집들이 저희끼리 저러는 걸 본 적 있어요?"

"저들은 남자잖아요."

"보스, 마찬가지예요. 나한테 좀 배워요! 저것들은 다 노새 새끼들이에요. '가브릴리'건 '가브릴라'건, '데메트리오스'건 '데메트리야' 건 기분 내키는 대로 부르지요. 보스, 갑시다, 가자고요. 서류에 서명 받는 대로 꺼집시다. 여기 있다가는 사내고 계집이고 정이 뚝 떨어지겠어요."

그는 이렇게 말하며 목소리를 낮추었다.

"실은 나한테 계획이 하나 있는데요."

"보나마나 빤하지요. 이런 주책바가지. 한평생 그렇게 헛짓을 해 놓고도 부족해요? 좋아요, 들어나 봅시다. 그 계획이 뭔지."

조르바가 어깨를 으쓱였다.

"보스, 솔직히 말해 이런 얘기를 어떻게 하겠어요? 이렇게 말하면 어떨지 모르지만 당신은 착한 사람이에요. 아무한테나 다정하게 대해 주니까요. 당신은 겨울에 이불 위에서 벼룩을 봐도 감기에 걸릴까 봐 이불 밑에다 넣어줄 거예요. 그런 당신이 어떻게 나 같은 늙은 건달을 이해하겠어요. 나 같으면 벼룩이 보이는 즉시 탁 터뜨려 죽일 겁니다. 그리고 양이 내 눈에 띄면 칼로 목을 푹 찔러 숯불에 구워 친구들을 불러 모아 한바탕 잔치를 벌일 테고요. 그럼 아마 당신은 이럴 겁니다. 양이 내 것도 아닌데 어쩌구. 물론 내 것이 아니지요. 그건 인정해요. 하지만 보스, 우선 먹고 보는 겁니다. 먹고 나서 네 것인지 내 것인지 따져보는 거지요. 당신이 우물쭈물 망설이는 동안 나는 성냥개비를 분질러 이빨을 쑤시고 있을 겁니다."

조르바의 웃음소리가 마당 가득 울려 퍼졌다. 그때 자하리아가 울상을 지으며 나타났다. 그는 손가락을 입술에 대고는 뒤꿈치를 들고 걸어오며 속삭였다.

"쉿, 조용히. 웃으면 안 돼요. 저길 좀 봐요. 조그만 창……. 주교가 공부하고 있는 도서관이에요. 우리 거룩한 주교님이 뭘 쓰고 계시니 조용히 하시오."

"아하, 마침 잘 오셨구먼, 요셉 신부."

조르바가 수도승의 팔을 잡으며 말했다.

"갑시다, 당신 독방에 가서 얘기 좀 해요."

그러고는 나를 돌아보았다.

"우리가 이야기할 동안 보스는 경내를 돌면서 성상이나 좀 보고 있어요. 난 수도원장을 기다릴 테니까. 금방 오시겠지요. 하지만 혼자서는 아무것도 하지 마세요. 해봐야 엉망진창이 될 테니까. 일은 다 나한테 맡겨요. 나한테 다 계획이 있으니까."

그는 허리를 굽히며 내 귀에 대고 속삭였다.

"반값에 이 숲을 가질 수 있을 거요. 보스의 생각은 알고 있으니 아무 말도 하지 마시오."

조르바는 말을 마치고 반쯤 정신 나간 자하리아 수도승의 팔을 잡고는 빠른 걸음으로 사라졌다.

18

예배당 문턱을 넘어 그늘진 안으로 들어갔다. 시원하고 향기가 났다.

건물 안에는 아무도 없었다. 청동 샹들리에가 희미하게 불을 밝히고 있었고, 포도가 주렁주렁 열린 넝쿨이 그려진 정교한 성상 병풍은 예배당 한구석을 가리고 있었다. 천장에서 바닥까지, 반쯤 칠이 벗겨진 벽화가 그려져 있었다. 해골처럼 마른 금욕주의자, 초기 교회의 교부들, 그리스도의 긴 수난, 파랑과 분홍색의 넓은 리본으로 머리를 싸맨 험상궂은 천사들이 습기로 얼룩진 벽에 그려져 있었다. 대부분 무시무시한 그림들이었다.

둥근 천장 위에는 호소하듯이 팔을 뻗고 있는 성모의 그림이 있었다. 그 앞에는 육중한 은제 램프가 부드러운 빛으로 비탄에 잠긴 성모상의 얼굴을 쓰다듬고 있었다. 성모의 비탄에 잠긴 눈과 동그랗게 오므린 입술, 그리고 강인한 턱은 영원히 잊지 못할 것이다. '유한한 인간의 육신으로 불사不死의 아들을 낳은, 그 어떤 시련에도 영원한 행복과 만족을 누릴 성모가 여기에 있구나.'

문밖으로 나왔을 때 이미 해가 지고 있었다. 나는 오렌지나무 아래에 앉아 행복을 만끽하고 있었다. 예배당의 둥근 지붕은 석양에 분홍빛으로 물들고 있었다. 수도승들은 독방에 들어가 쉬고 있었다. 그들은 잠을 자는 것이 아니라 힘을 모으고 있을 것이다. 그날 밤 그리스도가 골고다 언덕에 오르기 시작하면 수도승들도 함께 올라가야 했다. 분홍빛 젖꼭지를 드러낸 검은 암돼지 두 마리가 콩나무 아래 한가롭게 잠들어 있었고, 비둘기 떼는 지붕 위에서 푸드득거리며 구구구구 울어댔다.

'나는 언제까지 이 대지와 공기, 고요한 오렌지 꽃의 아름다움을 즐길 수 있을까.' 예배당 안에서 보았던 바쿠스 성상이 나를 행복하게 해주었다. 내 온몸을 흔들어 놓은 통일성, 목적의 확고함, 욕망의 일관성이 주었던 감동이 다시 떠올랐다. 포도송이 같은 고수머리를 늘어뜨린 아름다운 그리스도교 청년들의 성상에 축복이 있기를. 술과 황홀한 기쁨의 신, 멋진 디오니소스와 추한 바쿠스가 내 마음에 혼돈을 일으켜 둘은 같은 모습으로 변했다. 포도나무 잎사귀와 수도승들의 법의 아래에서는 태양에 그을린 그리스의 몸과 생명이 함께 뛰고 있었다.

조르바가 서둘러 돌아와 소식을 전했다.

"수도원장이 왔습니다. 이야기를 좀 나눠봤는데 좀 더 구슬려야 될 거 같아요. 그 친구가 말하길, 헐값에 숲을 넘길 수 없다더군요. 그 늙은이가 우리가 제시한 값보다 더 원하더라고요. 하지만 아직 얘기가 다 끝난 건 아니에요."

"왜 구슬려야 하는데요? 얘기는 다 끝난 거 아닌가요?"

"보스, 제발 부탁이니 나서지 마세요. 다 된 밥에 재 뿌리지 마시라고요. 보스는 여기 앉아서 옛날에 끝난 얘기나 하고 있어요. 그건 사라져버린 옛날이에요. 아, 인상 쓰지 마요. 없어진 건 없어진 거니까. 우리는 반값에 저 숲을 먹을 거예요."

"조르바, 또 무슨 장난을 치려는 거예요?"

"걱정 마요. 내 전문이니까. 기름을 좀 쳐서 부드럽게 돌아가게 할 겁니다. 무슨 말인지 아시겠어요?"

"알겠는데, 왜 그래야 하는지를 모르겠군요."

"칸디아에서 꼭 써야 했던 돈 이상을 날렸으니까요. 이유는 그 겁니다. 롤라가 내 돈, 정확히 말하면 당신 돈을 너무 삼켜버렸으니까요. 당신은 내가 잊어버렸다고 생각하겠지만 절대 아니에요. 나도 자존심이라는 게 있다고요. 내 장부에 오점을 남길 수는 없지요. 많이 썼으니 그만큼 갚겠단 얘기예요. 계산을 해보니 롤라 년에게 7천 드라크마가 들어갔더군요. 나는 숲을 사면서 그만큼 깎아낼 겁니다. 롤라가 쓴 돈을 수도원장과 수도승, 성모 마리아가 내는 것이지요. 내 계획은 이렇습니다. 어떻게 생각해요?"

"조르바, 곤란한데요. 왜 성모님께서 당신이 쓴 돈을 갚아야 하는 겁니까?"

"갚아야지요. 그렇고말고요. 자, 들어봐요, 성모님한테 아들이 있었잖아요. 하느님. 하느님 말이에요. 하느님이 나 조르바를 만들면서 연장 몇 개를 줬어요. 무슨 연장인지 당신도 알 겁니다. 그런데 이 연장이 언제 어디서나 암컷만 만나면 내 대가리를 돌게 하고 지갑을 열게 만든단 말입니다. 아시겠어요? 그러니까 거룩하신 성모님에게도 책임 이상의 의무가 있는 거예요. 그러니 돈을 물어야 하는 겁니다."

"조르바, 난 그게 싫어요."

"그건 다른 문제예요. 우선 7천 드라크마를 아낍시다. 이 문제는 나중에 다시 얘기해요. '사랑을 먼저 해줘요. 아주머니 노릇은 나중에 하고.' 이런 노래도 있잖소? 이 노래 다음 가사가 뭐였더라?"

뚱뚱한 안내 수도승이 나타났다.

"안으로 들어가시지요. 저녁 준비가 되어 있습니다."

그는 성직자 특유의 부드러운 목소리로 말했다. 우리는 수도원 식당으로 내려갔다. 널찍한 식당 안에는 긴 의자와 좁고 긴 식탁이 놓여 있었고, 시큼한 냄새와 썩은 기름 냄새가 풍겼다. 식당 한쪽 끝에는 낡은 〈최후의 만찬〉 벽화가 보였다. 열한 명의 제자들이 양 떼처럼 그리스도를 둘러싸고 있었고, 한쪽 구석에는 붉은 머리카락의 유다가 혼자 서 있었다. 유다는 검은 양이었다. 그는 앞짱구에 매부리코였는데, 그리스도의 눈은 유다를 주시하고 있었다.

안내하던 수도승은 나와 조르바를 양 옆에 앉히며 말했다.

"저희들은 금식 중입니다. 손님들께 기름과 포도주를 대접해 드리지 못하는 것을 부디 용서해 주시기 바랍니다. 하지만 많이 드십시오."

우리는 성호를 긋고 올리브와 봄 양파, 콩과 할바를 토끼처럼 천천히 먹었다. 수도승이 말했다.

"이승의 삶이 다 그런 것이지요. 십자가와 금식입니다. 하지만 참아야 합니다. 참으면 부활과 속죄양이신 예수님이 오시며 천국도 오게 됩니다."

나는 기침을 했다. 그러자 조르바는 가만히 있으라는 듯 내 발을 밟았다.

"오면서 자하리아 신부를 만났습니다."

조르바는 화제를 바꾸려고 했다. 그러자 안내 수도승은 놀라는 듯했다.

"그 미친 자가 뭐라고 합디까?"

수도승이 걱정하듯 물었다.

"그 사람은 자기 안에 자기 말을 듣지 않는 악마가 일곱이나 있다고 하더군요. 그는 자기 영혼도 부정하고, 주위엔 온통 부정한 영혼뿐이라고 하더군요."

수도승들을 부르는 쓸쓸한 종소리가 울렸다. 안내 수도승이 성호를 긋고 일어났다.

"그만 가봐야겠습니다. 그리스도의 수난이 시작되고 있습니다. 우리는 그분과 함께 십자가를 지고 가야 합니다. 먼 길 오시느라 피곤하셨을 테니 오늘 밤은 편히 쉬십시오. 하지만 내일 아침 예배는……."

수도승이 나가자마자 조르바가 욕설을 퍼부었다.

"저런 돼지 새끼들! 거짓말쟁이들, 노새 새끼들 같으니!"

"왜 그러는 거예요, 조르바? 자하리아가 당신한테 무슨 얘길 했는데요?"

"보스는 걱정 말고 그냥 지켜봐요. 서류에 서명 안 하면 내가 어떤 놈인지 똑똑히 보여줄 테니까."

우리는 숙소로 배정된 방으로 갔다. 방 한구석에는 아기 예수의 뺨에 자신의 뺨을 대고 있는, 눈물이 가득 고인 성모의 성상이 있었다. 조르바가 큰 머리를 흔들었다.

"보스, 성모님이 왜 울고 있는지 아세요?"

"글쎄요."

"세상이 어떻게 돌아가는지 다 알고 있어서 그런 겁니다. 내가 성상 만드는 사람이었다면 눈도 코도 귀도 없는 성모를 그렸을 텐데. 너무 불쌍하니까요."

우리는 딱딱한 침대에 누웠다. 들보에서 삼나무 냄새가 났고 열린 창으로 향긋하고 부드러운 봄바람이 불어왔다. 뜰에서는 이따금 회오리바람 소리 같은 비통한 가락이 들려오곤 했다. 꾀꼬리가 창가에서 노래를 시작하니 조금 떨어진 곳에서 다른 꾀꼬리가 화답했다. 사랑이 가득한 밤이었다.

나는 잠을 이룰 수 없었다. 꾀꼬리 울음소리가 그리스도의 비탄과 함께 섞였다. 나는 오렌지 숲 사이로 핏자국을 따라 골고다 언덕으로 오르려 했다. 푸르스름한 그 봄밤에 나는 창백하고 쓰러질 듯 휘청거리는 그리스도의 몸에서 반짝이는 식은땀을 볼 수 있었다. 행인을 붙들고 애원하는 그리스도, 거지처럼 팔을 벌린 채 떨고 있는 그리스도도 볼 수 있었다. 가난한 갈릴리 사람들이 그리스도의 뒤를 따르며 '호산나! 호산나!'를 외쳤다. 그들은 종려나무 가지를 손에 든 채 그리스도의 발치에다 옷자락을 펼쳤다. 그리스도는 사랑하는 백성들을 바라보았지만 그들은 그리스도의 비탄을 헤아리지 못했다. 오직 그리스도 혼자 자신의 죽음을 알고 있었다. 그는 별 아래서 눈물을 흘리며 공포로 떨고 있는 가엾은 인간의 심장을 달랬다.

"한 알의 밀알처럼 사람도 땅에 떨어져 죽어야 한다. 두려워하지 마라. 죽지 않고서야 어떻게 열매를 맺겠는가. 어떻게 굶어 죽은 자를 먹일 수 있겠는가?"

그러나 그의 깊은 곳에 있는 인간의 심장은 금방이라도 멈출 듯 떨고 있었다. 심장은 죽고 싶지 않았던 것이다.

수도원 주변의 숲은 꾀꼬리 노랫소리로 가득했다. 새들은 축축한 나뭇잎에 앉아 사랑과 정열을 노래했다. 그 노래와 더불어 인간의 심장을 지닌 그리스도는 떨며 울었다.

그리스도의 수난과 꾀꼬리의 노랫소리를 들으며 나는 영혼이 천국에 들어가듯 천천히 꿈나라로 들어갔다.

한 시간쯤 잤을까, 나는 놀라서 깼다.

"조르바! 총소리! 총소리 들었어요?"

조르바는 침대에 앉아 담배를 피우고 있었다.

"보스, 놀라지 마요. 돼지 새끼들! 지들 문제는 지들끼리 해결하게 내버려둬요."

그는 분노를 다스리려 애쓰는 듯했다. 복도에서 비명이 들려왔다. 그리고 슬리퍼를 끄는 소리, 문을 여닫는 소리, 부상당한 듯한 신음이 들려왔다. 나는 침대에서 내려와 문을 열었다. 그때 비쩍 마른 노인이 나타나 팔을 벌리며 내 앞을 가로막았다. 그는 끝이 뾰족한 침실용 모자를 쓰고, 무릎까지 내려오는 하얀 잠옷을 입고 있었다.

"누구십니까?"

내가 물었다.

"주교입니다."

그가 떨리는 목소리로 대답했다. 나는 웃음을 터뜨릴 뻔했다. 주교라고? 황금빛 상제복, 주교관과 십자가, 화려한 보석 장신구는 다 어디로 간 것인가? 잠옷 차림의 주교는 그때 처음 보았다.

"총소리가 난 것 같은데요, 주교님?"

"나는 모릅니다, 몰라요……."

그는 말을 더듬으며 나를 방 안으로 슬며시 떠밀었다. 조르바는 침대 위에 앉은 채 웃음을 터뜨렸다.

"꼬마 신부님, 겁먹었구려. 어서 들어오시오, 형씨. 우리랑 같이 있읍시다. 우리는 수도승이 아니니까 걱정 마세요."

"조르바, 예의를 갖춰요. 주교님이잖아요."

내가 목소리를 낮추며 그를 다그쳤다.

"흥, 속옷 바람인데 주교는 무슨. 들어오시오, 형씨!"

그는 일어서서 주교의 팔을 잡아 방 안으로 끌어들이고 문을 닫았다. 그러고는 배낭에서 럼주 병을 꺼내 작은 잔에 따라주었다.

"드시오, 형씨! 마시면 기운이 좀 날 거요."

노인은 잔을 비웠고 곧 생기를 되찾았다. 그는 내 침대에 앉아 벽에 등을 기댔다.

"주교님, 총소리는 어떻게 된 겁니까?"

내가 물었다.

"모르겠습니다. 자정까지 일하고 잠이 들었는데 내 옆방 데메트리오스 신부의 방에서 그 소리가 났어요."

조르바가 웃음을 터뜨렸다.

"그렇군. 그렇다면 자하리아 말이 맞는구먼! 저 돼지 같은 새끼들이!"

주교는 고개를 숙였다.

"도둑이 들었겠지요."

그가 중얼거렸다. 복도가 조용해지면서 수도원에도 정적이 감돌았다. 주교는 구원을 바라듯이 다정하면서도 겁먹은 눈으로 나를 보았다.

"졸리시오?"

그가 물었다. 그는 혼자 자기 방으로 가고 싶지 않은 게 틀림없었다. 겁이 났던 것이다.

"아닙니다, 전혀 졸리지 않아요. 그러니 여기 오래 머무셔도 됩니다."

우리는 이야기를 시작했다. 조르바는 베개에 기대어 담배를 말았다. 주교가 말했다.

"당신은 배운 사람 같군요. 여기에서는 말상대가 없다오. 내겐 내 인생에 활기를 줄 세 가지 이론이 있소. 당신한테 그 이야기를 들려주고 싶군요."

그는 내 대답도 듣지 않고 계속 이야기했다.

"첫 번째 이론은 이렇소. 꽃의 모양은 색깔에 영향을 미치지요. 색깔은 성분에 영향을 주고요. 그러니까 꽃들은 인간의 육체와 영혼에 각각 다른 영향을 미치는 거요. 그래서 우리는 꽃이 만발한 들판을 지날 때 각별히 신경을 써야 하는 것이지요."

그는 내 의견을 기다리는 듯 잠깐 말을 끊었다. 나는 이 작은 노인이 들판을 지나면서 자신만이 알고 있는 흥분 속에서 꽃의 모양과 색깔을 연구하는 모습을 쉽게 떠올릴 수 있었다. 노인은 신비스러운 경외감을 느끼며 온몸을 떨었을 것이다. 그에게 봄꽃 만발한 들판은 형형색색의 악마와 천사들이 북적거리는 것처럼 보였을 것이다.

"나의 두 번째 이론은 이렇소. 진정한 영향력을 가진 모든 사상은 실재實在한다는 것이지요. 이것은 저기에 실제로 존재하는 것으로서, 눈에 보이지 않는 존재가 아니라 눈과 입과 다리, 그리고 위장이 있는 실체라는 얘기라오. 이 실체가 바로 암컷과 수컷이오. 그래서 이들은 서로를 원하는 것이지요. 복음서에서 '말씀이 육신이 되었다.' 라고 한 것도 그 때문이라오."

그는 다시 나를 뚫어지게 바라보았다.

"내 세 번째 이론은……."

그는 내 침묵이 불편했던지 서둘러 말을 이었다.

"이렇소. 덧없는 우리 인생에도 영원이 있다는 것이오. 우리는 혼자서 그걸 찾을 순 없소. 우리는 하루하루 걱정으로 길을 잃지요. 극히 일부의 사람, 인간성의 꽃 같은 사람들만이 덧없는 삶 속에서도 영원을 살고 있지요. 나머지는 길을 잃고 헤매니 하느님께서 자비를 베푸시어 종교를 주신 겁니다. 이렇게 해서 다른 사람들도 영원을 살 수 있게 된 겁니다."

그는 말을 끝내고 나니 이제 좀 살 것 같은 모양이었다. 그는 눈썹 한 올 남지 않은 눈으로 나를 보며 웃었다. 마치 자기가 가진 모든 것을 줄 테니 다 받아가라고 말하는 것 같았다. 서로 잘 알지도 못하는 사이인데 평생 연구한 것을 내게 전해 준 그 작은 노인에게 감동을 받았다. 그의 눈에서는 눈물이 흘렀다.

"내 이론을 어떻게 생각하시오?"

그는 두 손으로 내 손을 잡고 내 눈을 바라보며 물었다. 내 대답에 따라 그의 인생에 대한 성공 여부가 판가름이 날 것 같은 기분이 들었다. 나는 진리 너머에 있는 진리보다 훨씬 더 소중한 인간적인 의무가 있다는 걸 잘 알고 있었다.

"이 이론들이 많은 사람들의 영혼을 구제할 것입니다."

나의 대답으로 주교의 표정이 밝아졌다. 나는 그의 일생을 가치 있게 만들어준 것이다.

"고맙소, 젊은이."

그는 내 손을 다정하게 잡으며 속삭였다. 조르바가 구석에서 일어섰다.

"내게 네 번째 이론이 있소이다."

그가 외쳤다.

나는 불안한 마음으로 조르바를 바라보았다. 주교도 고개를 돌리고 그를 바라보았다.

"말해 보시오. 당신의 이론도 축복받으시길. 그래, 어떤 겁니까?"

"둘 더하기 둘은 넷이라는 겁니다."

조르바가 엄숙한 목소리로 말했다. 그러자 주교는 멍한 표정으로 그를 보았다.

"그리고 다섯 번째 이론도 있습니다, 영감님. 그게 무엇인가 하면, 둘 더하기 둘은 넷이 아니라는 거지요. 어때요, 기회는 지금뿐이니 하나 고르시지요."

"나는 무슨 뜻인지 도통 모르겠소."

주교는 더듬거리면서 어리둥절한 시선으로 나를 바라보았다.

"나도 모르겠소!"

조르바가 이렇게 말하며 웃음을 터뜨렸다. 나는 풀이 잔뜩 죽은 가엾은 노인을 보며 화제를 바꿔야겠다고 생각했다.

"주교님, 주교님께서 이 수도원에서 하시는 특별한 연구는 어떤 겁니까?"

"젊은이, 나는 수도원의 옛날 원고들을 필사하고 있어요. 요즘은 교회에서 쓰던 성모님에 관한 신성한 시문을 수집하고 있지요."

그는 한숨을 쉬며 말했다.

"나는 이제 늙어서 그것 말고는 아무것도 할 수가 없어요. 성모님에 대한 온갖 수식어를 듣고 있으면 마음이 편해지고 비참한 생각도 잊게 됩니다."

그는 팔꿈치를 베개에 댄 채 눈을 감고 얼이 빠진 사람처럼 흥얼거리기 시작했다.

"불멸의 장미, 풍요로운 대지, 포도 넝쿨, 샘, 기적의 샘, 천국으로 오르는 사다리, 다리, 난파선을 구출하는 프리깃함, 휴식의 항구, 천국으로 들어가는 열쇠, 새벽, 영원한 빛, 번개, 불기둥, 무적의 장군, 부동의 탑, 난공불락의 요새, 위안, 환희, 장님의 지팡이, 고아의 어머니, 식탁, 음식, 평화, 평온, 향기, 화환, 우유와 꿀……."

"영감이 헛소리를 하는군. 감기 안 들게 덮어줘야지."

조르바가 중얼거리며 일어나 주교에게 담요를 덮어주고는 베개를 바로잡아주었다.

"세상에 미치는 방법이 일흔일곱 가지가 있답디다. 그렇게 들었는데 지금 보니 일흔여덟 번째 미친 짓이 있군요."

새벽이 밝았다. 아침을 알리는 정교회의 세만트론(나무판 혹은 철봉으로 만든 신호 기구로서 망치로 두드려 소리를 내는 그리스 정교회의 종) 소리가 들려왔다. 나는 창밖으로 머리를 내밀었다. 길고 검은 두건을 쓴 비쩍 마른 수도승이 보였다. 그는 아침의 첫 햇살을 받으면서 마당을 천천히 돌며, 작은 망치로 긴 나무토막을 두드려 이상한 소리를 내고 있었다. 세만트론 소리는 아침 공기 속에서 달콤하면서도 호소력 있게 울려 퍼졌다. 꾀꼬리는 잠잠해졌고 다른 새들이 숲에서 노래를 부르기 시작했다.

나는 감정을 되살아나게 하는 달콤한 세만트론 소리에 반했다. 타락했지만 형식을 갖춘, 생명이 충만한 리듬이 감동적이면서도 고상할 수 있음에 감탄했다. 정신은 이미 빠져나갔지만 서서히 진화한 조개처럼 정교한 정신의 거처는 그곳에 그대로 남아 있는 것 같았다. 나는 신들이 떠나버린 시끄러운 저잣거리의 성당도 빈 조개껍데기 같다는 생각이 들었다. 비와 바람을 맞아 해골만 남은 선사 시대의 괴물처럼 말이다.

누군가가 우리 방문을 두드렸다. 곧이어 안내 수도승의 목소리가 들려왔다.

"형제들, 일어나십시오. 아침 예배를 드릴 시간입니다."

조르바가 벌떡 일어났다.

"어젯밤 총소리는 대체 뭡니까?"

조르바가 불쑥 물었다. 한동안 기다렸지만 그는 아무 대답도 하지 않았다. 수도승이 조르바의 질문을 못 들었을 리는 없었다. 그의 숨소리가 가빠지고 있었다.

"총소리가 어떻게 된 거냐니까!"

조르바가 벌컥 화를 냈다. 그러자 아득히 멀어져 가는 발소리가 들렸다. 조르바가 급히 달려가 문을 열었다.

"이 더러운 놈들! 이 악당들 같으니!"

조르바는 도망치는 수도승 뒤에다 침을 뱉었다.

"성직자, 수녀, 수도승, 교회지기, 심부름꾼, 다들 그 꼴이 잘 어울리는군!"

그는 또 한 번 침을 뱉었다.

"갑시다! 공기 속에서 피비린내가 나는 것 같아요."

내가 말했다.

"피 냄새뿐이면 좋겠소. 보스, 아침 예배에 가고 싶거든 혼자 가시오. 나는 둘러보면서 조사를 좀 해야겠으니."

조르바가 투덜거렸다.

"그냥 갑시다! 우리랑 상관도 없는 일에 왜 나서는 겁니까?"

내가 화를 내며 말했다.

"나는 원래 이런 놈이오. 나서고 싶어 죽을 지경이오."

그는 잠시 생각하더니 교활하게 웃었다.

"악마가 우리를 돕고 있는 거예요. 악마가 대가리를 내밀었다는 거지요. 보스, 총소리 값이 얼마나 될 것 같아요? 적어도 7천 드라크마는 될 겁니다."

마당으로 내려갔다. 꽃향기로 가득한 아침은 천국 같았다. 자하리아가 우리를 기다리고 있다가 쪼르르 달려와 조르바의 손목을 잡았다.

"카나바로 형제! 가요, 가자고요."

그가 떨리는 목소리로 속삭였다.

"총소리는 어떻게 된 거요? 누가 죽었지? 말해 봐! 말하지 않으면 모가지를 비틀어 놓을 테니!"

그러자 수도승은 턱을 덜덜 떨며 주위를 둘러보았다. 마당에 사람의 그림자는 없었고 독방들은 모두 닫혀 있었다. 열린 예배당 문에서 음악이 흘러나왔다.

"두 사람 다 따라오세요. 소돔과 고모라가 따로 없다니까."

우리는 벽을 따라 걸었다. 뜰 밖으로 나가니 수도원에서 백여 미터 정도 떨어진 곳에 교회 묘지가 있었다. 묘지를 지나 자하리 아는 예배당의 조그만 문을 열고 안으로 들어갔다. 뒤따라 들어가 보니 한가운데에 있는 멍석 위에 수도승의 승복에 싸인 시체가 있었다. 시체의 머리와 발치에는 초를 한 자루씩 켜 놓았다. 나는 허리를 굽히고 그의 얼굴을 보았다.

"젊은 수도승이에요. 금발의 수련사. 데메트리오스 신부의……"

나는 소름이 돋았다. 예배당 문 위에는 날개를 편 채 빨간 가죽 신을 신고 칼을 빼든 천사장 미카엘상이 번쩍이고 있었다. 수도승이 부르짖었다.

"미카엘 천사장이시여! 불과 유황을 보내 모조리 불사르소서! 미카엘 천사장이시여! 성상에서 나오셔서 손을 써주소서! 칼을 들어 치소서. 총소리를 듣지 못하셨나이까?"

"누가 죽인 거요? 누가요? 데메트리오스? 말해 봐요, 이 늙은 염소 같으니!"

수도승은 조르바의 손아귀에서 벗어나 천사장 앞에 무릎을 꿇고 엎드렸다. 그는 그렇게 꼼짝 않고 고개를 들고 입을 벌린 채 성상을 노려보더니 갑자기 소리를 지르며 일어났다.

"내가 태우겠소! 봤소? 천사장이 움직이셨어. 천사장께서 내게 명령하신 거요."

그는 성상 근처로 다가가 뭉툭한 입술을 천사장의 칼에 댔다.

"하느님을 찬양하세! 나는 구원을 받았노라!"

조르바가 다시 수도승의 손목을 잡았다.

"이봐, 자하리아! 내가 시키는 대로만 해."

조르바가 명령했다. 그러고는 나를 돌아보았다.

"돈을 주시오, 보스. 서명은 내가 할 테니. 놈들은 모조리 늑대 들이고 당신은 양이니 놈들에게 잡아먹힐 겁니다. 그러니 나한테 맡겨요. 걱정 마요. 돼지 새끼들을 이제 한곳으로 몰아넣었어요. 정오에 문서를 손에 쥐고 떠납시다. 이리 와, 자하리아!"

두 사람은 슬며시 수도원으로 들어갔고 나는 산책을 하러 소나 무 숲으로 갔다. 해가 높이 떠올라 잎사귀 위에서 이슬이 반짝거 렸다. 바로 그 앞에서 검은 새가 돌배나무 가지 위로 날아올라 꽁 지를 까닥거리며 나를 조롱하듯 부리를 움직이며 휘파람 소리를 냈다.

소나무 사이로 수도원 마당이 보였다. 수도승들이 열을 지어 나 오고 있었다. 모두 고개를 숙이고 있어서 검은 승모가 어깨 위에 닿아 있었다. 그들은 예배를 마치고 식사를 하러 가는 중이었다.

'저 엄숙하고 고상한 육체 속에 영혼이 없다니 얼마나 끔찍한 일인가.'

나는 잠을 설쳐서 피곤했기에 풀밭 위에 드러누웠다. 야생 바이 올렛, 금작화, 로즈메리, 샐비어 향기가 진하게 풍겼다. 굶주린 벌 레들이 계속 윙윙거리며 꽃 속을 드나들며 해적처럼 꿀을 가져갔 다. 먼 산은 뜨겁게 타오르는 햇빛 속에 살랑거리는 아지랑이처럼 투명하고 조용하게 반짝거렸다.

나는 눈을 감았다. 나른했다. 조용하고 신비로운 환희가 내 몸 을 감쌌다. 내 주위에서 빛나는 초록빛들이 모두 다 천국인 것 같 았다. 신선하고 상큼하고 소소한 기쁨들이 하느님인 것 같았다.

하느님은 시시각각으로 모습을 바꾼다. 어떤 모습으로 변장하든 그 모습을 알아보는 자에게 복이 있기를! 한 잔의 신선한 물이 되기도 하고, 무릎 위에서 노는 아이가 되기도 하며, 아름다운 여자가 되기도 하며 또 아침 산책이 되기도 하는 것이다.

조금씩 내 주위에 있는 모든 것들이 변화를 멈추며 꿈이 되었다. 나는 행복했다. 이승과 저승은 하나였으며 생명은 한 덩어리의 꿀을 안은 들판의 꽃이었다. 내 영혼은 그 꿀을 탐하는 벌이었다.

행복한 꿈에 빠져 있는 나를 누군가가 깨웠다. 나는 내 뒤로 다가서는 발소리와 속삭이는 소리를 들었다.

"보스! 깔끔하게 해결했습니다."

조르바가 내 앞에 서 있었다. 그의 작은 눈이 반짝이고 있었다.

"끝나다니요? 계약이 끝났단 얘깁니까?"

"다 끝났어요."

조르바가 저고리 윗주머니를 탁탁 치며 말했다.

"숲은 여기에 있지요. 이게 우리에게 행운을 가져다줄 거예요. 롤라가 쓴 7천 드라크마도 여기 있어요."

그는 안주머니에서 지폐 다발을 꺼내며 소리쳤다.

"받으세요. 빚을 갚는 겁니다. 이제는 보스 얼굴을 당당히 볼 수 있겠네요. 스타킹, 핸드백 향수, 부불리나의 파라솔 값도 다 포함된 겁니다. 앵무새 땅콩 값이랑 당신에게 사다준 할바 값도요."

"조르바, 당신이 가져요. 당신한테 주는 선물이에요. 가서 성모 앞에 초 한 자루 켜고 죄를 뉘우치세요."

조르바는 고개를 돌렸다. 자하리아 신부가 빛바랜 지저분한 승복 차림으로 우리에게 다가오고 있었다. 그는 뒤축이 다 닳아빠진 신발을 신고 노새 두 마리의 고삐를 쥐고 있었다. 조르바는 그에게 지폐 다발을 보여주었다.

"이봐, 요셉 신부, 우리 나눠 먹을까? 이 돈이면 자네도 소금에 절인 대구 백 킬로그램쯤은 거뜬히 사서 배 터지게 먹을 수 있을 테니 말이야. 토할 만큼 먹어버리면 평생 대구 생각은 안 나게 될 거요. 자, 손 이리 내요."

수도승은 얼른 지폐를 받아 숨겼다.

"파라핀이나 좀 사야겠어요!"

그가 중얼거렸다.

"이 염소들이 모조리 잠든 깜깜한 밤이 되면 말이지…… 바람도 적당히 불어주면 더 좋겠군. 벽에다 몽땅 끼얹으란 말이야. 걸레나 누더기에 파라핀을 듬뿍 적셔서 불을 붙이면 된다네. 내 생각이 어떻소?"

조르바가 목소리를 낮추며 수도승에게 속삭였다. 수도승은 떨고 있었다.

"떨 거 없어! 천사장이 시키신 일이잖소? 파라핀과 하느님의 영광을 믿게나. 행운이 있기를."

우리는 노새를 탔다. 나는 마지막으로 수도원을 한 번 더 둘러보았다.

"조르바, 뭘 좀 알아냈어요?"

내가 물었다.

"총소리 말이오? 보스, 그 일은 걱정 마요. 자하리아 말이 맞았어요. 소돔과 고모라가 따로 없더군요. 데메트리오스가 저 미남 수련사를 죽였어요. 총소리는 바로 그 때문이지요."

"데메트리오스가 왜요?"

"더 이상 캐묻지 마세요. 더러워 토할 거 같으니까."

그는 수도원을 돌아다보았다. 수도승들은 고개를 숙이고 두 손을 모은 채 식당에서 나와 독방으로 가고 있었다.

"거룩한 수도승들이여, 나를 저주하시오!"

조르바가 소리쳤다.

19

그 날 밤, 해안으로 돌아와 우리가 제일 먼저 만난 사람은 부불리나였다. 그녀는 오두막 앞에 쭈그리고 앉아 있었다. 나는 등불을 켜고 부인의 얼굴을 보다가 깜짝 놀라고 말았다.

"무슨 일이에요, 오르탕스 부인, 어디 아프세요?"

결혼이라는 원대한 희망이 가슴속에서 꿈틀거리는 순간부터 우리의 늙은 세이렌은 가진 매력을 모조리 잃어버렸던 것이다. 그녀는 과거를 깨끗이 지우고 파샤와 터키 상인들과 제독들한테서 얻은 깃털 장식을 모조리 떼어 낸 것이었다. 부인이 바라는 것은 진지하면서 존경을 받는 평범한 아내, 착하고 현명한 아내가 되는 것뿐이었다. 그녀는 더 이상 화장도 하지 않았고 맵시 있게 치장하려고도 하지 않았다. 있는 그대로의 모습으로 결혼하고 싶어 하는 가련한 여인이라는 것을 보여주려 했던 것이다.

조르바는 아무 말도 하지 않았다. 그는 염색한 수염만 계속 잡아당겼다. 그러다 화덕에 불을 피워 커피를 끓였다.

"당신은 정말 잔인해요."

늙은 여가수가 쉰 목소리로 불쑥 말을 꺼냈다. 조르바는 고개를 들어 부인을 바라보았다. 그의 눈빛은 부드러워졌다. 그는 여자가 마음 아픈 소리를 하면 꼼짝도 하지 못했다. 여자가 눈물 한 방울만 흘려도 그는 어쩔 줄 몰라 했다. 그는 아무 말 없이 커피와 설탕을 넣고 저었다. 그러자 늙은 세이렌이 울먹이며 말했다.

"결혼하고 싶으면 말을 하지 무슨 심술로 그렇게 사람 애간장을 태워요? 이젠 마을에도 못 내려가겠어요. 부끄러워 살 수가 없다고요. 이러다 죽고 말 거예요."

나는 침대에 누워 쉬면서 베개에 팔을 괴고 어디서도 못 볼 코미디를 즐기고 있었다.

"왜 결혼 화환은 사 오지 않은 거예요?"

조르바는 자기 무릎 위에서 떨고 있는 부불리나의 통통한 손을 느끼고 있었다. 조르바의 무릎은 천 번 하고도 한 번 더 난파했던 가엾은 그녀가 기댈 수 있는 유일한 땅이었다. 조르바도 그걸 알기에 진심으로 뉘우치고 있는 것 같았다. 그러나 아무 말도 하지 않고 그는 커피 석 잔을 따랐다.

"여보, 결혼 화환은 왜 안 사 왔어요?"

부불리나가 같은 질문을 되풀이했다.

"칸디아에는 쓸 만한 게 없더라고."

조르바가 무뚝뚝하게 대답했다. 그는 커피 잔을 돌리고 나서 구석에 쭈그리고 앉았다.

"아테네로 편지를 보냈어. 좋은 걸로 보내달라고 말이야. 흰 초도 좀 주문했어…… 초콜릿을 넣고 설탕에 절인 아몬드도……."

일단 말을 시작하자 그의 상상력에 날개가 돋쳤다. 그의 눈은 창조의 영감이 떠오른 시인의 눈처럼 반짝거렸다. 조르바는 허구와 진실이 뒤섞여 어떤 게 진실인지 구분하지 못할 경지에 이르렀다. 그는 커피를 후루룩 들이마시면서 두 번째 담배에 불을 붙였다. 재수가 좋은 하루였다. 주머니에는 계약이 끝난 임야 서류도 있고, 빚도 갚았기에 그는 아주 여유로운 기분이 들었던 것이다. 그는 자신을 놓아버린 듯했다.

"이것 봐, 부불리나. 우리 기왕 결혼할 바에는 입이 떡 벌어지게 하자고. 웨딩드레스는 내가 주문한 게 올 때까지 기다리게. 놀라자빠지지만 말고. 아테네에서 유명한 디자이너 둘을 불러 이렇게 말했지. '내 결혼 상대는 동서고금 어디서도 찾아볼 수 없는 거물이야. 4대 열강이 모시던 대단한 여왕이시지. 하지만 열강들이 모두 죽고 과부가 되자 그 여왕은 날 서방으로 찍었지. 그러니 결혼 예복도 전례가 없는 대단한 걸로 해야 하네. 전부 비단으로 만들고 진주와 황금별을 붙이게.' 그랬더니 두 디자이너가 하는 말이 '그럼 정말 아름다울 텐데. 그런 옷을 입었다가 하객들이 눈이 멀면 어떻게 하죠?' 그래서 내가 이렇게 말했지. '그런 걱정은 말게. 그래서 어떻다는 건가? 내 사랑이 만족하면 된 거지!'"

벽에 등을 대고 그의 말을 듣던 오르탕스 부인의 축 늘어진 주름진 얼굴에는 함박웃음이 피어났다. 목에 두른 빨간 리본은 금방이라도 터질 것 같았다.

"당신에게 조용히 할 말이 있어요."

부인은 암양처럼 눈을 뜨며 조르바에게 속삭였다. 조르바는 내게 윙크를 보내며 부인 쪽으로 몸을 굽혔다.

"오늘 밤 당신에게 드릴 게 있어요."

장차 조르바의 아내가 될 여자는 그의 털북숭이 귀에 혀를 박을 듯 가까이 대고 속삭였다.

그리고 나서 보디스에서 손수건에 싸여 묶여 있는 물건 하나를 꺼내 조르바에게 주었다. 조르바는 손수건을 집게손가락으로 집어 오른쪽 무릎 위에 올려놓고는 문 쪽으로 고개를 돌려 바다를 물끄러미 바라보았다. 그러자 오르탕스 부인이 소리쳤다.

"안 풀어 볼 거예요, 조르바? 궁금하지도 않아요?"

"우선 커피부터 마시고 담배도 좀 피우고 보겠소. 풀어 보고 할 것도 없어. 속에 뭐가 들었는지 다 아니까."

"풀어 봐요, 풀어 봐줘요."

늙은 세이렌이 애원했다.

"담배부터 피우고 풀어 본다니까."

그는 원망스럽다는 듯이 나를 보며, '이게 다 보스, 당신 때문이오!'라고 말하는 것 같았다.

그는 천천히 담배를 피우며 바다를 응시한 채 콧구멍으로 연기를 내뿜으며 말했다.

"내일은 시로코 바람이 불겠군. 날씨가 바뀌겠어. 나무가 부풀어 오르고 젊은것들 젖가슴도 부풀어 오르겠지. 그러다 결국 보디스를 터뜨리고 말걸. 오, 봄은 장난꾸러기라니까! 악마의 발명품이지!"

그는 말을 멈추었다가 잠시 후 이렇게 덧붙였다.

"보스! 이 세상에 있는 악마의 발명품들이 얼마나 근사한지 생각해 본 적 있어요? 예쁜 여자, 봄, 애저구이, 술……. 이런 것들이 모두 악마의 발명품이지요. 하느님은 수도승, 금식, 카밀레차, 못

생긴 여자 같은 걸 만들었어요. 제길!"

그는 이렇게 말하며 가엾은 오르탕스 부인 쪽을 흘끔 쳐다보았다. 부인은 구석에 쪼그리고 앉아 조르바의 말에 귀를 기울이고 있었다.

"조르바, 조르바!"

오르탕스 부인이 간절한 목소리로 그를 불렀다. 그러나 조르바는 담배 한 대를 더 피우며 다시 생각에 잠긴 채 바다를 바라보았다.

"봄이 되면 악마가 기선 제압을 하지. 허리띠를 풀고, 블라우스 단추를 열고…… 늙은 계집은 한숨을 쉬고…… 손 치워, 부불리나!"

"조르바, 조르바!"

불쌍한 여자는 애원하고 있었다. 그녀는 떨어진 손수건을 주워 그의 손에 쥐어주었다. 그는 담배꽁초를 집어던지고 손수건을 풀고는 손 안을 들여다보았다.

"아니, 이게 뭐요, 부불리나!"

조르바는 기가 막힌 듯 그 물건을 내려다보았다.

"반지예요, 조그만 반지, 우리의 보배. 결혼반지예요."

늙은 세이렌이 떨면서 말했다.

"여기 증인이 있어요. 하느님, 우리의 증인에게 축복을 내려주시기를! 아름다운 밤이에요. 시로코 바람이 불고 하느님은 우리를 보고 계세요. 우리 약혼해요, 조르바!"

조르바는 나를 보았다가 오르탕스 부인을 바라보았고 그러다 반지를 내려다보았다. 한 무리의 악마가 그의 내부에서 싸움을 벌이고 있었으나 좀처럼 승부가 나지 않을 것 같았다. 가엾은 여자

317

는 두려움에 바들바들 떨며 나를 보았다.

"조르바…… 조르바!"

부인이 콧소리를 내며 말했다. 나는 침대에서 일어나 앉아 구경하고 있었다. 조르바는 선택의 기로에 서 있었다. 나는 조르바가 어떤 선택을 할지 무척 궁금했다. 갑자기 그가 고개를 가로저었다. 결정을 내린 것 같았다. 표정이 한층 밝아진 그가 손뼉을 치며 공중으로 펄쩍 뛰어올랐다.

"나갑시다, 우리! 별 아래로 나갑시다. 그래야 하느님이 우릴 내려다보시지 않겠소. 보스, 반지를 갖고 나오세요. 노래 부를 수 있겠어요?"

"아니요. 그런데 그게 뭐 대숩니까?"

나는 그를 놀리려고 이렇게 대답했다. 나는 침대에서 내려와 우리 착한 오르탕스 부인을 부축해 일으켰다.

"좋아요. 노래할 수 있을 것 같아요. 잠시 잊고 있었는데 어릴 때 성가대였거든요. 신부를 따라 결혼식에도 갔고, 세례식에도 갔고, 장례식에도 갔었지요. 나는 교회 의식 찬송도 나 외우고 있어요. 부불리나, 이리 오세요. 나와서 돛을 올리세요. 우리 귀여운 프랑스 프리깃함은 내 오른편에 서요!"

조르바 안에 있는 악마들 중에서 이번에 승리한 것은 착한 광대였다. 조르바는 늙은 세이렌이 불쌍했다. 자신에게 못 박힌 듯 바라보는 부인의 흐릿한 눈동자를 보며 가슴이 미어졌던 것이다.

"이 몸뚱어리는 악마나 물어가라지. 나는 아직도 암컷들을 기쁘게 해줄 수 있다 이거예요. 자, 나오시오."

그는 오르탕스 부인의 팔을 붙들고 해변으로 달려 나갔다. 그는 반지를 내게 맡기고는 바다를 향해 노래를 불렀다.

"이 세상의 주님께 끝없는 영광이 있기를, 아멘!"

그가 나를 돌아보며 소리쳤다.

"당신 차례예요, 보스!"

"오늘 저녁에는 '보스' 따윈 없어요. 나는 당신들 약혼식 들러리니까."

"좋아요. 그럼 알아서 해요. 내가 '브라보!' 하고 외치면 반지를 끼워요!"

그는 당나귀가 우는 것 같은 굵직한 목소리로 찬송가를 불렀다.

"하느님의 종 알렉시스와 하느님의 종 오르탕스가 약혼했습니다. 주님, 굽어 살펴주소서."

"주여, 긍휼히 여기소서. 주여, 긍휼히 여기소서!"

나는 웃음과 눈물이 나오려는 걸 겨우 참아내며 떨리는 목소리로 기도문을 외웠다.

"아직 할 말이 남았는데. 이런 망할, 이걸 다 욀 수가 있어야지! 좋아, 대충 넘어갑시다!"

그가 잉어처럼 펄쩍 뛰어오르며 소리쳤다.

"브라보! 브라보!"

그러고 나서 그 큰 손을 내게 내밀었다.

"자, 그 귀여운 손 이리 줘봐!"

그가 약혼녀에게 말했다. 부인은 집안일에 시달렸지만 그래도 통통한 손을 내밀며 내 앞으로 나왔다. 나는 두 사람 손에 반지를 끼워주었다. 흥분한 조르바는 탁발승처럼 고함을 질렀다.

"하느님의 종 알렉시스는 하느님의 종 오르탕스와 성부와 성자와 성신의 이름으로 약혼했나이다, 아멘! 하느님의 종 오르탕스는 하느님의 종 알렉시스와 약혼했나이다, 아멘! 좋아! 이걸로 이 세상의 일은 끝이야. 이리 와요, 사랑스러운 우리 부인한테 처음으로 합법적인 키스를 해주지. 키스다운 키스를 해주겠소!"

그러나 오르탕스 부인은 땅바닥에 주저앉아버렸다. 여자는 조르바의 다리를 붙들고 울고 있었다. 조르바가 가엾다는 듯 고개를 저었다.

"불쌍한 건 여자라니까! 왜 이리 바보 같은지!"

그가 툴툴거렸다. 오르탕스 부인이 일어나 치마를 털고는 두 팔을 벌렸다.

"이런! 오늘은 참회 화요일이잖아. 팔 내려, 사순절이라고!"

조르바가 투덜댔다.

"우리 서방님, 조르바……."

오르탕스 부인은 금방이라도 쓰러질 것 같았다.

"참아요, 마누라! 부활절까지만 참자고. 그러면 고기도 먹고 빨간 계란도 함께 깰 수 있을 테니까. 이제 당신은 집에 가야 할 시간이야. 이 밤에 여기 있는 걸 마을 사람들이 알면 뭐라고 수군대겠어?"

부불리나는 애원하는 얼굴로 바라보았다.

"안 돼, 안 된다고, 사순절이잖아. 부활절까지는 참아야 돼. 우리가 배웅할 테니까 함께 나가세."

그는 몸을 굽혀 내 귀에 대고 속삭였다.

"제발 우리 둘이만 있게 하지 마요, 제발요. 지금은 그럴 기분이 아니니까."

마을로 가는 길목으로 접어들었다. 하늘은 맑고 바다 냄새가 풍겨왔다. 밤새는 머리 위에서 울었다. 조르바의 팔에 매달린 우리의 늙은 세이렌은 행복과 실망을 안고 끌려가듯 걸었다.

그녀는 드디어 그토록 바라던 항구에 들어선 것이었다. 노래하고 춤추며 여염집 부인을 우습게 보던 전성시대. 하지만 부인의 가슴은 찢어질 듯 아팠을 것이다. 진한 화장을 하고 향수를 잔뜩 뿌리고 화려한 옷을 펄럭거리며 알렉산드리아, 베이루트, 콘스탄티노플 거리를 지나갈 때면, 아이에게 젖꼭지를 물린 여자를 보며 젖가슴이 팽팽하게 부풀어 오르고 젖꼭지가 빳빳해지면서 아이의 입술을 그리워했을 것이다. '서방을 얻고 아이도 가져야지.' 부인은 오랫동안 이것을 꿈꿔왔던 것이다. 하지만 부인은 그 가슴 아픈 소망을 누구에게도 말하지 못했다. 조금 늦긴 하지만 이제 하느님의 보살핌으로 이전과는 비교도 안 될 정도의 행운을 얻었고, 비록 풍파에 찢긴 돛대지만 그리워하던 항구로 들어선 것이었다.

이따금 그녀는 옆에서 걷고 있는 남자를 흘끗 쳐다보곤 했다. 그러면서 이런 생각을 했다. '금술이 주렁주렁 달린 페스모를 턱하니 쓴 돈 많은 고관이 아니면 어때. 지방 유지의 돈 많은 아들이 아니면 어때. 하느님이 보우하사, 없는 것보다야 훨씬 낫지. 이 양반이 내 서방이 되는 거야. 영원한 내 서방님. 하느님을 찬양하리다!'

조르바는 부인이 매달리며 걷자 그녀의 무게 때문에 어서 마을에 떼어 놓아야겠다고 생각했다. 가엾은 부인은 자갈길에서 휘청거렸다. 발톱이 빠질 것 같고 티눈이 아팠겠지만 아무런 불평도 하지 않았다. 말은 해서 무엇 해? 왜 불평을 해? 하느님의 은혜로 모든 일이 이렇게 순조롭게 진행되고 있는데.

우리는 '우리 젊은 아가씨의 무화과나무'와 과부의 뜰을 지나 마을 어귀에 이르러 걸음을 멈추었다.

"잘 자요, 나의 보배."

늙은 세이렌이 다정하게 속삭이며 약혼자에게 키스를 하려고 발꿈치를 들었다. 하지만 조르바는 허리를 굽혀주지 않았다.

"여보, 당신 발에라도 키스하게 해주세요."

부블리나가 당장 땅에 엎드리기라도 할 듯 애원했다.

"안 돼, 안 돼."

조르바는 고개를 가로저으며 여자를 안아 일으켰다.

"내가 당신 발에 키스해야지. 그럼, 내가 해야 되고말고. 하지만 지금은 그럴 기분이 아니라네. 잘 들어가게."

우리는 여자를 들여보내고 시원한 공기를 쐬며 오던 길을 묵묵히 걸어왔다. 조르바가 갑자기 나를 돌아보았다.

"보스, 어떻게 해야 돼요? 웃어요, 울어요? 어디 말 좀 해봐요."

나는 대답하지 않았다. 갑자기 목구멍이 턱 막히는 게, 우스워서 그런 건지 슬퍼서 그런 건지 알 수가 없었다.

"보스! 혼자 사는 여자한테 불평할 틈을 안 주었다는 그 몹쓸 신이 누굽니까? 그 양반 얘기는 좀 들어서 알고 있어요. 그 양반도 수염을 염색하고 심장에다 문신을 했다던데. 팔뚝에는 세이렌과 같이 화살을 그렸다더군요. 변장도 곧잘 했는데, 황소도 되고 백조도 되고 양도 되고 당나귀도 되었다던데요. 화냥년들이 원하는 대로 했다더군요. 그 신 이름이 뭡니까?"

"제우스를 말하는 듯한데, 어쩌다 제우스 생각을 하게 됐어요?"

"하느님, 제우스의 영혼을 가엾게 여기소서! 얼마나 고생이 심했을까. 아주 애를 먹었을 거예요. 보스, 그 양반 위대한 순교자였어요. 당신은 책에 있는 거면 뭐든 다 믿겠지만, 책 쓰는 사람들이 어떤 것들인지 한 번 생각해 봐요. 기껏해야 학교 선생들 아닙니까. 퉤퉤. 그런 것들이 여자나 여자 꽁무니를 쫓는 남자들에 대해 뭘 알겠어요? 쥐뿔도 모르지."

"그럼 조르바, 당신이 책을 쓰지 그래요? 세상의 신비를 우리한테 설명해 주면 좋지 않겠어요?"

내가 비꼬며 말했다.

"못 할 것 같아요? 하지만 그러지 못했지요. 나는 당신이 얘기하는 그 '신비'를 살아내느라 쓸 시간이 없었으니까요. 때로는 전쟁, 때로는 계집, 때로는 술, 때로는 산투르를 살아낸 거지요. 그러니 그럴 시간이 어디 있었겠어요? 책 쓰는 일은 펜대 굴리는 자들이 할 일이에요. 인생의 신비를 사는 사람들은 시간이 없고, 시간이 있는 사람들은 제대로 살 줄을 모르고. 무슨 말인지 아시겠어요?"

"처음 이야기로 다시 가봅시다. 제우스 얘기는 왜 나온 거예요?"

"아, 그 양반. 그 양반 고민을 알아주는 건 나밖에 없을 겁니다. 그 양반, 여자를 무척 좋아했지요. 하지만 당신네 글쟁이들이 생각하는 것과는 전혀 달라요. 그 양반은 여자들의 고통을 이해하고 그들을 위해 자신을 희생한 겁니다. 이 양반이 어느 날 시골구석을 다니다가 욕망과 회한으로 인생을 낭비하고 있는 노처녀나 아리따운 유부녀를 보았지요. 꼭 예쁜 여자일 필요는 없어요. 괴물이라도 상관없습니다. 남편은 멀리 떠나고 여자는 잠을 이루지 못했지요. 이 양반이 성호를 긋고 여자가 좋아할 만한 모습으로 변장을 하고는 여자 방으로 들어갑니다. 그저 적당히 애무만 바라는 여자는 쳐다보지도 않았어요. 어림도 없지요. 녹초가 돼도 최선을 다하는 거예요. 당신도 무슨 말인지 아실 겁니다. 이 암양들을 어떻게 다 만족시키겠어요. 가엾은 제우스, 그는 귀찮은 내색 한 번 하지 않았어요. 좋아서 그런 것도 아닐 겁니다. 암양을 네댓 마리 상대한 숫양을 본 적 있어요? 침을 질질 흘리고 눈은 흐릿하고 눈곱이 잔뜩 끼지요. 기침까지 콜록콜록 하는 걸 보면 참으로 볼 만해요. 그래요, 저 불쌍한 제우스도 그런 고역을 치렀을 겁니다.

그렇게 거사를 치르고 새벽이 되어 이렇게 중얼거리며 집으로 돌아왔을 겁니다. '오, 하느님, 저는 언제쯤 편히 쉴 수 있을까요? 죽을 것 같습니다.' 이러면서 흐르는 침을 닦았겠지요. 그때 또 한숨 소리가 들립니다. 저 아래 지구 위에서 한 여자가 반은 벌거벗은 채 발코니로 나와 풍차라도 돌릴 듯 한숨을 쉬고 있는 겁니다. 우리 제우스는 또 불쌍한 생각이 들어 신음을 하지요. '이런 제길, 또 내려가야 되겠구나! 신세 한탄을 하는 여자가 있으니 내려가서 달래줄 수밖에!'

이런 짓을 오래 하다 보니 여자들이 한 방울도 남김없이 제우스를 몽땅 빨아버린 겁니다. 그는 먹은 것을 토해 내고 사지가 마비되어 죽게 되었지요. 그 뒤를 이어 그리스도가 이 땅에 온 겁니다. 그는 제우스의 꼴을 보며 이렇게 말했지요. '여자를 조심하라.'"

나는 조르바의 기발한 상상력에 감탄하면서 웃음을 터뜨렸다.

"보스, 당신은 웃을 수 있어서 좋겠군요. 우리가 벌인 일을 신이나 악마가 제대로 마무리한다면—내 생각엔 그게 잘될 것 같진 않아요.—나는 가게를 하나 열 생각입니다. 무슨 가게냐고요? 중매소를 하나 차릴 거란 말입니다. '제우스 결혼 중매소.' 남편이 없는 불쌍한 여자들에게 기회를 주는 것이지요. 노처녀, 촌 여자, 안짱다리, 사팔뜨기, 곱사등이, 절름발이들을 데려와 젊은이들의 사진이 잔뜩 걸린 응접실에 들이며 이렇게 말하는 거지요. '자 골라들 보시오. 원하는 대로 고르면 내가 남편으로 만들어드리지요.' 그러고 나서 사진과 비슷한 녀석을 찾아서 똑같은 옷을 입히고 돈을 주면서 '아무개 마을, 아무개 번지에 가면 모모 양이 있을 것이다. 사랑 한 번 제대로 해주어라. 싫은 내색을 하면 안 된다. 값은 내가 치를 테니 어서 갔다 와라. 남자가 여자에게 해줄 수 있는 건 다 해주고 와라. 이 불쌍한 것은 그런 얘기 한 번 못 들어봤으니. 결혼도 하겠다고 해라. 불쌍한 인생들도 재미는 좀 보게 해줘라. 암산양도 보고, 자라도 보고, 자네도 보는 재미를 말이야.'

우리 부불리나 나이 또래의 늙은 암컷에게—하느님, 부불리나에게 축복을 내려주소서!—아무리 돈을 많이 준대도 지원자가 없다면, 그땐 결혼 중매소 소장인 내가 몸소 성호를 긋고 나설 겁니다. 그럼 이웃의 멍청이들이 이럴 테지요. '저 꼴 좀 봐. 저 늙은것은 보는 눈도, 냄새 맡는 코도 없나 봐?' '오냐, 이 당나귀 새끼들아, 내가 왜 눈이 없냐? 남의 말이나 하는 이 헛것들아, 코도 있다. 그뿐이냐? 나는 인정도 있어서 그런 계집이 불쌍해서 못 견디는 것이다. 네놈들에게 인정이 있다면 눈이나 코 같은 건 아무것도 아니란 걸 알게 될 것이다. 그런 건 다 나중에 다 썩어 없어질 것들 아니겠느냐?'

그 짓을 하다 보면 나도 말 그대로 껍데기만 남아 숨이 넘어가게 되겠지요. 그때 천당의 문지기 성 베드로님이 천당 문을 열어 주시며 이렇게 말씀하실 겁니다. '어서 와라, 조르바, 이 불쌍한 것. 어서 와라. 조르바, 위대한 순교자여. 가서 네 선배 제우스 옆에 누워 쉬어라. 너는 땅에서 네 몫을 충분히 해냈으니 너를 축복해 주마!'"

조르바는 계속해서 떠들었다. 상상력 속에도 함정이 있는지라 그는 이따금 거기에 빠지기도 했다. 그는 스스로 신이 나서 지어낸 이야기를 실제로 믿기 시작했다. 우리가 '우리 젊은 아가씨의 무화과나무'를 지날 때쯤 조르바가 한숨을 쉬었다. 그는 맹세라도 하는 것처럼 한 팔을 들며 말했다.

"걱정 마시오, 부불리나. 짓밟히고 썩어버린 늙은 여인아! 걱정할 것 없소. 내가 당신을 위로하지 않고 어찌 떠나겠소? 4대 열강과 젊음이, 그리고 하느님이 당신을 버렸지만 나 조르바는 결코 당신을 버리지 않을 것이오!"

해변에 돌아왔을 땐 이미 자정이 넘어 있었다. 바람이 불어왔다. 저 건너 아프리카에서 노토스(나무와 포도 넝쿨, 크레타 여인의 가슴을 부풀리는 따뜻한 남풍)가 불어왔다. 물가에 누워 있는 이 섬은 수액을 솟게 만드는 그 바람 아래서 다시 생기를 되찾은 듯했다. 제우스와 조르바, 남풍이 한데 어우러졌다. 어둠 속에서 나는 거대한 사내의 얼굴을 보았다. 검은 수염에 윤이 나는 머리카락을 가진 이 사내는 허리를 구부리고 대지인 오르탕스 부인의 붉은 입술에 뜨거운 입맞춤을 하고 있었다.

20

오두막에 도착하자마자 우리는 잠자리에 들었다. 조르바는 만족스러운 듯이 두 손을 비볐다.

"보스, 오늘은 참 재수가 좋은 날이었어요. 뭐 그리 재수가 좋았느냐 묻고 싶겠지요? 하루가 뿌듯했어요. 생각해 봐요. 오늘 아침 몇 킬로미터나 떨어진 수도원에서 원장을 골탕 먹였잖아요. 수도원장은 아마 우릴 저주하고 있을 겁니다. 그리고 우리 오두막으로 돌아온 뒤에는 부불리나를 만나고 약혼까지 했지요. 그런데 이 반지 좀 보세요. 순금이에요. 부불리나 말로는 예전에 영국 제독이 준 파운드 금화가 두 개나 더 있다더군요. 장례식에 대비해서 갖고 있었나 봐요. 그런데 생각이 바뀌어서 그걸 세공업자에게 반지로 만들어 달라고 했다는 겁니다. 인간이란 참 알다가도 모를 존재지요."

"그만 주무세요, 조르바. 이제 조용히 잡시다. 오늘 하루는 너무 벅찼어요. 내일 또 우리가 치러야 할 의식이 있잖아요. 고가 케이블을 매달 첫 철탑을 세워야 되니, 스테파노스 신부님께 오시라고 부탁드렸어요."

"잘했어요, 보스. 그 늙은 염소수염 신부도 부르고 마을 유지들도 모조리 불러요. 초를 한 자루씩 나눠주고 켜게 합시다. 그래야 오래 기억에 남을 테니까요. 우리 사업을 위해서도 그게 좋을 거예요. 내가 하는 일에 대해선 상관하지 마세요. 나한텐 나만의 하느님과 악마가 있으니까. 하지만 다른 사람들은······."

그가 갑자기 웃음을 터뜨렸다. 머릿속에서 한바탕 소동이 벌어졌는지 그는 잠을 이루지 못하고 있었다.

"오, 우리 할아버지! 하느님이 우리 할아버지의 유해를 축복해 주시길!"

잠시 후, 그가 계속 말했다.

"할아버지 역시 나와 똑같은 난봉꾼이었어요. 하지만 이 난봉꾼은 성지를 순례하시고 하지(메카나 예루살렘을 순례한 사람)가 되었지요. 이유야 누가 알겠습니까? 할아버지가 돌아오시자 평생 좋은 일 한 번 해보지 못한 염소 도둑인 옛 친구분이 그러셨답니다. '그래, 이 녀석아, 성지를 다녀왔으니 내 선물로 성스러운 십자가 한 조각 정도는 뜯어왔겠지?' 그러자 할아버지가 말씀하셨지요. '아무렴, 우리가 어떤 사이인데 그냥 오겠어. 오늘 밤 우리 집으로 오게. 신부님도 모시고 오게나. 성스러운 물건을 건네려면 축복해줄 사람이 필요하니까. 그리고 애저구이랑 포도주도 한 통 가져와. 그래야 재수가 있지.'

그날 밤 할아버지는 집에 오셔서 벌레 먹은 문설주에서 쌀알 크기 정도 되는 나무를 조금 떼어 냈지요. 할아버지는 이걸 보드라운 천 조각에 싸서 기름을 몇 방울 떨어뜨린 뒤 기다렸어요. 얼마 후 그 친구가 애저구이와 포도주를 들고 신부님과 함께 왔어요. 신부님은 스톨을 꺼내 입으시고 축복해 주셨지요. 할아버지는 이 귀한 나뭇조각을 친구에게 건네는 의식을 치른 다음 애저구이를 뜯기 시작했어요. 거짓말이 아니에요, 보스. 문제의 사나이는 이 귀한 나뭇조각 앞에 엎드려 절을 한 뒤에 끈에 꿰어 목에 걸었지요. 그리고 나서 그날부터 전혀 다른 사람이 되어버렸어요. 그는 산으로 들어가 아르마톨과 클레프트 산적 무리에 가담해서 터키 마을을 불태우는데 앞장섰지요. 게다가 총탄이 빗발치는 곳을 겁내지 않고 돌아다녔어요. 성지에서 가져온 거룩한 십자가 조각을 목에 걸고 있는데 무서워할 까닭이 있겠습니까?"

조르바는 한바탕 웃었다.

"모든 일은 마음먹기에 달려 있어요."

그는 잠시 뜸을 들이더니 계속 말했다.

"믿음이 있어요? 그렇다면 낡은 문설주에서 떼어 낸 나뭇조각도 신성한 것이 될 수 있어요. 믿음이 없다면? 그럼 거룩한 십자가도 그런 사람에겐 나뭇조각이나 마찬가지인 겁니다."

나는 이렇게 거침없고 대담한, 누군가가 건드릴 때마다 불타오르는 정신을 지닌 이 사나이에게 감탄했다.

"전쟁에 참여해 봤어요, 조르바?"

"그걸 내가 어떻게 압니까?"

그가 인상을 찌푸리며 물었다.

"기억이 안 나는데, 무슨 전쟁을 말하는 거요?"

"내 말은, 나라를 위해서 싸워 본 적이 있느냐는 겁니다."

"다른 얘기 좀 하면 안 됩니까? 그런 터무니없는 짓거리는 모조리 끝내고 깨끗이 잊은 지 오래요."

"조르바, 터무니없는 짓거리라니요? 조국을 그렇게 얘기하다니 부끄럽지도 않아요?"

조르바가 고개를 들어 나를 보았다. 나 역시 침대에서 그를 바라보았다. 석유 등불이 내 머리 위에서 타고 있었다. 그는 한참을 날 바라보다가 수염을 쥐어뜯으며 말했다.

"그건 도대체 뭐하자는 수작입니까? 교장 선생한테서나 들을 법한 말이구먼. 이렇게 말하긴 그렇지만, 당신에겐 아무리 말해 봤자 쇠귀에 경 읽는 거겠지요."

"무슨 소리예요? 나도 다 알아들어요. 그건 잊지 말았으면 좋겠네요."

"그래요, 당신은 그 잘난 머리로 이해하겠지요. 아마 이렇게 말하겠지요. '이건 옳고 저건 그르다. 이건 진실이고 저건 아니야, 그 사람은 맞고 저 사람은 틀렸어……' 그래서 어쨌다는 겁니까? 당신이 그런 얘길 할 때마다 나는 당신 팔과 가슴을 봅니다. 팔과 가슴이 뭘 하고 있는지 아세요? 침묵하고 있단 말입니다. 당최 아무 말도 하지 않아요. 피 한 방울 흐르지 않는 것처럼 말이지요. 그래, 뭘로 이해한다는 겁니까? 머리? 웃기는 소리!"

"조르바, 하던 얘기 합시다. 은근 슬쩍 내 질문을 피하려 하지 마시고! 내가 볼 때 당신은 조국 같은 건 별로 대수롭지 않게 생각하는 거 같은데, 그렇죠?"

나는 그렇게 조르바의 화를 돋우고 있었다. 그는 화를 내며 주먹으로 석유 드럼통으로 만든 벽을 내리쳤다.

"보스, 당신 앞에 있는 사람은 말입니다…… 한때는 제 머리털로 터키 놈들이 이슬람 사원으로 쓰던 성 소피아 성당의 장식을 엮어 부적처럼 목에 걸고 다녔던 사람입니다. 그 당시 나는 칠흑같이 검은 내 머리카락을 뽑아 부적을 엮었단 말입니다. 파블로스 멜라스(불가리아 비정규군과의 전쟁에서 공을 세운 그리스 장교)와 함께 마케도니아 산맥을 떠돌기도 했었지요. 그 당시에 난 체격이 좋아서 이 오두막보다 키가 컸지요. 킬트를 입고 빨간 페스모, 은빛 부적, 액막이, 이슬람교도들이 쓰는 칼, 탄대와 권총까지 차고 다녔지요. 내가 걸어갈 때마다 연대가 마을을 지나가는 것처럼 철커덕철커덕 소리가 났다 이 말입니다. 여길 좀 봐요, 여기. 그리고 여기도 좀 봐요!"

그는 셔츠를 풀고 바지를 내렸다.

"등불 좀 갖고 와요!"

그가 명령했다.

나는 등잔을 그의 비쩍 마른 몸에 갖다 대었다. 흉터와 총알이 스친 자국, 칼자국 때문에 그의 몸은 마치 여과기 같았다.

"자, 이쪽도 봐요!"

그가 돌아서서 등을 보여주었다.

"등에 긁힌 자국이 하나라도 있나요? 이게 무슨 뜻인지 아시겠어요? 이제 등불을 도로 갖다놔요."

그가 화를 냈다.

"터무니없는 수작이지! 구역질이 나는군. 사람은 언제쯤이면 사람답게 살 수 있을까요? 우리는 바지와 셔츠를 입고 칼라를 세우고 모자를 쓰지만 그래 봤자 노새 새끼, 여우 새끼, 이리 새끼, 돼지 새끼지요. 하느님의 모습으로 만든 거라고요? 우리가? 나 같으면 그 면상에 침을 퉤 뱉겠소!"

쓰디쓴 기억이 가슴에 밀려오는 것 같았다. 그는 갈수록 불쾌해하며 몸을 떨었다. 알 수 없는 말들이 이 사이로 새어 나오고 있었다. 그는 일어나서 물통에 든 물을 벌컥벌컥 마시고 나서야 진정이 됐는지 한동안 조용했다.

"당신이 어디를 건드려도 나는 소리칠 겁니다. 내 몸은 상처와 흉터, 옹이투성이니까요. 계집에 대한 수작이 무슨 의미가 있겠습니까? 나는 내가 제법 사내라고 생각했을 때는 계집들한테 눈길 한 번 주지 않았어요. 수탉처럼 오다가다 잠깐 만져보고 말았지요. 그러고 나서 내 갈 길을 갔어요. 나는 스스로를 타일렀지요. '더러운 족제비들, 저것들은 내 힘을 몽땅 빨아 먹고 말 거야. 퉤! 지옥에나 떨어져라!'

그런 다음 다시 총을 들고 길을 떠났습니다. 비정규 전투요원이 되어 산으로 들어갔지요. 어느 날 해가 질 무렵, 나는 불가리아 마을로 내려와 마구간에 숨었어요. 거기가 바로 신부의 집이었어요. 신부도 다 제각각인데 이 사람은 잔인하고 무자비한 불가리아 비정규군 신부였던 거지요. 밤이 되자 이자는 법복을 벗고 양치기 복장으로 갈아입더군요. 그러더니 총을 들고 이웃 그리스인들이 사는 마을로 갔어요. 그러다 새벽이 되면 진흙과 피투성이가 되어 나타나 다시 신도들을 위해 미사를 드리러 교회로 가더군요. 이자는 내가 도착하기 며칠 전에 잠자는 그리스인 교장 선생을 살해했지요. 그래서 나는 신부네 집 마구간에서 기다렸던 겁니다. 저녁이 되자 신부는 양에게 풀을 먹이려고 마구간으로 왔지요. 그때 나는 양의 목을 따듯이 그자의 목을 따버렸어요. 귀도 잘라서 주머니에 넣었고요. 아시겠지만, 그 당시 나는 불가리아 놈들의 귀를 수집하고 있었지요. 그래서 신부 놈의 귀를 잘라 도망갔습니다.

며칠 뒤 다시 그 마을로 들어갔어요. 아마 정오쯤이었을 거예요. 이번에는 행상으로 변장해 들어갔지요. 총은 산에 숨겨두고 동료들을 위해 빵과 소금, 장화를 사러 갔던 거예요. 거기서 나는 집 앞에서 놀고 있던 다섯 애들을 만났어요. 그 애들은 모두 검은 옷을 입고 맨발로 구걸을 하고 있었지요. 계집아이가 셋이고 사내아이가 둘이었어요. 제일 큰놈은 열 살이나 되었을까, 어린 것은 갓난쟁이였어요. 제일 큰 계집아이가 갓난쟁이를 안고 달래고 있었지요. 그때 내가 왜 그랬는지 모르겠지만, 아마 신의 뜻이었겠지요. 나는 애들한테 다가갔습니다.

'어느 집 애들이니?'

내가 불가리아 말로 물었어요. 그러자 가장 큰 사내아이가 고개를 들었지요.

'신부 댁 애들이에요. 아버지는 며칠 전 마구간에서 목이 잘렸어요.'

이러더군요. 갑자기 눈물이 핑 돌면서 지구가 빙글빙글 도는 것 같았어요. 내가 벽에 기대어 앉자 그때서야 멈추었지요.

'이리 와라, 애들아. 가까이 오렴.'

나는 이렇게 말하면서 지갑을 꺼냈지요. 터키 파운드랑 그리스 돈이 잔뜩 들어 있었어요. 나는 무릎을 꿇고 앉아 그 돈을 몽땅 바닥에 쏟았어요.

'자, 마음껏 가져가렴.'

내가 그렇게 외치자 애들이 우르르 몰려와 땅에 엎드려 허겁지겁 돈을 집었지요.

'너희들 것이다. 다 너희들 거란다. 그러니 마음대로 가져가거라.'

그리고 나서 물건을 사 담은 바구니마저도 애들한테 주었지요.

'이것도 가져가렴. 다 가져가거라.'

그렇게 전부 다 주었습니다. 마을을 벗어나자 나는 셔츠를 풀고 내가 애써 엮은 소피아 성당 장식을 떼어 내 갈기갈기 찢어버리고는 도망쳤습니다. 지금도 도망치고 있는 중이지요."

조르바는 벽에 등을 대고 내 쪽으로 돌아앉았다.

"그렇게 나는 구원을 받은 겁니다."

"조국으로부터 구원받았단 얘깁니까?"

"그럼요, 내 조국이지요."

그는 조용하면서도 단호하게 대답했다. 그러다 얼마 후 이렇게 덧붙였다.

"내 조국으로부터 구원받고, 신부들로부터 구원받고, 돈으로부터 구원받았습니다. 나는 짐을 덜기 시작했습니다. 가지는 대로 덜어냈어요. 나는 그런 식으로 내 짐을 덜어냈지요. 이런 걸 뭐라고 하던가요? 나는 해탈의 방법을 찾은 겁니다. 나는 인간이 된 겁니다."

조르바의 두 눈은 빛났고 큰 입은 호탕하게 웃었다. 그는 한참을 앉아 있더니 다시 이야기를 이어갔다. 가슴에서 차오르는 감정을 주체할 수 없었던 것이다.

"내겐 저건 터키 놈, 저건 불가리아 놈, 이건 그리스 놈 하며 구분하던 시절이 있었어요. 보스, 나는 당신이 들으면 머리카락이 곤두설 짓도 조국을 위한답시고 태연하게 해치웠어요. 나는 사람의 목도 따고 마을에 불도 지르고 강도짓과 강간을 하며 일가족을 몰살시키기도 했습니다. 왜냐고요? 불가리아 놈 아니면 터키 놈이기 때문이지요. 때때로 나는 내 자신에게 이렇게 꾸짖었어요. '염병할 놈, 지옥에나 가버려, 이 돼지 같은 놈아! 썩 꺼지라고!'

요즘은 '이 사람은 좋은 사람이고 저 사람은 나쁜 놈이다.' 이런 식으로 구분하지요. 그리스인이든 불가리아인이든 터키인이든 상관없어요. 좋은 사람이냐, 나쁜 놈이냐. 이게 가장 중요한 문제니까요. 내가 마지막으로 먹게 될 빵을 두고 맹세합니다만, 나이를 더 먹으면 아마 이것도 상관하지 않을 거예요. 좋은 사람이든 나쁜 놈이든 나는 그것들이 다 불쌍하니까요. 다들 마찬가지예요. 나는 사람만 보면 가슴이 뭉클해져요. 오, 여기 또 하나 불쌍한 것이 있구나…… 이런 생각이 들면서요. 누군지는 몰라도 이 사람 역시 먹고 마시고 사랑하고 두려워할 테지. 이 사람 안에도 하느님과 악마가 있고, 때가 되면 죽게 되어 땅 밑에 뼐을 테고 구더기밥이 될 테지. 불쌍한 것! 우리는 모두 한 형제나 마찬가지예요. 모두가 구더기 밥이 되니까요.

그런데 만약 여자라면…… 젠장, 나는 눈이 빠지게 울고 싶어진다니까요. 보스, 당신은 내가 여자를 너무 좋아한다고 놀렸지요? 이것들을 어떻게 안 좋아할 수 있겠어요? 젖통만 쥐면 무슨 짓을 하는지도 모르고 다 줘버리는 가엾은 것들을 말이에요.

어느 해 또 다른 불가리아인 마을로 들어간 적이 있었어요. 그런데 마을 장로였던 늙은이 하나가 나를 알아보고는 다른 놈들을 불러 내가 묵고 있는 집을 포위했어요. 나는 발코니를 통해 지붕에서 지붕으로 뛰어 도망쳤어요. 때마침 달이 떠 있어서 나는 고양이처럼 발코니를 뛰어다녔는데 놈들은 내 그림자를 발견하고는 지붕으로 올라와 총질을 해댔지요. 하는 수 없이 마당으로 뛰어내렸어요. 그런데 불가리아 여자 하나가 침대에서 자고 있다가 나를 보고는 소리를 지르려고 했어요. 나는 손을 내밀면서 속삭였어요. '자비를 베푸시오, 제발. 소리는 지르지 마시오.' 그러고는 젖통을 움켜쥐었더니 여자는 창백해지면서 반쯤 정신이 나가더군요. 그러더니 이렇게 속삭였어요. '안으로 들어오세요. 그래야 남들 눈에 안 띄지요.' 나는 안으로 들어갔지요. 여자가 내 손을 잡으며 이렇게 묻더군요. '당신은 그리스인이에요?' '그래요, 그리스인이오. 나를 배신하지 마시오.' 나는 여자의 허리를 안았습니다. 그러고는 여자를 침대로 끌고 갔지요. 내 가슴은 즐거움으로 쿵쾅거렸어요. 나는 내 자신에게 이렇게 말했습니다. '조르바, 이 개새끼야! 눈앞에 여자가 있다. 인간이라는 게 무엇이냐? 여자가 무엇이냐? 불가리아인이든 그리스인이든 파푸아인이든 그게 뭐가 중요하냐? 중요한 건 한 가지뿐이다. 바로 여자도 인간이란 것이다. 입이 있고 젖가슴이 있고 사랑을 할 줄 아는 인간이란 것이다. 죽이는 게 지겹지도 않느냐? 이 몹쓸 돼지 새끼야!'

여자와 사랑을 나누면서 계속 그런 생각이 떠올랐지요. 하지만 단단히 미친 조국이 나를 편하게 내버려두었을까요? 다음 날 아침, 나는 그 여자가 주는 옷으로 갈아입고 사라졌어요. 여자는 과부였던 겁니다. 죽은 남편의 옷을 장롱에서 꺼내주면서 내 무릎을 붙들고 다시 돌아오라고 울며불며 매달리더군요. 물론 그 다음 날 밤에 돌아갔습니다. 그 당시 나는 물불을 가리지 않는 애국자였어요. 나는 파라핀 한 통을 들고 가서 마을에 불을 질렀어요. 이 가엾은 계집도 함께 타 죽었겠지요. 이름이 루드밀라라고 했었는데."

조르바는 한숨을 쉬었다. 그는 담배에 불을 붙여 피우다가 두어 모금 빨고는 던져버렸다.

"내 조국이라고 했습니까? 보스는 책에 있는 그 엉터리 같은 얘기를 다 믿어요? 당신이 믿어야 할 건 바로 나 같은 사람이에요. 조국 같은 게 있는 한 인간은 짐승이라고요. 앞뒤 분간할 줄 모르는 짐승 신세를 벗어나지 못하는 거지요. 하느님이 보우하사, 나는 모든 걸 끝냈지요. 당신은 어떻게 되어가고 있어요?"

나는 대답하지 못했다. 조르바가 부러웠다. 내가 펜과 잉크로 배우려 했던 것들을 그는 몸으로 싸우고 죽이고 입을 맞추면서 살아왔던 것이다. 내가 고독에 잠겨 의자에 앉아 풀려고 하던 문제를 그는 칼 한 자루를 가지고 산속의 맑은 공기를 마시며 풀어버린 것이었다. 비참한 기분이 들어 나는 눈을 감았다.

"보스, 주무세요?"

조르바가 불만 가득한 목소리로 물었다.

"당신 붙들고 얘기하는 내가 병신이지!"

조르바는 툴툴거리며 자리에 눕더니 이내 코 고는 소리가 들려왔다. 나는 밤새 잠을 잘 수가 없었다. 그날 밤의 꾀꼬리 우는 소리는 고독한 내 마음을 더욱 슬프게 만들었다. 갑자기 눈물이 흘러 나는 흠칫 놀랐다.

목이 메었다. 나는 새벽에 일어나 오두막 문 앞에서 대지와 바다를 바라보았다. 그 사이 세상이 달라진 듯했다. 바로 어제만 해도 색이 우중충했던 맞은편 모래사장 위의 가시덤불이 하얀 꽃으로 가득 덮여 있었다. 공기 속에서는 그윽한 레몬과 오렌지 향기가 풍겨왔다. 나는 몇 발자국 걸어 나갔다. 이렇게 쉼 없이 반복되는 기적은 아무리 봐도 싫증이 나지 않았다.

그때 내 뒤에서 행복한 목소리가 들렸다. 반만 걸쳐 입은 조르바가 일어나 문가로 나왔던 것이다. 조르바 역시 봄 경치를 바라보며 감탄하고 있었다.

"저게 뭡니까?"

그는 몹시 놀란 사람처럼 물었다.

"보스, 저기 건너편에 가슴을 뭉클하게 만드는 파란색, 저 기적이 뭡니까? 당신은 저 기적을 뭐라고 불러요? 바다? 바다예요? 꽃으로 된 초록 앞치마를 입고 있는 저것은요? 대지라고 불러요? 그럼 이런 걸 만든 예술가는 누굽니까? 보스, 맹세컨대 나는 이런 걸 처음 봤어요!"

그의 눈에서는 눈물이 흘렀다.

"조르바, 혹시 돌아버린 거예요?"

"뭘 비웃고 있어요? 당신 눈에는 안 보이나요? 보스, 보세요. 저 모든 기적 뒤에 숨어 있는 마술을 보라고요."

그는 달려 나와 망아지처럼 풀밭을 구르고 춤을 추었다. 해가 떠올랐다. 나는 손바닥을 펴 온기를 받았다. 나무에 오르는 수액, 부풀어 오르는 젖가슴, 나무처럼 성숙해지는 영혼, 영혼과 육체는 같은 물질로 되어 있다는 것을 실감했다.

조르바가 우뚝 섰다. 머리카락에는 이슬과 흙이 묻어 있었다.

"보스, 서두릅시다. 옷을 입고 멋도 좀 부리자고요. 오늘 축복을 받지 않으면 언제 받겠어요? 신부님과 마을 유지들이 곧 있으면 이리로 몰려올 겁니다. 우리가 이렇게 풀밭에 뒹굴고 있으면 회사에 이로울 게 없어요. 어서 칼라를 세우고 넥타이를 매요. 표정도 좀 근엄하게 하고요. 머리가 없으면 모를까 머리가 있으니 제대로 된 모자도 좀 쓰고요. 세상이 이런 세상이니 말이에요."

우리는 옷을 입었다. 인부들과 마을 유지들이 차례로 도착했다.

"보스, 마음 굳게 먹어요. 오늘은 바보짓 좀 하지 말고. 우습게 보이면 안 돼요."

스테파노스 신부는 깊은 주머니가 달린 법복을 입고 앞장서서 걸었다. 헌당식, 장례식, 결혼식, 세례식, 어딜 가든 그는 주는 것은 뭐든지 지옥만큼 깊은 주머니에 넣었다. 건포도, 롤 케이크, 치즈 파이, 오이, 고깃덩어리, 과자 따위를 잔뜩 담아 밤에 집으로 돌아오면, 그의 아내 파파디아가 그의 주머니를 뒤져 전부 꺼내고는 안경을 쓴 채 이것저것 씹어 먹으며 종류별로 나누곤 했던 것이다.

스테파노스 신부 뒤를 이어 마을 장로들이 따랐고, 그 뒤를 이어 카페 주인 콘도마놀리오가 나왔다. 그는 카네아까지 가서 게오르기오스 왕자를 직접 보고 온 것을 큰 자랑으로 여겼기에 세상 구경은 어느 정도 했다고 늘 자부했다. 그 뒤를 이어 소매가 넓고 눈부시게 하얀 와이셔츠 차림에 얼굴 가득 미소를 머금은 아나그노스티 영감, 지팡이를 짚고 근엄한 표정을 짓고 있는 교장 선생, 그리고 맨 뒤에는 마브란도니가 무거운 발걸음으로 천천히 따랐다. 그는 검은 머릿수건을 쓰고 검은 셔츠에 검은 구두를 신고 있었다. 그는 어쩔 수 없이 우리를 인정하는 사람이었다. 그의 기분은 썩 좋아 보이지 않았지만 태연한 척하면서 일행과 조금 떨어져 걸었다.

"주 예수 그리스도의 이름으로!"

조르바가 엄숙한 목소리로 말했다. 그가 행렬에 앞장서서 기도를 하자 나머지 사람들도 경건한 마음으로 그의 뒤를 따랐다.

수세기에 걸쳐 행해졌던 마술적인 의식의 기억이 농부들의 마음속에 되살아났다. 그들은 신부를 바라보며, 신부가 그들 앞에서 눈에 보이지 않는 적과 싸워 이기기를 바라는 눈치였다. 수천 년 전, 마법사가 공중에 성수를 뿌리며 신비롭고 위대한 주문을 외우면, 악마는 물러가고 대지에서 공중으로 뿌려진 성수에서 나온 신령이 인간을 도왔을 것이다.

우리는 고가 케이블의 첫 번째 기둥을 세우기 위해 만들어놓은 구덩이에 도착했다. 인부들이 커다란 소나무 기둥을 가져와 구덩이에 세웠다. 스테파노스 신부가 법의를 입고 향로를 잡은 채 소나무 기둥을 바라보며 주문을 외웠다.

"기둥이 반석 위에서 흔들리지 않게 하소서, 아멘."

"아멘!"

조르바가 성호를 그으며 큰 소리로 외쳤다.

"아멘."

장로들이 우물거렸다.

"아멘!"

인부들이 마지막으로 합창했다.

"하느님께서 그대들의 일을 축복하시고 아브라함과 이삭에게 내린 재물을 그대들에게도 내려주시기를."

신부는 계속 축원을 했다. 조르바는 천 드라크마짜리 지폐 한 장을 신부의 손에 쥐어주었다.

"내 축복이 그대와 함께하기를."

신부가 흡족해했다. 우리는 오두막으로 돌아왔다. 조르바는 사순절이라 모두에게 포도주와 고기를 넣지 않은 오르되브르, 낙지볶음, 오징어 튀김, 절인 콩과 올리브 등을 대접했다. 음식을 먹고 난 뒤 손님들은 다들 돌아갔다. 이렇게 마법의 의식을 치른 것이다.

"다 끝났네요."

조르바가 두 손을 비비면서 말했다. 그는 작업복으로 갈아입고는 곡괭이를 들었다.

"이봐! 성호 한 번씩 긋고 일하자고!"

그가 인부들에게 소리쳤다. 조르바는 그날 하루 종일 쉬지 않고 일을 했다. 인부들은 15미터마다 구덩이를 파고 기둥을 세웠다. 이런 식으로 일이 진행되어 산꼭대기까지 일직선으로 기둥이 세워졌다. 조르바는 측량하고 계산하고 명령을 내렸다. 그는 종일 먹지도 않고 담배도 피우지 않았으며 쉬지도 않았다. 일에 푹 빠져 있었던 것이다.

그는 종종 내게 이런 말을 했다. '일을 대충하게 되면 끝나는 거예요. 말도 대충하고 선행도 대충하다 보니 세상이 이 모양 이 꼴이 된 거 아니겠어요? 할 때는 화끈하게 해야 돼요. 못을 하나 박아도 제대로 박아야 이기는 겁니다. 하느님은 악마 대장보다 반만 악마인 것들을 더 미워하시지요."

그날 밤 일터에서 돌아온 그는 지쳐서 모래 바닥에 널브러졌다.

"난 여기에서 잘래요. 여기서 새벽까지 자다가 다시 일을 시작할 겁니다. 밤일 교대도 시켜야 되니까요."

"왜 그렇게 서둘러요, 조르바?"

그는 잠깐 망설이다가 말했다.

"왜냐고요? 내가 고른 경사면이 맞는지 궁금해서 그래요. 내 계산이 정확하지 않으면 큰일 나는 겁니다. 보스는 몰라요? 매도 먼저 맞는 게 낫다 이겁니다."

그는 저녁을 재빨리 게걸스럽게 먹어치웠다. 그러고 나서 얼마 후 해변에서 코 고는 소리가 들려왔다. 나는 오랫동안 잠을 이루지 못하고 하늘의 별들을 바라보았다. 하늘의 별들이 위치를 바꾸고 있었다. 내 머리도 천문대의 돔처럼 별자리를 따라 움직였다. '그대도 별의 움직임을 지켜보아라, 별들과 함께 움직이는 것처럼.' 마르쿠스 아우렐리우스가 했던 이 말이 내 가슴속에 울려 퍼졌다.

21

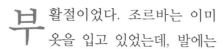

부활절이었다. 조르바는 이미 옷을 입고 있었는데, 발에는 마케도니아에 있는 여자 친구가 자기를 위해 짜주었다던 두꺼운 보라색 양말을 신고 있었다. 그는 초조한 듯이 해변에서 가까운 언덕을 오르락내리락하며 이따금 한 손을 눈썹 위에 올려 차양을 만들고는 시골길을 바라보았다.

"늑장을 부리다니, 이 늙은 물개가. 늑장을 부려, 이 논다니(웃음과 몸을 파는 여자를 속되게 이르는 말_옮긴이) 같은 게. 다 너덜너덜 해진 깃발 같은 것이!"

번데기에서 막 나온 나비 한 마리가 조르바의 콧수염 위에 앉으려고 하다 그를 간질였다. 그가 콧바람을 불자 나비는 조용히 날아올라 햇살 속으로 사라졌다.

그날 우리는 부활절을 축복하기 위해 오르탕스 부인을 기다리고 있었다. 석쇠에다 양고기를 구웠고 모래 위에 흰 천을 깔고 계란도 몇 개 색칠해 두었다. 반은 재미로, 반은 진짜로 열심히 준비해서 부인을 거창하게 환영해 주고 싶었던 것이다. 이 황량한 해변에서 조금은 멍청하고 향수 냄새를 풍기는 한물간 세이렌은 이상하게도 우리를 매혹시켰다. 때때로 부인이 보고 싶기도 했다. 오드콜로뉴 비슷한 냄새, 뒤뚱거리는 걸음걸이, 쉰 목소리, 희멀겋고 새침한 부인의 눈동자가 보고 싶어지는 것이었다.

우리는 도금양과 월계수 가지를 꺾어 오르탕스 부인이 지나는 길에 아치문까지 만들어놓았다. 아치 위에는 영국, 프랑스, 이탈리아, 러시아 깃발 네 개를 꽂고 가장 높은 곳에는 푸른 선을 그은 종이 한 장을 달았다. 우리는 제독이 아니었기에 대포는 없었다. 하지만 장총 두 정을 빌려 언덕에서 기다렸다가 오르탕스 부인이 나타나면 예포를 쏘기로 마음먹고 있었다. 우리는 그 황량한 해변에서 부인의 유쾌했던 전성시대를 재생해 주고 싶었다. 그리하여 가엾은 부인이 환상 속에서나마 다시 한 번 탄탄한 유방을 출렁거리며 에나멜가죽 구두와 실크 스타킹을 신은 젊은 여자가 될 수 있게 해주고 싶었던 것이다. 그런 일들이 우리의 젊음을 상기시키는 기쁨이 되지 못한다면 그리스도의 부활이 무슨 소용이 있을까? 늙은 코코트(매춘부)의 기분을 다시 스물한 살로 되돌려주지 못한다면.

"늦는구먼, 이 늙은 물개가. 늦어, 이 여편네가! 다 찢어진 깃발인 주제에!"

조르바는 자꾸 흘러내리는 보라색 양말을 계속 끌어올리며 일분에 한 번씩 투덜거렸다.

"이리 와서 앉아요. 조르바! 와서 시원한 데서 담배 한 대 피우고 있으면 올 테니 조바심 내지 마요."

우리는 마지막으로 길을 한 번 더 내려다보고는 콩나무 그늘에 앉았다. 정오가 다 되어 몹시 더웠다. 멀리서 부활절 종소리가 힘차게 울렸다. 바람과 함께 크레타 리라(비올라 다 브라키오의 일종으로서 3개의 현, 3개의 방울이 활 모양의 테에 달려 있음) 소리도 들려왔다. 마을 전체가 봄날의 벌집처럼 생기 있게 윙윙거렸다. 조르바가 고개를 저으면서 투덜댔다.

"글렀어요. 나는 부활절이면 그리스도처럼 내 영혼도 하늘로 붕 뜨는 것 같았는데 올해는 다 글렀어요. 이제는 겨우 몸만 다시 태어나요. 사람들은 밥상머리에 앉아 이것저것 다 먹어보라고 권해요. 그러다 보면 맛있는 것들을 배에 잔뜩 집어넣게 되고 그걸 다 소화시키지 못하게 되지요. 그렇게 남는 것들이 기분이 되고 춤이 되고 노래가 되고 싸움이 되는 거예요. 그게 바로 부활이지요."

그는 다시 일어서서 길을 내려다보고는 눈살을 찌푸렸다.

"꼬맹이 하나가 이리로 달려오네요."

이렇게 말하고 나서 그는 뛰어 내려갔다. 꼬마는 발뒤꿈치를 들고 조르바에게 뭐라고 속삭였다. 그러자 조르바는 뒤로 물러서며 화를 냈다.

"아파? 거짓말이면 흠씬 두들겨줄 테다!"

그러고 나서 내게로 돌아섰다.

"보스, 내 마을로 내려가서 늙은 물개한테 무슨 일이 있나 살펴보고 올 게요. 금방 다녀올 거예요. 색칠한 계란 두 개만 줘요. 가서 함께 깨뜨리고 올 테니. 곧 돌아올게요."

그는 계란을 주머니에 넣고 보라색 양말을 당겨 신고는 언덕을 내려갔다.

나는 언덕에서 내려와 시원한 자갈 위에 누웠다. 잔잔하게 불어오는 바람이 바다에 잔주름을 만들었다. 갈매기 두 마리가 그 바다 위에 떠서 몸을 부풀리며 파도의 움직임을 즐기고 있었다. 나는 물에 배를 대고 있는 갈매기의 상쾌함을 느낄 수 있었다. 나는 갈매기를 바라보며 생각했다. '그래 바로 저거야. 절대 움직임을 찾아 절대 신뢰를 갖는 거야.'

한 시간 뒤에 조르바가 수염을 쓰다듬으며 만족스러운 얼굴로 돌아왔다.

"가엾은 고것이 감기에 걸렸더군요. 심한 건 아니에요. 지난 며칠간, 그러니까 성주간 내내 자정 예배에 참석했다더군요. 지가 무슨 프랑코(동부 지중해 연안 사람들이 유럽인을 일컫는 말)라고. 나 때문에 그랬다더군요. 그러다 감기에 걸린 겁니다. 그래서 부항으로 피를 좀 빼주고 등잔 기름을 따라 몸도 문질러주고 럼주 한 잔 먹이고 왔어요. 아마 내일쯤이면 거뜬히 일어날 겁니다. 참내! 고 늙은 게 어지간히 좋았나 봐요. 내가 몸을 문질러주니까 비둘기처럼 꿍꿍거렸다니까요. 간지럽다나!"

우리는 앉아서 음식을 먹었다. 조르바가 잔에 술을 채웠다.

"부인의 건강을 위해 마십시다. 당분간 악마가 그 여자를 데려가지 않기를!"

우리는 묵묵히 먹고 마셨다. 멀리서 벌 떼처럼 윙윙거리는 리라 소리가 바람에 실려 왔다. 그리스도는 마을 테라스에서 다시 태어나고, 부활절에 희생된 양고기와 과자는 연기가 되었다. 실컷 먹은 조르바가 털이 덥수룩한 귀를 만졌다.

"리라 소리네요. 마을 사람들이 춤을 추나 봐요."

포도주가 그의 마음을 흔들어 놓았던지 그가 자리에서 벌떡 일어났다.

"우리가 비둘기 한 쌍처럼 여기서 죽치고 있으면 뭐합니까. 가서 춤이나 춥시다. 먹어 치운 양한테 미안하지도 않소? 그냥 방귀로 빠져나가게 할 거예요? 가자고요, 가요. 가서 방귀가 아닌 노래나 춤이 되게 하자고요. 조르바는 다시 태어났도다!"

"잠깐 기다려요, 조르바. 바보같이 굴지 말고……. 조르바, 혹시 어떻게 된 거 아니에요?"

"보스, 어떻게 돼도 상관없어요. 다만 나는 양에게 미안해서 그런 거니까. 빨간 계란에게도, 부활절 과자와 크림치즈에게도 미안할 뿐이에요. 빵 조각이랑 올리브 몇 개만 집어먹었다면 이러겠지요. '그냥 잠이나 잡시다. 축하할 일도 없으니.' 올리브랑 빵 조각은 별 게 아니니까요. 거기서 뭘 기대하겠어요. 하지만 이건 달라요. 음식을 낭비하는 건 죄악이니까요. 보스, 갑시다. 가서 부활을 축하하자고요."

"오늘은 그럴 기분이 아니에요. 혼자 가서 내 몫까지 추고 오면 되지 않겠어요?"

조르바가 내 팔을 붙들고 일으켰다.

"보세요, 그리스도가 다시 태어났다고요. 오, 내가 당신만큼만 젊었더라면! 나는 어디라도 기웃거릴 겁니다. 일, 포도주, 사랑이든 어디든 말이에요. 나 같으면 하느님이고 악마고 두렵지 않을 거예요. 젊음이란 그런 거니까."

"조르바, 이런 말을 하는 건 당신이 아니라 양고기겠지요? 양고기가 당신 뱃속에 들어가 이리가 되어 소리치고 있는 거라고요."

"헤헤, 양고기가 조르바가 된 거지요. 지금 조르바가 말하는 겁니다. 내 말을 들어요. 욕하고 싶거든 들어보고나 하세요. 세상을 다 돌아본 건 아니지만 나는 뱃사람 신드바드예요. 나는 도둑질도 해봤고 사람도 죽여 봤고 거짓말도 많이 했지요. 그리고 수많은 계집들을 데리고 놀아봤고 온갖 계명을 다 어긴 인간이지요. 계명이 몇 개더라? 열 개? 왜 스무 개, 쉰 개, 백 개를 만들지. 백 개였어도 내가 다 깨뜨렸겠지만 말이에요. 하지만 하느님이 있어서, 내가 그 앞에 서야 될 때가 온대도 나는 하나도 겁나지 않아요. 당신에게 어떻게 쉽게 설명해야 될지 모르겠군요. 내가 보기엔 그게 별로 중요할 것 같지 않아서요. 하느님이 미쳤다고 지렁이를 앞에다 놓고 지렁이가 한 짓을 하나하나 따지겠어요? 그 지렁이가 이웃 지렁이를 꾀고, 금요일에 고기 한 입 먹었다고 화를 내겠어요? 젠장! 당신 마음대로 해요. 수프나 처먹는 신부 같으니! 가기 싫으면 관둬요!"

나는 조르바의 화를 돋우려고 이렇게 말했다.

"조르바, 하느님은 당신이 뭘 먹었는지는 상관하지 않을 거예요. 하지만 당신이 무슨 짓을 했는지는 하나하나 따져보실 거예요."

"그것도 안 물어볼 겁니다. '그걸 당신이 어떻게 알아요, 이 멍청한 조르바!' 이렇게 말하고 싶겠지요? 난 다 알아요. 알고말고요. 나한테 아들이 둘 있는데, 한 놈은 조용하고 예의도 바르고 경건해요. 또 한 놈은 욕심 많은 천둥벌거숭이에다 계집 꽁무니나 따라다녀요. 두 놈 중에 내 마음은 둘째 녀석한테 기울어질 겁니다. 왜냐? 날 닮았으니까요. 하지만 밤낮 무릎을 꿇으며 돈이나 긁어모으는 늙은 스테파노스 신부보다 내가 하느님을 덜 닮았다고 할 수 있어요?

하느님도 재미 보는 걸 좋아합니다. 나처럼 죽이고 부정한 짓도 하고 사랑도 하고 일도 하면서 불가능한 일을 하는 걸 좋아하지요. 하느님도 먹고 싶을 땐 먹고 여자를 고른다고요. 물 찬 제비처럼 맵시 나는 여자가 지나가는 걸 보면 당신 가슴도 뛰겠지요. 그런데 갑자기 땅이 갈라지면서 이 여자는 사라져버립니다. 대체 어디로 갔을까요? 누가 데려간 걸까요? 참한 여자라면 사람들은 악마가 데려갔다고 하겠지요. 하지만 보스, 몇 번 말했지만 다시 한 번 말하지요. 하느님이나 악마는 같은 겁니다."

조르바는 지팡이를 짚고 모자를 비스듬히 쓰고 나서 할 말이 남은 듯 한동안 입술을 삐죽거렸다. 그러나 더 이상 아무 말도 하지 않고 돌아서서 마을 쪽으로 가버렸다. 저녁 햇살에 길게 늘어진 그의 그림자와 지팡이가 보였다. 조르바가 지나가니 해변은 활기를 되찾은 것 같았다. 나는 한동안 그의 발소리에 귀를 기울이고 있었다. 고독을 느낀 순간 나는 일어섰다. 나는 어디로 가야 할지 결정하지 못했다. 그러다 '가는 거다! 앞으로 걸어가!' 하고 마음이 명령을 내렸다.

나는 굳게 마음을 먹고 마을 쪽으로 걸어갔다. 때때로 걸음을 멈추고 봄의 향기를 맡았다. 흙에서 노란 카밀레 냄새가 났고, 마을에 가까워질수록 레몬, 오렌지, 월계수 꽃향기가 진해지면서 파도처럼 밀려왔다. 저녁 하늘의 별이 깜박거리며 춤을 추었다.

"바다, 여자, 술, 그리고 노동!"

나도 모르게 조르바가 했던 말을 중얼거리고 있었다.

"그래, 바다, 여자, 술, 그리고 힘든 노동이야! 일과 술, 그리고 사랑에 자신을 던지고 하느님과 악마를 두려워하지 말자. 그게 젊음인 것이다."

나는 조르바의 말을 반복하면서 스스로를 격려하며 빠르게 걸었다. 그러다 나는 목적지에 도착한 듯 걸음을 멈추었다. 어디일까? 주위를 둘러보았다. 과부의 정원 앞이었다. 갈대와 가시배나무 뒤에서 여자의 부드러운 콧노래가 들렸다. 나는 가까이 다가가 갈대를 헤쳤다. 오렌지나무 밑에 검은 옷을 입은 여자가 크게 부풀어 오른 젖가슴을 흔들고 있었다. 꽃가지를 꺾으며 노래를 부르는 여자의 반쯤 드러난 하얀 젖가슴이 어둠 속에서도 잘 보였다.

숨이 턱 막혔다. 이 여자는 짐승이나 마찬가지였다. 여자도 그걸 알고 있다. 여자에게 사내란 얼마나 가련하고 불합리하며 무방비 상태의 동물인가! 여자는 사마귀나 방아깨비, 거미의 암컷처럼 크고 탐욕스러워보였다. 그 여자도 새벽이 되면 수컷을 잡아먹을지 모를 일이었다.

여자가 내 시선을 의식했는지 갑자기 노래를 멈추고 주위를 둘러보았다. 그러다 시선이 마주쳤다. 나는 무릎이 떨려 주저앉을 것만 같았다. 갈대숲에서 호랑이라도 만난 것 같았다.

"누구세요?"

여자가 낮은 목소리로 물었다. 여자는 스카프로 가슴을 가리며 안색이 어두워졌다. 나는 돌아서고 싶었지만 조르바의 말이 내 머릿속에 맴돌았기에 용기를 냈다. '바다, 여자, 술······.'

"나예요. 들어가게 해주십시오."

나는 두려움에 떨며 겨우 이렇게 말했다. 그러나 너무 창피해서 돌아서고 싶었다. 나는 스스로를 격려했다.

"나라니요? 누구시죠?"

부인이 천천히, 조심스럽게 내가 있는 곳으로 다가왔다. 반쯤 감긴 눈이 내 얼굴을 훑으며 다가오고 있었다. 그러다 갑자기 여자의 얼굴이 밝아졌다. 여자는 혀끝으로 입술을 빨았다.

"사장님이시군요!"

여자가 부드럽게 말했다. 여자는 금방이라도 달려들 것처럼 다가왔다.

"사장님이시죠?"

여자가 갈라진 목소리로 물었다.

"그렇소!"

"들어오세요."

날이 밝아오고 있었다. 조르바가 돌아와 오두막 앞 해변에 앉아 바다를 내려다보며 담배를 피우고 있었다. 나를 기다리고 있는 듯한 눈치였다. 내가 나타나자 조르바는 나를 관찰했다. 목을 쑥 빼고는 냄새를 킁킁 맡았다. 그러다 그의 얼굴이 환해졌다. 내게서 과부의 냄새를 맡은 것이었다. 그는 천천히 일어나 활짝 웃으며 나를 껴안았다.

"축복받으시오!"

나는 침대에 누워 눈을 감았다. 나는 조용히 규칙적으로 숨 쉬는 바다의 소리를 들었다. 나도 갈매기처럼 파도 위에 떠서 리듬을 타며 오르내리는 기분이 들었다. 그러다 잠이 들었고 꿈을 꾸었다. 꿈속에서 나는 땅바닥에 누운 거대한 흑인 여자를 보았다. 아니, 본 것 같았다. 여자는 거대한 화강암으로 만든 사원 같은 모습이었다. 나는 입구를 찾으려고 빙빙 돌았다. 내 몸은 여자의 발가락보다도 작았다. 그때 발꿈치 뒤에서 나는 동굴처럼 어두컴컴

한 입구를 찾아냈다. 우렁찬 목소리가 명령했다.

"들어오라!"

나는 그곳으로 들어갔다.

정오가 됐을 무렵 잠에서 깼다. 창문으로 빛이 들어와 내 잠옷을 비추었다. 벽에 걸린 거울에 쏟아지는 빛은 금방이라도 거울을 수천 조각으로 부숴버릴 듯 강렬했다.

거대한 흑인 여자의 꿈이 다시 떠올랐다. 웅얼거리는 바다의 소리도 들려왔다. 나는 다시 눈을 감았다. 행복했다. 몸은 가벼웠고 마음은 햇살 아래서 사냥을 끝내고 잡은 먹이를 먹고 입술을 핥는 짐승처럼 여유로웠다. 마음과 몸이 느긋했다. 오랫동안 고민하던 복잡한 문제의 답을 쉽게 찾아낸 듯한 기분이었다.

내 존재의 깊은 곳에서 전날 밤에 느꼈던 즐거움이 솟아올라, 흙으로 빚어진 내 육체라는 대지에 물을 주는 것 같은 기분이었다. 누워서 눈을 감고 있으면 내 몸 세포 하나하나가 눈을 뜨는 소리가 들리는 것 같았다. 그날 밤 나는 처음으로 영혼이 곧 육체라는 것을 깨달았다. 다양한 모습으로 변하고 투명하며 더 자유롭긴 하지만 역시 육체라는 것을 말이다. 또한 다소 과장되어 있고 긴 여행에 지치고 물려받은 짐에 눌려 있긴 하지만 육체 역시 영혼이라는 사실도 깨달았다.

그림자가 내 앞을 스쳐 지나는 기분이 들어 눈을 떴다. 조르바가 문가에서 여유로운 표정으로 나를 내려다보고 있었다.

"일어나지 말아요, 일어나지 마요, 이 엉큼한 사람! 오늘은 휴일이니까 푹 자요."

그는 엄마처럼 다정한 목소리로 부드럽게 나를 달랬다.

"벌써 푹 잤어요."

나는 일어나며 대답했다. 그러자 조르바가 웃으며 속삭였다.

"계란 하나 줄게요. 먹으면 힘이 날 거예요."

나는 아무 대답도 하지 않고 바다로 달려가 물속으로 뛰어들었다. 그러고 나서 햇볕에 몸을 말렸다. 아무리 씻어도 내 코와 손가락, 입술에서 나는 달콤한 냄새는 사라지지 않았고 크레타 여자들이 머리에다 바르는 오렌지 꽃물과 월계수 기름 냄새가 풍겼다.

전날 밤 여자는 오렌지 꽃을 한 아름 꺾어두었다. 마을 사람들이 광장의 포플러나무 밑에서 춤을 추느라 교회를 비워놓을 동안 그리스도에게 바치려 했던 것 같았다. 침대 위 성상단에는 레몬 꽃이 가득 놓여 있었고, 꽃잎 사이로 눈이 아몬드 같은 성모가 비탄에 잠겨 있는 모습이 보였다.

조르바가 컵과 오렌지 두 개, 작은 부활절 빵을 들고 해변으로 왔다. 그는 전장에서 돌아온 병사의 어머니처럼 나를 조용하고 자상하게 돌봐주었다. 그는 한동안 다정한 눈길로 나를 바라보다가 중얼거렸다.

"기둥은 한 개만 박아서는 안 돼요."

나는 햇빛을 받으며 음식을 먹었다. 녹색 바다 위에 떠 있는 것처럼 시원하면서 행복했다. 나는 이 육체의 환희를 마음이 독점하여 제멋대로 생각하게 내버려두지 않았다. 내 육체가 머리부터 발끝까지 짐승처럼 기쁨을 누리도록 내버려두었다. 그러면서 나는 무아지경인 상태로 때때로 주변을 둘러보면서 이 생명의 경이로움에 감탄했다. '대체 무슨 일이 일어나는 것인가? 어떻게 우리의 손과 발과 배가 이렇듯 완벽하게 세계와 조화를 이루는 것인가?'

나는 자문하면서 다시 눈을 감았다.

그러다 갑자기 나는 몸을 일으켜 오두막으로 달려가 붓다의 원고를 폈다. 원고는 완성되어 있었고 최후의 붓다는 꽃피는 나무 아래 누워 있었다. 그는 손을 들어 자신을 이루고 있던 다섯 가지 요소인 흙, 물, 불, 공기, 정신에게 흩어져라 명하고 있었다. 나는 더 이상 나를 괴롭혀왔던 이런 이미지에 시달릴 필요가 없었다. 나는 그것을 뛰어넘었다. 붓다에 대한 내 예배는 끝난 것이다. 나역시 손을 들어 붓다에게 사라지라고 명한 것이었다.

나는 서둘러 언어와 언어의 액을 막아주는 능력의 도움을 빌려 붓다의 봄과 마음과 정신을 해체했다. 나는 마지막 구절을 쓰고 나서 붉은 연필로 내 이름을 크게 썼다. 그게 끝이었다. 그리고 두꺼운 끈으로 원고를 묶었다. 마치 힘센 적을 묶어놓는 듯한 쾌감, 세상을 떠난 사랑하는 사람의 시신을 귀신이 되어 올라오지 못하게 꽁꽁 묶어버린 듯한 야만인 같은 쾌감을 느꼈다.

조그만 계집아이 하나가 맨발로 내게 달려왔다. 노란 옷을 입은 아이는 빨간 계란 한 알을 손에 꼭 쥐고 있었는데, 걸음을 멈추고는 겁에 질린 얼굴로 나를 바라보았다.

"왜 그러니?"

내가 물었다. 꼬마는 쿵쿵거리며 냄새를 맡아보더니 작은 목소리로 대답했다.

"부인이 오라고 했어요. 지금 누워 계세요. 아저씨가 조르바라는 분인가요?"

"알았다. 곧 가마."

내가 빨간 계란 하나를 빈손에 마저 쥐여 주자 계집아이는 마을을 향해 달려갔다. 나는 길을 따라 걸었다. 마을에서는 달콤한 리라 소리와 고함 소리, 총소리, 노랫소리가 점점 더 크게 들려왔다. 광장에 도착하니 젊은이들과 처녀들이 포플러나무 아래서 춤을 추고 있었다. 노인들은 나무 옆 벤치에 앉아 지팡이를 받쳐 턱을 괴고 구경을 했고, 노파들은 그 뒤에 서 있었다. 멋진 리라 연주자 파누리오는 장미 한 송이를 귀 뒤에 꽂고 한가운데를 돌며 연주하고 있었다. 왼손으로 무릎 위에 놓인 리라를 잡고 오른손을 움직여 활을 켜자 리라에서 방울 소리가 났다.

"그리스도가 부활하셨소!"

내가 지나가면서 소리쳤다.

"그렇고말고!"

모두가 즐겁게 대답했다. 나는 재빨리 주위를 둘러보았다. 머릿수건을 두르고 통이 넓은 바지를 입은 몸이 날렵한 청년이 눈에 띄었다. 장식 술이 고수머리처럼 이마 위로 늘어져 있었다. 금속 장식에 수놓은 숄을 두른 처녀들은 기대에 부풀어 있었다.

"오셔서 함께 즐기시지요, 선생님!"

마을 사람들 몇몇이 나를 불렀으나 이미 그곳을 지나쳐 있었다.

오르탕스 부인은 어디를 가나 정성스럽게 끌고 다녔을 터인 커다란 침대 위에 누워 있었다. 열이 오른 뺨은 발갛게 달아올랐고 기침까지 했다. 나를 보자 부인은 한숨을 쉬었다.

"조르바는요? 우리 조르바는 어디에 있어요?"

"조르바도 몸이 안 좋아요. 부인이 아프다는 소리를 듣고 그도 병이 났으니까요. 부인의 사진을 들여다보며 한숨만 쉬고 있어요."

"그래서요? 그 다음 어땠는지 더 얘기해 주세요."

늙은 세이렌은 행복에 겨웠는지 눈을 감고 말했다.

"날 보내서 혹시 필요한 게 없는지 알아보고 오라고 했어요. 오늘 저녁에는 직접 오겠다고 하더군요. 자기도 아프면서, 더 이상은 떨어져 있을 수 없다고 하더군요."

"계속하세요. 그 다음엔 어땠는지 말해 주세요."

"조르바는 아테네에서 전보를 받았어요. 웨딩드레스와 화환 준비가 다 되었다고요. 배에 실었으니 곧 도착할 겁니다. 흰 초와 분홍 리본도 같이요."

"계속하세요, 그 다음은요?"

잠이 이겼던 것이다. 부인의 숨결이 달라졌다. 그러고 나서 생각나는 대로 내뱉기 시작했다. 방에서는 오드콜로뉴와 암모니아, 땀 냄새가 풍겼다. 열린 창을 통해 마당의 닭과 토끼의 똥 냄새가 들어왔다.

나는 슬며시 방을 빠져나왔다. 문 앞에서 미미코를 만났다. 그는 새 바지에 새 구두를 신고 귀 뒤에 바질을 꽂고 있었다.

"미미코, 칼로 마을에 다녀오지 않겠니? 의사 선생님을 모셔 오너라."

미미코는 내 말이 끝나기도 전에 구두를 벗어서 겨드랑이에 꼈다. 마을로 가면서 구두를 더럽히고 싶지 않았기 때문이다.

"의사 선생님을 만나면 내 안부를 전해 드리고 말을 타고 오시라고 하렴. 부인이 편찮으시다고 말해. 가엾은 부인이 감기 때문에 열이 높아서 돌아가시게 생겼다고. 잊지 말고 전하렴. 어서 출발해!"

"알았어요!"

그는 두 손에 침을 뱉고는 문질렀다. 그러면서도 그는 꼼짝도 하지 않고 나를 보며 한 쪽 눈을 찡긋해 보이며 히죽히죽 웃기 시작했다.

"어서 출발하라고! 어서 떠나라니까!"

그는 여전히 꼼짝도 하지 않고 히죽히죽 징그럽게 웃었다.

"선생님! 선생님께 오렌지 꽃물을 드리라고 해서 한 병 받아놨는데요."

그러고 나서 그는 기다렸다. 누가 주더냐고 묻기를 기다리는 모양이었다. 그러나 나는 물어보지 않았다.

"누가 줬는지 안 궁금하세요?"

미미코가 키득거렸다.

"머리에다 바르시래요. 냄새 좋게."

"빨리 출발하라니까, 어서! 그 입 좀 다물고!"

그는 웃으면서 손바닥에 다시 한 번 침을 뱉었다.

"갈게요. 그리스도가 부활하셨어요!"

미미코는 이렇게 소리치며 사라졌다.

22

포플러나무 아래서 한창 부활절 축제가 벌어지고 있었다. 춤을 주도하는 사람은 키가 크고 피부가 가무잡잡한 스무 살 가량의 청년이었다. 뺨은 솜털로 덮여 있었고, 열린 셔츠 사이로 곱슬곱슬한 까만 털로 덮인 가슴이 보였다. 그는 고개를 뒤로 젖히고 두 다리로 땅을 차면서 때때로 여자아이들을 바라보았다. 검게 그을린 얼굴에서 두 눈이 하얗게 빛났다.

나는 그 청년이 몹시 마음에 들었다. 여자 하나를 불러 오르탕스 부인의 시중을 들게 하고 나오던 길이라 마음이 좀 놓여서 느긋하게 춤을 구경할 참이었다. 나는 아나그노스티 영감에게 다가가 그의 옆 의자에 앉았다.

"춤을 이끄는 저 젊은이는 누굽니까?"

내가 물었다. 그러자 아나그노스티 영감이 웃으며 말했다.

"저놈이 천사장처럼 당신의 마음을 사로잡은 모양이군요. 양치기 시파카스지요. 일 년 내내 산을 떠돌며 양을 몰고 다니다가 부활절이 되면 사람도 만나고 춤도 추기 위해 마을로 내려옵니다."

그는 한숨을 내쉬더니 계속 이야기했다.

"나도 저만큼 젊다면, 내게도 저런 젊음이 있다면…… 제길, 콘스탄티노플도 단숨에 쓸어버릴 텐데!"

양치기 청년이 고개를 흔들며 발정 난 숫양처럼 소리를 질렀다.

"켜라, 켜! 파누리오! 저승의 뱃사공 카론을 죽여버리게!"

매 순간 죽음은 삶처럼 죽고 다시 태어나고 있었다. 봄이면 처녀 총각들은 푸르른 나무 아래서 춤을 추었다. 포플러나무, 떡갈나무, 참나무, 플라타너스, 키다리 종려나무 아래서 수천 년을 더 그렇게 춤을 출 것이다. 그들의 얼굴은 욕망으로 일그러져 있지만 그 얼굴이 흙으로 돌아가도 다른 얼굴이 다시 나타나 그 일은 반복될 것이다. 춤추는 사람은 하나지만 얼굴은 수천이었다. 나이는 늘 스무 살인 청춘이었다.

"켜, 리라를 켜라고! 파누리오, 안 켜면 나 터져버릴 거야!"

젊은이는 있지도 않은 턱수염을 쓰다듬고는 소리를 질렀다. 리라 연주자가 방울을 땡그랑거리자 젊은이는 공중으로 뛰어올라 발을 세 번 부딪쳤다. 사람의 키 높이까지 뛰어오른 그의 장화가 마을 경관 마놀라카스의 하얀 머릿수건을 벗겼다.

"브라보, 시파카스!"

사람들이 소리쳤다. 처녀들은 떨면서 눈을 내리깔았다. 그러나 젊은이는 아무 말이 없었고 아무도 보고 있지 않았다. 야성적이면서도 자제력이 강해 보였다. 그는 날씬하면서도 건강한 허벅지를 짚으며 눈을 내리깐 채 춤에만 열중했다. 그러다 성당지기 안드룰리오가 광장에 뛰어 들어와 소리치는 바람에 멈췄다.

"과부다, 과부!"

안드룰리오가 숨을 헐떡거리며 소리쳤다. 마을 경관 마놀라카스가 제일 먼저 일어나 사람들을 헤치고 그에게 다가갔다. 광장에서도 교회가 보였다. 교회는 바질과 월계수 가지로 치장되어 있었다. 춤추던 사람들은 모두 피가 거꾸로 솟은 듯한 얼굴로 멈추어 섰다. 노인들도 자리에서 일어났다. 파누리오는 리라를 무릎에 내려놓고 귀에 꽂았던 장미를 뽑아 냄새를 맡았다.

"어디 있소, 안드룰리오? 그 과부 년이 어디 있소?"

누군가가 분노를 삭이며 물었다.

"교회 안에 있어요. 조금 전에 교회로 들어갔어요. 레몬 꽃을 한 아름 안고요."

"가자."

마을 경관이 외치며 앞장서서 달렸다. 그때 검은 머릿수건을 쓴 과부가 교회 문 앞에 나타났다. 그녀는 성호를 그었다.

"이년, 이 화냥년! 더러운 살인자!"

사람들 무리에서 누군가가 외쳤다.

"더러운 살인자 주제에 어딜 뻔뻔스럽게 낯짝을 내밀어? 이년은 우리 마을을 더럽혔어!"

몇 명은 교회 쪽으로 향하는 마을 경관을 따라갔고 몇 명은 여자에게 돌을 던졌다. 돌 하나가 여자의 어깨에 맞았다. 그녀는 비명을 지르며 두 손으로 얼굴을 가리고 뛰었다. 그러나 젊은이들은 이미 교회 앞에 도착했고 마놀라카스는 단도까지 빼들고 있었다.

과부는 비명을 지르며 뒤로 물러섰다가 얼굴을 가리고는 교회 안으로 들어가려 했다. 그러나 문 앞에 있던 마브란도니가 두 팔을 벌리고 문을 막아버렸다. 그녀는 옆으로 비켜서서 마당의 커다란 삼나무 밑으로 다가갔다. 돌멩이가 날아와 과부의 머리를 맞히며 머릿수건이 찢어졌다. 그러자 머리카락이 흘러내려와 어깨 위로 늘어졌다.

"그리스도의 이름으로! 그리스도의 이름으로!"

과부는 나무에 붙어 서서 울부짖었다.

이 광경을 보며 잔뜩 흥분한 마을 처녀들은 머릿수건을 잘근잘근 씹었다. 늙은 여자들은 벽에 기대어 서서 '죽여라, 그년을 죽여!' 라고 소리쳤다. 두 젊은이가 달려와 여자를 잡았다. 그러자 검은 블라우스가 찢어지면서 대리석처럼 하얀 젖가슴이 드러났다. 머리에서 피가 흐르며 이마와 뺨, 목을 타고 흘러내렸다.

"그리스도의 이름으로, 그리스도의 이름으로!"

여자는 울면서 소리쳤다. 흐르는 피와 하얀 젖가슴은 젊은이들을 흥분시켰다. 그들은 허리띠에서 단도를 하나씩 꺼냈다.

"잠깐! 그 여자는 내가 맡지."

그때까지도 두 팔을 벌린 채 교회 문턱에 서 있던 마브란도니가 소리치자 다들 멈추었다.

"마놀라카스, 네 사촌의 피가 네 몸속에도 흐르고 있어. 그놈 영혼에 안식을 줘라."

마브란도니가 은근한 목소리로 말했다. 나는 올라갔던 담벼락에서 뛰어내려 교회 쪽으로 달렸다. 하지만 돌부리에 걸려 바닥에 고꾸라졌다. 바로 그때 시파카스가 내 앞을 지나갔다. 그는 마치 고양이를 다루듯 허리를 굽혀 내 목덜미를 잡아 나를 일으켜주었다.

"당신 같은 사람이 낄 데가 아니니 썩 꺼지시오!"

시파카스가 소리쳤다.

"시파카스, 자네는 저 여자가 불쌍하지도 않나? 자비를 베풀게."

내가 소리쳤다. 그러자 야만스러운 그 사내는 코웃음을 쳤다.

"내가 여자인 줄 아시오? 자비를 베풀라고? 이래뵈도 남자요!"

그는 어느새 교회 앞마당에 가 있었다. 나는 그를 따라갔지만 숨이 찼다. 모두가 과부를 둘러싸고 있었다. 무거운 침묵이 흘렀다. 희생자의 거친 숨소리만 들려올 뿐이었다.

마놀라카스가 성호를 긋고 앞으로 나서며 단도를 쳐들었다. 벽에 기대고 있던 늙은 여자들은 비명을 질렀고 젊은 처녀들은 머릿수건으로 얼굴을 가렸다. 과부가 눈을 들어 머리 위에 있는 단도를 보았다. 그녀는 암소처럼 부르짖었다. 그녀가 나무 아래 털썩 주저앉으며 고개를 떨구자 머리카락이 땅에 닿았다. 오열을 삼키는 목이 하얗게 빛났다.

"하느님의 정의로 심판하겠다!"

마브란도니가 이렇게 소리치며 성호를 그었다. 그 순간 우렁찬 목소리가 뒤에서 들려왔다.

"칼을 내려놔, 이 백정 놈아!"

다들 깜짝 놀라 뒤를 돌아보았다. 마놀라카스도 고개를 돌렸다. 조르바가 몹시 화를 내며 주먹을 휘두르고 있었다. 그가 소리쳤다.

"창피하지도 않나? 사내들이 몰려다니면서, 아니 온 마을 녀석들이 여자 하나를 죽이려고 달려들어? 조심하지 않으면 크레타 섬 전체에 똥칠을 하겠어!"

"자네 일이나 걱정하시오, 조르바. 이런 일에 끼어들지 말게."

마브란도니가 대꾸했다. 그러고는 다시 조카에게 소리쳤다.

"마놀라카스! 그리스도와 동정녀의 이름으로 찔러!"

마놀라카스가 펄쩍 뛰어올랐다. 그는 과부를 땅바닥에 팽개치며 단도를 쳐들었다. 그 순간 조르바가 뛰어들어 그의 팔을 붙잡고 머릿수건을 감아쥔 손으로 단도를 빼앗으려 했다.

그동안 과부는 일어나 빠져나갈 틈을 찾고 있었다. 그러나 마을 사람들이 몰려다니며 그녀의 앞을 막았다. 사람들은 교회 마당에 빙 둘러 서 있었다. 그들은 여자가 움직일 때마다 몰려가 그녀의 앞을 막아섰다.

조르바는 민첩하면서도 침착하게 싸웠다. 나는 교회 문 근처에서 안달하며 그 싸움을 지켜보았다. 마놀라카스의 얼굴은 화가 나서 벌겋게 상기되어 있었다. 시파카스와 몇몇 젊은이들이 그를 도우려고 다가섰다.

"비켜! 비키란 말이다! 한 놈도 오지 마!"

마놀라카스는 무섭게 조르바를 공격하며 황소처럼 머리로 들이받았다. 조르바는 입술을 깨물었다. 조르바는 마놀라카스의 오른팔을 비틀어 잡고 그가 들이받을 때마다 요리조리 피했다. 분노가 치밀어 미친 듯 날뛰던 마놀라카스가 밀고 나와 온 힘을 다해 조르바의 귀를 물어뜯었다. 피가 솟구쳤다.

"조르바!"

나는 놀라서 소리치며 그를 구하려고 뛰어들었다.

"비켜요, 보스! 나서지 말아요!"

그는 주먹을 쥐고 마놀라카스의 아랫배를 온 힘을 다해 가격했다. 그러자 마놀라카스는 벌렁 나가 떨어졌다. 벌겋게 상기되었던 그의 얼굴이 창백해졌다. 그는 이 사이로 반쯤 찢긴 조르바의 귀 조각을 뱉어냈다. 조르바는 그를 땅바닥에 내던지고는 단도를 빼앗아 교회 담벼락 쪽으로 던져버렸다.

조르바는 피가 흐르는 귀를 손수건으로 막고 얼굴을 문질렀다. 얼굴은 피와 땀으로 얼룩져 있었다. 그는 일어나서 주위를 둘러보았다. 그의 눈은 부어 있었고 빨갛게 충혈되어 있었다. 그가 과부를 내려다보며 소리쳤다.

"일어나요. 나랑 갑시다!"

그가 먼저 교회 문 쪽으로 걸음을 옮겼고 과부가 일어났다. 그녀가 달려 나가려고 하는 순간, 늙은 마브란도니 영감이 날렵한 매처럼 과부를 덮치며 그녀를 바닥에 쓰러뜨렸다. 그는 검은 머리카락이 치렁거리는 과부의 목을 끌어안고는 단숨에 단도로 목을 그었다.

"이 죄의 대가는 내가 치른다!"

마브란도니가 이렇게 외치며 잘라낸 과부의 목을 교회 문턱에 내던졌다. 그리고 나서 성호를 그었다. 조르바는 그때서야 그 끔찍한 광경을 바라보았다. 그는 자신의 수염을 잡아채서 한 줌은 뽑아냈다. 나는 다가가 조르바의 팔을 잡았다. 나를 바라보는 그의 눈에는 눈물이 흐르고 있었다.

"갑시다, 보스."

그가 갈라진 목소리로 말했다.

그날 밤 조르바는 먹지도, 마시지도 않으며 이렇게 말했다.

"목이 꽉 막혀서 아무것도 넘어가지 않아요."

그는 찬물로 귀를 씻어내고 라키 술에 적신 솜으로 감싼 뒤 붕대를 감았다. 그리고 나서 침대 위에 앉아 두 손으로 머리를 감싸고는 생각에 잠겼다. 나 역시 벽 쪽의 바닥에 엎드려 팔을 괴고 있었다. 뜨거운 눈물이 흘러내렸다. 나는 아무 생각도 할 수 없었다. 그저 슬픔에 복받쳐 어린애처럼 훌쩍훌쩍 울기만 했다.

그때 조르바가 고개를 들더니 감정을 주체하지 못하고 내뱉기 시작했다.

"보스! 이놈의 세상일은 죄다 부정, 부정, 부정입니다! 나는 이런 세상에 끼지 않을 겁니다. 암, 이 조르바가 벌레 같고 굼벵이 같은 놈이지만 절대 그런 일은 없을 겁니다! 왜 젊은것은 죽고 늙은것들이 살아야 합니까? 왜 어린것들이 죽어야 합니까! 내겐 아들 녀석이 하나 있었는데 이름이 디미트리였어요. 세 살 때 그 애를 잃었지요. 하…… 나는 그 생각만 하면 절대, 절대로 하느님을 용서 못 합니다. 아시겠어요? 내가 죽게 돼서 하느님이 내 앞에 얼굴을 내밀면, 그 작자가 진짜 하느님이라면 창피한 꼴 좀 보게 될 겁니다. 암, 그렇고말고. 하느님은 이 굼벵이 같은 조르바 앞에 나타난 걸 부끄럽게 생각할 거라고요!"

그는 상처에 통증이 있는지 인상을 찌푸렸다. 상처에서 다시 피가 흘렀다. 그는 소리치지 않으려고 입술을 깨물었다.

"잠깐 기다려요, 조르바. 붕대를 갈아줄 테니까."

나는 라키 술로 그의 귀를 다시 씻어내고 때마침 침대 위에 있던 과부가 보내준 오렌지 꽃물을 부은 다음 상처를 솜으로 닦아냈다. 조르바가 냄새를 맡았다.

"오렌지 꽃물이군요. 내 머리에도 좀 부어줘요. 그렇지, 바로 그렇게. 내 손에도 좀 부어요. 몽땅 부어요! 그렇지, 그렇지!"

그는 다시 생기를 찾은 듯했다. 나는 놀라서 그를 바라보았다.

"꼭 과부네 정원으로 들어간 기분이에요."

그는 키득거리다가 다시 밀려드는 슬픔에 탄식했다.

"이 땅이 그런 여자를 만들기 위해 얼마나 많은 세월을 보냈을 까요? 그 여자를 보며 이렇게 생각했을 겁니다. '오, 내 나이가 스물이고 이 땅의 인류가 모조리 사라져 저 여자와 나만 남는다면, 저 여자에게 아이를 낳게 하자! 아니, 애들만 낳는 게 아니라 진짜 신이 되는 거지.' 그런데 지금 이게 무슨 일이냐고요!"

그는 벌떡 일어났다. 그의 눈엔 눈물이 고여 있었다.

"보스, 참을 수가 없어요. 산책 좀 하고 올게요. 산을 두어 번 오르내려 피곤해지면 좀 진정이 될 것 같아요. 오, 그런 과부를! 미롤로그(그리스인들이 부르는 장송곡)라도 불러야 할 것 같아요."

그는 밖으로 뛰어나가 산 쪽으로 향하더니 이내 어둠 속으로 사라졌다.

나는 불을 끄고 누워 유치하고 비인간적인 내 나름대로의 방식으로 현실을 재구성해 보았다. 말하자면 현실을 변형하고 우주의 법칙에 따라 추상화시켰던 것이다. 그랬더니 그날 일어난 사건은 필연이라는 끔찍한 결론에 도달했다. 필연에서 그치는 게 아니라 우주를 조화롭게 하는데 기여한 것이었다. 그날 나는 일어나야 할 사건은 반드시 일어나고 만다는 결론을 내렸다.

과부의 피살 사건이 서서히 독에서 꿀로 바뀌어가던 내 머릿속을 혼란스럽게 만들었다. 그러나 내 철학은 순식간에 논리의 경고를 받아들였고, 그 사건과 관련된 모든 이미지를 둘러싸며 당연한 사건이라고 결론지었던 것이다. 마치 굶주린 수벌이 꿀을 훔치러 들어오면 꿀벌들이 밀랍으로 가두어버리는 것과 비슷한 경우였다.

몇 시간 뒤 과부는 내 추억 속에서 조용히 자리 잡으며 하나의 형상으로 변해 갔다. 과부는 밀랍에 싸여 내 가슴 한가운데에 자리를 잡은 것이다. 이제 더 이상 나를 동요시키거나 마비시킬 수 없었다. 그날 일어난 그 끔찍한 사건은 시간과 공간을 넘어 확대되면서 마침내 하나의 위대한 문화가 되어 과거 속에 자리 잡은 것이었다. 문화는 대지의 운명이 되었다가 다시 과부가 되었다. 위대한 자연의 법칙에 따라 과부가 살해범들과 화해하여 영원한 평화를 누리는 것 같다는 생각마저 들었다.

마침내 시간은 진정한 의미를 찾은 것이다. 과부의 죽음은 수천 년 전에 에게 문명 시대에 있었던 일과 마찬가지였다. 그녀는 유쾌한 해변에서 치렁치렁한 머리카락을 늘어뜨린 채 죽어갔던 크노소스의 젊은 처녀들이었다.

언제나 그랬듯 잠이 나를 이겼다. 죽음 역시 나를 이길 거라 생각하며 나는 잠 속으로 빨려 들어갔다. 나는 조르바가 돌아오는 소리도 듣지 못했다. 돌아왔는지 돌아오지 않았는지조차도 알지 못했다. 다음 날 아침에 조르바를 보았을 때 그는 산에서 인부들에게 소리를 지르며 욕을 퍼붓고 있었다.

인부들이 하는 짓이 그의 성에 차지 않는 듯했다. 그는 말을 듣지 않는 인부 셋을 해고하고 곡괭이를 들고 바위 사이를 파면서 관목을 잘랐다. 그는 산으로 올라가서 소나무를 잘라 운반하던 인부들에게도 소리를 질렀다. 그러다 그중 하나가 웃으면서 투덜거리자 조르바는 인부와 몸싸움을 벌였다.

그날 밤 조르바는 옷이 넝마가 된 채 몹시 지쳐 돌아왔다. 그는 해변으로 내려와 내 옆에 앉더니 한동안 말이 없다가 목재, 케이블, 갈탄 이야기를 늘어놓았다. 그는 마치 그곳을 모조리 때려 부숴 수지를 맞추고 휙 떠나버리려는 청부업자 같았다.

나는 내 스스로가 자기 위안의 경지에 도달했다고 믿으며 과부 이야기를 꺼냈다. 그러자 조르바는 그 긴 팔을 쑥 뻗어 손바닥으로 내 입을 막았다.

"닥쳐요!"

그가 갈라진 목소리로 말했다. 나는 부끄러워 아무 말도 하지 못했다. '진짜 사내란 바로 이런 거야.' 나는 조르바의 슬픔이 부러웠다. 그는 피가 뜨겁고 단단한 뼈를 가진 사내였다. 슬플 때는 진짜 눈물이 뺨을 흐르고, 기쁠 때면 아무것도 재지 않고 그 자체로 기뻐했던 것이다.

이렇게 사나흘이 흘렀다. 조르바는 먹지도 마시지도 않으면서 일만 했다. 그는 기초를 다지고 있었던 것이다. 어느 날 밤 나는 부불리나가 아직도 누워 있고, 의사도 아직 오지 않았으며 꿈속에서도 조르바를 찾고 있다는 얘기를 그에게 전했다. 그는 주먹을 쥐며 말했다.

"알았어요."

다음 날 아침 일찍 그는 마을에 갔다가 오두막으로 돌아왔다.

"만나고 왔어요? 어때요?"

내가 물었다.

"잘 돼가고 있어요. 죽어가고 있으니까."

그는 이렇게 대답하며 다시 일하러 나갔다.

그날 밤에도 그는 저녁도 먹지 않고 지팡이를 들고 나갔다.

"어디 가는 거예요? 마을로 가시게요?"

"산책 좀 하고 올게요. 금방 돌아올 겁니다."

그는 무언가 큰 결심을 한 듯 마을로 갔다. 나는 지쳐 자리에 누웠다. 내 마음은 다시 온갖 세상사를 만나고 있었다. 추억과 슬픔이 떠오르고 머나먼 이상을 찾아 떠돌다가 다시 조르바를 생각했다. 그러다 문득 그 덩치 좋은 마놀라카스가 조르바를 만나면 그를 해칠지도 모른다는 생각이 들었다. 마놀라카스가 며칠 동안 집에만 처박혀 있다는 소문이 돌았는데 창피해서 밖에도 못 나간다는 그는 조르바를 만나면 이빨로 잘근잘근 씹어놓겠다고 단단히 벼른다는 것이었다. 어떤 인부 하나는 그가 무기를 들고 한밤중에 오두막 주위를 배회하고 있었다는 말도 전해 주었다. 밤중에 만나게 되면 살인이 날 거라는 말도 했다.

나는 서둘러 옷을 입고 마을로 향했다. 바람을 타고 야생 오랑캐꽃 향기가 풍겼다. 얼마 후 몹시 지친 몸으로 마을 쪽으로 천천히 걸어가고 있는 조르바를 발견했다. 때때로 그는 가던 길을 멈추고 별을 바라보며 귀를 기울이다가 다시 빠른 걸음으로 걷곤 했다. 그가 지팡이로 돌멩이를 탁탁 내리치는 소리가 들렸다.

조르바는 과부의 정원으로 가고 있었다. 레몬 꽃과 인동덩굴 냄새가 밤공기 속에 풍겼다. 정원의 오렌지나무 밑에는 꾀꼬리가 시냇물이 흐르는 듯한 맑은 소리로 노래를 불렀다. 그 아름다운 소리에 숨이 막힐 것 같았다. 조르바는 걸음을 멈추고 그 노래를 들었다.

바로 그때 갈대 울타리를 헤치며 잎사귀에 칼날 부딪치는 소리가 들렸다.

"거기 서! 이 망령 난 늙은이 같으니. 내 기어이 너를 찾아냈구나!"

화가 잔뜩 난 목소리가 힘차게 소리쳤다. 나는 피가 얼어붙는 것 같았다. 나는 목소리의 주인공이 누군지 알고 있었다. 조르바는 지팡이를 든 채 걸음을 멈추었다. 나는 별빛 때문에 모든 걸 다 볼 수 있었다. 거대한 사나이가 갈대 울타리에서 뛰어나왔다.

"누구시오?"

조르바가 목을 빼며 물었다.

"나요, 마놀라카스!"

"자네 갈 길이나 가지. 시비 걸지 말고."

"날 망신시키고 무사할 줄 알았소?"

"나는 자네를 망신시킨 적 없네, 마놀라카스. 시비 걸지 말게. 자네는 덩치도 크고 힘도 장사지만 운이 없었던 것뿐이야. 운이 눈이 멀어서 그런 것뿐이네. 알겠나?"

"운이라고? 운이 눈멀다니 그런 건 모르겠고. 나는 오늘 밤에 내 치욕을 씻어야겠소. 칼 갖고 있소?"

마놀라카스가 이를 갈며 부르짖었다.

"없어. 지팡이뿐이네."

조르바가 대답했다.

"그럼 가서 단도나 갖고 오시오. 기다릴 테니까!"

조르바는 움직이지 않았다.

"겁먹었군! 빨리 갔다 오라니까!"

마놀라카스가 비웃었다.

"단도로 뭘 하겠다는 거야? 그걸로 뭘 할 건데? 교회에서 우리가 어떻게 했지? 자네는 단도를 가졌고 나는 맨손이었지. 그래도 내가 자네를 올라타지 않았나."

조르바도 조금씩 흥분하고 있었다. 그러자 마놀라카스가 불같이 화를 냈다.

"얼씨구, 약까지 올리시네. 하지만 때를 잘못 골랐어. 나한텐 무기가 있고 당신은 빈손이란 걸 잊지 마시오. 가서 단도나 갖고 오시지, 이 거지 같은 마케도니아 영감! 칼을 갖고 와야 싸울 것 아니오!"

조르바가 지팡이를 던져버렸다. 나는 지팡이가 갈대 위로 떨어지는 소리를 들었다.

"자네도 칼 버려!"

그가 소리쳤다. 나는 발꿈치를 들고 살며시 다가갔다. 별빛에 칼이 갈대 위로 떨어지는 것을 볼 수 있었다. 조르바가 손바닥에다 침을 뱉으며 말했다.

"와라!"

그가 준비 동작으로 한 번 뛰어오르며 말했다. 그러나 두 사람이 엉겨 붙기 전에 내가 가운데로 뛰어들었다.

"그만둬요! 이봐요, 조르바, 마놀라카스, 이리 와요. 부끄러운 줄 아세요."

두 사람은 천천히 내게로 왔다. 나는 두 사람의 오른손을 붙잡았다.

"악수하세요. 둘 다 좋은 분들이잖아요. 그런데 이렇게 싸워서 되겠어요?"

"이자가 내게 망신을 주었소!"

마놀라카스가 손을 빼며 말했다. 나는 그를 달랬다.

"당신을 그렇게 쉽게 망신시킬 사람은 아무도 없어요. 당신이

용감한 사람이라는 건 마을 사람들이 다 아니까요. 교회에서 있었
던 일은 다 잊읍시다. 서로에게 안 좋은 일이니까요. 이미 다 끝난
일이고요. 조르바가 마케도니아에서 온 타지 사람이란 걸 잊지 마
세요. 타지 사람을 건드리는 건 우리 크레타 사람들에게 수치스러
운 일이에요. 자, 이리 오세요. 손 좀 줘요. 진짜 용기는 바로 이런
겁니다. 마놀라카스, 우리 오두막으로 갑시다. 가서 소시지도 한
일 미터쯤 잘라 먹으면서 마십시다. 우리 우정을 위해서!"

나는 마놀라카스의 허리를 안고 그를 조르바 옆에서 떼어놓으
며 말을 이었다.

"그리고 저 양반은 늙었잖아요. 당신처럼 기운이 넘치는 사람이
늙은이를 때려야 되겠어요?"

마놀라카스가 좀 누그러진 듯했다.

"그렇게 말하니 어쩔 수 없군. 선생을 봐서 그리 하겠소."

마놀라카스가 조르바에게 다가가 그 큰 손을 잡았다.

"악수합시다, 조르바. 다 지난 일이니 잊으십시다. 손을 주시오."

그가 말했다.

"자넨 내 귀를 씹지 않았나. 그걸로 이미 분은 풀렸을 것 같은데.
자, 악수하세."

조르바가 말했다.

두 사람은 서로의 눈을 쳐다보며 힘차게 악수했다. 어찌나 세게
잡고 흔드는지 또 싸우게 될까 봐 걱정이 됐다.

"손아귀 힘이 좋구먼, 마놀라카스. 힘도 좋고 건장해!"

조르바가 말했다.

"당신도 힘이 좋군요. 더 세게 쥘 수도 있을 것 같은데."

"이 정도면 됐어요. 어서 갑시다. 가서 술로 우정을 기립시다."

내가 끼어들며 말했다. 해변으로 돌아가면서도 나는 조르바와 마놀라카스 사이에서 걸었다.

"올 가을은 풍년일 것 같아요. 비가 많이 왔으니."

내가 슬며시 화제를 돌렸지만 아무도 대답하지 않았다. 두 사람의 가슴은 여전히 끓고 있는 듯했다. 술로 누그러지기를 바라는 수밖에 없었다. 오두막에 도착했다.

"초라한 우리 집에 오신 걸 환영합니다. 조르바, 소시지 좀 굽고 마실 것 좀 준비하자고요!"

내가 수선을 떨었다. 마놀라카스는 오두막 앞 바위 위에 앉았다. 조르바는 불을 피우고 소시지를 준비했고 잔 세 개에 술을 가득 채웠다.

"건강을 위하여! 건강을 빌어요, 마놀라카스! 건강을 빕니다, 조르바! 자, 건배합시다!"

내가 잔을 들며 외쳤다. 우리는 잔을 부딪쳤다. 그때 마놀라카스는 술을 땅바닥에 조금 흘렸다. 그러자 마놀라카스가 엄숙하게 말했다.

"조르바, 내가 당신에게 손을 대면 내 피 역시 이 술처럼 흐를 것이오!"

그러자 조르바도 술을 몇 방울 땅바닥에 쏟으며 말했다.

"자네가 내 귀 씹은 걸 잊어버리지 않으면 내 피도 이렇게 흐를 것이오!"

23

침 대에 걸터앉아 있던 조르바가 새벽녘에 나를 깨웠다.

"주무세요, 보스?"

"왜 그래요, 조르바?"

"꿈을 꿨어요, 아주 괴상한 꿈. 머지않아 그 꿈같은 여행을 할 것 같아요. 들어봐요. 좀 웃기는 꿈이에요. 이 마을에 거대한 배 한 척이 들어왔어요. 고동을 울리며 출항을 준비하고 있었지요. 그때 내가 이 배를 잡아타려고 달려왔어요. 손에는 앵무새 한 마리를 들고요. 배에 올라가니 선장이 달려왔어요. '표 좀 보여주시오.' 그 친구가 소리치더군요. '얼마요?' 내가 주머니에서 지폐 뭉치를 꺼내며 물었지요. '천 드라크마요!' '이봐요, 좀 싸게 합시다. 8백으로 해요!' '안 돼요, 천 드라크마 내시오.' '8백밖에 없어서 그렇소.' '천이라니까! 그 밑으론 안 되오. 천 드라크마가 없으면 빨리 내리시오.' 나는 화가 나서 그에게 이렇게 쏘아붙였지요. '이보시오, 선장. 8백이라도 챙기는 게 좋을 거요, 안 그러면 꿈에서 깨버릴 테니까. 그럼 당신만 손해요.'"

조르바가 호탕하게 웃었다.

"인간이란 참 요상한 기계예요. 그 속에다 빵, 포도주, 물고기, 당근 같은 걸 채워주면 그게 한숨이나 웃음, 꿈같은 걸로 바뀌어 나오니까요. 무슨 공장처럼 말이에요. 우리 머릿속에 발성 영화기 라도 들어 있나 봅니다."

그러다 갑자기 그가 침대에서 뛰어내리며 외쳤다.

"아니, 어쩌자고 꿈에 앵무새가 나타나는 거죠? 앵무새를 데리 고 간다는 건 좀…… 생각만 해도 끔찍……."

그가 말을 끝내기도 전에 빨간 머리를 한 심부름꾼이 뛰어 들어 왔다. 사람의 탈을 쓴 악마 같았던 그 작달막한 심부름꾼은 숨을 헐떡거렸다.

"사람 좀 살려줘요. 가엾은 여자가 죽어가면서 애타게 의사를 찾고 있어요. 자기 말로는 분명 죽을 거 같다는 겁니다. 두 분이 양 심의 가책을 느끼게 될 거라고도 했어요!"

나는 부끄러웠다. 과부를 잃은 슬픔으로 우리는 착한 부불리나 를 잊고 있었던 것이다. 빨간 머리 사내는 계속 지껄였다.

"오늘내일하고 있어요. 그 불쌍한 여자가 어찌나 기침을 하는지 여관이 들썩거릴 지경이라니까요. 그래요, 당나귀기침이라고 하 는 게 좋겠네요. 쿨룩쿨룩, 마을 전체가 들썩거린다고요!"

"조용히 좀 하지, 농담할 때가 아니라고."

나는 그를 나무란 뒤 종이 한 장을 꺼내 편지를 썼다.

"이걸 갖고 의사에게 달려가게. 의사가 말을 타는 걸 직접 보기 전까진 돌아오지 말게. 알아듣겠나? 자, 어서 가봐."

그는 편지를 받아 허리띠 속에 찔러 넣고 달려갔다. 조르바는 벌써 일어나 아무 말도 없이 서둘러 옷을 챙겨 입었다.

"잠깐만 기다려요. 같이 가요."

내가 말했다.

"바빠요!"

그는 퉁명스럽게 대답하고는 나가버렸다.

잠시 후 나도 마을로 들어섰다. 인적이 없는 과부네 뜰에서 향긋한 바람이 불어왔다. 미미코가 집 앞에 쭈그리고 앉아 중얼거리고 있었다. 눈은 붉게 충혈되어 퀭했고 많이 수척해진 모습이었다. 그는 고개를 돌려 나를 보고는 돌멩이 하나를 집어 들었다.

"여기서 뭐 하니, 미미코?"

정원을 바라보니 만감이 교차했다. 내 목을 끌어안던 따뜻하고 힘 있는 팔…… 레몬 꽃과 월계수 기름의 향기가 되살아났다. 우리는 침묵했다. 나는 해가 질 무렵의 어둠 속에서 불타는 듯한 검은 눈, 호두나무 잎으로 문질러 윤을 낸 것 같은 반짝이는 이빨을 볼 수가 있었다.

"그건 왜 물으세요? 가세요. 가서 일이나 보세요."

미미코가 퉁명스럽게 대답했다.

"담배 줄까?"

"이제 담배는 안 피워요. 다들 돼지 새끼들 같아. 그래요, 당신네들 전부!"

그는 적당한 표현을 찾으려고 말을 끊었다가 다시 이었다.

"돼지들…… 건달들…… 사기꾼들…… 살인자들……."

그가 찾던 말은 '살인자들'이었던 것 같았다. 그가 손바닥을 맞부딪쳤다.

"그래, 살인자! 살인자! 살인자들!"

미미코는 떨리는 목소리로 외치더니 갑자기 웃어대기 시작했다. 그 모습을 보니 가슴이 아팠다.

"네 말이 맞아, 미미코. 그래, 살인자야."

나는 그를 달래며 서둘러 그곳을 떠났다.

마을로 들어서면서 나는 아나그노스티 영감을 보았다. 그는 지팡이에 몸을 의지한 채 풀밭에서 쫓고 쫓기는 두 마리 노랑나비를 바라보며 웃고 서 있었다. 나이를 먹고 이젠 일이나 아내, 자식 걱정 따윈 하지 않아도 되니 주변을 관찰할 여유가 생겼던 것이다. 그는 땅에 드리워진 내 그림자를 보고는 고개를 들었다.

"꼭두새벽에 여기까지 오다니, 무슨 바람이 불었소?"

그가 물었다. 그는 불안해하는 내 표정을 눈치 챘는지 내 대답을 기다리지도 않고 말했다.

"빨리 서두르시오, 젊은이. 지금 가면 살아 있을지도 몰라. 불쌍한 여자 같으니."

그토록 유용하고도 충실했던 대형 침대는 작은 방 한가운데 들어서서 방을 거의 채우다시피 놓여 있었다. 머리맡에는 부인이 평소에 몹시 아끼던 앵무새가 초록색 모자와 노란 보닛을 쓰고 사악한 눈을 반짝거리며 앉아 있었다. 앵무새는 사람 머리와 다름없는 대가리를 모로 꼬고 귀를 기울였다.

지금 앵무새가 보고 있는 광경은 모두 낯선 것이었다. 그동안 보아왔던 행복한 한숨도, 여주인이 남자와 사랑을 나누며 터뜨리는 교성도, 늙은 비둘기의 부드러운 교성도, 자지러지는 웃음소리도 아니었다. 여주인의 목으로 떨어지는 식은 땀방울, 감지도 빗지도 않아 관자놀이에 달라붙은 삼 부스러기 같은 머리카락, 침대 위에서의 발작. 앵무새에게는 이 모든 것들이 처음 보는 장면이었기에 몹시 거북했던 것이다. 앵무새는 '카나바로! 카나바로!' 라고 외치고 싶었지만 목이 턱 막혀 소리가 나오지 않았다.

가엾은 여주인은 끙끙거리며 앓고 있었다. 부인은 숨이 막히는 듯 쪼그라들고 시든 팔로 자꾸만 시트를 잡아끌고 있었다. 화장기 없는 얼굴의 뺨은 부풀어 올라 있었다. 이미 부패가 시작된 것처럼 고약한 땀 냄새와 살 냄새가 풍겼다. 침대 아래에는 모양이 일그러진 궁정화가 아무렇게나 놓여 있어서 볼수록 가슴이 아팠다. 신발은 주인의 모습보다 더 애처로웠다.

조르바는 침대 옆에 앉아 신발을 내려다보고 있었다. 그는 거기에 시선을 고정시킨 채 입술을 깨물며 눈물을 삼키고 있었다. 내가 방으로 들어간 뒤에 서 있었지만 그는 알아채지 못했다.

불쌍한 여자는 계속 숨이 막히는지 힘들게 숨을 쉬고 있었다. 조르바는 인조 장미가 달린 모자를 벗겨 부채질을 해주었다. 그 큰 손으로 빠르면서도 어색하게 부채질을 하는 모습은 마치 석탄에 불을 붙이는 사람 같았다.

여자는 눈을 뜨고 주위를 둘러보았다. 그러나 어두워 아무것도 보이지 않는 모양이었다. 꽃으로 장식된 모자로 부채질을 해주고 있는 조르바도 보지 못한 듯했다. 그녀 주변은 모두가 어둡고 너저분했다. 바닥으로부터 푸른 안개가 솟아오르면서 모든 물건의 모습을 바꾸어 놓았다. 안개는 심술궂은 입술이 되고, 손 같은 발이 되었다가 다시 검은 날개로 변했다.

부인은 물과 침, 땀으로 더러워진 베개를 손톱으로 긁으며 외쳤다.

"죽고 싶지 않아! 정말 죽고 싶지 않아!"

마을에서 부인의 상태를 듣고 이미 두 사람이 와 있었다. 그들은 방으로 들어와 벽을 등지고 앉았다.

앵무새가 동그란 눈으로 그들을 보며 화를 냈다. 새는 고개를 들어 소리쳤다.

"카나바……."

그러자 조르바가 손으로 새장을 건드려 잠잠해졌다. 또 한 번 울부짖는 소리가 들렸다.

"죽고 싶지 않아. 정말 죽기 싫어!"

햇볕에 그을리고 수염도 채 나지 않은 녀석들이 문 안으로 머리를 집어넣고 두리번거리다가 침대 위의 여자를 바라보더니 만족스러운 얼굴로 윙크를 주고받으며 사라졌다. 누군가가 닭을 쫓고 있는지 마당에서는 놀란 닭이 꼬꼬댁거리는 소리와 함께 홰치는 소리가 들려왔다.

만가를 부르러 맨 처음 달려온 말라마테니아 노파가 동료에게 고개를 돌렸다.

"봤어, 레니오? 똑똑히 봤지? 벌써부터 서두르는군. 배를 곯았나. 닭 목을 비틀어 삶으려나 봐. 마을 떨거지는 죄다 마당에 모여들었어. 이 집은 순식간에 다 털리고 말 거야."

그리고 나서 죽어가는 여자의 침대를 보았다.

"좀 서둘러줘. 어서 죽어줘야지, 이 여편네야."

말라마테니아는 참기 힘들다는 듯이 중얼거렸다.

"빨리 손을 들어버리라고. 그래야 우리도 뭐 하나 건져갈 거 아니야."

"솔직히 말해서……."

레니오가 이가 다 빠져버린 입을 오물거리면서 말했다.

"우리나 저 애들이 못할 짓을 하는 건 아니지. '먹고 싶은 게 있으면 훔쳐서라도 먹어라. 갖고 싶은 게 있으면 훔쳐서라도 가져라.' 우리 친정어머니가 알려주신 거라오. 우리도 빨리 만가를 하고 쌀이나 설탕, 냄비…… 뭐라도 좀 들고 나가 저 여편네를 추억해야 할 텐데. 부모도 자식도 없으니 누가 저 닭이랑 토끼를 잡아먹겠어? 포도주는 또 누가 마시고? 이 무명옷이랑 빗, 과자는 또 누가 상속받겠어? 말라마테니아, 어떻게 생각해요? 하느님도 우릴 용서하시겠지. 세상은 다 그런 거니까. 나도 뭣 좀 가져가야겠어요."

"조금만 기다려. 너무 서두르는 건 좋지 않아."

말라마테니아가 레니오의 팔을 붙잡으며 달랬다.

"내 생각도 자네와 같아. 우리가 나쁜 짓을 하는 건 아니잖나. 하지만 이 여편네 숨이 끊어질 때까지 기다리자고."

그러는 동안 죽어가는 여자는 베개 밑을 뒤지며 무언가를 미친 듯 찾고 있었다. 죽을 날이 머지않았음을 알았는지 트렁크에서 흰 뼈로 만든 십자가를 꺼내 베개 밑에 넣어두었던 모양이었다. 십자가는 몇 년 동안이나 잊고 있던 것이었는데 다 떨어진 슈미즈와 벨벳, 누더기 옷이 가득한 트렁크 밑에 들어 있던 것이다. 여자는 불치병에 걸렸을 때만 찾게 되는 약인, 먹고 마시며 사랑하는 동안엔 쓸모없던 그리스도를 잊고 있었던 것이다.

이윽고 부인의 비쩍 마른 손이 십자가를 찾아냈다. 여자는 십자가를 식은땀으로 축축해진 가슴 위에다 놓고 꼭 눌렀다.

"오, 예수님, 사랑하는 예수님!"

부인은 마지막 애인을 가슴에 문지르며 절망적으로 부르짖었다. 부인의 말은 반은 프랑스어, 반은 그리스어였지만 부드럽고 열정적으로 울렸다. 하지만 옆에 있는 사람들은 알아들을 수 없었다. 부인의 목소리를 들은 앵무새는 목소리가 바뀐 것을 알아챘다. 그리고 여주인이 아파 잠 못 이루던 수많은 날을 떠올리며 기운을 되찾았다.

"카나바로! 카나바로!"

앵무새는 태양을 향해 우는 수탉처럼 쉰 목소리로 울었다. 조르바도 이번에는 앵무새를 내버려두었다. 그는 십자가에 입을 맞추자 조금 생기가 도는 부인의 얼굴을 내려다보고 있었다.

문이 열리면서 아나그노스티 영감이 모자를 벗어 들고 들어왔다. 그는 병자 앞에 다가와 무릎을 꿇으며 말했다.

"부인, 날 용서하시오. 날 용서하시오. 하느님이 당신을 용서하시기를…… 내 이따금 부인한테 험한 말을 하긴 했지만 우리는 한낱 인간일 뿐이오. 용서하시오."

하지만 부인은 아나그노스티 영감의 말을 듣지 못했다. 여자는 평화로운 듯 조용히 누워 있었다. 온갖 고통이 사라져 가고 있었다. 불행했던 말년, 견뎌야 했던 수많은 조롱과 험담, 두꺼운 털양말을 짜며 홀로 지새웠던 슬픔 밤도 사라져 갔다. 남자들은 이제 이 우아하고 위대한 파리 여인, 4대 열강을 무릎 위에 올려놓고 갖고 놀며 해군 의장대의 경례를 받던 여인과 함께할 수 없었다.

바다는 연한 청색으로 출렁이며 파도는 포말을 싣고 밀려왔다. 바다의 요새는 항구에서 출렁거렸고 마스트마다 만국기가 펄럭였다. 메추리 굽는 냄새가 풍겼고, 석쇠에 구운 붉은 숭어, 설탕에 절인 과일이 수정 그릇에 담겨 식탁으로 올라왔으며 샴페인 마개는 천장으로 날아올랐다.

검은 수염, 금빛 수염, 붉은 수염, 잿빛 수염, 그리고 바이올렛, 오드콜로뉴, 사향, 파촐리의 네 가지 향수. 선실의 철문은 잠겼고 두꺼운 커튼이 내려지며 불이 켜졌다. 오르탕스 부인은 눈을 감았다. 사랑, 고통의 일생…… 오, 하느님! 모든 것은 그저 순간이었을 뿐.

부인은 무릎에서 무릎으로 건너다니며 금술로 장식된 제독의 제복을 두 팔로 끌어안고 향수를 잔뜩 뿌린 수염 속에 손가락을 넣지만 이제는 그 이름을 기억할 수 없다. 앵무새 또한 기억하지 못하지만 단 한 가지, 카나바로만은 기억할 수 있다. 젊은 제독이었으며 앵무새도 발음할 수 있는 이름이었다. 발음하기 어려웠던 다른 이름들은 다 잊힌 것이다. 오르탕스 부인은 한숨을 쉬며 열정적으로 십자가를 끌어안았다.

"우리 카나바로, 사랑스러운 카나바로."

여자는 십자가를 가슴 위에다 꼭 누르며 헛소리를 했다.

"헛소리를 하고 있군. 무슨 소리를 하는지 모르는 거예요. 저승사자를 만나고 겁먹은 모양이에요. 머릿수건을 풀고 가까이 가봅시다."

레니오 할멈이 중얼거렸다.

"레니오, 하느님이 무섭지도 않아? 어떻게 살아 있는 여자를 두고 곡을 하자는 건가?"

말라마테니아 할멈이 나무랐다.

"뭘요, 말라마테니아. 그럼, 이 여편네의 트렁크랑 옷가지 그리고 밖에 있는 물건이랑 마당에 있는 닭과 토끼는 생각하지도 말고 여기 앉아서 저 여자 숨이 끊어질 때까지 기다리잔 말이에요? 안 되지. 먼저 차지하는 게 임자라고요."

레니오 할멈이 씩씩거리며 투덜댔다.

레니오 할멈이 이렇게 말하며 일어서자 말라마테니아가 화를 내며 따라 일어섰다. 두 노파는 머릿수건을 벗고 백발을 풀어 내리고는 침대 가장자리를 잡았다.

"에에에에에!"

레니오 할멈이 먼저 곡을 시작했다. 가슴을 찌르는 듯한 소리에 소름이 돋을 정도였다. 그러자 조르바가 벌떡 일어나 두 노파의 머리채를 잡아 끌어냈다.

"주둥이 닥쳐, 이 까치 같은 것들아! 아직 살아 있는 게 안 보여서 곡을 해? 나가! 꺼져버려!"

조르바가 버럭 소리를 질렀다.

"이 늙은 건 왜 나서? 어디서 솟아나서 곡을 방해하는 거야?"

말라마테니아가 머릿수건을 매만지며 투덜거렸다.

지쳐버린 퇴물 세이렌, 오르탕스 부인은 침대 머리에서 다투는 소리를 들었다. 달콤한 환상은 사라졌다. 제독의 배는 침몰하고 구운 꿩, 샴페인, 향수를 뿌린 수염도 사라졌다. 부인은 다시 세상이 끝난 이곳, 고약한 냄새가 풍기는 죽음의 침대 위로 떨어졌다. 오르탕스 부인은 이곳에서 도망치려는 듯 일어나려고 애썼지만 뒤로 넘어지면서 애처롭게 울부짖었다.

"죽고 싶지 않아! 죽고 싶지 않아!"

조르바는 고개를 숙이고 앙상한 손으로 여자의 이마 위에 있던 머리카락을 쓸어주었다. 그의 눈에는 눈물이 가득 고여 있었다. 그가 속삭였다.

"진정해, 진정하게. 나 여기 있어. 조르바일세. 겁내지 말게."

불현듯 파란 나비 떼가 날개를 활짝 펴고 침대 위를 뒤덮는 환상이 다시 펼쳐졌다. 죽어가는 여자는 조르바의 손을 붙잡고 그의 목을 끌어안았다. 부인의 입술이 다시 움직이기 시작했다.

"우리 카나바로. 내 사랑 카나바로!"

십자가가 베개에서 미끄러지면서 바닥에 떨어져 산산조각이 났다. 밖에서 사내 목소리가 들려왔다.

"빨리 닭을 집어넣어! 물이 끓잖아!"

나는 방구석에 앉아 있었다. 이따금 눈물이 흘렀다. 이게 인생이로구나. 변화무쌍하고, 뜻대로 안 되고, 이래도 좋고 저래도 좋은 무자비한 인생. 어리석은 크레타 농부들은 지구 저편에서 온 늙은 카바레 가수를 둘러싼 채 자신들은 영원히 죽지 않을 것처럼 낄낄대며 그녀가 죽어가는 걸 지켜보고 있었다. 마치 마을 사람들 모두가 해변으로 몰려와 하늘에서 떨어진 낯선 새가 날개를 파닥거리며 죽어가는 모습을 구경하고 있는 것 같았다. 부인이 늙은 공작새나 늙은 고양이, 병든 물개라도 되는 것처럼.

조르바는 자기 목을 감고 있는 오르탕스 부인의 팔을 부드럽게 풀고 창백해진 얼굴로 일어섰다. 그는 손등으로 눈을 닦고 죽어가는 여자를 바라보았다. 그러나 자꾸 눈물이 흘러내려 여자를 볼 수 없었다. 그는 다시 눈을 닦았다. 침대 위에서 부어오른 발을 움직이며 공포에 질린 입술을 움직이는 부인의 모습이 보였다. 부인이 몸을 뒤척이자 잠옷이 흘러내려 식은땀으로 젖은 몸이 드러났다. 몸은 부어 있었고 이미 녹황색으로 변해 있었다. 여자는 목이 잘리는 암탉처럼 날카로운 비명을 지르며, 공포로 질린 눈을 감지 못한 채 뻣뻣하게 굳어갔다.

앵무새는 새장 바닥으로 뛰어내려 가름대를 발톱으로 거머쥔 채 조르바가 매우 다정하게 여주인의 눈꺼풀을 감겨주는 모습을 바라보았다.

"빨리 와! 다들 오라고! 여자가 갔어!"

만가를 부르러 온 여자들이 침대로 모여들며 소리쳤다. 여자들은 주먹을 쥐고 가슴을 치며 앞뒤로 몸을 흔들면서 만가를 불렀다. 단조로운 노래는 애처로움으로 그들을 최면 상태로 만들었고, 그들의 해묵은 슬픔은 만가에 독처럼 파고들었다.

땅 밑에 누워야 하다니,
이건 그대에게 어울리지 않네.

조르바는 마당으로 나갔다. 울고 싶었지만 여자들 앞에서 우는 게 부끄러웠던 모양이다. 그는 언젠가 내게 이런 말을 했다. '우는 건 부끄러운 게 아니에요. 남자 앞에서 운다면 말이지요. 남자들끼리는 통하는 게 있잖습니까? 부끄러운 일이 아니에요. 하지만 여자 앞에서 남자는 늘 자기가 용맹하다는 걸 증명해야 합니다. 우리 남자들이 여자 앞에서 눈물을 보인다면, 이 가엾은 것들은 어떻게 합니까? 끝나는 겁니다."

그들은 시신을 포도주로 씻겼다. 늙은 여자가 트렁크에서 옷을 꺼내 헌 옷을 벗기고 새 옷을 입혔다. 그러고 나서 오드콜로뉴 한 병을 부었다. 주변 뜰에 있던 파리 떼가 날아와 부인의 코, 눈, 입 가장자리에 알을 슬었다.

밤이 오고 있었다. 서쪽 하늘에선 가장자리가 노란 깃털 구름이 보라색 저녁 하늘을 천천히 지나가고 있었다. 구름은 배가 되었다가 백조가 되었고, 솜으로 만든 괴물로 변했다. 마당의 갈대 사이로 바다가 번쩍거리며 파도가 일렁이고 있었다.

가까운 무화과나무에서 살진 까마귀 두 마리가 날아와 마당을 뒤뚱뒤뚱 걸어 다녔다. 그러자 조르바는 화를 내며 자갈을 던져 쫓아버렸다. 마당 한구석에는 마을의 건달들이 잔칫상을 벌여놓고 있었다. 커다란 부엌 식탁을 내어와 빵과 접시, 나이프와 포크를 차려 놓고는 창고에 있던 포도주 병도 찾아냈다. 냄비에 삶은 닭은 잘 익었다. 배가 고팠던 그들은 포도주를 마시고 고기를 뜯으며 술잔을 부딪쳤다.

"하느님, 저 여자의 영혼을 구원해 주소서! 지은 죄가 많아도 벌하지 마시기를!"

"저 여자 애인들은 모두 천사가 되어 여자의 영혼을 천국으로 인도하소서!"

"저기 조르바 영감 좀 봐."

마놀라카스가 소리쳤다.

"까마귀한테 돌을 던지고 있구면. 졸지에 홀아비가 됐어. 애인을 추억하며 한 잔 하자고 해볼까. 이봐요, 와서 같이 마십시다. 조르바!"

조르바가 돌아보았다. 그는 접시 위에서 무럭무럭 김이 솟는 통닭과 잔에 가득한 포도주, 머릿수건을 쓰고 식탁에 둘러앉아 웃고 떠들어대는 시커먼 사내들을 훑어보았다.

조르바가 자신을 타일렀다. '조르바, 조르바! 슬퍼하는 모습을 보이지 마! 네가 어떤 인간인가를 보여줘! 견뎌!'

조르바는 식탁 앞으로 성큼성큼 다가가 술 한 잔을 비웠다. 그러고 나서 두 잔, 석 잔을 연달아 받아 마신 다음 닭다리를 뜯었다. 마을 사람들이 말을 걸어도 그는 아무 말도 하지 않고 그저 묵묵히 술을 마시며 고기를 게걸스럽게 씹었다. 그렇게 먹고 마시면서도 그는 부불리나가 누워 있는 방 쪽을 주시했고, 귀는 만가가 들려오는 열린 창에 가 있었다. 이따금 곡소리가 끊어지고 싸우는 소리가 들렸으며, 찬장이 덜컹거리는 소리, 트렁크 여닫는 소리, 서로 잡아당기며 드잡이를 하는 듯한 소리도 들렸다. 그러다 다시 단조롭고 절망적인 만가가 이어졌다.

두 여자는 만가를 부르며 시신이 누운 방을 여기저기 뒤지고 있었다. 찬장을 열자 조그만 숟가락 몇 개와 설탕, 커피 한 통과 루쿰(터키 과자의 일종) 한 상자가 나왔다. 레니오 할멈이 찬장에 머리를 집어넣고는 커피와 루쿰을 차지했으며, 말라마테니아 할멈은 설탕과 숟가락을 차지했다. 그러고도 부족했는지 말라마테니아는 루쿰 두 개를 가져가 입속에 넣었다. 루쿰이 잔뜩 들어 있는 입에서 새어 나오는 만가는 괴상한 소리가 되어 울려 퍼졌다.

5월의 꽃이 비가 되어 떨어지고 사과는 그대 무릎 위로 떨어지리니…….

다른 노파 두 명이 몰래 방으로 들어와 트렁크 쪽으로 갔다. 그들은 거기서 손수건 몇 장, 타월 두세 장, 실크 스타킹 세 켤레, 가터를 꺼내어 자신의 보디스 속에다 쑤셔 넣고 죽은 여자를 향해 성호를 그었다. 여자들이 트렁크 터는 걸 본 말라마테니아 할멈이 버럭 화를 냈다.

"자네 혼자서 계속하고 있게. 이러다 다 뺏기겠어."

할멈은 레니오 할멈에게 소리치고는 다이빙하듯 트렁크를 향해 달려들었다.

낡아빠진 새틴 천 조각, 오래된 연자줏빛 드레스, 다 망가진 빨간 샌들, 부서진 부채, 새것으로 보이는 주홍빛 해 가리개, 가방 오른쪽에는 제독의 삼각모가 있었다. 오래전에 누군가가 부불리나에게 선물한 것 같았다. 혼자 있을 때마다 부불리나는 그걸 쓰고 거울 앞에 서서 자신의 서글프면서도 엄숙한 모습을 감상했던 것이다.

누군가가 문 앞에 나타났다. 노파 둘이 밖으로 나갔고 레니오 할멈은 다시 침대를 붙들고 가슴을 치며 만가를 불렀다.

진홍빛 카네이션을 당신 목에 두르고…….

조르바가 들어와 죽은 여자를 내려다보았다. 여자는 목에 벨벳 리본을 두르고 팔을 포갠 채 누워 있었다. 얼굴은 누렇게 뜨고 파리 떼로 덮여 있었지만 조용하고 평화로워 보였다. '한 줌의 흙이구나. 배고픔을 알고, 웃기도 하고, 키스도 하던 한 줌의 흙, 한 덩이 흙이면서도 사람을 울리던 것. 지금은……. 우리를 이 땅에 데려다 놓은 악마는 누구이고 또 이 땅에서 데려갈 악마는 누구더냐!'

조르바는 이런 생각을 하면서 바닥에 침을 뱉었다.

밖에 있는 젊은이들은 춤출 자리를 만들었다. 리라 연주자 파누리오도 도착했다. 그들은 식탁과 파라핀 통, 물통, 옷상자를 한쪽으로 치운 다음 춤출 공간을 마련했다.

마을 유지들도 나타났다. 끝이 꼬부라진 긴 지팡이를 들고 흰 셔츠를 입은 아나그노스티 영감, 뿔 모양으로 된 놋쇠 잉크병을 허리에 차고 펜을 귀 뒤에 꽂은 교장 선생도 함께 왔다. 마브란도니는 과부 살해 사건 때문에 산으로 피신했기에 나타나지 않았다.

"반갑네, 자네들!"

아나그노스티 영감이 손을 흔들며 인사했다.

"즐겁게 노는 걸 보니 기분이 좋네. 하느님이 자네들에게 축복을 내리시기를. 하지만 소리 지르진 말게. 소리를 지르면 안 돼. 죽은 사람은 고함 소리를 듣고 그 소리를 기억한다네. 죽은 사람도 소리를 들으니까."

콘도마놀리오가 설명했다.

"우리는 죽은 부인의 재산 목록을 정리하러 왔다네. 마을의 가난한 사람들한테 나누어줘야 하니까. 자네들은 실컷 먹고 마시게나. 하지만 이 집을 털면 안 되네. 알겠나?"

그는 위협하듯 지팡이를 공중에 휘둘렀다.

그때 마을의 세 유지 뒤에서 덥수룩한 머리에 맨발인 여남은 명의 여자들이 누더기 차림으로 나타났다. 모두가 빈 자루를 하나씩 끼거나 바구니를 들고 있었다. 그들은 아무 말도 하지 않고 가까이 다가왔다. 그러자 그들을 본 아나그노스티 영감이 버럭 소리를 질렀다.

"돌아가, 이 집시들아! 뭐? 소식을 듣고 달려와? 우리는 재산을 하나도 빠짐없이 기록했다가 가난한 사람들에게 공평하게 나눠줄 거야. 썩 꺼지지 못해?"

교장 선생이 허리춤에서 잉크병을 꺼내고는 큼직한 백지를 펴서 재산 목록을 작성하러 가게 안으로 들어갔다. 그 순간, 요란한 소리가 들렸다. 누가 깡통을 들이받았는지, 아니면 솜 상자가 굴러 떨어졌는지 컵이 우르르 쏟아지며 산산조각이 났다. 부엌에서는 냄비랑 접시, 부엌칼이 서로 부딪치는 소리가 들려왔다.

콘도마놀리오 영감이 지팡이를 휘두르며 달려갔지만 뾰족한 방법이 없었다. 늙은 여자, 남자, 애들 구분 없이 모두 문을 밀고 달려들었고 창문, 울타리, 발코니를 타고 넘어 들어와 냄비, 프라이팬, 매트리스, 토끼 따위를 손에 잡히는 대로 들고 나갔다. 어떤 이는 문과 창문을 떼어 짊어지고 나가기도 했다. 미미코는 궁정화 두 켤레를 차지해 끈으로 묶어 목에 걸고 있었다. 마치 오르탕스 부인이 미미코의 어깨 위에 올라앉아 있어서 궁정화만 보이는 것 같았다.

교장 선생이 인상을 찌푸리며 잉크병을 다시 허리춤에 넣고 종이를 집어넣었다. 그는 자존심이 상한 얼굴로 한 마디 말도 없이 밖으로 나가버렸다. 그러자 가엾은 아나그노스티 영감이 사람들에게 지팡이를 휘두르며 소리를 지르고 애원했다.

"이 무슨 짓인가! 이렇게 창피한 짓을 하다니! 죽은 사람이 자네들 목소리를 듣고 기억할 것이야!"

"가서 신부님을 모셔 올까요?"

미미코가 물었다.

"이 멍청한 녀석아, 신부님은 뭐 하러 모셔와!"

콘도마놀리오가 소리를 질렀다.

"이 여잔 프랑코잖아. 유럽인이라고. 성호 긋는 거 못 봤어? 손가락 네 개로 긋잖아. 이교도나 마찬가지라고. 어서 구덩이나 파고 묻어. 냄새가 온 마을에 풍기겠어."

"벌써 벌레가 슬었어요, 세상에나!"

미미코가 성호를 그으며 중얼댔다. 그러자 마을의 제일 연장자인 아나그노스티 영감이 곱게 백발이 된 머리를 저으며 말했다.

"뭐가 이상하단 말이냐, 이 멍청한 녀석아! 사람이란 원래 날 때부터 뱃속에 벌레가 우글우글한 것이다. 눈에 보이지 않을 뿐. 벌레는 사람에게 냄새가 나는 걸 알고는 구멍에서 기어 나오는 것뿐이야. 치즈 구더기처럼 하얀 벌레들이 말이다. 아주 새하얗지."

첫 별이 하늘에 걸린 채 조그만 은종처럼 파르르 떨었다. 종소리가 어둠을 가득 채웠다.

조르바는 시신의 머리맡에서 앵무새 새장을 집어 들었다. 고아가 된 새는 공포에 질려 새장 구석에 쪼그리고 앉아 있었다. 눈을 크게 뜨고 방 안을 둘러보았지만 무슨 일이 생긴 건지 알 수 없었다. 앵무새는 머리를 날갯죽지에 파묻고는 겁에 질려 꼼짝도 하지 않았다. 조르바가 새장을 벗기자 앵무새가 고개를 들었다. 새는 뭐라고 소리를 내려 했으나 조르바가 손을 들어 가로막았다.

"조용히 해. 아무 말 말고 나랑 같이 가자."

그가 부드러운 목소리로 속삭였다. 조르바는 허리를 굽혀 죽은 여자의 얼굴을 보았다. 그렇게 한참을 보고 있자니 목이 메었다. 그는 키스하려는 듯 얼굴을 가까이 댔다가 멈추었다.

"관두자, 가자!"

그는 새장을 들고 마당으로 나왔다.

"갑시다."

그가 내 팔을 잡으며 조용히 말했다. 평정심을 되찾은 듯했으나 그의 입술은 떨리고 있었다.

"우리도 저렇게 떠나겠지요."

내가 그에게 말했다.

"그래서 좋겠수다. 갑시다."

그가 빈정거렸다.

"조금만 더 있다가 가요. 시신을 메고 나올 것 같은데 기다렸다가 보고 가야죠. 못 보겠어요?"

"좋아요."

그가 가라앉은 목소리로 대답했다. 그러고는 새장을 내려놓고 팔짱을 끼었다.

아나그노스티 영감과 콘도마놀리오가 모자를 벗고 시신이 있던 방에서 나오며 성호를 그었다. 그들 뒤로 춤추던 사내 네 명이 잔뜩 취한 채 장미를 귀 뒤에 꽂고 따라 나왔다. 그들은 문짝 위에 시신을 눕히고 귀퉁이를 한 쪽씩 잡고 나왔다. 리라장이가 악기를 들고 그 뒤를 따랐고, 여남은 명의 사내가 술에 취해 비틀거리며 따라 나왔다. 의자나 냄비를 든 여자 대여섯 명도 뒤따랐다. 그리고 맨 뒤에는 궁정화를 목에 건 미미코가 따라 나왔다.

"살인자들, 살인자들, 모두 살인자들이야!"

신 나는 일이라도 벌어진 것처럼 미미코가 외쳤다.

따뜻하면서도 습한 바람이 불어와 바다가 일렁거렸다. 리라장이

가 악기를 연주하자 따뜻한 밤하늘에 리라 소리가 상쾌하면서도 빈정거리는 듯한 소리를 내며 울려 퍼졌다.

"태양이여! 뭐가 그리 급해서 서산으로 지는가……."

"자, 이제 갑시다, 다 끝났으니까."

조르바가 말했다.

24

우리는 아무 말도 하지 않고 마을길을 걸었다. 불빛 하나 새어 나오지 않는 집들 때문에 어두운 밤 그림자만 짙어졌다. 어디선가 개가 짖었고 황소가 한숨을 쉬었다. 저 멀리서 리라의 방울 소리가 바람을 타고 들려왔다. 방울은 분수의 물줄기처럼 장난스럽게 춤을 추는 듯했다.

"조르바! 이게 무슨 바람이죠? 노토스던가요?"

내가 무거운 침묵을 깨며 말을 걸었지만 새장을 등처럼 들고 앞장서서 걷고 있던 조르바는 아무 말도 하지 않았다. 이윽고 해변에 이르자 그가 돌아보았다.

"배고파요, 보스?"

"아니, 전혀요."

"잠이 와요?"

"아니에요."

"나도 그래요. 자갈 위에 좀 앉았다 갈까요? 보스한테 물어보고 싶은 게 있어요."

우리는 둘 다 지쳐 있었지만 잠을 자고 싶은 생각은 없었다. 몇 시간 동안 일어난 그 가슴 아픈 일들을 그렇게 흘려보내고 싶지 않았다. 잠을 자는 건 위급 상황에서 도망가는 것만큼 창피한 일이었다. 우리는 잔다는 사실이 부끄러웠다.

우리는 바닷가에 앉았다. 조르바는 새장을 무릎 사이에 놓고 아무 말도 하지 않았다. 산 뒤의 하늘에서 수많은 눈과 나선형 꼬리가 달린 무시무시한 괴물이 나타났다. 별들은 이따금 그 자리에서 이탈하며 떨어지곤 했다. 조르바는 마치 하늘을 처음 보는 사람처럼 그 광경에 취한 듯 입을 벌리고 바라보았다.

"저 위에선 무슨 일이 일어나고 있을까요?"

그는 이렇게 말하고는 침묵했다.

"보스, 말씀해 보세요."

얼마가 지난 후에 그가 말문을 열었다. 따스한 밤공기 속에서 들려오는 그의 목소리는 깊고도 진지했다.

"만물은 무슨 의미를 지닌 건가요? 누가 이들을 창조한 거지요? 왜? 그리고 무엇보다도……."

조르바의 목소리가 분노와 공포로 떨렸다.

"사람들은 왜 죽는 걸까요?"

"모르겠어요, 조르바."

나는 대답하면서도 부끄러웠다. 가장 단순하면서도 본질적인 질문을 받았지만 그에게 아무런 설명도 해줄 수 없었다.

"모른다!"

둥근 눈이 놀라움으로 커지며 그가 외쳤다. 내가 춤출 줄 모른다고 얘기했을 때의 표정과 같았다. 그는 한동안 침묵하다가 이렇게 소리쳤다.

"보스, 당신은 수많은 책을 읽었잖아요. 그런데 그걸 뭣 하러 읽고 있는 겁니까? 왜 읽는 거지요? 그런 질문에 대한 대답도 쓰여 있지 않다면 도대체 뭐가 들어 있어요?"

"인간의 혼미에 대해 쓰여 있지요. 조르바, 인간의 혼미야말로 당신의 질문에 대답할 수 있어요."

"인간의 혼미라? 쳇!"

조르바는 실망했는지 발을 구르며 내뱉듯이 말했다. 그 소리에 앵무새가 놀랐다.

"카나바로! 카나바로!"

앵무새는 도움을 청하듯 울어댔다.

"닥쳐, 너도!"

조르바가 주먹으로 새장을 치며 소리쳤다. 그러고 나서 나를 돌아봤다.

"우리가 어디에서 왔으며 어디로 가는지, 어디 그 이야기 좀 해보세요. 요 몇 년간 당신이 청춘을 바쳐 읽은 책에는 마법의 주문 같은 게 잔뜩 쓰여 있을 거 아닙니까? 아마 종이도 오십 톤쯤은 씹어 삼켰겠지요. 그래서 뭘 얻으셨습니까?"

나는 인간이 성취할 수 있는 최상의 것은 지식도, 미덕도, 선도, 승리도 아니라는 걸 뼈저리게 깨달았다. 보다 위대하고 보다 영웅적이며 보다 절망적인 것은 바로 신성한 경외감이었다.

"대답할 수 없어요?"

조르바가 다그쳤다. 나는 그에게 신성한 경외감에 대해 이해시키려 했다.

"조르바, 우리는 벌레예요. 거대한 나무의 작은 잎사귀에 붙어 있는 아주 작은 벌레지요. 이 조그만 잎이 지구예요. 다른 잎들은 밤이 되면 우리가 설레며 바라보는 별이지요. 우리는 이 조그만 잎 위에서 조심스럽게 우리의 길을 살펴보고 있는 겁니다. 우리는 잎의 냄새를 맡아요. 좋은지 나쁜지 알아보기 위해 맛을 보고, 먹을 만한 것임을 깨닫게 되지요. 우리는 잎을 두드려 봅니다. 그러면 잎은 살아 있는 생물처럼 소리를 내지요.

겁이 없는 어떤 사람들은 잎 가장자리까지 이르기도 해요. 거기서 카오스를 내려다보는 겁니다. 그들은 덜덜 떨면서 바닥으로 떨어지는 게 얼마나 무서운가를 깨닫게 되요. 멀리서 우리는 거대한 나무의 다른 잎들이 사각거리는 소리를 듣습니다. 우리가 뿌리에서 잎으로 수액을 빨아들이는 걸 감지하게 되면 우리의 가슴은 부풀지요. 끔찍한 나락을 내려다보고 있을 때면 우리는 공포에 떨게 되고요. 그 순간에 시작되는 게……"

나는 말을 멈추었다. 그 순간에 시작되는 게 바로 시라고 말하고 싶었지만 조르바가 알아듣지 못할 것 같아서였다.

"뭐가 시작되는데요? 왜 말을 하다 맙니까?"

조르바가 조바심을 내며 채근했다.

"조르바, 그 순간에 위험이 시작되는 겁니다. 정신이 혼미해져 정신을 잃기도 하고 겁을 먹기도 하는 것이죠. 이들은 용기를 얻기 위해 '하느님!' 하고 외치기도 하지요. 또 어떤 이들은 잎의 가장자리에서 심연을 내려다보며 '나는 저게 좋아!'라고 용감하게 말하기도 해요."

조르바는 이해하려고 애쓰며 생각에 잠겼다.

"보스, 보스도 아시겠지만 나는 매일 죽음을 생각해요. 죽음을 바라보고 있지만 무섭진 않아요. 그렇다고 좋아할 생각도 없고요. 좋아하다니 어림도 없지. 나는 좋아한다고 말했다는 것에 동의할 수 없어요."

조르바는 잠시 말을 끊었다가 다시 내뱉듯 말을 이어갔다.

"그렇다고 카론에게 양처럼 목을 쑥 내밀면서 '이보시오, 카론, 이 목 좀 잘라주시오.'라고 말할 만큼 정신 나간 놈은 아닙니다. 나는 천당으로 직행하고 싶어요."

나는 그의 말에 당황했다. 법대로 자진해서 행하라고 제자들에게 가르친 현자가 누구던가? 필연에 순응하며 그것을 자유 의지의 행위로 바꾸라고 한 사람은 누구던가? 이것이 바로 해탈이나 구원에 이르는 유일한 길인지도 모른다. 비참하지만 다른 방법은 없는 것이다.

그렇다면 저항이라는 건 무엇인가? 필연을 거스르며 외부의 법칙을 내부의 법칙으로 바꾸고, 존재하는 모든 것을 부정하고 자기 정신의 법칙에 따라 새로운 세계를 창조하는 돈키호테 같은 긍지를 말하는 것일까? 결국 자연의 비인간적인 법칙을 반대하고 지금 존재하는 것보다 훨씬 더 순수하고 우수하며 도덕적인 새로운 세계를 창조하는 행위가 아닐까?

조르바는 더 이상 내가 할 말이 없다는 걸 알아채고는 앵무새가 깨지 않도록 조심스럽게 새장을 머리맡으로 옮기고 자갈밭에 드러누웠다.

"주무세요, 보스, 그만하면 됐어요."

아프리카에서 강한 남풍이 불어오고 있었다. 그것은 채소, 과일,

크레타인의 마음을 자라게 하고 부풀게 하는 바람이었다. 나는 이마와 입술, 그리고 목으로 바람을 받았다. 과일처럼 내 머리도 껍질이 갈라지면서 익어 터지는 것 같았다.

나는 잠을 잘 수도 없고 아무 생각도 할 수 없었다. 그 따사로운 밤에 내 안에서 무언가가 성숙하고 있음을 어렴풋이 느낄 뿐이었다. 나는 그런 놀라운 경험을 항상 의식하면서 살아왔다. 변화하는 나 자신을 보았다. 오장육부 깊은 곳에서나 일어나는 일들을 마치 내 눈앞에서 보듯 경험한 셈이었다. 나는 바닷가에 쪼그리고 앉아 이 기적 같은 경험을 보았다.

별빛이 희미해지고 있었다. 얇은 붓으로 세밀하게 그린 듯한 산과 나무와 갈매기 뒤로 하늘이 밝아왔다.

동이 트고 있었다.

며칠이 지났다. 옥수수가 익자 그 무게 때문에 옥수숫대가 고개를 숙였다. 올리브나무 위에 앉은 매미가 공기를 갈랐고 타는 듯한 햇볕 아래서 벌레들이 울어댔다. 바다에서는 수증기가 피어올랐다.

조르바는 매일 새벽 조용히 산으로 올라갔다. 고가 케이블 공사가 마무리되고 있었다. 철탑은 모두 세웠고 케이블을 걸고 도르래를 달았다. 조르바는 매일 지쳐서 돌아왔다. 집에 돌아오면 그는 불을 지펴 저녁을 지었고 우린 함께 먹었다. 우리는 우리 내부에서 잠든 죽음과 공포라는 망령을 깨우지 않기 위해 조심했다. 과부 이야기도, 오르탕스 부인 이야기도, 하느님 이야기도 하지 않고 조용히 바다만 바라보았다.

조르바의 침묵 탓에 내 안에서는 영원한 것이지만 분명 부질없는 질문이 다시 한 번 고개를 들었다. 내 가슴은 또다시 고뇌로 가득 찼다. 세계란 무엇일까? 세상의 목적은 무엇이고 순간을 살고 있는 우리는 어떻게 그 목적을 이룰 수 있을까? 조르바 말에 따르면 인간이나 사물의 목적은 쾌락을 추구하는 것이었다. 누군가는 정신을 창조하는 것이라고 하겠지만 곰곰이 따져보면 그 둘은 다르지 않다. 하지만 왜? 무슨 목적으로 그래야 하는가? 육체가 사라져버린 뒤에도 우리가 영혼이라 부르는 것은 남아 있는 것일까? 아무것도 남지 않음에도 우리가 그토록 영원불멸을 바라는 것은, 우리가 영원불멸하다는 사실에서 비롯된 게 아니라 짧은 우리 인생에서 무엇인가 영원불멸한 것을 섬기는 데서 비롯된 게 아닐까?

어느 날 자리에서 일어나 세수를 하고 나니 지구도 이제 막 일어나 세수를 한 것 같은 기분이 들었다. 지구는 새롭게 창조된 듯 빛났다. 나는 계곡으로 내려갔다. 왼쪽에는 암청색 바다가 조용히 누워 있었고 오른쪽에는 황금 창을 들고 열을 맞추는 군대처럼 밀밭이 빛나고 있었다. 나는 푸른 잎과 무화과 열매로 뒤덮인 '우리 젊은 아가씨의 무화과나무'를 지나 과부의 정원을 보지 않으려고 빠른 걸음으로 마을로 들어갔다. 오르탕스 부인의 여인숙은 황량했다. 문과 창문은 모두 떨어져 나갔고 개들은 마음대로 집 안을 드나들었다. 방에는 아무것도 없었다. 오르탕스 부인이 숨을 거둔 방에는 침대도 트렁크도 의자도 없었으며, 그저 뒤축이 닳고 빨간 방울이 달린 슬리퍼 한 짝이 구석에 남아 있을 뿐이었다. 슬리퍼는 주인의 발 모양을 여전히 기억하고 있었다. 인간의 마음보다 더 충직한 슬리퍼는 푸대접을 받았지만 애정 어린 마음으로 주인을 잊지 못하고 있던 것이다.

나는 늦게 돌아왔다. 조르바는 불을 지펴 식사 준비를 하고 있었다. 나를 본 순간 그는 내가 어디를 다녀왔는지 눈치 챘다. 그는 눈살을 찌푸렸다. 침묵의 날들을 보내던 그가 그날 밤 처음으로 마음에 담긴 말들을 쏟아냈다.

"보스, 나는 말입니다, 고통스러울 때마다 그 고통이 심장을 찢어 놓는 것 같아요."

조르바는 자신을 합리화시키듯 이렇게 말했다.

"하지만 내 심장은 이미 구멍이 숭숭 뚫리고 다 해져버렸어요. 이번에도 상처를 입었다가 아물었으니 상처 자국이 새삼스럽진 않아요. 내 몸은 죄다 상처가 아문 자리니까요. 그래서 내가 그 고통들을 견딜 수 있는 겁니다."

"조르바, 가엾은 부불리나 여사를 잘도 잊어버리시네요."

내가 생각해도 심하다 싶을 만큼 나는 그에게 쏘아붙였다. 그러자 조르바는 화가 났는지 목소리를 높였다.

"새 길을 닦으려면 새 계획을 세워야 합니다. 나는 어제 일은 기억 안 합니다. 내일 일어날 일을 생각하지도 않아요. 내게 중요한 건 오늘, 지금 이 순간에 일어나는 일입니다. 나는 나 자신에게 묻습니다. '조르바, 지금 이 순간 자네는 뭘 하는가?' '잠자고 있네.' '그럼 잘 자게.' '조르바, 자네 지금 뭐 하는가?' '여자랑 키스하고 있네.' '그래, 잘해 보게. 실컷 하게나. 이 세상엔 아무것도 없고 자네와 그 여자밖에 없으니.'"

잠시 침묵한 뒤 그가 말을 이어갔다.

"부블리나가 살아 있을 때, 어느 카나바로도 뼈다귀에 가죽만 입힌 이 조르바만큼 그 여자를 기쁘게 해준 사람은 없었어요. 이유가 뭐냐고요? 이 세상 모든 카나바로는 그 여자에게 키스하면서도 자기 함대나 왕, 크레타, 훈장, 마누라 같은 걸 생각했으니까요. 하지만 나는 그런 것들을 죄다 잊어버립니다. 그 늙은것도 그걸 알고 있었고요. 자, 유식한 선생, 이 이야기는 해야겠습니다. 여자에게는 말입니다. 잘 들어두세요, 당신한테도 도움이 될 테니. 진짜 여자는 남자한테 얻어내는 것보다 자기가 주는 것에 훨씬 더 큰 기쁨을 누린답니다."

그는 몸을 굽혀 화덕에 나무를 더 집어넣더니 입을 다물었다.

그를 바라보니 더없이 마음이 편해졌다. 나는 그 황량한 해변에서의 그러한 순간을 단순하면서도 인간의 심오한 가치를 깨닫게 해주는 풍요로운 시간으로 기억했다. 매일 저녁 우리가 먹는 음식은 황량한 해변에 상륙한 뱃사람들이 먹는 스튜나 마찬가지였다. 하지만 이 스튜는 어떤 화려한 음식보다 맛있고 인간의 정신에 자양분이 되는 것이었다. 세상의 끝인 그 해변에서 우리는 난파한 뱃사람이었다.

"내일모레 케이블을 시범 작동해 볼 겁니다."

조르바가 자기 생각을 좇으며 말했다.

"이제는 더 이상 땅을 딛고 걷지 않을 겁니다. 나도 날아다니게 되는 거지요. 내 어깨에 도르래가 생긴 기분이에요."

"피레에프스 레스토랑에서 나한테 던진 미끼 기억나요? 그때 기막힌 수프를 만들 수 있다고 했잖아요. 사실 내가 제일 좋아하는 게 맛있는 수프거든요. 그걸 어떻게 눈치 챘어요?"

조르바는 웃긴다는 듯 고개를 저었다.

"보스, 그건 설명하기 어려운데요. 그저 내 머릿속에 턱 하고 떠오른 거라서. 당신이 카페 구석에 조용히 앉아 금테 두른 책을 읽고 있는 걸 보니 왠지 수프를 좋아할 것 같단 생각이 들었어요. 그뿐입니다. 그냥 머릿속에 떠오른 거니 설명할 방법이 없네요."

그러다 조르바는 갑자기 말을 끊고는 귀를 세우며 몸을 굽혔다.

"조용히 해요, 누가 오고 있어요."

다급하게 뛰는 소리와 가쁜 숨소리가 들려오면서 여기저기 찢긴 승복을 입고 모자도 쓰지 않은 수도승이 뛰어들었다. 콧수염은 붉었고 턱수염은 듬성듬성 나 있었다. 그에게서 파라핀 냄새가 났다.

"이게 누구야? 어서 와요, 자하리아 신부! 어쩌다 이리 된 거요?"

조르바가 외쳤다. 수도승은 바닥에 주저앉았다. 그는 턱을 덜덜 떨고 있었다. 조르바가 그에게 가까이 가서 윙크했다. 분명 무언가를 물어본 것 같았다.

"했어요."

수도승이 대답했다.

"브라보, 신부여!"

조르바가 소리치며 말했다.

"이제 천당으로 가게 될 거요. 그러니 걱정 말아요. 천당에 들어갈 때 당신 손엔 파라핀 깡통 하나가 들려 있을 거요."

"아멘!"

수도승이 성호를 그으며 말했다.

"그래, 어떻게 됐소? 언제 그런 거요? 자세히 좀 얘기해 보시오."

"카나바로 형제, 나는 천사장 미카엘을 봤어요. 그분이 명하셨

지. 잘 들어보시오. 나는 부엌에서 콩을 까고 있었어요. 혼자였어
요. 문은 닫혀 있었고 수도승들은 저녁기도를 드리고 있었어요.
쥐 죽은 듯 조용했지요. 밖에서 새들이 노래하는 소리가 들렸는데
마치 천사의 노래 같았지요. 나는 모든 준비를 끝내고 기다렸어
요. 파라핀 한 깡통을 사다가 무덤가 근처에 있는 예배당의 성상
밑에 숨겨놓았어요. 그래야 천사장 미카엘이 축복해 주실 테니까.

　어제 오후에 콩을 까고 있는데 문득 천당 생각이 나더군요. 그
래서 나는 '우리 주 예수님, 저도 하늘나라에 들어갈 자격이 있습
니다. 천당 부엌에서 영원히 콩 껍질만 깔 준비가 되었습니다.' 라
고 중얼거렸죠. 그런 생각을 하니 눈물이 흐르더군요. 그 순간 내
머리 위에서 날개가 퍼덕이는 소리가 들렸지요. 나는 그 까닭을
알기에 엎드려 벌벌 떨고 있었어요. 그러자 목소리가 들려왔어요.
'자하리아, 얼굴을 들어라. 겁내지 마라.' 하지만 너무 떨려서 나
는 바닥에 쓰러졌어요. '나를 봐라, 자하리아!' 목소리가 다시 들
려와 나는 고개를 들었지요. 문이 열려 있었고 거기에 천사장 미
카엘이 서 계셨어요. 수도원 성소聖所 문에 있는 것과 똑같은 모습
이었어요. 그대로였죠. 검은 날개, 붉은 샌들, 황금빛 후광……
그런데 손에는 칼 대신 횃불을 들고 있었어요. '자하리아, 나는 하
느님의 종이다!' 라고 하시기에 내가 여쭈었지요. '명하실 일이라
도 있나이까?' '이 횃불을 가져가라, 주님이 너와 함께하실 것이
다.' 나는 손을 내밀었지요. 손바닥이 타는 것처럼 뜨거웠어요. 그
때 이미 천사장님은 사라지셨고 그 자리엔 하늘의 빛줄기만 남아
있었지요."

　수도승은 땀을 닦았다. 얼굴은 창백했고 열병에 걸린 듯 이가

덜그럭거렸다.

"그래서? 계속해 봐요, 자하리아, 그다음엔 어떻게 되었소?"

조르바가 다그쳤다.

"그때 수도승들이 저녁기도를 마치고 식당으로 가고 있었어요. 지나가면서 수도원장은 나를 개처럼 걷어차더군요. 수도승들이 모두 웃어댔죠. 나는 아무 말도 하지 않았어요. 천사장님이 다녀 가셨기에 유황 냄새가 풍겼지만 아무도 모르더군요. 수도원장이 '자네는 저녁도 안 먹나?'라고 물었지만 나는 아무 대답도 하지 않았어요.

'그 친구에겐 천사의 식사면 충분하지!' 소돔 놈 데메트리오스 가 그러더군요. 그러자 수도승들이 다시 웃어댔죠. 나는 일어서서 묘지로 갔어요. 거기 천사장님 앞에 엎드렸지요. 몇 시간이나 그 렇게 있자 그분 발이 내 목을 누르는 것 같았어요. 시간은 번개같 이 지나가더군요. 천당에서는 시간과 세월이 그렇게 지나가나 봐 요. 자정이 되자 쥐 죽은 듯 고요해졌지요. 다들 잠자리에 들었으 니까요. 나는 일어서서 성호를 긋고 천사장님의 발에 입을 맞추었 어요. '그 뜻이 이루어질 것입니다.' 나는 이렇게 말하고는 파라핀 깡통을 따서 들고 나왔지요. 옷 속에는 이미 넝마를 잔뜩 숨겨놓 고요.

밤은 잉크를 풀어놓은 것처럼 캄캄했어요. 달도 뜨지 않았던 터 라 수도원은 지옥만큼 캄캄했지요. 나는 마당으로 나가 계단으로 올라갔어요. 거기가 수도원장 침소였으니까요. 파라핀을 묻히고 창문, 벽에 끼얹었어요. 그리고 데메트리오스의 방에도 갔지요. 그러고 나서 커다란 나무 계단 전체에 파라핀을 부었어요. 당신이

시킨 대로 한 셈이에요. 그다음엔 예배당으로 가서 예수님 상 앞에 놓인 초에 불을 붙이고는 불을 지른 거지요."

수도승은 숨이 가쁜지 여기서 말을 멈추었다. 가슴속의 불길 탓인지 그의 눈도 타오르는 것 같았다.

"하느님을 찬양하세! 하느님을 찬양하세!"

그가 성호를 그으며 외쳤다.

"그 순간 수도원 전체가 불꽃에 휩싸였어요. '지옥의 불길이다!' 나는 큰 소리로 외치며 온 힘을 다해 도망쳤어요. 뛰고 또 뛰었지요. 종소리가 들리고 수도승들이 소리치는 게 들렸어요. 그래도 있는 힘을 다해 뛰었지요.

날이 밝아오자 나는 숲 속에 숨었어요. 떨렸지요. 해가 뜨자 수도승들이 숲을 뒤지며 나를 찾았어요. 하지만 하느님이 안개를 보내주셔서 나를 숨겨주셨지요. 그래서 들키지 않았어요. 해가 질 무렵 나는 이상한 소리를 들었어요. '바닷가로 내려가라, 어서 가라!' '저를 인도해 주소서 천사장님, 저를 인도해 주소서!' 나는 이렇게 외치며 달렸어요. 어디로 가는지는 몰랐지만 천사장님이 인도해 주고 계셨어요. 빛줄기로, 혹은 나무 위에 있는 새를 시켜서, 또 산을 내려오는 길이 되어 인도해 주셨지요. 나는 천사장님을 믿고 온 힘을 다해 내려왔어요. 오, 그 영광 크셔라. 그렇게 해서 나는 카나바로 형제, 당신을 만난 거예요. 나는 이제 구원받은 거예요."

조르바는 아무 말도 하지 않았다. 하지만 그 큰 입이 귀에 걸리면서 얼굴에 웃음이 번졌다.

그는 저녁 준비가 다 되자 주전자를 화덕에서 내렸다.

"자하리아, 천사의 음식은 무엇이오?"

조르바가 물었다.

"정신이지요."

수도승이 성호를 그으며 말했다.

"정신이라고? 바람이라고 해도 되나? 사람은 그것만으론 안 돼. 그러니 이리 와서 빵이랑 수프, 고기도 두어 조각 드시게. 기분이 좋아질 테니까. 아주 큰일을 한 거요. 자, 어서 먹게나."

"먹고 싶지 않아요."

수도승이 대답했다.

"자하리아는 먹고 싶지 않을 거요. 하지만 요셉은? 요셉도 먹고 싶지 않을까?"

"요셉은 불에 타 죽었어요. 요셉의 영혼에 벼락이 떨어지길. 타 죽었다고요. 하느님을 찬양하세!"

자하리아는 큰 비밀이라도 털어놓듯 목소리를 낮추었다.

"타 죽다니? 어떻게? 언제? 타 죽는 걸 봤소?"

"카나바로 형제, 내가 예수님 앞에 불을 켜는 순간, 바로 타 죽었어요. 나는 그가 내 입에서 불의 글씨가 잔뜩 적힌 검은 리본처럼 줄줄 나오는 걸 봤다고요. 불길이 요셉을 덮치자 그것이 뱀처럼 꿈틀거리다 재가 돼버렸어요. 오, 어찌나 후련하던지! 하느님을 찬양하세! 마치 천당에 들어간 기분이었어요!"

그는 불가에서 쪼그리고 있던 몸을 일으켜 세웠다.

"해변에 가서 좀 자야겠어요. 그러라는 명도 받았으니."

그는 해변을 걸어가다 곧 어둠 속으로 사라졌다.

"조르바, 당신이 저 친구를 책임지세요. 수도승들이 저 사람을 붙잡으면 분명 큰일이 벌어질 겁니다."

내가 으름장을 놓았다.

"못 잡을 테니 걱정 마요, 보스. 나는 이런 일에 대해선 빠삭하게 알고 있으니까. 내일 아침 일찍 저 친구에게 면도를 말끔하게 해주고 인간의 옷으로 갈아입혀 배에 태울 생각입니다. 그러니 보스는 신경 쓰지 말아요. 그럴 가치도 없으니까. 이 스튜 어때요? 인간의 빵이나 드시면서 만족하세요. 괜한 일에 신경 쓰지 마시고."

조르바는 실컷 먹고 마신 다음 손등으로 수염을 닦았다. 무언가 이야기를 하고 싶은 모양이었다.

"보스도 눈치 채셨지요? 저 친구의 악마는 죽었어요. 이제 저 친구는 텅 비어버렸어요. 가엾게도 껍데기만 남은 거지요. 이젠 다른 사람들처럼 살 수 있을 겁니다."

그는 또 한참 동안 생각에 잠겼다.

"보스, 저 친구의 악마가 진짜……."

"물론 진짜 악마예요."

내가 대답했다.

"저 친구는 수도원을 불사른다는 생각만 하고 있던 겁니다. 불을 지르고 나니 그 악마가 조용해진 거고요. 고기를 먹고 싶고 술을 먹고 싶던 생각이 무르익어 구체적인 행동으로 나타난 거죠. 그는 금식을 하면서 그 생각을 성숙시켰을 겁니다."

조르바는 이 말을 곱씹고 있는 듯했다.

"그래요! 보스 생각이 맞는 것 같아요. 내 속에도 악마가 대여섯은 들어 있을 거예요, 아마!"

"조르바, 사람은 누구나 뱃속에 악마 몇 마리쯤은 갖고 있으니 걱정 마세요. 많을수록 좋은 거예요. 중요한 건, 그 악마들이 하는 짓은 다 달라도 목적이 같으면 되는 거예요."

이 말이 조르바를 감동시킨 듯했다. 그는 큰 머리를 무릎에 파묻으며 생각에 잠겼다.

"무슨 목적을 말하는 겁니까?"

조르바가 고개를 들고 나를 보며 물었다.

"조르바, 그건 나도 잘 몰라요, 다른 질문을 하세요. 이건 대답할 자신이 없네요."

"간단하게 말해 줘요. 그래야 내가 알아듣지. 지금까지 나는 내 속에 있는 악마가 하는 대로 내버려뒀어요. 무슨 짓을 하든 내버려뒀지요. 누군가는 나를 엉큼하다 하고 누군가는 정직하다고 합니다. 또 누군가는 날 보고 게으르다, 또 누군가는 솔로몬처럼 지혜롭다고 하는데 다 그 때문이지요. 나는 그들이 말한 대로, 아니 그 이상일 거예요. 나라는 인간은 완전히 러시아 샐러드 같은 겁니다. 자, 그러니 보스가 날 좀 도와줘요. 이 문제 좀 풀어보자고요. 도대체 무슨 목적입니까?"

"조르바, 내 말이 틀릴지도 몰라요. 하지만 나는 세 부류의 인간이 있다고 생각해요. 우선 먹고 마시고 사랑하면서 돈을 벌고 명예를 얻는 걸 인생의 목표로 삼는 사람들이 있지요. 또 다른 부류는 자신의 삶보다 인류의 삶에 더 관심을 두고 목표로 삼는 사람들이지요. 그들은 결국 인간은 하나라고 생각하면서 인간을 가르치려 하고 사랑과 선행을 권하지요. 마지막 부류는 우주의 삶을 목표로 하는 사람이에요. 사람이나 짐승, 나무나 별이 모두 한 목숨인데 어떤 지독한 싸움에 말려들었다고 생각하는 사람들이에요. 무슨 싸움일까요? 그건 물질을 정신으로 바꾸는 싸움이에요."

조르바는 머리를 벅벅 긁었다.

"보스, 내 머리 가죽은 너무 두꺼워요. 그런 얘기론 뭐가 뭔지 알 수가 없네요. 아, 당신이 방금 한 얘기를 춤으로 표현한다면 나도 알아들을 수 있을 텐데."

나는 실망한 나머지 입술을 깨물었다. 이런 절망적인 생각들을 춤으로 표현할 수 있다면 얼마나 좋겠는가! 하지만 나는 그럴 수 없었다. 나는 내 인생을 다른 일에 소모해 버린 것이다.

"보스, 춤이 아니라도 이야기로 들려주면 이해가 될 것 같은데요. 후세인 아가가 그랬던 것처럼요. 그는 터키인이었고 우린 오랜 이웃이었어요. 나이가 많고 몹시 가난했는데 마누라도, 자식도, 일가친척 하나 없었지요. 옷도 낡아빠진 걸 입었지만 항상 깨끗했어요. 옷도 손수 빨아 입고 음식도 직접 만들고 마루도 손수 쓸고 닦고 밤이면 우리 집에 놀러오곤 했지요. 우리 할아버지와 마을 할머니들과 함께 앉아 양말을 뜨곤 했어요.

후세인 아가는 성인이었어요. 어느 날 밤 이 양반은 나를 무릎 위에 앉히고는 손을 잡으며 축복이라도 내리듯 이런 말을 했어요. '알렉시스, 너에게 비밀을 하나 알려주마. 지금은 너무 어려서 모르겠지만 나중에 크면 알게 될 것이다. 잘 들어라, 애야. 천당의 일곱 품계도 이 땅의 일곱 품계도 하느님을 품기엔 넉넉지 않단다. 하지만 사람의 가슴은 하느님을 품기에 넉넉하지. 그러니 알렉시스, 조심해라. 내 너를 축복해서 하는 말이란다. 사람의 가슴에 상처를 내면 안 되느니라!'"

나는 조르바의 이야기를 묵묵히 듣고 있었다. 그러면서 생각했다. 내가 말할 때 추상적인 생각들이 정점에 이르러 마침내 이야기가 될 수 있다면! 하지만 위대한 시인이나 돼야 오랜 세월의 노력 끝에 그런 경지에 이를 수 있는 법이다.

조르바가 일어섰다.

"가서 우리 방화범이 뭘 하고 있는지 살피고 올게요. 자고 있으면 감기에 걸리지 않게 담요 좀 덮어주고요. 가위도 하나 가져가야겠어요. 일류 이발사는 못 되지만요."

그는 껄껄 웃으며 가위와 담요를 가지고 바닷가로 갔다. 달이 떠올라 대지를 밝히고 있었다.

나는 꺼져가는 불가에 홀로 앉아 조르바가 한 말을 생각해 보았다. 여러 의미를 담고 있으면서도 포근한 흙냄새가 나는 말들이었다. 마음 깊은 곳에서부터 우러나온 그런 말들은 그가 따뜻한 인간미를 지니고 있다는 증거가 되었다. 내 말은 종이로 만들어진 것이나 마찬가지였다. 내 말들은 머리에서 나오는 것이었기에 피한 방울 묻어 있지 않았다. 말의 가치를 가늠하는 기준은 그 말이 핏방울을 품고 있는지 여부에 따라 달라질 수 있는 것이다.

배를 깔고 엎드려 화덕을 뒤적이고 있을 때 조르바가 돌아왔다. 그는 놀란 얼굴이었고 그의 팔은 늘어져 힘없이 흔들리고 있었다.

"보스, 너무 놀라지 마세요."

나는 벌떡 일어났다.

"수도승 녀석이 죽었어요."

그가 퉁명스럽게 말했다.

"죽다니요?"

"바위 위에 누워 있는 걸 발견했어요. 달빛이 비추고 있더군요.

411

나는 그 옆에 무릎을 꿇고 앉아서 그의 콧수염이랑 몇 가닥 안 되는 턱수염을 몽땅 잘라냈지요. 그러다 재미가 붙어서 털이란 털은 모조리 깎았어요. 얼굴에서만 1파운드(약 500그램_옮긴이) 정도는 깎아 냈을 겁니다. 그 모습을 보고 있자니 꼭 양 같아서 배를 잡고 웃었어요. 나는 웃으면서 그 녀석을 잡아 흔들며 호령했어요. '이봐, 자하리아! 일어나서 성모님이 일으킨 기적을 보아라.' 그런데 웬일인지 꼼짝도 하지 않는 겁니다. 그래서 나는 다시 흔들었지요. 그래도 안 일어나더군요. '이 친구 죽었을 리는 없는데 웃기는구면.' 이렇게 중얼거렸지요. 옷을 젖히고 심장 위에 손을 대보았어요. 벌떡벌떡 뛰었느냐고요? 아무 소리도 나지 않았어요. 엔진이 멈춰버린 겁니다."

조르바는 이렇게 말하며 다시 기운을 차렸다. 죽음은 잠시 그를 침묵하게 만들었지만 곧 원래의 상태를 되찾았다.

"보스, 이제 어떻게 하지요? 화장을 하는 게 나을 것 같은데. 남의 신세를 파라핀으로 망쳤으니 파라핀에 구워지는 게 맞겠지요. 성서에는 이런 말이 없나요? 옷이 때와 파라핀에 찌들어서 성목요일의 유다처럼 활활 타오를 겁니다."

"마음대로 하세요."

나는 이렇게 말했지만 마음 한구석이 편치 않았다.

"귀찮은 일이에요. 보통 귀찮은 일이 아니겠어요. 불을 붙이면 옷은 횃불처럼 잘 타겠지만 가죽과 뼈밖에 없으니 재를 만들려면 한참 걸릴 거예요. 불을 활활 타오르게 할 비곗덩어리 하나 없는 친구니까."

그가 고개를 저으며 덧붙였다.

"하느님이 계신다면 이런 걸 미리 알고 불길과 우리를 도와줄 비계 한 덩어리쯤은 붙여 놓아야 되는 거 아닙니까? 보스는 어떻게 생각해요?"

"날 끌어들이진 마요. 조르바, 당신이 원하는 대로 하세요. 이왕이면 빨리 하는 게 낫겠어요."

"제일 좋은 건 기적이 일어나주는 거지요. 수도승들은 아마 이 친구가 수도원에 저지른 죄를 하느님이 벌하셔서 스스로 수염을 깎게 만들었다고 생각할 거예요."

그는 또 머리를 긁적거렸다.

"하지만 무슨 기적을 말하는 겁니까? 어떤 기적 말인데요? 조르바, 잘못하다간 우리한테 불똥이 튀게 될 겁니다."

광을 낸 구리 빛깔 같은 초승달이 지평선 아래로 지고 있었다.

나는 지쳐서 잠자리에 들었다. 새벽에 일어나 보니 조르바가 커피를 끓이고 있었다. 얼굴은 창백했고 눈은 잠을 설쳐서 부은 데다가 빨갛게 충혈되어 있었다. 하지만 그의 염소 입술처럼 뭉툭한 입가엔 장난스러운 미소가 담겨 있었다.

"보스, 할 일이 좀 있어서 잠을 못 잤어요."

"무슨 일인데요, 이 깡패 같은 영감!"

"기적을 일으켰지요."

그는 웃으며 손가락을 입술에 댔다.

"이 이야기는 보스한테 하지 않을 겁니다. 오늘은 우리 고가 케이블 개통식이에요. 수도원의 멧돼지 새끼들도 축하하러 올 거예요. 그러면 '복수의 처녀'가 일으킨 기적이 뭔지 알 수 있을 거예요. 하느님의 크신 권능이여!"

그가 커피를 건네주었다.

"보스도 이미 짐작했겠지만 나한테 시켜만 준다면 수도원장 한 자리쯤은 멋지게 해치울 겁니다. 그리고 내가 수도원을 하나 차리게 되면 다른 수도원의 신자들을 모조리 빼앗아 올 거예요. 눈물을 보길 원한다고요? 성상과 성자 뒤에다 젖은 스펀지 하나를 숨겨놓고 마음대로 울리는 거예요. 천둥을 원해요? 성상 밑에 기계 하나를 숨겨놓고 귀청이 떨어져라 울려줄 거예요. 악마를 원해요? 믿을 만한 수도승을 골라 침대 시트를 덮어씌운 뒤에 한밤중에 지붕으로 올려 보낼 겁니다. 게다가 매년 축제마다 절름발이, 장님, 중풍 환자들을 잔뜩 데려다 놓고 다시 눈을 뜨게 하고 벌떡 일어나게 만들어 성모의 영광을 노래할 겁니다.

웃긴가요, 보스? 내게 아저씨 한 분이 있었어요. 어느 날 아저씨가 길을 가다가 비실비실한 늙은 노새를 주웠지요. 산에 버려져서 숨이 넘어가기 직전이었대요. 우리 아저씨는 그 녀석을 집으로 데려왔지요. 그는 매일 아침 이 노새를 데리고 나가 풀을 뜯기고는 밤이 되면 다시 집으로 데리고 왔지요. 그러던 어느 날, 어떤 마을 사람이 우리 아저씨와 노새가 지나가는 걸 보며 소리쳤대요. '이보게, 하랄람보스! 다 늙은걸 어디에 쓰려고 그러나?' 그러자 아저씨가 말했지요. '이건 똥 만드는 공장일세, 거름을 만들 공장.' 그래요, 보스, 내 손에 들어오기만 하면 수도원은 기적의 공장이 될 거예요."

25

내가 사는 날까지 사월 말일은 잊을 수 없을 것이다. 케이블 고가선 준비가 다 되었다. 철탑과 케이블, 도르래가 아침 햇살에 번쩍거렸다. 거대한 소나무 목재는 산꼭대기에 쌓여 있었고, 인부들은 신호를 받으면 목재를 케이블에 매달아 바다로 내려 보낼 준비를 하고 있었다.

산 위 출발점인 철탑 꼭대기에는 커다란 그리스 국기가 펄럭이고 있었고, 바닷가에도 같은 국기가 걸려 있었다. 조르바는 오두막 앞에 작은 포도주 통까지 마련해 두었다. 인부들은 그 옆에서 꼬챙이에 양고기를 꿰어 굽고 있었는데, 축복의 기도와 개통식이 끝나면 손님들과 한 잔씩 마시며 성공을 축하하기 위해서였다.

조르바는 앵무새 새장을 들고 나와 첫 번째 철탑 옆의 바위 위에 올려놓았다.

"저 녀석을 보면 그 여주인을 보는 것 같아서 데려다 놓았어요."

조르바는 앵무새를 다정하게 바라보며 주머니에서 땅콩을 한 줌 꺼내 앵무새에게 먹였다.

조르바는 한껏 차려입고 왔다. 단추가 없는 셔츠, 초록색 재킷, 회색 바지, 고무를 댄 구두까지 신고 있었다. 또한 빛이 바래기 시작하는 수염에 근사하게 왁스칠까지 했던 것이다.

그는 다른 귀족들을 정중히 맞이하는 고귀한 귀족처럼 마을 유지들을 점잖게 맞이하였다. 그러면서 케이블 고가선이 무엇인지, 고가선이 이 마을에 어떤 이익을 가져다줄지에 대해 설명하고는 성모님이 자비를 베풀어주셨기에 이 계획이 실행될 수 있었다는 이야기도 덧붙였다.

"이 일은 아주 까다로운 토목 기술이 필요했지요. 정확한 경사면을 찾아내야만 제대로 가동이 되니까요. 나는 몇 달간 머리를 쥐어짰지만, 이런 엄청난 일에는 인간의 두뇌도 그다지 쓸모가 없더군요. 우리는 하느님의 도움이 필요했어요. 그런데 그때 성모님께서 내가 고심하는 걸 보시고는 자비를 베풀어주신 거지요. 그분께선 아마 이렇게 말씀하셨을 겁니다. '가엾은 조르바, 나쁜 사람은 아닌데. 이 마을을 위해서 저렇게 노력하는데 내가 가서 좀 도와줘야겠다.' 그 후로 오, 하느님의 기적이 일어난 겁니다."

조르바는 말을 멈추고 세 번이나 성호를 긋고는 말을 이어갔다.

"그래요, 기적이에요. 어느 날 밤 내 꿈에 검은 옷을 입은 여자가 나타났어요. 바로 성모님이셨습니다. 손에는 조그만 모형 케이블 고가선을 들고 오셨지요. 그분께서 이렇게 말씀하셨어요. '조르바, 여기 네가 계획하고 있는 걸 가져왔다. 하늘에서 내리신 것이다. 이것은 네게 필요한 경사면이다. 더불어 네게 축복을 내려주마.' 그러고는 사라지셨어요. 나는 일어나 실험하던 장소로 달려갔어요. 어떻게 했을까요? 케이블을 정확한 각도에 달았습니다.

성모님 말씀대로 된 것이지요. 거기에서 안식향 냄새가 났어요. 성모님께서 직접 만지셨다는 증거가 아니겠습니까?"

콘도마놀리오가 질문하기 위해 막 입을 열려는 순간, 노새를 탄 수도승 다섯이 산길을 내려왔다. 여섯 번째 수도승은 어깨에다 커다란 나무 십자가를 짊어지고 앞서 오면서 뭐라고 소리를 질렀다. 무슨 소린지 궁금했지만 알아들을 수가 없었다. 하지만 노랫소리는 들을 수 있었다. 수도승들은 공중에 팔을 휘저으며 성호를 그었다. 노새가 이따금 돌부리를 걷어찰 때마다 불똥이 튀었다.

앞서 걸어오던 수도승이 우리 앞으로 다가왔다. 얼굴은 땀으로 번들거렸다. 그는 십자가를 높이 쳐들고 외쳤다.

"그리스도인들이여! 기적이 일어났습니다. 그리스도인들이여, 기적이 일어났습니다! 신부들이 성모님의 기적을 모시고 오는 길입니다. 다들 무릎 꿇고 경배하십시오!"

그러자 마을 사람들, 유지들, 인부들이 모두 그쪽으로 달려가 수도승을 에워싸고 성호를 그었다. 나는 조금 떨어진 곳에 서 있었는데 나를 바라보는 조르바의 눈동자가 유난히 반짝거렸다.

"보스, 가까이 가보세요. 가서 성모님 기적이 뭔지 보셔야지요."

수도승은 숨이 차서 헐떡이면서도 서둘러 이야기를 꺼냈다.

"그리스도인들이여, 무릎을 꿇으시오. 그리고 하느님의 기적을 들으시오. 들으시오, 그리스도인들이여! 이틀 전, 저주받은 자하리아의 몸속에 악마가 들어가 파라핀으로 우리 수도원에 불을 지르게 했습니다. 우리는 한밤중에 그 불길을 보고는 모두 일어났습니다. 복도, 계단, 독방 전체가 불길에 휩싸였습니다. 우리는 종을 치면서 외쳤습니다. '도와주십시오, 도와주십시오, 복수의 성처녀

417

여!' 우리는 주전자와 양동이로 물을 퍼서 불을 끄기 시작했고 아침이 되어서야 불길이 잡혔습니다. 성은을 찬양하세! 우리는 예배당 성상 앞으로 달려가 무릎을 꿇고 외쳤습니다. '복수의 성처녀여! 창을 들어 범인을 찌르십시오.' 우리는 모두 마당에 모여 있었습니다. 그런데 유다 자하리아가 자리에 없다는 걸 알았지요. '자하리아가 불을 지른 것이다. 틀림없이 그의 짓이야!' 우리는 소리를 지르며 그를 찾으러 다녔지요. 하지만 하루 종일 찾아도 보이지 않았습니다. 밤새 찾았지만 소용없었지요. 그런데 오늘 새벽 우리가 예배당으로 갔을 때 오, 형제들이여! 우리가 무엇을 보았을까요? 기적이 일어났던 겁니다. 자하리아가 성상의 발밑에 죽어 있었던 겁니다. 복수의 성처녀가 든 창끝에는 피가 묻어 있었습니다."

"주여 우리를 긍휼히 여기소서, 주여 우리를 긍휼히 여기소서!"

겁에 질린 마을 사람들이 여기저기서 웅성거렸다.

"그게 전부가 아닙니다."

수도승은 침을 꼴깍 삼키며 말했다.

"우리는 저주받은 자하리아를 일으키려다 놀라서 쓰러질 뻔했습니다. 성처녀가 그자의 머리털과 수염을 몽땅 깎아서 가톨릭 신부처럼 만들어놓았던 것입니다!"

나는 웃음을 참으려고 애를 쓰며 조르바를 돌아보았다.

"이런 악당 같으니……."

내가 속삭였다. 하지만 조르바는 수도승을 바라보며 시종일관 감동받았다는 듯 눈을 크게 뜨고 계속 성호를 그었다.

"오, 주여, 전능하신 주여! 오, 주여! 전능하신 주여! 주님의 크신 은혜는 경이롭습니다."

조르바가 중얼거렸다.

이때 또 다른 수도승들이 노새를 타고 도착했다. 수도원 안내를 담당하던 수도승이 성상을 들고 있었다. 그가 바위 위로 올라가자 모두들 달려가 이 기적의 성처녀 앞에 무릎을 꿇었다. 맨 뒤에는 뚱뚱한 데메트리오스가 헌금 쟁반을 들고 나와 헌금을 모으며 농부들의 머리에 성수를 뿌리고 있었다. 나머지 수도승 셋은 그를 둘러싸고 배 위에 손을 포갠 채 찬송가를 불렀다. 얼굴은 땀으로 뒤덮여 있었다. 뚱보 데메트리오스가 소리쳤다.

"우리는 신도들이 거룩한 성처녀 앞에 무릎을 꿇고 헌금을 할 수 있도록 성처녀를 받들고 크레타 마을을 돌 것입니다. 성스러운 수도원을 복원하기 위해서는 엄청난 돈이 필요합니다."

"에라, 이 도적놈들아. 개새끼들, 이걸로 또 한탕 해먹을 작정이구나!"

조르바가 툴툴거리며 수도원장에게 다가갔다.

"원장님, 개통식 준비가 다 됐습니다. 성처녀께서 우리의 사업을 축복해 주시길 바랍니다!"

해는 이미 중천에 떠올라 꽤 더운 날씨였고 바람 한 점 불지 않았다. 수도승들은 국기가 게양된 철탑을 둘러싸고 넓은 소매로 땀을 닦으면서 '정초식定礎式'에 올리는 기도문을 읊었다.

"주여! 오, 주여, 이 건물을 반석 위에 세우시어 물과 바람에도 흔들리지 않게 하시고……."

그들은 성수채를 놋그릇 속에 담갔다가 철탑, 케이블, 도르래, 조르바, 나, 농부들, 일꾼들, 바다 할 것 없이 아무 데나 뿌려댔다.

그러고 나서 그들은 병든 여자를 다루듯 조심스럽게 성상을 들어 앵무새 새장 옆에 세운 뒤 에워싸듯 둘러섰다. 맞은편에는 마을 장로들이 서고 한가운데에 조르바가 섰다. 나는 바다 쪽으로 물러나 있었다.

고가선은 삼위일체의 숫자에 맞춰 통나무 세 개로 시운전할 준비가 되어 있었다. 그러나 조르바는 복수의 성처녀에 대한 감사 표시로 시운전을 네 번 하기로 결정했다.

수도승, 마을 사람들, 일꾼들이 성호를 그었다.

"성부, 성자, 성신과 성처녀의 이름으로!"

그들이 웅얼거렸다. 조르바는 순식간에 첫 번째 철탑 아래로 달려가 줄을 당겨 깃발을 내렸다. 인부들이 산 위에서 그 신호를 기다리고 있었던 것이다. 구경꾼들은 뒤로 물러나 산 위를 바라보았다.

"성부의 이름으로!"

수도원장이 외쳤다. 그때 일어난 일은 차마 글로 표현할 수 없다. 그 비극은 벼락처럼 우리를 덮쳤다. 도망갈 시간조차 없었던 것이다. 구조물 전체가 흔들리기 시작했다. 인부들이 케이블에 매단 통나무에는 악마 같은 엄청난 가속도가 붙었다. 불꽃과 나뭇조각이 공중에 날렸고, 몇 초 후 그 나무가 바닥에 이르렀을 땐 이미 숯덩이가 되어 있었다.

조르바는 마치 목매달려 죽은 개와 같은 얼굴로 나를 바라보았다. 수도승들과 마을 사람들은 되도록 멀리 물러서 있었고 놀란 노새들이 발을 구르며 소동을 부렸다. 놀란 데메트리오스는 뒤로 나자빠졌다.

"주여, 자비를 내리소서!"

그가 넋이 나간 채 중얼거렸다. 조르바가 손을 들고 외쳤다.

"아무것도 아닙니다. 첫 번째는 원래 다 그런 겁니다. 기계가 이제 길이 들었어요. 자, 보세요!"

그가 깃발을 올려 두 번째 신호를 보내고는 도망쳤다.

"성자의 이름으로!"

수도원장이 떨리는 목소리로 외쳤다. 두 번째 통나무가 내려오고 있었다. 철탑이 흔들렸고 통나무는 가속도가 붙어 마치 돌고래처럼 튀어 오르며 우리 앞에 정면으로 돌진해 왔다. 그러나 도중에 산산조각이 나서 끝까지 내려오진 못했다.

"이런 젠장!"

조르바가 수염을 물어뜯으며 중얼거렸다.

"아직 경사면을 제대로 못 찾은 건가!"

그는 철탑 아래로 달려가 다시 한 번 거칠게 깃발을 내렸다. 세 번째 시도였다. 수도승들은 노새 뒤에 숨어 성호를 그었다. 마을 사람들은 금방이라도 도망칠 수 있게 준비를 하며 기다렸다.

"성신의 이름으로!"

수도원장이 도망치기 위해 옷자락을 단단히 부여잡고 더듬거리며 말했다. 세 번째 통나무는 크기가 대단했다. 산꼭대기에서 풀어놓자마자 벼락을 치는 듯한 소리를 냈다.

"모두 엎드려! 빌어먹을!"

조르바가 도망치며 소리쳤다. 수도승들은 땅바닥에 엎드렸고 마을 사람들은 잽싸게 도망쳤다. 통나무는 한 차례 펄쩍 튀어 오르더니 케이블에 걸린 채 뒤집어지며 불꽃을 잔뜩 뿜어댔다. 그러고는 순식간에 엄청난 속도로 내려와 해변의 모래사장을 넘어 바다에 처박히며 엄청난 포말을 남겼다. 철탑은 무섭게 흔들렸고,

몇 개는 이미 기울어져 있었다. 노새들은 고삐를 끊고 달아났다.

"아무것도 아닙니다. 걱정할 것 없어요."

조르바가 주위 사람들에게 악을 쓰며 말했다.

"이제 정말 기계가 길이 들었어요. 제대로 될 겁니다!"

그가 다시 한 번 기를 올렸다. 우리는 그가 필사적으로 매달리는 걸 보면서 결과가 나오기를 애타게 기다렸다.

"복수의 성처녀 이름으로!"

수도원장이 바위 뒤로 도망치면서 소리쳤다. 네 번째 통나무가 풀려났다. 다시 천둥소리가 들려오면서 철탑은 카드처럼 차례차례 쓰러졌다.

"주여 긍휼히 여기소서, 주여 긍휼히 여기소서!"

마을 사람들과 인부들, 수도승들이 도망치면서 외쳤다. 통나무 파편에 맞아 데메트리오스가 허벅지를 다쳤고, 수도원장이 눈을 다칠 뻔했다. 마을 사람들은 모두 사라지고 없었다. 복수의 성처녀만 바위 위에 서서 창을 손에 든 채 냉정한 눈으로 사내들을 내려다보고 있었다. 그 옆에는 겨우 살아난 앵무새가 초록색 깃을 세운 채 떨고 있었다.

수도승들은 성처녀의 성상을 거두며 비명을 지르는 데메트리오스를 부축하더니 노새를 타고 돌아갔다. 꼬챙이를 돌리며 양고기를 굽던 인부들도 넋이 나가서 도망간 뒤라 고기는 타고 있었다.

"양고기가 숯덩이가 되겠군!"

조르바가 소리치며 꼬치 쪽으로 달려갔다. 나도 그의 옆에 앉았다. 다들 가버리고 해변에는 우리 둘만 남아 있었다. 그는 내 쪽으로 고개를 돌리며 주저하는 듯한 눈빛을 보냈다. 그는 내가 이 파국을 어떻게 받아들일지, 또 어떻게 수습해야 할지 몰라 망설이는 듯했다.

그는 칼로 양고기를 베어 맛을 보고는 재빨리 꺼내 꼬챙이째 나무에 기대어 놓았다.

"잘 구워졌어요. 잘 익었어요, 보스. 한 점 드시겠어요?"

"배고파요. 빵이랑 술도 가져와요."

조르바는 술통 쪽으로 달려가 술통을 굴려 양고기 옆에 가져다 놓고는 흰 빵과 술잔 두 개를 가져왔다. 우리는 각자 칼을 들고 고기를 한 점씩 베어내고는 빵을 잘라 먹기 시작했다.

"보스, 진짜 맛이 좋지요? 입안에서 살살 녹네요. 이 주변에는 초원이 없어서 양은 내내 마른풀만 먹거든요. 그러니 맛있을 수밖에요. 전에도 이렇게 맛있는 고기를 먹어본 적이 있어요. 머리카락으로 성 소피아 상을 엮어 목에 걸고 다니던 시절 이야기라 꽤 오래전……."

"들려주세요!"

"보스, 아주 옛날이야기예요. 그리스인들이나 할 법한 짓이지!"

"계속해요, 조르바! 어디 좀 들어봅시다."

"하지요, 대충 이런 이야깁니다. 불가리아군에 포위되었을 때였지요. 밤이었는데 놈들이 산의 사면에다 불을 놓고 우리를 에워쌌어요. 우릴 겁주려고 그것들이 심벌즈를 두드리며 늑대 무리들처럼 소리를 질렀지요. 한 삼 백 명은 됐을 거예요. 우리는 고작 스물여섯 명이었는데 말이지요. 루바스란 사람이 대장이었는데, 만일 그가 죽었다면 하느님이 그의 영혼을 구원하시길!—좋은 친구였어요. 그가 내게 이렇게 말했어요. '이리 와, 조르바. 양을 꼬치에 꿰어!' '대장, 그것보단 구덩이를 파고 거기에다 구우면 더 맛있어요!' 내가 말했지요. '그럼 마음대로 하게. 난 배가 고파 죽을 것 같으니.' 우리는 구덩이를 파고 거기에 양을 넣고 숯을 쌓아 불을 피웠지요. 그러고는 보따리에서 빵을 꺼내 불 앞에 빙 둘러앉았어요. 대장이 이렇게 말했지요. '이게 우리의 마지막 음식이 될지도 모른다! 겁나는 사람 있나?' 우리는 모두 웃었어요. 아무도 대답은 안 했어요. 우리는 게걸스럽게 먹으면서 이렇게 말했어요. '건강하시오, 대장! 저 자식들 사격 솜씨로 어디 우릴 맞힐 수나 있겠어요?' 우리는 구덩이의 양을 꺼내어 먹고 마셨지요. 아, 그때의 양고기 맛이란! 그 생각을 하면 지금도 입에 침이 다 고여요. 루쿰처럼 살살 녹았다니까요. 우리는 고기를 물어뜯으며 정신없이 먹었습니다. 대장이 또 이렇게 말했어요. '내 평생 이렇게 맛있는 양고기는 처음이다. 다 하느님 덕이로다!' 그전에는 술도 안 마시던 사람이 한 잔 따라주니까 단숨에 마셔버리더군요. 그러더니 명령을 내렸지요. '이봐! 클레프트 산적 주제가나 불러봐! 저 자식들은 늑대 떼처럼 소리만 지르고 있군! 우리는 사람답게 노래 부르자. 디모스부터 해보는 게 어때?' 이 양반은 한 잔을 비우더니 또 한 잔 따라서 비우는 거예요. 그러더니 노래를 시작했습니다. 노랫소리는 점점 커져 계곡 전체에 울려 퍼졌지요. '얘들아, 내가 이래뵈도 클레프트 산적 떼로 사십 년이나 명성을 떨쳤다……' 우리는 목청을 높이며 온 힘을 다해 노래를 불렀지요. 대장이 이러더군요. '하느님이 우리를 도와주실 거다. 분명 신령이 도와주실 거야. 알렉시스, 자네 양을 뒤집어서 등을 좀 보게. 뭐라고 쓰여있나?' 나는 불 위로 허리를 구부리고 칼끝으로 양의 등을 뒤적거려 보고는 대답했지요. '대장! 무덤도 없고 시체도 없어요. 한 번 더 빠져 나갈 수 있을지도 모르겠네!' 그랬더니 오랫동안 총각이었던 대장이 소리를 지르더군요. '하느님도 자네 말을 들으셨을 거야. 아들 하나만 있으면 소원이 없겠는데!' "

조르바는 콩팥 근처의 살점을 큼직하게 잘라냈다.

"그때 그 양 참 대단했어요. 하지만 이것도 못지않은데요. 정말 근사해요!"

"조르바! 술 좀 더 따라요! 찰랑찰랑 부어서 몽땅 마셔버립시다!"

내가 소리쳤다. 조르바와 나는 술잔을 부딪치고 토끼 피처럼 붉은 크레타 포도주를 마셨다. 그 포도주를 마시면 대지의 피와 이어져 도깨비가 되는 기분이었다. 혈관에는 기운이 솟고 가슴은 선한 마음으로 가득 차는 것 같았다. 양처럼 순했던 사람이 사자가 되고, 인생의 슬픔은 잊히고 고삐는 사라져버렸다. 짐승이고 하느님이고 모두 인간과 화합하여 우주의 일부가 되는 듯한 기분이 들었다.

"조르바! 양의 등짝을 좀 보세요, 뭐라고 쓰여 있는지 어서요!"

내가 소리쳤다. 그는 조심스럽게 양의 등에 붙은 살점을 잘라내고는 불빛에 비추어 주의 깊게 들여다보았다.

"좋아요. 보스, 우리는 천수를 누릴 거예요. 심장이 강철입니다!"

그는 다시 고개를 숙여 자세히 들여다보면서 말을 이었다.

"여행을 할 것 같아요. 아주 긴 여행을요. 여행 끝에는 문이 많은 저택이 있어요. 보스, 이건 왕국의 수도 혹은 내가 수문장이 될 수도원일 수도 있겠어요. 전에 말했던 것처럼 내가 밀수라도 좀 해먹을 수도원 말이에요!"

"조르바, 술이나 따르세요, 예언은 그만하고요. 그 저택이 무엇인지 알려드려요? 그건 대지고 대지의 무덤이에요. 조르바. 그게 긴 여행의 끝이지요. 건강을 기원합니다! 깡패 조르바 나리!"

"건강하시오, 보스! 행운의 신은 눈이 멀었다고들 합니다. 가는 곳이 어딘지도 모르고 무작정 사람들에게 달려간대요. 그리고 그와 맞닥뜨린 사람을 우린 재수 좋은 사람이라고 부르지요. 에라, 행운이란 게 무슨 빌어먹을 것인지! 우리는 행운 같은 거 별로 바라지 않죠, 보스? 어떻게 생각해요?"

"바라지 않아요. 조르바, 건강이 우선이에요."

우리는 술을 마시고 양고기를 몽땅 먹어 치웠다. 그러고 나니 세상이 좀 더 밝아진 기분이 들었다. 바다는 다정해 보이고 대지는 배의 갑판처럼 일렁였다. 갈매기 두 마리가 뭐라 소곤거리면서 자갈밭을 걸어갔다. 나는 일어섰다.

"조르바! 이리 좀 와봐요! 춤 좀 가르쳐주세요!"

조르바가 펄쩍 뛰어오르듯 일어났다. 그의 얼굴은 황홀하게 빛나고 있었다.

"춤이라고요, 보스? 정말 춤이라고 했어요? 좋아요! 이리 오세요!"

"조르바, 갑시다. 내 인생은 변했어요. 자, 한 번 해봅시다!"

"제일 처음으로 제임베키코를 가르쳐줄게요. 이건 아주 거친 군대식 춤이지요. 게릴라 노릇 할 때, 전장에 나가기 전에 늘 이 춤을 추곤 했어요."

그는 구두와 자주색 양말을 벗고 셔츠만 입고 있었다. 그러다 잠시 후엔 그것마저 벗어버리고는 나를 끌어당겼다.

"보스, 내 발을 잘 봐요. 잘 봐요!"

그는 발을 뻗으며 발가락만으로 땅을 살짝 건드리고는 그다음 발을 세웠다. 두 발이 맹렬하게 엉키면서 땅바닥에서는 북소리가 났다. 그가 내 어깨를 흔들었다.

"해봅시다! 자, 같이!"

우리는 함께 춤을 추었다. 조르바는 엄숙하면서도 끈기 있게 춤을 가르쳐주었고 틀린 부분은 부드럽게 고쳐주었다. 나는 차츰 대담해졌다. 마치 새처럼 날아오르는 기분이었다.

"브라보! 아주 잘하시는데요!"

조르바는 박자를 맞추느라 손뼉을 치면서 외쳤다.

"브라보, 젊은 친구여! 종이와 잉크는 지옥에나 보내라고! 재물이나 이익 따위 던져버려요. 광산, 인부, 수도원 따위도 날려버려요. 이것 봐요, 당신이 춤을 배우고 내 말을 배우면 우리가 나누지 못할 이야기는 없다고요!"

그는 맨발로 자갈밭을 짓이기며 손뼉을 쳤다.

"보스! 당신에게 할 말이 아주 많아요. 당신만큼 사랑해 본 사람은 없었어요. 하고 싶은 말이 넘치지만 내 혀로는 부족해요. 그러니 춤으로 보여드리겠어요. 자, 갑시다!"

그가 공중으로 뛰어올랐다. 팔다리에 날개가 달린 듯 그는 바다와 하늘을 등지고 날아올랐다. 마치 반란을 일으킨 대천사 같았다. 그는 하늘에다 대고 이렇게 외치는 듯했다. '전능하신 하느님, 당신은 날 어쩌시려는 거요? 그래봤자 죽이기밖에 더 하겠소? 그래요, 죽여요. 상관하지 않을 테니까. 나는 분풀이도 실컷 했고, 하고 싶은 말도 실컷 했고, 춤출 시간도 있었으니…… 나는 더 이상 당신이 필요치 않아요!'

조르바의 춤을 바라보며 나는 처음으로 자신의 무게를 극복하고자 하는 인간의 처절한 노력을 이해할 수 있었다. 나는 조르바의 인내와 민첩함, 그리고 긍지에 찬 모습에 감탄했다. 그의 민첩하면서도 맹렬한 스텝은 모래 위에 인간의 신들린 역사를 남겼던 것이다.

조르바가 춤을 멈추고는 흩어진 케이블 선과 무너진 철탑 더미를 바라보았다. 날이 저물면서 그림자가 길어지고 있었다. 조르바는 나를 돌아보고는 그 특유의 몸짓을 해보이며 손바닥으로 입을 가렸다.

"보스, 아까 불꽃 소나기 보셨어요?"

우리는 웃음을 터뜨렸다. 조르바가 다가와 나를 끌어안으며 키스했다.

"보스, 그 이야기가 우스워요? 당신도 우스워요? 아이고, 좋다!"

우리는 웃으며 한참을 장난삼아 씨름을 했다. 그러다 둘 다 바닥에 쓰러져 자갈밭 위에 널브러졌고 곧 서로의 팔을 베고 곯아떨어졌나.

나는 새벽에 일어나 해변을 따라 빠른 걸음으로 마을로 갔다. 가슴속에서 심장이 요동치고 있었다. 내 평생 그런 기쁨은 누려본 적이 없었다. 그것도 일반적인 기쁨이 아닌 숭고하면서도 이상야릇한, 말로는 설명할 수 없는 즐거움이었다. 아니, 설명할 수 없는 정도가 아니라 설명 가능한 것과는 정반대의 것이었다. 나는 돈, 인부들, 고가 케이블, 수레 등 모든 걸 잃었다. 우리는 작은 항구를 만들었지만 수출할 물건이 없었다. 몽땅 날아가 버린 것이다.

그 순간이었다. 모든 게 정확하게 끝이 난 순간, 나는 뜻밖의 해방감을 맛보았던 것이다. 복잡한 필연의 미궁에 빠져 있다가 저 구석에서 놀고 있는 자유를 발견한 것이다. 나는 자유의 여신과 더불어 놀았다.

모든 것이 뒤틀렸을 때, 자신의 영혼을 시험대 위에 올려놓고 인내와 용기를 시험해 보는 것은 얼마나 즐거운 일인가! 누군가는 하느님이라 부르고, 또 누군가는 악마라 부르는 보이지 않는 이 강력한 적이 우리를 무너뜨리려고 달려드는 것 같았다. 하지만 우리는 부서지지 않았다.

겉으로는 완전히 패했어도 속으로는 정복자가 되었다고 생각하는 순간, 인간은 인간으로서의 최고의 긍지와 환희를 느낀다. 외부의 파멸이 최고의 행복으로 바뀌는 것이다. 언젠가 조르바가 했던 말이 떠올랐다.

"어느 날 밤, 눈으로 덮인 마케도니아 산에 무시무시한 강풍이 불었어요. 내가 자고 있는 오두막을 흔들며 뒤엎으려고 했으니까요. 하지만 나는 이미 이걸 단단히 묶어놓고 만약을 대비해 손을 좀 봤었지요. 나는 불가에 앉아 웃으면서 바람의 약을 올렸어요. '이봐, 아무리 그래도 우리 오두막엔 못 들어와. 내가 문을 열어주지 않을 테니까. 내 불을 끌 수도 없을 거야. 내 오두막을 엎어? 그렇게는 안 될걸.'"

조르바의 이 몇 마디를 통해, 나는 인간이 취해야 할 도리와 강력하면서도 맹목적인 필연에 부딪혔을 때 우리가 어떻게 적에게 맞서 이야기해야 하는지를 깨달았다.

나는 빠른 걸음으로 해변을 따라 걸으며 내 적과 이야기를 나누었다. 나는 호령했다.

"내 영혼에는 못 들어올 거야. 내가 문을 열어주지 않을 테니까. 내 불을 끌 수도 없어. 나를 뒤엎는다고? 어림없는 소리!"

해는 아직 산 위로 모습을 드러내지 않았다. 물 위에 비친 하늘에서 여러 색깔들이 서로 즐기고 있었다. 푸른색, 파란색, 핑크색, 진줏빛이 어우러졌다. 아침 햇살을 받고 잠에서 깬 작은 새들이 올리브나무 속에서 지저귀고 있었다.

나는 그 황량한 해변에 작별을 고하고 가슴에 새겨 함께 떠나려고 물가를 걸었다. 나는 그 해변에서 수많은 기쁨과 즐거움을 느꼈다. 조르바와 함께했던 날들은 내 가슴을 넓혀주었고, 그의 몇 마디 말은 내게 영혼의 안식을 주었다. 조르바는 정확한 직감과 독수리 같은 원시의 모습을 함께 지닌 사람이었다. 그는 다른 이들이 정상에 이르는 동안 지름길을 찾아내 단 한 번도 헐떡이지 않고 남들보다 한 발 더 앞서 나아간 사람이었다.

음식과 포도주 병을 넣은 바구니를 지고 남자들과 여자들이 무리 지어 지나갔다. 5월 1일을 기념하기 위해 밭으로 가는 것이었다. 처녀 하나가 봄의 시냇물처럼 카랑카랑한 목소리로 노래를 시작했다. 그리고 이미 젖가슴이 부풀기 시작한 계집아이 하나가 숨을 가쁘게 쉬며 내 옆을 지나 높은 바위 위로 기어 올라갔다. 그러자 수염이 검고 얼굴이 창백한 사내가 화를 내며 뒤를 따랐다.

"내려와! 내려오라니까……."

그가 쉰 목소리로 불렀다. 그러나 볼이 빨개진 계집아이는 머리 뒤에다 손깍지를 끼고는 땀이 난 몸을 부드럽게 흔들며 노래를 부르기 시작했다.

웃으면서 말해요, 울면서 말해요,
사랑하지 않는다고 말해 봐요,
눈 하나 깜빡하나?

"내려와, 내려오라니까!"

수염이 덥수룩한 사내가 소리쳤다. 그는 쉰 목소리로 애원과 위협을 번갈아했다. 그러다 그는 바위 위로 뛰어올라 그녀의 발을 잡고 거칠게 잡아당겼다. 계집아이는 울음을 터뜨리며 이런 거친 행위를 기다렸다는 듯한 몸짓을 보였다.

나는 다시 빠르게 걸어갔다. 뜻밖의 기쁨이 내 가슴을 휘저어 놓았다. 문득 늙은 세이렌 생각이 났다. 뚱뚱하고 진한 향수 냄새를 풍기며 키스를 수없이 해봤을 오르탕스 부인의 모습이 떠올랐던 것이다. 하지만 부인은 땅 밑에 누워 있다. 부풀다 못해 초록빛으로 변했을 것이며, 피부는 터지고 체액이 흘러나오고 구더기가 파먹고 있을 것이다.

나는 고개를 흔들며 두려움을 떨쳐냈다. 대지가 투명해질 때마다 우리는 밤낮 지하 공장에서 일하는 강력한 통치자인 구더기의 존재를 깨닫게 된다. 하지만 우리는 재빨리 시선을 돌리고 만다. 인간이라면 어떤 부류든 참을 수 있지만 이 하얀 구더기를 보는 것만은 견딜 수가 없기 때문이다.

나는 마을로 들어서면서 이제 막 트럼펫을 불려던 우편배달부를 만났다.

"편지가 왔습니다, 선생님."

그가 파란 봉투를 건네며 말했다. 나는 필체를 보고 뛸 듯이 기뺐다. 급히 가지를 헤치고 올리브 숲으로 들어가 편지를 뜯었다. 짤막한 내용이었는데 급하게 쓴 것 같았다. 나는 단숨에 읽었다.

　우리는 그루지야 국경에 이르렀네. 쿠르드에서 간신히 탈출했지. 나는 마침내 행복이 무엇인지 알아냈다네. 그 이유는 내가 '행복이란 의무를 행하는 것이며, 의무감이 클수록 더 큰 행복을 누릴 수 있는 법'이라는 옛말을 지금에서야 실감하고 있기 때문이지.
　며칠 후면 쫓기면서 죽어가고 있는 이 무리가 바툼에 닿을 것이네. 조금 전에 이런 전보를 받았지. '첫 배가 시야에 들어왔음!'
　엉덩이가 펑퍼짐한 아내와 눈매가 매서운 새끼를 거느린 이 수천 명의 부지런한 그리스 지성인들은 마케도니아와 트라케로 돌아가게 된다네. 우리는 그리스의 핏줄에 새롭고 활기찬 피를 섞을 것이네.
　내 자신이 지쳤다는 건 인정하네. 그러나 그게 대수겠는가? 친구여! 우리는 싸워 이겼다네. 나는 행복하다네.

　나는 편지를 주머니에 넣고 다시 걷기 시작했다. 나 역시 행복했다. 나는 가파른 산길을 걸으며 손가락 사이에 향긋한 백리향 가지를 문질렀다. 정오 무렵이 되자 내 검은 그림자는 짧아졌다. 황조롱이가 머리 위에서 돌았다. 날개를 어찌나 빨리 움직이는지 마치 공중에 멈춰 있는 것 같았다. 자고가 내 발소리를 듣고 숲을 지나다가 본능적으로 푸드덕거리며 날아올랐다.
　나는 행복했다. 노래라도 목청껏 부르며 내 감정을 토로할 수 있다면 얼마나 좋을까! 하지만 겨우 외마디 소리만 나올 뿐이었다.

자네, 어디가 잘못된 거 아닌가? 나는 나 자신을 놀렸다. 옛날처럼 자네는 아직도 나라를 사랑하는군. 그걸 모르겠나? 그럼 친구를 그렇게 사랑하는 건가? 부끄러운 줄 알라고! 대강 좀 해둬!

그러나 나는 기쁨에 취해 걸으면서도 혼자 소리를 질렀다. 염소 목에 달린 방울 소리가 들렸다. 햇살을 한껏 받은 검은색, 고동색, 회색 염소들이 바위 사이에서 모습을 드러냈다. 숫염소가 맨 앞에 서서 목을 꼿꼿하게 세웠다. 냄새가 진동했다.

"이봐요, 형씨! 어딜 그렇게 바삐 가는 거요? 뭘 쫓고 있소?"

양치기가 바위 위로 뛰어올라 손가락을 입에 넣고 휘파람을 불었다.

"급한 일이 있소."

나는 이렇게 대답하고는 계속 올라갔다.

"잠깐만 기다려요. 이리 와서 양젖이나 한 모금 마시고 기운 차려요!"

양치기가 바위에서 바위로 건너다니며 소리쳤다.

"급한 일이 있다잖소?"

나도 소리를 질렀다. 가던 길을 멈추고 대화를 나누면 왠지 내 기쁨이 줄어들 것 같았다.

"내 양젖을 우습게 보는 거요?"

양치기의 목소리가 거칠어졌다.

"그럼 가보시오. 행운을 빌겠소!"

그가 다시 휘파람을 불자 염소 떼와 개들이 바위 뒤로 모습을 감췄다. 이윽고 나는 산꼭대기에 도착했다. 정상에 오르는 게 목적이었던 것처럼 마음이 안정되었다. 바위 그늘에 누워 멀리 평야와 바다를 바라보았다. 그리고 숨을 깊게 들이마셨다. 샐비어와 백리향 냄새가 향긋하게 풍겼다.

나는 일어서서 샐비어를 모아 베개를 만들고는 다시 누웠다. 피곤했다. 나는 눈을 감았다. 내 마음은 저 멀리, 꼭대기가 눈으로 덮인 산을 향해 날아가고 있었다. 북으로 가는 남자, 여자들과 가축 떼, 양 떼를 이끄는 숫양처럼 앞서 걷고 있는 내 친구의 모습도 떠올려 보았다. 하지만 그 순간, 마음이 혼란스러워지며 참을 수 없는 잠에 대한 욕망이 밀려들었다.

나는 저항하려고 했다. 잠에 항복하고 싶지 않았다. 그래서 눈을 떴다. 까마귀의 일종인 알프스 까마귀가 내 앞에 있는 바위에 앉아 있었다. 푸른 깃털이 햇빛에 반짝거렸고, 아래로 굽은 노란 부리가 똑똑하게 보였다. 나는 이 새가 왠지 흉조인 것 같아 기분이 좋지 않았다. 나는 돌멩이 하나를 집어던졌다. 알프스 까마귀는 조용히, 그리고 천천히 날개를 폈다.

나는 다시 눈을 감았다. 이번엔 저항할 수 없었다. 곧 잠이 들었다. 하지만 몇 초 지나지 않아서 나는 소리를 지르며 벌떡 일어났다. 그 순간, 알프스 까마귀가 내 머리 위를 지나갔다. 나는 바위에 기대어 몸을 떨었다. 불길한 꿈이 칼이 되어 내 가슴을 도려내는 것 같았다.

나는 꿈속에서 홀로 아테네의 헤르메스 거리를 걷고 있었다. 태양은 타는 듯이 뜨거웠고 거리엔 아무도 없었다. 가게도 모두 문을 닫아 거리는 쥐 죽은 듯 조용했다. 나는 카프니카레아 교회 앞을 지나다가 하얗게 질린 얼굴로 숨을 헐떡이며 '입헌 광장' 쪽에서 뛰어오는 친구를 보았다. 키가 크고 날씬한 사람이 그 뒤를 따라오고 있었는데, 그는 마치 거인처럼 성큼성큼 걸어왔다. 내 친구는 외교관 복장이었다. 친구가 나를 알아보고는 멀리서 가쁜 숨을 몰아쉬며 불렀다.

"이봐! 자네 요새 뭘 하고 있는가? 몇 년간 못 보았군. 오늘 밤에 만나서 우리 이야기 좀 하세."

"어디서 말인가?"

나는 친구가 너무 멀리 떨어져 있어서 큰 소리로 외쳐야 들릴 것 같아서 목청껏 소리쳤다.

"오늘 저녁 6시에 오모니아 광장에서 보세. 파라다이스 카페 분수 말일세!"

"알았네. 그리로 가지."

내가 대답했다.

"말로만 그러고 안 올 거지?"

친구는 나를 책망하는 듯했다.

"꼭 가겠네. 맹세하지."

내가 소리쳤다.

"갈 길이 바쁘니 그럼 이만."

"왜 그렇게 서두르는가? 우리 악수나 한 번 하세."

그가 손을 내밀었다. 그런데 갑자기 그의 손이 어깨에서 빠져나와 내 손을 잡으려고 공중을 날아왔다. 나는 섬뜩한 촉감에 깜짝 놀라 소리를 지르며 잠에서 깼다.

바로 그때, 내 머리 바로 위에서 날고 있던 알프스 까마귀를 발견한 것이었다. 독이라도 흘러나온 듯 내 입술은 쓰디썼다.

나는 동쪽을 바라보며 먼 곳까지 꿰뚫어보려는 듯이 눈을 부릅

떴다. 분명 내 친구는 위험에 빠진 것이다. 나는 그의 이름을 세 번 불렀다.

"스타브리다키! 스타브리다키! 스타브리다키!"

그에게 용기를 주고 싶었다. 하지만 내 목소리는 내 앞에서 몇 야드도 채 가지 못하고 공기 속으로 사라져버렸다.

나는 피곤함으로 슬픔을 달래기 위해 온 힘을 다해 산길을 달려 내려왔다. 이따금 내 머리는 몸을 관통하여 영혼에 이르는 신비로운 메시지를 해독하려 했지만 소용없는 짓이었다. 내 존재의 심연에서 이성보다도 더 구체적이고 오로지 동물적인 이상한 확신이 공포가 되어 나를 엄습했다. 양이나 쥐가 지진을 예감하는 것처럼 말이다. 이 땅에 제일 먼저 모습을 드러낸 인간의 영혼, 우주에 밀착해 이성의 도움 없이 우주의 진리를 흡수하는 영혼이 내 내부에서 눈을 뜨고 있었다.

"위험해. 위험에 빠진 거야."

나는 중얼거렸다.

"죽어가고 있어. 아직은 위험하다는 걸 깨닫지 못하고 있을 거야. 하지만 나는 알아. 확실해……."

나는 산길을 달려 내려오다 돌부리에 걸려 쓰러졌다. 돌이 사방으로 흩어졌다. 손과 발에 피가 흘렀다. 나는 다시 일어났다.

"죽어가고 있어. 죽을 모양이야."

이렇게 말하다 보니 목에서 어떤 응어리가 솟아오르는 것 같았다.

불행한 사람은 자신의 초라한 존재 외부에도 자만의 벽을 쌓는다. 이런 사람은 그 안에 머물며 자기 삶의 하찮은 질서와 안녕을 그 속에서 누리려는 게 보통이다. 하찮은 행복이다. 모든 일에는 순서가 있다. 우리는 험한 길, 신성한 길을 가다가도 좀 더 안전하고 단순한 법칙에 따르기도 한다. 하지만 미지의 세계로부터의 공격이 차단된 이 하찮은 확신의 벽에 갇혀 지네처럼 꼼지락거리다 보면 그 어떤 도전도 받을 수 없게 된다. 숙명적인 공포와 증오의 대상이 되는 강력한 적은 오로지 근거 없는 확신뿐이다. 이 확신은 내 경험의 벽을 무너뜨리며 내 영혼을 잠식하고 있었다.

해변에 이르자 나는 걸음을 멈추고 잠시 숨을 돌렸다. 제2방어선에 도달한 것 같은 기분이 들어 나는 내 자신을 가다듬었다. 그리고 이 모든 메시지는 우리의 불안한 심리에서 비롯된 것이며, 잠은 그것을 상징하는 화려한 의상이라고 생각했다. 하지만 그 상징을 만드는 것도 바로 우리 자신 아니던가. 나는 차츰 평정심을 되찾았다. 이성은 내 심장에게 진정하라고 명하면서 박쥐의 날개를 자르고 잘라 더 이상은 날 수 없게 만들었다.

오두막에 이르자, 나는 내 자신의 단순한 생각에 웃음이 났다. 내 마음이 그토록 쉽게 공포에 사로잡혔다는 사실이 부끄러웠다. 현실을 되찾으니 배가 고프고 목이 말랐다. 피곤했다. 돌에 찢긴 상처가 쓰라렸다. 하지만 내 가슴은 확신을 되찾았다. 내 외벽을 무너뜨린 적은 내 영혼을 둘러싸고 있는 제2방어선에서 저지당한 것이었다.

26

모 든 것이 끝났다. 조르바는 케
이블, 연장, 운반용 수레, 쇠붙
이들과 목재를 해변에 쌓아 카이크 선이 실어갈 수 있게 했다.

"조르바, 저건 당신 선물이에요. 모두 당신 거요. 행운을 빌어요."

조르바는 울음을 참으려는 듯 침을 삼켰다.

"우리 헤어지는 겁니까? 보스는 어디로 가실 겁니까?"

"조르바, 나는 외국으로 나갈 생각이에요. 내 뱃속에 든 염소 녀
석이 아직도 종이를 더 씹어먹어야겠대요."

"보스, 내가 그렇게 말했는데도 아직도 못 알아들으셨소?"

"조르바, 모든 게 당신 덕분이에요. 나도 당신 방법을 써먹어볼
까 해요. 당신이 버찌를 잔뜩 먹어 버찌를 정복했던 것처럼 나도
책을 책으로 정복해 보려고요. 종이를 잔뜩 먹으면 언젠가는 구역
질이 나겠죠? 구역질이 나면 다 토해 버리고 영원히 이별하는 겁
니다."

"보스, 당신이 없으면 나는 어떻게 되는 거지요?"

"조르바, 걱정 마세요. 또 만나게 될 겁니다. 누가 또 알아요? 사

람의 능력이란 참으로 대단한 거니까! 그날이 오면 우리의 원대한 계획을 실천에 옮깁시다. 우리만의 수도원을 짓자고요. 신도 없고 악마도 없고 오직 자유로운 인간만이 있는 수도원을. 당신은 성 베드로처럼 문지기가 되는 거예요, 조르바. 큼지막한 열쇠를 차고."

조르바는 오두막 한구석에 등을 기대고 주저앉아 아무 말도 없이 연거푸 술을 마셨다.

밤이 되었다. 우리는 식사를 끝내고 포도주를 마시며 마지막 대화를 나누고 있었다. 아침이면 우리는 헤어질 것이다.

"그래요, 그럼요, 알아요, 알았다고요."

조르바는 수염을 쥐어뜯으며 계속 술잔을 비웠다.

밤은 별에 불을 켰고 우리는 평온해지고 싶었으나 심장이 요동치고 있었다.

나는 생각했다. '이 사람과 영원히 이별해야지. 잘 봐두자. 절대로, 절대로 다시는 조르바에게 시선을 돌리지 말자.'

나는 그의 품에서 울고 싶었지만 겨우 참아냈다. 부끄러웠기 때문이다. 감정을 숨기려 웃기도 했지만 목구멍에 응어리가 진 듯 그렇게 하기가 어려웠다.

나는 먹이를 채는 새처럼 목을 빼고 술을 마시는 조르바를 바라보았다. 그를 보고 있으니 우리 인생이 얼마나 신비로운 것인가를 새삼 느꼈다. 우리는 바람에 흩날리는 나뭇잎처럼 만났다가 헤어지면서 사랑하던 사람의 얼굴과 몸매와 몸짓을 기억하고 싶어 한다. 다 부질없는 짓이다. 몇 년만 지나도 그 눈이 검었는지 푸르렀는지조차 생각나지 않는 것이다.

나는 나 자신에게 외쳤다. 인간의 영혼을 놋쇠로 만들어놓았어야 했다고, 강철로 만들었어야 했다고 말이다.

조르바는 그 큰 머리를 꼿꼿하게 세우고는 꼼짝도 하지 않고 마셨다. 그는 다가오는 발소리를 듣는 것 같기도 했고, 존재의 심연으로 사라지는 발소리를 들으려는 것 같기도 했다.

"조르바, 무슨 생각해요?"

"보스, 무슨 생각하느냐고요? 아무것도 안 해요. 아무 생각도 안 나요."

다시 잔을 채우고는 그가 소리쳤다.

"보스, 건강하시오!"

우리는 잔을 부딪쳤다. 우리는 둘 다 이 아픈 감정들이 그리 오래 지속되지 않을 걸 알고 있었다. 울음을 터뜨리거나 술에 취해 버리거나 미친 듯이 춤을 출 수도 있었다.

"산투르를 켜요, 조르바!"

내가 제안했다.

"보스, 전에도 얘기하지 않았어요? 산투르를 켜려면 마음이 평온해야 돼요. 한 달, 아니면 두 달……. 그 정도는 지나야 켤 수 있을 겁니다. 그때가 되면 우리가 영원히 이별한 이야기를 노래할 수 있겠지요."

"영원히!"

나는 놀라 소리쳤다. 이 엄청난 말을 혼자 생각해 본 적은 있지만 입 밖으로 나올 거라곤 생각도 못 했던 것이다. 나는 몹시 놀랐다.

"영원히!"

조르바는 힘겹게 침을 삼키며 말했다.

"그래요. 영원한 이별이에요. 다시 만나자느니 수도원을 짓자느니 하는 얘긴 병자를 일으키려고 할 때 쓰는 말이잖아요. 나는 그런 말을 믿지 않아요. 바라지도 않고요. 우리가 계집들처럼 서로 그런 위로를 해줘야 할 만큼 나약해요? 아니지요. 그러니 우리는 영원히 이별하는 겁니다."

"나는 당신과 함께 있을 수 있어요. 어디든 함께 갈 수 있고요. 나는 자유로우니까."

나는 조르바의 간절함에 당황하며 말했다.

조르바가 고개를 가로저었다.

"아니에요. 보스는 자유롭지 않아요. 당신이 묶인 줄은 다른 사람들과 다를 수도 있어요. 당신은 긴 줄 끝에 있고 오고 갈 수 있기 때문에 자유롭다고 생각하는 거예요. 하지만 당신은 그 줄을 자르지는 못합니다. 그 줄을 자르지 못하면……."

"언젠가는 자를 거예요."

나는 오기를 부렸다. 조르바의 말이 내 상처의 정곡을 찔렀기 때문이었다.

"보스, 그건 어려운 일이에요. 아주 어려워요. 그러기 위해선 바보가 되어야 하니까요. 아시겠어요? 모든 걸 도박에 걸어야 하는 겁니다. 하지만 당신은 머리가 좋으니 잘해 나갈 수는 있겠지요. 인간의 머리는 식료품 가게 같은 거예요. 계속 계산을 하니까요. 얼마를 냈고 얼마를 벌었으니 이익은 얼마고 손해가 얼마구나! 머리라는 건 이렇듯 쪼잔한 가게 주인 같은 겁니다. 가진 걸 다 걸어 볼 생각은 안 하고 예비금이라는 걸 꼭 남겨두니까요. 그러니 줄을 자를 수 없는 거지요. 아니, 아니지! 더 붙들어 맬 테지요. 줄을 놓쳐버리게 되면 머리라는 이 멍청한 녀석은 어쩔 줄 몰라 허둥거리게 되지요. 그러면 끝나는 겁니다. 하지만 인간이 이 줄을 자르지 않으면 살맛이 나겠어요? 노랗고 멀건 카밀레차를 마시는 거나 마찬가지겠지요. 럼주 같은 맛이 아니고요. 그걸 잘라야 제대로 된 인생을 맛보게 되는 겁니다."

그는 묵묵히 술을 더 마시며 계속 이야기했다.

"보스, 날 용서하시오. 나는 시커먼 촌놈이라오. 말이란 게 내 구두에 묻은 진흙처럼 자꾸 이빨 사이에 끼어서 아름다운 표현이나 인사치레 같은 걸 못 합니다. 할 수가 없어요. 하지만 나는 당신이 이것 또한 이해할 거라는 걸 알고 있어요."

조르바는 다시 잔을 비우고 나를 바라보았다.

"그래요, 당신이라면 이해할 거예요."

그는 갑자기 화가 난 사람처럼 소리를 질렀다.

"이해하고말고요. 그래서 당신은 평온할 수 없는 겁니다. 이해하지 못하면 행복할 텐데. 당신이 뭐가 부족해요? 돈도 있고, 건강하고, 사람도 좋고, 부족한 게 아무것도 없어요. 하나만 제외하면. 바보짓 말이에요. 보스, 그게 없으면……"

그는 다시 큰 머리를 흔들며 입을 다물었다.

조르바의 말은 구구절절 다 옳았다. 나는 울고 싶어졌다. 어릴 때부터 나는 초인超人에 관심을 갖고 야망과 충동에 사로잡혀 이 세상일에 만족할 수 없었다. 하지만 점점 나이가 들면서 나는 차분해졌다. 한계를 지어놓고 가능한 것과 불가능한 것, 인간적인 것과 신적인 것을 나누어 내 연鳶을 놓치지 않기 위해 꼭 붙들었다.

큼지막한 유성 하나가 하늘을 가로질러 날아갔다. 조르바는 마치 유성을 처음 보는 사람처럼 놀라 눈이 휘둥그레졌다.

"저 별 봤어요?"

그가 물었다.

"봤어요."

우리는 또 침묵했다.

그때 조르바가 갑자기 비쩍 마른 목을 쑥 빼고는 가슴을 내밀며 짐승처럼 부르짖었다. 그 절규는 곧 인간의 말이 되고 조르바 내부의 심연에서 슬프고 외로운 멜로디가 되었다. 대지의 심장이 둘로 갈라지면서 동방의 감미로운 독이 흘러나오는 듯했다. 내 안에서 나에게 용기와 희망을 주던 힘줄이 서서히 녹아내리고 있었다.

이키 키클릭 비르 테펜데 오티요르
오트메 데, 키클릭 베민 데르팀 예티요르, 아만! 아만!

모래알 고운 사막은 저 끝까지 펼쳐져 있다. 끓어오르는 대기는 분홍, 파랑, 노랑으로 일렁이고 관자놀이가 부풀어 오르는구나. 영혼은 답을 구하지 못해 소리치며 날뛰네. 내 눈엔 눈물이 고인다.

작은 언덕 위에 붉은 다리 자고새 한 쌍이 울고 있네.
자고야 울지 마라. 내 아픔만으로도 충분하구나. 어쩔꼬! 어쩔꼬!

조르바는 아무 말도 하지 않고 재빨리 손가락으로 눈썹 위의 땀을 닦아냈다. 그러고는 고개를 숙인 채 바닥만 내려다보았다.

"그 터키 노래는 뭐예요?"

얼마 후에 내가 물었다.

"낙타몰이 노랩니다. 사막을 지날 때 부르는 노래지요. 몇 년 동안 부를 일도 없고 생각도 나지 않았는데 지금 갑자기……."

그가 고개를 들었다. 목구멍에 뭔가가 걸린 듯 갈라진 목소리였다.

"보스, 자야 할 시간이에요. 칸디아행 배를 잡으려면 일찍 일어나야 해요. 잘 주무시오!"

"졸리지 않아요. 당신과 함께 있을래요. 우리가 함께 보내는 마지막 밤이니까."

"그러니까 빨리 끝내야 한다는 겁니다!"

그는 더 이상은 술을 마시고 싶지 않다는 뜻으로 술잔을 뒤집으며 소리쳤다.

"이제 끝을 봐야지요. 남자가 담배와 술, 노름을 끊을 때처럼 말이에요. 그리스 영웅. 그러니까 팔리카리처럼 말이지요.

우리 아버지가 진짜 팔리카리였어요. 나 같은 건 그에 비하면 아무것도 아니에요. 그 양반 발뒤꿈치도 못 따라간단 말입니다. 우리 아버지는 사람들이 늘 말하는 고대 그리스인과 비슷했어요. 악수를 할 땐 부서져라 손을 잡았지요. 나는 이렇게 조곤조곤 말하지만 우리 아버지의 말은 울부짖고 노래하는 거였어요. 그 양반이 사람 말을 하는 건 드물었어요.

그렇게 온갖 나쁜 짓은 다 하던 양반도 잘라낼 때는 칼로 베듯이 자릅디다. 예를 들어보지요. 아버지는 담배를 굴뚝처럼 피워댔습니다. 어느 날 아침, 아버지는 자리에서 일어나 밭을 갈러 나갔어요. 그러고는 밭둑에 기대어 일을 시작하기 전에 한 대 피우려고 혁대 밑에 손을 넣어 쌈지를 꺼냈는데 비어 있더랍니다. 집에서 나올 때 담배를 집어넣는 걸 깜박했던 거지요.

아버지는 버럭 화를 내고 소리를 고래고래 지르며 마을로 달려갔어요. 담배를 피우고 싶다는 생각에 이성을 잃었던 겁니다. 그런데 갑자기—이래서 사람은 늘 묘한 거라 생각합니다만—이 양반이 걸음을 멈췄지요. 부끄러웠던 겁니다. 쌈지를 꺼내 이로 물어뜯으며 갈기갈기 찢고 땅바닥에 팽개치고는 침을 탁 뱉었다더군요. 그러더니 '더럽다, 더러워! 이 더러운 화냥년 같으니!' 이랬다더군요. 바로 그때부터 돌아가시는 날까지 아버지는 담배를 입에 대지 않으셨어요. 보스, 진짜 사내란 건 이런 게 아니겠어요? 안녕히 주무시오!"

그는 일어서서 해변으로 나갔다. 다시 돌아보지 않았다. 그러고는 바닷물이 찰랑거리는 자갈밭에 드러누웠다.

나는 그를 다시 보지 못했다. 닭이 울기도 전에 노새꾼이 와서 나는 그 노새를 타고 떠났다. 착각일 수도 있겠지만 나는 조르바가 어딘가에 숨어서 내가 떠나는 모습을 보고 있었을 것만 같았다. 달려와 작별 인사를 하고 악수를 하고 손수건을 흔들며 이별하진 않았지만 어디선가 나를 지켜보고 있을 것 같았다.

우리의 이별은 칼로 자른 듯 깨끗했다.

칸디아에서 나는 전보 한 통을 받았다. 나는 떨리는 손으로 그것을 펴보기 전에 한참을 들여다봤다. 무슨 내용인지 알 것 같았다. 나는 몇 마디 말과 몇 마디 글자가 품은 의미를 헤아릴 수 있었다.

펴지도 않고 찢어버리고 싶었다. 무슨 내용인지 아는데 굳이 펴봐야 할까? 그러나 우리는 우리의 영혼을 그만큼 신뢰하진 못했다. 우리가 미신을 믿는 무당이나 늙은 여자 혹은 비정상적인 여자를 비웃는 것처럼, 영원한 식료품 가게 주인인 이성이 우리의 영혼을 비웃고 있었다. 그래서 나는 전보를 뜯었다. 트빌리시에서 온 것이었다. 그 순간 글자가 춤을 추었다. 나는 알아볼 수가 없었다. 그러다 서서히 글자가 제자리를 찾자 나는 읽기 시작했다.

'어제 오후 스타브리다키 폐렴으로 사망.'

5년이라는 세월, 공포의 시간이 흘러갔다. 시간은 가속도가 붙은 듯 빠르게 흘러갔다. 지리적 국경이 춤을 추며 국가 간의 국경선들이 아코디언처럼 늘어났다 줄어들었다. 조르바와 나도 폭풍에 휩쓸렸지만 그래도 처음 3년간은 이따금 엽서를 주고받았다.

한 장은 아토스 산에서 온 것이었다. 천국의 문지기 성처녀의 모습이 그려진 엽서였는데 눈은 슬퍼 보이면서도 힘이 있었고 턱은 결의에 찬 모습이었다. 성처녀 아래에는, 늘 그랬듯 종이를 갉아먹는 듯한 조르바 특유의 필체로 이렇게 쓰여 있었다.

'보스, 여기에서는 사업할 기회가 없어요. 여기 수도승들은 벼룩의 간도 빼먹을 놈들이에요. 그래서 떠나렵니다.'

며칠 뒤 또 한 장의 엽서가 도착했다.

'순회 광대처럼 앵무새를 들고는 수도원을 돌아다닐 수가 없어요. 까마귀한테 '주여, 긍휼히 여기소서'라는 노래를 가르친 웃기는 수도승이 있어서 앵무새를 줘버렸어요. 까마귀가 수도승처럼 노래한다니까요. 당신도 들으면 깜짝 놀랄 거예요. 우리 앵무새한테도 노래를 가르쳐주겠지요. 이제 이 녀석은 평생 보고 들은 걸

노래로 부르게 될 테니 곧 진짜 신부가 될 겁니다. 행운을 빕니다. 알렉시오스 신부.'

6~7개월이 지났을 무렵, 목이 파인 드레스를 입은 풍만한 여인의 모습이 그려진 엽서가 루마니아에서 날아왔다.

'나는 아직 살아 있어요. 마말리가(루마니아의 옥수수죽)를 먹고 보드카를 마시고 있지요. 유전에서 일하고 있는데 시궁창에 있는 쥐보다 더 더럽고 냄새가 납니다. 아무렴 어떻겠어요. 등 따뜻하고 배부른 곳이니 나 같은 늙은 건달한텐 낙원 아니겠습니까. 보스, 무슨 말인지 아시겠지요? 아주 기똥찬 곳이란 얘깁니다. 고기도, 애인도 많은 곳, 하느님을 찬양하세! 행운을 빌어요. 시궁창 생쥐, 알렉시스 조르베스쿠.'

이 년이 또 지났다. 이번에는 시베리아에서 온 엽서였다.

'난 아직 살아 있어요. 어찌나 추운지 할 수 없이 결혼을 했지요. 뒤집어보면 사진이 있으니 얼굴을 보세요. 착하고 여자답지요. 허리가 조금 넉넉한 건 날 위해 꼬맹이 조르바를 하나 만들고 있기 때문이지요. 그 여자 곁에 나는 당신이 준 양복을 입고 서 있어요. 내가 낀 결혼반지도 가엾은 부불리나가 준 거지요.—하느님, 부불리나의 영혼을 보살펴주시길!—이름은 류바예요. 내가 입은 여우털 외투는 아내가 해준 결혼 선물이에요. 아내는 시집올 때 암말 한 마리, 돼지 일곱 마리를 지참금으로 가져왔어요. 재미있는 풍속이에요. 전 남편 사이에서 낳은 애들도 둘 데려왔고요. 과부란 얘기를 안 했군요. 주변에 있는 산에서 동광을 하나 발견했어요. 또 한 명의 자본가를 우려먹은 셈이지요. 그런 일에는 나를 따라올 자가 없지요. 건투를 빌어요. 전 홀아비 알렉시스 조르비치.'

엽서 뒷면에는 새 양복에 털모자, 긴 외투를 입고 멋스러운 지 팡이를 쥔 조르바의 모습이 보였다. 그는 스물다섯이 넘지 않은 듯한 예쁜 슬라브 여자를 품에 안고 있었다. 굽 높은 장화를 신고 가슴이 풍만하고 엉덩이가 큰 여자는 선해 보였다. 사진 아래에 조르바의 꼬불꼬불한 글씨가 적혀 있었다. '나 조르바 일생일대의 사업인 여자. 이번엔 이름이 류바.'

나는 그때 해외여행을 하고 있었다. 내게도 일생일대의 사업이 있었지만 풍만한 가슴이나 새 외투는 들어오지 않았다.

어느 날 베를린으로 전보 한 통이 날아왔다.

'멋진 녹암을 찾았음. 즉시 오시길. 조르바.'

독일은 대공황을 겪는 중이었다. 마르크화의 가격이 하락해 우 표를 사려 해도 가방에 수백만 마르크를 담아가야 했다. 사람들에 겐 굶주림, 추위, 낡은 옷과 낡은 구두가 일상이었다. 독일인들의 혈색 좋은 얼굴도 창백해지던 시절이었다. 바람만 불어도 사람들 은 낙엽처럼 나뒹굴었다. 어머니는 우는 아이를 달래려고 고무를 주어 씹게 했다. 밤이 되면 애들을 안고 세상을 등지려는 어머니 들을 막기 위해 경찰들이 다리를 지켜야 했다.

겨울이 되어 눈이 내렸다. 내 옆방에는 동양어를 가르치는 독일 인 교수가 있었는데 그는 추위를 잊기 위해 긴 붓을 쥐고 극동 지 방의 괴로운 풍속을 흉내 내며 한시나 공자의 말씀을 베껴 쓰곤 했다. 붓끝과 치켜든 팔꿈치, 가슴이 삼각형이 되었다. 그는 종종 웃으며 '곧 있으면 땀이 솟을 것이오. 이렇게 몸을 데우는 것이 지.'라고 말하곤 했다.

조르바의 전보를 받은 건 이렇게 추운 겨울날이었다. 처음에는 좀 화가 났다. 육체와 정신을 지탱해 줄 빵 한 덩이가 없어서 사람들은 죽어가는데 녹암 한 덩어리를 보러 수천 리를 달려오라는 전보를 보내다니! 쳇, 아름다움? 인간의 고통 따윈 관심도 없는 아름다움이라니.

그러다 나는 놀라고 말았다. 노여움은 어느새 사라지고 인간의 고통을 외면하고 있는 조르바의 간청에 마음이 기울고 있었던 것이다. 내 안에 있던 새들이 날개를 푸드덕거리며 나에게 가자고 졸라댔다.

하지만 나는 가지 않았다. 나는 다시 한 번 비겁해진 것이다. 나는 내 안에 있는 신성한 야만의 소리에 답하지 않았다. 이치에 맞지 않는 고상한 행동들을 포기하고, 정중한 논리에 마음이 기울었던 것이다. 나는 조르바에게 편지를 쓰며 그 이유를 설명했다.

그에게서 답장이 날아왔다.

'보스, 이렇게 말하긴 뭣 하지만 당신은 글러먹은 펜대 운전사예요. 일생에 단 한 번이라도 그 아름다운 녹암을 봐야 하는데 당신은 그러지 못한 겁니다. 쳇, 일이 없을 때면 나는 나 자신에게 지옥이 있을까, 지옥이 없을까 하고 물어봅니다. 그런데 어제 당신의 편지를 받고 보니, 보스처럼 펜대만 굴리는 사람한텐 지옥이 있을 거란 확신이 들었습니다.'

그 후로 조르바에게서 편지가 오지 않았다. 중대한 사건으로 우리는 갈라져야만 했다. 세계는 술에 취한 듯 휘청거리고 비틀거렸다. 우정이나 애정은 갈라진 땅속으로 처박혀버렸다.

나는 때때로 친구들에게 이 위대한 사람의 이야기를 해주었다. 우리는 자신감이 넘치고 교육받은 사람들보다 훨씬 이성적이며 자부심이 강한 그를 존경했다. 우리들이 몇 년 동안 고통스러워하며 얻을 것들을 그는 단숨에 획득했다. 우리는 '조르바는 위대한 인간'이라고 말했다. 만일 그가 거기에서 더 높이 뛰었다면 우린 '조르바는 미쳤다!'고 말했을 것이다.

시간이 흐르면서 추억은 달콤한 독에 물들어갔다. 내 친구의 그림자가 내 영혼에 그늘을 드리웠다. 그림자는 내 곁에 머물렀다. 나 역시 그림자가 떠나는 걸 원치 않았다. 하지만 그림자에 대해서는 누구에게도 말하지 않았다. 나는 나 자신과 대화를 나누었고 그 덕분에 나는 죽음과도 화해했다. 나는 다른 편에 비밀의 다리를 놓고 친구와 교류했다. 친구의 영혼은 그 다리를 건너올 때마다 내 손을 잡지도 못할 만큼 창백하고 약해 보였다.

때때로 나는 끔찍한 생각이 들었다. 혹시 내 친구에게 육체의 노예 상태를 해방시키고 죽음을 거부할 수 있는 영혼을 단련할 시간이 없었던 건 아닐까. 나는 그가 자신의 영혼을 그의 내부에서 영원불멸의 것으로 만들 시간이 없었을지도 모른다는 생각이 들었다.

하지만 때때로 그는 강한 모습을 보였다. 그랬던가? 아니면 그렇게 기억하고 싶었기에 강하다고 느꼈던 것일까. 그 당시 내 기억 속 그의 모습은 늘 젊고 엄격했다.

어느 겨울날, 나는 홀로 엔가디네 산으로 순례를 떠났다. 그곳은 몇 년 전 나와 친구, 그리고 그가 사랑하는 여인과 함께 행복한 시간을 보냈던 곳이었다.

나는 그때 묵었던 호텔에 머물렀다. 창문으로 달빛이 스며들어왔고 산의 정기가 느껴졌다. 눈 덮인 소나무와 적막한 밤의 산이 내 마음속으로 들어왔다.

깊은 잠에 빠져들던 나는 그 속에서 더할 나위 없는 행복을 누렸다. 조용하고 투명한 바다 깊은 곳에서 미동도 하지 않고 여유 있게 요람을 타는 기분이었다. 하지만 내 몸의 감각은 모두 깨어 있어서, 내 수천 길 위의 바다 표면으로 배가 지나가면서 물결이 일렁이기만 해도 내 몸에 상처가 날 것 같은 기분이 들었다.

순간, 그림자 하나가 내 눈앞을 스쳐 지나갔다. 누구의 그림자인지 알 수 있었다. 그때 나를 책망하는 듯한 목소리가 들려왔다.

"자나?"

나도 그와 비슷한 어조로 말했다.

"자네는 나를 기다리게 만들었어. 나는 몇 달 동안이나 자네 소식을 듣지 못했네. 어디서 그렇게 방황하고 있었나?"

"나는 자네와 늘 함께 있었네. 자네가 나를 잊고 있었던 것이지. 나는 자네를 부를 힘이 없네. 자네는 나를 잊어버리려고만 했지. 달빛이 아름답군. 눈 쌓인 소나무도, 이 땅 위의 인생도 정말 아름다워. 부디 나를 잊지 말게!"

"내가 자네를 잊을 리가 있나. 잘 알면서 왜 그러나. 자네가 나를 떠나던 날, 나는 산으로 올라가 온 힘을 다해 몸을 지치게 만들었지. 그럼에도 불구하고 자네 생각이 떠나질 않아 그날 밤은 잠을 이루지 못했다네. 나는 감정을 추스르기 위해 시를 썼지만, 그것으론 어림도 없었지. 그중에 이런 시가 있다네.

그대가 카론과 더불어 험한 길을 달릴 때
나는 그대의 가볍고도 날렵한 몸매에 감탄했지.

새벽에 깨어 떠나는 두 마리 물오리 같았던…….

그리고 또 하나, 완성되지 못한 시지만 나는 이렇게 절규했네.

이를 악물게나, 사랑하는 그대여, 그대의 영혼이 날아가지 못하
도록!"

그는 쓸쓸하게 웃으며 내게 얼굴을 가까이 댔다. 그의 얼굴이
너무도 창백해서 섬뜩한 기분이 들었다. 눈이 있던 자리는 비어
있었고 그 자리엔 흙덩이가 채워져 있었다. 그는 그 눈으로 한참
동안 나를 바라보았다.
"무슨 생각을 하고 있나? 무슨 말이라도 해보게."
나는 당황한 모습을 감추려고 말을 꺼냈다. 그러자 멀리서 들리
는 신음 같은 그의 목소리가 들려왔다.
"아, 세계가 너무 좁구나! 다른 사람의 시 몇 줄, 그나마 흩어지
고 쪼개져 4행시 한 수도 못 되는 걸 어쩌겠나. 나는 지구를 오가
며 사랑하는 사람을 찾고 있지만 다들 마음의 문을 닫고 있네. 난
어디로 들어가야 할까? 어떻게 내 생명을 다시 찾을 수 있을까? 나
는 대문이 잠긴 집 앞에서 강아지처럼 맴돌고 있다네. 아, 나도 자
유롭게 살아봤으면! 물에 빠진 놈처럼, 살아 있는 몸에 달라붙지
않을 수 있다면 얼마나 좋을까!"
그의 눈에서 눈물이 흐르면서 흙덩이가 젖어서 진흙이 되었다.
하지만 목소리엔 힘이 생겼다.
"자네가 취리히 축제 때 나를 한없이 기쁘게 해주었지. 기억나

는가? 자네는 술잔을 들고 내 건강을 빌어주었지. 기억나는가? 다른 누군가도 함께 있었지.”

“기억나네. 우린 그 여자를 귀부인이라고 불렀다네.”

우리는 침묵했다. 취리히! 그 후로 몇 세기나 훌쩍 흘러버린 것 같았다. 밖에는 비가 내렸고 식탁 위에는 꽃이 놓여 있었다. 우리는 모두 셋이었다.

“무슨 생각을 하고 계신가, 선생?”

그림자가 비꼬듯 물었다.

“수많은 생각을 하고 있네.”

“자네가 마지막으로 했던 말이 생각나네. 자네는 술잔을 들고 떨리는 목소리로 말했지. ‘사랑하는 친구여! 어렸을 때, 자네 할아버지는 자네를 한쪽 무릎 위에 앉히고 다른 한쪽 무릎에는 크레타 리라를 얹고는 ‘팔리카리아의 노래’를 연주하셨지. 오늘 밤 나는 자네의 건강을 기원하며 마시겠네. 운명이 그대를 보살펴 하느님의 무릎 위에 앉게 되길!’ 아, 하느님이 자네 기도를 들어주신 셈이군.”

“그래서 어떻다는 건가? 사랑은 죽음보다 강한 것이네!”

내가 소리쳤다. 그는 다시 한 번 씁쓸하게 웃었지만 아무 말도 하지 않았다. 나는 그의 몸이 어둠 속으로 빨려 들어가 흐느낌이 되고, 한숨이 되고, 웃음이 되어가고 있다는 걸 알았다.

그 후로 며칠 동안 나는 내 입술에서 죽음의 맛을 느꼈다. 그러나 속은 후련했다. 죽음은 마치 나를 찾아와 내 일이 끝날 때까지 기다리는 친구처럼 구석에서 끈기 있게, 친절하면서도 다정한 얼굴로 내 삶 속에 스며들었다.

하지만 조르바의 그림자는 언제나 질투하면서 내 주변을 맴돌았다.

어느 날 밤, 나는 아이기나 섬 바닷가에 있는 내 집에 홀로 앉아 있었다. 나는 행복했다. 바다를 향해 열린 창문으로 달빛이 흘러들었고 바다는 편안하게 숨 쉬고 있었다. 나는 수영을 실컷 한 뒤라 깊은 잠을 이룰 수 있었다.

새벽이 될 무렵, 그 행복의 안개 속에서 조르바가 꿈에 나타났다. 그가 무슨 말을 했는지, 무엇 때문에 왔는지는 기억나지 않는다. 그러나 깨어났을 때 마음이 아파 심장이 터질 것만 같았다. 알 수 없는 눈물이 고였다. 조르바와 함께 보냈던 크레타 해안을 떠올리며 그와 함께했던 일들을 재구성하고, 기억을 더듬어 조르바가 내 마음에다 뿌려줬던 말과 절규, 몸짓과 눈물, 춤을 모아 간직하고 싶다는 욕망이 솟구쳤다.

이 욕망은 너무도 격렬해서 나는 겁이 났다. 이 욕망은 지구 어디에선가 조르바가 죽어가고 있기 때문에 생기는 것이라고 생각했다. 나는 내 영혼이 그의 영혼과 연결되어 있기에 어느 한쪽이 죽어가고 있을 때 다른 한쪽이 몸을 떨며 고통스러움으로 울부짖지 않을 수 없다고 생각했다.

한동안 나는 조르바의 추억을 모아 글로 표현하기를 망설였다. 유치한 공포가 밀려왔다. 나는 스스로 다짐했다. 내가 정말로 이 일을 한다면, 조르바가 죽음의 위험에 처해 있다는 뜻이다. 나는 이 일을 시켜 그를 위험에 빠뜨리려는 신비한 손과 싸워야만 한다.

그렇게 이틀, 사흘, 일주일을 버렸다. 나는 다른 글을 쓰거나 온종일 돌아다녔고 책을 읽었다. 이것은 내가 눈에 보이지 않는 존재를 따돌릴 때마다 쓰던 방법이었다. 그러나 마음은 조르바에 대한 걱정으로 가득 차 있었다.

어느 날이었다. 정오 무렵, 나는 바닷가 우리 집 테라스에 앉아 있었다. 햇볕은 뜨거웠고 나는 민둥산 같은 살라미스 섬의 옆구리를 바라보고 있었다. 그러다 갑자기 나는 누군가의 손에 이끌리듯 테라스의 뜨겁게 달아오른 돌 위에 종이를 펼치고는 조르바의 말과 행동들을 글로 적기 시작했다.

나는 과거를 현재로 되살려 조르바를 기억해 냈고, 실체로 소생시켜 무언가에 홀린 듯 써 내려갔다. 그가 사라진다면 그건 전적으로 내 잘못이라 생각하면서 가능한 한 이 옛 친구의 모습을 있는 그대로 묘사하려고 애썼다.

아프리카 야만족의 마술사들은 꿈에 본 조상의 모습을 생생하게 동굴에 그려놓는다고 한다. 그러면 조상들의 혼이 그것을 자신의 몸인 줄 알고 그림 속으로 들어간다고 믿었던 것이다. 나도 그들의 심정이 되어 써 내려갔다.

몇 주일 만에 조르바에 대한 전기가 완성되었다. 마지막 날에 나는 처음 그것을 쓰던 날처럼 테라스에 앉아 바다를 바라보고 있었다. 내 무릎에는 탈고한 원고가 놓여 있었다. 나는 무거운 짐을 내려놓은 듯 마음이 편안해졌다. 갓난아기를 안고 있는 여인의 기분 같았다.

펠로폰네소스의 산 뒤로 해가 질 무렵, 시내에서 내 우편물을 가져다주는 농가의 소녀 술라가 테라스로 올라왔다. 그러더니 편지를 한 장 전해 주고는 달아났……. 나는 이미 알고 있었다. 아니, 적어도 나는 알 것 같았다. 편지를 뜯어보고 뛰거나 소리치지도 않았다. 크게 놀라지도 않았다. 내 생각이 들어맞았다. 나는 원고를 무릎 위에 올려놓고 지는 해를 바라보면서 그 편지를 받을 거라고 정확히 예감하고 있었다.

나는 차분한 마음으로 편지를 읽었다. 세르비아의 스코플리예 부근의 마을에서 온 것으로 독일어로 두서없이 적혀 있었다. 나는 그것을 번역했다.

저는 이 마을 교장입니다. 안타까운 소식을 전하려고 이 글을 올립니다. 이곳 동광 주인인 알렉시스 조르바가 지난 일요일 오후 6시에 세상을 떠났다는 소식입니다. 그는 이런 말을 남겼습니다.

"교장 선생, 이리 좀 오시오. 그리스에 친구가 하나 있소. 내가 죽으면 편지를 좀 써주시오. 죽는 순간까지 정신이 말짱했고 마지막까지 그 사람을 생각했다고 말이오. 그리고 그동안 내가 했던 모든 짓들을 후회하지 않는다고도 전해 주시오. 그 사람의 행운을 빌며 이제 철이 좀 들어야 되지 않겠느냐고도 전해 주시오.

조금만 더 얘기해야겠소. 만약 신부 같은 게 와서 내 참회를 듣고 종부성사를 한다고 하거든 썩 꺼지라고 전해 주고, 온 김에 저주나 잔뜩 내려주고 사라지라 일러주시오. 내 평생 별짓을 다했지만 아직 못해 본 게 있소. 나 같은 인간은 천 년은 살아야 하는데……."

이게 그분 유언입니다. 유언이 끝나고 그는 침대에서 이불을 걷어 올리고는 일어서려고 했습니다. 그래서 부인인 류바와 저와 이웃 사람 몇 명이 달려가 말렸습니다. 그럼에도 불구하고 그는 우리를 밀어붙이며 침대에서 뛰어내려 창문가로 갔습니다. 거기서 그는 창틀을 쥐고 먼 산을 바라보았습니다. 눈을 크게 뜨고 웃다가 말처럼 울기도 했습니다. 그렇게 그는 창틀에 손톱을 박고 서서 세상을 떠났습니다.

미망인 류바가 제게, 당신께 경의를 표하는 편지를 써 달라고 부탁했습니다. 고인은 평소 당신 이야기를 자주했고, 자신이 죽은 뒤에 당신께 마음의 선물로 산투르를 드리라고 했답니다.

그래서 미망인께서는, 선생님께서 이 마을을 지나실 때 자신의 손님으로 하룻밤을 머무시고 떠나는 날 아침에 산투르를 가져가라고 하셨습니다.

작품
해설

---

1. 들어가며

시인이며 소설가이자 극작가인 그리스의 대문호 니코스 카잔차키스(Nikos Kazantzakis, 1883~1957)는 1883년 그리스 크레타의 이라클리온에서 태어났다. 그가 태어났을 당시 크레타는 터키의 지배를 받고 있었기에 카잔차키스와 그의 가족들은 낙소스 섬으로 피신해야만 했다. 그곳에서 그는 프랑스어를 배운 뒤 아테네로 돌아와 법학을 공부했다. 그러다 1907년, 희곡 《동이 트면》으로 수상을 하게 되면서부터 이름을 알리게 되었다. 또한 그는 신문사에서 저널리스트로도 활동하며 여러 신문과 잡지에 글을 기고했으며 영어, 프랑스어 등을 번역하며 번역가로서도 활발한 활동을 했다.

1911년 첫 번째 아내 갈라테아와 결혼을 하지만 성격 차이로 1926년에 이혼한 뒤 1945년 엘레니 사미우와 재혼한다. 1912년 발칸전쟁이 발발하자 자원입대를 하게 되고, 1917년에는 조르바와 광산 사업을 시작하지만 쓰라린 실패를 맛본다. 훗날 이 경험은 장편소설 《그리스인 조르바》(1947)가 탄생하는 계기가 된다. 이 작품을 통해 카잔차키스는 세계적인 명성을 얻었고, 이 작품은 영화(1964)와 뮤지컬(1968)로도 제작되어 오늘날까지 전 세계인의 사랑을 받고 있다.

카잔차키스는 수도원을 순례하며 그곳에서 많은 작품들을 구상하고 집필했다. 또한 독일, 러시아, 이탈리아, 스페인 등 세계 곳곳을 여행한 후 여러 편의 기행문을 남기기도 했다.

그는 두 차례나 노벨상 후보에 올랐으나 안타깝게 수상하지는 못했다. 영국의 한 비평가는 '카잔차키스가 그리스인이라는 것은 비극'이라며, 그의 재능만큼 합당한 대우를 받지 못한 것에 대해 매우 안타까워했다.

1953년에는 신성을 모독했다는 이유로 《그리스인 조르바》, 《미할리스 대장》, 《최후의 유혹》이 그리스 정교회의 노여움을 사게 되어 금서로 지정된다. 이로 인해 카잔차키스는 사후에도 아테네에 매장되지 못하고 크레타의 이라클리온에 안치된다.

생전에 그가 남긴 여러 편의 작품 중, 카잔차키스의 실제 경험과 더불어 그가 동경했던 '자유' 의지를 실현하며 그에게 많은 영감을 준 조르바의 인생이 담긴 소설 《그리스인 조르바》에 대해 좀 더 자세히 살펴보기로 하자.

2. 내용 살펴보기

주인공 '나'는 소위 책벌레라 불리는 젊은 지식인이다. '나'는 새로운 사람들을 만나 몸으로 직접 부딪치며 갈탄 광산에서 노동자로서의 삶을 살아보기 위해 크레타 섬으로 떠날 준비를 하고 있었다. 그러던 중 피레에프스 항구 근처의 카페에서 조르바를 처음 만나게 된다. 그는 60대 그리스인이었는데, 크레타 섬으로 떠나려는 나와 동행하고 싶어 한다. 조르바는 탄광에서 십장(노무감독) 경험이 있었기에 '나'는 그의 제안을 흔쾌히 수락하며 함께 떠난다.

"'왜요.'가 없으면 아무 짓도 못 합니까? 그저 하고 싶어서 하면 안 됩니까? 자, 날 데려가시오. 요리사라고나 할까요. 나는 당신이 들어보지도, 생각지도 못한 수프를 만들 수 있소."(p.18)

"예수가 나셨네. 우리의 현명한 솔로몬, 죄 많은 책벌레! 세상 모든 일을 굳이 따지려 하지 맙시다! 예수님이 나셨어요, 안 나셨어요? 물론 나셨지요. 그런데 왜 그렇게 멍청하게 앉아 있는 겁니까? 언젠가 기술자가 내게 알려줬어요. 확대경으로 음료수를 들여다보면 그 안에는 눈에 보이지 않는 벌레들이 우글거린다고 말이에요. 그걸 보고는 못 마시지…… 안 마시면 목이 마르지……. 보스, 확대경을 부숴버려요. 그럼 벌레도 사라지고 물도 마실 수 있어요. 정신도 번쩍 들 테고."(p.179)

조르바에게는 '왜?'라는 물음이 필요하지 않았다. 그에게는 '그저 하고 싶어서'가 정답이었던 것이다. 결단을 내려야 할 때면 늘 머릿속의 계산기를 두드리며 망설이는 '나'에게 조르바는 그것을 부숴버리라고 말한다. 그 확대경(계산기)을 부숴버리면 '벌레도 사라지고 물도 마실 수 있'기에 세상 살기가 좀 더 수월해질 것이고 새로운 세상을 보게 될 거라는 것이다. '나'에게는 어렵고 복잡한 문제도 조르바에게는 이렇듯 간단한 것이었다. 언뜻 무모해 보일 수도 있는 이 결단력은 자유인 조르바만이 가질 수 있는 대담함일 것이다.

"넌 자유가 싫으니?"
"싫어요."
나는 믿을 수가 없었지만 사실이었지요.
"아니, 너는 자유를 원치 않는다는 거냐?"
"네. 싫어요, 싫어, 자유가 싫다고요!"
보스, 나는 롤라의 방에서 그 애의 편지시에다 이 글을 쓰고 있습니다. 제발 내 말 잘 들어줘요. 나는 자유를 원하는 자만이 인간이라고 생각해요.(pp.227~228)

자유를 원치 않는다는 여자의 말을 믿을 수 없었던 조르바는 '나'에게 '자유를 원하는 자만이 인간'이라고 말한다. 조르바에게 있어 자유는 어떤 의지나 이념이 아닌, 인간이라면 당연히 갖고 있는 본성과도 같은 것이었다. 이렇듯 자유에 대한 조르바의 생각은 카잔차키스가 《그리스인 조르바》를 통해 독자들에게 전달하고

자 하는 메시지이기도 하다.

"산투르를 배우게 되면서부터 나는 전혀 다른 사람이 되었지요. 기분이 안 좋거나 가진 게 하나도 없을 때면 산투르를 켜지요. 그러면 힘이 생깁니다. 내가 산투르를 켤 때 당신이 말을 거는 건 괜찮지만 난 들리지 않아요. 들린다고 해도 대답은 못 해요. 하려고 해도 할 수가 없으니까."

"왜 그러는 겁니까?"

"그걸 모르는 거요? 바로 그게 정열이라는 것이오."(p.22)

조르바는 젊었을 때 산투르에 매료되어 가진 돈을 다 털어 산투르를 마련했다. 그리고 그것을 배우기 위해 온갖 열정을 쏟아 부었다. 산투르를 연주할 때면 그는 산투르와 혼연일체가 되어 아무것도 들을 수 없고 아무 말도 할 수 없게 되는 것이었다. 그 순간만큼은 조르바 자신과 산투르 외에는 아무것도 존재하지 않는 것이었다.

이렇듯 조르바는 '자유'와 '열정'으로 점철된 삶을 살았다. 그랬기에 '보통 사람들'의 시선에서 그는 '기인'일 수밖에 없다. 그는 도자기를 빚다가 걸리적거린다는 이유로 손가락을 잘라내기도 하며, 누구보다 여자를 좋아하는 본능에 충실한 사내이기도 하다. 그는 크레타 섬에서도 여관 주인인 오르탕스 부인과 열정적인 사랑을 나눈다. 오르탕스 부인이 병에 걸려 죽게 되는 마지막 순간까지도 곁에서 뜨거운 눈물을 흘리며 그녀를 지킨다.

반면에 '나'는 본능을 억제하며 글을 쓰는 일에 몰두한다. 조르바와는 정반대의 성격을 지닌 '나'는 불경에 심취해 그것을 필사하며 붓다가 추구하는 해탈의 경지에 이르기 위해 노력한다. '나'는 책에서 벗어나 갈탄 광산에서 노동자로서 새로운 인생을 살아보기 위해 떠나왔으면서도 미완성된 원고를 챙겨올 만큼 책상물림이었던 것이다.

"뭐라고 하겠어요? 가만 보니 보스는 배를 곯아본 적도, 누굴 죽여 본 적도, 도둑질을 해보거나 간음한 적도 없는 것 같군요. 그래서야 어떻게 세상의 이치를 알겠소? 당신 머리는 순진하고 살갗은 햇볕에 타본 적도 없어요."

그는 그렇게 나를 무시하고 있었다. 나는 내 섬세한 손과 창백한 얼굴, 진창 속에서 피투성이가 되어 보지 못한 내 인생이 부끄러워졌다.(p.36)

조르바의 삶은 그야말로 몸으로 체득한 삶이었다. 전쟁을 해봤느냐는 '나'의 질문에 그는 아무 말 없이 옷을 벗어, 부딪치고 깨지며 상처 입은 몸을 보여준다. 그런 조르바의 모습을 보며 인생의 진리는 책 속에 있다고 굳게 믿었던 '나'는 부끄러워질 수밖에 없었다.

그러던 어느 날, '나'는 카페에서 우연히 만난 과부 소멜리나에게 매력을 느끼며 그녀에게 욕정을 품게 되지만 속으로 삭이려고만 한다. 그런 '나'의 마음을 알아챈 조르바는 당장 그녀를 찾아가라고 채근하지만 '나'는 그런 자신을 외면하려고만 한다. 그러다 '나'는 점점 조르바의 조언에 감화되며 '행동하는 삶'을 살기 시작한다. 과부를 찾아가 그녀와 하룻밤을 보내고 온 '나'는 마음의 짐을 벗어던진 듯 새로운 마음으로 새로운 세상에 눈을 뜨게 된다.

밤마다 조르바는 나를 그리스, 불가리아, 콘스탄티노플 곳곳으로 안내해 준다. 나는 눈을 감고 바라본다. 조르바는 항상 놀라움에 가득 찬, 반짝이는 작은 눈으로 엉망이 된 발칸반도의 구석구석을 살피고 온 사람이었다. 우리에겐 아무렇지도 않은 일들조차도 조르바에게는 무시무시한 수수께끼가 된다.(p.80)

나는 오랫동안 잠을 청하려 애쓰며 생각했다. 내 인생은 낭비였구나. 내가 배운 것, 내가 보고 들은 것을 걸레로 몽땅 지우고 조르바라는 학교에 들어가 저 위대한 진짜 알파벳을 배울 수 있다면, 내 인생은 지금과 얼마나 달라질 것인가! ……(중략)……
침대 위에 우두커니 앉아 인생을 모조리 낭비한 내 자신을 생각했다. 열린 문 사이로 별빛에 비치는 조르바의 모습이 보였다. 그는 밤새처럼 바위 위에 쪼그리고 앉아 있었다. 나는 그가 부러웠다. 조르바는 진리를 발견하고 제대로 살고 있는 사람 같았다.(p.116)

세상을 바라보는 조르바의 시선은 어린아이처럼 순수하다. 그의 눈에 자연은 경이로움 그 자체였던 것이다. 그는 자유롭게 살면서 때로는 방탕한 생활도 했지만 그의 본성은 누구보다 순수했던 것이다. 순수함과 더불어 조르바는 '내'가 책에서도 학교에서도 배우지 못한 '진짜 경험'을 갖고 있었다. '나'는 '내'가 갖지 못한 조르바의 자유로움과 열정, 무모할 만큼 거침없는 대담함이 부러웠고 그것들을 갈망했다.

요즘은 '이 사람은 좋은 사람이고 저 사람은 나쁜 놈이다.' 이런 식으로 구분하지요. 그리스인이든, 불가리아인이든 터키인이든 상관없어요. 좋은 사람이냐, 나쁜 놈이냐. 이게 가장 중요한 문제니까요. 내가 마지막으로 먹게 될 빵을 두고 맹세합니다만, 나이를 더 먹으면 아마 이것도 상관하지 않을 거예요. 좋은 사람이든 나쁜 놈이든 나는 그것들이 다 불쌍하니까요. 다들 마찬가지예요. 나는 사람만 보면 가슴이 뭉클해져요.(p.335)

조르바는 전쟁에서 수많은 살인을 하고 온갖 험한 일을 다 겪었지만, 누구보다 사람을 사랑하고 그들에게 연민을 느끼는 '가슴 뜨거운' 사내였다. 전쟁으로 적군과 아군으로 나뉘어 서로 총과 칼을 겨누어도 그것은 시대가 만들어낸 비극일 뿐, 실상 아군과 적군은 모두 '불쌍한' 인간일 뿐이다. 그는 사람을 사랑했기에 미워할 수 있었고, 그 미움은 다시 인간에 대한 연민이 되어 뭉클함으로 다가오는 것이다.

평화로워 보이던 크레타 섬에서도 많은 일들이 벌어지고 있었다. 마을 청년 파블리가 과부를 짝사랑하다 사랑의 열병을 이기지 못해 목숨을 끊은 것이다. 그의 아버지 마브란도니 영감은 이 모든 악의 근원은 과부라 생각하며 그녀를 죽인다. 마을에서는 이렇듯 끔찍한 죽음이 잇달아 발생한다.

한편 '나'와 조르바는 고가 케이블 설치를 위한 임야 계약을 위해 수도원을 찾아가는데, 그곳 수도승들은 하나같이 타락한 모습을 보인다. 돈을 밝히는가 하면, 음식을 탐하고, 여자를 원하기도 한다. 또한 수도원 안에서는 수도승 간에 서로를 탐하는 추태가 벌어지고 이는 살인으로 이어진다.

시간이 흘러 고가 케이블 설치를 위한 정확한 경사면의 각도를 찾은 조르바는 개통식을 하게 된다. 이것이 성공하면 마을에도 큰 기여를 하게 될 뿐만 아니라 어마어마한 돈을 벌게 되는 것이었다. 그러나 마을 유지들과 사람들, 수도승들이 잔뜩 기대를 품고 지켜보는 자리에서 고가 케이블 시운전은 실패로 끝나고 만다.

나는 새벽에 일어나 해변을 따라 빠른 걸음으로 마을로 갔다. 가슴속에서 심장이 요동치고 있었다. 내 평생 그런 기쁨은 누려본 적이 없었다.……(중략)……

그 순간이었다. 모든 게 정확하게 끝이 난 순간, 나는 뜻밖의 해방감을 맛보았던 것이다. 복잡한 필연의 미궁에 빠져 있다가 저 구석에서 놀고 있는 자유를 발견한 것이다. 나는 자유의 여신과 더불어 놀았다.(pp.428~429)

모든 것을 잃게 된 '나'는 실패를 맛본 뒤에 절망이 아닌 짜릿한 해방감을 느끼게 된다. 조르바는 말로 설명할 수 없는 극도의 슬픔과 기쁨을 느낄 때 춤을 추곤 했다. 아들을 잃었을 때도 그는 슬픔을 이겨내기 위해 춤을 추었고, 모든 계획이 수포로 돌아간 지금, 모든 걸 훌훌 털어냈다는 허무함과 동시에 자유의 기쁨을 표출하고자 춤을 추었다. 우리가 소위 말하는 '원시부족'들이 노래와 춤으로 자신의 감정을 표현하듯이, 춤은 인간의 감정을 여과 없이 표출하는 가장 원시적인 수단인 것이다. 처음에는 춤출 엄두도 내지 못했던 '내'가 이제는 먼저 조르바에게 춤을 가르쳐 달라고 부탁한다. 이렇듯 '나'와 '조르바'는 어느새 많이 닮아가고 있었다. 언어에서, 붓다에게서 인생의 의미를 찾으려 했던 '내'가 이제야 비로소 그것에서 벗어나 자신을 해방시켰던 것이다.

'나'와 조르바는 이렇게 춤으로 진정한 소통을 하며 이별한다. 그 후로 '나'는 조르바와 몇 년 동안 편지를 주고받으며 서로의 소식을 전한다.

그러던 어느 날, '나'는 조르바의 죽음을 알리는 편지 한 통을 받게 된다. 그는 죽는 순간까지 '나'를 잊지 않았으며, 자신의 분신이나 다름없던 산투르를 '나'에게 전해 달라는 마지막 말을 남기고 떠난다.

3. 마치며

조르바는 죽는 순간까지 자유로웠으며 자유를 꿈꾸었다. 그는 마지막 순간에도 자리에서 일어나 창가에 서서 담담하게 죽음을 맞이했다.

누구보다 열정적이고 뜨거운 삶을 살았던 조르바. 자유를 위해서는 그만큼의 용기가 필요하다. 때로는 가진 것을 다 내려놓을 만큼의 대담함도 필요한 것이다. '나'는 조르바처럼 살고 싶었고 그의 열정이 늘 부러웠지만 모든 걸 다 내려놓진 못한 '보통 사람'이었다. '나'는 조르바와 헤어진 후에도 세계 곳곳을 여행하며 좀 더 많은 공부를 해야겠다고 다짐한다. '나'는 조르바처럼 살 순 없었지만 그는 '나'에게 큰 영감이 되었고, '나'의 인생을 좀 더 '즐기는 인생'으로 변화시켜주었다.

카잔차키스는 그의 자서전인 《영혼의 자서전》에서, 힌두교도들은 '구루(사부)'라 부르고 수도승들은 '아버지'라 부르는 삶의 길잡이를 한 사람 선택해야 했다면 나는 틀림없이 조르바를 택했을 것이라며, 자신에게 가장 큰 영향을 미친 인물로 호메로스, 베르그송, 니체, 조르바를 언급했다. 이렇듯 조르바는 카잔차키스의 인생에 있어 스승인 셈이었다. 조르바를 향한 카잔차키스의 애정은 그의 묘비명에도 잘 드러나 있다.

Den elpizo tipota (I hope for nothing),

Den forumai tipota (I fear nothing),

Eimai eleftheros (I am free).

나는 아무것도 바라지 않는다,
나는 아무것도 두려워하지 않는다,
나는 자유다.

자유를 갈망하고 자유롭게 살았던 조르바는 카잔차키스의 마지막 순간까지도 함께했던 것이다.

조르바가 카잔차키스 삶의 멘토가 되었던 것처럼, 이 책을 읽은 독자 역시 조르바와 함께 오랜 시간 동안 '자유'롭고 '열정' 가득하기를 소망한다.

작가
연보

1883년 2월 18일	크레타 섬 이라클리온에서 아버지 미할리스(곡물과 포도주 중개상)의 장남으로 태어남.
1889년(6세)	터키의 지배하에 있던 크레타에서 반란이 일어났으 나 실패함. 카잔차키스 가족들은 그리스로 6개월간 피신함.
1897~1898년 (14~15세)	크레타에서 두 번째 반란이 일어나 낙소스 섬으로 피신. 프랑스 수도사들이 운영하는 학교에 입학하 여 프랑스어를 배움.
1902년(19세)	이라클리온에서 중등교육을 마치고 아테네 대학에 서 법학을 공부함.
1906년(23세)	소설 《뱀과 백합》 출간, 희곡 《동이 트면》 집필.
1907년(24세)	《동이 트면》으로 희곡상을 수상하며, 이 작품은 아 테네에서 상연됨. 10월에 파리로 유학을 떠나 작품 을 집필함.
1908년(25세)	앙리 베르그송의 강의를 듣고, 니체를 읽음. 소설 《부서진 영혼》 완성.

1909년(26세)	〈법철학과 국가철학으로 본 니체〉라는 학위 논문 발표. 단막극 〈단막 비극〉과 《과학은 파산하였는가》라는 에세이 출간.
1911년(28세)	갈라테아 알렉시우와 결혼함.
1912년(29세)	베르그송의 철학을 그리스인들에게 강연함. 발칸전쟁이 발발하자 육군에 자원입대함.
1914년(31세)	수도원에 머물며 단테, 복음서, 불경을 읽음.
1915년(32세)	《오디세우스》, 《그리스도》, 《니키포로스 포카스》의 초고 집필.
1917년(34세)	기오르고스 조르바와 펠로폰네소스에서 갈탄 채굴 작업을 시작함. 훗날 《그리스인 조르바》의 토대가 됨.
1919년(36세)	그리스 공공복지부 장관에 임명되어 볼셰비키에게 처형될 위기에 처한 그리스인 15만 명을 송환하는 임무를 맡음. 스타브리다키스와 조르바도 함께 작전에 참여함.
1922년(39세)	불경에 심취하여 붓다에 대한 희곡을 집필하기 시작.

1923년(40세)	《신의 구세주들》 완성. 희곡 《붓다》를 집필.
1925년(42세)	《오디세이아》 1~6편을 집필.
1926년(43세)	부인 갈라테아와 이혼. 신문사 특파원으로 팔레스타인과 키프로스로 떠남.
1928년(45세)	러시아 혁명에 관한 시나리오 집필. 러시아 여행을 다녀온 뒤 아테네에서 두 권의 러시아 여행기 출간.
1929년(46세)	홀로 러시아 여행을 떠남. 프랑스어 소설 《토다 라바》 집필, 《엘리아스 대장》 완성.
1931년(48세)	그리스로 돌아와 아이기나에 머무르며 프랑스-그리스어 사전 편찬 작업에 착수. 《오디세이아》 제3권 완성.
1932년(49세)	단테의 《신곡》 전편을 번역.
1935년(52세)	《오디세이아》 제5권을 완성.
1937년(54세)	《오디세이아》 제6권을 완성. 《스페인 기행》 출간. 희곡 《멜리사》 집필.

1938년(55세)	《오디세이아》 제7권과 최종 원고 완성 후 출간.
1939년(56세)	희곡 《배교자 율리아누스》 집필.
1940년(57세)	《영국 기행》 집필. 〈아크리타스〉 구상 작업과 〈나의 아버지〉 수정 작업을 함. 청소년을 위한 소설 《알렉산드로스 대왕》과 《크노소스 궁전》을 집필.
1941년(58세)	희곡 《붓다》의 초고 완성.
1943년(60세)	《그리스인 조르바》와 《붓다》 완성. 《일리아스》 번역.
1945년(62세)	엘레니 사미우와 결혼. 그리스 정무장관에 취임.
1946년(63세)	장관직 사임. 희곡 《카포디스트리아스》 상연. 그리스 작가협회가 카잔차키스를 노벨 문학상 후보로 추천. 《그리스인 조르바》 프랑스어로 번역 준비.
1947년(64세)	유네스코에서 고전문학 번역 고문을 맡으며 동서양 문화의 교량적 역할을 함. 《그리스인 조르바》가 파리에서 출간됨.

1948년(65세)	자신의 희곡들을 지속적으로 번역함. 집필에 전념하기 위해 유네스코에서 사임. 희곡 《소돔과 고모라》 집필. 영국, 미국, 스웨덴, 체코슬로바키아의 출판사에서 《그리스인 조르바》 출간 결정.
1949년(66세)	그리스 전쟁을 소재로 한 소설 《전쟁과 신부》 집필 시작. 희곡 《쿠로스》와 《크리스토퍼 콜럼버스》를 집필. 《미할리스 대장》 집필 시작.
1950년(67세)	《미할리스 대장》 집필에 전념함. 스웨덴에서 《그리스인 조르바》와 《수난》 출간.
1951년(68세)	《최후의 유혹》 초고 완성. 노르웨이와 독일에서 《수난》 출간
1953년(70세)	눈에 심한 세균 감염으로 오른쪽 눈의 시력을 잃게 됨. 앙티브로 돌아가 카크리디스 교수와 함께 공동 작업 중이던 《일리아스》를 완성함. 소설 《성자 프란체스코》를 집필. 《미할리스 대장》 출간. 《미할리스 대장》 일부와 《최후의 유혹》이 신성을 모독했다는 이유로 그리스 정교회의 거센 비난을 받음. 뉴욕에서 《그리스인 조르바》 출간.

1954년(71세)	교황이 《최후의 유혹》을 금서로 지정. 독일에서 《소돔과 고모라》 상연.
1955년(72세)	엘레니와 함께 스위스 루가노의 별장에서 지내며 자서전인 《영혼의 자서전》 집필을 시작. 《일리아스》 그리스에서 출간.
1956년(73세)	빈에서 평화상을 수상. 줄스 다신이 《수난》을 바탕으로 한 영화 〈죽어야 하는 자〉 제작.
1957년(74세)	칸에서 〈죽어야 하는 자〉 관람. 프랑스어로 전집 출간 계획을 세움. 정부의 초청으로 중국 방문. 백혈병 진단을 받았던 그는 아시아 독감으로 쇠약해지면서 10월 26일 독일의 병원에서 사망. 그리스 정교회가 그의 시신을 아테네에 안치하는 것을 거부하여 크레타로 운구되어 안치됨.

그리스인 조르바

초판 1쇄 발행 | 2015년 08월 20일
초판 4쇄 발행 | 2023년 11월 30일

지은이 | 니코스 카잔차키스
옮긴이 | 엄인정

발행인 | 김선희 · 대 표 | 김종대
펴낸곳 | 도서출판 매월당
책임편집 | 박옥훈 · 디자인 | 윤정선 · 마케터 | 양진철 · 김용준

등록번호 | 388-2006-000018호
등록일 | 2005년 4월 7일
주소 | 경기도 부천시 소사구 중동로 71번길 39, 109동 1601호
      (송내동, 뉴서울아파트)
전화 | 032-666-1130 · 팩스 | 032-215-1130

ISBN 979-11-7029-119-0 (03890)

· 잘못된 책은 바꿔드립니다.
· 책값은 뒤표지에 있습니다.

이 도서의 국립중앙도서관 출판시도서목록(CIP)은 서지정보유통지원시스템 홈페이지
(http://seoji.nl.go.kr)와 국가자료공동목록시스템(http://www.nl.go.kr/kolisnet)에서
이용하실 수 있습니다.(CIP제어번호 : CIP2015021459)